GOLDMANN

Buch

Tim Waverly, Exprofessor und Profispieler, ist in Las Vegas gestrandet, um die dortigen Spielcasinos mit seinem Spezialsystem zu erleichtern. Hört sich gut an, ist es aber nicht, denn er läuft permanent Gefahr, als Profi erkannt und aus Vegas verbannt zu werden. Zu ihm gesellt sich seine Schwester Valerie, die einem halbseidenen Scharlatan als Jüngerin hinterherreist. Da der Quacksalber aber ein lukratives Geschäft mit der vorgeblichen Heilung Todkranker betreibt, wird er selbst zum Objekt der Begierde des Gangsters Eggs, der einen genauso brutalen wie zwingenden Plan entwickelt, um den reichen Wunderheiler aufs Kreuz zu legen. Eggs wirft sein engmaschiges Netz aus und rekrutiert zwangsverpflichtete Helfer, zu denen auch Waverly gehören soll. Dieser weigert sich und sieht nur eine Chance: nach einem letzten satten Gewinn zusammen mit seiner Schwester die Kurve zu kratzen, um dem Alptraum zu entgehen und ein neues Leben zu beginnen. Für Waverly geht es um alles oder nichts …

Autor

Tom Kakonis stammt aus Kalifornien und lebt heute als Schriftsteller in Grand Rapids, Michigan. Sein Erstling »Die Spur des Spielers« wurde als Geburtsstunde eines neuen großen Autors gefeiert. Für »Abgezockt« wurde er mit dem Deutschen Krimipreis ausgezeichnet. Die Rasanz seiner Geschichten, die Tiefe seiner Figuren und die Kraft seiner Sprache sind kaum zu übertreffen. »Kakonis muß man lesen!« (Norbert Klugmann in »Krimi«)

Außerdem als Goldmann-Taschenbuch

Die Spur des Spielers (5113)
Über Kreuz (5135)
Abgezockt (5168)

Deutsche Erstausgabe

Die Originalausgabe erschien
unter dem Titel »Shadow Counter«
bei Dutton, New York

Umwelthinweis:
Alle bedruckten Materialien dieses Taschenbuches
sind chlorfrei und umweltschonend.
Das Papier enthält bereits Recycling-Anteile.

Der Goldmann Verlag
ist ein Unternehmen der Verlagsgruppe Bertelsmann

Umschlaggestaltung: Design Team München
Satz: IBV Satz- und Datentechnik GmbH, Berlin
Druck: Elsnerdruck, Berlin
Verlagsnummer: 42374
Lektorat: Ulrich Genzler
Redaktion: Jochen Stremmel
Herstellung: Ludwig Weidenbeck
Printed in Germany
ISBN 3-442-42374-0

1 3 5 7 9 10 8 6 4 2

TOM

KAKONIS

JOKER

ROMAN

Aus dem Amerikanischen
von Michael Kubiak

GOLDMANN VERLAG

Für Helen, Marge, Bonnie –
und ein ganzes Leben voller Erinnerungen.
Auch für Alan Sonnenschein,
eine zuverlässige Stimme
aus der schlimmen Stadt.

Vor dreißig Jahren konnte ein Autofahrer sich auf seinen Orientierungssinn verlassen. An einer simplen Kreuzung bestätigte ein kleines Schild mit einem Pfeil darauf, was offensichtlich war. Man wußte, wo man sich befand. Wenn aus der Kreuzung ein Kleeblatt wird, muß man nach rechts abbiegen, um nach links abzubiegen … Aber der Autofahrer hat keine Zeit, um mitten in einem gefährlichen, verschlungenen Labyrinth über paradoxe Feinheiten nachzudenken. Er oder sie verläßt sich auf Hinweisschilder – riesige Tafeln in weiten Räumen bei hohen Geschwindigkeiten.

aus: Robert Venturi u. a.,
Learning from Las Vegas

1. Teil

1

Sag was du willst, beschönige es ruhig, aber Black Jack ist am Ende eine langweilige Art, seinen Lebensunterhalt zu verdienen. Daneben gibt es die unendliche Vielfalt und den berauschenden Kitzel beim Verpacken von Waren an den Supermarktkassen oder beim Jonglieren mit Hamburgern oder beim Papierkrieg am Bankschalter. Das reicht fast schon aus, um einen ehrlichen Job erträglich erscheinen zu lassen. Nun, fast. Selbst bei den Penny-Einsätzen spürst du schon mal diesen gewissen Rausch: wenn du der Kugel, die dir bestimmt war, ausweichen konntest, wenn sich beim Aufdecken der Karten erweist, daß du richtig mitgezählt hast, wenn dein Wagemut belohnt wurde. Das muß man zugeben. Der Fairneß halber. Aber ansonsten, als Berufung, als Lebensunterhalt – sei ehrlich – ist es ziemlich mies.

Besonders unterhaltsam ist es auch nicht, wenn man die Gesellschaft an diesem Tisch als Maßstab nahm. Auf der ersten *base*, mit einem breiten Steiß, der aus seinem Sessel herausquoll, saß die männliche Hälfte eines Ehepaares in den sogenannten goldenen Jahren, Maisbauern aus dem Süden, wie man an ihrem lässigen, Zuckerrohr-klebrigen Slang hörte. »So eine Scheiiiße!« heulte dieser gerissene Spieler, nachdem er Fünfen geteilt hatte und mit weit aufgerissenem Mund auf den Tisch starrte, während die Geberin beide Hände locker schlug und die Chips zu sich herüberzog. Zehn stramme Soldaten verschwanden. Es war tragisch. Aber seine Frau, ein Blauschopf mit wächsernen Wangen, so lebendig wie ein Zombie, landete einen Black Jack und betrachtete ihre Beute und ihren glücklosen Gefährten abwechselnd mit einem glasigen Lächeln. Also waren die Gesetze der ausgleichenden Gerechtigkeit mehr oder weniger noch immer in Kraft.

Neben diesen beiden Vergnügungssüchtigen saß ein anderes Ehepaar, viel jünger, dem Aussehen nach gesunde Bauern und dem Slang nach mitten aus Nebraska. Sie waren ganz eindeutig noch Anfänger – die Frau sagte immer: »Her damit«, während die Geberin, ein zierliches asiatisches Mädchen mit engelsgleicher Geduld, unsere kleine Miss Mandelauge, sie höflich an die Handzeichenregel erinnerte – und hatten diesen leeren, leicht benommenen Gesichtsausdruck der geborenen Opfer. Nun verzogen ihre rosigen Landeigesichter sich bei der mühsamen Suche nach einer Entscheidung, während sie ihre hohen Blätter, fünfzehn beziehungsweise dreizehn, gegen Miss Mandelauges offene Drei abwogen. Sie zögerten, wechselten zaghafte Blicke, verlangten Karten. In deine Hände, o Herr, lege ich mein Schicksal. Beide gingen baden. Manchmal gibt der Herr, aber viel öfter nimmt Er hinweg.

Und neben den Maisbauern, *last and least*, hockte ein ungewöhnlich häßlicher Bursche – dünne fettige Haare, Frettchenaugen, eingefallene Wangen, ein Mund wie ein Briefkastenschlitz, fliehendes Kinn –, dessen Nacht-der-lebenden-Toten-Blässe sowie sein farbloses mechanisches Spiel ihn zweifelsfrei zu einem Einheimischen, einer Kasinoratte stempelten. Desgleichen die Art und Weise, wie er eine Zigarette anzündete und bittere Rauchströme zwischen zusammengebissenen gelben Zähnen ausstieß. Er war ein raffinierter Stratege, wackelte zustimmend mit dem Finger, bekam eine Vier auf seine Zwölf gelegt, stieß pfeifend einen weiteren Rauchstrom aus und wedelte reflexartig mit der Hand. Stratege oder nicht, Mandelauge zermalmte ihn, und er kauerte zusammengesunken vor seinen schrumpfenden Chipstürmen wie ein verhungerter Köter, der einen Knochen bewacht.

Vergnügen in Vegas. Die amerikanische Art zu spielen. Es war eine traurige Szene, wenn man es sich genau überlegte. Lieber nicht, dort lauerte der Wahnsinn. Und außerdem, da man selbst genauso eine Figur in diesem freudlosen *tableau vivant* war wie die anderen, wäre ein wenig mehr an christlicher Nachsicht, Mr. Waverly, durchaus angemessen, wenn Sie so freundlich wären.

»Sir?«

Madame Butterfly, höflich aber bestimmt (Zeit ist Geld, Sir, hier bei uns im Barbary Coast), holte ihn aus seinen trüben Gedanken zurück.

Waverly schaute auf seine Karten, rief die Anzeige auf dem Schirm hinter seinen Augen ab, zählte weitere vier rote Chips ab und verdoppelte seine schöne Acht/Achtzehn. Wenn er richtig mitgezählt hatte, müßten in dem Schlitten, der knapp zur Hälfte geleert war, noch eine Menge Zählkarten stecken. Es gab also eine besser als gut einzuschätzende Chance, ein kleines Stück höher zu kommen oder, schlimmstenfalls, stehenzubleiben. Und die vierzig täten auch nicht weh, was natürlich nicht gerade die richtige Einstellung war, aber wenn man um das Taxigeld kämpfte, um die TV-Dinner der nächsten Woche, die nächste Monatsmiete – okay, nennen wir es beim Namen: ein bißchen Klimpergeld, Peanuts – wenn man das tut, dann ist es genau das, was man denkt.

Sie gab ihm ein As. Neunzehn. Beruhigend zu erleben, daß es in dieser Welt immer noch gewisse Konstanten gab, auf die man sich verlassen konnte, auch wenn es nur die von der mathematischen Art waren. Nichtsdestotrotz war das alles graue Theorie, als sie ihre verdeckte Karte umdrehte und eine dieser reichlich vorhandenen Zählkarten aufdeckte, mit denen er gerechnet hatte, und dann mühelos eine Acht auf ihre Dreizehn packte, und er und der Stratege gingen gemeinsam unter. Die Sache beim Black Jack ist die, daß man, so kunstvoll man auch mitzählen mag, manchmal einfach kein Glück hat.

»Huu-iii!« rief das Rhinozeros, der Stolz des tiefen Südens. »Bis auf die Missus hat die kleine Lady uns aber eine ordentliche Abreibung verpaßt!«

Die Bankhalterin reagierte auf das Lob oder die Klage oder den müden Scherz oder was immer es sein sollte mit einem neutralen Lächeln, die Missus mit dem gleichen abwesenden Grinsen, das schon den ganzen Abend auf ihrem Gesicht lag. Das Nebraska-Duo grinste matt. Adonis starrte finster vor sich hin und sagte gar nichts.

Waverly auch nicht. Er besetzte die dritte Base, war von seinen Mitspielern und der Last irgendwelchen belanglosen Geplappers durch einen einzigen, dem gnädigen Schicksal sei dank, freien Sessel getrennt. Aber nicht lange. Schon bald drängte sich ein stämmiger Feuerhydrant von einem Mann durch die Schar Kiebitze, ließ sich in den Sessel fallen und begann mit einer irgendwie nasalen, irgendwie verschwommenen Stimme einen ständigen mürrischen Monolog, der sich an jeden richtete, der zuhörte, Waverly nicht ausgeschlossen. Soviel zum gnädigen Schicksal.

Waverly gab sich alle Mühe, ihn wegzublenden, sich auf die Karten zu konzentrieren. Ohne viel Erfolg. Prinzipiell hatte er etwas gegen Tischwechsel und all den anderen jämmerlichen Aberglauben, der gewöhnlich um dieses und um alle anderen Glücksspiele aufblüht. Weitaus besser war es da, sich auf die Genauigkeit der Zahlen zu verlassen. Trotzdem geriet sein Nachhalten durch das ständige Geschwätz, durch diese Wortflut, erheblich durcheinander. Wenn man mit einem B. Epstein zusammenwohnte und -arbeitete, dann bekam man schon bald genug Worte um die Ohren. Eigentlich mehr als genug.

Daher spielte er noch für ein paar weitere Schlittenfüllungen mit, und als er es wirklich nicht mehr ertragen konnte – denn mittlerweile hatte der Feuerhydrant diesen bisher trübseligen Tisch auf wunderbare Weise in einen fröhlichen Freizeitclub verwandelt, mit ihm selbst als Vorsitzenden, und alle anderen, sogar die mißgelaunte Ratte, stimmten mit ein und tauschten ein fröhliches *Woher kommen Sie denn?* und *Wie steht's denn bei Ihnen?* aus –, stand er auf und sammelte seine Chips ein. Er wollte sie nicht gleich zählen, aber ihrer Farbe und ihrem Gewicht nach war er zwei Scheine im Plus, sicher kaum mehr. Nicht gerade sensationell, aber auch wieder kein schlechter Schnitt für vier öde Stunden am Fünf-Dollar-Tisch. Natürlich war seine Schicht noch nicht vorüber, aber er brauchte jetzt eine Pause.

»Hey, gehen Sie schon?« fragte der Vorsitzende mit dröhnender Stimme. Ein scharfer Beobachter.

»Richtig.«

»Na hören Sie mal, Sie sind der einzige, der hier irgendwas gewonnen hat. Sie dürfen jetzt nicht aufhören.«

»Aber dann ist es immer am besten«, sagte Waverly und schlenderte davon.

Er ging hinüber zu der langen Bar mit Marmortheke gegenüber den Spieltischen, sank auf einen Hocker und bestellte ein Ginger-ale. Er ließ seine verkrampften Schultern hängen, leerte seinen Kopf von Listen, Zahlen. Die unbarmherzig lärmende Sinfonie der einarmigen Banditen, ab und zu untermalt von ekstatischen Schreien, enttäuschten Seufzern, attackierte seine Ohren. Er sah den Cocktailkellnerinnen zu, wie sie umherstolzierten, sah gepuderte Brüste aus bordellroten Kostümen herausquellen. Er betrachtete das Kommen und Gehen der Parade erwartungsvoller Amateure und aufgeklärter Strategen, die Gesichter gezeichnet von Besorgnis, Gespanntheit, Zweifel, unterschiedlichen Schattierungen von Unbehagen. Er beobachtete sie. Und erkannte, daß er nicht anders war, ganz gewiß nicht besser, wahrscheinlich schlimmer, ebenso gefangen in diesem hektischen Wirbel des Selbstbetrugs – indem er all das erkannte, wurde er für den Splitter eines Moments von einer unendlichen Müdigkeit überwältigt, die nichts mit Erschöpfung zu tun hatte, und von einer totalen und grundlegenden Einsamkeit. Nachwirkungen des giftigen Mythos des Von-vorne-Anfangens. Soviel zum Thema Wahnsinn.

In den vier Monaten, die sie jetzt hier waren, hatte er sich von den Zwei-Dollar-Tischen – wo er mit kaum einem Dime Kapital gestartet war, also dort, wo das Von-vorne-Anfangen wirklich anfängt – zu den Fünfern hochgearbeitet. Hochgearbeitet von den miesen Spielhöllen im Zentrum zum berühmten Strip, aber langsam, wobei er vorsichtig den feudalen Palästen aus dem Weg ging, wo die Saalchefs einen Zähler eher entdeckten als eine Katze einen aus dem Nest gefallenen Spatzen findet, und hatte sich an Discountläden wie diesen gehalten. Alles nur, um sich aus dem Florida-Loch herauszuwühlen. Und es war ein langer, mühsamer Aufstieg: einen Schritt nach oben, zwei nach unten. Oft genug ließ das Abrutschen sich zurückführen auf Bennies Sportwetten, denn er war schrecklich aus der Übung, hatte kein Feeling mehr. Allerdings gab er sich stets optimistisch. »Bald haben wir ein bißchen Kapital zusammen«, verkündete er bei ihrer Ankunft, »beschaffen uns, na, sagen wir mal zehn, fünfzehn Riesen, dann bringen wir dich wieder richtig ins Spiel, damit du tust, was du am besten kannst. Dann leben wir wieder wie die Weißen.« Gegen dieses selige Gottvertrauen war nicht anzukommen, selbst als sie vier Monate später, zusammen, die königliche Summe von siebentausend Dollar angehäuft hatten. Oder irgendwo in der Kante. Bennie führte die Bücher. Nicht gerade ermutigend, ganz gleich wieviel es genau waren.

Zwei Hocker weiter nippte eine Frau in hellgrünem Kleid vorsichtig an einem Drink. Das Kleid, trotz seines neongrellen Glanzes, tat wenig, um eine Figur zu betonen, die in der Mitte stämmig und obenrum ziemlich ausladend war. Das Gesicht, aufgedunsen, verbraucht, längst über vierzig, glänzte derart vor Farbe, daß es regelrecht lackiert aussah. Sie schickte ihm einen bewundernden Blick, begleitet von einem angestrengten Lächeln, und zwitscherte ein munteres »Hi«.

Waverly antwortete mit einem gleichgültigen Nicken. In diesen vier glanzlosen Monaten war er auch noch nicht von einer Nutte angemacht worden. Bis jetzt. Zweifellos ein Beweis für die traurige Trostlosigkeit in seiner Miene. Oder für ihre Verzweiflung.

»Hatten Sie heute abend Glück?«

Er beschrieb mit der flachen Hand eine So-lala-Geste.

»Woher kommen Sie?«

Die üblichen Vegas-Fragen, diese von der Sorte, die eine Antwort verlangten. »Nebraska«, sagte er.

»Tatsächlich Nebraska. Eine Freundin von mir wohnt in Omaha.«

»Das ist aber ein Zufall.«

»Was? Sie kommen auch aus Omaha?«

»Nein. Aus Grand Island.« Soweit er wußte, lag das in Nebraska.

Ihr Trugschluß störte oder interessierte sie überhaupt nicht. »Wie gefällt Ihnen Vegas?«

Die routinemäßigen ersten Züge, ganz gleich, welches Spiel anlag. Das müßte eigentlich bald herauskommen. Was den Leuten hier wirklich fehlte, war Erfindungsgabe. »Eine tolle Stadt«, bemerkte er.

»Das ist sie. Es gibt soviel zu sehen. Und zu tun.«

Darauf gab es nichts zu erwidern. Sie nahm eine kurze Auszeit. Trank einen weiteren kleinen Schluck. Und jetzt kommt's.

»Sagen Sie mal, äh, suchen Sie vielleicht Gesellschaft?« fragte sie und legte einen koketten Unterton in ihre Stimme.

»Ich glaube nicht.«

»Ich würde an Ihrer Stelle nicht so schnell ablehnen«, riet sie ihm. »Sehen sie die beiden kleinen Süßen da drüben?« Sie hob einen scharlachrot bekrallten Finger und lenkte seinen Blick auf zwei Mädchen, die auf der anderen Seite des Saales einen Automaten mit Münzen fütterten.

Waverly deutete an, daß er sie sehe.

»Sie gehören zu mir. Scharf, nicht wahr?«

Die Mädchen waren jung, nach seiner Schätzung kaum alt genug, um hier sein zu dürfen. Eine der beiden hatte harte, gewöhnliche, hübsche, maskuline Gesichtszüge; die andere hatte ein herzförmiges Babydollgesicht, die Haut so weiß wie der Mond und das Haar eine extravagante Zuckerwatte-Kreation in etwa dem gleichen Farbton, abgesehen von einigen pinkfarbenen Strähnen. Beide hatten verschlossene, gleichgültige Augen, vereist. Beide kauten Kaugummi. Sie trugen identische knöchellange Spandexhosen mit Leopardmuster und ärmellose, rückenfreie Oberteile, die reichlich seidiges junges Fleisch entblößten. Die reinsten Dschungelprinzessinnen. »Wirklich entzückend«, gab er zu.

»Sie gehören zum Paket. Das meine ich nicht als Scherz.«

»Oh. Das habe ich auch nicht angenommen.«

»Also wir machen folgendes. Zuerst ölen wir uns gegenseitig ein. Und zwar am ganzen Körper. Überall. Sie verstehen?«

»Ich glaube, ich kann's mir vorstellen.«

»Dann bringen wir für Sie eine Show. Es lohnt sich, die anzusehen. Sie gefällt Ihnen garantiert.«

Jetzt waren sie also schon zu dritt unterwegs. Ganz neue Dimensionen sybaritischer Freuden, ganz neue Galaxien unerforschter Reize. Vielleicht irrte er sich; vielleicht fehlte es ihnen doch nicht an Erfindungsgabe. Er sagte unschuldig: »Gibt es auch eine Garantie dazu? Das meine ich übrigens auch nicht als Witz.«

»Das ist mehr als Sie aus Ihren heißesten, wildesten Träumen kennen«, sagte sie und war offenbar für Ironie völlig unempfänglich. »Und danach können Sie an der Party teilnehmen. Überlegen Sie es sich.«

»Diese Show, alle drei machen mit?«

»Richtig. Wir arbeiten als Team.«

Ein gewisses lüsternes Hecheln, ungespielt, schlich sich in ihre Stimme. Ihre Augen glänzten. Es war erfreulich zu sehen daß es noch immer Menschen gab, die bei ihrer Arbeit glücklich waren.

»Mit Ihnen als Mutter der Kompanie?« sagte Waverly.

Das falsche Lächeln erschlaffte etwas. »Was soll das denn heißen?«

»Nichts. Streichen Sie das, es heißt gar nichts. Ich finde das Angebot nett, aber ich muß heute passen. Trotzdem vielen Dank.«

Das lackierte Gesicht versteinerte abrupt. Sie drehte sich auf dem Hocker um und zeigte ihm ihren Rücken. Er glaubte, sie irgend etwas über verdammte, lästige Jammerlappen oder so ähnlich murmeln zu hören. Vergessen wir nicht, daß hier draußen gilt, Zeit ist Geld, Geld, *Geld*! Waverly wandte sich ab, leerte sein Glas Ginger-ale, und als er einen Moment später wieder hinsah, war sie weg. Er blickte hinüber zu den einarmigen Banditen, und die Dschungelprinzessinnen waren auch nicht mehr da. Die drei waren so plötzlich verschwunden, daß er sich fragen mußte, ob sie nicht nur irgendeine exotische Halluzination gewesen waren.

So oder so, ob real oder eingebildet, war es nicht besonders wichtig. Es wurde Zeit – die auch er nicht im Überfluß hatte – an die Arbeit zurückzukehren. Er suchte die Tische ab und hielt Ausschau nach einer freien dritten *base*. Keine zu sehen. Er wartete. Schließlich wurde eine frei, und er eilte hinüber und besetzte sie. Machte es sich bequem, sortierte seine Chips und wagte ein paar harmlose Einsätze mitten im Schlitten, die meisten davon Spenden an die Bank. Während des Mischens lehnte er sich zurück, zündete eine Zigarette an und leerte seinen Kopf.

Dieser Tisch versprach um einiges mehr als der vorherige. Zwei junge Asiaten am einen Ende, ein leerer Platz, eine Lady in mittleren Jahren, die ab und zu einen Vicks Inhalator benutzte und Blistex auf ihre aufgesprungenen Lippen schmierte, zwei weitere leere Plätze, dann er selbst. Der Bankhalter war ein hagerer junger Mann mit fleckiger Haut, schlechten Zähnen und einem fettigen Pferdeschwanz, der zwischen seinen knochigen Schulterblättern baumelte. Machte auf supercool, aber ohne die fließenden Gesten und die blitzartigen Hände, um die Nummer perfekt auszufüllen. Die Asiaten und die Lady spielten mittelprächtig, keine übertriebenen Reaktionen, und zu sagen hatte auch keiner was. Besser konnte es gar nicht sein.

Die Karten kamen auf den Tisch. Waverly begann mit dem Zählen, richtete seine Strategie nach dem Auf und Ab der Zahlen, die durch seinen Kopf kreisten. Manchmal diktierten diese Zahlen seltsame Entscheidungen: Verdoppeln einer As-Neun gegen eine Acht, Passen bei einer starken Dreizehn gegen eine Sieben, oder bei einer Vierzehn gegenüber einer Zehn. Einmal drängten sie ihn sogar, gegen eine Siebzehn zu wetten – er hielt seine Tarnung aufrecht, indem er durch einen glücklichen Zufall verlor. Das seltsame impulsive Spiel ließ einige Augenbrauen am Tisch hochgehen und löste beim Bankhalter ein gelegentliches überhebliches Grinsen aus. Das war auch ganz okay so. Er hat dich als Zufallsspieler eingeordnet, Kumpel. Es war die Einseitigkeit des Pendelschwungs, die einen verriet. Und das war das Letzte, was er brauchen konnte. »Laß dich in einem Laden erwischen« – in Bennies eleganter Ausdrucksweise – »und sie kennen dich in der ganzen Stadt. Bei Zählern sind sie zugeknöpfter als 'ne Nonne im Schritt. Und eines kann ich dir versichern, mein Junge, die haben hier in diesen Breiten das reinste Elefantengedächtnis.« Ein vernünftiger Rat. Dementsprechend hielt er sich brav zurück und schlug nie gewaltig zu. Wenn seine Kennzahl bei fünfzehn oder darüber lag, dann hielt er ein paarmal mit, versuchte aber niemals mehr; fünf und weniger brachten ihn zurück auf das Grundkapital, bescheidene zehn Scheine. Bei einem derart harmlosen Taschengeld merkte niemand etwas oder wurde aufmerksam. Er wollte nichts anderes, als mit drei oder vier Scheinen im Plus aus dem Laden marschieren. Auch das war noch eine hübsche Beute.

Langsam, stetig vermehrte sich das Häufchen Chips unter seinen Händen, und innerhalb einer Stunde näherte er sich seinem Ziel. Eine sehr begrüßenswerte Aussicht. Aber eindeutig weniger begrüßenswert war das unbehagliche Gefühl einer Erscheinung hinter ihm, die ihn beobachtete, sein Spiel kritisch verfolgte. Er behielt seinen Blick auf den Karten, versuchte sich zu konzentrieren. Kiebitze waren bekanntermaßen unruhig, neigten zum Umherschlendern. Man mußte sie nur ignorieren, und irgendwann verdrückten sie sich. Dieser aber nicht. Dieser war standhaft, wie mit dem Fußboden verwachsen. Nach ein paar weiteren Händen überlegte Waverly, ob er sich umdrehen und ihn – oder sie – oder wen immer – mit einem eisigen Blick fixieren sollte, aber dann entschied er sich doch dagegen. Und blieb konzentriert.

Es war sowieso nicht nötig. Beim nächsten Mischen materialisierte sich die Erscheinung in der umfangreichen Gestalt des Quatschkopfs vom vorherigen Tisch im Sessel neben ihm. Er musterte Waverly mit einem Seitenblick, als sähe er zum erstenmal ein mythisches Wesen, von dem er irgendwann einmal gehört hatte, dem er aber noch nie persönlich begegnet war, wie ein Zyklop oder eine geflügelte Nike. Seine Augen waren trübe, das ziegelrote Gesicht vom Alkohol gezeichnet. Ein violetter Schauer dunkler Sommersprossen bedeckte seine Eichhörnchenwangen und -nase und seine hohe Patrizierstirn. Darüber bauschte sich ein widerspenstiger Haarschopf, dessen feuerrotes Leuchten nur wenig von den grauen Tupfern an den Schläfen gemildert wurde. Ein Ausdruck des Erkennens schlich sich in den blinzelnden Blick, und er lehnte sich herüber, schuf eine Zone der Vertraulichkeit und murmelte *sotto voce*: »Sie sind ein Zähler.«

Nun produzierte Waverly einen bösen Blick. Als ob er etwas nützte. Der Quatschkopf erwiderte ihn, und ein aufgeregtes Funkeln tanzte durch seine trüben Augen. Waverly sah sich suchend um, inspizierte die Tische in der Nähe. Kaum noch freie Plätze, und eine dritte *base* schon gar nicht. Nicht sehr gut. Der Bankhalter reichte einem der Asiaten die neutrale Karte zum Teilen des Kartenpacks, und das Spiel ging weiter. Waverly konzentrierte sich wieder aufs Zählen, was ihm bei den ersten Händen ein erhebliches Rauf und Runter bescherte, um dann in den unteren Werten zu bleiben. Er machte einen hübschen Schnitt. Aber es entging ihm nicht, daß der Quatschkopf – der, nachdem er in eine uncharakteristische Schweigsamkeit verfallen war, nicht mehr als solcher bezeichnet werden konnte – sklavisch seine Setztaktik imitierte. Da er mit großen Einsätzen spielte, strich er den Löwenanteil ein. Am Ende des Schlittens bedachte der Bankhalter sie beide mit mißtrauischen und wachsamen Blicken. Nein, das war überhaupt nicht gut.

So wie Waverly es betrachtete, hatte er zwei Möglichkeiten. Er konnte hier seine Zelte abbrechen, rausgehen und woanders anfangen. Oder er konnte für den Abend Schluß machen. Beides könnte er natürlich tun, aber keines von beidem gefiel und paßte ihm in den Kram. Es war ärgerlich, von einem neugierigen, aufdringlichen Säufer ausgenutzt zu werden, der sich einem an den Rockzipfel hängte, auf alle Vorsicht pfiff und alles in Gefahr brachte. Es war mehr als ärgerlich, es erfüllte einen mit Wut. Vielleicht gab es auch noch eine andere Möglichkeit.

Während der nächsten beiden Schlitten machte er nur bescheidene Einsätze. Sommersprosse – das war der Name, den Waverly ihm mittlerweile verpaßt hatte – tat das gleiche. Es ging mit ihnen auf und ab, sie gewannen ein wenig, aber sie verloren mehr als sie gewannen. Der Bankhalter beruhigte sich allmählich. Dann kam ein Augenblick, als seine Zahl über zwanzig stieg. Waverly wartete, bis der Bankhalter sich auf das andere Tischende konzentrierte, und wandte sich an Sommersprosse und flüsterte ihm etwas ins Ohr. »Jetzt wird es Zeit abzukassieren.«

»Jetzt?«

»Genau jetzt.«

»Wieviel?«

Unter dem Tisch streckte Waverly fünf Finger hoch.

Beim nächsten Spiel schob Sommersprosse fünf grüne Chips in seine Box. Waverly begnügte sich mit dem Zehner.

»Was ist mit Ihnen?« fragte Sommersprosse unsicher.

»Das ist alles, was ich riskieren kann. Vertrauen Sie mir, jetzt kommen die Zählkarten.«

Darin hatte er recht, obgleich es durch die Hintertür kam, und zwar auf die unschöne Art. Sommersprosse erwischte eine Fünfzehn, Waverly eine Zwölf. Der Bankhalter hatte eine starke Zehn. Sommersprosse war verzweifelt. Waverly stieß ihn an, machte eine knappe verneinende Geste, und als sie an der Reihe waren, hielten sie den Einsatz. Der Bankhalter drehte seine verdeckte Karte um und zeigte eine Vier. Er zog ein Bild für sich aus dem Schlitten, und auf einen Schlag stand Sommersprosse mit hundertfünfundzwanzig General George-Porträts im Plus. Seine Lippen verzogen sich zu einem strahlenden Grinsen.

»Was habe ich gesagt?« murmelte Waverly aus dem Mundwinkel.

Bei der nächsten Hand war es die gleiche Geschichte. Und bei der darauffolgenden und bei denen danach. Außer daß Waverly, der stets bei seinem Zehner-Einsatz blieb, ganz bewußt einige Hände verlor, während sein überschwenglicher Bundesgenosse, der von der zunehmend finsteren Miene des Bankhalters überhaupt nichts mitbekam, weiter abräumte. Als es ihm schließlich reichte, schickte der Bankhalter dem Saalchef einen vielsagenden Blick, und der Mann kam an den Tisch. Ein vieldeutiger Blick ging zwischen ihnen hin und her. Es wurden keine Worte gewechselt. Der Chef baute sich an der ersten *base* auf und beobachtete das Spiel und die Spieler mit unverwandtem tränensackbewehrtem Blick voller unterschwelliger Heimtücke. Er war ein dunkelhäutiger Latino. Auf dem Kopf hatte er eine runde kahle Stelle, die so symmetrisch war wie ein Radarschirm und mitten auf seinem Schädel saß. Sie sah aus wie ein übergroßes drittes Ohr, das auf Signale jenseits der Hörgrenze anderer Sterblicher lauschte. Und diese Signale meldeten ihm, daß etwas ganz furchtbar faul war. Waverly rechnete sich aus, daß es nun nicht mehr lange dauern würde.

Der Schlitten war fast leer. Noch eine Runde um den Block. Sommersprosse bekam zwei Bilder, Waverly eine mittelprächtige Siebzehn. Die erste Karte des Bankhalters war eine kümmerliche Vier. Unter dem Tisch beschrieb Waverly mit zwei Fingern eine Scherenbewegung, und Sommersprosse schob weitere fünf grüne Chips in die Mitte und verlangte »Teilen«.

Der Bankhalter zögerte nur den Bruchteil einer Sekunde. Mit geschürzten Lippen fragte er: »Sind Sie sicher?«

»Ich bin ganz sicher«, sagte Sommersprosse stur.

Kein Grund, nicht sicher zu sein. Zur ersten Karte zog er ein As und zur zweiten ein weiteres Bild. Zwei Spitzenhände, zweieinhalb Scheine auf einen Schlag klingelten in der Kasse. Die Asiaten und die Blistex-Lady, Statisten in diesem sich entfaltenden Drama, lieferten einige bewundernde Seufzer. Der Bankhalter schüttelte völlig perplex den Kopf. Seine so sorgfältig einstudierte coole Fassade war längst zerbröckelt. In den wachsamen Augen des Saalchefs zog ein schwarzes Unwetter auf. Waverly verzichtete auf einen Treffer, obgleich die Zahlen ihm zum Verdoppeln rieten. Wenn dieses Unwetter sich entlud, dann war es besser, er ging in Deckung. Der Bankhalter zog eine Fünf, legte eine Zehn darauf und tötete jeden bis auf Sommersprosse, der selig strahlte. Dann wandte er sich an den Saalchef und sagte, »Mischen«, und in seiner Stimme lag die Andeutung einer Frage. »Mischen«, sagte der Chef, zwängte sich hinter die erste *base* und ging langsam um den Tisch herum. Waverly verfolgte seine Annäherung aufmerksam. Jetzt kam die Entscheidung.

Der Chef blieb hinter Sommersprosse stehen, klopfte ihm auf die Schulter und knurrte: »Sir, ich muß Sie sprechen.«

Sommersprosse, der damit beschäftigt war, seine Chips aufzustapeln, dachte nicht einmal daran aufzuschauen. »Ich spiele gerade.«

»Da irren Sie sich. Für Sie ist das Spielen vorbei.«

Jetzt blickte er auf, einen Ausdruck aufrichtiger Verwirrung im Gesicht. »Was meinen Sie mit vorbei?«

»Vorbei«, wiederholte der Saalchef. »Wie in gelaufen. Erledigt. Abgebrochen. Finito. Ist das klar genug? Kommen Sie, tauschen Sie sie um.«

»Das begreife ich nicht. Was, zum Teufel, habe ich denn getan?«

»Zähler sind hier nicht willkommen.«

»Zähler!« sprudelte Sommersprosse hervor. Er richtete einen anklagenden Finger auf Waverly. »*Er* ist es, der zählt!«

Waverly zuckte die Achseln und machte ein unschuldiges Gesicht. Er fuhr mit einer Hand über seinen bescheidenen Chipshaufen, äußerte aber nichts zu seiner Verteidigung. In einem solchen Fall ist weniger immer mehr. Der Bankhalter grinste dünn und fuhr mit dem Mischen fort. Die drei anderen Spieler am Tisch verkrochen sich hinter ihren eigenen Augen. Wer wünschte sich schon Ärger?

»Sie sind es, den ich zum Gehen auffordere«, sagte der Saalchef mit gefährlich vibrierenden Nasenflügeln. Eine dumpfe Drohung schlich sich in seine Sandpapierstimme. »Bis jetzt bin ich noch höflich gewesen. Aber nicht mehr lange. Soll ich den Sicherheitsdienst rufen?«

Sommersprosse ließ seinen Blick zwischen ihm und Waverly hin und her gehen und prüfte ihre Reaktionen. Seine Hände zitterten mitleiderregend. Entrüstung rötete seine dicken Wangen. Sein Mund ging verzweifelt auf und zu, verrenkte sich und brachte keinen Laut hervor. Als Mittelpunkt in diesem tragikomischen kleinen Schauspiel sah er eher aus wie jemand, der gerade einen Wurm verschluckt hatte. Schließlich und endlich und mit steifer, trunkener Würde verkündete er: »Das ist nicht *fair*!« Fair oder nicht, er kam jedenfalls auf die Beine, sammelte seine Chips ein und marschierte zum Kassenschalter. Der Saalchef eskortierte ihn und hielt seinen Oberarm umklammert. Sommersprosse konnte einem leid tun.

Die Einsätze wurden gemacht, das Spiel ging weiter. Waverly unterdrückte ein Lächeln. Zurück zum Geschäft. Niemand am Tisch machte irgendeine Bemerkung, aber alle, vor allem der Bankhalter, beobachteten sein Spiel überaus genau. Sie waren trotz allem mißtrauisch. Allein daß auf ihn gezeigt worden war, machte ihn schon schuldig. Und nach ein paar Sekunden erschien auch der Saalchef und kam auf seine Seite. Waverly gab das Zählen auf. Für diesen Abend war das Geschäft wohl oder übel beendet.

2

In einem Zimmer im neunten Stock des nördlichen Turms des Dunes Hotels schräg gegenüber auf der anderen Straßenseite wurde ein anderes Geschäft, um einiges bizarrer, zur gleichen Zeit abgewickelt. Fünf Männer füllten das Zimmer. Vier saßen angespannt auf den beiden Doppelbetten, jeweils zwei auf einem Bett; der fünfte lag halb in einem Sessel an einer Wand, der so aufgestellt war, daß er die vier ansah. Der Mann im Sessel redete. Seine Stimme war federleicht, wispernd, dennoch weich und volltönend und mit einer seltsamen erdrückenden Energie darin. Seine Worte schienen nicht so sehr aus seinem Mund zu kommen, einem schmalen Spalt, der von kantigen Gruben in seinen hageren Wangen eingerahmt wurde, sondern aus irgendeinem fernen Raum, der tief hinter den fanatischen, harten Augen zu liegen schien. Sein Thema: homöopathische Medizin.

»Der menschliche Körper ist nicht mehr als ein Ausdruck des Bewußtseins, ein Epiphänomen, könnte man sagen. Das winzigste Zucken des Denkens, des Willens, ist ein Bewußtseinsquant. In genau diesem Moment, während ich zu Ihnen spreche, schaffe ich Strömungen in den kosmischen Kraftfeldern, die uns aneinanderbinden, Heiler und Leidende gleichermaßen. Sehen Sie, die grundlegende Idee der Homöopathie besagt, daß das Bewußtsein vorrangig und der Körper zweitrangig ist. Oder, anders ausgedrückt, daß der Körper selbst nur ein winziges Zittern in jenem dynamischen Feld ist, das wir das Universum nennen.«

Er wartete lange genug, damit sich diese bruchstückhafte Weisheit entfalten und wie ein Nebel im Raum ausbreiten konnte. Ein leicht seliges Lächeln spielte um seinen Mund. Die Männer auf den Betten betrachteten ihn mit einem verwirrten Gesichtsausdruck und warteten einen gespannten Augenblick lang. Obgleich der Älteste von ihnen nicht mehr als dreißig Jahre alt sein konnte, waren sie alle extrem mager, hatten ausgemergelte, faltige Gesichter und Augen wie Gräber. Ihre Haut hatte die Farbe und Beschaffenheit vertrockneter Zitronen. Ihr Atem kam in harten, trockenen, abgehackten, rasselnden Stößen.

Die Stille dehnte sich. Jenseits der Glasschiebetür, die auf eine Veranda hinausführte, stieg das stetige emsige Summen eiligen Verkehrs auf, der über die Flamingo Road flitzte, und durchzog die Nachtluft. Schließlich meldete sich einer der auf den Betten Sitzenden und sagte mit einer affektierten, skeptischen Stimme, in der aber deutlich das Zittern zunehmender Angst zu erahnen war: »All das ist sicherlich sehr interessant und wichtig, denke ich. Aber wie genau lassen diese erhabenen Gedanken sich in eine Behandlung, eine Therapie umsetzen, Dr. Brewster?«

»Mister«, korrigierte der Mann im Sessel ihn energisch, aber nicht unfreundlich. »Ich empfinde keinen Stolz auf diesen Titel, der mir verliehen wurde von den betrügerischen Verkündern der traditionellen ...« Er zögerte, suchte in seinem eigenen nichtkosmischen Bewußtsein nach der angemessen abstoßenden Bezeichnung und entschied sich schließlich für »... Dogmen. Ich werde ihre Hexenkünste nicht mit dem Begriff Medizin adeln.«

»Na schön. Nennen Sie es, wie Sie wollen. Aber die Frage bleibt die gleiche, *Mr.* Brewster.«

»Bitte, Howie«, flehte sein Bettgefährte. »Sei doch nicht so giftig.«

»Sei still, Barry.«

Trotz seiner Ungehaltenheit sah Howie aus, als befände er sich gefährlich nahe am Rand eines Zusammenbruchs, als strömten seine ganzen Lebenssäfte mit alarmierendem Tempo aus ihm heraus. Der gemaßregelte Barry, ein elfenhaftes Wesen von einem Mann, fächelte ihm unverdrossen mit einer Informationsbroschüre des Hotels frische Luft zu und gehorchte. Eine Hundehalskette umschlang seinen sehnigen Hals. Dumpfe Resignation trübte seine tiefliegenden Augen. Der kleine Temperamentsausbruch löste bei dem Duo auf dem anderen Bett ein nervöses Kichern aus. Howie brachte sie mit einem bösen Blick zum Schweigen.

»Genauso wie die Antwort auf Ihre Frage«, sagte der unerschütterliche Mann im Sessel. »Die Therapie ist mehr als nur eine simple Linderung von Schmerzen. Viel mehr. Wer sollte das schließlich besser wissen als Sie vier? Nein, die wahre Behandlung ist die sorgfältige Herstellung eines Gleichgewichts zwischen den physischen, emotionalen und spirituellen Elementen der menschlichen Natur. Durch ein solches perfektes Gleichgewicht erhält der Mensch Zugang zu seinem inneren Selbst und wird von da aus den Weg finden, um wieder in Gesundheit und Frieden und Harmonie zu funktionieren. In den Tempeln unserer Ahnen finden wir die Inschrift: ›Der Arzt verbindet die Wunde, doch der Universelle Geist heilt den Patienten‹.«

Er war gelassen, sanftmütig, entspannt bis zu einem Zustand halber Schläfrigkeit. Nichtsdestotrotz ging von ihm eine gewisse hypnotisierende Kraft aus. Man konnte es eine Grundströmung, eine betäubende Aura nennen, als ob all seine unergründlichen Worte sich um eine zentrale Lichtquelle rankten, die so weit weg war wie der fernste Stern des Himmels. Als ob er allein für die mysteriösen Stimmen empfänglich wäre, die keinerlei irdischen Gesetzen unterworfen waren.

Howie war jedoch nicht beeindruckt. »Ich fürchte, Sie müssen schon etwas deutlicher werden, Sir. Wir sind nicht zweitausend Meilen weit gereist, um uns irgendwelchen halbgaren Mystizismus anzuhören. Uns wurde gesagt, Sie hätten ein Heilmittel, eine Therapie. Oder Sie behaupteten zumindest, Sie hätten etwas derartiges.«

»Das habe ich auch.«

»Und? Wir warten. Und es sollte wohl offenkundig sein, daß wir das nicht ewig können.«

»Dann lassen Sie es mich noch einmal wiederholen: Ihre Krankheit würde durch die Wiederherstellung des Gleichgewichts auf allen Ebenen behandelt als da sind Umwelt, Verhalten, Körper, Verstand und Geist. In allen Bereichen gleichzeitig. Kurz gesagt, durch die heilenden Künste der Homöopathie.«

»Wenigstens der Name paßt«, kicherte einer der Kicherer.

Howie vertrieb sein Lächeln mit einem vernichtenden Blick. Zu Brewster sagte er, indem er in einer dramatischen Demonstration tiefer Entrüstung mit den Armen durch die Luft ruderte: »Das ist nicht genug. Ich frage nach Einzelheiten. Details. Nach dem Prinzip Ihrer sogenannten Therapie. Ist das so schwer zu verstehen?«

»Überhaupt nicht«, sagte Brewster freundlich. »Ich bediene

mich des Prozeßprinzips. Des Prinzips vom harmonischen Zusammenwirken von biologischen und spirituellen Rhythmen.«

Howie hob die Hände. »Prozeßprinzip!« rief er mit schriller Stimme. »Ich will nichts mehr von irgendwelchen Prozessen und von Tempeln und Rhythmen und von Spiritualität hören. Sehen Sie nicht, daß wir sterben? Verraten Sie uns entweder, wie Sie unsere Körper zu behandeln gedenken, oder verschwinden Sie, verdammt noch mal!«

Der kleine Barry ließ seinen provisorischen Fächer fallen und legte den Kopf in die Hände. »O bitte, Howie, ich ertrag' das nicht. Laß ihn ausreden.«

Brewsters Lippen zogen sich zu der verkniffenen Kopie eines Lächelns zusammen, das beinahe gütig wirkte. Feindseligkeit sammelte sich in seinen Augen. Ganz ruhig sagte er: »Das stimmt. Sie sterben. Sie alle. Nicht an der angeblichen Krankheit, sondern an der Diagnose. Weil Sie *glauben*, daß Sie sterben. Weil jemand mit einem furchteinflößenden Titel vor seinem Namen Ihnen gesagt hat, daß Sie sterben. Genau deshalb sterben Sie in der Tat.«

»Wir brauchen keinen gottverdammten schadenfrohen Medizinmann, um von ihm zu hören, was wir längst wissen!« kreischte Howie ihn an.

Brewster machte einen flachen Atemzug, fixierte Howie mit einem eisigen Blick und sagte zu ihm: »Verwechseln Sie mich nicht mit den Quacksalbern und Scharlatanen, die Sie in der Vergangenheit konsultiert haben. Deren Herangehensweise ist nicht auf die Heilung gerichtet, sondern auf die Unterdrückung von Schmerzen. Wie? Durch die Verabreichung starker Dosen konzentrierter Gifte – Wunderdrogen, nennen sie sie sehr gerne –, die den Schmerz kaschieren, die aber im Laufe der Zeit den Organismus verschmutzen und verderben. Dieser betrügerische Ersatz für eine Therapie ist eine Beleidigung für das Gleichgewicht, die Vollständigkeit und die Intelligenz der Natur.«

»Und ich nehme an, *Sie* haben die Zauberkugel, die ins Schwarze trifft«, spottete Howie.

Brewster nahm seine Unterlippe nachdenklich zwischen die Finger. Ein Schleier der Ruhe senkte sich erneut auf ihn herab, und innerhalb eines Augenblicks war jede Feindseligkeit plötzlich verschwunden. »Es gibt keine Zauberkugel, mein Freund.«

»Dann hören Sie verdammt noch mal auf mit dem Herumgelabere. Schluß damit! Wir sind zu Ihnen gekommen, damit Sie uns helfen, und nicht um warme Luft ins Gesicht geblasen zu bekommen.«

»Und helfen will ich Ihnen«, erwiderte Brewster und schälte sich träge aus dem Sessel. Aufgerichtet zu seiner vollen erhabenen Größe, gute ein Meter neunzig, schien er sie weit zu überragen, ein kantiger, magerer, fast skeletthafter Mann, beinahe genauso fleischlos in Gesicht und Gestalt wie sein sieches Publikum. Aber im Gegensatz zu diesen vier ausgemergelten Gestalten auf den Betten, die stigmatisiert waren mit ihrer eigenen Hoffnungslosigkeit, war in ihm die gleiche seltsam strahlende Energie, die wie ein heruntergebranntes, mit Asche bedecktes Feuer Lebenswärme abgab.

»Ich biete Ihnen Hilfe in Form der Homöopathie«, fuhr er besänftigend fort. »Der natürlichen Fähigkeit des Körpers, sich selbst zu kurieren. Die Antithese zu allem, dem Sie bisher vertraut haben, diesem Monstrum, das unter dem Namen allopathische – oder auf Drogen basierende – Medizin firmiert. Nun, im Fall Ihres ganz speziellen Leidens –«

»Warum sprechen Sie es nicht aus?« unterbrach Howie ihn und heulte in hilfloser Qual auf. »Haben Sie Angst vor dem Wort? *Sagen* Sie es! Aids. Wir alle haben Aids. Aids Aids Aids!«

Ein Zittern durchlief Barrys dürre Schultern. Den Kopf immer noch in den Händen, wimmerte er wortlos. Die beiden Kicherer, nicht mehr so sehr amüsiert, studierten das Teppichmuster.

Brewster wartete einen Moment. Streichelte sein scharfkantiges Kinn. Schließlich gab er sich einen Ruck. »Na schön. Aids. Sie meinen also, nur weil ein Allopath das Todesurteil Aids über Sie gefällt hat, wird es sich meinen Methoden nicht ergeben? Falsch. Was Sie und die medizinische Bruderschaft so gerne Aids nennen, ist nicht mehr als ein Symptom einer langen alten Krankheit. Eines Lebens des Mißbrauchs und der Vernachlässigung. Sie wollen den Ursprung Ihres gegenwärtigen Leidens kennenlernen? Er liegt in all diesen giftigen Substanzen, die Sie in Ihr System aufgenommen haben. Drogen, Cytotoxine, Gifte – sie sind der wahre Ursprung!«

Howie verdrehte die Augen und blickte flehend zur Decke. »Wollen Sie damit sagen, die Medikamente, die wir nehmen, seien die Ursache der Krankheit?«

»Genau.«

»Gehört AZT auch dazu?«

»Vor allem AZT. Das ist das Schlimmste von allen.«

»Und zu Ihrer ›Methode‹ gehört, daß Sie bei uns diese – wie haben Sie sie noch genannt? – Cytotoxine absetzen?«

»Und zwar sofort.«

Howie schüttelte langsam, staunend den Kopf. »Das ist Wahnsinn. Reiner Irrsinn. Ich kann nicht glauben, daß wir durch das halbe Land gereist sind um uns diesen... diesen... Voodoo-Quatsch anzuhören. Nein, Schluß damit. Ich weiß nicht, wie es mit euch ist, aber mir reicht es voll und ganz.«

Er schaute sich um, suchte Unterstützung. Barry rührte sich nicht. Die Kicherer starrten krampfhaft auf den Boden. Von dort war keine Unterstützung zu erwarten. Howie kämpfte sich auf die Beine und taumelte mit theatralisch stolperndem Gang quer durch den Raum, ging hinaus auf die Veranda und schob die Glastür hinter sich zu.

Für einen unbehaglichen Moment hatte niemand etwas zu sagen. Brewster wartete, sich betont gerade haltend, die harten Gesichtszüge zu einem kühlen, distanzierten Ausdruck absoluter Gewißheit geordnet. Und dann ließ Barry die Hände sinken und hob seinen bebenden Kopf und wandte sich mit kleiner, verängstigter Stimme an den Heiler: »Bitte, helfen Sie uns. Sagen Sie uns, was wir tun sollen.«

»Aber sehr gerne«, sagte Brewster, und nun öffnete das Gesicht sich knarrend zu dem gütigen Lächeln eines Wohltäters mit einer wunderbaren Überraschung in der Tasche. »Zuerst müssen Sie lernen, die Dinge auf einer breiteren Basis zu betrachten. Die Wahrheit zu erkennen, daß Sie selbst die Schöpfer Ihres Körpers sind, die Programmierer sozusagen. Und als Programmierer können Sie jedes Programm schreiben, das Sie wollen.«

»Können Sie uns zeigen wie?«

»Natürlich. Das ist meine Aufgabe. Das ist es, was ich ständig tue.«

»Dieses Programmieren«, sagte Barry ernsthaft. »Wie fängt man damit an?«

»Durch tägliche Übungen der Meditation, der Liebe und des Gebetes – nicht zu einem von allen Menschen verehrten Gott, sondern dem höheren kosmischen Geist in Ihnen selbst.«

Die beiden Kicherer tauschten ein lüsternes Grinsen aus. Einer von ihnen stieß den anderen an und säuselte: »Oh, diese Sache mit täglicher Liebe gefällt mir. Daran könnte ich mich gewöhnen.«

»Sicher, wenn du ihn jemals wieder in die Höhe bekämst«, sagte sein Freund.

Ein Ausdruck trauriger Verachtung stahl sich in Brewsters Miene. Mit eisiger Würde sagte er: »Ich glaube, es wird für mich Zeit zu gehen.«

Barry hob flehend die Hand. »Nein, nein«, heulte er mit gequälter Stimme. »Gehen Sie nicht weg. Sie sind unsere letzte Hoffnung.«

»Wollen Sie denn mehr hören?«

»Bitte. Ja. Bitte, bleiben Sie!«

»Nur Ihnen zuliebe«, sagte Brewster spitz, »bleibe ich.«

Ein Ausdruck unendlicher Erleichterung huschte über Barrys verschrumpeltes Gesicht. »Außer den, äh, Medikamenten, was müßte ich noch tun? Für meinen Körper, meine ich.«

»Sich sofort entgiften«, antwortete Brewster und begann an den Fingern einer Hand eine ganze Liste reinigender Maßnahmen aufzuzählen. »Eliminieren Sie all die barbarischen allopathischen Medikamente und...« Sein Blick schweifte voller Abscheu über die Schnapsflaschen auf der Anrichte und die Aschenbecher voller Zigarettenkippen und die Tablettenpackungen auf dem Tisch »...all die selbstzugefügten Gifte, den Alkohol und das Nikotin und all die anderen. Entfernen Sie sie durch Fasten und Darmspülungen. Versetzen Sie die Flora Ihrer Verdauungsorgane wieder in den Zustand der Reinheit und des Gleichgewichts. Versorgen Sie sie mit einer speziellen Mischung natürlicher Kräuter und mit gewissen Extrakten, die ich gewonnen und zusammengestellt habe. Das ist, kurz gesagt, was Sie für Ihren angegriffenen Körper tun müssen.«

»Wenn ich all das tue, könnten Sie... könnten Sie mich dann kurieren?

»Mehr als Sie nur kurieren«, erwiderte Brewster in jenem weisen, windigen Tonfall eines Schulmeisters, der immer mehr Antworten gibt als Fragen gestellt wurden. »Viel mehr als das.« Er fuchtelte mit den Händen herum und schuf eine Vision von strotzender Lebenskraft in der Luft, eine Botschaft, die mit orakelhafter, hypnotischer Intensität verkündet wurde, von einem Mann wie der Heilige Geist, der nicht, in diesem Fall, über die Gabe des Zungenredens verfügte, sondern im Besitz überreicher körperlicher Gesundheit und perfekter geistiger Harmonie war. Schließlich kam er zum Ende. Er verschränkte die Arme vor der eingefallenen Brust und fixierte sein Publikum, nunmehr auf eine Person zusammengeschrumpft, mit einem bohrenden Blick.

»Müßte ich, äh, dann hierbleiben?« erkundigte Barry sich zaghaft.

»Es wäre notwendig, daß Sie vorübergehend umziehen. Ja.«

»Wie lange?«

»Schwer zu sagen. Möglicherweise ein Jahr. Bestimmt nicht weniger als sechs Monate.«

Das Paar auf dem anderen Bett plapperte und hüpfte herum wie unartige Kinder. Nach einem übertrieben tiefen Seufzer sagte einer der beiden: »Fasten und Kräuter. Stell dir das mal vor!«

»Ach, ich weiß nicht«, erwiderte der andere gedehnt. »Diese Darmspülungen klingen ganz lustig.«

»Kommt darauf an, wer die Spülung vornimmt.«

»Und was ist mit dem Schnaps und den Zigaretten, auf die man verzichten soll?«

»Das schaffe ich bestimmt.«

»Und Mammis kleine Helfer? Ohne mein Prozac könnte ich nicht leben.«

Brewsters Gesicht nahm einen Ausdruck grenzenlosen Mitleids an. »Dann denke ich, daß Sie beide sich auf die kleine Unannehmlichkeit des Sterbens vorbereiten sollten«, sagte er mit dem Anflug eines Lächelns, als habe er soeben einen Witz gemacht, der nur für ihn und den kosmischen Geist verständlich war.

»Oooh! Unser Dokterchen wird böse.«

»Ich glaube, wir verderben ihm gerade seinen täglichen Auftritt als Wunderheiler.«

»Noch viel schlimmer. Wir lachen ihn aus, scheißen drauf!«

»Ach, haltet doch euren schmutzigen Mund, ihr beiden«, schimpfte Barry. Er erhob sich von seinem Bett, kam herüber und blieb vor Brewster stehen. Während er hochschaute in die milden Augen des Heilers, verkündete er: »Ich bin bereit, es zu versuchen.«

»Sie werden es nicht bereuen«, entgegnete Brewster gewichtig. »Das verspreche ich Ihnen.«

Schüler und Meister sahen sich für einen langen Moment an. Aber dieser Augenblick des ernsten Gelübdes wurde von lautem Hohngeschrei begleitet.

»Ist das nicht romantisch?«

»Passen Sie nur auf, Dokterchen, daß Sie unserem lieben Barry nicht den Rücken zuwenden.«

»Der bringt's glatt fertig und besorgt es Ihnen von hinten!«

»Aber gründlich.«

Brewster ergriff Barry bei den Schultern, drehte ihn herum und steuerte ihn zur Tür. »Kommen Sie, mein Freund. Wir suchen uns einen anderen Ort zum Reden. Hier ist das Odium des Negativen doch allzu stark vorhanden.«

3

In einer Cocktaillounge im Parterre desselben Hotels saßen zwei Männer einander gemütlich in weichen Drehsesseln an einem kleinen Tisch gegenüber. Sie lächelten freundlich, rauchten Zigaretten, hatten Drinks vor sich stehen und schienen dem äußeren Anschein nach in ein lebhaftes Gespräch vertieft zu sein, das sich um zahlreiche gemeinsame Erinnerungen drehte. Für einen der beiden jedoch war das Gespräch auf seine eigene umständliche

Art ganz sicher geschäftlicher Natur. Die Lounge, um drei Stufen höher gelegen, bot einen guten Panoramablick auf das Kasino, auf die Würfel-, Black Jack- und Pai Gow-Tische des einen Flügels und die blinkenden Reihen einarmiger Banditen des anderen. Im Kasino herrschte nicht viel Betrieb: ein paar Automatensüchtige mit leeren Augen und vagen Bewegungen wie Schlafwandler schlichen durch die Automatenreihen; an ein paar Tischen wurde gespielt, aber genauso viele waren verwaist, und deren gelangweilte Bankhalter starrten gleichgültig ins Leere wie Attentäter, die zu spät zum Todesschuß erschienen waren. Und die Lounge, bekannt unter dem Namen Mr. Bigs, war nahezu völlig leer bis auf ein paar armselige Opfer, die an der Bar saßen und in ruiniertem Schweigen die Reste ihres gefledderten Kapitals in Bier umsetzten, und natürlich bis auf das redselige Paar abseits in einer Ecke, das sich mit Absicht von dem üblen Geruch der Niederlage distanziert hatte. Einer der beiden sagte gerade:

»Erinnerst du dich noch an die alte Nummer? Wir haben uns ein Opfer ausgesucht und ihm dann erklärt, wir würden die Beute mit ihm teilen, wenn er uns vorher ein paar Scheine als Zeichen seines Vertrauens rüberschiebt. Erinnerst du dich?«

»Natürlich.«

»Oder als du dich in die Porzellanfabrik reingeschwindelt und all die Beutel aufgehängt hast, um die Raumluft zu testen – ich hab' vergessen, worauf du sie angeblich untersucht hast.«

»Radon.«

»Genau, das war es. Radon. Verdammt, was war eigentlich in den Beuteln, Eggs?«

»Bänder. Farbige Bänder und Schnüre. Diese kleine Nummer war immer gut für ein schnelles Taschengeld.«

»Mein Gott, was für Dummköpfe. Denen konntest du sagen, oben sei unten, und schon versuchten sie, an der Decke langzulaufen, oder sie machten auf dem Fußboden einen Kopfstand.«

»Angst und Habgier, Cleanth. Der simple Einsatz der Hilfsmittel unseres Gewerbes. Wir leben in einer Welt, in der es von Leuten wimmelt, die alles mögliche glauben wollen.«

»Ja ja, kann schon sein. Aber niemand hatte den Bogen raus wie du. Du warst damals der reinste Künstler.«

Der Mann namens Eggs hob achtunggebietend die Hand. »Ich bin es noch, Cleanth. Ich bin es noch.«

Er war ein drahtiger, schlanker Mann, dieser Eggs, elegant gekleidet mit einer apfelgrünen Freizeitjacke, sandfarbener Hose, einem Sporthemd aus weißem Leinen und mit geflochtenen Slippern. Die Initialen »I. L.« für Ignatius LaRevere waren in die Hemdtasche eingestickt. Der Spitzname Eggs rührte nicht von irgendeiner Lieblingsspeise her, sondern stellte lediglich die Abkürzung seines richtigen Namens dar. In einer von Eile bestimmten Stadt, die knapp ist an Zeit und Geduld, wo sämtliche Kommunikation routinemäßig der Hektik der Geschäftsabwicklung angepaßt wird, verkürzte Ignatius sich ganz bequem zu Eggs. Was ihm nur recht war, da »Ignatius« heutzutage doch etwas aus der Mode geraten ist.

In ähnlicher Weise war Cleanth Clifton Koontz fast jedem nur als Click bekannt dank seiner unseligen, nervösen Angewohnheit, seine Rede gelegentlich mit einem seltsamen Geräusch, eher einem scharfen Knallen, zu unterstreichen, das von einem Schlag der Zunge gegen die linken Backenzähne erzeugt wurde. Dieser Manierismus, ein lebenslanges Gebrechen, hatte die bedauernswerte Auswirkung, daß einer seiner Mundwinkel zurückgezogen wurde und damit eine gequälte Grimasse hervorrief, ungeachtet der Art der abgegebenen Äußerung, sei sie nun Frage, Erklärung, Ausruf oder lediglich ein zustimmendes Knurren. Unter all seinen Bekannten war es alleine Eggs, der ihn, aus Gründen, die er am besten verstand – vielleicht aus einem pedantischen Bedürfnis nach Exaktheit, Präzision, Ordnung –, mit Cleanth anredete. Click war das immer ein wenig seltsam vorgekommen, wenngleich es in keiner Weise seinen Widerspruch herausforderte, denn während ihrer früheren Kontakte hatte er seinen gelegentlichen Partner mit einer Verehrung betrachtet, die an heilige Scheu grenzte. So wie auch jetzt wieder.

»Kommt mir wie gestern vor, daß wir unsere Nummern abgezogen haben«, sagte er und sonnte sich in der angenehmen Wärme längst vergangener Zeiten. »Wie lange ist es her? Zwei Jahre?«

»Eher schon drei.«

»Wenn du in Vegas lebst, vergißt du die Minuten, von den Jahren ganz zu schweigen.«

»Das ist ja im wesentlichen der Reiz. Das und dieses Summen in der Luft. Hörst du's, Cleanth? Das ist der Gesang des Geldes.«

»Gesang des Geldes«, wiederholt Click. »Du triffst immer den Nagel auf den Kopf, Egger. Findest immer das richtige Wort.«

Eggs zuckte gleichmütig die Achseln. Dem konnte er beim besten Willen nicht widersprechen.

»Wo warst du denn die ganzen Jahre?«

»Hier und da«, sagte Eggs vage.

»Hast dich verkrochen, was?«

»So in etwa.«

»Hab' mir schon so was gedacht. Erst warst du überall zu sehen, und schon am nächsten Tag warst du wie vom Erdboden verschluckt. Was war denn passiert?«

»Ach, nichts besonderes. Beim Abkassieren hab' ich ein wenig zu fest hingelangt.«

»Dieses Abkassieren, wo war das?«

»Im Riv. Der Trottel wollte sich nicht von seinem Gewinn trennen. Möglich, daß er am Ende den letzten Schnaufer gemacht hat.«

»Hat jemand dich gesehen?«

»Schwer zu sagen. Es gab ein ziemliches Durcheinander. Geschrei, weißt du. So was in der Richtung. Ziemlich unsauber das Ganze. Ich dachte, ich hätte zwei Leute bemerkt, wie sie am Ende des Ganges aus einer Tür raussahen, aber ich kann mich auch geirrt haben. Auf jeden Fall schien es angebracht, ein wenig Abstand zu dieser Gegend zu gewinnen. Vorsicht und Mut, du kennst mich ja.«

»Du hättest es nicht allein machen sollen. Für so eine Nummer muß man zu zweit sein. Wenn ich dort gewesen wäre, hätten wir die Sache sauber durchziehen können.«

»*Carpe diem*, Cleanth.«

Click sah ihn verständnislos an.

»Das heißt, ergreife den Tag«, erklärte Eggs und hatte dabei einen kaum wahrnehmbaren ironischen Unterton in der Stimme. »Oder in diesem speziellen Fall, den Augenblick. Du warst nicht da, die Umstände schienen günstig zu sein, daher beschloß ich, es auf eigene Faust zu versuchen.«

»Und das war draußen beim Riv?«

»Ja.«

»Dann war das wohl der Heini, der damals abgekratzt ist. Wenn ich mich recht erinnere, hab' ich es irgendwo gelesen.«

Eggs schüttelte traurig den Kopf. »Ein dummer Mann. Es stellte sich heraus, daß es noch nicht mal um besonders viel Geld ging. Hat ihn das Leben gekostet. Und mich drei meiner besten Jahre, die ich in der Versenkung war. Sinnlose Verschwendung. Für uns beide.«

Click spürte, wie sein Freund angesichts der sinnlosen Verschwendung melancholisch wurde, und um ihn aufzumuntern sagte er fröhlich: »Na ja, wenigstens haben sie dich nicht erwischt. Drei Jahre, da dürfte sich die Aufregung wirklich gelegt haben. Du bist wieder in der Stadt. Und du siehst richtig gut aus, Eggs.«

Die letzte Feststellung in diesem freundlichen Lagebericht war mehr als leere Schmeichelei, denn trotz seiner vierzig Jahre sah Eggs tatsächlich bemerkenswert jugendlich und fit aus. Sein Gesicht war glatt, faltenlos, die rosige Pfirsichhaut spannte sich straff über fein geformten Knochen. Hinter den rauchgrauen Brillengläsern, die er so gut wie immer trug, so daß das Gerücht ging, daß er damit schlief, duschte und liebte, waren die blaßblauen Augen klar, aufmerksam, wachsam; Augen, die, wenn man sie hätte sehen können, überhaupt nichts verrieten. Das strohblonde Haar war üppig und so sorgfältig gestylt und frisiert, daß es fast wie handgehämmert und auf seinen Kopf emailliert aussah. Das Ergebnis war ein Gesicht, das man durchaus als attraktiv bezeichnen konnte, obgleich man bei näherem Hinsehen sein Urteil wahrscheinlich modifiziert hätte. Denn es herrschte ein seltsames Ungleichgewicht darin, ähnlich einer halbierten Kugel, die nicht genau zusammengesetzt worden war. Vielleicht war es der kleine spöttische Bogen einer Augenbraue. Oder es lag am Mund, einer schmalen räuberischen Linie, die sich an einer Seite in der vagen Andeutung eines ständigen freudlosen Lächelns nach oben zog. Das hätte es sein können, der

Mund. Was immer die Abweichung war, es gab in der Gesamtheit von Ignatius LaReveres Gesichtszügen etwas, das den beunruhigenden Eindruck einer verborgenen Bösartigkeit vermittelte, die genauso gedankenlos war wie eine Naturerscheinung und der Bedauern oder Mitleid oder Gnade völlig fremd waren.

»Meinst du wirklich?« fragte er als Erwiderung auf Clicks schmeichelnde Worte.

»Hör doch, ich sag's, wie es ist. Du hast nie besser ausgesehen. Als hättest du die Jahre auf einer Schönheitsfarm verbracht.«

Eggs strich sich mit sorgfältiger Hand über sein frisiertes Haar und glättete eine eingebildete Unregelmäßigkeit. »Na ja, ich achte eben ein wenig auf mein Äußeres.«

»Weißt du, Gesundheit ist ein wenig wie Muschi«, stellte Click weise fest. »Als Mann kann man von beidem nie genug bekommen.«

»Da hast du wohl recht«, gab Eggs zu und war nicht länger interessiert an einer Unterhaltung, die in die Breite ging und ihn selbst zum Thema hatte. Als fiele es ihm nachträglich ein, fragte er: »Und wie geht es dir?«

»Mir? Ach, ich bin ganz gut in Form. Vielleicht sollte ich mal ein wenig abspecken, aber ansonsten geht's mir richtig gut.«

Was das Übergewicht anging, da hatte er absolut recht. Seine beachtliche Leibesfülle war ausschließlich von der erworbenen Art, denn in Körpergröße und Schulterbreite war er fast zwergenhaft. Doch als wolle er genetischen Gesetzen trotzen, hatte er sich zu einer fast verabscheuungswürdigen Manifestation von Fettleibigkeit aufgebläht. Das wie abgesägt wirkende, leichte, mit einem feinen Knochenbau ausgestattete Kerlchen, das von der Natur für Hagerkeit vorgesehen war, war durch einen kräftigen Appetit in die rundlichen Dimensionen eines Ferkels vorgestoßen. Traurigerweise dehnte sich die schweinshafte Beschaffenheit seines Körpers und seiner Gliedmaßen auch auf sein Gesicht aus. Die Wangen waren schwammig, die Haut fleckig wie ein Stück Blauschimmelkäse, die Nase flach und mit breiten Nasenlöchern versehen, die Augen hell wie die eines Ebers. Sein Haar, schütter, rabenschwarz, bestreut mit feuchten Schuppenflöckchen, war von einer abnorm niedrigen und vorspringenden

Stirn glatt nach hinten gekämmt. Obgleich er fünf Jahre jünger war als Eggs, hätte jeder, der ihr Alter geschätzt hätte, ihn mindestens diese Anzahl von Jahren älter eingestuft als seinen Freund, vielleicht sogar noch mehr. Offenbar empfand er seine Erscheinung in diesem Moment als nicht besonders besorgniserregend, denn er gab seiner Bauchrundung einen zufriedenen Klaps, lächelte schief und intonierte sein akustisches Markenzeichen.

»Was ich meinte, Cleanth«, sagte Eggs, nun ganz der geduldige Lehrer, der einen besonders dummen Schüler unterweist, »war, wie du zurechtgekommen bist. In meiner Abwesenheit.«

»Ach das. Prima, weißt du, ein kleines Geschäft hier, ein paar Dollars da. Zum größten Teil Kleinkram. Nachdem du weg warst, hab' ich nicht mehr viel auf die Beine gebracht. Dazu hatte ich nie die Begabung. Und überdies wurde es in der Stadt ziemlich ruhig.«

»Das habe ich schon bemerkt«, sagte Eggs und schloß das dürftige Kasinopublikum mit einer umfassenden Handbewegung ein. »Wie erklärst du dir das?«

»Keiner weiß es genau. Einige sagen, A. C. zieht das ganze Ostküstengeschäft an. Einige sagen Laughlin. Ich seh' das anders.«

»Und wie?«

»Das sind die Schlitzaugen. So wie die den Strip aufkaufen, ist das hier eher Yokohama West, als du Banzai sagen kannst.«

»Ach«, sagte Eggs ohne fragenden Unterton.

»Ich will dir nur ein Beispiel nennen«, fuhr Click fort, der sich für das Thema erwärmte. »Im Augenblick sieht es folgendermaßen aus: Wenn du in eins der Hotelrestaurants gehst und dir 'nen soliden amerikanischen Hamburger mit Pommes bestellst, servieren sie dir ein Fischaugensandwich und eine Portion Reis dazu. Das ist alles, was du bekommst, oder du mußt verhungern. Wenn du um 'ne Hundetüte bittest, dann kann es passieren, daß du darin einen gekochten Köter findest.«

Die Vorstellung von einer herankriechenden gelben Flut, die den Ort bedrohte, löste einen Ausdruck bitteren Abscheus in seinem ernsten Gesicht aus. Eggs biß die Zähne zusammen, um ein Gähnen zu unterdrücken. Er bedauerte seine Frage bereits.

»Ja, daran sind nur diese gottverdammten Zitronenschädel schuld. Die sind es. Paß nur auf. Bald erleben wir Pearl Harbour ein zweites Mal«, verkündete Click grimmig und unterstrich seine düstere Voraussage mit dem automatischen Zungenschlag. Er drückte seine Zigarette aus, zündete eine frische an. Schnippte ein paar feuchte Schneeflocken von seinem Kragen. Starrte finster auf den Fußboden.

Eggs beobachtete ihn neugierig. Echte moralische Entrüstung. Und das bei einer Sache, die überhaupt keine Bedeutung für die weitere Entwicklung des eigenen Schicksals hatte. Für ihn war das ein Phänomen, das er nicht begreifen konnte, das ihm völlig fremd war. »Eine ziemlich simple Theorie«, sagte er, lenkte die Unterhaltung in praktischere Bahnen und fügte hinzu: »Aber ich bin eigentlich mehr an dir persönlich interessiert, Cleanth. Was treibst du denn zur Zeit?«

»Du meinst in letzter Zeit?«

»Ja. Jetzt.«

»Ich glaube, man könnte sagen, daß ich für diesen Burschen arbeite. So ähnlich jedenfalls.«

»Du hast einen *Job*?«

»Es ist eher so, daß ich ihm ein bißchen helfe«, sagte Click fast schüchtern. Seine Augen waren nicht länger auf den Boden gerichtet, aber sie wichen auch Eggs spöttischem Blick aus.

»Diese Person. Kenne ich die?«

»Nein, ganz bestimmt nicht. Er heißt Brewster. Er war mal Arzt. Nicht von der Sorte, wo du hingehst, wenn du krank bist, sondern wie einer von denen, die Pillen drehen, in einem Drugstore.«

»Ein Doktor der Pharmazie? Ein Apotheker?«

»Genau, die meine ich.«

»Du sagtest, er war mal so ein Doktor. Was ist mit ihm passiert?«

»Das ist nicht ganz klar. Wie ich gehört habe, soll er den Leuten erzählt haben, er könnte alle Krankheiten heilen, die sie haben. Ob Tripper oder Krebs, er hätte etwas dagegen.«

»Tatsächlich. Und was für eine Art von Therapie sollte das sein?«

»Ganz sicher keine mit den üblichen Medikamenten. Er hat absolut was gegen solche Medizin. Ich meine, die erlaubte. Deshalb ist ihm der Staat auch auf die Bude gerückt und hat ihm die Lizenz weggenommen.«

»Die Therapie, Cleanth«, erinnerte Eggs ihn.

»Nun, er hat die Idee, daß er jeden mit, du weißt schon, mit richtigem Denken wieder hinkriegt.«

»Seine Therapie ist richtiges *Denken*?« fragte Eggs, und sein Interesse nahm erheblich zu.

»Das und diese ganz spezielle Kost.«

»Was für eine Kost?«

»Kräuter vor allem. Die kosten ganz schön was, die Kräuter«, sagte Click kichernd und gab damit Einblick in seine Vorstellung von einem Wortwitz.

»Demnach hat er einen kleinen Schwindel aufgezogen.«

»Eigentlich ja und nein. Weißt du, der Typ glaubt tatsächlich an diese Therapie. Wahrscheinlich ist er ein wenig meschugge, aber er ist kein übler Chef.«

Eggs faltete die Hände und legte sein Kinn auf die Daumen. »Klingt richtig faszinierend, dein Job. Erzähl mal, was genau sind deine Pflichten?«

»Ich muß ihn herumfahren, vorwiegend. Er haßt das Fahren. Wie heute, zum Beispiel, da bringe ich ihn hierher ins Hotel, damit er sich ein paar Hinterlader suchen kann, die es erwischt hat.«

»Er behauptet, auch Aids heilen zu können?«

»Na klar. Aids ist ganz groß bei all den Arschpiraten, die hier rumschwirren. Das und Krebs. Er hat Patienten in der ganzen Stadt, einige von ihnen sind schon so gut wie tot. Ich muß es wissen. Ich fahr' ihn schließlich bei seinen Runden.«

»Er macht sogar Hausbesuche. Ein sehr fleißiger Bursche.«

»Das kannst du wohl annehmen. Wenn du ihn hörst, gibt es nichts, was er nicht kurieren kann.«

Eggs schürzte nachdenklich die Lippen. Diese Sache interessierte ihn immer brennender. »Außer dem Fahrerjob«, fragte er, »was tust du sonst noch?«

»Ach weißt du, dies und das. Ein paar andere Dinge.«

»Ich frage, welche anderen Dinge, Cleanth. Genau.«

Clicks Augen suchten erneut den Fußboden ab. Ganz eindeutig war er alles andere als glücklich darüber, in welche Richtung die Fragen sich bewegten. »Nun, er hat einen Betrieb drüben auf der Spring Mountain, so was wie einen Naturkostladen. Manchmal helfe ich dort aus.«

»Wie hilfst du aus?« wollte Eggs wissen.

»Bestellungen zusammenpacken, solchen Scheiß. Er macht ein gutes Versandgeschäft.«

»Todkranke Patienten, Versandhandel, ein Laden. Ich nehme an, dafür, daß er ein ehemaliger Pillendreher ist, geht es ihm sehr gut.«

»Es läuft, vermute ich. Aber so wild kann es eigentlich auch nicht sein. Kräuter verkaufen sich nun mal nicht so toll wie Big Macs, weißt du.«

Eggs hob skeptisch die Schultern. »Du würdest dich wundern«, sagte er.

»Ich weiß nur, was ich sehe.«

»Machst du dort auch noch etwas anderes?«

»Wo meinst du?«

»Im Laden, Cleanth. Wir reden noch immer von dem Laden.«

Doch noch erwischt. Mit einer Stimme, die kaum ein Flüstern, kaum hörbar war, sagte Click: »Ja, nun, manchmal bediene ich auch die Kunden.«

»Wie bitte?«

»Ich bediene Kunden.«

Ein spöttischer Zug erschien um Eggs' schiefen Mund. »Ein Verkäufer? Cleanth, Cleanth, wie tief sind wir doch gesunken.«

»Man muß schließlich auch essen«, wehrte Click sich. Als wolle er das demonstrieren, griff er nach einem Glas, spülte seinen Mund mit Whisky aus und schluckte geräuschvoll. Ein verletzter Ausdruck huschte über sein Schweinsgesicht.

Eggs nahm die Hände auseinander und hob sie beschwichtigend. »Ich habe nur einen kleinen Scherz gemacht, Cleanth.«

»Es ist gar nicht so lustig, plötzlich auf dem Trockenen zu sitzen. Versuch es mal.«

»Das weiß ich. Besser als du vielleicht denkst.«

»Irgendwas mußte ich tun, nachdem du dich verdrückt hattest.«

»Verstehe ich ja. Aber jetzt bin ich zurück. Es wird sich alles ändern.«

»Ja, und wie soll das passieren?« fragte Click und war noch immer beleidigt wegen des, so wie er es sah, völlig unangemessenen Spotts. Freunde sollten sich eigentlich nicht gegenseitig in die Pfanne hauen.

»Da bin ich mir noch nicht ganz sicher. Ich muß noch etwas nachdenken.«

Click schaute auf die Uhr, und der verletzte Stolz verflüchtigte sich abrupt aus seinem Gesicht und machte einem Ausdruck Platz, der an Panik grenzte. »Mein Gott, Scheiße, ich muß schnellstens weg. Ich sollte schon vor einer halben Stunde auf dem Parkplatz sein.«

Er stemmte sich aus dem Sessel hoch und streckte zum Abschied eine Hand aus. Eggs erhob sich gleichzeitig, ergriff die Hand und drückte sie brüderlich.

»Freut mich aufrichtig, daß du dich gemeldet hast, Egger. Tut gut, dich wiederzusehen.«

»Das Vergnügen ist ganz auf meiner Seite«, sagte Eggs und hielt noch immer die Hand fest. »Ach ja, eine andere Sache noch, ehe du gehst. Vielleicht könntest du mir schon mal ein paar Dollar zukommen lassen. Als Vorschuß auf unser nächstes Unternehmen sozusagen.«

»Bist du blank?«

»Ich fürchte ja. Jetzt siehst du, weshalb ich deine derzeitige Situation gut verstehen kann.«

»Vielleicht habe ich noch an die Fünfzig übrig. Mehr kriege ich nicht zusammen.«

Eggs ließ die Hand los. »Das würde mir schon helfen.«

Click holte seine Brieftasche hervor, zählte ein paar Scheine ab und legte sie auf die ausgestreckte Handfläche. »Ich muß mich jetzt beeilen. Ruf mich an, ja? Wenn du nachgedacht hast.«

»Du hörst schon in Kürze von mir, Cleanth. Verlaß dich nur auf mich; in solchen Angelegenheiten, in so einem Geschäft ergeben sich immer irgendwelche Möglichkeiten.«

4

In etwa dem gleichen Moment, als Click zum Parkplatz des Dunes Hotel rannte, verließ Waverly das Barbary Coast mit der grandiosen Summe von zweihundertvierzig Dollar in der Tasche, dem Verdienst von sechs langen Stunden an den Spieltischen. Nicht gerade einer der erfolgreichsten Abende. Aber noch war er nicht zu Ende. Denn als er sich durch die Kasinotüren schob und hinaustrat in die kühle Herbstluft, wartete dort eine völlig unerwartete und total andere Angelegenheit in Gestalt seines sommersprossigen Freundes aus der Zähler-Affäre. Dort saß er, hingelümmelt auf einer Parkbank, und beobachtete ganz eindeutig den Eingang. Und wartete genauso eindeutig auf ihn.

Waverly sah sich suchend um. Eine Gruppe von Fußgängern, viel zu wenige um diese Zeit, um sich zwischen ihnen zu verstekken. Nirgendwo eine Möglichkeit zu verschwinden. Deshalb ging er schnell zur Kreuzung Flamingo und Las Vegas Boulevard, doch die Ampel sprang um auf Rot, und ein dichter Verkehrsstrom setzte sich in Bewegung und jagte an ihm vorbei. Keine Lücke, um die Straße zu überqueren. Aus dem Augenwinkel sah er, wie die stämmige Gestalt sich von der Bank erhob und angriffslustig hinter ihm herstürmte, zumindest so angriffslustig, wie ein schwankender Säufer hinter irgendwas herstürmen kann. Aus bitteren Erfahrungen wußte er nur zu gut, daß genau diese Art von fast lächerlicher Belästigung sich zu einer lauten und häßlichen und aufsehenerregenden Szene entwickeln konnte. Aufsehenerregend auch für die Polizei. Die Art von Verdruß, auf den er sehr gut verzichten konnte. Und das sagte er auch, als er sich umwandte und den Mann ansah, während er ihn mit einer Geste aufhielt. »Hören Sie, ich will keinen Ärger.«

»Ich auch nicht.«

Er blickte Waverly für einen Moment an, mit Eulenaugen und sehr ernsthaft. Dann brach das rote fleischige Gesicht zu einem Grinsen auf, und er packte Waverlys Hand und schüttelte sie heftig. »Ich wollte nur mal die Hand des ersten echten Zählers schütteln, dem ich in all den Jahren begegnet bin.«

»Das ist eigentlich keine besonders außergewöhnliche Begabung. Wenn man es genau betrachtet.«

»Nein, da irren Sie sich. Es ist eine seltene Gabe. Seltsam vielleicht, abartig, aber nichtsdestoweniger eine Gabe.«

Waverly brachte seine Hand in Sicherheit. »Jetzt muß ich mich wohl bedanken.«

»Ich heiße Pettibone. Roger Pettibone.«

Waverly hatte nicht vor, den Köder zu schlucken. Er sagte nichts.

»Unpassend, stimmt's? Aber der Name ist niemals der Mensch. Genausowenig wie eine Landkarte die eigentliche Landschaft ist.«

Wenn ein Gesicht eine ganz eigene Spielart von Landkarte ist, dann war dieses, selbst aus dieser Nähe betrachtet, nicht sehr leicht zu lesen. Es war vom Alkohol gezeichnet, gummiartig, abgestumpft, fünfzig oder älter, aber es hatte etwas Unschuldiges an sich, den ständig erstaunten Ausdruck eines neugeborenen Kindes. Trotzdem mußte da noch etwas kommen. Schließlich war man immer noch in Las Vegas. Waverlys Neugier war geweckt, aber nicht genug, als daß er stehenbleiben und in Erfahrung bringen wollte, was es war. Die Ampel sprang um, der Verkehr kam zum Stehen. »Nett, Sie kennengelernt zu haben, Mr. Pettibone«, sagte er und machte einen Schritt auf die Fahrbahn.

Pettibone eilte an seine Seite. »Wohin wollen Sie?«

»Ich bin verabredet.«

»Ich würde Sie gerne zu einem Drink einladen.«

»Danke, kein Interesse.«

»Nun kommen Sie schon, Sie sind mir etwas schuldig.«

Waverly bedachte ihn mit einem wachsamen Blick, ging aber weiter. »Ich bin Ihnen etwas schuldig? Wie das denn?«

»Ich dachte an den kleinen Zwischenfall gerade.«

»Ich fürchte, ich sehe es nicht so wie Sie.«

»Ziemlich schimpflich für mich, das müssen Sie zugeben.«

Waverly setzte einen Fuß auf den Bordstein und betrachtete ihn eingehend. In dieser aufgeblasenen, sich selbst parodierenden Rede lag etwas beinahe Komisches. Ganz sicher war in den mit Sommersprossen übersäten Wangen auch nicht die Andeutung von Feindseligkeit, von Aggressivität. Eine einmalige Art der Kontaktaufnahme. »Und was, meinen Sie, bin ich Ihnen schuldig?«

»Gesellschaft«, sagte Pettibone einfach.

»Wie bitte? Gesellschaft?«

»Was ist in dieser traurigen Welt wertvoller als gute Gesellschaft?«

Waverly mußte gegen seinen Willen lächeln. Er hob einen Zeigefinger. »Einen.«

»Na gut, dann nur einen.« Er zog Waverly auf den Eingang von Bally's zu. »Kommen Sie«, sagte er, »dieses atemberaubende, wenngleich verwitterte Monument erwartet unseren Besuch.«

Ein paar Sekunden später saßen sie am Ende einer oval geformten Bar, die strategisch günstig direkt neben dem Kasino lag. Rechts von ihnen brachten die Reihe auf Sportkanäle eingestellter Fernseher die Höhepunkte der Spiele vom Tage, während für Wetter relevante Meldungen über zukünftige Spiele kolonnenförmig über stumme Bildschirme flimmerten. Links von ihnen ratterte unaufhörlich eine blinkende Wildnis einarmiger Banditen. Waverly bestellte ein alkoholfreies Bier, Pettibone einen doppelten J. D. ohne alles. Waverly legte ein paar Geldscheine auf die Bar. »Das übernehme ich.«

Pettibone schob großzügig das Geld weg und suchte seine Brieftasche. »Ganz bestimmt nicht. Es war meine Idee.«

»Sie waren es aber auch, der drüben, auf der anderen Straßenseite, auf die Nase gefallen ist.«

»Ich bin sicher, ich kann ein ausreichend glückliches, bescheiden nützliches und zum größten Teil gesellschaftlich geduldetes Leben führen, in dem ich für den Rest meiner Tage nie mehr einen Fuß ins Barbary Coast setzen werde.«

Waverly reagierte darauf mit einem Achselzucken. Die Drinks wurden serviert und Pettibone hob sein Glas zu einem formellen Toast. »Auf Ihr Wohl, Sir. Den Meister des Blackman, dieses verwirrenden Spiels.«

»Nur Spieler«, verbesserte Waverly. »Kein Meister.«

Sie stießen mit den Gläsern an. Pettibone trank die Hälfte seines Jack Daniels in einem langen gluckernden Schluck. Und stieß ein zufriedenes Seufzen aus. Und sah Waverly mit einem pfiffigen Grinsen an. »Sie brauchen mir nichts vorzumachen. Sie sind ganz offensichtlich ein Profi.«

»Wie kommen Sie darauf?«

»Durch die Art und Weise, wie Sie die Tische geplündert haben.«

»*Geplündert*«, schnaubte Waverly. »Das ist ein ziemlich großes Wort für das Kleingeld, das ich heute abgeschleppt habe.«

»Der Betrag ist niemals wichtig, sondern nur die Art und Weise, wie man spielt. Wie man etwas Leben in dieses trübe Dasein zaubert.«

Das war ein Thema, bei dem Waverly nicht so lange verweilen wollte. »Na ja, denken Sie, was Sie wollen.«

»Keine Sorge. Ihr Geheimnis ist bei mir gut aufgehoben.«

»Und was ist mit Ihnen?«

»Mit mir? Was wollen Sie wissen?«

»Ihr Spiel.«

»Ich habe kein Spiel.«

»Ich hatte angenommen, Sie seien auch Spieler. Oder so was ähnliches.«

»Ihre Annahme ist falsch«, sagte Pettibone spitz. »Ich verabscheue Glücksspiele.«

»Tatsächlich. Das hätte ich nie gedacht. Was verabscheuen Sie denn daran?«

»Die Art und Weise, wie es die Seele des Menschen verdirbt.«

»Die Seele? Das ist aber ein drolliger Aspekt.«

»Meinen Sie? Ich nicht. Was Sie vergessen ist das universelle, gläubige Vertrauen in unsichtbare Dinge. Denken Sie nur einmal an all die Phantome, deren Existenz wir auf Treu und Glauben anerkennen und die wir dennoch niemals zu sehen bekommen: Mikroben, Viren, Moleküle, Atome, Elektronen, Neutrinos, Quarks. Von dort ist es nur ein kleiner Sprung zu den verschiedenen anderen Schimären: zum Geist, zur Seele, auch zu Gott, wenn Sie wollen. Und von dort zu Schicksal, Zufall, Glück.«

»Das ist eine neue Theorie, wenn man außerdem bedenkt, wo wir sind«, sagte Waverly. »Wir beide«, fügte er bedeutsam hinzu.

»Aber das ist doch gerade der Punkt! Sehen Sie sich um«, verlangte Pettibone und lenkte Waverlys Blick auf das Kasino. Eine plötzlich missionarische Intensität lag in seiner Stimme. Funken blitzten in den feuchten Augen. »Wir sind hier, weil wir an diese Erscheinungen glauben wollen. Hören Sie sich nur das Summen hektischer Wünsche in der Luft an. Betrachten Sie diese Menschen auf beiden Seiten des Tisches, Schwindler und Opfer gleichermaßen. Sie wollen, wollen, wollen, aber was sie wollen, können sie nicht einmal andeutungsweise benennen. Hier gelten geradezu schreckliche Werte.«

In einer Stadt voller großspuriger Außenseiter, mondsüchtiger Träumer, verdrehter Neurotiker, listiger Räuber mußte dieser hier zu den Verrückten erster Ordnung zählen. Entweder war er das, oder er war ein ganz hinterlistiger Trickser, ein Virtuose der Ablenkung. »Aber Sie spielen trotzdem«, erinnerte Waverly ihn.

»Wir alle tun schon mal Dinge, die wir im Innersten ablehnen«, sagte Pettibone traurig, nun genauso plötzlich gedämpft. »Wir alle.«

Er leerte sein Glas, winkte dem Barkeeper und bestellte einen zweiten Drink. Als das neue Glas vor ihm stand, sagte er zu Waverly, als fiele es ihm jetzt erst ein: »Wollen Sie auch noch einen?«

Waverly bedeckte das Glas mit der Hand. »Ich habe noch.«

Das abwartende Schweigen, das sich manchmal auf Fremde herabsenkt, breitete sich zwischen ihnen aus. Dauerte an. Waverly trank sein Bier. »Nun, das war's dann«, sagte er und bereitete seinen Abgang vor. Aber ehe er aufstehen konnte, begrüßte ihn dröhnend eine vertraute Stimme. Er blickte über die Schulter, und da war Bennie. Ganz eindeutig nicht in einer seiner besten Launen.

»Timothy? Wo warst du, Mann? Wir sollten uns vor einer Stunde treffen.«

»Ich wurde aufgehalten.«

»Das sehe ich. Aufgehalten, um Bier einzupfeifen.«

Waverly ignorierte die kleine Stichelei. »Wie hast du mich gefunden?«

»Durch den Prozeß des Eliminierens. Man braucht kein

Astrophysiker zu sein, um die Kasinos abzugrasen. Wie ist es denn gelaufen?«

Waverly war sich überdeutlich der Anwesenheit Pettibones bewußt, der auf seinem Platz herumrutschte, sie beide beobachtete und alles in sich aufnahm, was er mitbekam. »Roger Pettibone, und das ist mein... Partner, Bennie.«

»Sehr angenehm«, sagte Pettibone freundlich und streckte die Hand aus.

Bennie ergriff die Hand flüchtig, sah den Mann kaum an. »Ja, ebenso.«

»Wir haben am selben Tisch gespielt«, sagte Waverly als Erklärung.

»Sensationell. Aber was ich wissen will ist, was du von diesem Tisch hast mitgehen lassen.«

»Zwei Scheine.«

»Zwei Scheine«, stöhnte Bennie. »Mein Gott, noch mehr Miese.«

»Ich nehme an, das heißt, daß du keinen einträglichen Tag hattest.«

»Treffer. Du liegst genau richtig.«

»Vielleicht wollen Sie zum Trost etwas trinken«, sagte Pettibone.

Bennie reagierte auf den Vorschlag mit einem mürrischen Kopfschütteln. »Nee, ich bin schon besoffen von der ganzen Hundescheiße, die ich heute abbekommen hab'.« Er winkte Waverly zu. »Komm schon, verschwinden wir von hier. Halten wir vorne ein Taxi an.«

»Von mir aus gerne.«

Ein Anflug von Sorge huschte über Pettibones gerötetes Gesicht. »Ich kann Sie fahren«, bot er ihnen schnell an. »Mein Wagen steht gleich um die Ecke.«

»Ein Taxi reicht uns«, sagte Waverly, erhob sich und machte Anstalten, sich zu entfernen.

Bennie hingegen rührte sich nicht. Er sah Pettibone an, als habe er ihn soeben erst entdeckt. Zu Waverly sagte er mit einem Ton spöttischen Tadels: »Hey, warte mal. Der Mann macht dir ein kostenloses Angebot, da ist es nicht sehr anständig, ihn zurückzuweisen.« Und zu Pettibone gewandt fuhr er liebenswürdig fort: »Wir freuen uns natürlich, mit Ihnen zu fahren, äh... wie war Ihr Name noch?«

»Nennen Sie mich Roger.«

»Roger. Okay, Roger«, sagte er und vollführte mit dem Arm eine Geste wie ein Kellner beim Servieren, »gehen Sie voraus, wir folgen.«

Pettibone leerte sein Glas, hievte seine Körpermassen vom Barhocker herunter und schlurfte durch das Kasino zur Tür und auf die Straße, dann weiter um die Ecke in Richtung des Parkplatzes vor einem kleinen Einkaufscenter direkt südlich von Bally's. Bennie holte ihn auf der Straße ein, und sie marschierten Seite an Seite weiter, redeten in einem Affenzahn aufeinander ein, Wortmaschinen im Dauerbetrieb. Ein Paar wandelnder Plappermäuler. Jetzt gab es schon zwei von dieser Sorte. Waverly blieb ein paar Schritte zurück, hielt Abstand, versuchte nicht mit hineingezogen zu werden. Aus diesem Blickwinkel fiel ihm die erstaunliche Ähnlichkeit in ihrer äußeren Erscheinung auf. Sie waren nahezu identisch in Statur und Umfang, geformt – falls man es »geformt« nennen konnte – wie zwei glattwandige Obelisken, die von großen, halslosen Köpfen gekrönt wurden. Dort hörte die Ähnlichkeit auf, denn auf Pettibones Kopf prangte ein zerzauster Wust feuerroter Haare, während Bennies, abgesehen von den dünnen Strähnen, die wie aufgemalte Streifen auf der gewölbten Schädeldecke klebten, so kahl war wie eine Mondlandschaft.

»Da ist er«, verkündete Pettibone und deutete auf einen ramponierten, uralten Mercury Grand Marquis, groß und schwarz und kantig wie ein Panzer.

»Ein hübsches Fahrzeug«, sagte Bennie und milderte die Ironie mit einem weisen Kopfnicken.

Pettibone schwankte darauf zu, suchte dabei nach den Schlüsseln. Waverly dachte, es sei geraten, sich zu erkundigen: »Wollen Sie, daß ich fahre?«

»Danke, nein. Ich habe alles unter Kontrolle.«

Waverly schaute zu Bennie. Bennie zuckte die Achseln. Umsonst ist umsonst. Sie stiegen ein, Bennie vorne, Waverly hinten.

Pettibone ließ den Motor stotternd anspringen und lenkte den Wagen zur Parkplatzausfahrt. »Wohin jetzt?« fragte er. Bennie zeigte mit dem Daumen nach Norden. Pettibone zwängte seinen Panzer in den fließenden Verkehr, besetzte eine Fahrspur, löste ein wildes Gehupe aus, und schon waren sie unterwegs.

Bennie deutete mit einer weiten Geste auf die protzigen Hotels, die vorbeihuschten. »Ich sag' immer«, erklärte er ihnen, wobei ein Teil seines unerschütterlichen Optimismus in seine Stimme zurückkehrte, »ob es ein schlechter oder ein guter Abend war, diese Stadt muß man lieben. Es gibt nichts Vergleichbares auf Gottes grüner Erde.«

»Das stimmt absolut«, bestätigte Pettibone. »Was die letzte Feststellung betrifft, sowieso.«

»Weißt du«, fuhr Bennie fort und sprach jetzt mit Waverly, »unser Roger wohnt schon seit vor der Flut in Vegas.«

»Tatsächlich?«

»Wieviele Jahre sind es, Roger?«

»Achtzehn. Genau ein Drittel meines Lebens.«

»Da haben Sie sicherlich einige Veränderungen miterlebt, in all den Jahren.«

»Eine Menge. Nehmen Sie nur den Laden, wo wir gerade waren, Bally's. Ich kann mich noch erinnern, als es ein kleines Hotel namens Bonanza war. Und davor existierte dort nur ein öder Streifen Sand.«

»Ich weiß sogar noch mehr. Ich war mal während der vierziger Jahre hier, und da spielte sich die ganze Action im Stadtzentrum ab. Bis auf zwei Schuppen war der Strip nicht mehr als ein paar Büsche und Sträucher und ein Haufen Kaninchen. Da mußten erst Bugsy Siegel, Moe Dalitz, Gus Greenbaum kommen, um zu erkennen, welches Potential da brachlag. Das waren schon schlaue Judenjungs, die drei.«

»Zu ihrer Zeit die reinsten Giganten«, stellte Pettibone fest.

»Von wegen, Giganten. Diese Jungs hatten...« Er zögerte, hob eine Hand, als wolle er das gesuchte Wort aus der Luft fangen »...eine Vision.«

»Tief wie die Weltmeere«, sagte Pettibone ernst, »und grenzenlos wie der Sternenhimmel.«

Bennie musterte seinen Nebenmann unsicher. Er neigte selbst zur Ironie, brauchte aber einige Zeit, um diese Eigenschaft auch bei anderen zu identifizieren. »Sie machen sich doch nicht etwa lustig über mich?«

»In keiner Weise. Nur jemand mit ungewöhlicher visionärer Kraft kann so etwas schaffen.« Pettibone fuhr mit der Hand in einem weiten Schwung an der Windschutzscheibe entlang und deutete auf das kaleidoskopartige Gewimmel von tanzenden, zuckenden, blinkenden Neonlichtern auf beiden Seiten der Straße. »Ich glaube, jemand mit derselben Begabung könnte auch einen Ort namens Hölle entwerfen.«

Für eine Weile schwiegen sie. Überquerten die Sahara Avenue, näherten sich dem Charleston Boulevard. Der Verkehr wurde etwas dünner, und der Glanz des Strip verblaßte und wurde ersetzt durch schäbige Motels, deren Zimmer tags- und nachtsüber getrennt vermietet wurden, schmuddelige Restaurants, Kneipen, Hochzeitskapellen, deren Markisen verkündeten, daß auch Kreditkarten großzügig akzeptiert würden, Pfandleihen, Handlese- und Spiritistensalons und andere Nebengeschäfte.

»Okay«, sagte Bennie, »oben an der Garces nach links. Wir wohnen zwei Straßen weiter.«

Pettibone bog an der angegebenen Ecke ab und fuhr durch eine einsame, matt erleuchtete Straße, die von einstöckigen Häusern gesäumt wurde, einige aus Holz, einige aus Stein, aber alle bei wohlwollender Beschreibung verwittert. Aber selbst die gnädige nächtliche Dunkelheit konnte die grundsätzliche Schäbigkeit der Gegend nicht verbergen: Vorgärten ohne Ziersträucher oder Gras, schattenhafte Umrisse von Autowracks, die vor baufälligen Schuppen auf Ziegelsteinen aufgebockt waren, hier und da ein Küchenherd oder ein Sofa auf einer Veranda, schon lange ausrangiert, aber noch nicht abtransportiert.

»Dort ist es«, sagte Bennie, und Pettibone lenkte den Mercury hinüber, machte den Motor aus und blickte auf einen Holzbau, so gedrungen und unscheinbar wie eine vergessene Tablettenschachtel. Der mit kahlen Erdflecken durchsetzte Rasen wurde von einem unpassenden hüfthohen Holzzaun umgeben, dessen Tor an einem einzigen Scharnier hing und dessen Gleichmäßigkeit durch ein oder zwei fehlende Holzlatten gestört wurde. Pettibone gab ein nasales »Hmmm« durch zusammengebissene Zähne von sich, gefolgt von dem unverfänglichen Kommentar: »Aha. Sie haben ein Haus.«

»Die Mieten in diesem Teil der Stadt sind ganz günstig.«

»Kann ich mir vorstellen.«

»Besser als ein Apartment. In denen, die wir uns angesehen haben, kommt man sich vor wie in einem U-Boot. Hier hat man wenigstens ein wenig Privatsphäre. Zwei Schlafzimmer, Bad, Küche, Wohnzimmer, sogar eine kleine Veranda hinten heraus.«

»Und es ist nicht weit bis in die Stadt«, fügte Pettibone großherzig hinzu.

»Der Unterhalt ist auch nicht die Welt.«

»Das sehe ich.«

Um weiteren Gesprächen über die Situation auf dem Immobilienmarkt zuvorzukommen, sagte Waverly: »Vielen Dank fürs Mitnehmen.«

Bennie schloß sich dem Dank an, und sie öffneten ihre jeweiligen Wagentüren und stiegen aus. Pettibone tat das gleiche.

»Ich, äh, habe Ihre Gesellschaft heute abend sehr genossen. Das gilt für Sie beide.«

Es war nicht unbedingt eine Bitte, aber ganz offensichtlich der Versuch, eine Einladung herauszuschinden. Waverly und Bennie tauschten vielsagende Blicke aus. Für einen kurzen Moment sagte keiner etwas. Schließlich, indem er Waverly die Entscheidung abnahm, sagte Bennie: »Wollen Sie nicht noch mit reinkommen? Auf einen kleinen Gutenachtschluck?«

»Meinst du wirklich?« fragte Waverly schnell. »Es ist schon ziemlich spät.«

»Ach, warum nicht. Wär' doch ganz nett. Außerdem gibt es in Vegas so was wie früh oder spät doch gar nicht. Was meinen Sie, Roger?«

»Ich wäre entzückt.«

Bennie ging voraus. Sie traten durch die Tür, und der entzückte Gast blieb für einen Moment im Eingang stehen und inspizierte ein Wohnzimmer, dessen Möblierung, frühes Goodwill, aus einer durchgesessenen Ledercouch, einem Paar dazu passender, nicht ganz so bequemer vinylbezogener Sessel, einem Trittleiterrauchtisch, einem zerschlissenen Teppich und keinem Stück mehr bestand. Die selleriegrünen Gipswände waren bar jeden Schmucks. Eine nackte Glühbirne an der Decke lieferte das einzige Licht. Pettibone produzierte sein Alzweck-*hmmm*, dann sagte er gedehnt: »Spartanisch.«

»In unserem Gewerbe«, sagte Waverly, »trägt man nicht viele Dinge zusammen.«

»Na ja, vielleicht nicht gerade die einladendste Unterkunft für zwei Gentlemen von Ihren offensichtlichen Fähigkeiten. Aber das wissen wir alle ja längst, diese beiden notorischen Betrüger Illusion und Realität sind nur selten ein und dasselbe.«

»Wovon redet der, von Betrug?« rief Bennie durch einen türlosen Kücheneingang, der sich im hinteren Teil des Raumes auftat.

»Vergiß es«, rief Waverly zurück.

Pettibone nahm sich einen der Sessel. Waverly ließ sich in den anderen sinken. Kurz darauf erschien Bennie mit Wassergläsern, die bis zum Rand mit Scotch gefüllt waren. Er setzte sich auf die Couch, machte sich eine Zigarre an, hob das Glas und verkündete: »Auf bessere Zeiten.«

»Das ist ein schöner Gedanke«, sekundierte Pettibone, und sie tranken mit mannhaften Schlucken in gemeinsamer Würdigung dieser edlen Überzeugung.

Waverly nippte nur an seinem Glas. Er verabscheute Scotch. Er fühlte sich ausgebrannt, gerädert. Was tat er hier überhaupt, daß er still sitzen blieb und sich dieses leere Geschwätz anhörte? Wo war sein Kopf? »Welche bessere Zeiten?« fragte er säuerlich.

»Die, von denen wir immer wieder hören. Die gleich um die Ecke und eine Straße weiter beginnen. Hör doch, ein mieser Abend heißt doch noch lange nicht, daß du für immer der Verlierer bist. Hab' ich recht, Roger?«

Ein wenig nachsichtig bestätigte Pettibone, daß er recht hatte.

»Nimm zum Beispiel nur mal den heutigen Abend. Bei den ersten Spielen hätte ich nicht mal den Sieger gefunden, wenn ich in die Zukunft sehen könnte. Diese Profis spielen nie so, wie sie sollen. Man kann sich auf nichts mehr verlassen. Wie dem auch sei, als die späten an der Reihe sind, fange ich an, Vorschlagswetten zu plazieren und –«

»Vorschlagswetten!« unterbrach Waverly ihn. »Das ist doch was für Traumtänzer. Das weißt du doch selbst.«

»Ja, ja, ja, aber ich hab' da so eine Ahnung, weißt du. Eigentlich schon mehr als das. Die Vikes spielen gegen die Bears, und es ist so, als hätte ich den ganzen Marschplan genau im Kopf, als wüßte ich jeden Spielzug. Ehe er ausgeführt wird. Du weißt, was ich meine?«

»Nein«, sagte Waverly. Ahnungen, Vorschlagswetten, Marschpläne im Kopf – er konnte nicht glauben, was er da hörte.

»In etwa wie die Vision, von der Sie vorhin gesprochen haben«, warf Pettibone hilfsbereit ein.

»Das ist es. Eine Vision. Sie bieten also die Wette an, wer die meisten Feldtore erzielt. Ich weiß längst, daß es die Bears sein werden. Ich setze den Rest meines Kapitals. Einmal das richtige Händchen, und ich bin dick im Plus. Todsicher, nicht wahr? Falsch. Das Signal für die letzten zwei Minuten ertönt, und die Vikes sind um ein Tor vorne. Aber die Bears stürmen über das Feld, erreichen die rote Zone und werden gestoppt. Sie holen ihren Balltreter aufs Feld. Auf diese Entfernung ist die Sache eigentlich sonnenklar, deshalb denke ich mir, ich kriege einen Teil, komme wenigstens plus minus Null raus. Und was passiert? Der Heini haut voll daneben. Hältst du das für möglich? Fünfzehn Yards weit weg, und dieser Kerl trifft nicht das Scheunentor. Womit ich dann wohl auf dem Arsch gelandet bin.«

Seine buschigen Augenbrauen zuckten ungläubig nach oben. Er machte einen tiefen, langen Zug an der Zigarre, stieß eine Qualmwolke aus und kündigte damit offenbar das Ende der traurigen Geschichte an.

»Mir scheint auch irgendein Punkt zu fehlen«, sagte Waverly.

»Was für ein Punkt denn?«

»Der mit den besseren Zeiten.«

»Ach das. Also, der Schuß landete zu weit rechts«, erklärte der ewige Träumer, sechzig Jahre jung und immer noch auf der Jagd nach der guten Fee mit den drei Wünschen, »das nächste Mal geht er mitten durch die Stangen. Heute abgesoffen, und morgen spielt man schon wieder Jesus und wandelt trockenen Fußes übers H_2O. Der Punkt ist, Timothy, daß wir am Ende doch noch groß rauskommen. Du wirst sehen.«

Pettibone sah ihn an, als betrachte er das Exemplar einer seltenen Rasse unter einem Vergrößerungsglas. Er schüttelte staunend den Kopf und sah zu Waverly. »Erinnern Sie sich noch an meine Theorie? Von den unsichtbaren Dingen?«

»Ich erinnere mich«, sagte Waverly kühl, und der ärgerliche Ausdruck seiner Stimme war unüberhörbar. Allmählich hatte er von all diesen lächerlich halbgaren Weisheiten mehr als genug. »Wissen Sie, Mr. Pettibone, Sie haben uns noch nicht erzählt, was *Sie* so tun und in all den achtzehn Jahren getan haben, die Sie schon hier sind.«

»Und Sie haben mir noch nicht Ihren Namen genannt.«

»Sie haben ihn doch gehört. Timothy.«

»Und ich bin Professor. Obgleich die meisten Leute mich für einen Taxifahrer halten.«

»Professor. Wo?«

»Timothy, wie?«

Waverly nannte seinen Nachnamen und fragte sich gleichzeitig, weshalb er ihn genannt hatte. Ein erster Punkt für seinen verbalen Sparringspartner.

»Waverly«, wiederholte Pettibone. »Na schön, Timothy Waverly. Ich bin in diesem Sanatorium angestellt, das allgemein UNLV genannt wird. *Un-Love*, wenn man das Akronym artikulieren möchte.«

»Professor, hallo«, mischte Bennie sich ein. »Dann müßten Sie mit Timothy ja bestens auskommen. Er ist auch auf dem College gewesen.«

»Ja, ich habe ihn von Anfang an für einen gebildeten Menschen gehalten.«

»Und was ist Ihr Fach?« fragte Waverly, der es nicht dabei bewenden lassen wollte.

»Geschichte.«

»Welche Periode?«

»Griechen und Römer. Wie Sie sich vielleicht denken können, heutzutage nicht besonders gefragt. Hotelmanagement ist auf dem Lehrplan unser Aushängeschild, wissen Sie. Die Vergabe akademischer Grade an bessere Hotelpagen. Oder Köche. Tatsächlich wäre ich in den Kochkünsten besser aufgehoben.«

»Oder als Basketballtrainer«, hatte Bennie einen Vorschlag, »für die Teams, die sie kürzlich aufgestellt haben.«

Pettibone verzog plötzlich das Gesicht voller Abscheu. »Nein«, sagte er grimmig, »selbst wenn ich dazu qualifiziert wäre. Ich habe immer noch einen letzten Rest Gewissen, so befleckt es auch sein mag.«

»Was wollen Sie? Sie sind nicht damit einverstanden, den farbigen Korbathleten unter dem Tisch ein paar Scheine zuzuschieben? So wird es aber gemacht, Mann, vor allem im Collegesport.«

»Das ist mir schon klar. Nur wenn sie anfangen, die Spieler zu manipulieren, sie in ihre miesen Geschäfte hineinzuziehen...« Er verstummte und blickte entrüstet auf seine Knie.

»Von welchen Geschäften reden wir denn, Roger?«

»Vom Manipulieren der Spiele.«

Bennie betrachtete ihn aufmerksam, immer noch skeptisch, aber schon um einiges interessierter. »Wo haben Sie das denn gehört?«

»Aus zuverlässiger Quelle.«

»Hören Sie doch auf, das sind nur dumme Gerüchte von der Straße.«

»Zufälligerweise bin ich der Lehrer eines dieser Spieler. Ein sehr betroffener, beunruhigter junger Mann, nicht gerade der typische Durchschnittssporttrottel. Er redet nämlich mit mir. Er scheint zu glauben, daß ich die Antworten kenne. Gott weiß warum.«

»Ach, wahrscheinlich labert er Ihnen nur die Ohren voll. Diese Typen machen sich immer einen Spaß daraus, Weiße zu verarschen.«

Pettibone hob die Schultern. »Denken Sie, was Sie wollen.«

Bennie zupfte an der weichen Rolle seines zweiten Kinns. Er griff nach dem Glas und spülte den Rest Scotch hinunter. Wischte sich mit der Hand über die Lippen und verwandelte sie damit in ein breites Hobbykochgrinsen. »Wer hat Hunger? Ich weiß nicht, wie es euch geht, Jungs, aber ich könnte ein Stinktier von hinten verschlingen. Roger?«

»Ich hätte nichts gegen einen Happen einzuwenden.«

»Timothy?«

»Ich verzichte.«

Bennie stemmte sich von der Couch hoch und gab ihrem Gast mit einer Kopfbewegung zu verstehen, er solle ihm folgen. »Kommen Sie, Roger, mal sehen, was wir in der Eßfabrik zusammenbauen können.«

Pettibone kam etwas unsicher auf die Füße. Bennie legte ihm einen kameradschaftlich stützenden Arm um die Schultern. Und während sie in der Küche verschwanden, konnte Waverly den geschmeidigen, immerwährenden B. Epstein-Sermon hören: »Ich weiß, daß wir noch Schinken, Käse und Zunge haben. Ach ja, ich heiße Epstein, falls ich vergessen hab', mich vorzustellen. Benjamin Saul Epstein. Natürlich sagt kein Mensch Saul zu mir, es sei denn ich hab' Schuldscheine von ihm. Also, was diese Manipulationen betrifft...«

Waverly lockerte den Knoten seiner Krawatte. Es versprach eine lange Nacht zu werden.

5

Für einen anderen Waverly, Valerie mit Namen, erwies es sich als eine ebenso lange und, auf ihre eigene Art, anstrengende Nacht. Steif, bis auf die Knochen erschöpft und mühsam gegen den Schlaf ankämpfend, lenkte sie einen alten Chevy Impala nach Süden durch eine Landschaft, so kahl und zerklüftet und unheimlich wie eine Mondwüste. Wahllos, denn sie war keine erfahrene Reisende, in den Kofferraum und auf den Rücksitz gepackt waren drei Koffer und eine Anzahl Pappkartons, die die gesamten Besitztümer enthielten, die sich in einundvierzig Jahren Leben angesammelt hatten. Vorne befand sich ein Geschöpf, das ihr lieber war als vielleicht jedes andere auf der Welt, ein schlanker, sehniger Dobermann, der zusammengerollt auf dem Beifahrersitz lag und in einem traumlosen Hundeschlaf versunken war.

Neben seinem rhythmischen Atmen war das einzige Geräusch das mühsame Tuckern des Motors, der sie stetig, hinter tastenden Fingern aus gelbem Licht, in die Richtung Las Vegas trug.

Wenn eine Pilgerfahrt, verbunden mit einem Ausflug in eine von Verletzungen geprägte Vergangenheit, als geschäftlich bezeichnet werden konnte, dann war diese Reise für Valerie Waverly ganz gewiß genau das, die Erledigung einer halb-privaten geschäftlichen Angelegenheit. Es hatte vor gut vierzig Stunden begonnen – nein, nein, das war nicht richtig. Als sie jetzt darüber nachdachte, mitten in der Nacht, erkannte sie, daß die Saat des Abenteuers schon mit dem Anruf ihres Bruders, mit dem seltsamen, angespannten, umständlichen Gespräch und mit der nur widerstrebend enthüllten Information über seinen derzeitigen Aufenthaltsort gelegt worden war. Zu diesem Zeitpunkt hatte es begonnen. Acht Wochen hatte die Spore geschlummert, hatte in einer einsamen Vase in einem vergessenen Treibhaus ihres Geistes gekeimt, bis sie schließlich zu dem impulsiven, kühnen Entschluß aufgeblüht war, für immer diesen Flecken von einer Stadt dicht an der Ostgrenze von South Dakota hinter sich zu lassen. Aurora, South Dakota, dieser vorgeschobene karge Außenposten, Schauplatz eines zehnjährigen, selbstauferlegten Exils mit einem halben Tausend guter und neugieriger Einwohnerseelen, die sie nur als die verrückte Hunde- und Kräuterhexe kannten, die Einsiedlerin. Aurora, die Göttin der Morgenröte. Nur schien ihr Name nun etwas Geheimnisvolles, Wunderbares, Wiedererwachtes erahnen zu lassen. Die Aufhellung eines Jahrzehnts Nacht und die Dämmerung eines neuen und strahlenden Morgens in ihrem Leben. Eine endgültige Versöhnung mit ihrem Bruder und, vielleicht, eine Audienz bei dem Mann, den sie aus der Entfernung schon länger verehrte, als sie sich erinnern konnte. Zwei Ziele auf einmal.

Und so kam es, daß sie, mit einem feinen Gespür für das Symbolhafte, am Morgen des vorhergehenden Tages (am Sonnabend, dem 7. November – man sollte sich das Datum merken!) in genau dem Augenblick, als der erste Streifen orangefarbenen Lichts am Horizont aufleuchtete, den rostfleckigen Impala – das letzte physisch greifbare Erbstück von ihrem Vater, der schon viele

Jahre tot war – auf dem Highway 29 nach Süden lenkte, und daß damit das große Abenteuer endlich begonnen hatte.

Vier Stunden später fuhr sie auf der Interstate 80 nach Westen und folgte ihr durch eine Landschaft in Nebraska, die immer noch aussah wie eine auf die Windschutzscheibe geklebte Ansichtspostkarte und so eintönig und grenzenlos war wie die tiefsten Tiefen des Weltalls. Anders als für die meisten Reisenden war die einsame Strapaze einer langen Autofahrt für sie niemals ein Problem. Sie war begeisterungsfähig wie ein kleines Kind und nahm alles in sich auf: die weiße Schlange des Highways, der sich vor ihr entrollte; die Legionen Wolken mit ihren dunkelvioletten Bäuchen, die unaufhörlich über den bleigrauen Himmel über ihr zogen; der Wind, der, nur durch die Fenster von ihr getrennt, sein Lied sang. Oh, sieh doch! – ein Vogelschwarm, so schwarz wie die Nacht, der sich an den vielfarbigen zermantschten Innereien eines überfahrenen Kaninchens labte. Und da drüben! – eine Baumgruppe, hilflos Ertrinkende, die Stämme in einem Teich versunken, während sie die obersten Äste verzweifelt in die Luft reckten. Nichts entging ihr; alles sprach mit ihr. Und als sie es müde wurde, geheime Botschaften von den überreichen Erdgeistern zu entschlüsseln, schickte sie ihren eigenen Geist voraus, viele Meilen weit, um etwas in die Ohren von Timothy Waverly und Wyman Brewster zu murmeln, Beteuerungen an die Adresse ihres Bruders, Bittgesuche an die des Heilers.

Sie hielt nur selten an, und dann auch nur, um zu tanken oder um dem Ruf der Natur zu gehorchen. Der Dobermann freute sich natürlich über die Pausen und strich schnüffelnd in immer weiteren Kreisen um den Wagen herum. Sie machte sich keine Sorgen. Ein leiser Ruf – »Electra, komm schon, Mädchen, Zeit zum Weiterfahren« – ließ den Hund gehorsam herantraben, und sie kehrten wieder auf die Straße zurück. Am späten Nachmittag wurden ihre Augenlider schwer. Daher bog sie an einer verschlafenen, langweiligen Ortschaft unweit der Grenze von Wyoming ab und machte es sich bequem, lehnte den Kopf an das Fenster und döste einige Zeit. Als sie erwachte, war die Welt in totaler Dunkelheit versunken. Sie besaß keine Uhr; die regelmäßigen Rhythmen von Himmel und Erde und ihres eigenen Körpers waren für sie Uhr genug. Und einer dieser Rhythmen erinnerte sie nun daran, daß es Zeit wurde für eine Nahrungsaufnahme.

Aus einem großen Weidenkorb auf dem Wagenboden hinter den Vordersitzen holte sie einen Behälter mit entmineralisiertem Wasser, eine Untertasse, zwei Naturkost-Hundekekse, ein Päckchen Sun-Chlorella und eine Flasche Enervite-Tabletten. Electra wurde zuerst versorgt. Der Hund verschlang die Kekse gierig und trank eine Untertasse von dem aufbereiteten Wasser. Dann kam Valerie selbst an die Reihe. Sie füllte eine Handfläche von kleinen grünen Chlorellakügelchen, zerkaute sie gründlich, schüttelte eine einzige Enervite aus dem Fläschchen und spülte sie mit einem langen, tiefen Schluck aus der Wasserflasche hinunter. Das Kräuterstimulans wirkte auf ihren Organismus wie ein elektrischer Schlag, oder zumindest bildete sie sich das ein. Da Gedanke und Wirklichkeit für sie ein und dasselbe waren, fühlte sie sich augenblicklich erfrischt. Sie öffnete die Beifahrertür und ließ Electra hinausspringen und ihr Geschäft verrichten. Es war erstaunlich, was für effiziente Maschinen der Verdauung und Entleerung Tiere sein konnten, die anständig versorgt wurden. Ein weiteres der vielen Wunder der Natur. Nachdem beide ihren Energiehaushalt wieder aufgeladen hatten, drehte sie den Zündschlüssel um, lenkte den Impala zurück auf den Highway und jagte weiter durch die Nacht.

Am frühen Vormittag kamen sie nach Salt Lake City. Sie machte an einer Raststätte halt und tankte. Erneut wurde das Verpflegungsritual zelebriert, in gleicher Weise wie vorher. Genauso wie die Monotonie stellte Nahrung für Valerie Waverly nie ein Problem dar. Jahre ausschließlicher Ernährung mit Naturprodukten – Körner, Kräuter, organisch angebautes Obst und Gemüse – hatten ihren und den Organismus des Hundes derart sensibilisiert, daß es unvorstellbar war, daß sie etwas anderes zu sich nahmen. Ganz sicher nicht die verbrannten Kadaver toter Tiere und all den anderen abscheulichen Abfall, der in Restaurants serviert oder in den Regalen der Läden zum Kauf angeboten wurde. Wahrscheinlich als Folge davon sah sie außergewöhnlich jung aus, Ende Zwanzig, höchstens Dreißig. Eine Mähne langen glatten Haars in der Farbe sonnengebleichten

Weizens fiel auf ihre Schultern herab und umrahmte die makellose Geometrie eines schmalen, scharf gezeichneten Gesichts. Die Augen waren groß, graublau, ernst; die Haut schimmerte, war faltenlos bis auf ein paar kaum wahrnehmbare Linien in den Augenwinkeln und hatte seit Jahren keinerlei Kosmetika mehr gesehen. Aus einem bestimmten Blickwinkel betrachtet war es ein liebliches, ein schönes Gesicht. Aus einem anderen erschien es traurig und überaus verschlossen. Dann fehlte ihm jegliche Schönheit aufgrund eines grimmigen Zugs um den Mund, obgleich dieser Eindruck mit einem Fingerschnipsen und einem plötzlichen Lächeln sofort verwischt werden konnte. Valerie hatte ein gutes, aufrichtiges Lächeln. Es war ungekünstelt, echt und entstand sofort, wenn es etwas zu lachen gab. Unter der maskulinen Garderobe aus Jeanshemd, Jeans, Schlangenlederstiefeln war ihr Körper so schlank und hart wie der eines Dobermans, die sie noch vor kurzem als Lebensunterhalt gezüchtet und verkauft hatte. Mit ihren ein Meter fünfundsiebzig Körpergröße und hundertsechzehn Pfund Nettogewicht – im Augenblick, nachdem sie dreißig Stunden nahezu vollständig gefastet hatte, etwas weniger – sah sie eher aus wie eine austrainierte Athletin, eine Marathonläuferin, oder, weniger schmeichelhaft, wie eine Magersüchtige auf dem Weg der Besserung.

Nichtsdestotrotz meldete sich bei all ihrer Zähigkeit und der aufmunternden Wirkung des Enervite südlich von Provo eine unerklärliche Müdigkeit, und sie war gezwungen, wieder von der Schnellstraße herunterzufahren. Sie schlief sofort ein. Das gequälte, bedürftige Winseln des Hundes weckte sie. Abgesehen vom Sonnenuntergang, der von einer Explosion herrlichen violetten Lichts begleitet wurde, gab es nichts, wonach sie hätte einschätzen können, wie lange sie geschlafen hatte. Auf jeden Fall zu lange. Denn sie hatte gehofft, zu einer vernünftigen Zeit in Las Vegas einzutreffen, ihren Bruder zu suchen, die unausweichlichen Erklärungen und das unerfreuliche Antippen der Vergangenheit hinter sich zu bringen, schließlich zu Bett zu gehen, um am nächsten Morgen, erfrischt und ausgeschlafen, nach Wyman Brewster zu forschen. So hatte sie es sich vorgestellt. Aber ganz so würde es sich nicht abspielen. Dann eben nicht. Jahre der Einsamkeit hatten sie gelehrt, Geduld zu haben. Sie würde es schon schaffen.

Drei Stunden später rollte sie in eine zweite Nacht. Die Meilen zogen vorbei. Cedar City tauchte auf und versank hinter ihr. Es war nun nicht mehr weit.

Eine unheimliche Stille lag in der Luft. Ein fernes Donnergrollen war im Westen zu hören und kam langsam näher. Wetterleuchten zuckte über den Horizont. Die ersten leichten Tropfen trommelten auf das Wagendach. Innerhalb weniger Sekunden löcherte peitschender Regen den Untergrund. Donnerkeile entluden sich über ihrem Kopf. Blitze zerschnitten die Dunkelheit. Rachsüchtige Blitze, die dir und ausschließlich dir zu gelten scheinen. Der Hund, normalerweise völlig ungerührt, legte seinen keilförmigen Kopf in ihren Schoß und winselte mitleiderregend. »Es ist schon gut, gleich hört es auf, uns kann nichts passieren«, tröstete sie ihn, während die Scheibenwischer über die Windschutzscheibe zuckten, dem Unwetter einen Herzschlag verliehen, und die Welt draußen verschwamm wie ein Film, der mitten im Abblenden einer Szene hängengeblieben war.

Genauso plötzlich wie es angefangen hatte, hörte das Unwetter wieder auf. Es war, als sei eine scharfe Grenze in der Luft gezogen worden, unsichtbar, aber nicht weniger real. Auf einer Seite fiel dichter Regen, auf der anderen herrschte absolute Ruhe. Leidenschaft und Harmonie. Gewalt und Frieden. Yin und Yang. Eine freundliche Mondsichel lugte durch die schwarzen Wolken. Electra schlief. Die Fahrt ging weiter. Eine orientalische Gelassenheit senkte sich auf Valerie herab. Sie fürchtete sich vor nichts, war bereit, alles anzunehmen, was vor ihr lag. Der Wagen arbeitete sich eine steile Steigung hinauf, erreichte den Scheitelpunkt, und dort, ausgebreitet wie ein samtener Gobelin, der mit Diamanten bestickt war, lag Las Vegas.

6

Nach Clicks überstürztem Aufbruch blieb Eggs noch eine Weile in der Bar sitzen, ließ sich alles, was er gehört hatte, ein zweites Mal durch den Kopf gehen und wog es ab. Eine reizvolle Vorstellung, die Todkranken, möglicherweise sehr lukrativ, ganz sicherlich eine Klientel mit reichlichem, um nicht zu sagen ständigem Nachschub. Erstaunlich, auf die Idee war er bisher noch nicht gekommen. Nun jedoch schienen sich weite neue Ausblicke mit den glänzendsten Möglichkeiten für ihn aufzutun. Aber das traf auch auf die Hindernisse zu, vor allem für jemanden, der nur fünfzig Dollar und ein wenig Kleingeld in der Tasche hatte. Dennoch, für Ignatius LaRevere waren alle Hindernisse lediglich Herausforderungen an seine Phantasie, und so saß er da, starrte geduldig in sein Glas und war ganz der Visionär, der auf das Ertönen einer zuverlässigen inneren Stimme hört, die ihm Worte der Unterweisung, der Inspiration zumurmeln würde.

Statt dessen war es eine andere Stimme, von außerhalb, die seine Überlegungen unterbrach und seinen Namen mit einem leicht fragenden Tonfall aussprach: »Eggs? Eggs?« Er schaute hoch und entdeckte eine junge Frau, die in der eingeübt provokanten Pose eines Playmate of the month, das seine Waren feilbietet, vor dem Tisch stand. Dieses Exemplar – ewig lange Beine in Raubtiermusterhosen, die wie eine zweite Haut saßen – hatte eine ganz beachtliche Auslage. Die reinste Pflasterschwalbe bis hinunter – oder in diesem Fall bis hinauf – zu den Sprengköpfen, die aus einem tief ausgeschnittenen schwarzen Top herausplatzten, und dem Bukett irgendeines billigen Eau de Brutal. Er sah sie verständnislos an.

»Eggs?« wiederholte sie ihre Frage. »Du erinnerst dich nicht?«

Sein Blick blieb leer, wachsam, kalt.

»Ich bin's, Cool Whip. Erinnere dich lieber.«

Hinter den getönten Brillengläsern stahl sich ein Schimmer des Erkennens in seine Augen. Sein ganzes erwachsenes Leben lang hatte Eggs sorgfältig das Image eines Mannes kultiviert, der gegen Verwirrung völlig unempfindlich ist, daher erlaubte er sich die Spur eines Lächelns um die Lippen, lehnte sich zurück und streckte einen Finger in die Höhe. »Dawnette! Natürlich. Was für eine angenehme Überraschung.« Und ehe sie etwas erwidern konnte, war er aus dem Sessel aufgesprungen, berührte ihre Wange mit einem leichten, flüchtigen Kuß, wobei er wegen ihres aggressiven Parfüms die Luft anhielt. »Willst du dich nicht zu mir setzen?«

»Ich, äh, ich weiß nicht, ob ich kann. In diesem Moment, meine ich. Weißt du, ich bin nämlich mit meinen, hmm, Freundinnen hier.« Sie wies mit einem Kopfnicken auf ein ziemlich hart aussehendes Paar, zweifellos kesse Väter, die vor der nächsten Spielautomatenreihe standen und mißtrauisch zu ihnen herübersahen. »Aber wir müssen miteinander reden«, fügte sie hinzu, und ein entschlossener Klang lag in ihrer Stimme, »du und ich, Eggs.«

»Dann setz dich doch. Und hol deine Freundinnen hierher.«

Aber eine formelle Einladung war nicht nötig, nicht bei diesem grausigen Zweiergespann, das bereits mit schnellen Schritten quer durch das Kasino herbeieilte. Eggs verfolgte, wie sie die Stufen in die Lounge heraufstiegen und Dawnette schützend in die Mitte nahmen. Ein geradezu rührendes Bild. Er lächelte amüsiert. Keine der beiden lächelte zurück. Die eine, sie war etwas älter und wirkte matronenhaft, führte sich durch die modische Aussage – eher schon den Aufschrei – eines barbarisch neongrünen Kleides ein. Die andere war etwa in Dawnettes Alter, fast genauso groß und üppig ausgestattet und ähnlich kostümiert. Sie gaben ein leuchtendes Buchstützenpaar ab, wie sie so hübsch beieinander standen. Die Mischung der Düfte, die von den dreien ausging, war wie eine vorrückende aromatisierte Senfgaswolke. Man brauchte nur ein Streichholz anzuzünden, und schon würde das ganze Hotel in Flammen aufgehen.

»Macht dieser Schwengel dir Ärger, Schätzchen?« fragte die Matriarchin des Trios Dawnette.

»Nein, keinen Ärger. Er... ich kenne ihn nur.«

»Wir sind alte Freunde«, sagte Eggs.

»Mit dir redet niemand, du Wichser«, schnaubte die Buchstütze.

»Hey, hör doch, es ist alles in Ordnung«, sagte Dawnette schnell. »Er ist okay. Wir haben zusammen ein paar Dinger gedreht.« Dann plötzlich ganz die Wohlerzogene, sagte sie: »Eggs, ich möchte dir Velva vorstellen« – dabei deutete sie mit dem Daumen auf Mutter Inferior – »Und das« – der Daumen zeigte in die andere Richtung – »ist Gayleen Rae.«

Velva, Gayleen – durchaus passende Namen, vor allem der zweite. Eggs deutete eine höfliche Verbeugung an. »Ladies«, sagte er mit spöttischer Herzlichkeit, »möchten Sie uns nicht Gesellschaft leisten?«

Die Ladies musterten ihn mit frostigen, mißgünstigen Blicken. In ihren gelackten Gesichtern lag der Ausdruck von Fußgängern, die sich vorsichtig mit zugekniffenen Nasenlöchern an einem dampfenden Hundehaufen vorbeischieben. Die mit dem Namen Velva, die Sprecherin der beiden, antwortete, indem sie ihn völlig ignorierte, sich an Dawnette wandte und sagte: »Komm schon, Schätzchen. Der Laden ist ja das reinste Totenhaus. Wir gehen rüber ins Aladdin. Vielleicht ist da mehr los.«

Dawnette ließ den Blick zwischen ihren beiden Gefährtinnen hin und her wandern. Dann sah sie Eggs an, der lediglich die Achseln zuckte. Ihre Zähne folterten einen Kaugummi. Es war offenbar eine schwere Entscheidung. Schließlich gab sie sich einen Ruck. »Nein, geht mal alleine rüber. Ich komme später nach.«

»Bist du sicher?«

»Ja. Ganz sicher. Wir müssen etwas Geschäftliches bereden«, sagte sie und bedachte Eggs mit einem bedeutungsvollen Blick.

Für einen kurzen Moment war er der Mittelpunkt des Interesses. Velva musterte ihn finster, und Gayleen Raes Blicke waren wie Pistolenkugeln. »Ein anderes Mal vielleicht«, sagte er übertrieben freundlich.

Die Drachenladies verzogen sich.

»Jetzt sind sie sicher sauer«, stellte Dawnette fest.

Eggs, ganz der galante Gastgeber, schob ihr den Sessel zurecht, ließ sich in seinen eigenen sinken, winkte einer Cocktailkellnerin und sagte: »Reizende Gesellschaft.«

»Zumindest behandeln sie mich anständig«, sagte sie spitz.

Das Auftauchen der Kellnerin ersparte ihm eine Antwort darauf. Dawnette bestellte einen Strawberry Daiquiri, er einen weiteren Brandy mit Wasser. Sie warteten schweigend, bis die Drinks kamen. Sie sammelten ihre Gedanken. Eggs ergriff als erster das Wort.

»Weißt du, weshalb ich einen Augenblick gebraucht habe, ehe ich dich erkannte?«

»Weshalb?«

»Deine Kluft. Die Dawnette, die ich in Erinnerung hatte, trug mädchenhaft züchtige Röcke. Eine dünne Spitzenbluse in weichen Lilatönen, meine ich mich entsinnen zu können, um den Porzellanpuppen-Teint, die opalisierenden Augen, den prachtvollen Hahnenkamm platinblonden Haars besser zur Geltung zu bringen.«

Es war eine ziemlich genaue Beschreibung und stimmte, wenn man die pinkfarbenen Strähnen im Haar und den schwarzen Eyeliner und den blutroten Lippenstift, der das hübsche jungfräuliche Gesicht zierte, nicht erwähnte, im Großen und Ganzen auch jetzt noch. Und ihm gefiel, wie glatt ihm diese Beschreibung über die Lippen kam. Die richtigen Worte fehlten ihm selten.

Sie blieb jedoch ungerührt. »Ja, nun, es verändert sich vieles. Der Schulmädchenlook ist eben out. Die Kunden lieben es heutzutage etwas rauher.«

»Schade um die leisen Töne.«

»Blas mir keinen Scheiß in die Ohren, Eggs. All den Porzellanpuppen-, Platinkamm-, Opa-Quatsch. Vor dir sitzt Cool Whip. Erinnerst du dich nicht mehr?«

Er erinnerte sich nur zu gut. Cool Whip Day, von ihren Eltern, Bauern aus Tennessee mit wahrhaft abscheulichem Geschmack auf den Namen Dawnette getauft (Dawnette Day – alles klar?). Sie gehörten zu der Sorte Mensch, die Bierdosen sammelt und sich den Kopf über ihren Bowling-Durchschnitt zerbricht und die Wände irgend einer primitiven Provinzhütte mit Drucken von liebenswerten knopfäugigen Hundewelpen verziert (denn genauso hatte sie sie einmal, als sie besoffen und sentimental war, beschrieben). Genauso wie Cleanth und alle anderen Las

Vegas-Partisanen, die er je gekannt hatte (ihn selbst eingeschlossen, wie er annahm), zog sie es vor, unter der Kurzbezeichnung zu firmieren, die ihr von ihren Komplizen verpaßt wurde und in ihrem Fall eine Reihe von Anspielungen enthielt: Cool, für die kühle Distanziertheit in ihrem Auftreten (die im Augenblick sehr stark zu wünschen übrig ließ), und Whip, wie die süße Schlagsahne auf einem Dessert, wegen ihrer kremig weichen und hellen Haut und dem künstlich versilberten Haar (was noch immer zutraf). Es war aber auch gleichzeitig eine verhüllte Anspielung auf ihre sexuellen Spezialitäten (die, wenn man es nach dem soeben verschwundenen Paar beurteilte, in seiner Abwesenheit eine ziemlich abwegige Richtung eingeschlagen hatten). Sie waren früher mal ein tolles Team gewesen: Eggs und Cool Whip, die epikureische Strafe für jeden jämmerlichen Abstauber, der glücklos genug war, ihnen über den Weg zu laufen. Aber auch in jener Zeit, genauso wie bei Cleanth, hatte er sie immer bei ihrem Taufnamen genannt, so altmodisch er sich auch anhörte. Und das tat er, indem er den Tonfall des zutiefst Verletzten anschlug, auch jetzt. »Dawnette, du verkennst mich. Warum sollte ich dir etwas vormachen?«

»Warum? Ich sag' dir, warum. Du schuldest mir *Geld*! Darum.«

Der schrille Tonfall ihrer Stimme ließ ein paar Köpfe an der Bar herumfahren. Soviel zu ihrem kühlen Auftreten. Er legte ihr einen besänftigenden Finger auf die Lippen. »Bitte, etwas leiser.«

»Verbiete mir verdammt noch mal nicht den Mund«, sagte sie in einem leicht gedämpften Fauchton. »Du haust mit fünf Riesen von mir ab – das war alles, was ich hatte –, und jetzt bist du so abgewichst und bläst mir Zucker in den Arsch. Erspar mir die Scheiße, Eggs. Das kommt bei mir nicht mehr an!«

Er schüttelte unwillkürlich den Kopf. Abgewichst, Arsch, Scheiße – wie ordinär sie sich auf einmal ausdrückte, nachdem ihr seine weise Führung fehlte. Sie streifte in ihrer schrillen Kluft durch die Straßen wie eine gemeine Nutte. Nicht viel anders als Cleanth, der in einem Laden den Verkäufer spielte. Hilflose Kinder, alle beide; ohne ihn und seinen weisen Rat verirrt im dunklen, von Gefahren wimmelnden Wald. Und indem er sie so sah und sich selbst als das ständige wohlwollende Zentrum in ihrem ansonsten chaotischen Universum, hatte er plötzlich eine Erleuchtung, eine Idee, noch immer etwas verschwommen, aber ganz gewiß die Vorahnung einer Vision, auf die er noch vor einem kurzen Moment gewartet hatte. »Es macht mich traurig, dich so zu sehen, Dawnette«, sagte er traurig. »So hart und verbittert gegenüber einem alten Freund.«

»Von wegen traurig. Oder alter Freund. Ich will meine Kohle.«

»Die sollst du natürlich bekommen. Schon bald. Unglücklicherweise ist meine wirtschaftliche Lage im Augenblick nicht so, wie sie sein sollte.«

»Heißt das, du hast nichts?«

»Noch nicht. Aber ich habe ein Projekt geplant, das sich als außerordentlich profitabel erweisen könnte. Für uns beide.«

»Das kannst du auch vergessen. Deine großen Projekte kenne ich schon von früher. Gib mir meine fünf Scheine. Der Rest ist Schweigen.«

Eggs seufzte. Das wurde ja doch schwieriger, als er erwartet hatte. Die Dawnette von vor drei Jahren wäre weitaus gefügiger gewesen. Daß Dinge – und Menschen – sich ändern, damit hatte sie durchaus recht. Aber Überzeugungskraft war kein kleiner Teil der Last, die ein geborener Führer zu tragen hatte. »Dawnette«, sagte er und näherte sich dem Problem aus einer anderen Richtung, »erinnerst du dich noch an Cleanth?«

»An wen?«

»An Cleanth Koontz.«

»Ich kenne niemanden mit diesem Namen.«

»Sehr wahrscheinlich kennst du ihn als Click. Er hat früher ab und zu mit mir gearbeitet.«

»Ach ja. Ich entsinne mich. Er war doch so ein häßliches kleines Schweinchen und machte beim Sprechen immer dieses komische Geräusch. Er versuchte ständig, mich zu einer Gratisnummer zu überreden.« Ihr Gesicht verzog sich voller Abscheu bei der Erinnerung. »Was ist mit ihm?«

»Ich habe zufälligerweise vor kurzem mit ihm gesprochen. An diesem Abend, um genau zu sein. Und es scheint, als sei er auf etwas gestoßen, das uns zu einer ansehnlichen Summe verhelfen könnte.«

»Ja? Und was wäre das?«

Indem er seinem Gesicht den Ausdruck des gerissenen Geschäftemachers verlieh, erklärte Eggs alles, was er der Unterhaltung mit Cleanth hatte entnehmen können, schmückte es hier und da aus, verzierte es, fügte ein paar Zahlen hinzu, die teils völlig aus der Luft gegriffen und teils erheblich übertrieben waren. Ein halbes Leben der Improvisation in Gelddingen hatte ihn gelehrt, daß man erzählte, was erzählt werden mußte, und tat, was getan werden mußte. Als er fertig war, fixierte er sie mit einem schlauen Blick und fragte: »Und? Was hältst du davon?«

Sie ließ die Frage zwischen ihnen in der Luft hängen. Nahm einen Schluck von ihrem Daiquiri. Stellte das Glas hin und streichelte nachdenklich den Stiel. Spielte ebenfalls die Gerissene, allerdings weit oberhalb ihrer Spielklasse. Er wartete. Schließlich sagte sie: »Da könnte was dran sein. Betonung auf könnte. Das klingt mir nicht gerade so, als wüßtest du besonders gut über alles Bescheid, Eggs.«

Ihr Tonfall war noch immer abgebrüht, herausfordernd, skeptisch – zweifellos war das der verderbliche Einfluß der beiden abartigen Matratzen, mit denen sie zur Zeit herumzog. Aber auch interessiert. Er hatte sie an der Angel, und das wußte er. Sie jetzt endgültig an Land zu ziehen, das mußte behutsam geschehen. »Es ist klar, daß noch einige Fragen geklärt werden müssen«, sagte er. »Und natürlich müssen vorbereitende Maßnahmen ergriffen werden.« Und nach einem genau abgemessenen Augenblick, fügte er hinzu: »Sofort.«

»Von welchen ›Maßnahmen‹ ist denn die Rede?«

»Nun, zuerst einmal brauchen wir ein gewisses Startkapital.«

Verwirrtheit und Mißtrauen zu gleichen Teilen verdunkelten ihre Augen.

»Eine Operationsgrundlage«, erklärte er, »Geld für diverse Investitionen. Nach allem, was du angedeutet hast, vermute ich, daß du blank bist.«

»Das hast du richtig mitbekommen«, sagte sie giftig. »Das müßtest du selbst am besten wissen.«

Eggs legte eine Hand an die Stirn, massierte eine Schläfe. Denk an die Zukunftsaussichten, rief er sich in Erinnerung und sagte: »Dawnette, wenn dieses Projekt abgeschlossen ist, dann werden die Fünftausend, die dir jetzt so große Sorgen machen, dir vorkommen wie Kleingeld, ein lächerliches Sümmchen. Aber in der Zwischenzeit müssen wir unsere Aufmerksamkeit darauf lenken, ein Grundkapital zu beschaffen.«

»Und wie stellst du dir das vor?«

»Soweit ich mich erinnere, fehlte es uns beiden, dir und mir, in der Vergangenheit niemals an zündenden Ideen.«

Der erste Anflug des Begreifens schimmerte in diesen verschlagenen Augen. »Du meinst, wir sollen einen rasieren?«

»Warum nicht?«

»Eines solltest du wissen, Eggs, ich bin in dieser Hinsicht etwas aus der Übung. Velva, Gayleen und ich, wir veranstalten lediglich eine kleine Show. Eine Matratzennummer mit einigen, du weißt schon, exotischen Einlagen. Wir nehmen niemanden aus. Es sei denn, der Macker ist so hinüber, daß er nichts merkt.«

»Ach, Dawnette, keine Angst. Die Tricks, die man einmal beherrscht hat, die verlernt man nicht. Fast so wie deine Matratzennummer.«

»Okay, angenommen, ich mache mit – und ich sage nur angenommen –, wann soll das Ding denn steigen?«

»Welcher Zeitpunkt ist besser als jetzt gleich?«

»Jetzt? Heute abend?«

»Eine Reise von tausend Meilen, der erste Schritt – erinnerst du dich?«

»Ich weiß nicht Eggs. Heute abend, das ist ein bißchen plötzlich. Ich muß darüber nachdenken.«

»Sieh dich doch um«, sagte er und betrachtete die Ansammlung melancholischer Trinker an der Bar mit einem herablassenden Blick. »Paralytiker. Sonntagsverlierer, die schlimmste Sorte. All ihre Gebete, ihre inbrünstigen Bitten, ihre Appelle an den Himmel – nichts bewahrt sie vor der Katastrophe. Das ist nichts für uns, Dawnette. Wir sind für etwas besseres geschaffen.«

Sie schüttelte langsam den Kopf. »Du bist immer noch der alte, Eggs. Niemand konnte soviel warme Luft produzieren wie du.«

Es war ein Zeichen der Resignation, der Kapitulation. Genau das Signal, auf das er gewartet hatte. Er stand auf, gab ihr ein Zeichen. »Komm mit. Wir sehen uns mal an, was sich anbietet.«

Sie schlenderten durch das Kasino, rekognoszierten die Tische. Einer speziell erregte Eggs' Aufmerksamkeit, oder, genauer gesagt, ein Spieler, der es beim Black Jack wissen wollte und sich mit dem Bankhalter eine Schlacht lieferte, und der, den Chipstürmen vor ihm auf dem Tisch nach zu urteilen, gerade eine Glückssträhne hatte. Der Tisch stand in der Nähe der einarmigen Banditen, und den Platz des Spielers an der ersten *base* hatte man von den Automaten aus gut im Auge. Er war, erkannte Eggs, ein offensichtlicher Tourist, ein schwächlicher Gnom von einem Mann, sechzig oder älter, mit einem dürren Hals, der teigigen Haut des Nachtspielers und einer Doppelreihe Zähne so groß wie Dominosteine, wenn er sein Gewinnergrinsen aufsetzte, was sehr oft geschah. Eine Reihe von Umständen, die nahezu ideal waren. »Das ist unser Mann«, flüsterte Eggs in Dawnettes Ohr, schob sie vor sich her hinter die Automaten und erklärte ihr das weitere Vorgehen.

»Wir machen es folgendermaßen. Du gehst noch einmal vorbei, ganz lässig, läßt dir dabei Zeit, hast es überhaupt nicht eilig. Bleib ihm gegenüber am Tisch stehen und schau eine Weile dem Spiel zu. Aber nur so lange, daß er dich sieht. Wirf ihm einen Blick zu, nicht offen; denk daran, du machst ihn nicht an, noch nicht. Dann kommst du wieder her und stellst dich an den Automaten. Fang richtig an zu spielen, du weißt schon, beweg deinen Körper, schrei ruhig ein- oder zweimal schrill auf. Mach ein bißchen mit dem Automaten herum, tu so, als wolltest du ihn verführen, damit der Kerl auf andere Gedanken kommt.«

»Und wenn er mich gar nicht sieht?«

»Glaub mir, Dawnette, in diesem Outfit sieht er dich.«

»Und wo bist du die ganze Zeit?«

»Zwei Reihen weiter hinten. Und ich passe genau auf.«

Ihre Augen flackerten aufgeregt, ihr Mund knetete einen frischen Kaugummi. »Okay, angenommen, er macht sich an mich ran. Was dann?«

Eggs selbst spürte, wie die Energie sich in ihm sammelte, was immer geschah, wenn er sich seinem Ziel näherte. Um sie zu erhalten, sie zu bündeln und in die entsprechenden Bahnen zu lenken – und, nicht zuletzt, um Dawnette zu beruhigen –, senkte er seine Stimme auf eine Tonhöhe der gelassenen Zuversicht. »Du läßt durchblicken, daß du ein Zimmer in einem der Häuser hinter dem Pool hast. Und dann gehst du mit ihm durch den Hintereingang und über die Rasenfläche. Nicht durch den Korridor. Das ist wichtig, Dawnette. Wenn er sich sträubt, herauszukommen, dann sag ihm, du möchtest etwas frische Luft schnappen. Laß es ein wenig erotisch klingen, damit er schon Lust auf ein kleines Vorspiel in der Dunkelheit bekommt. Setz deinen verschwenderischen Charme ein.«

»Und du bist am Pool?«

»O ja. Ich warte dort.«

»Und wie machst du ihn fertig? Du hast doch keine Waffe bei dir, Eggs?«

»Natürlich nicht.«

»Ich will nämlich nicht in eine echt herbe Sache verwickelt werden.«

»Mach dir keine Sorgen. Du brauchst nur den üblichen Anweisungen zu folgen. Ist jetzt alles klar?«

»Ich denke schon.«

»Na schön, dann mal los. Oh, Dawnette, eine Sache noch.«

Sie sah ihn zweifelnd an. »Was ist denn?«

»Den Kaugummi lassen wir lieber weg.«

Schon war er draußen. Sie zögerte, aber nur einen kurzen Moment, gerade lange genug, um ihr professionelles Gesicht aufzusetzen. Presto! Aus Dawnette wurde Cool Whip: leicht gerunzelte Augenbrauen, die roten Lippen zu einem schmollenden Lächeln verzogen, feuchte, glänzende Mach-mich-an-Augen. Eine bemerkenswerte Veränderung. Dann, ohne ein Wort, war sie unterwegs, entfernte sich mit aufreizenden Schritten. Eggs versteckte sich hinter einer Automatenreihe weiter hinten. Er beobachtete sie. Dieses ganze sündige Fleisch würde sogar den Papst zum Satyr machen. Das würde eine todsichere Sache.

In weniger als einer halben Stunde hatte sie das Opfer aus seinem Sessel herausgelockt. Er trottete zur Kasse und kam zu den einarmigen Banditen. Mit lüsternen Blicken, einen Drink in der Hand, sammelte er seinen Mut und ging auf sie zu. Von seinem Schwanz getrieben. Längst in der Falle.

Dennoch wartete Eggs noch einen Moment, nur um ganz sicher zu gehen. Sobald er Dawnettes affektiertes Bühnenlachen und das heisere Echo hörte, wußte er Bescheid. Er ging zum Ende des Kasinos, bog um eine Ecke, gelangte zum Ausgang, der zum Swimmingpool führte und schlüpfte hindurch und in die totale Stille eines grasbewachsenen, leeren Innenhofs. Er füllte seine Lungen mit der frischen Nachtluft, die stimulierend wirkte wie ein Vitamintrunk. Der aufregende, benommen machende Rausch, den er vorher in sich gespürt hatte, wurde nun von einer gewissen undefinierbaren Reinheit des Empfindens abgelöst, von einer fast transzendenten Freude. Er suchte sich einen Platz in einem Schattenstreifen dicht hinter dem Haus am Pool. Und dort, unter der Lichtglocke, die von einer Neonreklame in den schwarzen Himmel gestrahlt wurde, wartete er.

Nicht lange. Zehn Minuten später schwang die Tür auf, und Dawnette führte ihr Opfer hinaus auf den Rasen. Eine ihrer Hände strich über seinen Schritt, zwang ihn zu einer verkrampften, wackelnden Gangart. Sie lieferte ihn wie bestellt ab, dieses verhutzelte kleine Bündel bockhafter Begierde, das erwartungsvoll zitterte und wahrscheinlich seinen ersten richtigen Ständer in zehn oder mehr Jahren vorweisen konnte. Braves Mädchen. Eggs ließ sie ein paar Schritte vorgehen und trat dann aus der Dunkelheit, folgte ihnen, klopfte auf eine knochige Schulter und sagte: »Was suchen wir denn hier, alter Freund?«

Das Opfer blieb stehen, erstarrte. Sein Unterkiefer sackte herab und entblößte die übergroßen Zähne. Seine Augen quollen hervor. »Was ist los? Wer sind Sie denn?«

Eggs, selbst höchstens einsfünfundsiebzig, überragte ihn geradezu und war mindestens vierzig Pfund schwerer. »Du denkst wohl an die totale Vegas-Nummer, nicht wahr? Bißchen Kartenspielen, bißchen Schnaps, bißchen Muschi?«

»Was wollen Sie?«

»Wie heißt du denn, Alter?« fragte Eggs in beiläufigem Konversationston.

»Duane.«

»Nun, Duane, von dem Teil hier erzählen Sie einem nie was.« Und für Eggs war dies der Teil, der ihm am meisten Spaß machte, das Präludium gewissermaßen.

»Sie wollen mein Geld.«

»Das ist gut kombiniert, Duane.«

Nun zuckten die großen Augen wild hin und her, und richteten sich anklagend auf Dawnette. »Sie stecken mit da drin. Sie haben das vorbereitet.«

Sie verschwand wortlos im Schatten.

»Und sehr aufmerksam beobachtet«, sagte Eggs.

»Das ist nicht *fair*. Ich hab's gewonnen.« Seine Stimme, die sich zu einem schrillen Quieken steigerte, verriet seine panische Furcht. Er machte einen unsicheren Schritt rückwärts.

Eggs folgte ihm. »Fair? Nichts ist jemals fair. Das ganze Leben ist ein Schwindel, Duane.«

Das faltige, von Entsetzen verzerrte Gesicht begann plötzlich zu zucken, sich zu verkrampfen, zu zittern. Der Mund klaffte auf wie bei einem Schrei, aber nichts drang heraus, kein Bitte, kein Stöhnen, keine Rufe, nichts als ein gurgelndes, ersticktes Krächzen. Die Knie gaben nach, und er kippte mit dem Gesicht zuerst in das feuchte Gras.

»Ich glaube, unser Duane ist ohnmächtig geworden«, sagte Eggs kichernd.

»Mein Gott«, stöhnte Dawnette, »der Angsthase hat einen Herzanfall. Wir müssen verschwinden.«

»Bleib, wo du bist«, schnappte Eggs. Er bückte sich, nahm sich die Brieftasche des Mannes aus einer Gesäßtasche und drehte ihn auf den Rücken. Er bückte sich noch tiefer, brachte ein Ohr an den weit offenstehenden Mund, lauschte für einen Moment und legte dann zwei Finger gegen den faltigen Hals. »Hm, er atmet ziemlich regelmäßig, und der Puls ist auch noch recht kräftig. Nein, ich glaube nicht, daß es ein Herzanfall ist. Wahrscheinlich nur Panik.«

»Egal was! Komm schon!«

Eggs ignorierte sie. Er kniete sich rittlings über die zitternde Gestalt, verschränkte die Finger, drückte die Ellbogen durch, stützte eine Handkante mitten auf die magere Brust und stieß ruckartig nach unten. Kompression, Entspannung, Kompression –, wobei er im Takt die Stöße zählte. »Eins, Stoß... zwei, Stoß... drei, Stoß...«

»Was tust du da, Eggs. Du hast doch das Geld.«

»Das nennt man Herzmassage –« vier, Stoß »– eine Erste-Hilfe-Maßnahme, nur für den Notfall –« eins, Stoß »– ein Akt der Nächstenliebe –« zwei, Stoß »– komm mal her.«

»Weshalb?«

»Sofort!« Drei, Stoß.

Sie näherte sich und blieb neben ihm stehen. »Solltest du nicht in seinen Mund atmen oder so was?«

»Nicht bei dieser Technik –« vier, Stoß »– hierbei hält man den Mund zu –« eins, Stoß.

»Man hält ihn zu? Wie soll er denn dann atmen?«

»Nun komm schon runter und tu es –« zwei, Stoß.

Sie ging in die Hocke und legte vorsichtig eine Hand auf den aufgerissenen Mund. Ein dünnes, ersticktes Ächzen drang aus der Kehle.

»Erinnerst du dich noch an den Werbeslogan, Dawnette?« – drei, Stoß »›– Du hast dir heute eine Pause verdient –‹« vier, Stoß »– von wem ist das?«

»Um Himmels willen, Eggs. Er stirbt gleich!«

»Von wem?« wollte Eggs wissen. Unter ihm wand der magere Körper sich kraftlos. In jeden Stoß legte er mehr Gewicht.

»Ich weiß es nicht? Weshalb? Warum?«

»Kein besonderer Grund –« eins, Stoß »– ist mir gerade nur so eingefallen –« zwei, Stoß »– leg ihm die Hand jetzt ganz fest auf den Mund –« drei, Stoß.

Abrupt hörte er auf. Streckte den Rücken, spannte die Schultern, beugte und streckte die Arme und holte tief Luft. »Willkommen in Vegas, Duane«, sagte er und legte bei »Vier« sein ganzes Gewicht und seine ganze Kraft dahinter, als er die verschränkten Hände auf die Brust stemmte und sie unter dem Knacken spröder Knochen eindrückte.

Duane erschauerte. Er gab einige nicht identifizierbare Laute von sich, wurde leiser, versank in Schweigen. Er wurde schlaff.

Speichel sickerte zwischen Dawnettes Fingern hindurch, rann über sein Kinn. Sie riß ihre Hand weg, als sei sie von glühender Lava versengt worden. Sie wischte damit hektisch in weiten Halbkreisen über den Boden wie eine putzsüchtige Hausfrau, die das Gras poliert. »Mein Gott. Du hast ihn umgebracht. Jesus.«

»Wohl kaum«, sagte Eggs. »Aber ich glaube, daß er diese Reise nicht so bald vergißt.«

»Jesus«, jammerte sie. »Jesus Jesus Jesus...«

Eggs stand auf, packte ihren Arm und zog sie brutal hoch. »Er ist nicht tot. Ein bißchen beschädigt vielleicht, aber nicht tot. Und jetzt reiß dich zusammen. Du wolltest verschwinden? Jetzt kannst du's. Wir sind hier fertig.«

7

Drei Uhr früh, Montag, 9. November. Eine Nacht für Geschäfte, überall.

Für Wyman Brewster, eingehüllt in einen dicken Frotteebademantel und wie in Totenstarre in einem Holzsessel mit gerader Lehne thronend, war der Tag, so entschied er, ein bescheidener Erfolg gewesen. Von vier Ungläubigen einer bekehrt – ein besserer Prozentsatz als üblich, weitaus besser. Nichtsdestotrotz, das Licht gelöscht und endlich allein, dachte er darüber – und über viele andere Dinge – düster und ohne viel Genugtuung nach.

Die Wohnung, die er sein Zuhause nannte, über seinem Naturkostladen gelegen, war, egal wie man es betrachtete, kärglich eingerichtet, einige würden sagen asketisch: drei schrankgroße Zimmer, die sparsam möbliert und ausschließlich für die Grundbedürfnisse bestimmt waren – Speisung, Waschung, Entleerung, Schlafen. Laden und Wohnung befanden sich in einem schmalen Gebäude in einer Ladenzeile, die die Spring Mountain Road ein paar Meilen westlich des Strip säumte. Brewsters Unternehmen, früher der Standort von Sal's Pizza and Sub Shoppe, machte durch ein unüblicherweise nicht elektrifziertes Schild auf sich aufmerksam und firmierte unter einem weitschweifigen, ziemlich unbescheidenen und insgesamt undurchsichtigen Namen: Großes Westliches Zentrum für Grundlagentherapie und Verhaltensintensivierung. Duftspuren von Sal's Käse und Olivenöl und Pizzagewürzen klebten noch immer an den Innenwänden und drangen durch die Decke, ein aromatischer Kontrast zu den derzeitigen ganzheitlich organstärkenden Dienstleistungen. Für Brewster war es eine olfaktorische Erinnerung an die monumentale undankbare Aufgabe, der er sich leidenschaftlich verschrieben hatte.

Aber es gab Zeiten, in denen das Engagement schwankte, die Leidenschaft abnahm. Wenn alles so fruchtlos, so erdrückend erschien. Wenn die blinde, höhnisch lachende Ignoranz der Welt dich enttäuschte, die besten Vorsätze aushöhlte. Dich erschöpfte. Und heute nacht, aus Gründen, die ihm selbst nicht ganz klar waren, fühlte er sich erschöpfter denn je. Er ächzte unter der Last seiner fünfundfünfzig Jahre. Das unbarmherzige Gewicht der Zeit. Und, paradoxerweise, unter dem unerklärlichen Unbehagen, das ihn immer nach einem Abend missionarischer Beschwörungen überkam, unter dieser unklaren Sehnsucht nach allem, was er in diesem Moment nicht hatte. Befand er sich inmitten einer größeren Menschenschar, sehnte er sich nach Einsamkeit. Allein, so wie jetzt, brauchte er ein Publikum, auch wenn es ihm feindselig gesonnen war. Es war verwirrend, seltsam. Es war pervers.

Indem er die Perversität erkannte, befand Brewster sich gleichzeitig im Widerstreit mit seinen Verhaltensmaximen. Heiler, heile dich selbst. Baue dich wieder auf. Reinige den Geist von allen Wünschen, Vorlieben, Sehnsüchten, Träumen. Versenke ihn in jenes unendliche Meer des Bewußtseins, diesen komischen Ozean vollkommener Stille, Harmonie und des Friedens mit dir selbst.

Heute sollte es jedoch nicht sein. Sein Geist blieb auf der Erde, seine Gedanken richteten sich weiterhin auf zeitlich begrenzte Dinge. Sie waren infiziert vom Virus des Ehrgeizes. Da war dieser beunruhigende Gedanke an unerledigte Dinge. Ein Bild von dem einen, selbstlosen, flüchtigen, spöttischen Traum, der seine rastlose Phantasie nährte, tanzte hinter seinen Augen. Die Wyman Brewster Memorial Clinic – Beton und Glas, jedenfalls ohne Stuck, ganz sicher ohne Stuck, verschwiegen in einem Waldstück gelegen, weit weg von der Wüste und dem Neonlicht und der Hitze, überschattet von mächtigen Bäumen, benetzt von sanftem Regen und gestreichelt vom flüsternden Wind. Und er selbst eine patriarchalische Gestalt, von den Patienten geliebt, bewundert von den Angestellten, die Weisheit, Trost, Mitgefühl und einen universellen guten Willen verströmte. Die Wyman Brewster Klinik, die letzte Zuflucht der angeblich dem Tod Geweihten. In einem Gewerbe, das von arroganten Halunken beherrscht wurde, eine letzte Bastion der Hoffnung.

Dieses Bild kehrte immer wieder. Er erhob sich mühsam und tappte hinüber zu der durchgesessenen Couch, die als Bett diente. Er streckte sich darauf aus und starrte in die Dunkelheit. Allmählich verschwamm die trostspendende Vision, und nach einiger Zeit schlief er ein.

Wenn man Click Koontz fragte, dann war der Tag verdammt noch mal die reinste Achterbahn gewesen. Zuerst ruft Big B an und sagt, hol mich in einer halben Stunde ab, ich muß zu einer Konsultation ins Dunes. So nennt er das – Konsultation. Jeder andere sagt abkassieren, jemanden aufs Kreuz legen, denn das ist es doch. Er fragt auch nicht, *kannst* du mich fahren. Wenn man also irgendwelche Pläne hatte – nicht daß er welche hatte, aber wenn er welche gehabt hätte –, hieß das soviel wie: weg damit, vergiß es, laß sie sausen. Um neun Uhr am Sonntag, an dem er eigentlich seinen freien Tag haben sollte. Aber was soll man da machen?

Click stopft sich also von seinem Zwölfer-Container Kentucky Fried Chicken zum Abendessen rein, was er in der Eile schaffen kann, kippt den Rest Budweiser, dreht den Horrorstreifen ab, der gerade im Fernsehen läuft (die guten Stellen, wenn das Blut spritzt, kommen erst noch), geht sich schnell durch die Haare, sprüht sich Bianca in den Mund, weil Brewster etwas gegen Bier hat, und ist schon halb durch die Tür, als das Telefon klingelt. Zum Teufel, wer ist das denn?

Nur ist es diesmal die Stimme, die zu hören er am wenigsten

erwartet hat – hey! Mann! Scheiße! Soll mich doch der Leibhaftige holen, wenn das nicht Eggs-natius LafuckinRevere ist, und der alte Egger sagt, hallo Cleanth, hier spricht eine Stimme aus deiner Vergangenheit – als ob Clicker nicht wüßte, wer es ist, sobald er den Namen Cleanth hört (denn außer Brewster gibt es auf der ganzen Welt nur eine Person, die ihn Cleanth nennt) – und sagt, ich bin gerade angekommen, treffen wir uns auf einen Drink. Und Click wird so heiß, daß die Nerven unter seiner Haut zu prickeln anfangen, als sollte er gleich eine Nummer machen oder so was, und das ist in etwa die Wirkung, die der alte Egger auf jeden hat, wenn er einem ins Gehirn fickt, Click sagt er, hey Mann, das wäre doch cool, im Dunes, was meinst du, zehn, halb elf bei Mr. Bigs.

Also schwingt er sich ins Brewstermobil – ein großer Lincoln Town Car, cremeweiß, Signature Series Viertürer, Heckflossen mit allem Drum und Dran, und Click Koontz hinter dem Lenkrad – und er fährt rüber zum Center und holt Dr. Cosmic ab und bringt ihn ins Dunes und rauf zu dem Zimmer im Nordturm – der Kerl labert in einem fort aus dem Mundwinkel über das Universum, aber hier unten auf der Erde verirrt er sich schon in einer Telefonzelle –, wo die armen Schweine warten. Brewster sagt, ich erwarte dich in einer Stunde am Wagen, und Click sagt, aber klar doch, und rennt runter und trifft Eggs, und sie unterhalten sich in aller Ruhe, reden von den alten Zeiten und allem, außer als Eggs ihn wegen seines Jobs löchert, das ist nicht so gut, aber der ganze Rest, die Andeutung, daß man wieder ins Geschäft einsteigen könnte, als Partner, versteht sich, das macht einen richtig heiß, und die Zeit vergeht wie im Fluge.

Als er schließlich zu spät auftaucht, ist Brewster, der sich draußen bei der Karre die Hacken heißläuft und einen der Hinterlader im Schlepptau hat, derart sauer, daß er Koontz fast ein neues Arschloch schnitzt. Als er damit fertig ist, sagt er, bring uns zum Center, und Click tut, was man ihm sagt, und sie gehen rein, und er wartet im Wagen, wie man ihm gesagt hat. Und wartet. Verdammter Herrgott, und wie er wartet, bis sie endlich rauskommen, sich die Flossen drücken, die besten Freunde, ein Grinsen im Gesicht, vor allem Brewster, der ganz bestimmt wieder was verkauft hat und der sagt, bring Barry zurück zum Hotel – ach ja, Cleanth, ich brauch' dich morgen pünktlich um zehn Uhr hier für meine Runde. Click salutiert knapp, und dann fährt er den Süßen rüber zum Dunes und setzt ihn am Eingang ab (der kleine Schwule sagt vielen lieben Dank, und Click gibt nur sein Schmalzen von sich), und dann kann er endlich nach Hause fahren.

Clicks Zuhause ist ein Zwei-Zimmer-Apartment in einer Reihe Vier-Parteien-Häuser unweit der Flamingo, eine Straße von Bally's entfernt, ein Zimmer zum Pissen und eins zum Schlafen (geschlafen wird auf einem Klappbett, das niemals hochgeklappt oder auch nur gemacht ist), Kochen (gegessen wird direkt von der Kochplatte oder aus dem kleinen Kühlschrank), Sitzen (gesessen wird mit dem Hintern auf dem Fußboden, von wo aus man auf den Fernseher in der Ecke starrt) mit einer Aussicht auf einen winzigen Grasflicken und jenseits der Fredda Street auf einen planierten Bauplatz, groß genug für zwei Häuserblocks, vielleicht sogar noch mehr. Sei ehrlich – eine VIP-Suite im Caesar's ist es nicht gerade. Aber für heute genügt es Click. Er verputzt die letzten kalten Hühnerstücke aus dem Container, spült alles mit einem kalten Bier runter, verfolgt mit geilen Blicken die tanzende Muschiparade auf MTV, aber die meiste Zeit denkt er daran, daß Eggs wieder in der Stadt ist und daß alles wieder super wird wie früher, und dabei fühlt Click sich gar nicht so übel. Tatsächlich fühlt er sich sogar richtig gut, richtig aufgedreht. Ja, das war ein Tag. Ein toller Tag.

Der Tag war ein voller Erfolg für Velva und Gayleen, und eine Erleichterung war es auch, da die vergangene Woche einkommensmäßig nichts gebracht hatte. November war nun mal nicht gerade der Monat mit dem besten Umsatz. Was aber nicht hieß, daß die Rechnungen nicht weiterliefen oder daß Gayleen ihrem kleinen Last nicht weiter Zucker geben mußte. Während sie daher beide, speziell Velva, sauer waren, daß Cool Whip sich mit ihrem Zuchthengst (ein Gauner durch und durch, Velva wußte es genau, sie erkannte diese Typen schon, wenn sie am anderen Ende des Strips auftauchten) abgesetzt hatte, fühlten sie sich schon um einiges besser, als sie diesen Kerl im Aladdin anmachten, einen absoluten Spießer bis auf seine vollen Taschen und eine spezielle Vorliebe für Disziplin und Strafe. Er sagte, er heiße Claude. Und er sah auch aus wie ein Claude.

»Diese Art von Hormonbehandlung kostet dich vier Scheine«, erklärte Velva ihm. »Für jeden von uns. Das sind die besten acht Scheine, die du je in deinem Leben verbraten hast, Claude.«

Er handelte sie runter auf sechs, letztes Angebot, nehmt es an, oder laßt es bleiben. Zog seine Claude Trump-Nummer ab. Velva nahm das Geld. Sie brauchten die Kohle. Und außerdem, als sie Gayleens süße Brötchen in der Tigerhose wackeln sah, konnte sie es kaum mehr erwarten. Sie wurde schon feucht, wenn sie nur daran dachte (und auch an Cool Whip, dieses treulose kleine Luder).

Nachdem der Handel perfekt war, brachten sie ihn in ihre Wohnung mit den drei Schlafzimmern (zwei zum Schlafen, eins zum Spielen) in der Decatur, setzten ihn mit einem Glas und einer Flasche Jim Beam (wäre er nicht so knickerig gewesen, hätten sie vielleicht sogar den Crown Royal auf den Tisch gestellt) ins Wohnzimmer und erklärten ihm, er möge sich ein paar Minuten gedulden, während sie sich frisch machten und alles vorbereiteten. »Ganz wie Sie wollen«, murmelte er unterwürfig und stieg bereits in seine Rolle ein.

Im Badezimmer nahmen sie einzige Züge von einem Happy-Stick, und Gayleen, die vor ihrem Auftritt immer ihre Popper haben mußte, schluckte zwei Pillen. Zum Aufwärmen streichelten sie sich ein bißchen am Eichhörnchen und gingen dann, kichernd wie Schulmädchen, ins Spielzimmer. Dort schälten sie sich aus ihren Kleidern und schlüpften in ihre Arbeitskluft: für Gayleen gab es einen schwarzen Tangaslip mit Lederdreieck vorne und einem mit Flaumfedern besetzten Lederriemen hinten, oben ohne, damit man die prächtigen straffen Titten bewundern konnte; Velva trug einen mit Nieten besetzten einteiligen Teddy, ebenfalls aus Leder, ebenfalls schwarz, Größe XL, damit die breiten Hüften und das beachtliche Gesäß Platz darin hatten, sowie einen BH mit drahtverstärkten Halbschalen zur Stützung der leicht schlaffen Brüste. Abgesehen von einer Armeekiste voller einfallsreicher Spielzeuge, einer Plastikturnmatte auf dem kahlen Fußboden und einem massiven Holzsessel mit Fuß- und Handfesseln, von Velva (die ihn in einer Freudenranch draußen auf dem Land aufgetrieben hatte, als anläßlich der Auflösung des Betriebs das Inventar versteigert wurde) »heißer Stuhl« genannt, wegen seiner frappierenden Ähnlichkeit mit dem gleichnamigen Hinrichtungsinstrument, gab es im Spielzimmer keine Möbel. Dunkelrote Vorhänge verhüllten die Fenster, und vier rote Nachtlichter, eines an jeder Wand, bildeten die einzige Beleuchtung.

Velva suchte die Ausrüstung für den Abend zusammen. Als Gayleen die einzelnen Teile aufgereiht auf der Kiste liegen sah, fragte sie skeptisch: »Meinst du, wir sollten *so* weit gehen?«

»Der Heini will Disziplin, und Disziplin soll er bekommen.«

Gayleen kicherte, und Velva griff nach einem Rohrstock, marschierte zur Tür und rief: »Claude. Komm rein. Sofort! Und bring die Flasche mit!«

Folgendes geschah mit Claude.

Zuerst mußte er sich ausziehen. Dann mußte er sich hinknien, mit dem Gesicht zum Sessel, wo Gayleen saß und das Lederdreieck ihres Tanga rieb. »Was gibt es da zu sehen?« fauchte Velva. »Kopf runter! Arsch hoch!« Sie gab ihm zehn kräftige Schläge mit dem Rohrstock auf den Hintern, legte einige Wucht dahinter, athletischer Ausdruck ihres Hasses auf die Männer im allgemeinen und auf diesen – dickleibig, behaart wie ein Affe, vor Lust und Erwartung zitternd – im besonderen. Danach tauschten sie die Plätze. Velva saß im Sessel und spielte unter dem Teddy mit sich selbst, während Gayleen aufstand, ihm ein Hundehalsband und eine Kette anlegte und ihn auf allen vieren durch den Raum kriechen ließ, ihm gelegentlich befahl, bei Fuß zu gehen oder Sitz! zu machen oder Laut zu geben, wobei er auf letztere Aufforderung schrille Kläfflaute ausstieß. Dann setzte sie sich auf seinen Rücken und ritt ihn ein wenig, wobei sie ihn mit einer Reitgerte antrieb. Als Belohnung stellte sie eine Untertasse auf den Fußboden, füllte sie mit Jim Beam und ließ ihn das Schälchen auslecken. Während Claude gierig schlappte und immer mehr mit seiner Rolle verschmolz, holte sie einen übergroßen Gummistöpsel und eine Tube Gleitcreme aus der Kiste und trat hinter ihn und machte Anstalten, die haarige Spalte einzuschmieren, als Velva in scharfem Ton befahl: »Nein! Er bleibt trocken!«

»Aber er war doch so ein liebes Hundchen«, protestierte Gayleen mit einem Ausdruck gespielter Entrüstung. Sie hatten diese Nummer schon so oft abgezogen, daß die Choreographie perfekt war.

»Trocken!«

Gayleen zuckte die Achseln. »Jetzt kommt dein Gummifreund, Claude«, sagte sie und stieß den Stöpsel hinein.

Claude stieß einen seligen Schrei aus. Velva sprang aus dem Sessel auf und schlug wild auf ihn ein, erzeugte breite rote Striemen auf seinen zitternden Flanken. Gayleen streifte ihren Tanga ab und legte sich auf die Turnmatte. Was jetzt kam, gefiel ihr immer am besten.

Plötzlich ließ Velva den Rohrstock fallen und fauchte: »Dreh dich um, Fido!« Claude legte sich auf den Rücken, und sie hockte sich auf seinen Bauch mit dem Gesicht zu den Füßen und sagte höhnisch grinsend: »Magst du deinen Gummifreund nicht? Okay, dann versuchen wir es mal mit den Fingern.«

Sie griff nach unten und riß den Stöpsel heraus und ersetzte ihn durch einen Finger (»Ist das besser?«), dann durch zwei (»Noch besser?«), drei, vier, bis sie schließlich ihre ganze Faust hineinsteckte und ihn brutal bearbeitete. Und Claude, der in lustvoller Qual stöhnte und ächzte, gab sich der chirurgenhaft leidenschaftslosen Hand hin, die in seinen Eingeweiden herumstocherte.

Als sie glaubte, er habe so ziemlich genug, zog Velva die Hand heraus, half ihm hoch, führte ihn zum Sessel und band seine Hände und Füße fest. »Gayleen hat ganz recht«, schnurrte sie, »du warst ein gutes Hundchen. Deshalb haben wir jetzt etwas ganz besonders Schönes für dich.«

Sie ging zur Kiste und kam mit einem Penis- und Hodengeschirr zurück und legte es ihm vorsichtig an. Dann streckte sie sich neben Gayleen auf der Matte aus und rieb sie von Kopf bis Fuß mit der Gleitcreme ein. Mit geübter Zunge begab sie sich auf eine langsame, köstliche Reise über die honigsüße Gayleen-

Welt. Der Ausflug gipfelte darin daß ihr Kopf in die feuchte Himmelsspalte tauchte. Und während Gayleen sich hin und her wand und stöhnte, schaute Claude zu, durch die Fesseln zur Hilflosigkeit verdammt, mit wild brennenden Augen und dem vor Schmerz und Entzücken wahnsinnigen Gesichtsausdruck einer Seele, die zum innersten Kreis der Hölle verdammt war.

Es war fast vorüber, aber nicht ganz. Velva und Gayleen kamen vom Fußboden hoch und näherten sich dem Sessel. Velva sagte: »Jetzt bist du an der Reihe, Claude«, und zog den Penisriemen an, während Gayleen gleichzeitig an dem Hodengeschirr zerrte. Claudes Augen quollen hervor, sein Mund klaffte auf. Die Adern traten an seinen Schläfen hervor und pulsierten hektisch. Aus ihrer reichen Erfahrung kannte Velva genau den Moment, in dem er bereit war. Sie gab Gayleen mit den Augen ein Zeichen, und sie befreiten seine gepeinigten Genitalien, und dann leckte Velva den bösen Finger der Hand ab, die ihn gerade noch aufgespießt hatte, legte ihn dann auf die Spitze seines Glieds und fuhr einmal an dem steifen Schaft entlang, was vollauf ausreichte, um den kleinen Krakatau Feuer spucken zu lassen. Er erschauerte, atmete zischend aus, sackte nach vorne, und der Kopf sank ihm kraftlos auf die Brust.

Jetzt war es vorüber.

Später, als sie ihn zur Tür brachte, sagte Velva spöttisch: »Du hast ja gesehen, was du für sechs Scheine bekommst, Claude. Stell dir nur mal vor, wie es für acht gewesen wäre.«

Eggs und Dawnette hatten sich ein Zimmer im Sahara Hotel genommen, vom Schauplatz ihres Coups wohlweislich mindestens zwei Meilen Strip entfernt. Dawnette war auf einem der Betten, Eggs auf dem anderen. Beide waren nackt (obgleich Eggs, wie es das Gerücht wollte, sein Markenzeichen, die getönte Brille, trug). Dawnette lag auf dem Bauch und hatte das Gesicht in einem Kopfkissen vergraben. Sie zitterte immer noch, aber nicht mehr so heftig. Eggs saß da, an das Kopfteil gelehnt, zählte die Beute und verteilte die Scheine nach ihrem Wert – Hunderter, Fünfziger, Zwanziger, einen verirrten Zehner – auf ordentliche Stapel zwischen seinen Beinen. Mitten in seinen Kassensturz hinein fragte Dawnette: »Warum hast du das getan, Eggs?« Ihre Stimme wurde vom Kissen gedämpft und bebte noch immer ziemlich stark.

Er hob eine Hand. »Einen Moment. Warte mal.« Er verteilte die Scheine weiter auf die entsprechenden Stapel. Als er den letzten abgelegt hatte, massierte er nachdenklich sein Kinn. Sein Gesicht furchte sich. Mehr zu sich selbst sagte er: »Das ist ein wenig enttäuschend. Das sind noch nicht mal dreitausend.«

»Er hat gesagt, er hat angefangen zu verlieren, nachdem er mich gesehen hat. Er hat sich nicht mehr auf die Karten konzentrieren können.«

Als bemerkte er erst jetzt bewußt die Anwesenheit einer anderen Person im Raum, sah Eggs zu ihr hinüber, auf die platinblonde Wolke ihres Haares, die exquisite Architektur des Körpers, den feinen Schwung der Wirbelsäule, die Wölbung des festen und perfekt geteilten Gesäßes, die schlanken, fohlenartigen Beine – und alles geschenkmäßig eingepackt in eine Haut, die so makellos und glatt war wie eine Schicht Tortenglasur. Cool Whip, das konnte man wohl sagen. »Das überrascht mich nicht«, sagte er. »Ein Beweis für deine vielfältigen Reize. Trotzdem hatte ich mit fünf gerechnet, Minimum.«

Sie hob den Kopf, betrachtete ihn mit aufrichtig verwirrten Augen. »Also weshalb hast du es getan?«

»Was getan?«

»Dem alten Mann weh getan. Du weißt genau, wovon ich rede.«

»Ach, das. Keine Ahnung. Es erschien mir naheliegend. In dem Augenblick.«

»Aber du hattest das Geld schon längst.«

»Das hatte ich.«

»Weshalb dann?« wiederholte sie ihre Frage.

»Ein Impuls, denke ich.« Sofort erkannte er, daß das nicht stimmte. Es war mehr als ein Impuls. Erheblich mehr. »Nenn es eine Lektion«, verbesserte er sich. »Eine Art göttliche Unterweisung.«

»Was soll das denn heißen?«

Ja, was? Eggs wußte es selbst nicht so genau. Eine interessante

Frage, eine Frage, über die er noch nicht ausgiebig nachgedacht hatte. Er überlegte einen Moment. Schließlich, indem er versuchte, einen flüchtigen Gedanken festzuhalten, sagte er: »Du mußt begreifen, daß überhaupt nichts Grausames in dem Vorgang lag. Lediglich eine versteckte Gerechtigkeit.«

»Gerechtigkeit? Indem du ihn verdammt fast umgebracht hast? Aus keinem besonderen Grund? Das ist Gerechtigkeit?«

»In gewisser Weise, ja. Sieh mal, Dawnette, Menschen wie ich, wir sind ein notwendiges Gegenmittel, zu all dem frommen, feigen Geheul der Welt. Zu all ihrer verträumten Jasagerei. In dieser Hinsicht versehen wir ein nobles Amt. Man könnte sagen, daß wir die Exekutive der grausameren Launen des Schicksals sind.«

»Du redest Blödsinn, Eggs. Das erklärt nicht, weshalb.«

Offenbar war es sein eigenes Schicksal, für immer mit Einfaltspinseln belastet zu sein. Seine eigenen meisterlichen Pläne nach den Launen und Skrupeln der Dawnettes und Cleanths und anderer Narren dieser Welt ausrichten zu müssen. So sei es. Man lernte, damit auszukommen. Sehr geduldig sagte er: »Zerbrich dir nicht den Kopf. Es ist schon spät. Schlaf lieber.«

Er legte die Geldscheine in eine Schublade seines Nachttischs, nahm die Brille ab (entkräftete somit das häßliche Gerücht) und knipste das Licht aus.

Dawnette war daran gewöhnt, sich beim Einschlafen an irgend jemand anzulehnen – an Velva, Gayleen, einen Mann, irgendwen. Mit leiser, zaghafter Stimme fragte sie: »Eggs, willst du nicht zu mir kommen?«

»Ich glaube nicht.«

»Du brauchst nichts zu tun. Nur ein bißchen kuscheln.«

»Ein anderes Mal, vielleicht.«

»Bitte!«

»Nein.«

Stille senkte sich auf das Zimmer herab. Für eine Weile wälzte Dawnette sich unruhig hin und her. Dann, später, die Stimme schon schläfrig, murmelte sie: »Eggs?«

»Was ist denn jetzt noch?«

»Der Slogan, nach dem du gefragt hast?«

»Slogan?«

»Als du ihn bearbeitet hast.«
»Ach ja. Was ist denn damit?«
»Er ist von McDonald's.«

Für Valerie Waverly gestaltete sich die Suche nach ihrem Bruder auch nicht annähernd so einfach, wie sie es sich vorgestellt hatte. Sie wäre niemals auf die Idee gekommen, daß Las Vegas so groß war. In Aurora gab es die Main Street, ein paar Wohnblocks und dann freies Feld, so weit man blicken konnte. Hier nicht. Als sie in die Stadt kam, fuhr sie an der ersten Ausfahrt ab, bog um einige Ecken, um dem eiligen, dichten Verkehr zu entgehen (wo fuhren die alle hin, mitten in der Nacht?), und hatte sich verirrt. Noch halb in Highwaytrance und erschöpfter, als sie es jemals gewesen war, fuhr sie ziellos herum, bis sie einen älteren Schwarzen entdeckte, der durch eine ansonsten verlassene Straße schlurfte. Sie lenkte den Impala zum Bordstein, kurbelte das Fenster herunter und fragte nach dem Weg. Der Mann sah sie an, als wäre sie ein Wesen von einem anderen Stern und soeben aus irgendeiner fernen Galaxis auf der Erde gelandet, sagte kein Wort und setzte seinen Weg fort. Valerie fuhr weiter. Electra war mittlerweile aufgewacht und turnte nervös auf dem Sitz herum. »Es ist schon gut, Mädchen«, beruhigte Valerie das Tier. »Wir finden es schon.«

Ein Stück weiter kam sie zu einem Seven-Eleven Supermarkt. Sie fuhr auf den kleinen Parkplatz, befahl dem Hund zu warten, schloß den Wagen ab und ging hinein. Der Verkäufer, ebenfalls ein Schwarzer, blätterte in einem Magazin, das aufgeschlagen auf der Theke lag. »Nie gehört«, erwiderte er auf ihre Frage. Er sah noch nicht einmal hoch. Ein anderer Mann jedoch, jung, weiß, schrecklich mager, mit einem schmalen, bleichen Gesicht, in dem stechende Augen funkelten, fing sie an der Tür ab und sagte: »Vielleicht kann ich Ihnen behilflich sein, Ma'am.«

»Das finde ich nett von Ihnen.«

»Was sagten Sie, welche Straße suchen Sie?«

»Die Garces.«

»Mal nachdenken.« Er klopfte sich mit den Knöcheln gegen die Stirn, ging zur Tür und begleitete sie freundlich plaudernd zum Wagen. »Woher kommen Sie denn?«

»Aus South Dakota.«

»Was Sie nicht sagen. Sie sind der einzige Mensch aus South Dakota, den ich je getroffen habe.«

»Nun, es gibt auch nicht allzuviele von unserer Sorte.«

Als er Electra durch die Windschutzscheibe blicken sah, die Zähne in einem drohenden Knurren gefletscht, erstarrte der junge Mann und wich zurück. »Oh, Sie haben einen Hund.«

»Ja.«

»Ist das einer von den gefährlichen?«

»Eine Dobermannhündin.«

»Das sind doch die ganz wilden, nicht wahr?«

So unerfahren sie mit den Widrigkeiten der Welt auch war, dumm war Valerie nicht. »Nur bei Fremden«, sagte sie mit unschuldiger Miene. »Also, können Sie mir jetzt erklären, wie ich zur Garces komme?«

Er hob als Zeichen seiner Kapitulation eine Hand und grinste schief. »Okay, Lady. Sie haben gewonnen.«

»Gewonnen? Was habe ich gewonnen?«

»Vergessen Sie's. Diese Garces Street, ist die in Las Vegas?«

»Ja. Natürlich.«

»Dann sind Sie hier schon mal in der falschen Stadt. Das ist nämlich North Vegas.«

»Ist das denn etwas anderes?«

Er verdrehte die Augen. »Ja, ganz anders, würde ich sagen.«

»Hören Sie, können Sie mir nun helfen oder nicht?«

»Ich glaube, ich kenne die Straße überhaupt nicht. Aber wenn Sie nach Vegas wollen, dann fahren Sie auf dieser Straße zurück bis zum Las Vegas Boulevard, das ist etwa eine Meile, dann weiter nach Süden, links, und Sie kommen direkt in die Stadt. Das ist die Fremont. Sie können es nicht verfehlen. Dort fragen Sie am besten.«

Valerie bedankte sich und trat an den Wagen. Sie holte den Schlüssel hervor und steckte ihn ins Türschloß. Electra hob eine Pfote und kratzte aufgeregt am Fenster.

Der junge Mann hielt sich hinter ihr in sicherer Entfernung. »Äh, Lady, haben Sie nicht was für mich?«

Sie drehte sich zu ihm um. »Was soll ich haben?«

»Sie wissen schon, ein bißchen Kleingeld. Eine Belohnung für meine Mühe, zum Beispiel.«

»Um mir den Weg zu erklären? Dafür?«

»In dieser Stadt gibt es nichts umsonst. Wir sind nicht in South Dakota.«

Sie griff in die Tasche ihrer Jeans, angelte eine Münze heraus und legte sie auf die ausgestreckte Hand. Er starrte sie ungläubig an. »Das ist ein Vierteldollar!«

»Sie sagten doch Kleingeld.«

Er lachte unwillkürlich. »Na dann, viel Glück, Lady. Sie werden es brauchen.«

Erstaunlicherweise war es genau das, was sie rettete: Glück im Überfluß, übermäßiges, unwahrscheinliches Glück, obgleich Glück für Valerie Waverly nur eine andere Bezeichnung für einen gnädigen, lenkenden Geist war. Sie fand zurück zum Las Vegas Boulevard, fuhr nach links, wie beschrieben, und folgte ihm zwei, vielleicht auch drei Meilen weit, schwer zu sagen, wieviel genau, bis er auf die Fremont Street traf. Aus einem Impuls heraus, nicht mehr, bog sie nach rechts ab und fand sich in einer Schlucht grellen, funkelnden Lichts wieder, unmenschlichen Lichts, so blendend wie ein Feuersturm, der aus parallel verlaufenden Flammenwänden besteht. Sie und der Hund betrachteten das Schauspiel staunend, benommen, während ihr Impala dahinschlich und ein ohrenbetäubendes Hupkonzert bei der Autoschlange hinter ihnen auslöste. Es gab nirgendwo einen Parkplatz, stellte sie fest. Die Fremont endete einfach plötzlich vor dem Eingang zu einem gewaltigen Hotel, und erneut mußte sie sich entscheiden, ob nach rechts oder nach links. Eine weitere Eingebung sagte links. Nun befand sie sich in einer Straße, erheblich weniger beleuchtet, die den vertrauten, beruhigenden Namen Main Street führte. Und während sie so völlig anders war als jede andere Main Street, die sie je in South Dakota gesehen hatte, riet ihr ein Instinkt, dieser Straße zu folgen, und sie gehorchte. Und tatsächlich, nur ein paar Straßen weiter verkündete ein Schild an einer Kreuzung wunderbarerweise von allen Straßen dieser seltsam turbulenten Stadt: Garces. Der Instinkt – der Geist – ließ einen nie im Stich.

Das hingegen tat manchmal die Freude, wie auch jetzt, als sie einen Moment später hinter einem Wagen parkte, so groß und wuchtig und alt wie ihr eigener, und den schäbigen kleinen Kasten von einem Haus betrachtete, das völlig dunkel war und in einer Gegend stand, die so heruntergekommen wirkte, daß sogar sie sich fragte, welche schlimmen Schicksalsschläge ihren Bruder hier hatten stranden lassen. Und indem sie sich bewußt machte, daß auch sie jetzt hier war, fragte sie sich auch, was das Leben für uns alle bereithielt, für alle unsere hochfliegenden Träume und Erwartungen.

Sie hatte natürlich keine Ahnung, wie spät es war. Spät, das war klar. Sie stellte den Motor aus, öffnete das Fenster nur einen kleinen Spalt, verriegelte die Türen. Aus einem Karton auf dem Rücksitz holte sie eine rauhe Wolldecke und wickelte sich und Electra darin ein. Sie wärmten sich gegenseitig. Sie beruhigte den zitternden Hund mit einem sanften, summenden Monolog. Electra beschnüffelt sie dankbar. Leckte ihren Hals. Und schließlich fanden sie beide Trost und Zuflucht im Schlaf.

Im Haus waren für den größten Teil der Nacht andere, schärfere Monologe gehalten worden. Dahinplätschernd, vom Alkohol beflügelt, nur unzureichend als Konversation getarnt, dabei jedoch durchaus gezielt vorangetrieben, erinnerten sie Waverly auf seltsame Art an das ständige Gemurmel, das unaufhörliche Scheißhausgerede der Schwerverbrecher, die ihre privaten, schillernden Visionen von einer Welt draußen kundtaten und sich dabei an die ramponierten Reste von Träumen klammerten. »Fucking the dog« wurde es im Knastjargon von Jackson genannte. Für ihn keine selige Erinnerung.

Im wesentlichen beherrschte Pettibone die Szene. Im wahrsten Sinne des Wortes. Er war aufgestanden und marschierte auf und ab wie ein eingesperrter Grizzlybär, gestikulierte wild mit den Armen herum wie ein Mann, der immer im trunkenen Zustand zu Vorträgen neigt, und äußerte sich freimütig zu jedem Thema, das ihm in den Sinn kam. Dabei hatte er schon bald den Koffer seines Lebens geöffnet und seinen gesamten Inhalt ausgebreitet. Geboren und aufgewachsen war er, so erfuhren sie, in

Thief River Falls, Minnesota. Erwarb drei akademische Grade an der staatlichen Universität: Dr. Pettibone, wenn's beliebt. Lehrte dann an einer Reihe bescheidener kleiner Colleges im mittleren Westen. Einmal verheiratet, vor langer Zeit, jetzt nicht mehr. Kam Ende der sechziger Jahre zur UNLV, kurz bevor der Markt für Historiker ohne besondere Auszeichnung, die sich auf unattraktive Zeitabschnitte spezialisiert hatten, vollends zusammenbrach. Seitdem hatte er hier Wurzeln geschlagen.

Natürlich war das lediglich das Skelett einer Chronik, das sich ziemlich planlos aus einer ganzen Serie Abschweifungen ergab und mit spöttischen Bemerkungen über die öde Landschaft der menschlichen Wesensart ausgepolstert wurde. Ebensowenig wurde alles in genauer chronologischer Folge geschildert, denn Bennie hatte seine eigenen windigen Betrachtungen einzuflechten, wobei die Geschichte des einen Mannes die des anderen befruchtete, obgleich im Falle Bennies stets eine ganz bestimmte, wenn auch auf Umwegen angesteuerte, Richtung existierte. Als er, zum Beispiel, den Namen von Pettibones Heimatstadt hörte, fühlte er sich zu der Bemerkung animiert: »Hy, Thief Falls, kein Wunder, daß Sie hier gelandet sind, Roger, in der Stadt der Diebe.«

»Es heißt aber Thief *River* Falls«, korrigierte Pettibone leicht beleidigt.

»Ja, von mir aus. Aber wo Sie gerade davon erzählen, ich erinnere mich, wie ich selbst in diesem Teil der Welt aufgewachsen bin, in Iowa, müssen Sie wissen...« Und er lieferte eine ähnliche Schilderung von seiner Jugend, von seinem Vater, zwei Juden, die in der Fremde bei den Maisbauern gestrandet waren.

Waverly zündete sich eine Zigarette an. Er kannte die Geschichte schon.

Wie die meisten auf sich selbst bezogenen Redner war Pettibone taub für die Schilderungen aller anderen. Er unterbrach seine Wanderung, nahm sich einen weiteren Drink aus der allmählich leerer werdenden Flasche und wartete, während die Epstein-Saga, Vater und Sohn, andauerte. Seine Augen, vom Whisky leuchtend, richteten sich auf Waverlys Zigarette, und irgendeine zufällige Assoziation animierte ihn, einfach dazwischen zu reden. »Mein Vater, wissen Sie, war ein Trucker. Fernfahrer auf einem Sattelschlepper. Ein ziemlicher Säufer. Ansonsten ein anständiger Kerl. Er war auch Raucher. Sagte immer, eines Tages würde es ihn umbringen, und auf seltsame Art und Weise hatte er recht. Der reinste Prophet. Rauschte mit seinem Bock voll vor einen Brückenpfeiler, als er versuchte, eine Zigarette mit einem Streichholz anzuzünden. Mit so einem Holzding. Sie fanden die Schachtel neben ihm auf dem Sitz. Die Streichholzschachtel, meine ich. Und eine offene Flasche. Er war zweiundvierzig. Noch ziemlich jung.«

Für einen kurzen Moment schien er betroffen zu sein von diesem Gedankensplitter aus dem Dickicht seiner Erinnerung. Dann schloß er mit einem whiskyseligen Singsang: »Ich glaube, die Moral von dieser Geschichte ist, wenn man trinkt und am Steuer sitzt, sollte man lieber nicht rauchen.«

Bennie, der wieder auf den alten Kurs eingeschwenkt war, fing an, sich nach seinem Job an der Universität, nach seinen Klassen, seinen Studenten und ähnlichen Dingen zu erkundigen. Da er nicht zwischen den Zeilen lesen konnte, stimmte Pettibone eine endlose Tirade über den traurigen Bildungsstand seiner Studenten an (»Die heutige schulische Erziehung, wie ein weiser Mann einmal gesagt hat, ich glaube, es war Bellow, besteht darin, daß künstliche Perlen echten Säuen vorgeworfen werden...«). Was ihn wieder zurückführte zu seiner persönlichen Geschichte: seinem Studium (»In dessen Verlauf ich meine synthetischen Perlen, mein Todesurteil, wie es viel treffender heißen müßte, einsammelte...«); einer Beschreibung der vielen Zwischenstationen während seiner akademischen Odyssee (»Überall eine überwältigende Ignoranz, eine kolossale Ignoranz – was die Katholiken vielleicht unüberwindliche Ignoranz nennen – eine wahre Begeisterung dafür...«); und schließlich, auf einem seltsamen Umweg, zu seiner treulosen Frau (»Es war eigentlich eine defekte Toilette, die unsere Ehe zerstört hat. Sie brannte mit dem Installateur durch. Nicht so schlimm. Die Verbindung war bestenfalls unglücklich. Zum großen Glück für mich – für uns beide – gab es keine Nachkommen. Nicht aus jenem vertrockneten Schoß. Zumindest für mich war er trocken, wie es scheint.«).

Bennie kaute ungeduldig auf dem feuchten Zigarrenstummel. Während Pettibone diesen längeren Ausflug in seine zerbrochene Ehe unternahm, wandte Waverly seinen Blick ab und studierte den Fußboden. Trotz ihrer komischen Schilderung war die Geschichte bitter und weckte in ihm zu viele schlafende Gespenster. Mittlerweile hatte er sich von ihrem redseligen Gast ein Bild gemacht und entschieden, daß er ein verzweifelter, einsamer Mensch war, aufgefressen von Enttäuschungen und Niederlagen und bohrendem Groll, der genauso dringend ein Publikum brauchte wie den Alkohol, ein sentimentaler Mensch, der sich eingeigelt hatte mit einem ganzen Waffenarsenal an Ironie. Waverly erinnerte sich an diesen Menschentyp, allerdings nur schwach.

Als er in seinem ansonsten ohne Unterbrechung dahinplätschernden Vortrag eine Pause zum Luftholen einlegte, sagte Bennie: »Nun, das ist wirklich interessant, Roger, wie dieser Klosettcowboy Sie ausgestochen hat, aber ich will noch mal auf Ihren Job in der Intelligenzfabrik zurückkommen –«

»Apropos Toilette«, unterbrach ihn ein plötzlich gequält aussehender Pettibone, »würden Sie mir mal verraten, wo die sich hier befindet?«

Waverly deutete zum Ende der Diele. Kaum war er außer Hörweite, murmelte Bennie: »Der Kerl leidet an schwerem oralem Dünnpfiff.«

»Weshalb hörst du dann nicht endlich davon auf?«

Bennie hob eine Augenbraue und machte ein Wer, ich?-Gesicht. »Was redest du da? Wovon soll ich aufhören?«

»Du weißt genau, wovon ich rede. Ich hab' gehört, wie du dich in der Küche bemüht hast ihn auszuquetschen.«

»Hast du was dagegen, wenn man versucht, sich an einem guten Geschäft zu beteiligen? Ein bißchen mitzumischen? Das ist doch nichts anderes als deine Zählerei.«

»Doch, da besteht ein Unterschied, Bennie.«

»Ja, und welcher wäre das?«

»Die Spielzeugcops im Kasino sind eine Sache, die richtige Polizei eine ganz andere. Hast du Florida schon vergessen? Oder Michigan? Oder Jacktown?«

»Natürlich vergesse ich diese schönen Orte nicht. Aber wir sind vielleicht um Schamhaaresbreite von einem dicken Batzen Geld entfernt. Jetzt mach mir nur keine Schwierigkeiten.«

Waverly sah ihn ernst an. »Von wegen Schwierigkeiten«, sagte er, »das ist der reine Wahnsinn, was du da vorhast. Spiele manipulieren ist unwahrscheinlich riskant. Für uns auf jeden Fall eine Nummer zu groß. Das weißt du.«

»Nun komm schon, Timothy. Wir arbeiten doch nur mit Risiko. Wenn du etwas anderes auf deinem Teller sehen willst als Hamburger und Bohnen, dann mußt du was riskieren. Außerdem ist an der ganzen Geschichte wahrscheinlich ohnehin nichts dran. Wenn man bedenkt, daß sie aus dem Mund eines Säufers stammt.«

In diesem Moment tauchte Pettibone wieder im Zimmer auf und zerrte an seinem Hosenstall herum. Er schaute sich leicht benommen um, ließ sich in einen Sessel fallen. »Wo war ich?« fragte er.

»Sie haben uns von diesem heißen Basketballer in Ihrer Klasse erzählt«, half Bennie ihm auf die Sprünge.

Waverly seufzte. Soviel zum Thema Vorsicht.

»O ja, der Athlet. Ein sehr interessanter Fall. Ein verwirrendes moralisches Dilemma, in dem der junge Mann steckt. Stammt aus einem Ghetto, natürlich, Philadelphia, sagte er, glaube ich. Oder war es Chicago? Ich kann mich nicht mehr erinnern...«

»Was ist denn sein Problem?« fragte Bennie und steuerte ihn vorsichtig zurück auf den alten Kurs.

»Das Problem ist, daß seine Mutter Krebs hat. Einen Vater gibt's nicht. Und natürlich auch kein Geld. Wenn er bei der Gaunerei mitmacht, dann kann er ihr helfen. Habe ich überhaupt von diesem schmutzigen kleinen Geschäft erzählt?«

»Ja, das haben Sie bereits, Roger.«

»Da ist auch noch ein anderer Punkt. Sehen Sie, er ist zutiefst religiös. Er wurde in einer dieser fundamentalistischen schwarzen Sekten großgezogen. Sie wissen schon, diese alten unabänderlichen Wahrheiten im biblischen Gewand. Für ihn gibt es nur gut und böse und nichts dazwischen. Er hat keine Erfahrung mit komplizierten moralischen Unterscheidungen.«

»Na ja, wenigstens hat er Jesus auf seiner Seite«, sagte Bennie. Er nahm die Flasche vom Rauchtisch und kam herüber und kippte den letzten Rest Scotch in Pettibones Glas. »Wie, sagten Sie, heißt der Junge?«

»Lafayette Waters. Vielleicht haben Sie schon mal von ihm gehört.«

»Aber ja doch. Jeder kennt Lafayette. Der Junge trifft doch wie der Teufel, ob Drei-Punkte-Würfe, von der Freiwurflinie oder unterm Korb, was Sie wollen. Er macht sie alle fertig. Die ganze Mannschaft profitiert von seinen Treffern. Während die übrigen Rebels nur rennen, fliegt Lafayette geradezu. Der bekommt bestimmt einen Platz bei den Profis.«

»In zwei Jahren. Das ist ja sein eigentliches Dilemma. Ohne entsprechende Behandlung lebt seine Mutter nicht mehr so lange.«

»Warum geht er denn nicht schon jetzt zu den Profis? Er würde doch sofort Millionär, und damit wäre sein Problem gelöst.«

»Auch wenn Sie das kaum verstehen werden«, sagte Pettibone grinsend, »aber er will studieren.«

»Wenn Sie mich fragen«, sagte Bennie, der lockere Moralist, »dann sollte der Junge sich um seine Mom kümmern. Das ist seine Pflicht.«

»Schon richtig. Aber eine Pflicht, die im Widerspruch zu all seinen anderen Werten steht. Für ihn um so verwirrender.«

Bennie kehrte auf die Couch zurück. Zündete seine Zigarre an. Durch eine dichte Qualmwolke fragte er in unschuldigem Ton: »Sie meinen also, Lafayette hat schon entschieden, was er tut?«

Waverly beobachtete ihn, gleichermaßen fasziniert von seinen durchsichtigen Fragen wie von seinem unerschütterlichen Glauben an eine sich mit logischer Folgerichtigkeit ergebende Rettung, den Großen Coup.

»Ich glaube, er hat es vielleicht schon getan.«

»He, hm, bei welchen Spielen soll die Sache denn steigen?«

Pettibone musterte ihn, mit glasigen Augen und trunkener Starre, aber von niemandem leicht zu übertölpeln, jedenfalls noch nicht. »Warum fragen Sie?«

Bennie zuckte die Achseln. »Reine Neugier, mehr nicht. Um die Story abzurunden, nehme ich an.«

»Wenn ich es wüßte«, sagte Pettibone, »was ich in keiner Weise behaupte, verstehen Sie, aber selbst wenn es der Fall wäre, würde ich es nicht verraten. Niemals. In dieser öden Wüste gibt es schon genug trübe Komplotte auch ohne mich als Teilhaber an der allgemeinen Korruption.«

Er sagte das mit überraschender Heftigkeit, wobei seine Hände durch die Luft zuckten. Bennie hob selbst eine beschwichtigende Hand. »Hey, Roger. Ich wollte Sie nicht beleidigen.«

»Haben Sie auch nicht.«

»Eines hat mich neugierig gemacht«, ergriff Waverly nun das Wort. »Wir haben heute nacht ziemlich viele Bemerkungen über Moral gehört. Sie sind der Moralist, was haben Sie ihm denn geraten?«

Pettibone straffte sich bei der Frage, schreckte hoch wie von der Schlange gebissen. »Ich? Jemandem etwas raten? Aus dem Fundus meines verpfuschten Lebens? Nein, so überheblich wäre ich niemals. Was sollte ich denn empfehlen? Das *summum bonum*? Das hedonistische Kalkül? Den kategorischen Imperativ? Was weiß ich denn? Was weiß denn überhaupt jemand?«

Damit kam man nicht weiter. Für einen Moment schwiegen sie, alle drei, und starrten ins Leere. Dann leerte Pettibone sein Glas, mühte sich auf die Füße und stolperte zur leeren Flasche auf dem Rauchtisch. Er betrachtete sie, sagte nichts und schwankte nur gefährlich.

»Sie sollten sich lieber hinsetzen, Rog«, sagte Bennie und klopfte neben sich auf das Lederpolster. »Sie sind ein bißchen wacklig auf den Beinen.«

Pettibone plumpste auf die Couch. Mit einer lallenden Stimme, vom Alkohol gezeichnet, murmelte er: »Ich darf an Jesaja, Kapitel 24, Vers 11 erinnern: ›Man klagt um den Wein auf den Gassen, daß alle Freude weg ist, alle Wonne des Landes dahin ist.‹«

Sein Kopf kippte zu einer Seite, dann fiel er auf die Brust. Er sackte nach vorne. Bennie hob seine Beine hoch und legte sie auf die Couch. Zu Waverly sagte er: »Sieht so aus, als ob er hier übernachten will.«

»Ist er weggetreten?«

»Völlig hinüber.«

»Na prima. Das hat uns gerade noch gefehlt.«

»Freu dich, mein Junge. Wir haben soeben einen neuen Freund gewonnen.«

Bennie stand vor der fest schlafenden Gestalt, studierte sie mit einem Ausdruck, der eine Mischung aus Mitleid, Abscheu und sogar einer Prise Zuneigung war, aber am Ende zu reiner Berechnung verschmolz. Waverly kannte diesen Ausdruck.

»Belaß es dabei, Bennie.«

»Er weiß es.«

»Darauf würde ich nicht wetten.«

»Wir werden sehen«, sagte Bennie, und ehe Waverly protestieren konnte, streckte er sich ausgiebig und fügte hinzu: »Schlafen wir darüber, okay? Wie es dir geht, weiß ich nicht, aber ich bin völlig kaputt.« Und damit schlurfte er davon zu seinem Zimmer.

Waverly blieb noch eine Weile sitzen, aber nicht lange. Er sah zu Pettibone, der auf der Couch hingestreckt lag, diesem aufgeschwemmten Brocken von einem Gast, dessen beiläufige Bemerkung ihr dünnes Sicherheitsnetz zu zerreißen drohte und damit alles, was sie von Vernunft und Ordnung wußten, völlig außer Kontrolle geraten lassen konnte. Schon wieder. Was er jetzt am liebsten getan hätte war, alles, was er an diesem Abend gehört hatte, noch einmal sorgfältig durchzugehen, aber er fühlte sich zu müde, um über irgendeinen Punkt nachzudenken. Vielleicht verflüchtigte sich alles im Laufe der Nacht. Er stand schwerfällig auf und ging durch die Diele zu seinem Zimmer. Er fand im Schrank eine Decke, kehrte damit zurück und breitete sie über Pettibone, der bewußtlos und, abgesehen von seinem rasselnden Atem, so reglos dalag wie eine Leiche. Er knipste alle Lampen aus. Bennies Schnarchen hallte durch das Haus. Ein paar Sekunden später streckte Waverly sich auf seinem Bett aus und versank schnell in einen Schlaf der Erschöpfung. Dabei hatte er jedoch eine beunruhigende Ahnung von etwas Unangenehmen, das ihn am Morgen erwartete, von etwas Gefährlichem, und er war fest davon überzeugt, daß diese Welt des Erwachens ihn auf Bahnen abdrängte, die seinen eigenen Interessen zuwider liefen. Und denen Bennies. Ihren gemeinsamen.

2. Teil

8

Waverlys Schlaf war erregt, unruhig, von bizarren flüchtigen Träumen durchsetzt, unbefriedigend und kurz. Vor allem kurz. Er erwachte, immer noch bei nächtlicher Dunkelheit, von einer mißtönenden Schnarchsymphonie: Bennies schmatzende, pfeifende Keuchlaute nebenan, Pettibones kontrapunktisches hohles Röcheln, das aus dem Wohnzimmer herüberdrang. Nicht gerade ein Engelschor. Er setzte sich auf der Bettkante auf, legte den Kopf in die Hände. Steif, groggy, ein Bündel diverser Schmerzen. Seine Schläfen pochten. Im Mund hatte er einen Geschmack wie ein durchlöcherter Schuh. Das mußte der Scotch sein; nie wieder würde er welchen trinken. Und nie mehr an Tischen mit Möchtegernzählern spielen. Und sich niemals wieder mit Fremden einlassen, vor allem von der rothaarigen und sommersprossigen Sorte. Das waren Maximen, nach denen man leben konnte. Er würde gleich heute damit anfangen.

Er zog Hose und Hemd an, tappte ins Bad, gehorchte dem Ruf der Natur, spritzte sich kaltes Wasser ins Gesicht und vermied es wohlweislich, sein Ebenbild in dem halbblinden Spiegel über dem rostfleckigen Waschbecken zu betrachten. Er ging die Diele hinunter, durch das Wohnzimmer und in die Küche (ganz vorsichtig, Timothy, und leise, sonst bekommst du gleich die nächste Breitseite Irrenhausgelaber ab). Hauptsächlich durch Tasten fand er die Kaffeezutaten und stöpselte ihre Mr. DiMaggio-Kaffeemaschine ein, die so ramponiert und verwittert aussah wie der alte Haudegen selbst, dem sie ihren Namen verdankte. Waverly wartete, rauchte eine Zigarette, während die Maschine spuckte, furzte und rülpste. Nach und nach stellten seine Augen sich auf die Dunkelheit ein. Sie hätten es besser nicht getan, denn der Anblick – eine fettige Küchentheke; ein wackliger Stahlrohrtisch mit den Überresten des improvisierten Festmahls von gestern (oder heute?) auf der Plastikplatte; ein Spülbecken voll schmutziger Teller, benutzten Bestecks und leerer Gläser (auf dem Boden des einen klebte eine Zigarettenkippe); ein schmutziger Linoleumfußboden mit einem schrillen Farbmuster – war nicht besonders ermutigend. Eines Tages, und das bald, würden sie wohl eine Putzfrau engagieren müssen. Ein weiterer vernünftiger Entschluß.

Er trank eine Tasse Kaffee und verließ behutsam auf Zehenspitzen die Küche und umrundete die Couch. Er ging zum Vorderfenster und warf einen Blick durch die Jalousien. Überprüfte die Umgebung, aus reiner Gewohnheit. Im ersten schwachen Licht der Morgendämmerung konnte er die kahle Fläche im Rasen vor dem Haus erkennen. Den baufälligen Holzzaun. Die schattenhaften Konturen von Pettibones Panzer. Und dort, dahinter geparkt, ein anderes Fahrzeug, genauso vage, doch irgendwie vertraut. Er sah genauer hin. Dünne Lichtstrahlen fielen auf die Motorhaube, die Windschutzscheibe, die Türen, den Kofferraum. Von Sekunde zu Sekunde gewann das Fahrzeug an Konturen, Form, Dimension, Farbe. Und für eine oder mehrere dieser Sekunden war es ihm, als habe er eine Halluzination, als würde er zurückgeschleudert durch die verstrichenen Jahre. Chevrolet Impala, der Wagen seines Vaters, aus der Wildnis der Vergangenheit hierher gelenkt von diesem hochgewachsenen, nachdenklichen, asketischen Mann, der über den halben Kontinent und über die viel weitere Distanz aus dem Grab gekommen war, um ihm die strengen Fragen zu stellen: Was hast du getan, Timothy? Warum bist du hier? Was ist schiefgelaufen? Schreckliche Fragen. Fragen ohne Antwort.

Waverly blinzelte heftig, rieb sich die Augen. Das konnte nicht sein. Unmöglich. Er rannte hinaus auf den Bürgersteig. Das schief hängende Gartentor knarrte. Ein knurrender schwarzer Keil erschien plötzlich im Beifahrerfenster. Ein Himmelhund, oder einer aus der Hölle. Eine Gestalt richtete sich langsam aus dem Sitz auf, eine Frau. Sie schüttelte ihre schläfrige Benommenheit ab, beruhigte den Hund mit einigen gemurmelten Worten und stieg aus dem Wagen. »Tim?« fragte sie. »Bist du das?«

»Valerie?«

Für einen kurzen Moment sahen sie einander über die Motorhaube des Wagens ihres Vaters hinweg an. Für Waverly war es, als blicke er in einen zerbrochenen Spiegel und als erwidere eine ernste, verzerrte Reflexion seiner selbst den Blick. Er wurde von einem heftigen Widerstreit der Gefühle ergriffen. Er war sich des ungläubigen Ausdrucks in seinem Gesicht bewußt. Er umrundete den Wagen und ergriff ihre Hände. Sie vereinigten sich in einer schnellen, beinahe formellen Umarmung wie zwei Staatsoberhäupter bei der Begrüßung. Waverly trat zurück, betrachtete sie immer noch prüfend, war immer noch benommen von diesem unvermittelten Zeitsprung. »Valerie«, sagte er wieder, aber der Rest seiner Worte kam gestammelt und unvollständig heraus. »Was hast du...? Wie bist du...? Wann...?«

»Ich bin direkt aus South Dakota hergefahren«, sagte sie und beantwortete die zusammenhanglosen Fragen mit der gleichen gelassenen Sparsamkeit, an die er sich erinnern konnte. »Zwei Tage auf der Straße. Bin gestern nacht angekommen. Sehr spät. Dein Haus war dunkel. Wir dachten, es sei am besten, bis zum Morgen zu warten.«

»Wir?«

Sie deutete auf den Hund, der Waverly mit einem Ausdruck seines schmalen Gesichts beobachtete, der menschlichem Mißtrauen überaus ähnlich war. »Das ist Electra.«

»Nun, du und Electra, ihr hättet hereinkommen sollen, ganz gleich um welche Uhrzeit. Nach dieser Nacht im Wagen mußt du ja völlig zerschlagen sein. Und durchfroren. Hier kann es nachts empfindlich kalt werden.«

»Nein, uns geht's gut. Aber wir kommen jetzt herein.« Sie zögerte, strich sich eine widerspenstige Haarsträhne aus der Stirn. »Wenn wir willkommen sind, heißt das«, fügte sie zaghaft hinzu.

»Du bist willkommen, Val. Du warst es immer. Es ist nur... Ich hatte in all den Jahren nichts zu bieten.« Er deutete mit der Hand in Richtung des Hauses. »Und jetzt ist es auch nicht sehr viel, wie du siehst.«

Sie reagierte darauf mit einem reinen engelhaften Lächeln. »Ich freue mich ja so, dich zu sehen, Tim. Es ist so lange her.«

»Ich weiß. Als ich aus dem Fenster schaute und den Wagen sah, glaubte ich zu träumen.«

»Du erinnerst dich an ihn?«

»Natürlich.«

»Dad schenkte ihn mir, kurz bevor er starb. Er gehört zur Hälfte dir, weißt du.«

Waverly wollte darauf nicht eingehen. Es gab Grenzen für die Flut der Erinnerungen, die er gerade noch ertragen konnte. »Wir können später darüber reden«, sagte er. »Komm jetzt.«

Sie nahm einen Weidenkorb aus dem Wagen und winkte Electra. Der Hund sprang heraus und kam an ihre Seite. Waverly ging zum Haus. Am Eingang blieb Valerie stehen, sah sich um und fragte: »Geht der Zaun um das ganze Haus?«

»Ja.«

»Dann warte bitte einen Moment.«

Sie bückte sich, nahm zwei Biokekse, eine kleine Schüssel und eine Wasserflasche aus dem Korb und stellte die Mahlzeit auf die Veranda. Sie flüsterte dem Hund einige Anweisungen ins Ohr, wobei ihr Tonfall freundlich, aber energisch war.

»Du kannst sie ruhig mit reinbringen«, sagte Waverly. »Es ist schon okay.«

»Das geht schon. Sie braucht ein wenig Bewegung.«

»Ist es nicht riskant, sie hier draußen frei herumlaufen zu lassen, in dieser Gegend?«

»Das ist ein ausgebildeter Dobermann, Tim. Glaub mir, diesem Tier tut niemand etwas.«

Als er das sehnige Tier betrachtete und die verhaltene arglose Wildheit in seinen Augen sah, glaubte Waverly ihr aufs Wort. Er wandte sich um, ging zur Tür. Dann, als ihm Pettibone einfiel, blieb er stehen und sagte: »Laß dich durch den Kerl auf der Couch nicht verwirren. Er ist nur, hm, zu Besuch hier.«

Er brachte sie in die Küche und zog die Jalousie am Fenster über dem Spülbecken hoch. Valerie stand im Licht, betrachtete den Raum, sagte nichts. Es war auch nicht nötig. Ihr Gesichtsausdruck verriet alles.

Waverly hob entschuldigend die Schultern. »Ich weiß. Es sieht furchtbar aus.«

»Hier sollte mal jemand saubermachen«, sagte sie nachsichtig.

»Zweifellos. Setz dich. Ich hol' dir einen Kaffee.«

»O nein«, sagte sie und deutete auf ihren Korb. »Ich habe alles, was ich brauche, da drin.«

Sie nahm Platz, stellte den Korb auf den Boden und holte die Enervite-Flasche, eine Packung Chlorella und die Wasserflasche heraus. Waverly schenkte sich eine Tasse Kaffee ein, kam um den Tisch herum. Er setzte sich ihr gegenüber hin und verfolgte neugierig das methodische Ritual. Sobald es beendet war, fragte er: »Ist das dein Frühstück?«

»Wenn ich auf Reisen bin.«

»Ein bißchen dürftig, meinst du nicht?«

»Es reicht aus. Da, versuch mal ein Chlorella.«

»Ach, lieber nicht.«

»Nimm nur. Es ist gut für dich.«

Sie schüttelte einige kleine grüne Tabletten in seine Handfläche. Waverly betrachtete sie zweifelnd. Sie sahen aus wie die Losung von Zwergmäusen, die Verdauungsstörungen hatten. »Kauen oder einfach schlucken?« fragte er.

»Wie du willst. Sie werden sofort absorbiert. Und beleben augenblicklich.«

Er entschied sich für Kauen. Ein entscheidender Fehler. Er hatte das Gefühl, als habe er den Mund voll bitteren Staubs.

»Na«, sagte sie, »fühlst du dich nicht schon viel besser?«

»O ja. Wie neugeboren.«

»Du siehst müde aus, Tim«, sagte sie mit plötzlichem Ernst. »Auch viel dünner. Du hast dich sehr vernachlässigt.«

Waverly wußte selbst, wie er aussah. Kasinobleich, zwei tiefe senkrechte Falten, die seine Nase einklammerten, waagerechte, die seine Stirn durchzogen, die Sorgenfalte zwischen den Augen, das Haar mit silbernen Strähnen durchsetzt. Achtunddreißig, mit Riesenschritten auf die Neunzig zugehend. Aber er hatte ihr Gesicht nicht vergessen. Die Zeit hatte das Bild seiner stillen Schönheit verwischt, die aus gut geformten Knochen und gelassener Sicherheit und Willenskraft bestand. Sie war drei Jahre älter, konnte aber leicht als seine Nichte durchgehen, wie sie dort so frisch wie der Morgen an seinem unordentlichen, schmuddeligen Tisch saß. »Du dich aber nicht. Du siehst erstaunlich jung aus, Val. Das liegt wahrscheinlich an der Luft in Dakota. Und an den magischen grünen Pillen.«

»Zum Teil sicherlich«, sagte sie ohne irgendwelchen Stolz oder gespielte Bescheidenheit. »Aber vorwiegend ist es ein innerer Frieden.«

Waverly wußte nicht recht, was er darauf erwidern sollte. Vielleicht etwas Geistreiches. »Nun, dann hat es wenigstens einer von uns geschafft.«

»Du solltest es auch einmal versuchen.«

»Ja, gleich morgen fange ich damit an. In der Zwischenzeit, Val, möchtest du mir nicht verraten, was dich nach Las Vegas verschlagen hat?«

Die Frage erschreckte sie. Vielleicht war sie impertinent oder zu abrupt gestellt worden. Aber er mußte es wissen. Sein Leben war schon chaotisch genug, und ihr plötzliches Auftauchen fügte seiner verworrenen Lage eine ganz neue Dimension hinzu.

»Darf ich mal deine Toilette benutzen?« fragte sie.

»Sieh mal, ich will nicht, daß du mich mißverstehst...«

»Ich muß wirklich deine Toilette benutzen, Tim.«

Waverly zwang sich zu einem Lächeln. »Um die Ecke und durch die Diele. Die erste Tür rechts. Es gibt auch nur eine.«

Sobald sie sich entfernt hatte, ging er ins Wohnzimmer und zog die Jalousien der vorderen Fenster hoch. Der berühmte Nevada-Sonnenschein strömte herein. Ein besonders heftiges Schnarchen ertönte von der Couch. Waverly ging hin und schüttelte eine fleischige Pettibone-Schulter. Eine der Verwicklungen in seinem Leben konnte er ebensogut gleich entwirren. »Roger«, sagte er, »Zeit zum Aufstehen.«

Pettibone stöhnte, zog die Decke über seinen Kopf. Waverly zerrte sie herunter. »Roger? Kommen Sie. Es ist Zeit.«

Langsam, mühsam, sich dagegen wehrend, stieg er aus dem Sumpf eines Säuferschlafs heraus. Er setzte sich irgendwie aufrecht, rieb mit den Knöcheln seine wäßrigen, verquollenen Augen. Seine Haut war schieferfarben; sogar die Sommersprossen sahen gebleicht aus. Das aufgedunsene Gesicht zeigte den verwirrten, trostlosen, gähnenden Ausdruck eines Altersheiminsassen. Er wurde von einem heftigen Hustenanfall heimgesucht. Er zitterte am ganzen Körper. Seine Lippen bewegten sich und gaben ein unhörbares Murmeln von sich.

»Was ist los, Roger?«

»Ich sagte«, antwortete er mit einer Stimme, die heiser war vor Trübsal, ein krächzendes nasales Winseln, »›Wohlan, der Stein, geschleudert aus dem Schoß der Nacht,/Beendet hat der Sterne Wacht.‹ Der *Rubaiyát*, Sie erinnern sich.«

Mein Gott, ein wandelndes Zitatenlexikon. Gab er denn niemals Ruhe? Die Antwort auf Waverlys unausgesprochene Frage lautete offensichtlich nein, denn als nächstes rollte er sich von der Couch, schlurfte zu einem Fenster, blieb dort stehen und wandte sich, wie es schien, an die Welt draußen. »›Dann sah ich des Tages Licht;/Nein, die Geschichte stimmte nicht‹, und so weiter, und so weiter, wie auch immer es weitergeht.«

»Versuchen Sie es mit: ›Ich versuche, was ich kann,/fang das Spiel von vorne an.‹«

Er wandte sich um, betrachtete Waverly wohlwollend, oder so wohlwollend, wie sein armseliger Zustand es ihm erlaubte. »Guter Mann. Jeder, der seinen Housman kennt – diesen verrückten Arschficker –, kann nicht völlig schlecht sein. Machen wir damit weiter. Mal sehen, wer als erster passen muß.«

»Ich gebe mich sofort geschlagen«, sagte Waverly. »Das mag ja alles ganz interessant sein Roger, aber ich denke, daß Sie irgendwo erwartet werden. Habe ich recht?«

»Absolut. Jeder wird irgendwo erwartet.« Er schaute auf die Uhr. »Für mich ist es in ungefähr einer Stunde ein Unterrichtsraum. Heute führe ich meinen verschlafenen Haufen durch Thukydides. Oder war es Herodot?«

»Es wird Ihnen sicher noch einfallen.«

Pettibone deutete mit schlaffer Geste auf die leere Flasche auf dem Tisch. »Sie haben nicht zufällig noch mehr von diesem, äh, Elixier? Eine kleine Starthilfe, wie es so schön heißt?«

»Ich fürchte nein. Wir haben gestern abend alles vertilgt.«

»Nun, in diesem Fall...« Seine Stimme verstummte traurig.

Waverly seufzte. »Es ist Kaffee da«, sagte er, allerdings ohne eine Spur von Begeisterung.

Pettibone fuhr sich mit einer Hand über die Sandpapierflächen seines roten Bartes. Betrachtete seine zerknautschten Kleider. Schien zu zögern. Vielleicht begann er allmählich zu begreifen. Schon möglich. Aber ehe er annehmen oder ablehnen konnte, erklang eine andere Stimme – sanft, beruhigend – und erklärte: »Ich könnte Ihnen etwas empfehlen, wenn Sie sich nicht wohlfühlen.«

Es war Valerie, die so lautlos wie ein Luftgeist in den Raum kam.

Pettibone betrachtete sie blinzelnd. »Und wer ist das?«

Diesmal war Waverly der Überrumpelte. So hatte er es sich nicht gewünscht. Jetzt war es zu spät. »Meine Schwester«, sagte er.

Eine Pettibone-Augenbraue hob sich skeptisch. »Schwester?«

»Ja, Schwester. Sie ist heute morgen angekommen. Valerie, das ist Roger Pettibone.«

Sie kam auf ihn zu und streckte ihm eine Hand entgegen. »Es freut mich, Sie kennenzulernen, Mr. Pettibone.«

Pettibone ergriff die Hand und schüttelte sie ausgiebig. Ein weiterer potentieller Zuhörer. »Bitte, sagen Sie Roger zu mir.« Seine verklebten Augen zuckten zwischen ihr und Waverly hin und her. »Ja, es gibt da eine gewisse familiäre Ähnlichkeit. Wie heißen Sie noch mal?«

Sie wiederholte es für ihn.

»Valerie Waverly, Timothy Waverly. Klingende Namen. Ihre Eltern hatten ein musikalisches Gehör. Erzählen Sie mal, wo kommen Sie her?«

Sie verriet es ihm.

»South Dakota«, wiederholte er im scharfsinnigen Tonfall des weltgewandten Reisenden, »dieses ländliche Paradies.«

»Sie waren schon mal dort?«

»Das war ich in der Tat. Am Augustana College in Sioux Falls, South Dakota. Ein Gastjahr bei den gottesfürchtigen langatmigen Lutheranern. Vor etwa hundert Jahren.«

Waverly erahnte einen sich entwickelnden Monolog. Um ihm zuvorzukommen, sagte er zu Valerie: »Du wolltest Roger etwas Bestimmtes anbieten.«

»Ich hol's schon.«

Sie verschwand in der Küche und kam mit einem Glas Wasser und zwei Enervitetabletten zurück. »Nehmen Sie die«, sagte sie zu Pettibone.

Er betrachtete zweifelnd die Tabletten. »Darf ich erfahren, was das ist?«

»Ein Kräuterpräparat. Versuchen Sie sie. Sie fühlen sich gleich besser.«

Pettibone brachte ein freundliches Grinsen zustande, stopfte sich die Enervitetabletten in den Mund und nahm dazu einen tiefen Schluck Wasser.

»Trinken Sie alles«, empfahl Valerie ihm.

»Alles? Das ist Wasser!«

»Aber aufbereitetes. Ihr Körper braucht das.«

Gehorsam leerte er das Glas. »Und wann kann ich mit der wunderbaren Wirkung rechnen?«

»Jeden Moment. Sie werden sehen.«

Waverlys Interesse an diesem Experiment war nicht gerade groß. »Sie sprachen gerade von Ihrem Unterricht, Roger.«

»Unterricht? Ach ja. Unterricht. Stimmt, dann muß ich wohl los. Die Kretins warten.« Er kam herüber und ergriff Waverlys Hand und drückte sie. »Vielen Dank für Ihre Gastfreundschaft.« Valerie beehrte er mit einer steifen Verbeugung. »Und Ihnen, meine Dame, für Ihre Wundermedizin.«

»Erzählen Sie mir, wie sie bei Ihnen gewirkt hat.«

Waverly bugsierte ihn zur Tür. »Ja, tun Sie das auf jeden Fall. Irgendwann.«

Kaum war die Tür hinter ihm zugefallen, da schwang sie wieder auf, und er steckte den Kopf herein und sagte: »Da draußen versperrt mir eine Bestie den Weg.«

»Electra«, sagte Valerie. »Die habe ich vergessen.« Sie drängte sich an ihm vorbei nach draußen und gab dem knurrenden Hund einen scharfen Befehl. »Jetzt ist alles in Ordnung«, versicherte Valerie dann.

Pettibone war nicht überzeugt. »Sind Sie ganz sicher?«

»Es ist völlig ungefährlich. Aber ich gehe gerne mit bis zum Wagen.«

»Das würde mich ungemein beruhigen.«

Waverly schaute ihnen vom Fenster nach. Sie standen neben dem Mercury, während Pettibones Mund sich in einem fort bewegte und seine Arme dramatische Gesten vollführten. Valerie schien ihm geduldig und aufmerksam zuzuhören. Kurze Zeit später kam sie zurück. Sie strich die Decke glatt und faltete sie ordentlich zusammen. Dann setzte sie sich auf die Couch und bemerkte: »Ein interessanter Mann, dein Freund.«

»Er ist ein Säufer, Val. Ein geschwätziger Säufer. Die schlimmste Sorte. Und wohl kaum ein Freund.«

»Er hat mir erzählt, er sei Geschichtslehrer. Er möchte von mir gerne mehr über Dakota erfahren.«

»Ich würde an deiner Stelle nicht darauf eingehen.«

»Ach. Ich weiß nicht. Er scheint ein netter Mensch zu sein. Allerdings auch furchtbar unsolide. Damit hast du recht.«

»Du mußt dich hier draußen vor den Menschen etwas in acht nehmen. Das ist nicht South Dakota.«

»Ist das nicht seltsam?« sagte sie verträumt. »Jemand hat mir genau die gleiche Warnung mit auf den Weg gegeben. Gestern erst, als ich mich nach dem Weg zu deinem Haus erkundigte.«

»Ein guter Rat.«

»Aber darüber willst du dich wohl kaum mit mir unterhalten. Nicht wahr, Tim?«

»Nein, das wohl nicht.«

»Du möchtest wissen, weshalb ich hergekommen bin.«

»Das wäre hilfreich. Sieh mal, meine Situation hier –«

»Setz dich doch. Ich versuche es dir zu erklären.«

Eine gute Idee. Er hatte keine Ahnung, was er zu hören bekäme. Er nahm Platz und sah sie an.

»Hier wohnt ein ganz außergewöhnlicher Mann«, sagte sie, und ihre Stimme schwankte, als wüßte sie nicht genau, wo sie anfangen oder wo sie aufhören sollte, »ein Heiler...«

Ein Kräuterdoktor, erfuhr Waverly, ein Homöopath, aber auch mehr als das, viel mehr. Ein selbstloser Visionär, mit Gaben ausgestattet, die nahezu göttlich waren, der sich dem Aufbau eines Heilungszentrums für die unheilbar Kranken verschrieben hatte. Ein Mann, der nicht in diese Zeit paßte, der nur für die

Verwirklichung seines Ziels lebte. Nach und nach und unter zahlreichen Abschweifungen schälte sich die Geschichte heraus. Dabei schien ihr Gesicht einen fast leuchtenden Glanz anzunehmen, ein strahlendes Lächeln, und die Augen schienen nach innen gerichtet. Und während er dasaß und seinem Gesicht den Ausdruck des aufmerksamen Zuhörers verlieh, fühlte Waverly sich erneut zurückgeschleudert über die Kluft vieler Jahre und erinnerte sich gegen seinen Willen an ihre verzweifelte Wut über den gemeinsamen Betrug ihrer treulosen Ehepartner, an die gleichzeitige Zerstörung ihrer Ehen und (indem seine innere Zensur vor der Flut entsetzlicher Bilder völlig kapitulierte) an den übereilten mörderischen Akt, der sein Leben unwiederbringlich und für immer veränderte. Das ihre ebenfalls, wie er jetzt erkannte, als er in diese abwesenden, mondsüchtigen Augen blickte.

Schließlich endete der ausführliche Bericht. »Und das ist mehr oder weniger der Grund, weshalb ich hergekommen bin«, schloß sie. Sie legte die Hände in den Schoß und sah ihn ernst an, und wartete auf eine Reaktion.

»Mal sehen, ob ich das richtig verstanden habe«, sagte Waverly. »Auf der Grundlage von einigen Briefen, ein paar Telefongesprächen, schwammigen Versprechungen hast du alles zusammengepackt und bist hergekommen in der Erwartung, für diesen... Heiler zu arbeiten?«

»Wenn er mich haben will.«

»Und du hast deine Zwinger verkauft?«

»Eigentlich nicht verkauft. Eher vermietet.«

»Was heißt das, ›eher vermietet‹? Hast du irgend etwas Schriftliches?«

»Eine Vereinbarung mit dem Mann, der alles übernommen hat.«

»Eine Vereinbarung« wiederholte Waverly. Er versuchte seine Stimme im Zaum zu halten, sie ruhig, gleichmäßig, vernünftig klingen zu lassen. Er gab sich alle Mühe. Es war nicht einfach. »Und darauf verläßt du dich?«

»Das tue ich«, erklärte sie ruhig. »Wo ich herkomme, vertrauen die Menschen einander.«

»Das ist genau das, was ich meine. Du bist nicht mehr dort. Dies hier ist Las Vegas, die Stadt der Spieler, der Geschäftemacher, der Schwindler.«

Sie sah ihn unverwandt an.

»Der Scharlatane, Val. Und nach allem, was du mir erzählt hast, und es tut mir leid, das sagen zu müssen, ist dieser – wie hieß er noch?«

»Wyman Brewster.«

»Scheint dieser Brewster ein erstklassiger Gauner zu sein. Die Sterbenden auszunehmen, dazu ist schon ein ganz spezieller Grad von Hinterhältigkeit nötig.«

Sie preßte die Lippen aufeinander. Funken sprühten aus ihren Augen. »Ich glaube, das kann ich besser beurteilen. Du brauchst dir keine Sorge zu machen.«

»Aber ich mache mir Sorgen. Du bittest mich, dir zu helfen, dich bei mir aufzunehmen. Und allein damit beteilige ich mich an diesem...« Irrsinn, wollte er sagen, aber statt dessen endete er mit »schlecht vorbereiteten Abenteuer.«

»Nur für ein paar Tage. Bis ich eine eigene Bleibe gefunden habe.«

Waverly zündete sich eine Zigarette an. Er brauchte Ruhe, eine Auszeit, um seine Gedanken zu ordnen.

»Höchstens eine Woche«, sagte sie, und ihre Stimme klang weich, beinahe flehend.

»Sieh doch, Val, das ist nicht das Thema. Ich versuche dich vor einer Welt zu schützen, die du meines Erachtens nicht ganz verstehst.«

»Warum überläßt du das nicht mir allein? Ich habe es in all den Jahren ganz gut geschafft, mich selbst zu schützen.«

Darauf konnte Waverly nichts erwidern. Er sah sie an, diese seine Schwester, diese zerbrechliche Kindfrau, eine neue Last in einem Leben, das bereits unter der enormen Bürde der Vergangenheit litt. »Ich glaube, das hast du«, sagte er und gab sich geschlagen. Und, indem er an Bennie dachte, nur ein weiteres Element in diesem immer dichter werdenden dornigen Gestrüpp, fügte er hinzu: »Natürlich kannst du hierbleiben. So lange du willst.«

»Dafür danke ich dir, Tim. Und ich hoffe, dir ist klar, daß ich auch dich wiedersehen wollte. Es gibt einige Dinge zwischen uns, die geklärt werden müssen.«

»Ich weiß«, sagte er. »Dazu kommen wir noch. Wenn die Zeit reif ist.«

9

Click wurde an diesem Morgen von dem Telefon unsanft aus dem Schlaf gerissen, und es war ganz gut, denn seine Timex verkündete Viertel nach neun, was ihm fünfundvierzig Minuten Zeit ließ, um aufzustehen und rasiert, ausgeschissen, geduscht und so weiter am Zentrum zu erscheinen, um den alten Knallkopf auf seine Zombietour mitzunehmen, und nach dem gestrigen Tag sollte er lieber rechtzeitig antanzen, ehe dieser bescheuerte Doc ihm erneut den Arsch aufriß. Aber zuerst wollte er noch hören, wer um diese Zeit die Koontz-Nummer gewählt hatte. »Ja«, murmelte er unwirsch in die Sprechmuschel.

»Guten Morgen, Cleanth. Hier ist dein Partner.«

»Hey, Eggy-baby, was liegt an?«

»Eine ganze Menge, seit wir uns unterhalten haben. Alles ziemlich vielversprechend, würde ich sagen.«

Click fühlte sich hin und her gerissen zwischen widerstreitenden Empfindungen. Da war erst mal ein Gefühl der Erregung angesichts der kühlen Verheißung in Eggs' Stimme (er hatte keine Ahnung, was genau Eggs für vielversprechend hielt, aber er hatte da einen *Partner* vernommen, und das bedeutete, daß sie wieder im Geschäft waren). Aber er war auch nervös, da die Zeit verrtickte (bisher war alles nur Gerede, und er mußte einen Job erledigen, den einzigen, den er hatte, zumindest im Augenblick). Und da war auch noch der Schlaf in seinen Knochen, und etwas anderes, ein rhythmisches Hämmern an den äußeren Grenzen seiner Wahrnehmung – ach ja, die Glotze lief noch, und die MTV-Schnallen schüttelten ihre scharfen Dinger (was er eigentlich jetzt auch am liebsten tun würde, sein scharfes Ding schütteln), ihm waren wohl am Abend vorher mit all den strammen

Hintern vor Augen die Lichter ausgegangen, was vermutlich der Grund für den blauen Ständer war, der sich steif und zitternd nach der Decke streckte, und er konnte von Glück reden, daß er keinen feuchten Traum gehabt und seine Jockeys mit Buttermilch getränkt hatte, denn er konnte sich kaum noch erinnern, wann er das letzte Mal eine Muschi gestoßen hatte und –

»Cleanth? Bist du noch da?«

»Häh? Na klar. Hier bin ich.«

»Gut. Also, ich hab' mal über die Sache nachgedacht, über die wir gesprochen haben –«

»Wovon redest du?« unterbrach Click ihn. »Über was haben wir gesprochen?«

»Über deinen Arbeitgeber«, sagte Eggs mit einer Stimme, in der eine gefährliche Schärfe lauerte. »Den Medizinmann. Und wie man ihn um unseren fairen Anteil an seinen zusammengegaunerten Einnahmen erleichtern kann.«

Das Problem mit Eggs war, daß er nie direkt zur Sache kam. Ständig redete er, als hielte er in der Kirche eine Sonntagspredigt. »Hör mal, Egger, ich bin schon ziemlich spät dran«, sagte Click und unterstrich seine Worte mit seinem unfreiwilligen Zungenstakkato. »Vielleicht kannst du mir heute nachmittag alles über deine Gedanken dazu erzählen.«

»Das Ganze nimmt nur einen Moment deiner wertvollen Zeit in Anspruch, Cleanth.«

In der Stimme lag genug Eiseskälte, um einen Sechserpack einzufrieren, daher dachte Click, der seinen Eggs kannte, daß es wahrscheinlich besser war, abzuwarten und sich alles anzuhören und sehnlichst zu hoffen, daß er es bis zehn Uhr schaffte. Gedanken waren ja ganz gut, aber damit hatte man noch immer keine Hühnerschenkel auf dem Teller (wobei er den leeren Kentucky Fried Chicken-Karton auf dem Fußboden musterte, dessen Inhalt, zwölf Stücke Fleisch, längst vertilgt waren, und sein Magen begann zu knurren, und in seinen Eingeweiden gurgelte es bedrohlich, und er hob eine Arschbacke und drückte eine donnernde Salve ab).

»Was war das?« fragte Eggs.

»Ach, nichts. Der Fernseher läuft. Ein Kriegsfilm.«

»Fernsehen am frühen Morgen, Cleanth? Das ist gar nicht gut für die Gehirnzellen, weißt du. Dadurch werden sie ganz matschig.«

Das andere Problem mit Eggs war, daß er dauernd an einem herummeckerte. Meckerte? Er setzte einen ganz schön unter Druck. Dieser verdammte Mr. Perfect. »Nun mach schon, Mann«, sagte Click und ließ zu, daß auch seine Stimme jetzt ungehalten klang, »kommst du nun endlich zur Sache oder was? Ich verliere den Job, und dann können wir sowieso vergessen, worüber wir gerade reden.«

»Ich nehme an, du willst zur Arbeit fahren.«

»Das versuche ich dir doch die ganze Zeit klarzumachen. Wenn ich auch diesmal zu spät komme, dann zieht Brewster mir das eigene Arschloch über den Kopf.«

Ein tiefer Seufzer drang durch die Leitung an sein Ohr. »Bleib locker, Cleanth. Keine Panik. Paß genau auf. Ich möchte, daß du folgendes tust...«

Locker. Sicher. Kein Problem für ihn. Er brauchte fünf weitere von den immer knapper werdenden Minuten, um auszuspucken, was jeder andere in weniger als zwei schafft (er und Brewster gäben ein tolles Gespann ab, was die heiße Luft betrifft), aber Click hörte trotzdem zu, erwiderte ärgerlich: »Ja, ich hab's verstanden, klar doch«, als abschließend noch einmal alles zusammengefaßt wurde. Dann legte er den Hörer auf und raste ins Scheißhaus und entleerte und entständerte sich und raste wieder raus und stürzte sich in frische Wäsche (rostfarbenes Jackett mit großem Karomuster und extra breiten Revers, Krawatte mit Paisleymuster, rost- und senffarben bedrucktes Hemd, erbsengrüne Hose, gehalten durch anderthalb Meter Gürtel und eine tonnenschwere Schnalle, Schuhe aus Krokoleder: an Tagen, an denen er die Runde machte, sah er gerne picobello aus, ganz offiziell); und um genau eine Minute vor zehn brachte er den Lincoln mit quietschenden Reifen vor dem Zentrum zum Stehen. Das war knapp.

Knapp war auch das Willkommenslächeln Brewsters, der mit einem Glas einer schleimigen Flüssigkeit an der Theke stand, als Click atemlos durch die Tür gestürmt kam. Wenigstens lächelte er, oder war wenigstens so kurz davor, wie er nur konnte, bei dem Schlitz von einem Mund, den er hatte. Es war wohl ein gutes Zeichen, daher zeigte auch Click seine Zähnchen und sagte fröhlich: »Morgen, Mister Brewster«, und unterstrich den Gruß mit einem Backenzahnknall.

Brewster reagierte auf den Gruß mit einem kalten Blick. Kein Wort. Und auch kein Lächeln mehr.

Click schlug eine andere Route ein. »Ein richtig schöner Tag, nicht wahr?« Er hatte während der rasenden Fahrt hierher gar nicht darauf geachtet, aber die Chancen standen nicht schlecht für ihn.

»Du siehst verspannt aus, Cleanth. Erschöpft. Trink mal etwas Grünen Gerstentrunk.«

Brewster hielt ihm einladend das Glas hin. Für Click sah es so aus, als habe jemand hineingehustet. »Ach, ich hab' schon gegessen«, log er.

»Essen ist nicht unbedingt auch nahrhaft. Trink. Es schenkt dir frische Energien.«

Click trank. Verdammt noch mal, was sollte er sonst tun? Heilige Scheiße, das schmeckte wie eingeschlafene Füße, paßte richtig als Krönung auf das Kentucky Fried vom Vorabend, das noch immer in seinen Eingeweiden rotierte. Aber da Brewster ihn beobachtete und auf eine Reaktion wartete, schmatzte Click genießerisch, grinste matt und sagte: »Tolles Zeug«, und dachte dabei, ja, ganz toll, wenn man darauf stand, daß einem eine dicke Schicht Kloakenschlamm am Gaumen klebte.

»Ein neues Produkt. Ich dachte mir schon, daß es dir gefällt. Ich hole eben meine Tasche, und dann können wir losfahren.«

Brewster ging in ein Hinterzimmer, das als sein Büro diente, als sei er der Präsident von General Fucking Motors oder so, während Click, der an seiner gepeinigten Zunge lutschte, sich im Laden umsah. Es war nicht viel los, so früh, obwohl die Verkäuferin von der Tagschicht, eine Braut namens Phoebe Jones – Nilpferdhüften und blaugefärbte Dauerwelle – mit einigen todsicheren Friedhofsanwärtern am Ende eines Gangs stand und ihnen irgendwelches Gräserzeug andrehte. Wenn das sein Laden wäre, würde er eine junge scharfe Schnalle in Minirock und durchsichtiger Bluse anheuern, damit die Kunden zu ihren Weizenkeimen auch noch 'nen Büschel Königsfarn und große braune Augen serviert bekämen. Das würde den Umsatz ganz schön in die Höhe treiben.

Clicks Erwägungen zur Verkaufsstrategie wurden durch das Wiederauftauchen Brewsters jäh unterbrochen. »Los, starten wir endlich, Cleanth«, sagte er aufgeräumt, und über die Schulter rief er der Verkäuferin zu. »Phoebe, wir legen das Schicksal des Zentrums in Ihre fähigen Hände.«

Natürlich muß Click die Tasche zum Wagen hinausschleppen – fühlt sich an, als habe jemand eine Ladung Ziegelsteine reingepackt. Brewster begnügt sich mit einem Schreibbrett. Die Tasche ist tiefschwarz und paßt zu dem Anzug, den er immer bei seinen Hausbesuchen trägt. Eine hübsche Kluft. Wie der freundliche Leichenbestatter, der zu einem nach Hause kommt, um für eine Holzkiste maßzunehmen. Aber aus welchem Grund auch immer ist Brewster in strahlender Laune, erzählt etwas von einem wundervollen Tag, vom Atem des Herbstes in der Luft, von der belebenden Schönheit der Natur und anderem Scheiß. Für Click ist das okay, wo er sowieso die ganze Zeit überlegt, wann er am besten von Eggs anfangen soll (am besten ganz beiläufig, hat Eggs gesagt, als wär' es nichts besonderes, er kenne nur einen Knaben, der schon mal von ihm und dem Zentrum gehört hat und der ihn mal kennenlernen möchte und noch anderer Mist, der Click durch den Kopf geht, als er es auf die Reihe bekommen will), daher achtet er auf die Straße und sagt, ja, stimmt genau, und nickt, bis ihm der Hals wehtut. Wobei er weiter auf den richtigen Moment lauert, um sich einzuklinken.

Aber dieser Moment kommt erst, als die Hausbesuche schon fast erledigt sind. Zuerst müssen wie weit nach Norden zum Rancho Drive, dann quer durch die ganze Stadt, dann runter zur Henderson und schließlich nach Paradise Valley. Bei einigen Stationen holt Brewster eine Flasche mit dem ein oder anderen Wunderkraut aus der Tasche und geht alleine rein, während Click im Wagen wartet. Oder Click kommt mit und schleppt das ganze Gerät und hält sich mehr oder weniger im Hintergrund und sagt kein Wort, während Brewster seine Behandlungsnummer bei den wandelnden Toten abzieht, nur ist es so, daß die meisten kaum noch atmen, geschweige denn wandeln.

Zum Beispiel der Patient draußen in East Vegas, Mr. Fisher. Er hat's in der Lunge, den ganz schlimmen K. Wenn man in sein Haus reinkommt, dann kommt man sich vor wie in einem ägyptischen Grabmal, wie man sie immer im Kino sieht, die Vorhänge zugezogen, alles ist dunkel und stickig, und in der Luft liegt ein unheimlicher Gestank (der Gestank des Todes, wenn man Click fragt). Heute ist noch etwas anderes in der Luft, und Brewster merkt es sofort. Kaum sind sie durch die Tür, da blähen seine Nasenlöcher sich auf, und er marschiert zu der Couch, wo Fisher liegt wie eine Mumie, nur ohne Lappen, sondern in Unterhemd und einer Unterhose mit Pisseflecken, und Brewster sagt: »Delbert« – er nennt sie immer beim Vornamen – »Sie haben *geraucht*!«

Der arme alte Fisher (der aussieht, wie wenn er knapp siebzig Pfund wiegen und ein kräftiger Furz ihn wegfliegen lassen würde, dabei ist er überhaupt nicht so alt, vielleicht fünf, sechs Jahre älter als Click, was Click zu der Überlegung bringt, ob er nicht lieber die Sargnägel aufgeben oder wenigstens auf Lights umsteigen soll) hebt einen zittrigen Finger und krächzt: »Nur eine einzige.«

Brewster mustert ihn mit einem knochenharten Blick und sagt dann mit seiner besten (oder schlimmsten, je nachdem auf welcher Seite man steht) Stimme direkt aus dem Jüngsten Gericht: »Wenn Sie sich weiterhin über meine Anweisungen hinwegsetzen, kann ich für die weitere Behandlung keine Verantwortung übernehmen. Dann werden Sie ganz gewiß sterben, Delbert.«

»Bitte«, wimmert Fisher. »Helfen Sie mir.«

»Haben Sie Ihr Homozon genommen?«

Fisher nickt mit dem Kopf.

»Und die Organische Mischung?«

Ein weiteres mühsames Ja.

»Nun, wenigstens haben Sie etwas richtig gemacht«, sagt Brewster kalt. »Cleanth bereitet Ihnen frischen Nachschub zu, während wir über das natürliche Gleichgewicht meditieren.«

Das ist Clicks Stichwort, woraufhin er in die Küche geht und eine Portion Organische Mischung aufbrüht. Mittlerweile kennt er das Rezept auswendig wie ein alter Koch. Er nimmt fünf Pfund Mohrrüben, ein Pfund Spinat, Gurke, zwei Selleriestauden, vier Knoblauchzwiebeln (die vielleicht irgend etwas mit dem Gestank hier zu tun haben) und stopft alles in einen Mixer, fügt eine kräftige Prise Bienenpollen und Algen in Pulverform hinzu und zerkleinert und mischt alles. Am Ende erhält er einen grünen Brei, und wenn man sich den anguckt, dann muß man sich fragen, ob Fisher nicht überlegt, was schlimmer ist, das Zeug runterzuwürgen oder tot zu sein.

Als sie weggehen, weint er, verdammt noch mal, echte Tränen laufen aus diesen tiefen Augenhöhlen, so daß Click sogar ein wenig Mitleid mit diesem armen Arschloch hat. Brewster scheint das jedoch völlig kalt zu lassen. Er warnt ihn nur davor, noch »mehr Gift in seinen schon jetzt völlig verdorbenen Organismus aufzunehmen«, und das ist sein Abschiedsgruß. Im Wagen sagt er dann grimmig: »Ich fürchte, den werden wir wohl verlieren, Cleanth«, und dabei macht er ein derart finsteres Gesicht, daß Click einsieht, daß dies wohl nicht der richtige Moment ist, um von Eggs anzufangen.

Aber nach einigen weiteren Besuchen, wo sie alle die Therapie befolgt und getan haben, was man ihnen gesagt hat, ist Brewster wieder etwas besserer Laune, wie sie besser bei ihm gar nicht werden kann. Deshalb denkt Click nach dem letzten Patienten, jetzt oder nie, und fängt auf der Rückfahrt zum Zentrum ganz zufällig davon an, so als sei es ihm gerade erst eingefallen. »Ach ja, Mr. Brewster, eh ich es vergesse, ich hab' da neulich einen Burschen getroffen, der sagt, er würde gerne mal zu Ihnen kommen und sich mit Ihnen unterhalten.«

»Und was ist die Art seines Leidens?«

»Oh, er ist nicht krank, es ist nur –«

»Wenn er nicht krank ist«, unterbrach Brewster ihn scharf, »weshalb will er dann zu mir kommen?«

»Nun, er sagt, er hat viel über das Zentrum gehört – nur Gutes, natürlich –, und als ich ihm erzähle, daß ich für Sie arbeite, da wird er richtig aufgeregt und bittet mich, ob ich es nicht einrichten kann, daß Sie beide mal miteinander reden.«

»Zu welchem Zweck?«

»Häh?«

Brewster gab den tiefen Seufzer eines über die Maßen beschäftigten Mannes von sich. »Der Zweck, Cleanth, dieses Gesprächs. In dem Leben, das ich führe, ist kein Platz für müßiges Geplapper. Wie du längst wissen müßtest.«

Click denkt, mein Gott, das läuft aber gar nicht so, wie es sollte. Und er wird nervös, bis er sich an die Sache mit dem Geld erinnert, von der Eggs wollte, daß er sie ganz bestimmt erwähnt, und er sagt: »Klar, ich weiß ja, wie beschäftigt Sie sind, Mr. Brewster, und das habe ich ihm auch erklärt. Er versteht alles. Er ist nämlich Geschäftsmann, müssen Sie wissen, und er hat eine Menge Geld, wie ich hörte. So was wie ein Investor. Deshalb hält er auch nichts von dem Geplapper, von dem Sie grad geredet haben.«

Brewster musterte ihn eindringlich. »Soll das etwa heißen, daß diese Person vielleicht daran interessiert ist, hm, in meine Arbeit zu investieren?«

»Davon hab' ich keine Ahnung«, sagte Click vorsichtig. »Ich weiß nur, daß er keine besonders hohe Meinung von den normalen Ärzten hat. Ich glaub', er hat vor ein paar Jahren mal schlechte Erfahrungen mit ihnen gemacht.«

Für eine Weile sagt Brewster gar nichts, und Click fragt sich schon, ob er auch alles richtig rausgebracht hat, und er hofft es inständig (so hat Eggs es ihm nämlich erklärt: hohe Meinung, schlechte Erfahrung, Investor – leg die Saat und laß sie ruhen). Er wirft einen kurzen Blick auf Brewster, der aus dem Fenster schaut, die Straßen vorbeihuschen sieht und den Eindruck erweckt, als stünde er unter Hypnose. Lieber nicht zu sehr drängen, denkt Click.

Richtig gedacht. Als sie schließlich zum Zentrum kommen und Click schon denkt, jetzt ist alles im Eimer und wie soll ich das Eggs klarmachen, da sagt Brewster: »Vielleicht kann ich mich ein paar Minuten für diesen Gentleman freimachen. Warum bringst du ihn heute nicht einfach her? Sagen wir um acht.«

Bingo! Der alte Egger weiß verdammt noch mal Bescheid, wie man die Saat legt. Der weiß, wie man reden muß, egal wobei.

Click stellt den Motor ab und will die Tür aufmachen, aber Brewster sitzt da, ein seltsames Funkeln in den Augen, als wäre er wieder in seinem Geisterland, das weiß man bei ihm nie so genau. Schließlich, mit total verträumter Stimme, sagt er: »Das ist höchst seltsam, Cleanth. Heute morgen, ganz früh, bekam ich einen Anruf von einer Frau, die schon lange für unsere Arbeit eine Menge übrig hat. Eine nette Frau mit sehr aufgeklärten Ansichten. Ich treffe sie ebenfalls heute abend.«

Click erkannte nicht, was, zum Teufel, das mit irgend etwas zu tun hatte, aber um überhaupt was zu sagen, sagte er: »Hey, das sieht ja richtig toll aus, oder? Gleich zwei Leute, die auf den richtigen Trichter gekommen sind. Da ist doch ein glücklicher Zufall.«

»Zufall? Nein, ich glaube, das ist mehr als das. Eher schon ein Omen, würde ich sagen.«

10

Nach seiner kurzen und nicht ganz befriedigenden Unterhaltung mit Cleanth ging Eggs ins Badezimmer und nahm ein langes besänftigendes Duschbad (wenn man mit diesem Schwachkopf geredet hatte, bedurfte man sofort einer Besänftigung), zog sich an (unglücklicherweise die Kleider vom Vortag, da sie das Dunes ziemlich überstürzt verlassen hatten), kam heraus, setzte seine Brille auf (ungeachtet der Dunkelheit im Zimmer half sie ihm beim Nachdenken) und ließ sich in einem Sessel nieder. Dawnette schlief noch, was ganz in Ordnung war und eine Ablenkung weniger bedeutete. Und für die nächsten zwei Stunden saß er da und beschäftigte sich mit möglichen Strategien.

Mit einem Grundstock von genau zweitausendachthundert plus Kleingeld, wie seine genaue Zählung ergeben hatte, war es geradezu zwingend, umsichtig vorzugehen. In Vegas kam man mit einem solchen Betrag nicht weit. Natürlich könnte er jederzeit mehr beschaffen, indem er die Nummer vom Vorabend wiederholte, denn es gab schließlich einen unerschöpflichen Vorrat an Opfern in dieser Stadt. Aber das könnte sich als gefährlich erweisen angesichts seines Temperaments und des seltsamen Drangs, auch dem banalsten Coup seinen unverwechselbaren LaRevere-Stempel aufzudrücken. Seine eigene Kunst könnte ihn verraten, und das wußte er. Nein, besser wäre es, mit dem Geld sparsam umzugehen und sich mit den zur Verfügung stehenden Mitteln zu bescheiden. Während er viel lieber allein blieb, bedeutete das jedoch in der Praxis, daß er für sich und Dawnette eine vorübergehende Bleibe suchen mußte, etwas Billiges und, idealerweise, in Cleanths Nähe. Beide seiner leicht schwachsinnigen Verbündeten legten eine beunruhigende Gleichgültigkeit gegenüber den wichtigen Dingen des Lebens an den Tag, und eine seiner mühsameren Aufgaben würde wohl darin bestehen, diese brüchige Allianz für die Zeitspanne zusammenzuhalten, die nötig war, um die Schwachpunkte des Pillendrehers auszuforschen und seine Kasse zu leeren. Danach, nun, wer konnte schon in die Zukunft blicken?

In der Zwischenzeit mußten noch einige Unebenheiten ausgebügelt, Details bedacht, eine Reihe von Szenarios entworfen und bewertet werden, womit sein Geist für die Dauer des restlichen Vormittags beschäftigt war. Machte er sich Sorgen? Nicht im mindesten. Genialität, hatte mal jemand erkannt, ist lediglich die Fähigkeit, sich unendliche Mühsal aufzuladen, und bei Eggs war eine derartige Fähigkeit ein natürliches Wesensmerkmal. Eine Gabe, sozusagen. Und eine Gabe, die nicht genutzt wird, ist, wie jedermann weiß, eine geradezu kriminelle Verschwendung.

Kurz vor Mittag weckte er Dawnette. Es war nicht zu früh, denn er brauchte eine volle Stunde, um sie aus dem Bett zu holen und in die Gänge zu bringen und sie durch die Tür und in den Caravan Coffeeshop zu schleifen, wobei sie ständig meckerte. Das Frühstück nahm eine weitere Stunde in Anspruch, und es war alles andere als vergnüglich, ihre dauernde Nörgelei zu ertragen: »Mein Gott, ich fühle mich total beschissen. Kein Make-up, miese Klamotten und kaum Schlaf in den Knochen. Ich hoffe, dir ist klar, daß das für mich noch mitten in der Nacht ist, Eggs. So früh war ich nicht mehr auf den Beinen, seit ich von der Farm weg bin.« Und noch mehr in der Richtung. Ihr Appetit erwies sich jedoch als ungebrochen trotz all dem Gemecker. Mit der sorglosen Unbeschwertheit der Jugend verdrückte sie eine Bauernmahlzeit aus Käseomelette, Wurst, Bratkartoffeln, Toast mit einer dicken Ladung Orangenmarmelade und etwa einer Gallone Kaffee, reichlich mit Sahne und Zucker verfeinert. Eggs begnügte sich selbst mit einer etwas vernünftigeren Kombination: Orangensaft, ein Roggenbrötchen, eine einzige Tasse Kaffee, schwarz. Er wollte wach und auf dem Posten sein für alles, was der Tag brachte. Locker vom Hocker.

Um kurz nach zwei erschien Click am Eingang. Er schaute sich suchend um und hatte dabei den leeren Ausdruck eines Menschen im Gesicht, der sich ständig verläuft. Eggs hob einen Arm und winkte, produzierte ein schmales Lächeln und sagte aus dem Mundwinkel zu Dawnette: »Da ist er. Sei jetzt freundlich.«

»Ja ja ja.«

»Ich meine es ernst, Dawnette. Freundlich.«

»Hast du nicht gehört?« schnappte sie. »Ich hab' ja gesagt.«

Click schlängelte sich in seinem lässigen Watschelgang zwischen den Tischen hindurch, doch als er Dawnette erblickte, beschleunigte er seine Schritte, und sein Schweinchengesicht erstrahlte in einem lüsternen Grinsen. Eggs deutete auf einen Stuhl. »Cleanth«, sagte er, »du erinnerst dich noch an Dawnette?«

»Darauf kannst du deinen Arsch verwetten«, bestätigte Click. »Diese Lady vergißt man nie.«

Dawnette bedankte sich für das Kompliment mit einem kurzen Kopfnicken.

»Sie arbeitet bei diesem Projekt mit«, sagte Eggs.

»Ohne Scherz? Hey, super-duper! Ober-scharf! Cool!« Seine Fettmassen erbebten vor Freude, und nach dem letzten Freudenruf dämmerte irgendeine schwache Reminiszenz in seinen Satyraugen. »Apropos cool, war das nicht dein Name? Cool sowieso?«

»Whip«, sagte sie und half seinem Gedächtnis nach.

»Wußte ich's doch. Cool Whip. So ähnlich hatte ich's in Erinnerung.«

»Für dich Dawnette, Schweinebacke.«

Click strich sich verlegen mit der Hand über sein pomadisiertes Haar und löste damit ein kleines schneesturmartiges Schuppengestöber aus. »Schweinebacke?« fragte er unsicher. »Nein, alle nennen mich Click.« Als wolle er dafür den Beweis antreten, erzeugte er ein vernehmliches Zungenknallen.

»Schweinebacke paßt aber besser.«

Auf der Liste der Dinge, die Eggs im Augenblick nötig hatte, da das Unternehmen kaum in Gang gekommen war, standen gegenseitige Sticheleien an letzter Stelle. Um diesen aus dem Weg zu gehen, bemerkte er völlig beziehungslos und ohne den üblichen ironischen Unterton in seiner Stimme: »Du siehst heute sehr schick aus, Cleanth.« Er wandte sich an Dawnette und fragte vielsagend: »Meinst du nicht auch?« Dieses giftige Luder hatte nun die Chance, die Wogen zu glätten.

Dawnette zündete sich eine Zigarette an, stieß lässig eine Rauchwolke aus, ließ ihren Blick über Clicks farbenfrohe Ausgehkluft wandern und stellte gedehnt fest: »Schöner Stoff.« Und nach einer theatralischen Pause und durch eine weitere Rauchwolke fügte sie hinzu: »Wenn du dich als Arschloch verkleiden willst.«

Eggs unterdrückte einen Seufzer. Meine Partner! Na ja, niemand hatte behauptet, es würde einfach. »Sie macht nur einen Scherz, Cleanth. Eine kleine freundschaftliche Neckerei.«

»Ja, ein Scherz«, murmelte Click, aber das lüsterne Grinsen verblaßte ein wenig, und die Augen schimmerten beleidigt.

»Dann erzähl doch mal«, forderte Eggs ihn auf und lenkte die Unterhaltung in sachlichere, geschäftliche Bereiche, »wie die Dinge heute morgen gelaufen sind.«

»Häh? Welche Dinge meinst du?«

Die Frage schien ihn zu verwirren. Offenbar pflegte er noch immer seine verletzten Gefühle. Betont geduldig sagte Eggs: »Dein Eröffnungszug, Cleanth. Bei diesem Brewster.«

»Ach, das meinst du. Gut. Es ist ganz gut gelaufen.«

»Könntest du das vielleicht etwas ausführlicher schildern?«

»Ja, nun, ich hab' ihm in etwa das erzählt, was du mir erklärt hast. Hab's richtig raffiniert gebracht, sozusagen durch die Hintertür. Am Ende hat er alles geschluckt.«

»Und was ist das Fazit?«

»Äh, was meinst du, Fazit?«

»Das Treffen. Konntest du ein Treffen vereinbaren?«

»Verdammt noch mal, klar, das Treffen«, verkündete Click. »Was hältst du von heute abend? Um acht.«

»Heute schon? Das ist mehr, als ich gehofft hatte. Gute Arbeit, Cleanth.«

Das Lob zauberte einen tiefroten Schimmer in Clicks rundes, einfältiges Gesicht. Er warf einen Seitenblick auf Dawnette, die den Kopf zurückgelegt hatte und Rauchringe zur Decke aufsteigen ließ. Dann, indem er die Stirn runzelte und wieder ganz auf geschäftlich machte, sagte er: »Aber eine Sache, Eggs. Ich hab' ihm erzählt, du hättest die ganz dicke Knete – das sollte ich ja –, wird das nicht zu einem Problem? Wenn ich mich recht erinnere, stand bei dir gestern rein kohlemäßig die Anzeige noch auf ›Leer‹.«

Das feine Eggs-Grinsen vertiefte sich unmerklich. »Das war auch der Fall. Gestern.« Er zog ein dickes Bündel Geldscheine aus der Sakkotasche, zupfte einen Fünfziger heraus und legte ihn auf den Tisch. »Ehe ich es vergesse, ich möchte dir dein großzügig gewährtes Darlehen zurückzahlen.«

Clicks Augen weiteten sich. »Heilige Scheiße! Wie hast du das denn aufgetrieben?«

»Frag lieber nicht.«

Dawnette drückte die Zigarette aus und fixierte Eggs mit zusammengekniffenen Augen. »Ja, lieber nicht. Das meine ich auch.«

Eggs zog es vor, nicht darauf einzugehen. Einstweilen. Er würde später mit ihr reden. Er sah auf die Uhr. »Fangen wir endlich an«, sagte er und stand auf. »Wir müssen noch einige routinemäßige Dinge erledigen.«

Drei Dinge, drei Zwischenstops. Beim ersten sicherten sie sich ein Apartment in Clicks Block, mit seinem in Schnitt und Ausstattung fast identisch und nur vier Türen weiter. Perfekt. Und obgleich sein Kapital um acht Scheine geschrumpft war – eine Monatsmiete plus Kaution –, war Eggs nichtsdestotrotz darüber erfreut, wie die Dinge sich entwickelten. Dawnette war weniger begeistert. »Mein Gott, was für ein Loch«, stellte sie säuerlich fest. Eggs sagte nichts. Seine Geduld nahm rapide ab.

Der nächste Stop, das Dunes. Eggs war nach der etwas unsauber verlaufenen Aktion und der schnellen Flucht am Vorabend gezwungen gewesen, sein Gepäck im Stich zu lassen. Drei Koffer, seine gesamten irdischen Besitztümer. Zum Glück für ihn würde sich das schon bald ändern. »Cleanth«, sagte er, während sie auf den Parkplatz fuhren, »könntest du mir vielleicht den Gefallen tun, hineinzugehen und mein Gepäck zu holen?«

Click war sichtlich ungehalten. »Wie kommt es, daß ich in dieser Partnerschaft alle Laufjungenjobs erledigen muß?«

»Unter normalen Umständen würde ich mich natürlich selbst darum kümmern. Sagen wir einfach, daß es sehr unklug wäre, wenn ich mich dort blicken ließe.«

Für einen kurzen Moment machte Click ein ratloses Gesicht. Aber nur für einen Moment. Dann flackerte hinter seinen Augen eine matte Glühbirne auf, und seine Lippen verzogen sich zu einem verschlagenen, wissenden Grinsen. »Okay, ich verstehe schon. Ihr zwei habt gestern eine kleine Abkoch-Nummer abgezogen. Daher dein Bündel Scheine. Stimmt's?«

Dawnette, die auf dem Rücksicht vor sich hinschmollte, fühlte sich zu der Bemerkung inspiriert. »Hey, das ging aber schnell, Schweinebacke. Du solltest dich mal bei einem Fernsehquiz melden.«

Clicks Gesicht wurde lang. Der nächste Treffer. Eggs sagte sanft: »Du erinnerst dich, was ich empfohlen habe, Cleanth? Daß du nicht fragen sollst. Das war es nur, was sie meinte.«

»Ich weiß, was sie gemeint hat.«

Eggs reichte ihm den Gepäckschein. »Die Koffer stehen an der Rezeption. Beeil dich, bitte. Wir haben noch etwas anderes zu erledigen.«

Kaum hatte er den Wagen verlassen, wandte Eggs sich zu Dawnette um, die Augen zu Eis erstarrt. »Ist das deine Vorstellung von freundlich?«

»Was erwartest du denn?« schoß sie zurück.

»Ich erwarte, daß du wenigstens höflich bist. Von ihm hängt eine ganze Menge ab. Im Augenblick sogar alles, wenn man es genau nimmt.«

»Und was soll ich tun?«

»Du kannst damit anfangen, die Schweinebacke fallenzulassen. Ganz gleich, wie du darüber denkst, es ist weder geistreich noch witzig.«

»Wie soll ich ihn denn nennen? So wie du? Clee-aanth?« imitierte sie ihn und streckte die Vokale, daß es klang wie ein Papageienschrei.

»Nenn ihn, wie er es sich wünscht. Nenn ihn Click.«

»Wie diese seltsamen Geräusche, die er mit der Zunge macht? Okay, was sonst noch? Soll ich mit ihm ins Bett gehen, oder was?«

»Wenn es ihn glücklich macht, warum nicht? Du hast schon Schlimmeres getan.«

»Schlimmer! Du behauptest, es gibt noch was Schlimmeres als diesen Fettsack?« Ihr Gesicht verzerrte sich zu einer häßlichen Grimasse abgrundtiefen Ekels. »Hör mal, Eggs, ich habe... ich habe...«

Der genaue Begriff fiel ihr nicht ein. Eggs half ihr aus, begleitet von einem höhnischen Grinsen. »Grenzen?«

»Ja, Grenzen. Da hast du verdammt noch mal recht, ich habe meine Grenzen.«

Genug Diplomatie. Nach Eggs' Erfahrung gab es auf dieser Welt Menschen, bei denen Argumente, die auf reiner Vernunft basierten, völlig fehl am Platze waren. Traurigerweise schien Miss Dawnette Day auch zu ihnen zu gehören. Er reichte über die Rückenlehne und packte ihren Kopf in Höhe der Schläfen und drückte ihn nach hinten und verbog den Hals in einem qualvollen Winkel.

»Verdammt, was soll das? Laß mich los!«

Ihre Augen weiteten sich, dann gingen sie zu, als seine Daumen sich langsam darauf herabsenkten. Ruhig und ohne eine Spur von Bosheit in der Stimme sagte er: »Es heißt, wenn man fest genug zudrückt, dann platzt der Augapfel wie eine pralle Weintraube. Ich habe es selbst nie gesehen, verstehst du, aber so hat man es mir beschrieben.«

»Komm schon, Eggs, ich hab's nicht so gemeint. Laß mich los.«

Ihr Gesicht, vor wenigen Sekunden noch voll überheblichen

Abscheus, verwandelte sich nun in eine zuckende Maske der Angst. Allein das war schon erfreulich. Dennoch glaubte er darin einen Anflug von Unglauben zu entdecken, als käme ihr die Drohung zu extrem vor, um jemals wahrgemacht zu werden. Als treibe er mit ihr nur ein besonders bizarres Spiel. Das konnte er nicht dulden. Daher setzte er die Daumen auf und übte einen kontrollierten Druck abwechselnd auf beide Augen aus, erst rechts, dann links, dann wieder rechts. Wie ein Trompetenspieler, der die Ventile seines Instruments bedient und in diesem Fall die angenehme, wenngleich stakkatohafte, Musik ihrer entsetzten Schreie erklingen ließ: »Jesus Gott – Eggs – nicht – es – tut – so – weh – bitte!«

»Stell dir nur mal eine einäugige Hure vor«, sagte er. »Das ist der Stoff, aus dem Balladen gemacht werden.«

»Bitte – es – tut – weh –«

»Oder eine blinde«, fuhr er fort und drückte nun mit beiden Daumen gleichzeitig zu. »Das könnte deinen Kundenstamm drastisch reduzieren. Andererseits könnte es auch etwas Neues sein, mindestens genauso raffiniert wie bestimmte Techniken, die heutzutage gefragt sind. Wer weiß? Vielleicht blüht das Geschäft sogar auf? Was meinst du dazu, Dawnette?«

»Ich tue, was du willst«, wimmerte sie. »Alles. Ich fick' mit ihm, wenn du willst.«

Eggs hob einen Daumen hoch. Das Auge öffnete sich, blinzelte hektisch, schien in seiner Höhle zu schwimmen. Ein heftiger Tic entstand unter der Haut darunter, die sich allmählich rötete. Ihr restliches Gesicht war blutleer, sämtliche Farbe war verblaßt. »Ich hatte gehofft, das zu hören«, sagte er. »Bist du dir jetzt ganz sicher?«

Ihr Kopf führte eine sachte Auf-und-ab-Bewegung in der festen Klammer seiner beiden Hände aus.

Er hob den anderen Daumen hoch. In nachsichtigem, verständnisvollem Tonfall sagte er: »Sieh mal, Dawnette, ich wünsche mir doch nur ein einigermaßen höfliches Benehmen. Das ist doch nicht zuviel verlangt, oder?«

Keine hörbare Reaktion.

»Nun, ist es das?«

Soweit es möglich war, bewegte sich der Kopf in seinen Händen wieder auf und ab.

»Gut. Es freut mich, daß du mich verstehst. Dann können wir ja jetzt mit unserem Projekt fortfahren.«

Er ließ sie los. Sie sank auf dem Sitz zusammen, starrte ihn mit einem Ausdruck benommener Gleichgültigkeit an oder durch ihn hindurch (es war schwer zu sagen) und hatte eine drastische und sehr persönliche Vision von den vielfältigen Spielarten absoluten Schreckens. So oder so, ob sie ihn nun ansah oder durch ihn hindurch, sie hatte verstanden. Mehr gab es nicht zu sagen.

Nach einigen Sekunden kam Click über den Parkplatz herangewatschelt, trug in jeder Hand einen Koffer und hatte den dritten unter einen Arm geklemmt. Er lud die Gepäckstücke in den Kofferraum und schob sich hinter das Lenkrad, wobei er heftig atmete. »Wohin jetzt?« fragte er.

Eine letzte Zwischenstation noch, um Dawnettes persönliche Habe abzuholen. Auf Eggs Aufforderung hin übernahm sie die Führung, dirigierte sie auf der Flamingo nach Westen, dann auf der Decatur nach Süden. Dabei war sie bemerkenswert ruhiger geworden, wie er zufrieden feststellte. Die Handauflege-Lektion rettete den Tag allemal. Während der kurzen Fahrt machte er Bemerkungen über die sich immer weiter entfaltende Stadtlandschaft, über den Verkehr, über das frische Herbstwetter, über was immer ihm einfiel. Gutgelaunte Konversation. Kein Zweifel, er fühlte sich gut. Besser als gut: ausgelassen, schwerelos, beinahe euphorisch, so wie er sich in voller Aktion jedesmal fühlte, auch wenn es ein verkümmertes Stückwerk wie das letzte war. Her mit diesem Lesben-Duo! Eggs LaRevere wartete schon. Er stand unter Dampf und war zu allen Schandtaten bereit.

Sie erreichten eine Gruppe Apartmenthäuser und hielten vor dem an, das Dawnette ihnen zeigte. »Das ist also Velvaville«, sagte Eggs.

Dawnette zögerte. »Hm, vielleicht sollte ich lieber allein reingehen, Eggs.«

»O nein. Du brauchst sicher Hilfe bei deinen Sachen.«

»Ich hab' nicht viel, nur ein paar Kleider und noch 'n paar Kleinigkeiten. Das schaff' ich schon.«

»Ich begleite dich trotzdem. Als moralische Unterstützung.«

»Willst du, daß ich auch mitkomme?« fragte Click.

Eggs überlegte. Zwei sehr harte Ladies da drin, die zu fast allem fähig waren. Sie zu zweit, er allein. Und er nahm ihnen die Braut weg. Euphorisch mußte nicht unbedingt tollkühn bedeuten. »Ich glaube, das wäre ratsam«, sagte er.

»Velva legt immer die Kette vor«, sagte Dawnette. »Möglich, daß sie euch beide nicht reinläßt.«

»Das werden wir sehen.«

Auf dem Weg zur Tür nahm Eggs seinen Partner beiseite und ermahnte ihn: »Sei wachsam. Und halt mir den Rücken frei.«

»Alles klar.«

Dawnette hörte es. »Ich will keinen Ärger, Eggs. Bitte. Sie waren immer gut zu mir.«

»Weshalb sollte es Ärger geben? Du bist ein freier Mensch und kannst wohnen, wo du willst. Wir leben in einem freien Land, weißt du.«

Er drückte auf die Klingel. Wartete, summte irgendeine unbekannte Melodie. Nichts. Er drückte erneut auf den Klingelknopf, stützte sich diesmal darauf. Das Geräusch sich nähernder Schritte erklang, ein unwirsches Murmeln, ein froschhaftes: »Wersda?«

»Ich, Vel«, antwortete Dawnette schnell. »Cool Whip.«

»Cool? Bist du das?«

»Ja. Ich hab' noch zwei Leute bei mir.«

Die Kette wurde ausgehakt, der Knauf drehte sich, die Tür schwang auf. Und da stand Velva, füllte die Türöffnung aus, in einem mit Blumen bedruckten Hauskittel, so groß wie ein Zirkuszelt, stämmig und formlos wie eine Säule, das verkniffene Gesicht bar jeder Farbe und so blaß wie saure Milch, die Augen rot umrändert und vom Schlaf und diversen Zerstreuungen verquollen, die Haare völlig zerzaust. Als er sie betrachtete, drängte sich Eggs die Frage auf, weshalb er sich überhaupt die Mühe gemacht hatte, Cleanth mitzunehmen.

»Du hast Eggs ja schon gestern kennengelernt«, sagte Dawnette als Erklärung und fügte hinzu: »Und das ist Click. Können wir reinkommen?«

Velva knipste ein falsches Grinsen an. »Natürlich kannst du reinkommen, Schätzchen. Das ist auch deine Hütte.«

Die Wohnung war dunkel wie eine Höhle, und es herrschte eine erstickende Mischung von Gerüchen: schaler Zigarettenrauch, Whiskey, Moschusparfüm, ein alter Furz, irgendein unbekanntes süßliches Aroma. Velva ließ sie eintreten und zog die Fenstervorhänge auf. Der hereindringende Sonnenschein enthüllte ein Wohnzimmer, in dem ein totales Durcheinander herrschte. Sie kommentierte diesen Zustand mit einem lässigen: »Stört euch nicht dran. Die Party gestern abend war ziemlich wild.« Und mit einem leichten Anflug von Bedauern in ihrer rauhen Stimme bemerkte sie: »Du hättest hier sein müssen, Cool.«

Dawnette hob die Hände in einer entschuldigenden Geste.

»Setzt euch, setzt euch«, forderte Velva sie auf, und sie taten es, Eggs und Click auf der Couch, Dawnette in einem Sessel in der Ecke, der nicht im grellen Tageslicht stand. »Soll ich euch einen kleinen Muntermacher einschenken?« bot Velva an und deutete auf eine offene Flasche auf einem Rauchtisch in der Mitte des Zimmers, die umgeben war von lippenstiftbeschmierten Gläsern und überquellenden Aschenbechern.

»Hey, das fänd' ich –« begann Click, aber Eggs schnitt ihm schnell das Wort ab. »So lange wollten wir gar nicht bleiben.«

Velva zuckte die Achseln, füllte ein Glas für sich selbst und sank schwerfällig in einen Sessel, dessen Polster unter ihren Körpermassen plattgedrückt wurde. »Die Kleine da brauche ich gar nicht erst zu fragen«, sagte sie mit einem Kopfnicken in Dawnettes Richtung und fuhr mit dem Ausdruck demonstrativer Vertrautheit langfristiger Lebensgefährten fort: »Sie konnte noch nie morgens trinken – oder nachmittags – scheißegal wann.«

»Jetzt ist es vier Uhr«, sagte Eggs.

»Vier Uhr ist die magische Stunde.« Sie hob das Glas, nahm einen tiefen Schluck, erzeugte mit den Lippen ein genießerisches Schmatzen und sagte: »Nicht zu früh und nicht zu spät«, und zwinkerte niemandem speziell zu. Und da niemand etwas erwiderte, verlagerte sie im Sessel ihr Gewicht, richtete ihren Blick ausschließlich auf Dawnette und erkundigte sich liebenswürdig: »Also, was ist los, Schätzchen?«

Eggs beobachtete sie. Als sie die Beine übereinanderschlug, war der Kittel an einem mehlweißen Bein hochgerutscht und entblößte nun eine Rolle weichen Fetts, die von ihrer Kniekehle herabhing. Das künstliche Lächeln klebte in ihrem Gesicht. Sie spielte die charmante Gastgeberin, eine Rolle, die ihr genauso angenehm war wie ein kratziger Pullover auf nackter Haut. Eine durchsichtige Strategie. Sie wußte genau, um was es ging.

»Hm, sieh mal, es ist so, Vel«, sagte Dawnette oder versuchte es zu sagen, »ich denke daran, vielleicht, nun...«

»Sie zieht aus«, beendete Eggs den Satz für sie.

Velvas Blick schwankte nicht. Indem sie ihn ignorierte, fragte sie: »Ist das wahr, Cool? Willst du das?«

»Ich glaube schon«, antwortete Dawnette matt.

»Glauben reicht nicht. Du, ich und Gay, wir haben hier etwas ganz besonderes. Das weißt du.«

»Ja, ich weiß, Vel. Es ist nur so, daß ich die Chance habe –«

Eggs hob eine Hand, um die Diskussion zu beenden. »Das reicht«, bestimmte er. »Erklärungen sind nicht nötig.«

»Aber ich wollte nur –«

»Ich sagte, es reicht.«

Velvas Augen blitzten. »Warum verschwinden Sie nicht nach draußen, Arschgesicht. Sie soll für sich selbst reden.«

»Es gibt nichts mehr zu reden«, sagte Eggs freundlich. »Sie geht mit uns. Und ihr müßt euch wieder an den alten Zweier gewöhnen. So einfach ist das.«

»Das denken Sie, was?«

»Ich fürchte ja.«

»Nun, das werden wir sehen.« Sie stellte ihr Glas auf den Fußboden, erhob sich aus dem Sessel und ging zu Dawnette hinüber. Dabei verkündete sie: »Du brauchst nichts zu tun, was du nicht tun willst, Schätzchen.«

Dawnette senkte den Kopf.

»Hast du gehört, was ich gesagt habe?« Velva legte Dawnette zwei Finger unters Kinn, hob den Kopf an und bückte sich zu ihr hinab. »Was ist mit deinen Augen passiert?« wollte sie wissen und ihre Stimme bekam einen schrillen Klang, als sie allmählich in Rage geriet. »War er das? Hat er dir weh getan?«

Dawnette winkte unsicher ab. »Es ist schon okay, Vel. Ehrlich. Ich bin völlig in Ordnung.«

Velva wirbelte herum. »Du Drecksack«, zischte sie. »Ich hab' dich schon im ersten Moment für einen Scheißkerl gehalten, der sich an Frauen vergreift.«

»Tatsächlich?« sagte Eggs milde. »Wie aufmerksam.« Hinter den Brillengläsern schlich sich ein wachsamer Ausdruck in seine Augen, erwartungsvoll, aber völlig gelassen. Aus reifer und vielschichtiger Erfahrung wußte er, daß, sobald einmal in Bewegung gesetzt, der Ablauf der Dinge seinen eigenen Gesetzen, seiner eigenen Geschwindigkeit, seinem eigenen Rhythmus, seiner eigenen unwiderstehlichen Logik folgen würde. Und am Ende auch seiner eigenen Unvermeidlichkeit.

»Wie aufmerksam ich bin, werd' ich dir zeigen, wenn du sie noch mal anfaßt.«

Indem sie eine Faust kriegerisch hochreckte, baute Velva sich zwischen ihm und Dawnette auf, ein vor Wut kochender Fleischberg, der den Raum genauso leicht ausfüllte, wie sie den Eingang, den Sessel und ihr mit Petunien verziertes Ringling Brothers Zirkuszelt ausfüllte, und wie sie einst (nach Eggs scharfsinniger Einschätzung) auch irgendein krankes Bedürfnis in Dawnettes trübsinnigem Leben erfüllt hatte. Damit war jetzt Schluß. »Ich glaube, wir haben genug gehört«, sagte er, erhob sich von der Couch und gab Click ein Zeichen, das gleiche zu tun. »Dawnette, wo sind deine Sachen?«

»Im Schlafzimmer hinten. Hör mal – Eggs – laß mich sie holen – bitte –«

Aber Eggs hörte nicht mehr zu. Zu Click sagte er: »Paß auf die Lesbe auf«, und ging zielstrebig in die Diele und riß die erste Tür auf. Ein Streifen gelben Lichts fiel in den ansonsten völlig dunklen Raum. Er schaute hinein, und was er dort sah, waren die Überreste von Vergnügungen, wie sie niemals auf den Hochglanzseiten von Ferienprospekten aufgezählt wurden: in einer Ecke die undeutlichen Konturen eines kantigen, abstoßenden Holzsessels und auf dem Fußboden eine mit Fett beschmierte Turnmatte, eine zerdrückte Tube Gleitcreme, verschiedene Schlaginstrumente, ein obszöner, kotbesudelter Gummistöpsel, ein paar nietenbesetzte Lederkleidungsstücke von Frederick's of Hell. Er verspürte Ekel. Und genau den drückte er auch aus, wobei er sowohl vor dem widerlichen, klebrigen Gestank in dem Raum wie auch vor dem abscheulichen Anblick selbst zurückschreckte. »Das ist ja völlig krank, Dawnette. Sei froh, daß du von hier wegkommst.« Er wandte sich um und wollte noch etwas hinzufügen, aber nun stürzte Velva sich auf ihn und schrie: »Komm sofort da raus, du Wichser!«

Click trat ihr in den Weg. »Halten Sie sich lieber zurück, Lady«, warnte er sie. »Legen Sie sich nicht mit ihm an.« Dieser wohlmeinende Rat wurde mit einem wütenden Grunzlaut aufgenommen, gefolgt von einer Hand, die ihm flach aufs Gesicht gelegt wurde, und einem kraftvollen Stoß, der ihn nach hinten schleuderte. »Verdammte Scheiße«, stammelte er und prallte von der Wand ab und warf sich ihr in dem heroischen Versuch entgegen, sie zu umarmen und festzuhalten, doch seine knubbeligen Arme waren viel zu kurz, um diesen weichen Fleischkloß zu umschlingen, und für einen Moment rangelten und grunzten sie wie zwei schnaubende brünstige Schweine. Eggs schaute zu, verfolgte den unbeholfenen Ringkampf kühl, begutachtete sie beide, Verbündeten wie Gegnerin. Viel Positives gab es über keinen der beiden zu vermelden. Es war eine Schlacht der Zeppeline, einander umklammernd stolperten sie in die Diele. Click, viel zu leicht und zu schwach, war eindeutig kein Gegner für sie. Seine mühsame Umklammerung lockerte sich, löste sich schließlich ganz, und sie holte mit einer geballten, mächtigen Faust aus und schickte ihn mit einem Rundschlag auf die Bretter.

Zeit, um zu intervenieren und dieser Burleske ein Ende zu machen. Indem er diesen winzigen Moment ausnutzte, als Velva mit pfeifendem Atem triumphierend vor ihrem hingestreckten Gegner stand, glitt Eggs hinter sie, rammte eine Faust in ihre weiche Nierenregion und brachte sie ins Wanken. Dann kam er um sie herum, öffnete die Faust wieder und schlug mit der Handkante brutal auf ihre Nase und zersplitterte, so weit er es spüren konnte, Knochensubstanz.

»Meine Nase!« kreischte sie als Beweis und taumelte nach hinten. »Du hast mir die Nase gebrochen!«

»So sieht es wohl aus«, sagte Eggs, »aber prüfen wir das lieber nach.« Er trat dicht auf sie zu, legte ihr eine Hand in den Nacken und bewegte die andere mit der Handkante in einer kreisenden Bewegung über ihr Gesicht, als knete er Brotteig, und walkte weiches Fleisch und gebrochenen Knochen.

Velva brach zusammen. Zuerst sank sie auf die Knie und dann, mit kaum nennenswerter Unterstützung von Eggs, weiter auf den Fußboden. Sie rollte sich zu einer fetalen Kugel zusammen, oder zumindest so fetal, wie ihr Körperumfang es ihr gestattete. Ihr Atem kam in gepreßten harten Zügen, und bei einem Ausatmen drang ein Blutstrom (eigentlich waren es eher nur ein paar Tropfen oder bestenfalls ein dünner Blutfaden, stellte Eggs mit der leidenschaftslosen Korrektheit eines Arztes fest) aus den beiden winzigen Öffnungen, die nun ihre Nasenlöcher darstellten. Ein Potpourri dissonanter Schreie wurde von den Wänden und der Decke zurückgeworfen. Da war natürlich erst einmal Velvas Klage, ein ständiges, gepeinigtes Keuchen; aber auch Dawnettes, ein verzweifeltes, blökendes Winseln, das links von ihm erklang, wo sie vor Entsetzen am ganzen Körper zitternd stand; und eine weitere Stimme drang aus einem verblüfft aufgerissenen Mund einer Gestalt, die nur einen winzigen Schlüpfer trug und plötzlich am anderen Ende der Diele auftauchte. Der Laut war eigentlich ein Stöhnen und steigerte sich zu einem Aufheulen namenloser Wut, als der Anblick der schlaff auf dem Boden liegenden Velva in ihren schläfrigen Augen eine Reaktion hervorrief, und sie stürzte sich mit wild rudernden Armen auf ihn, die Hände zu geierhaften Klauen gekrümmt.

Eggs wich lässig aus. Er tauchte unter einem dieser Arme weg, unter dem rechten, fing ihn in der Luft auf, klemmte ihn mit seinem linken Arm unterhalb des Ellbogen fest, ergriff das Handgelenk und drückte es nach hinten. Es war der klassische polizeiliche Haltegriff, der sie wirkungsvoll zur Hilflosigkeit verdammte und sie einen schmerzgepeinigten Tanz aufführen ließ. Ein wenig mehr Druck auf das Handgelenk, und ihr Gesicht verzerrte sich vor Schmerz, und das Aufjaulen wurde in eine ganze Serie abgehackter Japslaute zerlegt. Auf gewisse Weise war es viel zu einfach und kaum den Einsatz seiner Talente wert.

»Gayleen, nicht wahr?« sagte er, stets auf höfliche Umgangsformen bedacht und voller Vergnügen, nun da das kleine Drama beinahe beendet und das Finale vorgezeichnet war. »Sie erinnern sich? Gestern? Im Dunes?«

Falls sie darauf eine Antwort hatte, so ging diese in den hysterischen Jammerlauten Dawnettes und, in geringerem Maße, in dem verhaltenen Murmeln Clicks unter. Beide standen abwartend da, hielten sich jedoch in sicherem Abstand. Sie kannten Eggs.

»Um Gottes willen, Eggs, tu ihr nichts«, flehte Dawnette und preßte dann eine zitternde Hand auf ihren Mund. »Laß sie los.«

»Hm, wahrscheinlich hat sie recht, Egger«, pflichtete Click ihr bei. Er schwankte und war noch immer von Velvas Hammerschlag etwas benommen. »Vielleicht solltest du der Schnalle eins verpassen. Und dann machen wir, daß wir hier wegkommen, ehe die Bullen auftauchen.«

Noch mehr Theatralik. Eggs seufzte. Er dachte einen Moment lang nach und suchte nach einer Erklärung, die von ihren Schmalspurgehirnen begriffen wurde. Einfach war es nicht. Nichtsdestotrotz, zum Teil aus seinem erneuten Gefühl der Euphorie und zum Teil wegen eines seltsamen Bedürfnisses, es für sich selbst zu artikulieren, es mit Worten auszudrücken, verstand er das Drängen. In einem geduldig dozierenden Ton, oberlehrerhaft, sagte er: »Keiner von euch scheint Natur und Wesen des Schmerzes zu begreifen. Seine Majestät, seine Reinheit. Oder das künstlerische Element darin. Zum Beispiel braucht man, wenn man über ausreichende Phantasie verfügt, keine komplizierten Werkzeuge und fremde Hilfsmittel dazu. Der Körper selbst bietet vielfache Möglichkeiten der Schmerzerzeugung. Er ist sozusagen ein Gefäß der Schmerzen. Habe ich recht, Gayleen?«

Er übte noch mehr Druck auf ihr Handgelenk aus, ließ sie auf die Zehenspitzen hochsteigen und einen bestätigenden Schrei ausstoßen. Dawnette vergrub das Gesicht in den Händen. Clicks Gesicht verzog sich mitfühlend. »Komm schon, Mann«, drängte er. »Was bringt das denn?«

Eggs schüttelte traurig den Kopf. Ihre absolute und unerschütterliche Dummheit stieß ihn ab. Es war wirklich hoffnungslos. »Was das bringt?« fragte er rhetorisch. »Gayleen weiß es schon. Was sie gleich erleben wird, übersteigt all ihre bisherigen Vorstellungen von Schmerz. Sie wird in Bereiche vorstoßen, die du und ich nicht einmal erahnen können. Sie wird ein transzendentales Erlebnis haben. Durchaus beneidenswert, könnte man meinen.«

Er gab diese Informationen mit einem knappen höhnischen Grinsen weiter. Jemand mußte schließlich lächeln. »Betrachtet nur mal das Ellbogengelenk«, fuhr er fort, »ein ganzer unerforschter Kontinent des Schmerzes.« Und in einer Demonstration drehte er sich etwas, verlegte das gesamte Gewicht seines Oberkörpers auf das Handgelenk, drückte es zurück und nach unten mit stetiger und sorgsam bemessenem Kraftaufwand, wie es der transzendentalen Erfahrung würdig war, bis zuerst ein Knirschen und dann ein unmißverständlich splitterndes Geräusch, dann schließlich ein scharfes Knacken erklang, so als wäre ein trockener Ast zerbrochen. Und dann ließ er sie los.

Gayleens Mund öffnete sich weit zu einem durchdringenden Sirenengeheul. Abrupt brach es ab, und sie starrte benommen auf den grotesk weggebogenen Arm, der schlaff herabhing. Sie inspizierte ihn, als sei er irgendein seltsames Anhängsel, das aus ihrer Schulter herauswuchs, ihrem Körper völlig widersinnig und fremd. Sie erschauerte. Ihre Beine gaben im Zeitlupentempo nach. Sie brach zusammen.

»Ich denke, jetzt wird sie sich wohl an mich erinnern«, sagte Eggs kichernd, aber ohne viel Heiterkeit. »Zumindest wenn es regnet. Die andere auch, mit jedem Atemzug.«

Die Euphorie hatte sich gelegt. Sie war genauso plötzlich und unerwartet verschwunden, wie sie gekommen war, und hatte ihn, wie stets, Ikarus nicht unähnlich, abstürzen lassen, zurück in die profane Welt, wo Dinge erledigt, Termine eingehalten und einfältige Partner unterwiesen werden mußten. Indem er sich dieser Partner entsann, sagte er: »Heute habe ich die meiste Arbeit erledigt. Ihr beide könnt den Rest übernehmen. Sucht die Sachen zusammen und schafft sie in den Wagen.« Er ging zur Tür und fügte mit einem herablassenden Grinsen hinzu: »Versucht doch mal, zur Abwechslung etwas Nützliches zu tun. Und beeilt euch. Ich will vor dem Treffen heute abend noch ein Nickerchen machen.«

11

»Na klar... sicher doch... kein Pro'lem«, sagte Bennie, während er mit einem Gabelzinken zwischen seinen Backenzähnen herumstocherte.

»Es wird nur für ein paar Tage sein. Höchstens eine Woche.«

»Ist mir recht.«

»Sie kann mein Zimmer haben. Ich schlafe auf der Couch.« Waverly rutschte unbehaglich in seinem Sessel herum. Er hatte das unangenehme Gefühl, zuviel zu erklären.

»Wie ich sagte, kein Pro'lem.«

»Der Punkt ist der, Bennie, ich muß ihr klarmachen, daß es ein Fehler war, hierher zu kommen. Dies ist keine Stadt für jemanden wie sie.«

Bennie förderte einen Brötchenkrümel zutage, betrachtete ihn, als habe er etwas ganz besonders Wertvolles gefunden, dann schnippte er ihn zwischen die Geschirrtürme, die aus der Spüle aufragten. »Hey, ich versteh' dich«, sagte er freundlich. »Man muß schließlich seine Familie beschützen, Timothy. Das steht sogar irgendwo in der Bibel.«

Falls in dieser Perle Epstein-Weisheit irgendwelche Ironie enthalten war, konnte Waverly sie nicht erkennen. Und wenn nicht, dann war er zutiefst erleichtert über die tolerante Reaktion seines Partners auf das plötzliche und völlig unerwartete Erscheinen von Valerie plus Hund. Wäre es andersherum passiert, so war er sich nicht sicher, ob er selbst so großzügig gewesen wäre. Dennoch mußte mindestens ein winziger Teil Eigennutz in der fröhlichen Bereitschaft stecken, eine – wie kurzfristig auch immer – störende neue Dimension in ihr ohnehin schon kompliziertes Leben aufzunehmen, und er hatte den Verdacht, daß dieser Eigennutz irgend etwas mit dem nächtlichen Gast vom Vortag und dem Plan zu tun hatte, den Bennie ganz sicher ausheckte. Er wußte genau, wie sein Geist arbeitete; sie waren schon zu lange Partner, als daß es anders hätte sein können. Es schadet nie, wenn man gelegentlich eine kleine Einlage auf seinem Goodwill-Konto vornahm – auch das eine typische Epstein-Maxime. Und genau das tat er in diesem Moment, nachdem er die Reste seines Sechs-Uhr-abends-Frühstücks hinlänglich aus seinen Zähnen entfernt hatte.

»Wie dem auch sei, sie scheint eine feine Lady zu sein, deine Schwester. Wohlerzogen und gebildet.«

»Sie ist eine ziemlich verwirrte Frau, Bennie. Ganz gleich, ob sie gebildet ist oder nicht.«

»Ich weiß nicht, auf mich wirkt sie ganz normal. Vielleicht hat sie ein paar seltsame Ideen, was das Essen angeht, aber wir haben alle unsere Macken.«

»Glaub es mir, sie paßt überhaupt nicht hierher.«

Sie unterhielten sich in gedämpftem Ton, denn jenseits der Wand war Valerie zu hören, die vor sich hinsummte, während sie ihre Vorbereitungen für die langersehnte Audienz bei dem Wunderheiler traf. Und einen Moment später, angekündigt durch den wachsamen Hund, erschien sie im Durchgang der Küche, als wolle sie sich ihrem Urteil stellen, und fragte schüchtern: »Na, wie sehe ich aus?«

Wie etwas, das Waverly bisher auf den glitzernden Straßen von Las Vegas noch nie gesehen hatte, wo man eigentlich, wenn man lange genug wartete, wirklich alles sehen konnte, was es gab. Aber er sagte: »Gut, Val. Du siehst gut aus.«

»Hey, noch viel besser«, meldete Bennie sich zu Wort. »Die Lady sieht sensationell aus.«

Der Schlaf eines Nachmittags hatte sämtliche Spuren der Erschöpfung aus ihrem fein gezeichneten Gesicht entfernt und umrahmt von der Flut seidigen Haars hatte es nun die natürliche Kosmetik des Lobes zum Strahlen gebracht. Sie trug eine dünne schlichte Bluse, dunkelorange, am Hals hochgeschlossen und mit Rüschen über ihrer schmalen Brust. Ein schwarzer Ledergürtel unterstrich ihre schmale Taille. Ihr Rock zeigte ein vielfarbiges Muster aus Quadraten, Rechtecken, Sechsecken, Kreisen und Dreiecken. Der verrückte Überwurf eines Mathematikers.

Er reichte bis zu weit unter ihre Knie und erlaubte einen Blick auf schlanke Fesseln und leicht abgetragene Sandalen. Der Gesamteindruck war irgendwie anachronistisch, eine Erinnerung an die sechziger Jahre, aber ohne in irgendeiner Form künstlich oder berechnend zu wirken. Sie war genau das, was man vor sich sah: die hochgewachsene, provinzielle, fast fleischlos hagere Vagabundin aus den Great Plains, die sie wirklich war oder in die sie sich verwandelt hatte. Dennoch irgendwie, dachte Waverly, während er sie betrachtete, auf seltsame Weise schön und mit einem Leuchten ausgestattet, das von innen kam, eine seltsame Mischung altersloser Unschuld und Würde, trauriger Erfahrungen und unbeugsamen Willens. Und diesmal meinte er, was er sagte: »Er hat recht. Du siehst prächtig aus, Val.«

Der rosige Glanz in den Grübchen unter ihren Wangenknochen vertiefte sich. Sie schenkte ihnen beiden ein dankbares Lächeln. »Danke. Das sind meine besten Sachen. Ich habe nur die, abgesehen von den Jeans und den Arbeitshemden.«

»Man putzt sich wohl nicht besonders heraus in North Dakota, oder?« sagte Bennie.

»In South Dakota.«

»North, South – Dakota ist Dakota. Das ist 'ne gute Gegend.«

»Damit könnten Sie recht haben. Und ich finde es sehr nett, daß Sie mich auf diese Weise aufmuntern, Mr. Epstein.«

»Hören Sie, da Sie ja einige Zeit hierbleiben, müssen Sie mich Bennie nennen.«

Sie lächelte strahlend. »Bennie. Wie dem auch sei, Sie sind wirklich sehr nett zu mir.«

»Ach, das ist doch nichts«, sagte er und winkte bescheiden ab. »Ich hab' gerade schon zu Ihrem Bruder gesagt, daß es schön ist, mal etwas andere Gesellschaft im Haus zu haben.«

Waverly warf ihm einen scharfen Seitenblick zu. So ein Süßholzgeraspel. Das war nicht unbedingt die Unterstützung, die er sich gewünscht hatte. Er wollte gerade ein paar kritischere Töne anschlagen, doch ehe er den Mund aufmachen konnte, trottete der Hund zu Bennie hinüber, vergrub seinen Kopf in dessen Schoß und schnüffelte geräuschvoll.

»Electra!« schnappte Val im Kommandoton. »Benimm dich!«

»Ist schon gut«, sagte Bennie. »Sie beäugt mich schon, seit ich aufgestanden bin. Willst dich wohl mit mir bekannt machen, nicht wahr, altes Mädchen – hm?« Er strich mit der flachen Hand über den sehnigen Hunderücken und kraulte das Tier hinter den Ohren.

»Ich glaube, sie hat mit Ihnen Freundschaft geschlossen«, sagte Val.

»Ja, Hunde und Kinder, sie alle lieben den guten Onkel Bennie.« Wie zur Bestätigung begann die Hündin mit dem Hinterteil freudig zu wackeln.

»Ich hoffe, sie macht nicht zuviele Probleme.«

»Überhaupt nicht. Sie gehört auch zu der Gesellschaft, die ich gerade meinte.«

Er scharwenzelte da um irgendwas herum, dieses selbsternannte Objekt universeller Zuneigung, von Tieren und Kindern gleichermaßen. Um das Thema zu wechseln, fragte Waverly seine Schwester: »Wann bist du denn mit dieser ... Person verabredet?«

Ihre Blicke wanderten zum Fenster, registrierten das sinkende Tageslicht. »Ach, irgendwann bald«, antwortete sie vage.

»Irgendwann«, wiederholte Waverly. Er hatte als ordentlicher Mensch nur wenig Geduld mit Ungenauigkeiten. »Geht es nicht etwas präziser?«

»Er sagte, ich solle gegen sieben bei ihm vorbeikommen. Ungefähr um diese Zeit.«

Bennie sah auf die Uhr. »Es ist noch nicht halb. Sie haben noch eine Menge Zeit. Setzen Sie sich lieber und essen Sie noch eine Kleinigkeit.«

»Nein, danke, Mr. –«

Er hob einen mahnenden Finger.

Sie nannte ihn beim Vornamen.

»Sind Sie sicher? Dieses Vogelfutter, das Sie gerade gegessen haben, damit würde kein Papagei in der Luft bleiben.«

»Das waren Sonnenblumenkerne. Roh.« Nun streiften ihre Blicke die Wölbung von Epsteins Bauch, der sein kariertes Sportsakko erheblich spannte. »Sie sollten es auch einmal versuchen.«

Bennie beugte sich vor, plazierte dabei seinen Wanst zwischen gespreizten Oberschenkeln und versetzte ihm einen Klaps. »Keine schlechte Idee. Würde gar nicht schaden, etwas Gewicht loszuwerden.«

»Ich könnte Ihnen eine Diät zusammenstellen«, sagte Valerie ernsthaft. »Natürlich nur, wenn Sie daran interessiert sind.«

»Das ist doch eine Idee. Ich sehe zu, daß ich meinen Speck loswerde, und Ihr Bruder bekommt ihn aufgepackt. Ein fairer Tausch. Was hältst du davon, Timothy?«

Was er davon hielt? Sie redeten über Schlankheitsdiät und fragten nach seiner Meinung? Er dachte im Augenblick, daß sein Leben, ohnehin schon in erheblicher Unordnung, einen unguten und höchstwahrscheinlich gefährlichen Kurs eingeschlagen hatte. Wie er befürchtet hatte. Und wie diese seltsam verdrehte Unterhaltung bewies. Diät. Mein Gott. Er sagte: »Ich glaube, wir haben im Augenblick ein paar andere Dinge zu erledigen. Dringendere als unser Körpergewicht.«

»Na ja, ich weiß nicht«, erwiderte Bennie und griff in seine Speckfalten. »Unterm Strich zählt eigentlich nur die Gesundheit.«

Valerie bestätigte seine Feststellung. »Er hat recht, weißt du, Tim. Du solltest mehr auf dich achten. Ihr beide.«

»Deshalb ist ein solches Mädchen manchmal die beste Gesellschaft. Sie bringt einen zur Abwechslung auf den richtigen Weg zurück.«

Valerie strahlte ihn an. Bennie zwinkerte ihr zu. Die beiden Verbündeten, wie sie hier ihre Weisheiten austauschten. Dann, mit einstudierter Beiläufigkeit, als sei es ihm gerade erst eingefallen, sagte Bennie zu der Frau: »Apropos Gesellschaft, hatten Sie heute morgen Gelegenheit, unseren Freund Roger kennenzulernen?«

»O ja, aber nur kurz. Er wollte gerade gehen, als ich hereinkam.«

»Ein netter Kerl, dieser Roger.«

»Er macht einen intelligenten Eindruck.«

»Er ist Professor.«

»Ich weiß. Er hat es mir erzählt.«

»Wir hatten gestern abend ein richtig interessantes Gespräch.«

»Da haben wir ihn auch kennengelernt«, warf Waverly ein. »Gestern abend.« Keiner reagierte darauf, und für einen kurzen Moment hatte er das seltsame Gefühl, überhaupt nichts gesagt zu haben. Er versuchte es erneut. »Daher kann man ihn wohl kaum einen Freund nennen.«

»Aber trotzdem ein anständiger Bursche, unser alter Rog. Nicht wie die Knilche, denen man in dieser Stadt in Scharen begegnet. Ich hätte mich gerne noch ein wenig mit ihm unterhalten, aber ich hab' fest geschlafen, als er sich auf die Socken machte. Und im Telefonbuch steht er nicht.«

»Er hat mir seine Nummer gegeben«, sagte Valerie lebhaft.

»Tatsächlich?«

Waverly musterte ihn wütend. Darum war es also bei diesem Herumscharwenzeln gegangen. Bennie wich geflissentlich seinem Blick aus.

»Er sagte, er habe eine Geheimnummer«, fuhr Valerie hilfsbereit fort. »Damit die Studenten ihn nicht belästigen. Ich kann sie Ihnen geben, wenn Sie sie haben wollen. Ich weiß, daß er sich freut, Sie und Tim kennengelernt zu haben.«

»Hey, das wäre toll.«

»Haben Sie etwas zum Schreiben?«

»Aber klar doch.« Er holte einen Kugelschreiber und ein kleines Notizbuch aus der Innentasche seines Sakkos. Sie nannte die Nummer. Er schrieb sie auf und sah Valerie dann mit einem Ausdruck aufrichtiger Bewunderung an. »Sie wissen sie tatsächlich auswendig.«

»Ich habe ein gutes Zahlengedächtnis.«

»Genau wie unser Timothy.«

»Wir sind uns sehr ähnlich«, sagte sie und betrachtete ihren Bruder mit einem liebevollen, nachdenklichen Blick. »In vielen Dingen.«

Waverly schüttelte langsam den Kopf. Er fühlte sich in diesem Moment wie ein Mann, der knietief in Treibsand steckte. Oder der auf dem Dach eines brennenden Turms gefangen war. Oder in einem führerlos dahinrasenden Zug festsaß. Oder hilflos mit ansehen mußte, wie sich ein schrecklicher Wirbelsturm auf ihn zubewegte. Egal welche Katastrophe man sich vorstellte, genauso fühlte er sich. Und da es sowieso völlig sinnlos war, äußerte er sich diesmal mit keinem Wort dazu.

»Nun«, sagte Valerie und brach das vieldeutige Schweigen, »ich glaube, ich sollte mich jetzt auf den Weg machen.«

Sie rief den Hund, bückte sich und murmelte ihm etwas ins Ohr, das nicht zu verstehen war. Electras mandelförmige Augen nahmen einen aufmerksamen Ausdruck an, beinahe so etwas wie Verständnis lag plötzlich darin, als seien die verschlüsselten Anweisungen für sie entzifferbar, als seien sie eine Blaupause für sein Verhalten.

»Machen Sie sich wegen Ihres Köters keine Sorgen«, beruhigte Bennie sie. »Dem geht es gut.«

»Da bin ich ganz sicher. Sie hat ihre Anweisungen.«

»Dann Hals- und Beinbruch, okay?«

»Ich tue mein bestes.«

Waverly erhob sich. »Ich bringe dich zum Wagen.«

Eine träge Brise bewegte die kühle Wüstenluft. Zwielichtschatten fielen auf den Impala, die Straße, auf ihre Gesichter. Ein paar Straßen weiter erhellten Neonreklamen den sich allmählich verdunkelnden Himmel.

»Findest du den Weg?« erkundigte Waverly sich und bereute die Frage sofort, ihre etwas schwerfällige Formulierung.

»Ich hab' hierher gefunden, oder? Über den halben Kontinent.«

»Du weißt, was ich meine.«

»Ich weiß. Ich finde mich schon zurecht.«

»Bist du ganz sicher, daß ich nicht mitkommen soll? Mein letztes Angebot.«

»Nein, es wäre wirklich nichts für dich, wenn du mitkämst, Tim.«

»Weil ich nicht eures Glaubens bin, was?«

»So könnte man es ausdrücken. Es ist nichts Persönliches.«

Waverly zuckte die Achseln. Er gab ihr einen Hausschlüssel.

»Was ist das?«

»Damit du rein kannst. Es ist durchaus möglich, daß wir nicht hier sind, wenn du zurückkommst.«

»Ihr schließt euer Haus ab?«

Waverly widerstand dem Impuls, die Augen zu verdrehen. »Hier draußen schließen wir lieber ab«, bestätigte er.

»Wo bist du?«

»Bei der Arbeit?«

»Du hast einen Job?«

Nur mit großer Willenskraft sah er sie unverwandt an. »So kann man es nennen.«

»Und was tust du?«

»Wir plazieren ausgewählte Wetten. Bennie und ich.«

Sie legte den Kopf schief und musterte ihn mit einem seltsamen Ausdruck. »Wetten? Glücksspiel?«

»Richtig. Das tun wir. Ich dachte, das sei dir bekannt.«

»Du hast es nie erwähnt.«

»Nun, jetzt weißt du's.«

Sie zögerte. Ihr fehlten offenbar die Worte.

»Es ist kein absolut unehrenhaftes Gewerbe«, sagte er.

»Nein, nein, aber es wirkt so... fremdartig. Es ist nicht gerade das, wozu wir erzogen wurden.«

Mit härterer Stimme, als er es beabsichtigt hatte, sagte Waverly: »Das war vor langer Zeit. In einem anderen Leben.«

»Das glaube ich auch«, sagte sie wehmütig.

Für einen Moment standen sie schweigend neben der Tür des vom Zahn der Zeit angenagten Impala ihres Vaters, diese beiden Fremden, Bruder und Schwester, verbunden mit den nebelhaften Gefilden der Vergangenheit durch einen Isthmus der Erinnerung, dicht und düster, sogar stärker als Blutsbande. Schließlich gab Waverly sich einen Ruck. »Du solltest jetzt lieber losfahren.«

Wieder in die Gegenwart zurückgekehrt, umarmte sie ihn schnell, schlüpfte hinter das Lenkrad, trat mehrmals auf das Gaspedal, drehte den Zündschlüssel und ließ den Motor stotternd anspringen. »Wünsch mir Glück«, bat sie.

Glück. Das Hauptzahlungsmittel dieser phantastischen, verdorbenen Stadt. Sie war noch keine vierundzwanzig Stunden hier, und schon forderte sie es für sich. Oder verlangte von ihm, daß er es ihr zugänglich machte. Und indem er in dieses nüchterne Geheimnis ihres Gesichts blickte, auf dem nun die gleiche

Hoffnung, der gleiche Zweifel und die gleiche Entschlossenheit lagen, wie er sie in den Gesichtern an tausend Spieltischen über Millionen von Kartenhänden gesehen hatte, mußte Waverly plötzlich über den verderblichen Einfluß des Glücks, die Krankheit des Zufalls nachdenken und angesichts der Last dieser neuen und unerwünschten Verpflichtung, die ihm aufgezwungen wurde, verzweifeln. Nichtsdestotrotz sagte er mit einer Zuversicht, die er überhaupt nicht verspürte: »Es wird schon klappen, Val. Egal was am Ende herauskommt.«

Der Wagen fuhr vom Bordstein weg und entfernte sich nach Westen in Richtung Main Street.

»Dort entlang!« rief Waverly ihr nach und zeigte in die entgegengesetzte Richtung.

Sie wendete mitten auf der verlassenen Straße. Während sie langsam an ihm vorbeirollte, streckte sie den Kopf aus dem Fenster, grinste verlegen und sagte: »Das wußte ich doch.«

»Natürlich«, murmelte Waverly vor sich hin.

Wieder im Haus traf Waverly seinen Partner gemütlich hingegossen auf der Wohnzimmercouch an. In der Hand hielt er eine Flasche Blue Ribbon, und zwischen den Zähnen klemmte eine Zigarre von derart obszönen Proportionen, daß es aussah, als rauche sie ihn. Er wirkte ein wenig zu zufrieden. Electra schlich um ihn herum und schnappte spielerisch nach seinen Füßen.

»Paß mal auf, Timothy«, sagte Bennie.

Er stellte die Bierflasche beiseite und hielt ein Stück Hörnchen hoch. Der Hund spannte sich, setzte zum Sprung an. Bennie vollführte eine Nein-nein-Geste und sagte in jenem kindischen Tonfall, den Erwachsene gerne bei Tieren und kleinen Kindern anschlagen: »Na komm schon, Electric, was sollst du tun? Zeig dem lieben Onkel Timothy, wie ein braves Hundchen macht.«

Der Hund ließ sich auf die Hinterbeine nieder und beobachtete ihn erwartungsvoll.

»Wie geht das? Wie sagt man bitte?«

Indem sie das Versprechen in seiner Stimme identifizierte, hob die Hündin eine Vorderpfote und streckte sie ihm entgegen.

»Braves Mädchen. Gutes Mädchen. Und jetzt paß genau auf, Timothy.«

Er ergriff die Pfote mit einer Hand und schüttelte sie feierlich. Mit der anderen warf er das Stück Hörnchen hoch zur Decke. Der Hund streckte sich, hob graziös ab wie eine Kunstturnerin und schnappte das Brot aus der Luft.

»Hast du gesehen?« fragte Bennie und grinste um das Zigarrenungetüm in seinem Gesicht herum. »Ist das nicht toll? Ich wette, sie ist mindestens ein Meter achtzig hoch gesprungen. Ich sollte auch ins Hundetrainergeschäft einsteigen.«

»Oder zum Zirkus gehen«, schlug Waverly vor.

»Zirkus wäre auch gut.«

»Vielleicht liegt es am Hörnchen.«

»Könnte sein. Das war aus Mazzesteig. Offenbar hat diese Töle jüdisches Blut in den Adern, so wild wie sie auf das Zeug ist.«

»Du sollst sie nicht damit füttern, das weißt du doch.«

»Ach, das schadet ihr doch nicht. Ihr Waverlys seid allesamt viel zu mager. Sogar Electric hier.«

»Sie heißt Elec*tra*.«

»Von mir aus. Es ist trotzdem nicht gesund.«

Waverly ließ sich ihm gegenüber in einem Sessel nieder. »Sag schon, ist die Show vorbei?«

»Welche Show?«

»Deine Hundenummer.«

»Ja, das ist alles, was ich ihr bisher beigebracht habe.«

»Na schön. Dann will ich es dir erneut sagen. Noch einmal. Was du hier vorhast, ist ein Fehler.«

»Häh? Wovon redest du? Von welchem Fehler?«

»Du hast ihn angerufen, nicht wahr«, stellte Waverly fest. Es war keine Frage.

Bennie riß unschuldig die Augen auf. »Wen soll ich angerufen haben?«

»Na wen schon, Bennie.«

»Ich hab' nach einem Taxi telefoniert, mehr nicht.«

»Bist du ganz sicher, daß das alles war?«

»Okay, okay, ich hab' mal kurz seine Nummer gewählt. Was ist denn so schlimm daran?«

»Warum habe ich mehr und mehr das Gefühl, daß wir dieses

Gespräch schon einmal geführt haben? Florida war schlimm. Michigan war schlimm. Wir wissen nicht, wer uns gerade auf den Fersen ist.«

»Wenn jemand hinter uns her wäre, dann hätte er uns längst gefunden.«

»Das kannst du nicht wissen.«

»Vier Monate ist es her. Wenn sie dich suchten, hätten sie dich.«

»Und die Polizei?«

»Vor allem die Polizei, bei all den Leichen, die du zurückgelassen hast. Soviel zum Thema schlimm.«

Waverly zündete sich eine Zigarette an. Darauf konnte er nichts erwidern. Er hatte es ja herausgefordert. Wäre er nicht gewesen und seine ziemlich drastischen Reaktionen, wären sie jetzt nicht hier und gezwungen, Räuber und Gendarm zu spielen und sich abzustrampeln, um was Eßbares auf den Teller zu bekommen.

»Was du also tun solltest«, fuhr Bennie mit etwas sanfterer Stimme fort, »sei mal was optimistischer, mein Junge. Wir haben es geschafft. Wir sind zwar pleite, aber uns kann nichts passieren.«

»Angenommen, du hast recht. Was eine ziemlich gewagte Vermutung ist, aber sagen wir einfach, es wäre so. Welchen Sinn hat es dann, sich wieder in Schwierigkeiten zu begeben?«

»Was für Schwierigkeiten? Ich treffe mich nur mit unserem Freund Rog auf ein Bier. Und um mir die zweite Halbzeit anzusehen. Die Lions und Pack spielen heute abend, und ich habe fünf große Scheine auf unsere Jungs aus Michigan gesetzt. Natürlich darauf, daß sie verlieren.«

»Wechsle nicht das Thema.«

»Wer wechselt es?« fragte er beleidigt. »Roger und ich kippen ein paar und sehen uns um, was läuft. Er sagte, ich soll dich auf jeden Fall mitbringen.«

»Nur ein paar harmlose Fans. Die deine Mannschaft anfeuern.«

»Ist etwas damit nicht in Ordnung? Wenn es nicht dein Spiel ist, dann brauchst du ja nicht zu wetten.«

»Vor allem Basketball, nicht wahr? Geht es heute bei euch Spezialisten vielleicht um Basketball?«

Bennie wischte mit der Hand durch die Luft. Eine wegwerfende Geste. »Das Thema könnte zur Sprache kommen.«

»Aber nur am Rande, oder?«

»Hör mal, Timothy, ich will dir nichts vormachen. Natürlich sehe ich mich um und passe auf, was ich über unsern Superneger Lafayette herausbekommen kann. Na und? Wie ich schon sagte, wahrscheinlich ist sowieso nichts an der Sache dran.«

»Und wenn doch?«

»Wenn doch, dann haben wir eine zusätzliche Chance.«

»Mein Gott«, sagte Waverly mit einer Heftigkeit, die sogar ihn selbst verblüffte, »warum kannst du nicht die Finger davon lassen.«

»Warum? Ich verrate dir, warum. Eine Chance wie die hat man nur einmal im Leben. Und wenn sie kommt und man hat Glück, dann ist man mit einem Schlag aus dem Schneider. Dann sind wir wieder flüssig, können wieder ein anständiges Leben führen. So wie wir beide es eigentlich müßten. Du könntest endlich den billigen Zehner-Tischen adieu sagen und wieder voll ins Geschäft einsteigen. Wo du hingehörst.«

»Dann tust du es also nur für mich, ja?«

»Genau, so könnte man es ausdrücken.«

»Na schön, dann hör mal zu. Du kannst tun, was du für richtig hältst. Aber ich halte mich da raus. Ist das klar, Bennie?«

»Niemand hat verlangt, daß du mitmachst. Oder hab' ich so was gesagt?«

»Das schließt auch meinen Anteil an unserem Kapital ein.«

Bennies fleischiges Gesicht furchte sich nachdenklich. Das hieß, er wälzte Zahlen in seinem Kopf hin und her. Mittlerweile, nach all den Jahren, kannte Waverly es genau. Zahlen verwandelten sich sehr leicht in Geld, und für B. Epstein war Geld das schmale Portal, das seine Welt einrahmte und durch das er ihre sämtlichen Erscheinungen und Ereignisse und Bewohner beurteilte. Es war ein Maßstab, exakt, zuverlässig und völlig unbeeinflußt von irgendwelchen Gefühlen. Die Zigarre wanderte in seinem Mund hin und her, als habe sie ihren eigenen Willen.

Schließlich kam sie in einem Winkel zur Ruhe, und der andere Mundwinkel zeigte ein verschmitztes Grinsen. »Hey, worum streiten wir uns hier, Partner? Um eine Handvoll Kleingeld.«

»Noch ist es Kleingeld.«

Ein angespanntes Schweigen breitete sich zwischen ihnen aus. Der Hund, der etwas spürte, schnappte wieder nach Bennies Füßen. Bennie gab dem Tier einen freundschaftlichen Klaps. Und da ein Augenblick, jeder Augenblick, in dem nicht gesprochen wurde, ihm Unbehagen bereitete, fragte er im Konversationston: »Hast du deiner Schwester erklärt, wie sie fahren muß?«

»Mehr oder weniger. So gut kenne ich die Stadt auch wieder nicht.«

»Wer ist denn dieser Swami, den sie besucht?«

»Jemand namens Brewster.«

»Von diesem Burschen hab' ich noch nie gehört.«

»Er arbeitet nicht auf unserem Gebiet.«

»Weißt du, Timothy, du hast eigentlich nie viel von ihr erzählt. Von deiner Schwester, meine ich. Wie kommt das?«

Für einige Sekunden schwieg Waverly wieder. Ein Bild, ohne sein eigenes Zutun, bildete sich in einem Kopf: seine Familie im Wohnzimmer ihres schmucken Häuschens, wo sie sich immer zur sonntäglichen Vorlesung versammelte; er und Val, als Kinder, saßen auf dem Fußboden und hörten aufmerksam zu; ihr Vater in einem gemütlichen Sessel, seine Pfeife rauchend und ab und zu weise mit dem Kopf nickend; ihre Mutter am Kamin stehend, das Buch in der Hand, aus dem sie, in diesem Bild gerade, die Verse von Cowpers (des pathetischen, verrückten, unschuldigen Cowper) »Der Ausgestoßene« vorlas, wobei ihre Stimme zitterte und sie den Tränen nahe war, während sie die letzte traurige Strophe begann, deren Worte ihm entfallen waren; er suchte in seiner Erinnerung nach ihnen, vielleicht nur nach einem Hinweis auf den grundlegenden Fatalismus in seinen Genen, in seinen Knochen. Bis ein Epsteinsches Fingerschnippen ihn wieder zurückholte.

»Hey, Timothy, wo bist du?«

»Hm, nirgendwo. Hier.«

»Das wirkte aber ganz anders. Für'n Moment hast du so ausgesehen, als kämst du gerade von einem Kurzurlaub im Jacktown-Loch. Ich wollte doch nur ein bißchen Familiengeschichte von dir hören.«

»Nun ja, das ist eine lange Geschichte.«

»Vielleicht müssen wir lange warten. Du kennst ja diese Taxipenner.«

»Ein anderes Mal, Bennie.«

Aber er irrte sich, Bennie, was das Warten betraf. Ein paar Minuten später ertönte auf der Straße eine Hupe. Waverly schlüpfte in sein Sakko, rückte den Schlips gerade. Seine Arbeitskluft. Bennie gab dem Hund den Rest des Hörnchens und verabschiedete sich von ihm. Und zu Waverly sagte er: »Bist du bereit, ein paar Treffer zu landen?«

»So bereit, wie ich es sein kann«, sagte Waverly, und seine Stimme klang plötzlich resigniert, als ergebe er sich in ein Schicksal, das zu kontrollieren nicht in seiner Macht stand. Als ob er schließlich das Erreichen des Punktes verstanden und akzeptiert hätte, an dem sein Leben auf dem Weg in die Katastrophe eine neue Wendung vollzog.

Draußen im Taxi gab Bennie dem Fahrer seine Anweisungen. »Kennen Sie das Sneakers? In der Nähe Eastern und Tropicana?«

Der Fahrer kannte es.

»Setz mich am D. I. ab«, sagte Waverly.

»Bist du sicher, daß du nicht mitkommen willst? Daß du dir keinen freien Abend gönnen willst?«

»Ich bin mir sicher.«

»Okay, ich komme gegen Mitternacht vorbei. Mal sehen, wie es bei dir läuft.«

»Komm allein. Im Augenblick haben wir genug Gesellschaft.«

12

»Spürst du es, Cleanth?«

»Häh? Was soll ich spüren?«

»Die elektrische Spannung. Die Energie. Sie ist sehr hoch.«

»Du meinst die Lichter da drüben auf dem Strip?«

Mit nur einem Anflug von Verärgerung sagte Eggs: »Ich spreche von unserem Projekt, Cleanth.«

Click hatte keine Ahnung, wovon verdammt noch mal er redete – elektrische Spannung, Energie –, aber nachdem er gesehen hatte, welche Nummer er an diesem Nachmittag mit den beiden Lesben abgezogen hatte, dachte Click bei sich, daß es wohl besser wäre, ihm rechtzugeben. »Ja ja, die ist wirklich sehr hoch.«

»So fühle ich mich immer zu Beginn eines neuen Unternehmens«, fuhr Eggs nachdenklich fort. »Es ist für mich wie eine frische Infusion von Lebenskraft. Fast so etwas wie eine Wiederauferstehung, könnte man sagen.«

Clicks Wurstfinger trommelten ungeduldig auf dem Lenkrad des Lincoln. Er saß mit hochgezogenen Schultern da, drehte den Kopf hin und her und suchte nach einer Lücke im Verkehrsstrom, der über die Flamingo Road jagte. Keine Lücke. Die Sonne war wie ein Stein vom Himmel gefallen, und ein kalter Sternenglanz funkelte am schwarzen Firmament. Sie hatten sich bereits etwas verspätet, und was Brewster auf den Tod nicht ausstehen konnte, war Unpünktlichkeit. Trotzdem quatschte Eggs in einem fort von Lebenskraft und Wiederauferstehung und sah dabei aus, als habe er eine Beruhigungspille gegen diese ganze Energie geschluckt. Was Click etwas nervös machte. Daher sagte er, allerdings sehr vorsichtig: »Weißt du, Egger, drüben im Zentrum ist es meistens ziemlich ruhig. Von deiner elektrischen Spannung gibt es da nicht sehr viel.«

»Um so besser«, sagte Eggs ganz ruhig.

»Was ich meine ist, daß dieser Brewster nicht gerade zu Späßen aufgelegt ist. Die meiste Zeit ist er so gottverdammt miesepetrig, daß neben ihm die Gesichter an dem Berg da im Westen – ich hab' den Namen vergessen – du weißt schon, der mit den Gesichtern drauf? –« Sein eigenes Gesicht nahm einen verkniffenen Ausdruck an, als er versuchte, sich zu erinnern.

»Du denkst an den Mt. Rushmore.«

»Genau, das ist er.«

»Und der liegt übrigens östlich von hier.«

»Ja ja, ist ja auch egal, jedenfalls sehen die neben ihm aus wie ein Haufen Smileys. Die Gesichter, meine ich.«

»Das ist ja noch besser. Ich habe die Erfahrung gemacht, daß du mit einem richtig nüchternen Opfer noch viel besser zurechtkommst.«

»Da gibt es überhaupt keine Probleme. Er trinkt nicht. Im Gegenteil, wenn es ums Trinken geht, da kann er richtig unangenehm werden.«

»Nüchtern im Sinne von ernst, Cleanth«, sagte Eggs nach einem kurzen Seufzer. »Ich denke an ernste Männer. Sie haben so viele geheime Sehnsüchte und Laster.«

Ein Loch entstand in der langen Wagenkette. Click verließ den Apartmentkomplex durch die Ausfahrt, bog nach links ab und rollte in Richtung Westen. Dabei fuhr er so schnell, wie es der Verkehr zuließ. Aber an der Kreuzung Strip sprang die Ampel auf Rot um. Noch eine Verzögerung. Er fluchte halblaut.

Eggs schien es gar nicht eilig zu haben. Er schaute hinaus auf die Leuchtreklamen; auf den pulsierenden Phallus, der in die Luft ragte und das Dunes markierte; auf die illuminierten Brunnen des Caesar's Palace; auf die große Schrifttafel von Bally's, die auf die Show eines abgehalfterten Entertainers aufmerksam machte. Es war der Anblick der Tafel, der eine Erinnerung zu wecken schien, und er sagte, indem er auf das Hotel zeigte: »Erinnerst du dich noch an das Feuer dort, Cleanth? Als es noch das Grand war?«

»Ja, klar erinnere ich mich. Gesehen habe ich es aber nicht.«

»Ich war dabei. Ein Riesenspektakel.«

Click war das Feuer eigentlich scheißegal. Das einzige Feuer, an das er im Augenblick dachte, war das, das Brewster ihm möglicherweise bald unter dem Arsch machen würde. Aber er sagte, nur um irgendeinen Kommentar zu geben: »Dann hast du es gesehen, hm?«

»Ich kann mich noch lebhaft dran erinnern«, erwiderte Eggs und seine Stimme klang versonnen. »Ich stand da drüben an der Ecke, auf der anderen Straßenseite. Von dort konnte man die Leute an den Fenstern in den oberen Stockwerken beobachten. Sie saßen in der Falle, Qualm stieg hinter ihnen auf. Man konnte auch ihre Schreie hören. Sie hofften, daß jemand kam, um sie zu retten. Bestimmt haben sie auch gebetet.«

»Wann war das denn?« erkundigte Click sich, obgleich es ihn kein Stück interessierte. Er betete selbst schon im stillen, daß diese verdammte Ampel endlich umsprang. Als ob das irgend etwas half.

»Damals, 1980. Weißt du, Cleanth, es war sehr aufschlußreich, das zu verfolgen. Vor allem war ich neugierig, wofür sie sich entschieden: zu verbrennen oder in den Tod zu springen. Von den Flammen verschlungen zu werden oder auf dem Pflaster zu zerplatzen.« Er dachte einige Sekunden lang nach, legte den Kopf auf die Seite, und als er fortfuhr, klang seine Stimme leicht enttäuscht. »Soweit ich mich erinnern kann, ist niemand gesprungen, und wenn doch, dann hab' ich es nicht mitbekommen.«

Click betrachtete ihn verstohlen von der Seite. Verdammt, er wußte nicht, was er darauf erwidern sollte. Glücklicherweise zeigte die Ampel jetzt grün, und weil er damit beschäftigt war, den Wagen um die Ecke zu fahren und sich auf die linke Spur einzufädeln, blieb ihm eine Antwort erspart. Aber als er ihn dasitzen sah, verloren in seiner Erinnerung, ein traurig verträumtes Lächeln im Gesicht, als täte es ihm noch jetzt leid, niemanden springen gesehen zu haben, dachte Click, daß sogar der Egg Man, die absolut größte Nummer im Geschäft – der sogar die Heilige Muttergottes dazu brächte, den Schlüpfer auszuziehen und Rumba zu tanzen –, daß sogar er, und das war nicht zu übersehen, ein bißchen weich in der Birne war. Vielleicht mußte man das sein, wenn man richtig gut werden wollte. Trotzdem konnte es einen nervös machen, wenn man sich zu lange in seiner Nähe aufhielt. Wenigstens war er heute abend in etwas besserer Stimmung als vorhin, wo er der einen Lesbe den Arm gebrochen und der anderen den Rüssel geplättet hatte. Das war ja auch schon was wert.

An der Spring Mountain Road bog er nach links ab, und der grelle Lichterglanz des Strip blieb hinter ihnen zurück. Da das Zentrum vor ihnen auftauchte und da Eggs bisher noch kein Wort darüber verloren hatte, wie er Brewster zu erleichtern gedachte, erkundigte Click sich vorsichtig: »Hast du irgendeine Idee, wie wir diese Sache anfangen?«

»Nein, ich habe mir noch nichts Spezielles überlegt. Ich betrachte diese erste Kontaktaufnahme als eine reine Aufklärungsmission.«

»Als was?«

»Als Gelegenheit, ihn kennenzulernen und einzuschätzen, Cleanth. Es ist äußerst wichtig, das Gefühl für einen Menschen zu bekommen, ehe man seine Schwachpunkte aufdeckt.«

»Das kann ich dir verraten: wenn er welche hat, dann hab' ich sie verdammt noch mal nicht gesehen in der ganzen Zeit, die ich schon für ihn arbeite.«

»Jeder hat einen Schwachpunkt. Man muß ihn nur entdecken. Es ist eine Frage der Wahrnehmungsfähigkeit. Und das macht doch einen wesentlichen Teil der Verlockung bei diesem Spiel aus. Oder etwa nicht?«

»Ich glaube schon«, gab Click zu und wünschte sich sehnlichst einen Partner, der verständliches Amerikanisch sprach. Das konnte er wohl vergessen. Aber da war noch etwas anderes, das ihn beschäftigte, seit Eggs heute solo vor der Tür gestanden hatte, daher fragte er: »Dieses Einschätzen, ist das der Grund, weshalb du die Schnalle nicht mitgebracht hast?«

Eggs runzelte die Stirn bei der Erwähnung Dawnettes. »Das und ihre leicht hysterische Verfassung nach dem unglücklichen... Intermezzo von heute nachmittag. Außerdem diese roten Stellen unter ihren Augen. Wir wollen doch, daß sie so vorteilhaft wie möglich aussieht. Wenn wir sie wirklich brauchen.«

Click hatte keine Ahnung, wie sie zu diesen roten Schwellungen gekommen war, aber er würde ganz sicher nicht danach fragen. Er konnte es sich vorstellen. Und überdies hatten sie das Zentrum nun erreicht. Er lenkte den Wagen auf den schmalen Parkplatz davor und stoppte. »Das ist der Laden«, verkündete er.

Eggs las stumm das Schild über der Tür. Er schüttelte den Kopf mit einem ironischen Grinsen und wiederholte laut: »Grundlagentherapie, Verhaltensintensivierung... das ist ja ein ganz Gerissener, unser Wyman Brewster. Entweder das oder ein Verrückter.«

Er beugte sich vor und überprüfte seine Erscheinung im Rückspiegel. Ordnete sein kunstvoll frisiertes Haar, korrigierte den

Sitz seines Krawattenknotens, schnippte ein imaginäres Staubkörnchen von einem Ärmel seines glänzenden sattelbraunen Seidenanzugs. Und dann tat er etwas so Ungewöhnliches, etwas derart Untypisches, daß Clicks Mund entgeistert aufklappte. Eggs nahm tatsächlich die getönte Brille ab, die er trug wie ein Paar ursprünglicher Augen, und verstaute sie in seiner Sakkotasche.

Click glotzte ihn an. Er konnte sich einen Kommentar nicht verkneifen. »Weißt du, Egger«, sagte er, »ich will verdammt sein, wenn ich dich jemals ohne deine Gläser gesehen habe.« Und als er in diese eisigen Augen blickte, in die echten, war er sich nicht so sicher, ob er sich jetzt über diese Gelegenheit freuen sollte.

»In der Welt dahinten«, erklärte Eggs geduldig und machte eine Kopfbewegung in Richtung des Strip, »hat die Brille eine wichtige Funktion. Sie dient einem nützlichen Zweck. Aber nicht bei den Philistern. Aus irgendeinem Grund scheint sie ein gewisses Mißtrauen hervorzurufen. Daher wirst du von jetzt an den richtigen Ignatius LaRevere zu sehen bekommen. Bis zum erfolgreichen Abschluß unseres Projekts.«

Click war sich außerdem nicht so sicher, ob die Entscheidung richtig war, ohne Brille zu arbeiten. Nicht bei diesen beiden Eisklumpen, die er als Augen hatte. Aber wer wußte besser als er, daß das nicht gerade das Thema war, über das man mit Eggs reden konnte. Daher sagte er nichts, obgleich seine Zunge das unfreiwillige Knallen erzeugte.

»Wie sehe ich sonst aus?«

»Hey, wie aus dem Ei gepellt, Eggo. Als wärst du auch einer von diesen Vielistern.«

»Ignatius«, korrigierte Eggs ihn. »Da drin wirst du mich natürlich mit meinem vollständigen Namen anreden.«

»Na klar, sicher doch. Ich werde dran denken.«

»Gut. Nun, dann laß uns reingehen, oder?«

Und Click dachte daran, auf seine Art. »Das ist Mr. Ignatius LaRevere«, begann er mit der unbeholfen formellen Sprechweise eines Schuljungen, der einen Text aufsagt, den er nicht richtig auswendig gelernt hat. »Der Gentleman, von dem ich Ihnen erzählt hab'. Sie wissen schon... heute morgen... während Ihrer Runde...« Er verstummte und grinste verlegen.

Brewster wartete einen Moment lang, aber als nichts mehr kam, erhob er sich, kam hinter seinem imposanten Mahagonischreibtisch hervor und streckte seinem Besucher zur Begrüßung eine Hand entgegen. »Sie müssen Cleanth verzeihen«, sagte er. »Manchmal vergißt er die grundlegendsten Anstandsregeln. Ich bin Wyman Brewster.«

Eggs schaute hoch in ein faltiges Gesicht, dessen Hauptelement völlig blutlose Lippen und ein derart dünner Mund waren, daß er eher an eine uralte gebleichte Narbe erinnerte. Und Augen, die, um Clicks zuvor geäußerte Einschätzung zu bestätigen, die Welt mit strenger und humorloser Gesetztheit betrachteten. Seine Körpergröße war schon einschüchternd und wurde durch seine betont aufrechte Haltung noch unterstrichen, die ihn im wahrsten Sinne des Wortes über diese profane, in Unwissenheit dahinvegetierende Welt hinaushob. Seine Kleidung, ein tiefschwarzer Totengräberanzug, sorgte zusätzlich für Distanz von der breiten Masse. Eggs ergriff die dargebotene Hand und erwiderte den leichten Druck. »Mr. Brewster«, sagte er und schlug den genau richtigen Ton ehrfürchtiger Bewunderung an, »es ist mir eine große Ehre, Sie kennenzulernen, Sir. Ich habe außerordentliche Dinge von Ihnen und Ihrer Arbeit gehört.«

Brewster nickte knapp und nahm die Ehrerbietung als durchaus angemessen entgegen. Mit der Begrüßungshand deutete er auf eine Frau, die ihm am Schreibtisch gegenübersaß. »Miss Valerie Waverly, darf ich Ihnen Cleanth Koontz vorstellen, meinen geschätzten Assistenten hier im Zentrum, und Mister, äh, wie lautete Ihr Name noch –?«

»LaRevere«, sagte Eggs. Die Anwesenheit der Frau führte ein unerwartetes Element in dieses Treffen ein, ein Detail, das ihm nicht ins Konzept paßte. Nichtsdestotrotz deutete er eine Verbeugung an, und Cleanth tippte sich lässig salutierend gegen die Schläfe, worauf sie die beiden Männer mit einem süßen, engelhaften Lächeln belohnte.

Nachdem die gegenseitige Vorstellung stattgefunden hatte, winkte Brewster sie weiter ins Zimmer und bot ihnen Sessel an.

Auf dem Schreibtisch stand ein elegantes Teeservice, dessen Oberfläche, reines Silber, das Licht der Deckenbeleuchtung funkelnd reflektierte. »Darf ich Ihnen eine Erfrischung anbieten?« fragte er.

»Bitte, gern«, sagte Eggs.

Click schüttelte den Kopf. »Ich passe heute mal.«

»Dies ist ein Ayur-Veda Jahreszeitentee«, erklärte Brewster in nachsichtigem, ruhigen Ton, aber mit einem Blick auf seinen geschätzten Assistenten, der einen deutlichen Tadel, fast schon eine Warnung darstellte. »Es ist eine Vata-Mischung, die bei kühler, trockener Witterung eine lindernde Wirkung haben soll. So wie sie jetzt gerade herrscht. Du schuldest es dir und deinem Körper, einmal davon zu kosten, Cleanth.«

Eggs bemerkte ihn, diesen Blick, und das galt offenbar auch für Click, der demütig erwiderte: »Ja, okay, ich versuch' eine Tasse. Es ist draußen schon ziemlich rauh.«

Brewster schenkte ein, und während er ihm den Rücken zuwandte, nutzte Eggs den Moment für eine schnelle Besichtigung des Raums, wobei er Einzelheiten in sich aufnahm und sie interpretierte. Er war fensterlos und recht groß, erschien aber durch die zahlreichen Möbel eher klein: da war der große Schreibtisch mit einer Reihe Aktenschränke dahinter, über diesen hingen zwei gräßliche Druckgraphiken an der Wand, auf denen fliegende Vögel dargestellt waren; vor dem Schreibtisch waren Sessel zu einem Halbkreis angeordnet, vermutlich für ein aufmerksam lauschendes Publikum bestimmt; eine Plastikcouch an einer Wand, ein vollgestopftes Bücherregal mit voluminösen Bänden an der anderen Wand; hinzu kam ein mausgrauer Teppichboden, der von Wand zu Wand reichte. Insgesamt vermittelte die Anordnung den zusammengewürfelten Eindruck eines Ausstellungsraums in einem billigen Möbelgeschäft: ein zu umfangreiches Angebot auf einer zu kleinen Stellfläche. Wenn das Büro eines Menschen ein Ausdruck seines Charakters ist, dann verriet dieses Zimmer eine engstirnige, klaustrophobische Persönlichkeit. Nach Eggs Erfahrung nicht gerade leicht zugänglich und entschlüsselbar. Halte dich zurück ermahnte er sich.

Brewster reichte ihm eine zierliche Porzellantasse, gefüllt mit dem dampfenden Gebräu. Eine zweite reichte er Click. Er blieb vor ihnen stehen und wartete auf eine Reaktion. Eggs nahm einen Schluck, verzog sein Gesicht prüfend und sagte: »Sehr aromatisch. Ein interessanter Geschmack.«

»Das ist sicherlich der Waldmeister, der wegen seiner reinigenden Wirkung ebenfalls in die Mischung gehört.«

Click blickte auf die trübe gelbliche Flüssigkeit, zögerte und nahm dann einen heldenhaften Schluck, wobei er dachte, ja, klar, eine Prise hiervon, eine Prise davon, aber wenn man ihn fragte, dann hatte jemand reingepinkelt. Aber niemand fragte ihn.

Brewster nahm wieder seinen Platz hinter dem Schreibtisch ein. »Ich muß mich entschuldigen«, sagte er und klang nicht im mindesten zerknirscht, »daß ich über Ihren Namen gestolpert bin, Mr. LaRevere.«

»Das ist schon in Ordnung. Schließlich ist er nicht so einfach wie Smith.«

»Zufälligerweise unterhielten Valerie und ich uns kurz vor Ihrem Eintreffen über die Frage, inwieweit der Vorname Aufschluß über den Charakter seines Trägers geben kann.«

»Tatsächlich?« sagte Eggs vorsichtig. Er hatte nicht die leiseste Idee, worum es ging oder wohin die Unterhaltung führte.

Brewster fixierte ihn mit einem durchdringenden Blick, und mit der Selbstsicherheit des Menschen, der eine Unterhaltung dorthin steuert, wo immer es ihm beliebt, sagte er: »Nehmen Sie zum Beispiel ihren Namen. Valerie. Valor-ie. *Valor* bezeichnet den Mut, der notwendig ist, um ihrem Leben eine neue Wendung zu geben, eine lange Reise anzutreten und sich auf die Suche nach einer höheren Weisheit zu begeben. Die letzte Silbe, das *ie*, ist ein heller Laut und drückt deutlich die Freude darüber aus, sie gefunden zu haben.« Er richtete seinen prüfenden Blick auf die Frau. »Würden Sie sagen, daß diese Analyse im großen und ganzen zutreffend ist, Valerie?«

»Was den Mut angeht, bin ich nicht so sicher«, erwiderte sie bescheiden, »aber das mit der Weisheit und ihrer Entdeckung und der Freude darüber trifft zu.«

Brewsters Lippen teilten sich zu einem bescheidenen Lächeln. Sie sah ihn voller Ehrfurcht an, und ihr Gesicht leuchtete.

»Eine faszinierende Theorie«, bemerkte Eggs. »Sagen Sie mal, was lesen Sie denn aus Ihrem eigenen Namen?«

»Aus meinem Namen?« fragte Brewster und lieferte sofort eine Antwort. Dabei verdrehten sich seine Augen, schienen nach innen zu blicken. »Wyman. *Why-man.* Ich vermute, der Name war vorherbestimmt, vom Schicksal für mich gewählt. Eine Anspielung auf meine lebenslange Suche nach einem Schlüssel zu diesem verwirrenden Geheimnis, nach der Antwort auf die Frage nach dem Sinn des Lebens und dem Schicksal der Menschheit. Der Suche nach der universellen Erkenntnis, nach der Auflösung des kosmischen Rätsels.«

Er murmelte noch eine ganze Weile weiter, erklärte ihnen den Kosmos, aber Eggs hörte schon bald nicht mehr hin, setzte aber weiterhin eine interessierte Miene auf. Er dachte über sich selbst nach, wobei seine Gedanken sich mit seinem eigenen Namen beschäftigten, Ignatius, diesem kuriosen Anachronismus, der von seinem Großvater väterlicherseits auf ihn übergegangen war. Ig-nee-sches, dessen Klang ähnlich der ersten Silbe in *igneus* für Feuer, vulkanisches Gestein, war. Die zweite Silbe – nee – stellte eine deutliche Verneinung, das heißt Ablehnung aller hassenswerten Beschränkungen und Behinderungen dar, denen schwächere Menschen sich unterwerfen mußten; es war ein ganz entschiedenes Nein. Und die dritte Silbe war nichts anderes als das Zischen einer Schlange, ein Laut, der andere zum Schweigen brachte. Erstaunlicherweise ertappte Eggs sich dabei, wie er ernsthaft in Erwägung zog, daß an diesem dämlichen Gerede tatsächlich etwas Wahres sein könnte. Nein. Unfug. Absurd.

Am Ende, nachdem er das Universum hinreichend erforscht und geordnet hatte, verstummte Brewster. Er legte seine knotigen Hände vor sich auf die Tischplatte, kehrte offenbar aus unendlichen Weiten zurück und richtete seinen Blick wieder auf Eggs. Es war die Miene, die er immer zeigte, wenn es ums Geschäft ging. »Nun, ich könnte endlos zu diesem Thema weiterreden. Aber deswegen sind Sie natürlich nicht hergekommen, um meinen Reflexionen zu lauschen. Wie kann ich Ihnen dienlich sein, Mr. LaRevere?«

»Ganz im Gegenteil«, protestierte Eggs, »ich kann mir nur

wünschen, ich hätte diese Reflexionen, wie Sie sie nennen, schon vor drei Jahren gehört. Als sie für mich wirklich von entscheidender Bedeutung hätten sein können.«

»Von Bedeutung? In welcher Hinsicht?«

»Im Hinblick auf meine Frau«, sagte Eggs und legte los und strickte eine traurige Geschichte von einer krebskranken Ehepartnerin, von gefühlskalten, nachlässige Ärzten, von weißen Krankenhauswelten, barbarischen Therapien, unsagbaren Qualen, dem schleichenden Voranschreiten des Todes und seiner gräßlichen Endgültigkeit zusammen. Dabei fütterte er zur Steigerung der Authentizität seine völlig improvisierte Geschichte mit Namen, Daten, Orten und verlieh seiner Stimme einen Ausdruck, der eine wirkungsvolle Mischung von Entrüstung und Sorge war. Als er seinen Bericht abschloß, tat er das mit einem trockenen Schluchzen, das in seinem Hals steckenblieb, als übermannte ihn die Trauer aufs neue.

Nach einer angemessenen Zeitspanne betroffenen, nachdenklichen Schweigens sagte Brewster: »Das ist eine traurige Geschichte. Ich hätte sie retten können, wissen Sie.«

Eggs produzierte ein trauriges schiefes Lächeln. »Unglücklicherweise werden wir es jetzt nicht mehr erfahren, nicht wahr?«

»Mir reicht es schon, daß ich es weiß«, erwiderte Brewster, ein leicht verärgerter Unterton in seinen Worten.

»Das glaube ich gerne. Obgleich es nun viel zu spät ist für meine arme Amy.« (So lautete der Name, den er seiner fiktiven Ehefrau verpaßt hatte. Weshalb, wußte er nicht. Vielleicht sollte er einmal Brewsters Namenstheorie zu Rate ziehen.)

»Seien Sie ganz sicher, Sie *können* mir glauben«, verkündete Brewster starrsinnig. Er griff hinter sich und fuhr mit der Hand an den Aktenschränken entlang. »Diese Akten enthalten die Ergebnisse meines weitreichenden Programms. Patienten aus dem ganzen Land, der Welt, die an allen möglichen tödlichen Krankheiten gelitten haben. Ähnlich gelagert wie bei Ihrer verstorbenen Frau. Die sich nun wieder bester Gesundheit erfreuen. Es sind Fälle dabei, Mr. LaRevere, die man als eindeutige Wunder bezeichnen kann. Alles Zeugnisse für den Erfolg meiner Arbeit.«

Eggs zögerte nur einen winzigen Augenblick. »Sie haben mich

gefragt, weshalb ich hier bin«, sagte er. »Ich denke, das ist der Grund. Um mehr über Ihre Arbeit zu erfahren.«

»Sehr schmeichelhaft. Aber mit welchem Ziel, wenn ich fragen darf? Sie selbst scheinen sich bester Gesundheit zu erfreuen.«

Eggs runzelte die Stirn, kniff die Augenbrauen zusammen. Ehrliche Ratlosigkeit. »Ich bin mir nicht ganz sicher. Das ist mir im Augenblick noch unklar. Wenn Ihre Arbeit all das ist, was Sie von ihr behaupten, dann würde ich gerne, hm, dazu meinen Beitrag leisten. Auf irgendeine bescheidene Art und Weise.« Er wartete wieder einen kurzen, genau bemessenen Augenblick, senkte dann den Blick und fügte hinzu, wobei wieder ein trockenes Schluchzen in seiner Kehle entstand: »Im Andenken an sie.«

»Es gibt viele Möglichkeiten, einen Beitrag zu leisten«, sagte Brewster sehr vorsichtig.

Nun war er an der Reihe mit der inhaltsschweren Pause. Sie waren Meister des Timings, sie beide, und in diesem Spiel waren Timing, Gleichgewicht und Tempo praktisch alles. Als Eggs wieder hochsah, blickte er in ein kühles, kontrolliertes Gesicht, das von einer Aura tiefster Weisheit umgeben war, mühevoll erworben durch die Übernahme enormer Verantwortung und einer ungeheuren Bürde. Aber es war eine Aura, die gestört wurde durch eine Spur eines begehrlichen Funkens in den Augen, o wie unendlich klein, aber ausreichend, um ihn zu verraten.

Ehe einer der beiden das Thema weiter verfolgen konnte, schickte die Frau sich an aufzustehen. Sie sagte zaghaft und vorwiegend in Brewsters Richtung: »Ich sollte wirklich jetzt gehen. Sie haben wichtige Dinge zu besprechen.«

Er hielt sie mit einer Geste seiner Hand auf. »Nein, bitte. Ich möchte, daß Sie bleiben. Wir unterhalten uns alle ganz zwanglos, damit wir einander kennenlernen.«

Gehorsam sank sie in ihren Sessel zurück, zeigte das gleiche unglaublich liebenswürdige Lächeln, mit dem sie aussah, als lebe sie in einem anderen, viel feineren Element, eine Tochter Neptuns. Eggs wußte nicht, wie er sie einordnen sollte, diese mutige Valerie Sowieso, oder welche Rolle sie in dieser Runde spielte. War sie eine Schülerin? Eine Patientin, die sich einer besonderen Gunst erfreute? Geliebte? Unmöglich festzustellen.

Als teilweise Erklärung sagte Brewster zu ihm und nebenbei auch zu Click: »Valerie wird uns in unserer Arbeit unterstützen. Sie ist ein vorzügliches Beispiel für den Fall, den wir gerade ansprachen. Sie wird ihren Beitrag in Form ihrer Zeit, ihrer Bemühungen und ihrer Hingabe leisten.«

»Hey, das finde ich aber toll«, sagte Click. »Willkommen an Bord.«

Auch Eggs wünschte ihr Glück.

Sie bedankte sich bei beiden. Überaus liebenswürdig, natürlich und strahlend vor Freude.

Brewster verteilte, um diesen erfreulichen Anlaß zu würdigen, rundum frischen Tee.

Und so ging es weiter, gut eine Stunde lang, wobei Brewster und Eggs das Gespräch bestimmten, es wachsam steuerten: sie sondierten, stießen vor, zogen sich zurück, wichen aus, pflichteten bei, attackierten und parierten, wobei das Ziel des verbalen Wettstreits darin bestand, jenes gefährlich heiße Wort *Geld* so eng wie möglich einzukreisen, ohne sich daran zu verbrennen. Und als diese erste Unterhaltung beendet war, dieses erste Kennenlernen, gingen beide ohne Versengungen daraus hervor.

»Ein überaus erfreuliches Gespräch«, stellte Brewster fest, während er Eggs und Click zur Tür begleitete. Valerie ging unauffällig neben ihnen her. »Ich hoffe, daß wir bald wieder Gelegenheit haben, dieses Gespräch fortzusetzen.«

»Dessen bin ich mir gewiß«, sagte Eggs mit einem angedeuteten Lächeln. Dabei dachte er, daß dieser Why-man Brewster, Wunderheiler, kein schlimmer Gegner war; aber er dachte auch daran, welche Freude es ihm bereiten würde, ihn aufs Kreuz zu legen, wenn die Zeit reif war, ihn fertigzumachen.

»Und was hältst du davon?« wollte Click wissen, sobald er den Motor angelassen und den Wagen vom Parkplatz gelenkt hatte.

»Von was?«

»Von was? Von dem Laden. Von Brewster. Von der ganzen Geschichte.«

»Du möchtest meine ersten Eindrücke wissen?«

»Danach hab' ich gefragt.«

Sie waren alles andere als klar, dieser Wust von Eindrücken in Eggs' Kopf; und noch weiter davon entfernt, sich zu der Andeutung eines Plans zu verfestigen. Was er jetzt brauchte, war Einsamkeit zum ruhigen Abwägen, zum Ordnen. Die fand er hier sicher nicht, in der Enge eines dahinrollenden Fahrzeugs, neben sich einen hirntoten Laufburschen, der einem mit kindischen Fragen in den Ohren lag. Was er davon hielt? Er wußte es nicht. Aber mit jenem geistesabwesenden Tonfall, in dem Leute manchmal Selbstgespräche führen, sagte er: »Nun, eines steht fest, in diesem sogenannten Zentrum schwebt man ein ganzes Stück über dem Boden.«

Click atmete ruckartig ein, hielt für einen Moment die Luft an und blies sie dann in einem langen gequälten Seufzer aus. »Na, komm schon, Mann, du bist nicht mehr in dem Laden. Ich bin nicht Brewster. Rede verständlich, ja?«

»Verständlich«, wiederholte Eggs. »Na schön, dann verständlich. Einfach ausgedrückt, es fällt schwer, sich der Schlußfolgerung zu entziehen, daß der Mann komplett wahnsinnig ist.«

Das ist zum Schreien, dachte Click, das aus dem Mund von jemand, der selbst nicht alle Tassen im Schrank hat. Von wegen Topf und Deckel. Da hatten sich die zwei Richtigen gefunden. Außerdem war es nicht grade eine Sensationsmeldung, daß Brewster obenrum nicht ganz bei Trost war. Verdammt noch mal, das hatte er ihm doch selbst schon erzählt. Und genau das wiederholte er nun. »Was hab' ich denn gesagt? Dieser Typ ist nicht ganz dicht.«

»Das hast du. Aber es gibt eine ganze Menge verschiedener Arten, nicht ganz dicht zu sein, wie du es nennst, Cleanth. Sein Wahnsinn ist etwas ganz besonderes, fast einzigartiges. Eher schon eine Gabe, sollte ich sagen. Wahrscheinlich das beste und wichtigste Talent, das ein Mensch sich wünschen kann: die Kunst, Geld zu scheffeln, ohne zu arbeiten.«

»Wenn man ihm zuhört, dann tut er die ganze Zeit nichts anderes als arbeiten. Er reißt sich ein Bein aus, um all die armen Schweine zu retten.«

»Dir entgeht das Wesentliche«, sagte Eggs und war sich selbst nicht ganz darüber im klaren, was das Wesentliche war, sondern ließ seinen zusammenhanglosen Gedanken, Eindrücken, Ideen, Vorstellungen, Spekulationen – ließ allem freien Lauf, auf daß sich vielleicht von selbst ein deutlicheres Bild ergab. »Sieh mal, Cleanth, trotz all seines Irrsinns – und damit hattest du völlig recht – aber trotzdem, im Gegensatz dazu oder vielleicht gerade deshalb, verfügt er über diese angeborene Gerissenheit, die Abgefeimtheit – oder nenn es gebieterische Hartherzigkeit –, seinen Nächsten bedingungslos zu lieben, aber nur im abstrakten Sinn und – was von allem am wichtigsten ist – ausschließlich, um Profit herauszuschlagen.« Er legte die Hände in den Schoß, verschränkte die Finger. Er sah starr gerade aus. Noch immer nachdenklich, aber nun schon etwas sicherer und gar nicht unzufrieden mit seinen Erkenntnissen. Vielleicht war es trotz allem doch nützlich, seine Gedanken von Zeit zu Zeit laut auszusprechen.

Click unterdrückte einen Seufzer. War das seine Vorstellung von verständlich? »Dann meinst du also, er ist auch ein Schwindler, ein Betrüger?«

»Nicht in dem Sinn, wie du diesen Begriff verstehst.«

»Wie denn?« wollte Click wissen.

»Es ist eine Art von Schizophrenie, Cleanth. Ein unerschütterlicher Glaube an die eigene verrückte Vision, aber mit einem verstohlenen Blick auf den Gewinn, den diese Vision einbringen kann.«

Click, der nun gründlich verwirrt war und mehr als nur ein wenig verärgert, sagte: »Okay. Okay. Du hältst ihn also für einen Spinner, der außerdem mit seiner Masche abkassiert. Wie sollen wir denn deiner Meinung nach an ihn rankommen?«

Eggs hob die Hände und drehte die Handflächen nach oben. »Ich weiß es nicht.«

»Du hast keine Idee? Gar nichts?«

Eggs überlegte für einen Moment. »Dawnette«, sagte er schließlich. »Vielleicht sollten wir ihn mal dem Dawnette-Day-Test unterziehen.«

»Du denkst, sie soll ihn anmachen? Weshalb das denn?«

»Weshalb? Ich denke, das ist doch wohl ganz klar. Sicherlich hast du bemerkt, wie er dauernd diese Valerie angestarrt hat. Dieser alte Lüstling.«

»Dieses Knochengerippe!« rief Click skeptisch. »Ich bitte dich, Eggs, das einzige, was die kann ist, deinen Ständer schlafen zu legen. Außerdem starrt er jeden so an. Als wenn er rauskriegen wollte, was in deinem Kopf vorgeht.«

»Ich glaube, du irrst dich. In beiden Punkten. Die Frau hat einen gewissen ätherischen Reiz. Und unser Mr. Brewster ist tief in seinem Innern, so sehr er es auch unterdrücken mag, ein geiler Bock. Dawnette könnte durchaus der Schlüssel sein, mit dem man ihn von der Kette läßt. Es ist immerhin ein Anfang.«

Wovon, zum Teufel, redet er denn jetzt? – Äther, Böcke, Schlüssel, Kette. Click konnte jetzt selbst etwas von diesem Äther gebrauchen nach all dem Quatsch, den er sich heute schon hatte anhören müssen. »Ich weiß nicht«, sagte er, noch immer unschlüssig. »Wenn es um Muschi geht, da ist er wie ein Priester. Oder ein verdammter Mönch. Scheiße, der kann doch ein Lustloch nicht von einem Auspuff unterscheiden.«

Eggs hatte alles Brauchbare aus diesem groben und richtungslosen Gespräch herausgezogen. Alles, was er verwenden konnte. »Weißt du, Cleanth«, sagte er müde, »es gibt Zeiten, da erinnerst du mich an Hobbes' Definition des Lebens: schmutzig, roh und kurz. Denk mal drüber nach.«

»Häh? Wer ist dieser Hobbs?«

»Vergiß es. Streng deinen Kopf nicht über Gebühr an. Für heute reicht's. Vertrau mir, die kompliziertesten Probleme neigen dazu, sich durch Geduld von selbst zu lösen. Und durch Experimentieren. Und –« wobei er sein Gesicht zum Fenster wandte und dadurch das Ende der Unterhaltung signalisierte »– durch Zeit.«

13

Trotz all der eingeübten Ausdruckslosigkeit gab der Bankhalter deutlich lesbare Signale von sich, und zwar ein schnelles, schlangenhaftes Züngeln, wenn etwas Dickes im Keller lag, und ein winziges Zucken der Unterlippe, wenn nicht. Viel war es nicht, aber man nahm, was man kriegen konnte. Und so kam es, daß

Waverly, trotz der ständig wechselnden Parade von Hektikern, Cowboys und Trotteln, die auf Träume wetteten, um fünf Scheine nach genauso vielen Stunden Spielens vorne lag. Es zeichnete sich eine anständige Einnahme für die Nacht ab. Jedenfalls anständig nach den Maßstäben, an die er sich in letzter Zeit hatte gewöhnen müssen. Oder denen er sich hatte unterwerfen müssen. In diesem Gewerbe wurde nun mal niemand richtig reich.

Etwa zur Hälfte des Schuhs wurde ihm bewußt, daß die Luft hinter ihm plötzlich von Biergeruch und Zigarrenrauch erfüllt war. Eines mußte man seinem Partner lassen, er überrumpelte einen niemals mit seinem Erscheinen. »Läuft es gut für dich?« flüsterte Bennie ihm ins Ohr.

Waverly hob eine Hand und wackelte mit den Fingern, eine Geste, mit der er um Ruhe bat. Er zählte mit und war genau auf dem aktuellen Stand, und er wollte den Kontakt zum Spielgeschehen nicht durch ein Gespräch über seine Spielerfolge verlieren. Er gewann die Hand, verdreifachte den Einsatz, gewann erneut, verdreifachte wieder, verlor, setzte wieder den Grundbetrag, einen bescheidenen Fünfer, nahm die Runde mit und setzte danach, weil er immer noch bei plus zwölf lag, zehn rote Chips, bekam eine Vierzehn gegen das As des Gebers, erkannte das verräterische Zeichen, paßte und wartete, daß der glücklose Bankhalter eine schlappe Sechzehn in den Sand setzte. Was auch geschah. Waverly sammelte seine Chips ein. Bennie stieß ihn warnend an. Der Bankhalter musterte ihn argwöhnisch. Er war nicht gerade der schnellste Merker, aber allmählich dämmerte es auch ihm. Daher hielt Waverly sich zurück, machte für den Rest des Abends nur noch bescheidene Einsätze und verlor zweimal absichtlich. Er wollte schließlich auch in Zukunft hier spielen.

Während des Mischens stand er auf, drehte langsam den Kopf hin und her. Seine Schultern fühlten sich steif an, und er spürte ein Stechen darin. Alles andere an ihm war völlig taub.

»Alles verkrampft, nicht wahr?« sagte Bennie mitfühlend.

»Ja, das könnte man sagen.«

»Wie ist der Rücken?«

»Hart wie Granit.«

»Willst du Schluß machen?«

Er wollte es, und er wollte es auch wieder nicht. Die Karten fielen richtig; er hielt sie gut nach, oder ziemlich gut; der Bankhalter hatte einen verräterischen Tic – Bedingungen wie diese kamen nicht oft zusammen. Sein Instinkt riet ihm noch für einen Nachschlag zu bleiben, seinen Teller so lange es ging vollzuladen. Aber da war auch noch Val, die ihn beschäftigte, ihr Treffen mit diesem Dr. Bizarro und was dabei herausgekommen war. An diesem Spiel war er ebenfalls beteiligt, und zwar mit weitaus größerem Einsatz und Risiko als bei dem hier. Der Tisch stünde am nächsten Tag auch noch dort. Vielleicht sogar mit demselben Bankhalter. »Na schön«, sagte er und griff nach seinen Chips, »ich bin soweit.«

Der Bankhalter deutete mit einem Kopfnicken auf Waverlys Stapel roter Chips. »Soll ich die umtauschen?«

»Das wäre nett.«

Er stapelte sie geschickt auf und gab Waverly fünf schwarze, drei Grüne und einen einzelnen Roten zurück. Waverly spendierte ihm einen grünen, aber dem neutralen Dankeschön nach zu urteilen, hatte er sich damit wohl kaum die Sympathie des Mannes erkauft.

Auf dem Weg zur Kasse fragte Bennie: »Soll ich dir einen Rat geben?«

Ob er nun wollte oder nicht, Waverly war sicher, daß er ihn gleich zu hören bekäme. »Und wie lautet er?«

»Du mußt dich bei den weiten Pendelschwüngen in acht nehmen. Die verraten dich ganz sicher.«

»Wenn ich mit roten Chips spiele?«

»Ob rote oder schwarze – das ist völlig egal. Es geht allein um das Zählen. Wenn sie dich einmal erwischt haben, dann bist du für immer draußen.«

»Sieh mal«, sagte Waverly, »ich such' dir nicht deine Mannschaften aus, also solltest du mich vielleicht Karten spielen lassen.«

Bennie zuckte die Achseln. »Mach, was du willst.«

»Apropos Mannschaften, darf ich fragen, wie es heute bei dir gelaufen ist?«

»Du darfst. Willst du es wirklich wissen?«

»Nein, aber erzähl's mir trotzdem.«

»Nun, das Endergebnis habe ich getroffen. Das lief gut.«

»Wie kommt es, daß ich dabei ein *aber* höre?«

»Es gibt ein aber, denn ich hab' nur den halben Nickel auf das Ergebnis gewettet. Die andere Hälfte habe ich bei Drüber/Drunter gesetzt. Ich tippe auf Drunter, und raus kommt Drüber. Mit zwei mickrigen Punkten.« Er reckte zwei Finger zur dramatischen Unterstreichung seiner Worte hoch. »Zwei!«

Sie hatten mittlerweile den Kassenkäfig erreicht. Waverly schob seine Chips durch ein Fenster, und eine mürrische Frau tauschte sie in Geldscheine um. Fünfhundertfünfundfünfzig. Nicht schlecht. Natürlich hing es vom Ergebnis der B. Epstein-Nachrichten ab. »Demnach bist du plus minus Null rausgekommen«, stellte er fest.

»Nicht ganz.«

»Wie, nicht ganz?«

»Ich hatte außerdem noch eine Wette laufen, ob während der letzten zwei Minuten noch ein Punkt erzielt wird.«

»Davon hast du bisher nichts erwähnt.«

»Das muß mir irgendwie entfallen sein.«

»Jetzt, wo es dir wieder eingefallen ist, willst du mir dann nicht das Endergebnis verraten?«

»Ich setze auf nein, klar? Diese beiden Sandkastenvereine würden nach der Sirene für die letzten zwei Minuten keinen Punkt mehr schaffen. Und was passiert? Noch sechzig Sekunden zu spielen, Verzögerung durch zwei *touch downs*, der Ball etwa in Feldmitte. Zielloses Herumgeschiebe, klar? Zeitschinderei.«

»Das Ergebnis, Bennie.«

»Das Ergebnis ist, sie werfen einen halbherzigen Paß auf den Reservefänger – mußte ein besonders heißer Typ sein, klar? –, und er pflückt das Ding regelrecht vom Himmel, bricht zwischen zwei gegnerischen Spielern durch, tanzt an der Seitenlinie entlang und bringt das Ding nach Hause. Ein einziger Spielzug, und schon bin ich in zwei Wetten geputzt.«

»Diese letzte Wette – wieviel?«

Bennie murmelte: »Noch ein Nickel.«

Waverly hörte es, aber er sagte trotzdem: »Kannst du das noch mal wiederholen?«

»Ein Nickel.«

»Ein Nickel«, sagte Waverly, und seine Stimme klang flach, anklagend. Forderte eine Erklärung.

»Hey, was soll ich dir erzählen? Wenn sie es nicht mehr rechtzeitig geschafft hätten – wie es eigentlich normal wäre –, würden wir jetzt mit einem Tausender mehr dastehen.«

Würde, wäre, hätte – es fiel Waverly auf, wie gründlich ihr Leben vom Konjunktiv bestimmt wurde. Würde ist die konditionale Form von dem, was einer ist, dachte er. Allerdings. »Ich habe hier fünfhundertfünfundfünfzig«, sagte er. »Du verlierst einen Nickel. Das wären dann fünfundfünfzig netto. Für fünf Stunden Arbeit. Es scheint, die Fünf ist unsere Glückszahl.«

»Minus die Buchmacherprämie. Die mußt du auch mitrechnen.«

»Die Prämie. Richtig. Die Prämie sollte man nie vergessen.«

»Komm, Timothy, so ist das nun mal im Sport. Manchmal verliert man eben. Noch sind wir nicht ganz abgesoffen.«

»Laß mich mal meinen Puls fühlen. Um ganz sicher zu gehen.«

Bennie hieb mit den Händen in die Luft. »Ach, du bist nur müde, mein Junge. Verschwinden wir von hier und fahren nach Hause. Dort genehmigen wir uns erst mal ein Bier. Das muntert dich wieder auf.«

Sie gingen zum Ausgang, schlängelten sich zwischen den Tisch und den Menschenscharen hindurch, die den Teil des Saales mit den einarmigen Banditen bevölkerten. Wie ein mattes Warnzeichen, das hinter seinen Augen aufflackerte, wurde es Waverly plötzlich klar, daß sein Partner weitaus philosophischer war, als er es eigentlich hätte sein dürfen, wenn man die Zahlen dieses Abends betrachtete. Und während sie auf die Tür zugingen, bemerkte Bennie beiläufig: »Ach ja, beinahe hätte ich es vergessen Roger wartet draußen.«

Waverly stützte den Kopf in eine Hand. Roger. Klar. Warum nicht. Der ganz natürliche Tiefpunkt eines bodenlosen Tages.

Aber er irrte sich. Ehe der Abend vorüber war, würde er erfahren, daß es noch tiefere Tiefen auszuloten gab.

»Hasardspiel«, deklamierte Pettibone, wobei der ramponierte Mercury sein rollender Vorlesungssaal war und das Lenkrad sein Behelfspodium, »vom französischen *hasard*, das wiederum seine Wurzel im arabischen *az-zahr* haben könnte, was soviel heißt wie Würfel.«

»Kein Witz«, sagte Bennie und mimte das staunende Kind mit den großen runden Augen. Er übertrieb mal wieder, dachte Waverly. »Daher kommt also das Würfelspiel, von diesen Bettlakencowboys.«

»Nicht das Spiel«, korrigierte Pettibone ihn, »dessen Herkunft ist ziemlich unklar. Es dürfte so alt sein wie die Menschheit. Aber möglicherweise das Wort. Überlegen Sie doch mal. Hasard. Das Rätsel des Zufalls, reduziert auf ein Paar unauffälliger kleiner Zellstoffkuben. Erstaunlich, wenn man eingehender darüber nachdenkt.«

»Also das ist wirklich interessant, Rog, wie Sie es erklären. Du findest das doch auch interessant, Timothy, oder?«

Waverly, der es sich auf dem Rücksitz bequem gemacht hatte, sagte: »Und wie.«

»Roulette hingegen läßt sich zurückverfolgen«, fuhr Pettibone fort und hielt sich an seine trunkene Assoziationskette, wohin sie ihn auch ziehen mochte, hingerissen von seiner eigenen lallenden Stimme, dem endlosen Zungenschlag, der die Worte kopfüber aus seinem Mund trieb. »Wußten Sie, daß es möglicherweise von niemand anderem als Blaise Pascal erfunden – erschaffen ist wohl das bessere Wort – wurde? Wußten Sie das?«

Keiner von ihnen wußte es. Oder gar, in Bennies Fall, wer, zum Teufel, dieses Pascal-Heini war. Aber er wußte genau, wo sie sich gerade befanden, daher gab er seine Anweisungen: »Hey, Rog, die Ecke da vorne, das ist die Garces. Dort müssen Sie abbiegen.«

Pettibone riß das Lenkrad abrupt herum und schwenkte den Wagen mitten in den zügig fließenden Verkehrsstrom und lieferte die motorisierte Definition des Wortes Hasard. Bremsen quietschten. Wildes Gehupe verfolgte sie die ganze dunkle Straße hinunter. Der Monolog stockte jedoch nicht eine Sekunde. »Nun zu Ihrem Black Jack«, fuhr er fort, sich in der perfekten Isolationskammer der von Gott geschützten Betrunkenen völlig sicher fühlend. »Es ist ein gehirnbetontes Spiel, anders als die vorigen beiden. Ein Spiel für das Gedächtnis. Das Schicksal eines Spielers liegt wenigstens zum Teil in seiner eigenen Hand. Wer sollte das besser wissen als Sie, Timothy?«

Waverly ignorierte die Frage, wenn es überhaupt eine war. Eher eine Pause zum Atemholen in einem Wortstrom. Ein Stück voraus schälten sich am Bordstein die Konturen des Impala aus der Dunkelheit. Das Haus erstrahlte in einer Lichtflut. »Sieht so aus, als hätte deine Schwester gut nach Hause zurückgefunden«, stellte Bennie fröhlich fest.

Nun, vielleicht buchstäblich. Das immerhin war schon ein wenig beruhigend. Den Rest würde man beizeiten sehen. Und das sagte Waverly auch: »Wir werden sehen.«

Aber was er sah, als er durch die Tür kam, reichte aus, um ihm die Sprache zu verschlagen. Da stand Val, eindeutig auf sie wartend, den Hund an der Seite, ein unsicheres Lächeln im Gesicht. Und um sie herum, von vorne bis hinten, war die Bude geschrubbt, aufgewischt, gefegt, staubgesaugt, abgestaubt, poliert, aufgeräumt, frisch gemacht – egal, welche Reinigungsprozedur einem einfallen mochte, sie war ausgeführt worden. Makellos. Fleckenlos. Nicht wiederzuerkennen. Sogar Bennie war wie vom Donner gerührt. Aber nicht, natürlich, Pettibone, der in den Raum schlurfte, eine Flasche V. O. in der Hand, sich mit trüben Augen umsah und verkündete: »Es sieht so aus, als habe die ausgezeichnete Miss Valerie aus dem Chaos wieder Ordnung geschaffen.«

»Im Haus mußte mal sauber gemacht werden«, sagte sie bescheiden. »Ich hoffe, ihr hattet nichts dagegen.«

Bennie fand schließlich seine Stimme wieder und stammelte: »Was dagegen haben? – nee – es ist nur so – also – so haben wir es hier nie gesehen – bisher. Wir freuen uns aufrichtig, daß Sie sich diese Mühe gemacht haben.«

»Es war keine Mühe.« Sie schaute erwartungsvoll auf Waverly. »Tim?«

»Du arbeitest gründlich, Val«, sagte er. »Das hast du immer getan.«

Ihr Lächeln wurde strahlender. Ein rosiger Hauch überzog ihre Wangen. »Bitte, setzt euch. Ich habe wunderbare Neuigkeiten.«

Waverly ließ sich in einen Sessel fallen. Seit einiger Zeit waren Meldungen über irgendwelchen Ärger ein nahezu selbstverständliches Element in seinem Leben, was jedoch die wunderbaren Neuigkeiten betraf, so konnte er allenfalls raten. Bennie und Pettibone ließen sich auf der Couch nieder. Der Hund kam herübergetrottet und nahm die Witterung der jeweiligen Schrittregion auf, verharrte genußvoll bei Bennie und wackelte in Erwartung eines weiteren Leckerbissens mit dem Hinterteil.

»Electra!« befahl Valerie. »Nein! Sitz!«

Der Hund gehorchte widerstrebend. Valerie blieb stehen.

»Und wie lauten die Neuigkeiten?« fragte Bennie. »War das Gespräch ein Erfolg?«

»Mehr als das. Besser, als ich je erhofft hatte.« Sie hielt inne, holte tief Luft. Ihr Gesicht schien vor Erregung zu glühen. »Ich werde *bei ihm arbeiten*!«

»Hey, das ist doch sensationell. Gerade einen Tag in Las Vegas, und schon haben Sie einen Job.«

Pettibone, der sich nicht ausschließen ließ, wollte wissen: »Bei wem arbeiten Sie, wenn ich fragen darf?«

»Der Typ heißt Brewster«, sagte Bennie.

»Dieser Name sagt mir nichts.«

»Er hat einen Körnerladen. Eines dieser Reformhäuser.«

»Es ist viel mehr als ein Laden«, sagte Valerie. Sie schloß die Augen, und ihre Stimme hatte plötzlich einen kräftigeren, begeisterten Klang. »Es ist eine Philosophie. Ein Anliegen.«

Pettibone hob seine Flasche hoch. »Dann haben wir ja einen Grund zum Feiern. Drinks für alle, sage ich.«

»Einen Moment mal«, unterbrach Waverly ihn, eine einsame Stimme der Vernunft in all der fröhlichen Ausgelassenheit. »Habe ich das richtig verstanden, Val, du arbeitest bei ihm? Hast du einen Job?«

»Nun«, sagte sie ausweichend, öffnete die Augen wieder, starrte jedoch auf den Fußboden, »viel verdiene ich nicht, noch nicht jedenfalls. Aber ja, es ist ein Job.«

»Wieviel ist nicht viel?«

»Der Betrag spielt doch keine Rolle, Tim.«

»Für mich aber. Und für dich sollte er das auch.«

»Ich habe etwas Geld gespart. Genug, um zurechtzukommen. Und ich habe nie viel gebraucht. Das weißt du.«

»Das weiß ich. Ich weiß aber auch, wieviel nötig ist, um in dieser windigen Stadt zu leben.« Er sah hilfesuchend zu Bennie. »Erzähl's ihr.«

»Na ja, es kostet einiges, um hier draußen über die Runden zu kommen«, sagte Bennie. »Natürlich, wenn Sie sparsam sind...« fügte er hinzu und verstummte.

Schöne Unterstützung. Von wegen Hilfe. Und noch weniger kam von ihrem lästigen Säufergast, der sich ungefragt einmischte. »Ich würde Valerie zustimmen, Timothy. Ich denke, daß ehrliche Arbeit, ungeachtet des Lohns, die edelste Aufgabe des Menschen ist. Und vielleicht auch die seltenste hier in unserer Stadt der Abstauber. Bennie ist da sicher meiner Meinung.«

Bennie, Timothy, Valerie – es schien sich zum reinsten Familientreffen zu entwickeln. Alle redeten sich mit ihren Vornamen an, jeder hatte eine Meinung. »Ich glaube nicht, daß das, was Sie denken, von Bedeutung ist«, sagte Waverly kalt.

Pettibone erschrak. Er reagierte eher verwirrt als beleidigt. Niemand redete so mit einem Professor. Valerie kam ihm zu Hilfe. »Er hat recht, Tim. Außerdem wird es schon bald besser. Die geldliche Seite, meine ich.«

»Tatsächlich. Und wie soll das passieren?«

»Wyman plant den Bau einer Klinik. Für Naturheilverfahren. Er hat mir alles darüber erzählt. Er hat bereits mehrere potentielle Geldgeber. Einen von ihnen habe ich sogar heute persönlich kennengelernt. Ein furchtbar netter Mann.«

Wyman, richtig? Der Kreis wurde größer. Kliniken, Naturheilverfahren, potentielle Geldgeber (Betonung auf potentiell), Pläne. Besser als viele andere kannte Waverly den trügerischen Charakter von Plänen. Angesichts dieser phantastischen Träumereien wußte er nicht, was er sagen sollte.

Daher meldete Pettibone sich mit einer Antwort. »Na, sehen Sie«, erklärte er zusammenfassend wie ein weiser Moderator, nachdem das Thema nun ausreichend abgehandelt worden war. Er öffnete die Flasche und setzte sie an die Lippen. »Fangen wir mit dem Feiern an.«

Mit der Stimme, die sie dem Hund gegenüber benutzt hatte, stoppte Valerie ihn, ehe er trinken konnte. »Roger, nein. Ich habe Tee für uns gekocht. Warten Sie. Ich hole ihn.«

Sie verschwand in der Küche. Zwei kurze Gänge, und jeder hielt eine dampfende Tasse in der Hand. Pettibone betrachtete seine zweifelnd. »Tee«, sagte er, als wolle er dem Getränk einen Namen geben. »Na ja, warum nicht? Es sind schon seltsamere Getränke eingenommen worden.«

»Eigentlich ist es ein Kräutertrank, eine auf die Jahreszeit abgestimmte Mischung«, erklärte Valerie im Stil ihres Mentors. »Wyman hat sie mir gegeben. Ihre Heilwirkung sei geradezu wunderbar, sagt er.«

Pettibone erhob seine Tasse zu einem bühnenreifen Trinkspruch: »Auf Valerie Waverly, Las Vegas' jüngste und unverbrauchteste Besucherin. Und auf ihren anerkennenswerten Feldzug für das universelle Wohlbefinden. Willkommen auf dem Erwachsenenspielplatz von Amerika.«

Valerie, der die Ironie entging oder die bereit war, darüber hinwegzuhören, lächelte schüchtern. Waverly und Bennie hoben ebenfalls ihre Tassen. Pettibone nahm einen vorsichtigen Schluck, verzog gequält das Gesicht, stellte seine Tasse auf den Fußboden und spülte die letzten Tropfen Tee in seinem Mund mit einem kräftigen Zug aus der V. O.-Flasche hinunter.

Valerie starrte ihn entgeistert an. »Mögen Sie es nicht, Roger?«

»Möglich, daß die Wirkung einem Wunder gleichkommt«, sagte er, »aber es heißt in dem Sprichwort auch, ein Faß Wein kann mehr Wunder wirken als eine ganze Kirche voller Heiliger. Oder in diesem Fall eine Kanne Gesundheitstee.«

Sie schickte bittende Blicke zu Bennie und Waverly.

Mit einem mühsamen Grinsen log Bennie: »Ja, nicht übel. Es schmeckt ein wenig streng.«

Waverly versuchte es mit einer reinigenden Dosis Wahrheit. »Tatsache ist, Val, das Zeug schmeckt bitter. Fast ätzend. Und was die Wunder angeht, so glaube ich, daß Roger recht hat.«

»Es tut mir leid, daß du den Tee nicht magst«, sagte sie ein wenig steifer. »Aber du scheinst die wahre Wirkung der Ganzheitstherapie nicht zu begreifen. Kräuterpräparate, die in dieser Therapie zur Anwendung kommen, können fast jedes Leiden heilen.«

»Jedes?«

»Ja.«

»Du redest von richtig schweren Krankheiten? Von etwas Schlimmerem als nur einem Schnupfen?«

»Jede Krankheit«, wiederholte sie. »Auch die, die du die ›richtig schweren‹ nennst.«

»Und du glaubst, was du da erzählst?«

»Es ist mehr als glauben. Ich habe es mit eigenen Augen gesehen.«

»Das bildest du dir ein, Val.«

So sehr er sich auch bemühte, Waverly konnte den ungeduldigen Unterton in seiner Stimme nicht völlig verdrängen. Oder den Unglauben. Oder das Entsetzen. Er wußte, daß seine Schwester ein wenig durcheinander war, sie war es schon seit Jahren; aber wie schlimm, das hatte er nicht erkannt. Bis jetzt. Und nun war sie da. Und er war für sie verantwortlich. Und das volle Gewicht dieser Last begann erst jetzt sich bemerkbar zu machen.

»Diesmal muß ich, so fürchte ich, Ihrem Bruder beipflichten«, sagte Pettibone, der niemals um eine Meinung verlegen war und sie sofort mitteilte. »Gegen den Schnitter Tod«, verkündete er mit unvermittelter und völlig untypischer Nüchternheit, »ist kein Kraut gewachsen, ganz gleich wie sehr man am Leben hängt.«

»Nein«, sagte sie knapp. »Ihr irrt euch. Alle beide.«

Bennie wuchtete sich von der Couch hoch, klopfte sich auf den Bauch und startete in Richtung Küche. »All dieses Gerede von Krankheiten und vom Sterben ist mir auf die Dauer zuviel. Das macht mich nur hungrig.«

»Ich habe ein paar Reiscracker in den Schrank über der Spüle gelegt«, sagte Valerie. »Warum versuchen Sie nicht mal einen?«

»Klingt ganz gut.«

Der Hund spitzte die Ohren, blickte fragend zu Valerie, sah

nichts Mißbilligendes in ihrer Miene und folgte Bennie. Pettibone verbreitete sich weiterhin über die Unbarmherzigkeit des Todes, daher trat Waverly etwas später ebenfalls den Marsch in die Küche an.

Dort fand er seinen Partner am aufgeräumten und geschrubbten Küchentisch sitzend vor. Er war eingehüllt in eine dichte Wolke Zigarrenrauch, hatte vor sich eine Flasche Bier stehen und mampfte ein dickes Stück Salami, das er zwischen zwei Reiscrakker gelegt hatte. Seine Teetasse stand auf der Anrichte. Der Hund lag zu seinen Füßen und knabberte an einem Stück Fleisch herum.

»Weißt du«, sagte Bennie, »diese Cracker sind gar nicht so schlecht, wenn man etwas Mayo draufschmiert.«

Aber Waverly interessierte sich nicht mehr für irgendwelche gastronomischen Tricks. Es gab wichtigere Dinge zu klären als die Verpflegungsfrage. Er zog sich einen Stuhl heran, setzte sich und fragte: »Also was ist los, Bennie?«

»Was meinst, was los ist? Im Zusammenhang mit was?«

»Ich denke an unseren Gast.«

»Du meinst dieses Basketballspiel, das vielleicht gekauft ist, vielleicht aber auch nicht?«

»Du weißt genau, wovon ich rede.«

Bennie rammte sich die Zigarre in den Mund und zerteilte den Rauchvorhang, der ihn umwaberte, mit einer Hand. »Ach, das hat sich erledigt. Das kannst du vergessen.«

»Soll das heißen, du hast nicht versucht, etwas aus ihm herauszubekommen?«

»Natürlich habe ich es versucht. Ich habe auch nie das Gegenteil behauptet. Aber es hat nichts genutzt.«

»Er wollte es dir nicht verraten?«

»Ich hab' auf ihn eingeredet, weißt du, ganz ruhig und vernünftig. Ich sagte zu ihm, also...« und indem er seine Worte wiederholte, bediente er sich seines typischen, an die Vernunft appellierenden Tonfalls, »... ›Sehen Sie mal, Roger, Sie sind doch Professor, nicht wahr? Soviel zahlen die Ihnen doch nicht, die Schulbehörden, meine ich. Auf keinen Fall das, was Sie wert sind.‹ Weißt du...« unterbrach er seinen Bericht und grinste verschmitzt »... ich mußte ihm ein wenig Honig ums Maul schmieren.« Und dann redete er weiter, ganz der erfahrene Profi, die Stimme einschmeichelnd und voller Überzeugungskraft. »›Wissen Sie, die Sache bei einem gekauften Spiel‹, sagte ich, ›ist die, daß Sie die Chance haben, ans dicke Geld zu kommen, sich vielleicht sogar zur Ruhe setzen und nach Thief Falls oder wohin immer zurückkehren zu können, falls es Ihnen hier nicht gefällt. Und dabei brauchen Sie nichts zu tun‹, versichere ich ihm. ›Ich schließe die Wetten ab, verteile die Einsätze, ein wenig hier, ein wenig dort. Die ganze Sache findet sowieso statt, Sie können nichts tun, um sie aufzuhalten – also was ist schon schlimm daran, selbst ein paar Scheine einzusacken?‹ Genau das hab' ich ihm gesagt. Und weißt du, was er darauf geantwortet hat?«

»Was hat er gesagt?«

»Daß er nicht für alles Geld auf Gottes schöner grüner Erde jemals bei einem derart schmutzigen Geschäft mitmachen würde. Genauso hat er es genannt, schmutzig. Ist das zu fassen? Der Mann lebt zwar hier, aber er muß die Universität auf dem Mars besucht haben.«

»Dann hat er dir also nichts verraten.«

»Das einzige, was ich an Information aus ihm habe herausholen können, war, daß Lafayette davon faselt, auszusteigen und wieder zum lieben Gott zurückzukehren. Vielleicht, vielleicht auch nicht – ich kann dir sagen, Timothy, es ist einfacher, Wakkelpeter an die Wand zu nageln als irgend etwas Zuverlässiges aus Roger herauszuholen.«

»Heißt das, du läßt die Sache sausen?«

»Werd' ich wohl müssen«, sagte Bennie mit einem verbalen Achselzucken, »man kann nicht immer gewinnen, oder? Außerdem komm' ich allmählich zu der Überzeugung, daß er sowieso keine Ahnung hat. Das Ganze könnte auch nur leeres Geschwätz gewesen sein, um sich wichtig zu machen und so zu tun, als stecke er mitten drin in der Sache.«

Waverly betrachtete seinen Partner voller Skepsis. »Was hat er dann hier bei uns zu suchen?«

Nun erstreckte das Achselzucken sich auch auf Bennies Schultern. »Er hat mir leid getan, mehr nicht. Er ist völlig allein. Und irgendwie muß man diesen Knaben gern haben, meschugge oder nicht.«

»Nur ein Akt der Nächstenliebe also, was?«

Ein wachsamer Blick entlang der Zigarre traf ihn. »Ja, so könnte man es nennen.«

»Prima. Fein. So lange dieser große Fischzug wieder im Regal liegt. Wo er immer hingehört hat.«

»Hey, ich wasche meine Hände in Unschuld«, verkündete Bennie und hielt sie als unschlagbaren Beweis hoch. »Für mich ist das Ganze reines Geschwätz.«

»Geschwätz, so so«, sagte Waverly. Es war nicht gerade beruhigend. Es war aber alles, was er erreichen konnte.

»Dabei fällt mir ein«, sagte Bennie und gähnte ausgiebig, »daß es Zeit wird, mich auszustrecken.«

»Ist es nicht noch ein wenig früh für dich?«

»Ja, das schon, aber ich muß versuchen, ob ich morgen früh die entsprechenden Kanäle anzapfen und ein paar Tips aufschnappen kann. Am nächsten Wochenende finden eine ganze Menge Spiele statt. Das Leben geht weiter, Junge, auch wenn du nicht jedes Spiel gewinnen kannst. Vor allem, wenn du es nicht tust.«

Er kam um den Tisch herum, gab Waverly einen kameradschaftlichen Klaps auf die Schulter und verzog sich ins Bett. Der anhängliche Hund begleitete ihn.

Waverly blieb noch eine Weile sitzen, dachte über alles nach, was er gehört hatte. Irgend etwas war im Busch. Es mußte so sein. Es war zu einfach, zu glatt, wie ein Mann, der auf die vielfältigen Blessuren und Enttäuschungen und Niederlagen des Lebens reagiert, indem er einem Bowlingclub beitritt oder sich den Elks anschließt oder anfängt, Tanzstunden zu nehmen. B. Epstein war viele Dinge, aber war nicht ruhig und gleichmütig, wenn es darum ging, auf Geld zu verzichten, an das er heranzukommen glaubte. Und dennoch, so pervers es auch anmutete angesichts seines Instinkts, all seiner Erfahrung und, vor allem, seiner Vernunft, wollte Waverly es glauben. Falls es wirklich stimmte, dann konnte er wenigstens eine quälende Sorge aus seinem von Migräne gepeinigten Kopf streichen. Falls es stimmte. Ein ganz ernstes Falls.

Ein Gemurmel von Stimmen drang von nebenan herein, vorwiegend Vals Stimme, die ihn an eine andere Art von Sorge erinnerte, vielleicht nicht so akut, aber nicht weniger beständig. Er stand von seinem Stuhl auf und schaute um die Ecke. Val saß neben Pettibone auf der Couch, hatte einen tröstenden Arm um seine hochgezogenen Schultern gelegt und redete ihm mit gedämpfter und sanfter Stimme zu.

»Unsere physischen Körper«, konnte Waverly sie sagen hören, »sind lediglich Manifestationen unserer bisherigen Einstellungen und Auffassungen zu ihnen. Indem wir lernen, unsere Einstellung zu ändern, finden wir gleichzeitig einen Weg, um Gesundheit und Gleichgewicht und Frieden wiederherzustellen.«

Pettibone, seltsam friedlich und still, saß da wie ein Büßer, den Kopf gesenkt, den Mund nachdenklich verkniffen. Seine Flasche stand auf dem Fußboden neben der Teetasse. Mit undeutlicher Stimme sagte er: »Gleichgewicht, Frieden – Vorstellungen, die einem Auftrieb geben. Aber für mich unerreichbar. Viel zu spät.«

»Es ist nie zu spät. Alles ist möglich. Ich kann Ihnen helfen, wenn Sie mich lassen.«

Während er sie beobachtete, belauschte, wurde es Waverly schlagartig klar, daß jeder, seine Schwester nicht ausgenommen, eine Botschaft weiterzugeben, einen Text aufzusagen hatte. Er räusperte sich, um sich bemerkbar zu machen. Sie wandten sich um. In Vals Miene lag der missionarische Ausdruck schüchternen Triumphs. Pettibone blinzelte ihn stumm an.

»Ach entschuldigt, daß ich euch unterbreche«, sagte Waverly, »aber ich bin ziemlich groggy. Ich glaube, ich gehe zu Bett.«

»Das solltest du wirklich«, pflichtete Valerie ihm bei. »Für dich war es ein langer Tag. Roger und ich unterhalten uns noch eine Weile. Was dagegen?«

»Nun, die Sache ist die«, sagte er und machte einen kleinen Scherz daraus, »daß es ausgerechnet mein Bett ist, auf dem ihr euch unterhaltet.«

»Die Couch?«

»Richtig. Du bekommst mein Zimmer, ich nehme die Couch.«

»Oh, das will ich nicht.«

»So ist es aber arrangiert, Val.«

»Nein«, erklärte sie mit Nachdruck, »ich schlafe hier, bis ich meine eigene Wohnung gefunden habe. Und das wird sehr bald sein.«

»Sei vernünftig, Val.«

»Etwas anderes kommt nicht in Frage.«

Ihre Stimme war freundlich, aber unbeugsam. Es gab nichts zu diskutieren. Auch hatte Waverly wenig Lust dazu. Was den langen und mühsamen Tag betraf, da hatte sie unwiderlegbar recht. »Okay«, sagte er, »wie du willst.« Mit einem Nicken zu Pettibone, dessen Kopf wieder herabsank, bis das Kinn seine Brust berührte, fügte er hinzu: »Aber ich empfehle dir, deinen Bekehrungseifer etwas zu bremsen. Schon dich lieber.«

Sie bedachte ihn mit einem traurigen, nachsichtigen Lächeln, dem Lächeln, das ein Geweihter für den ungläubigen Heiden übrig hat. »Es geht nicht darum, daß ich mich schone«, sagte sie leise. »Das ist es, was ich ab jetzt tue, Tim. Das ist meine Arbeit.«

Dem konnte er auch nicht widersprechen. Waverly durchquerte den Raum und wollte durch die Diele zu seinem Zimmer gehen. Aber ein anderer Gedanke regte sich in ihm, das Fragment einer Erinnerung, aufgerufen durch irgend etwas, das im Laufe des Tages gesagt oder angesprochen worden war, etwas Flüchtiges, fast vergessen, aber noch nicht ganz. Er blieb stehen und wandte sich um. »Val, erinnerst du dich noch an die sonntäglichen Familienrunden, zu denen wir immer zusammenkamen? Wenn Mutter vorlas?«

»Natürlich erinnere ich mich daran.«

»Dieses William Cowper-Gedicht, ›Der Ausgestoßene‹. Erinnerst du dich auch noch daran?«

»Ja. Das war eines ihrer liebsten Gedichte.«

»Erinnerst du dich noch an das Ende?«

»Die letzte Strophe? Die kenne ich noch sehr gut. Soll ich sie aufsagen?«

»Ja, bitte.«

Und mit der Schlichtheit eines Kindes, das unbelastet ist von allen Hemmungen, rezitierte sie die Zeilen:

Kein Gott der Macht des Sturms gebot,
Kein gnädig Licht uns schien,
Als wir, allein, in großer Not,
Die Qual nicht konnten fliehn;
Doch tauchte ich ins wilde Meer,
Versank in tief'rer Kluft als er.

Und indem er zuhörte, dem ernsten Klang dieser blumigen Sprache des achtzehnten Jahrhunderts lauschte, hatte Waverly das beunruhigende Gefühl, daß die Zeit sich um ihn herum auflöste, daß die Prozession befleckter und beschädigter Jahre, Jahrzehnte, sich auf magische Art und Weise umkehrte, daß die Epoche seiner verlorenen Kindheit wiederauferstand; und für einen kurzen Moment wurde er von einer unerklärlichen Woge von Reue und Trauer und Angst überrollt, die er sich in keiner Weise erklären konnte.

Sie sah ihn an. »Stimmt etwas nicht, Tim?«

»Nein. Es ist alles richtig. Du hast es perfekt zitiert.«

»Es ist eine schöne Passage, nicht wahr?«

»Das ist sie. Gute Nacht, Val.«

»Gute Nacht, Tim.«

Er streckte sich auf seinem Bett aus. Die Tür stand offen, das Röhren von Bennies Schnarchen drang durch die Wand zu ihm, der ruhige, versponnene Sermon seiner Schwester kam durch die Diele, unterbrochen von einem gelegentlichen Pettibone-Brummen. Er spürte, wie er in einem Durcheinander der Identitäten gefangen war: gewiefter Spieler im Kasino, pragmatischer Partner in der Küche, weiser beschützender Bruder im Wohnzimmer und hier...? Hier war er wieder das schwache, zerbrechliche Kind auf dieser unvermittelten Zeitreise, voller Furcht vor der dunklen und der schmutzigen Vergangenheit und dem langen prophetischen Schatten, der von der Zukunft bis zu diesem Augenblick reichte, dieser beständigen Drohung. Allmählich erlöste ihn der segensreiche Schlaf, doch der letzte Ton in seinen sich schließenden Ohren war Pettibones Stimme, ein gemurmeltes Echo seiner zerfasernden Gedanken: »Ja, nun, auf lange Sicht ist es immer die Zeit, die einen eines Besseren belehrt.«

14

Aber auf kurze Sicht hielt die Zeit keine Lehre bereit, lieferte sie keinem dieser verschiedenen Spieler irgendeine Erkenntnis bei ihren jeweiligen Spielen.

Innerhalb einer Woche zog Valerie, entsprechend ihrer Ankündigung, in ein kleines möbliertes Apartment in Sierra Vista um, etwa eine Meile östlich des Strip. Der Wohnkomplex bestand aus vier Einheiten, rechteckigen dreistöckigen Gebäuden aus rauhem roten Klinker mit verrosteten Eisengeländern, die die Außenkorridore der oberen Stockwerke sicherten. Sie waren ein Stück von der Straße zurückgesetzt und standen parallel zueinander, barackenmäßig, und waren durch ungepflegte Rasenflächen voneinander getrennt. Der Rasen war bedeckt mit Bierdosen, benutzten Kondomen, Zigarettenkippen, Plastikbechern aus dem Seven Eleven eine Straße weiter, Prospekten diverser Stripteaseetablissements, die vom Wind umhergeweht wurden, und der ein oder anderen Einwegspritze. Auf dem Parkplatz vorne stand ein stinkender Abfallcontainer, der vollgepackt war mit diversem Unrat, und trug als Aufschrift die eigentlich überflüssige Forderung: KEIN SPERRMÜLL. Schilder und Slogans schienen hier die große Mode zu sein, denn die beiden Fahrzeuge, die gewöhnlich Valeries Impala flankierten, waren mit Aufklebern übersät. Einer, im Heckfenster eines Pick-up, dessen bessere Tage schon weit zurücklagen, verkündete: MEINE FRAU, JA; MEINEN HUND, VIELLEICHT; MEIN GEWEHR – NIEMALS! Der andere Aufkleber, der auf der hinteren Stoßstange eines Nova klebte, der etwa genauso alt war wie der Impala, empfahl: IHNEN GEFÄLLT MEIN FAHRSTIL NICHT? DANN KÖNNEN SIE MICH MAL...

Valeries Wohnung befand sich im obersten Stockwerk eines der Häuser. Sie war nichts Besonderes: Wohnzimmer, Schlafzimmer, eine winzige Küche, ein noch winzigeres Bad, die ramponierten Möbel und die hartnäckigen Gerüche – eine Mischung aus verschwitzten Bettlaken und gekochtem Kohl – eines Stundenhotels. Ganz gewiß nicht mit South Dakota zu vergleichen, aber vorerst reichte es. Ein Ort, um ihre bescheidene Habe unterzubringen, um dort zu schlafen. Der einzige richtige Nachteil – wenngleich ein durchaus einsichtiger – war das strikte Verbot von Haustieren, was sie dazu zwang, Electra bei Tim und Bennie zurückzulassen. Sie hatte keine andere Wahl. Und während sie einerseits wußte, daß der Hund gut behandelt wurde, argwöhnte sie, daß wenig Wert auf Disziplin und strikte Ernährungsvorschriften gelegt wurde. Sie tröstete sich mit der Gewißheit, daß dieses Arrangement nur ein vorübergehendes war.

Die meisten Stunden des Tages verbrachte sie im Zentrum, wo sie sich sowohl über die Vielfalt homöopathischer Medikamente informierte wie auch über die geschäftlichen Gepflogenheiten des Unternehmens. Letztere erfuhr sie vorwiegend von Wymans Assistent, Cleanth, der ein recht netter Mensch zu sein schien, wenngleich (mußte sie leider feststellen) nicht besonders intelligent. Gelegentlich erschien Mr. LaRevere in Begleitung einer attraktiven jungen Frau, die er als seine Nichte vorstellte, um sich mit Wyman zu unterhalten. Jedesmal fand er zudem Zeit, um mit Valerie ein paar freundliche Worte zu wechseln. Offensichtlich arbeitete die Nichte für ihn in irgendeiner Funktion, und oft blieb sie da, wenn er sich verabschiedete und wegfuhr.

In der zweiten Woche ihrer neuen Tätigkeit nahm Wyman Valerie auf seine Runden mit, und sie durfte Zeuge der praktischen Anwendung dieser unvergleichlichen Heilslehre und ihrer außergewöhnlichen Ergebnisse sein. An manchen Abenden, nachdem das Zentrum geschlossen worden war, saß sie in seinem Büro und lauschte gebannt und lange bis in die tiefe Nacht seinen hochfliegenden Visionen von der wunderbaren Klinik, auf der ganzen Welt berühmt und bald eine Realität irgendwo in einer idyllischen Umgebung, einem grünen Wald möglicherweise, oder am Fuß eines schneebedeckten Berges irgendwo in Montana oder, sagen wir, Idaho, auf jeden Fall weit weg von hier.

Manchmal, wenn sie etwas Freizeit hatte, fuhr sie zum Haus in der Garces, um Electra wiederzusehen und, falls sie wach waren, Tim und Bennie zu besuchen. Ihre anderen freien Stunden oder was davon noch übrig war, nutzte sie, indem sie Roger in seinem mühsamen Kampf gegen das Trinken unterstützte. Dazu unterwies sie ihn in der Verwendung von Kräutern und biologischen Lebensmitteln und führte ihn in die beruhigenden Techniken der tiefen Meditation ein.

Es war die richtige Entscheidung gewesen, als sie sich entschlossen hatte, hierher zu kommen. Sie hatte alles, was sie sich jemals gewünscht hatte und was sie brauchen würde. Sie hatte den Kontakt zu ihrem Bruder erneuert; sie besaß einen neuen Freundeskreis, in dem praktisch jeder so dachte wie sie; sie hatte einen rundum inspirierenden Mentor; eine bedeutungsvolle Arbeit, eine glänzende Zukunft; in Roger ein edles privates Anliegen – sie hatte alles. Sie war zufrieden, mehr als zufrieden; es war für sie eine erhebende Zeit, sicherlich die glücklichste Zeit in der jüngsten Vergangenheit, vielleicht sogar in ihrem ganzen Leben.

Aber für Brewster, trotz seiner zur Schau gestellten Gelassenheit, war es eine Zeit intensivster Anspannung, diese vergangenen zwei Wochen. Tatsächlich derart belastend, daß seine Verdauung, normalerweise durchaus rege, streikte und ihn zwang, sie mit einem Produkt eigener Herstellung, bekannt unter dem Namen Formel-8, anzuregen (die Acht gab Auskunft über die Anzahl den Stuhlgang anregender Mineralien, Kräuter und anderer Ingredienzen, eine wirkungsvolle Mischung, die niemals darin versagte, sanfte Erleichterung zu schaffen). Aber während der gesammelte Darminhalt recht zügig abgeführt wurde, weigerten die ständigen bohrenden Sorgen sich resolut, sich zu verflüchtigen.

Denn trotz der grandiosen Pläne, die für seine eifrige neue Schülerin gesponnen wurden (und, nicht beiläufig, für ihn selbst), sah die traurige Wahrheit so aus, daß er keinen einzigen Geldgeber hatte, der seinen Traum von einer Klinik teilte. Das heißt, keinen bis auf diesen LaRevere-Typen, und bisher war dessen nur mäßig demonstriertes Interesse weit davon entfernt, ein inneres Anliegen zu sein. Tatsächlich war in diesen zwei Wochen nach ihrer ersten Begegnung nicht ein Wort über irgendeine finanzielle Unterstützung gefallen. Keine Andeutung, kein vager Hinweis, überhaupt nichts.

Nun, so ganz stimmte das auch nicht. Als LaRevere das erste Mal seine Nichte mitbrachte und vorstellte, beschrieb er ihre Funktion in seinen vielen Unternehmungen als die einer Betriebsanalytikerin und bat Brewster, sie mit der Arbeit und den Verhältnissen im Zentrum vertraut zu machen. »Sie verstehen sicherlich«, sagte er, »daß ich als Geschäftsmann jedes neue Unternehmen, das mich interessiert, gründlich unter die Lupe nehmen muß.« Was Brewster bereitwilligst begrüßte, da dies das erste und einzige Mal war, daß der Begriff Geld zumindest als vager Gedanke aufgetaucht war. Es reichte aus, in Brewster gesteigerte Hoffnungen zu wecken. Aber danach hatte er den rätselhaften Mr. LaRevere nur noch sehr selten gesehen. Dafür Miss Dawnette Day viel zu oft.

Die junge Dame schien begierig zu sein, etwas zu lernen, aber sie stand der Natur seiner Arbeit bedauernswert gleichgültig gegenüber, und sie war, trotz all seiner geduldigen Erklärungen, nicht besonders intelligent. Eigentlich war sie sogar ein ausgemachter Dummkopf. »Faszinierend«, wiederholte sie in einem fort, als wäre das Wort allein für sie geschaffen worden, aber sie sprach es ohne besondere Betonung und weder mit Verständnis noch mit Begeisterung aus. Einmal – und nur ein einziges Mal – nahm er sie neben Cleanth und Valerie auf seine Runde mit, und der Anblick ihrer verwelkten Schützlinge rief bei ihr einen nur schlecht überspielten Ekel hervor. Einmal glaubte er sie dabei ertappt zu haben, wie sie hinter dem Wagen auf dem Parkplatz eine Zigarette ausdrückte. Und ein anderes Mal war er sicher, in ihrem Atem einen deutlichen Alkoholgeruch wahrzunehmen (denn sie hatte die Angewohnheit, sich immer, wenn sie sich unterhielten, dicht an ihn heranzudrängen, heftig mit den Wimpern zu klimpern und ihn wie zufällig zu berühren). Er bewahrte natürlich eine angemessen neutrale Haltung. Nichtsdestotrotz war es unangenehm, verwirrend und unziemlich.

Ab und zu schaute LaRevere auf ein Schwätzchen herein, aber nur kurz, denn er machte deutlich, daß seine geschäftlichen Unternehmungen ihn in Trab hielten (was genau er trieb, blieb jedoch im Dunkeln). »In einer Woche oder so dürfte ich aber alles soweit geregelt haben«, deutete er vage an. »Vielleicht können wir uns dann ein wenig ausführlicher unterhalten.« Auch diesmal drückte Brewster seine Zustimmung aus. Aber dann fügte LaRevere mit einem verschmitzten Grinsen hinzu: »Ich bin vor allem gespannt auf Dawnettes Eindrücke. Für mich ist sie immer so etwas wie eine Wetterfahne gewesen, könnte man sagen. Ihre Eindrücke und Schlußfolgerungen sind stets geradezu unheimlich genau und zutreffend.« Schön für ihn; für Brewster war es weniger ermutigend. Jedenfalls dann nicht, wenn er sich in seinen geschäftlichen Entscheidungen auf die Meinung seiner ziemlich beschränkten Nichte verließ. Es war verwirrend, und zwar alles. Energieraubend. Und mehr als nur ein wenig entmutigend.

Bei all dem war Valerie das einzige beständige Element. Ruhig, kompetent, von scharfer Intelligenz (ihre Kenntnisse in der Kräuterheilkunde standen seinen tatsächlich nicht nach), aufmerksam, loyal – eine überaus schätzenswerte Frau, in dieser Zeit der Not und Beschwernis wie vom Himmel gesandt. Falls die Klinik – nein!, so durfte er nicht denken! – *sobald* die Klinik ihre Arbeit aufnahm (je deutlicher man sich etwas vorstellte, desto sicherer würde es auch Realität), fände er sicherlich einen verantwortungsvollen Posten für sie. Direktorin der Abteilung für homöopathische Medizin vielleicht oder mindestens Stellvertretende Geschäftsführerin. Und in der Zwischenzeit würde er sein Ziel mit mehr Nachdruck verfolgen. Ignatius LaRevere, dieser seltsame, kaum greifbare Mann, stellte den letzten matten Hoffnungsstrahl am düsteren Horizont dessen dar, was in seinem Alter von fünfundfünfzig Jahren und nach einem Leben selbstlosen Strebens von seiner Zukunft und seinen Visionen noch übrig war. Und in dieser spirituell verarmten materiellen Welt mußte man Unterstützung, wie Gold, dort akzeptieren, wo immer man sie fand.

Für Eggs war es nicht viel besser. Die Erfahrung hatte ihn gelehrt, daß die Entwicklung bei einer großräumig geplanten Gaunerei nur selten geradlinig stattfand. Man mußte mit Rückschritten rechnen, Änderungen vornehmen, Hindernisse beseitigen. Das war die Art und Weise, wie solche Spiele abliefen und worin für ihn ihre endlose Vielfalt und ihr ständiger Reiz lag. Normalerweise. Aber diese Sache bereitete ihm doch mehr Mühe und Sorgen, als er erwartet hatte.

Aus Gründen, die ihm überhaupt nicht klar waren, hatte das Dawnette-Experiment rein nichts erbracht. Es lag nicht daran, daß ihr die Rolle nicht vertraut war. In der Zeit, in der sie noch zusammengearbeitet hatten, war sie oft hineingeschlüpft, und das durchaus wirkungsvoll. Wie alle leichten Mädchen war sie eine perfekte, wenngleich neurotische Schauspielerin. Und diesmal, im Interesse der Wahrscheinlichkeit, hatte er sich Mühe gegeben bei der Gestaltung ihrer dargestellten Person: er hatte ihr elegante, aber eher züchtige Röcke und Blusen besorgt (eine weitere Belastung ihres schwindenden Betriebskapitals); hatte das grelle Make-up verfeinert, indem er ihr den blutroten Lippenstift und den nuttenhaften Lidschatten strich; und er hatte sie geduldig im angemessenen Benehmen und Sprachgebrauch unterwiesen (»Wenn du etwas nicht verstehst – und das wird wohl die meiste Zeit der Fall sein –, dann lächle einfach und sag *interessant* oder *faszinierend*. Du kannst auch *aufregend* benutzen, aber das eher sparsam, nur so häufig daß er auf die richtigen Gedanken kommt.«) Von der Pflasterschwalbe zur dezenten Nichte in ein paar kühnen Strichen.

Und das alles für nichts. Nicht ein bißchen, nicht das kleinste Bißchen. Wenn es um das Thema Verführung ging, mußte Eggs der Mann noch begegnen, der sich gegenüber Dawnettes routiniertem schwülem Charme, egal in welcher Verkleidung, als unempfänglich erwies. Das war ihr ganz besonderes Talent, ihre Spezialität. Eine seltene und wertvolle Begabung. Aber dieser Brewster, dieser schwachsinnige Fanatiker, schien sich als die die Regel bestätigende Ausnahme zu entpuppen. Und nach zwei Wochen des Mißerfolgs schloß Eggs sich widerstrebend ihrer rohen Einschätzung an, die sie schrill, und indem sie problemlos in ihre natürliche Rolle zurückfiel, zum besten gab: »Sieh mal, Eggs, auf die eine oder andere Art bin ich seit meinem elften Lebensjahr im Geschäft. Was ich genau kenne, das sind Männer. Ich weiß, was sie in Fahrt bringt. Und ich kann dir versichern, dieser Windbeutel hat nicht da geringste Interesse, seinen Kleinen naßzumachen.«

»Wie kommst du darauf?« fragte er ehrlich verwirrt.

»Ich vermute, daß er seinen Kopf derart mit verrückten Ideen zugekleistert hat, daß er sein Ding überhaupt nicht mehr hochbekommt. Selbst wenn er es wollte, was ich auch nicht annehme. Er will nur reden. Wenn du mich fragst, dann fährt er nur auf Worte ab.«

»Weißt du, Dawnette, da könntest du recht haben.«

»Und wie ich verdammt noch mal recht habe.«

»Also, was willst du jetzt tun, Egger?« fragte Click.

»Es scheint, als müßten wir eine andere Lösung finden.

Sie hatten sich zu dritt in Clicks Apartment zu einem jener nächtlichen Treffen versammelt, die Eggs so gerne Strategiesitzungen nannte. Click und Dawnette besetzten das ungemachte Klappbett, er an einem Ende, sie am entgegengesetzten, und hielten eine möglichst große Distanz zueinander, die das Maß von Dawnettes Abscheu deutlich machte. Ein käsiger Geruch stieg von den zerknüllten Bettlaken hoch. Von Zeit zu Zeit sandte Ignatius einen hoffnungsvollen Blick in ihre Richtung, aber er wurde niemals erwidert. Eggs stand am Fenster, wandte ihnen den Rücken zu, blickte hinaus in die Dunkelheit und war in seine Gedanken vertieft. Er wußte, daß es in dieser Sache Geld zu holen gab. Der große Lincoln, das silberne Teeservice, der teure maßgeschneiderte Totengräberanzug, die Schränke voller Postversand-Opfer und die vielen anderen Ortsansässigen – alle Anzeichen waren vorhanden, all seine Instinkte sagten ihm, daß es sich so verhalten müsse. Aber die wahre Menge dieser Gelder und wie man an sie herankam, blieb ein Geheimnis. Und die Lösung des Problems, so einfach und glatt sie auch erschien, entzog sich ihm völlig.

Schließlich, als könne er seine Gedanken lesen, wagte Click zu fragen: »Hast du schon irgendeine Idee für diese Lösung?«

Eggs wandte sich um und sah sie an. »Dieses Gerede von ihm, da ist irgendwas, das uns entgangen ist, das wir übersehen haben. Versucht noch mal, euch zu erinnern, denkt genau nach, alle beide. Ruft euch alles genau ins Gedächtnis.«

»Wonach sollen wir denn suchen, Eggo?«

Eggs hob die Hände, vollführte damit eine Geste, als wolle er seine Gedanken in die Luft zeichnen. »Nach irgendeiner... Ambition. Einem Traum. Entschlüssle die Träume eines Menschen, und du hast den Weg zu seiner Brieftasche gefunden.«

»Alles, wovon er ständig redet«, sagte Dawnette »ist dieses komische Graszeug, das er verkauft, das die Toten zum Tanzen bringt. Entweder redet er darüber, oder er füttert mich damit.« Ihr Gesicht verzog sich zu einer unschönen Grimasse des Ekels. »Erst heute hat er mir ein Glas mit diesem grünen Zeug gegeben und gesagt –« und an dieser Stelle redete sie mit hoher, affektierter Stimme weiter und äffte ihn nach »– ›Oh, Dawnette, Sie müssen diesen köstlichen Nektar selbst einmal versuchen. Er steigert die Energie schon in der Zellstruktur.‹ Was immer zum Teufel das heißen soll. Ich bin an diesem Zeug fast erstickt, als ich es runterwürgte.«

Click, der nach irgendeiner Gemeinsamkeit suchte, hakte schnellstens nach. »Hey, das kenne ich. Das muß seine Grüne Gerste sein. Von dieser Scheiße kommt es einem sogar grün aus der Nase.«

Ein Zungenschnalzen unterstrich sein Mitgefühl. Sie ignorierte ihn.

»Das Gerede«, erinnerte Eggs.

»Hm, diese Am-bi-Dingsda, wie du gerade gesagt hast. Was bedeutet das?«

»Eine Idee, Cleanth. Ein Ziel, für das er kämpft.«

Clicks Gesicht entspannte sich, hellte sich auf. »Ach, das ist einfach. Er hat die Idee, irgendwo eine große Klinik zu bauen. Damit er all das Würmerfutter unter einem Dach hat.«

»Eine Klinik«, sagte Eggs, und dann wiederholte er es nachdenklich. »Eine Klinik. Natürlich. Zuerst ein Zentrum, dann eine Klinik. Ein logischer Schritt für jemand, der dem Wahnsinn verfallen ist. Warum hast du mir das nicht schon längst erzählt, Cleanth?«

»Verdammt noch mal, was weiß ich denn? Es ist ja nicht so, daß er die ganze Zeit davon quatscht, zumindest nicht mit mir. Ich dachte nur, es gehörte zu dem ganzen anderen Blödsinn, den er von sich gibt. Ähnlich wie bei einem, der ständig den dicken Lotteriegewinn verteilt, den er sowieso niemals bekommt.«

»Was ist mit dir, Dawnette? Hat er dir gegenüber jemals von diesem Traum von einer Klinik erwähnt?

»Zu mir hat er nichts gesagt.«

»Und zu mir auch nicht. Das ist sehr interessant. Das könnte sehr gut die Lösung sein.«

Click erkannte nicht, was daran so besonders sein sollte. Schließlich hatte jeder seine Träume. »Ich begreife gar nichts«, sagte er. »Was meinst du denn, was das bedeutet?«

Nach Eggs Verständnis war die Welt mit Räubern bevölkert, von denen einige kunstvoller zu Werke gingen als andere. Demnach mußte es bedeuten, daß der alte Narr darauf wartete, ihn an den Haken zu bekommen, sich zurückzuhalten, auf ein Angebot zu warten, um dann seinen eigenen Vorschlag zu äußern: Partnerschaft bei dem großen Blendwerk. Er wollte *ihn* austricksen. Sehr gerissen, sehr raffiniert. Wir werden sehen, wer hier wen austrickst. Aber in diesem Moment, als Antwort auf die dämliche Cleanth-Frage erwiderte er lediglich: »Schwer zu sagen.«

»Was ich wissen möchte«, ergriff Dawnette wieder das Wort, »ist, wie lange ich noch diese Anmachnummer durchziehen muß. Allmählich wird die Sache durchsichtig, Eggs.«

Eggs wandte sich wieder zum Fenster um. Für einen Moment schaute er zur Baustelle auf der anderen Straßenseite, auf die plattgewalzte Erde und die vereinzelten Sandhaufen, auf die schattenhaften Konturen schweren Geräts in Ruhestellung – Planierraupen, Erdhobel, ein oder zwei Tieflader, ein fahrbarer Betonmischer. Weiß Gott, was sie dort bauten: einen Vergnügungspark? einen weiteren glitzernden Spielpalast? einen hochfliegenden Turm? eine Stuckpyramide? einen Zierteich? Auf seltsame und unerklärliche Art war es beruhigend, ein Trost, diese sich ständig verändernde Stadtlandschaft. Nichts war unwahrscheinlich, nichts zu außergewöhnlich, nichts zu geschmacklos. Nichts war unmöglich. Die Sicherheit spendende Dauerhaftigkeit der Veränderung. Er fühlte sich schon ein wenig besser. »Nicht mehr lange, glaube ich«, antwortete er.

Schon möglich, daß der Egg Man sich besser fühlte, aber das traf verdammt noch mal nicht auf Click zu. Zwei Wochen waren verstrichen, und actionmäßig war nichts gelaufen. Egal was – Geldbeschaffung, Rohr verlegen, egal was. Totale Windstille. Er dachte, daß er eigentlich schon längst die Taschen voll frischer Kohle haben müßte. Und daß sein Kleiner da unten zwischen den Beinen auch mal wieder Dampf ablassen könnte. Aber das würde er sich wohl abschminken müssen. Für ihn sah es ziemlich mies aus. Er saß im wahrsten Sinne des Wortes auf dem Trokkenen.

Okay, was das Geld anging, damit kam er klar, da konnte er warten. Old Egger, der beste Trickser im ganzen Gewerbe, er würde schon was finden, obgleich Click sich nicht erinnern konnte, daß er jemals *so* lange gebraucht hatte, sein Opfer zu bearbeiten und abzukassieren. Soweit er sich entsinnen konnte, hatten sie früher für solche Dinger ungefähr einen Tag gebraucht, höchstens mal 'ne Woche. Vielleicht hatte Eggs seine Fähigkeiten eingebüßt, in den Jahren, die er ausgestiegen war. Und darüber wollte Click lieber nicht nachdenken.

Aber die andere Sache, das Rohr verlegen, das war die reinste Quälerei. Den ganzen Tag und die halbe Nacht mit einem heißen Girl wie Cool Whip herumzuhängen, dabei ständig nur daran zu denken, wie man in diesen Honigtopf reinkommen könnte, und doch nichts zu erreichen – das konnte einen glatt um den Verstand bringen. Davon konnte einem der Saft in den Kopf steigen. Und einen verrückt machen.

Zum Beispiel heute abend. Da kommt sie mit ihrem Wackelhintern durch die Tür rein, hat ihre Sonntagsschulkluft abgelegt und ist in ein T-Shirt geschlüpft mit nix drunter, so daß die Titten fast Luftlöcher reinbohren und einem die großen braunen Augen zuzwinkern. Und es kommt noch besser (oder schlechter, wenn man das Unglück hat, Cleanth Koontz zu sein), denn sie trägt auch noch diese heißen Stiefel und dazu Jeans, die an ihr kleben wie 'ne Tapete und so eng sind, daß man vorne die gute alte Kimme sehen, und hinten, direkt über dem Knallarsch, gleich über der Hafeneinfahrt, ist ein Herzchen aufgenäht, wie eine gottverdammte *Ziel*scheibe, verflucht noch mal. Wenn einem das nicht das Messer in der Hose aufgehen läßt, dann schafft es gar nichts mehr. Und Click seins geht auf.

Er hatte Pizza für die Strategiesitzung bestellt, groß, dick, mit Pepperoni und Anchovis, seine liebste. Eggs wollte nichts, aber sie nimmt sich ein Stück, und als er sieht, wie sie es zwischen wie zum Flötenspiel gespitzten Lippen einschiebt und ein Stückchen abbeißt und mit der Zunge die Käsefäden reinzieht – O Gott! Baby! komm schon, ich hab' was viel besseres für deinen hungrigen Mund, mindestens genauso heiß und scharf! Allein das Zugucken ist schon fast so gut wie die Vögelei selbst. Bis sie zu ihm rübersieht, als er sich gerade ein Riesenstück in den Mund gestopft hat, und sie die Nase verzieht, als sei sie gerade von einem faulen Furz voll erwischt worden, und sagt: »Wenn du noch fetter wirst, kannst du bei General Motors als Airbag anheuern.« Das haut den stärksten Ständer um. Es gibt Leute, bei denen lohnt es sich einfach nicht, wenn man nett zu ihnen ist.

Scheiße, er hatte alles versucht, was ihm einfiel (bis auf Geld, von dem er wußte, daß er nicht genug hatte, einstweilen jedenfalls, um sich damit einen Griff in ihr volles Leben zu erkaufen), um sie auf den Rücken oder auf die Knie zu bekommen, egal was, ihm war alles recht. Nichts hatte funktioniert. Sogar mit ein bißchen Humor hatte er es versucht. Wie am Tag vorher, als sie über den Strip rauffuhren zum Zentrum und er einen Laden sah mit einer Werbung für einen Riesenjackpot an den Automaten: EINMAL ZIEHEN KANN IHR LEBEN VERÄNDERN. Click zeigt auf die Werbung und dann nach Süden und sagt: »Ich weiß ja nicht, wie's mit deinem Leben ist, aber einmal ziehen an meinem besten Freund hier kann die nächsten Minuten bestimmt verändern.« Ein richtig heißer Spruch, oder? Raffiniert. Und was sagt sie? Sie reißt die Augen auf, daß sie groß sind wie Suppenteller, und erwidert, richtig nett, als sei es eine echte Frage: »Warum ziehst du nicht mal selbst dran und wartest ab, was passiert?«

Verdammte Schnalle. Er sollte ihr glatt auf die Figur springen und ihr den alten Dolch reinstecken. Dafür sorgen, daß sie die Augen verdreht und herumschreit. Wenn er die Gelegenheit bekäme, würde er ihr das Hirn aus dem Schädel vögeln, wenn ihm nicht schon längst jemand zuvorgekommen wäre.

Es machte ihn richtig fertig, die ganze Zeit dran zu denken. Er fing an, ihn auch schon in seinen Träumen zu sehen, den süßen

Schlitz, er hatte den Geruch in der Nase, den Geschmack auf der Zunge. Er wurde immer schärfer, verzweifelter, irgendwas mußte passieren, und zwar bald. Schnellstens. Vielleicht nachdem sie den Brewster-Schatz gehoben hatten, vielleicht wenn er das neue Geld in der Tasche hatte, vielleicht war es dann soweit. Jeder Mann brauchte eine Hoffnung. Wenn es dazu käme, würde er sogar dafür bezahlen. Es wäre nicht fair, da sie Partner waren und es eigentlich umsonst sein müßte, aber er würde blechen. Seinem Schwanz wäre es sowieso egal. So wie Click es sah, war das Leben viel zu kurz, und man mußte es auskosten, so lange es ging.

Während es für Cleanth Koontz ziemlich bedrückend war, war es für Dawnette Day auch nicht unbedingt die schönste Zeit. So wie sie es sah, traten sie nur auf der Stelle und kamen nicht weiter. Bewegten sich eher rückwärts. Das brachte einen dazu, über ihren genialen Anführer nachzudenken, dem man sowieso nicht trauen konnte, und über all seine großartigen Strategien, sein Gerede, seine Pläne. Auch über sich selbst. Zwei Wochen attakkierte sie diesen Arsch Brewster schon, versuchte sie ihn scharf zu machen, drängte ihren Freudenhügel so nahe an ihn heran, daß es schon fast eine Stehnummer war, versuchte jeden Trick aus der Kiste, außer ihm ihr Eichhörnchen ins Gesicht zu pflanzen, und trotzdem schaffte sie es nicht, seinen Maibaum aufzurichten. Zwei Wochen. Und kein einziges erfreuliches Zeichen, was ihr Spezialgebiet anging. Vielleicht hatten sie beide ihre Fähigkeiten eingebüßt, sie und Eggs.

Niemals hatte Dawnette über das rasche Verstreichen der Zeit, über die auszehrende Wirkung der Jahre, über die schreckliche Kürze des Lebens nachgedacht – nein, solche Gedanken hatten ihren Kopf niemals belastet. Der Erfahrung nach fünfundvierzig, in realer Lebenszeit dreiundzwanzig und dem Spiegel zufolge gerade mal achtzehn Jahre alt, war es für sie geradezu unvorstellbar, tot, oder was noch schlimmer war, richtig alt zu sein. Entsetzlich. Sie dachte an ihre Großmutter, die damals in Tennessee bei ihnen gelebt hatte. Sie erinnerte sich, wie sie zahnlos ihre Grütze mümmelte, wie sie ständig in die Unterhosen pinkelte, wie sie daumendicke Brillengläser trug und dennoch gegen jede Wand stolperte. Aus ihrem Rücken wuchs ein schiefer Buckel, der aussah wie ein Getreidesack. Dawnette erinnerte sich in letzter Zeit an viele derartige Dinge, und das nicht etwa, weil sie es sich wünschte oder besonders schön fand. Die Bilder aus der Vergangenheit, überdeutlich und sehr lebendig, wie zum Beispiel ihre Großmutter, stellten sich völlig unaufgefordert ein, ohne besonderen Grund. Für einen Sekundenbruchteil flackerten sie hinter ihren Augen auf, und schon waren sie wieder verschwunden.

Es half überhaupt nichts, sich diesen ganzen Quatsch Brewsters anzuhören, der loslegte wie all die Bibelheinis, die sie als Kind gehört hatte. Es war der gleiche Quatsch, nur predigte er von Krebs anstatt von der Seele. Oder all diese klapprigen Lungenkranken und Todeskandidaten und die abgewrackten Heckschützen zu sehen, als sie das eine Mal an seiner Zombietour teilnahm. Nie wieder. Das war nichts für die Tochter ihrer Mutter. Zu unheimlich. Wenn es nach ihr ginge, müßte jeder von ihnen in einem Krankenhaus liegen oder in einem Sanatorium oder im Sarg und auf dem Friedhof. Auf jeden Fall irgendwo außer Sicht. Uff. Von beidem – alt oder tot – war tot noch immer am besten.

Noch schlimmer war, womit sie sich im Augenblick, jeden Tag, herumschlagen mußte, egal wie traurig die Vergangenheit und wie düster die Zukunft war. Ständig hing ihr dieser geile Bock an den Titten, bettelte ständig um eine Nummer. Als sei sie verpflichtet, es ihm zu besorgen, weil sie zufällig auf der gleichen Straßenseite arbeiteten? Blödsinn! Häßlicher kleiner Wichser. Eher würde sie es mit einer Salami treiben als mit diesem Walroß. Das einzige, was er sich bei ihr holen konnte, waren ein paar bissige Bemerkungen. Sie brauchte ihn sich nur anzusehen, häßlich wie ein Schwein, wie er Pizza in dieses Loch in seinem Gesicht stopfte, dabei Eggs all diese dämlichen Fragen stellte und ständig diese seltsamen Geräusche von sich gab, wenn er redete. Eines war klar, sein Gehirn hatte in einer einzigen Socke Platz, und die hatte auch noch ein Loch. Widerlich.

Und wie sah es bei Eggs aus, von wegen seltsam? Jede Nacht schliefen sie auf der gleichen Klappcouch von der Größe eines

Kinderbettchens, und nicht einmal hatte er sich an sie herangemacht, kein einziges Mal. Wenn es um die primitivsten Dinge ging, war er genauso ein Schlappschwanz wie Brewster, vielleicht sogar noch schlapper. Ein schönes Paar gaben sie ab, diese beiden. Es war schon zwei Wochen her, daß jemand es ihr besorgt hatte; so lang war sie noch nie außer Betrieb gewesen. Nun, technisch gesehen stimmte das nicht ganz, wenn man es genau nahm. An einem Abend hatte Eggs ihr gestattet, ihm einen zu blasen, und sie verpaßte ihm die Coup de Ville-Nummer: reinigte seinen Auspuff, kitzelte die Zwillingsmaschinen, schluckte die Pleuelstange. Einmal abschmieren plus vollen Service. Was hatte sie davon? Er rührte sich nicht, zuckte nicht, stöhnte nicht. Wenn an der Decke ein Fernseher gewesen wäre, hätte er genauso gut »Meet the Press« verfolgen können. Der Mann war kein Mensch. Als sie noch mitten in ihrem anderen Leben steckte, glaubte sie, daß sie es niemals vermissen würde; sie dachte, daß die Pause so was wäre wie ein längst fälliger Urlaub, in dem ihre Kapitalanlage sich etwas erholen könnte. Aber ein Mädchen hat auch gewisse Bedürfnisse.

Sie wünschte sich, Eggs niemals begegnet zu sein, oder, als sie ihn an dem Abend im Dunes sah, daß sie es einfach auf sich hätte beruhen lassen sollen. Sie hätte ihre fünf Riesen, die er ihr aus dem Kreuz geleiert hatte, nehmen und verschwinden sollen. Sie wünschte sich, sie wäre wieder mit Velva und Gayleen zusammen. Was er mit ihnen getan hatte, war eine furchtbare Sache, schrecklich, ultragemein. Wenn man nur daran dachte, konnte einem schon schlecht werden. Sie fühlte sich fast schuldig, eine Empfindung, die ihr völlig fremd war und die ihr, als sie sie jetzt bei sich feststellte, überhaupt nicht gefiel. Als sie daher an diesem Abend in der Bude des Schweinchens zu ihrer Faselsitzung zusammenkommen und während Eggs in der Dusche ist (vier-, fünfmal am Tag verschwand er im Bad), rafft sie allen Mut zusammen und ruft Velva schnell an, um in Erfahrung zu bringen, wie die beiden zurechtkommen.

Nicht gut, erfährt sie. Die Nachrichten sind nicht sehr positiv. Velva sagt, Gayleens Arm sehe ziemlich schlimm aus und müsse operiert werden. Sie hätte kein Geld, nun, wo sie nicht mehr auf die Straße könnten, und hätten bei ihrem Job auch kein Anrecht auf Blue Cross-Hilfe. Und in Vegas gibt es nun mal nichts umsonst. Sie selbst, Velva, klang auch nicht viel besser, die Stimme ein froschartiges Krächzen in der Leitung, als rede sie unter Wasser (im Geiste kann Dawnette noch immer ihre zerquetschte blutige Nase sehen); aber trotz allem scheint sie nicht zu verzweifelt zu sein und fragt Dawnette, wie es ihr geht, wo sie zur Zeit gerade ist und so weiter. Dawnette hingegen wagt nicht, darauf zu antworten, nicht solange Eggs in der Nähe herumhängt. Sie drückt sich um eine klare Antwort. Sagt, ihr gehe es gut, sie werde sich bei nächster Gelegenheit melden, und wenn sie das Projekt abgeschlossen hätten und sie im Besitz ihres Anteils sei, würde sie ihnen mit dem Geld aushelfen, und alles wäre wieder so wie früher. Was wahrscheinlich nur eine tröstliche Lüge ist, da es im Augenblick überhaupt nichts zum Aufteilen gibt, und Velva, die sich von niemand für dumm verkaufen läßt, durchschaut das Ganze. Sie sagt: »Na klar, es wird so wie früher«, und bevor sie auflegen, schickt sie noch eine Bemerkung hinterher, so als sei der Gedanke ihr gerade erst gekommen. »Ach ja, bestell deinem Freund, er soll sich in acht nehmen. Diese Sache ist noch nicht vorbei.«

Velva meinte es ernst, jedes verdammte Wort. Niemand, am wenigsten ein Hetero, käme mit dem, was dieses Arschloch mit ihr und Gay getan hatte, ungeschoren davon. Sie wußte noch nicht, wie es passieren würde oder wo oder wann. Aber warum, das war einfach. Das wußte sie genau.

Vor kaum gebändigter Wut schäumend, legte sie den Hörer auf und watschelte durch die Diele zum Schlafzimmer. Dort blieb sie kurz in der Türöffnung stehen. Auf der Kommode brannte eine Nachtlampe, ansonsten war das Zimmer dunkel. Gay lag auf dem Rücken, versunken in einem zweiwöchigen Schnüffelrausch. Der Arm, in seiner Plastikschiene im rechten Winkel ausgerichtet, ragte über ihrem Kopf hoch, als wolle sie die Augen vor dem grellen Licht einer Phantomsonne schützen. Mit matter Stimme fragte sie: »Wer war am Telefon, Vel?«

»Niemand. Hatte sich verwählt.«

»Wenn es ein Kunde war, könnte ich vielleicht doch was mit ihm machen. Mein Mund ist noch in Ordnung.«

»Es war niemand.«

»Niemand?«

»Ja.«

Gay begann zu weinen. »Was sollen wir tun, Vel? Ich brauche regelmäßig meine Dosis. Das weißt du. Der Schnee ist das einzige, was mir jetzt hilft.«

Velva wußte darauf keine Antwort. Sie kam herüber, setzte sich auf den Bettrand und streichelte Gays fieberheiße Stirn. »Ich weiß, ich weiß«, säuselte sie tröstend. Im Spiegel über der Kommode erhaschte sie einen von Schatten durchsetzten Blick auf ihr eigenes Gesicht, niemals richtig schön, doch nun furchtbar entstellt, die Nase ein plattes, schwarzblau angelaufenes Gebilde, das hufeisenförmige Kinn vorgereckt, die Augen brennend in ihren Höhlen. Insgesamt erinnerte das Gesicht an ein Borderline-Monster. Ein erschreckender Anblick. Sie dachte über ihr abrupt auf den Kopf gestelltes Leben nach. Dachte an Vergeltung. Irgendwie mußte es einen Weg der Rache geben, und sie würde ihn finden. Sie sagte: »Mach dir keine Sorgen, Schätzchen. Velva kümmert sich um dich. Velva kümmert sich um alles.«

Die Erscheinung, die Roger Pettibone während der vergangenen zwei Wochen aus dem Spiegel entgegensah, war, auf ihre eigene Art und Weise, ähnlich auffällig, allerdings für ihren Eigentümer um einiges begrüßenswerter. Die Augen, die seinen Blick erwiderten, wurden wacher und klarer; die aufgeschwemmten Granatapfelbacken wurden um einiges straffer; die leuchtende Röte begann zu verblassen. Und war es nicht so, daß die fleischigen Wülste unter dem Kinn schrumpften? Durchaus möglich. Er war sicher, etwas größer zu wirken, nicht mehr so gedrungen. Selbst der pelzige Belag, mit dem er schon so lange lebte, daß er sich anfühlte wie seine normale Haut, schien sich allmählich von seiner Zunge abzuschälen. Zum erstenmal, seit er sich erinnern konnte, war sein Kopf nicht benebelt, waren seine Gedanken klar und durchsichtig. Vierzehn Tage ohne Drink. Nicht einen einzigen. Vierzehn Tage, und kein Ende in Sicht.

Davor warnte Sankt Valerie ihn ständig, vor dem Zählen. »Sie haben sich zu einem neuen Leben entschlossen, Roger«, sagte sie dann mit ihrer ruhigen, eindringlichen Stimme und versetzte ihn damit in einen Zustand völliger Ruhe und Gelassenheit. »Jetzt die Tage zu zählen hieße, nach rückwärts zu schauen, sich mit jenem anderen Leben auseinanderzusetzen. Die Vergangenheit liegt hinter Ihnen, den alten Roger gibt es nicht mehr.« Aber er tat es trotzdem. Er zählte mit. Alte Gewohnheiten und so.

Obgleich er es nicht erkannte, waren dies die zwanghaften, ständigen, eingefleischten Gewohnheiten des trockengelegten Trinkers. Die Tunnelsicht: alles oder nichts. Die manischen Stimmungsschwankungen, gleichermaßen unbegreiflich wie unvorhersagbar: im einen Moment himmelhochjauchzend, im nächsten schon wieder zu Tode betrübt. Und in seinem speziellen Fall kam die melancholische Sicht des Historikers von der grundsätzlichen Vergänglichkeit der Dinge hinzu: nichts war von Dauer, überhaupt nichts; und die sich daraus ergebenden unaussprechlichen Zweifel wurden von einem geradezu krankhaften Redezwang verschleiert. Vorwiegend davon. Wenn er nicht schlief, dann redete er. Wenn niemand da war, der ihm zuhörte, dann sprach er mit sich selbst, laut. Wo immer er hinging, eilte ihm der volltönende Klang seiner Stimme voraus. Kündigte ihn an. Schützte ihn. Als ob nur eine Wand von Worten das bohrende, schmerzende, tief in seinem Bauch rumorende, freudlose Bedürfnis in Schach halten könne.

»Vierzehn Tage ohne Fusel«, teilte er Waverly und Bennie (denn er verbrachte den größten Teil seiner nicht unbeträchtlichen Freizeit mit ihnen, seinen neuen – vielleicht sogar seinen einzigen – Freunden) am Abend dieses bedeutsamen Datums mit. »Und ich habe es allein Ihrer Schwester zu verdanken, Timothy. Sie ist ein wahrer Engel, diese Frau.«

Waverly machte den kolossalen Fehler, sich mit einem Anflug von Ironie in der Stimme zu erkundigen, ob er mittlerweile ein Anhänger dieser magischen Ganzheitstherapie geworden sei. Der Kern der Antwort, wenn man sie aus dem Wust eines ausufernden, rechtfertigenden Sermons von einer Viertelstunde Dauer herausgefiltert hätte, war ein entschiedenes Sicher nicht.

Schließlich habe er sich nicht vom vernunftgemäßen Denken verabschiedet, nicht Dr. Pettibone, sondern er habe sich lediglich die einleuchtenden, wirksamen Lehren dieser Pseudowissenschaft angeeignet. Nachdem er sich einmal den Mund verbrannt hatte, verzichtete Waverly auf weitere Fragen.

Aber nicht Bennie. Heiterer Optimist, der er war, und ständig auf der Jagd nach dem Dicken Fisch, ungeachtet aller Rückschläge, wollte Bennie wissen, ob er auf »diese Vogelfutterdiät« umgestiegen sei. Die Antwort auf die Frage hätte sich eigentlich erübrigen müssen, da Pettibone in eben diesem Moment ein mit Senf reichlich bestrichenes Leberwurstbrot vernichtete, das kreative Epsteinsche Sechs-Uhr-abends-Frühstück, das er großzügig mit Gast und Pensionshund teilte. Die Antwort war ein wegen vollen Mundes notwendiges verneinendes Kopfschütteln; und Bennie äußerte daraufhin: »Ich würde eher ein vierstöckiges Killersandwich verputzen als auch nur einen Happen von diesem Zeug, das sie Nahrung nennt«, sagte er zu Waverly. »Nichts gegen deine Schwester, Timothy.«

Waverly zuckte die Achseln. Dieser Einschätzung konnte man nicht widersprechen.

Bennie wechselte das Thema. »Was fangen Sie denn nun mit all der Zeit an, Rog, nachdem Sie dem Teufel Alkohol abgeschworen haben?«

Eine unkluge Frage. Pettibone vertilgte den letzten Happen seines Leberwurstbrots und erfreute sie mit einer erschöpfenden Schilderung seines nunmehr disziplinierten Tagesablaufs, seiner morgendlichen gymnastischen Übungen (vorgeführt unter heftigem Keuchen), seiner mit neuem Leben erfüllten Hörsaalauftritte (dramatisch demonstriert), seiner neu aufgenommenen intellektuellen Interessen (samt mitgelieferter Leseliste) und seines geplanten, in Kürze vorliegenden wissenschaftlichen Aufsatzes über bisher nicht beachtete Nuancen in Xenophons *Anabasis* (in ermüdender Ausführlichkeit dargestellt).

Zweifellos wäre noch mehr zur Sprache gekommen, hätte Bennie nicht eine Atempause genutzt, um nebenbei zu fragen: »Wie steht's denn mit den Runnin' Rebs? Es heißt, daß sie dieses Jahr ganz schön aufdrehen werden.«

Indem er abrupt von *fortissimo* auf ein völlig ungewöhnliches *piano* umschaltete, erwiderte Pettibone: »Davon weiß ich nichts.«

»Sie kümmern sich nicht um Ihre Mannschaft? Die Saison fängt doch jetzt an.«

»Nein.«

Nein? War es das – nein? Für einen Moment war Bennie völlig perplex. Aber nur kurz. »Na ja, die ersten Spiele sind ja sowieso nicht so wichtig«, sagte er und näherte sich dem Thema aus einer anderen Richtung. »Ihre Rebels wischen doch mit den Nachwuchsmannschaften den Fußboden auf.«

Pettibone sagte gar nichts.

»Das ist doch genauso, als würde Electric mit einem Spielzeugpudel kämpfen«, fuhr Bennie fort. Der Kopf des Hundes lag zutraulich auf einem massigen Epstein-Schenkel. Bennie fütterte das Tier mit Leberwurstresten und fügte nebenbei hinzu: »Natürlich wechselt auch bei diesen Aufwärmspielen eine ganze Menge Kohle den Besitzer.«

Keine Silbe von Pettibone.

Daher fragte Waverly: »Bist du soweit, Bennie? Können wir los?« Seine Geduld verflüchtigte sich rapide.

»Hey, keine Eile«, sagte er zu Waverly. »Wir haben jede Menge Zeit.« Dann, mit unschuldiger Stimme, als könne er kein Wässerchen trüben, fragte er Pettibone: »Wie geht's denn unserem Freund Lafayette?«

Pettibone verschränkte die Arme vor der Brust. Es war eine abweisende Haltung, beinahe kampflustig. Er musterte Bennie eindringlich. »Im Hörsaal macht er sich sehr gut.«

»Ich rede vom Sport, Rog. Ist er gesund?«

»Soweit ich weiß.«

»Hat er sein kleines Problem schon gelöst?«

Mit eisiger, papierdünner Stimme antwortete Pettibone: »Ich habe nicht die geringste Ahnung. Und noch weniger Interesse daran.« Er stand abrupt auf und ging zum Fenster. Blickte hinaus ins sinkende Licht und, als rede er mit dem zur Neige gehenden Tag, konterte mit einer eigenen Frage: »Wetten Sie heute abend auf Football?«

»Richtig. Broncs gegen Raiders. Das wird ein Schlagerspiel.«

»Wußten Sie, daß die Olmeken, ein alter Indianerstamm, bereits ein Spiel kannten, das unserem Football sehr ähnlich war? Es heißt sogar, daß dieses Spiel der direkte Vorfahr des Football war.«

Bennie machte ein verwirrtes Gesicht. »Von den Olmeken hab' ich noch nie gehört.«

»Eine uralte Zivilisation«, erklärte Pettibone, nun wieder mit dröhnender Stimme, »im heutigen Mexiko. Ungefähr um 1500 vor Christus.«

»Tatsächlich? Damals haben sie schon Football gespielt?«

»So was ähnliches.«

»Das finde ich aber toll.«

»Und wußten Sie, daß sie nach den Spielen die Verlierer regelmäßig enthauptet haben? Wußten Sie das?«

»Ent-haup-ten, das ist doch die Birne abschneiden, nicht wahr?«

»Richtig.«

»Nun, das hat bei den Jungs damals sicher für einiges Kopfzerbrechen gesorgt«, sagte Bennie. »Solange sie noch einen hatten«, fügte er hinzu und lachte über seinen vorzüglichen Scherz.

»Ich denke schon, daß dies ein gewisser Anreiz war«, sagte Pettibone und lächelte nicht.

»Die wußten damals, wie man die Leute anfeuert. Ziemlich drastisch. Gewinn oder kratz ab, was?«

»Mit unseren heutigen Sportlern läuft es fast genauso«, sagte Pettibone grimmig und mit deutlicher Bitterkeit. »Wenn ich mal so sagen darf. Wir bieten ihnen doch nichts Besseres.«

Waverly und Bennie tauschten einen vielsagenden Blick aus.

»Bist du *jetzt* fertig?« wollte Waverly wissen.

»Ja, ich denke schon.«

Pettibone setzte sie vor dem Desert Inn ab. Er lehnte Bennies Einladung, mitzugehen und sich das Spiel anzusehen, ab. Er hatte dem Kasino abgeschworen. Weiche von mir, Versuchung!

Es stellte sich heraus, daß er die Einladung lieber hätte annehmen sollen. Denn vor seiner Wohnung wartete eine imposante Gestalt, scharrte unbehaglich mit den Füßen und hatte das dunkle Gesicht in einem inneren Widerstreit der Gefühle und des Zweifels verzerrt. Er mußte dringend mit jemandem sprechen. Sie gingen in die Wohnung, und zur Abwechslung hörte Pettibone einmal zu. Und zwar die ganze Zeit. Er hatte nichts zu entgegnen, konnte keine Empfehlung aussprechen. Hatte keine Antworten. Und als der lange, gequälte Monolog zu Ende und der junge Mann gegangen war, fühlte Pettibone sich so einsam wie nie zuvor in seinem Leben. Und ganz gewiß genauso hilflos. Und während der nächsten zweiundsiebzig Stunden bekam niemand ihn zu Gesicht – seine Studenten und Kollegen nicht, und auch nicht seine neuen Freunde, keiner. Er war verschwunden. Als sei er vom Erdboden verschluckt.

»Ich kann dir sagen, Timothy«, schimpfte Bennie, als sie das Desert Inn betraten, »wenn Arschlöcher fliegen könnten, dann wäre Roger mindestens eine Concorde.«

»Soll ich sagen, daß ich dich rechtzeitig gewarnt habe?«

»Tief in seinem Innern ist er vielleicht kein schlechter Kerl«, fuhr Bennie fort und ignorierte die Frage. »Wenn man all diesen Quatsch vergißt, den er so erzählt. Aber manchmal kann er einen schrecklich nerven. Es gibt nichts Schlimmeres als einen bekehrten Säufer.«

Vor allem, wenn er voller Ausflüchte steckt, dachte Waverly, machte sich aber nicht die Mühe, es auszusprechen. Er war nicht in der Stimmung für Mitleidsäußerungen. Er begriff die Ursache für die Ungehaltenheit seines Partners, hatte aber kein Interesse, ihr tiefer auf den Grund zu gehen. Nicht an diesem Abend. Davon hatte er bereits genug gehabt. Mehr als genug. Was er heute abend brauchte war etwas Bewegungsfreiheit, Spielraum. Die beruhigende exakte Distanz von Karten und Zahlen. Daher sagte er nur: »Wir treffen uns nach dem Spiel.«

»Okay, ich komme zu dir.« Bennie entfernte sich ein paar Schritte, blieb stehen, wandte sich um und hatte noch eine Epstein-Weisheit in petto. »Paß bei den weiten Pendelschwüngen auf, klar?«

»Das tu ich«, versprach Waverly mit einem schwachen Seufzer, »wenn du bei den Risikowetten aufpaßt.«

»Hey, ich hab' alle Wetten plaziert, und diesmal ist kein Risiko dabei.«

»Das ist doch mal eine erfreuliche Abwechslung.«

Sie trennten sich. Bennie verzog sich an die kreisrunde Bar, Waverly schlenderte an einer Tischreihe entlang und hielt Ausschau nach dem Bankhalter mit dem verräterischen Tic. Nicht zu sehen. Wahrscheinlich hatte er seinen freien Tag, oder ein Saalchef mit Argusaugen hatte ihn gefeuert. Ein gnadenloses Gewerbe, die Kartengeberei. Kein Platz für Irrtümer. Sie hatten beide Pech gehabt, wenn die Sache sich wirklich so verhielt.

Und dennoch hatte er seltsamerweise – oder genauer, perverserweise – in letzter Zeit ziemlich viel Glück gehabt. Eine ganze Menge sogar, wenn man die Dimensionen und die Sorgen betrachtete, mit denen er sich in den vergangenen zwei Wochen herumschlagen mußte. Erst gestern hatte er sechshundert gewonnen und vorgestern vierhundert. Und alles mit bescheidenen Einsätzen. Sogar Bennie landete Treffer, hielt sich irgendwie über Wasser und gewann mehr, als er verlor, wenn auch nicht gerade viel. Das mußte man anerkennen.

Er entdeckte einen freien dritten Platz, setzte sich, holte harmlose drei Scheine heraus und bat um grüne Chips. Bei seinem auffälligen Glück könnte er ruhig seinem Platz Gewicht verleihen. Die Bankhalterin, ein hübsches Girl mit teigiger Neonröhrenblässe und einem tätowierten Herzen auf einem Handgelenk, einem Totenschädel auf dem anderen, verkündete vorschriftsmäßig: »Umtausch dreihundert«, erhielt das Okay-Zeichen, stapelte die Chips vor ihm auf und fuhr damit fort, die Karten über den Filz zu schieben. Dabei kam es kaum zu einer Unterbrechung ihres Austeilrhythmus. Ihre Gesten waren geschmeidig, ihr Gesicht ausdruckslos, die zusammengekniffenen Lippen an den Mundwinkeln heruntergezogen, die Augen völlig neutral. Sie hatte keinen Tic und er insoweit keinen Vorteil.

Nur zwei weitere Spieler saßen noch am Tisch, rotgesichtige, kräftige Männer, einer alt, der andere jung, beide in Jeans – Hemden und Hosen – und beide mit Mützen auf den kantigen Schädeln. Dem Aussehen nach Vater und Sohn: fast identische Gesichtszüge, bis auf die Spuren der Zeit im Gesicht des älteren

Mannes. Sie setzten vorwiegend rote Chips, berieten einander, rissen fade Witze, bedauerten sich gegenseitig, wenn sie verloren, und bejubelten jeden Gewinn, was nicht sehr oft geschah, denn sie waren keine guten Spieler. Das schien ihnen nichts auszumachen. Sie feuerten einander an, hatten ihren Spaß. Die freundliche, kameradschaftliche Atmosphäre zwischen ihnen war offensichtlich und echt. Familiensinn, der auch am Spieltisch herrschte...

Da er etwa zur Hälfte des Schuhs Platz genommen hatte, konnte er während der nächsten Blätter nicht viel tun, daher wählte Waverly eine geradlinige, schlafwandlerische Taktik und wartete ab. Und ertappte sich dabei, wie er das Vater-Sohn-Gespann beobachtete. Sogar nach dem Mischen, als es Zeit wurde, seinen Kopf leerzuräumen, den emotionslosen Bildschirm hinter seinen Augen einzuschalten, sich zu sammeln und an die Arbeit zu gehen – selbst da noch beobachtete er sie. Und gegen seinen Willen huschten Bilder über diesen Schirm, wo eigentlich Zahlenkolonnen hätten auftauchen müssen. Und seine Gedanken wanderten durch die Jahre, die Generationen, zurück zu seinem eigenen Vater, weiter zu seinem Sohn, beide auf immer für ihn verloren, der eine unter der Erde, der andere durch die ehernen Konsequenzen eines einzigen spontanen, hektischen, nicht wiedergutzumachenden Aktes. Und schließlich auch zu seiner Schwester, Valerie mit den verletzten mondsüchtigen Augen, groß und anmutig wie ein Schwan und genauso zerbrechlich. Sie war alles, was ihm von seiner Familie geblieben war. Familie, dieses Gefängnis der Liebe. Und für einen kurzen Moment verspürte er in sich den Impuls, vom Tisch aufzuspringen, zum McCarran Airport zu hasten und irgendwohin zu fliegen. Wohin? Wieder nach Michigan? Nein, er war in Michigan gewesen. Nach Florida? Ganz bestimmt nicht nach Florida. Wohin dann? Irgendwohin, um... was? Um was zu tun? Zu deuten? Zu erklären (sieh mal, folgendes ist geschehen, und das war der Grund; es war keine Absicht, verstehst du, nichts Persönliches)? Um sich zu entschuldigen? Um sein verpfuschtes Leben aufzuarbeiten? *Irgend*wohin.

Aber er rührte sich nicht von seinem Platz am Tisch weg. Statt dessen spielte er Karten. Spielte schlecht, da das Zählen von seinen Erinnerungen hoffnungslos überlagert wurde. Aber erstaunlicherweise gewann er. Und zwar ständig. Pervers, wie gesagt. Die Perversität des Schicksals. Und als Bennie drei Stunden später auftauchte, lag auf seinem runden Gesicht das strahlende Grinsen des Siegers. »Hab' beide Male abgeräumt«, verkündete er triumphierend, »Endergebnis und Drüber/Drunter. Ein dikker Fünfer im Plus.«

Waverly sammelte seine Chips ein, tauschte sie an der Kasse um und erhielt sechshundert plus Kleingeld.

»Und?« fragte Bennie. »Wie war's bei dir?«

»Ich hatte einen passablen Abend. Gott weiß warum. Ich konnte mich nicht konzentrieren. Einfach nur ganz dämliches Glück.«

»Weißt du, in diesem Gewerbe ist es besser, Glück zu haben, als schlau zu sein.«

»Und wenn keines von beidem der Fall ist?«

»Dann setzt man trotzdem gegen sie. Zaghaftes Geld gewinnt niemals.«

»Und unseres ist mutig?«

»Es wird allmählich, mein Junge. Wir fangen an, einen Grundstock zu legen. Wir stehen in den Startlöchern, Timothy. Ich spüre es in den Knochen.«

Waverly wurde sich bewußt, wie sein Mund sich zu einem Lächeln verzog. Mutiges Geld, einen Grundstock anlegen, in den Startlöchern stehen – nun ja, warum nicht? Ihm wurde klar, daß sie auf diese Weise über die Runden gekommen waren in all den Jahren. Auf der einen Seite sein eigener nüchterner Fatalismus, so oft bestätigt, der sich in empfindlichem Gleichgewicht mit dem reflexartigen Optimismus eines Benjamin Saul Epstein befand. Die Grundlage ihrer eher unwahrscheinlichen Partnerschaft. Vielleicht hatte Bennie am Ende doch recht. Dennoch konnte er dieses unbehagliche Gefühl nicht abschütteln, die düstere Vision eines Jacktown-Absolventen, daß bald etwas passieren würde, und was immer es war, es war nichts Gutes. Und während sie durch die Tür hinaustraten in die kalte Nachtluft, sagte er: »Oder in deinen Träumen.«

Sechsunddreißig Stunden später, am Morgen des Tages vor Thanksgiving, passierte etwas. In ihrer Begeisterung setzte Valerie es sich in den Kopf, für ihren Bruder und Bennie und Roger und, als die Idee allmählich Gestalt annahm, auch für all ihre neuen Freunde ein Feiertagsessen zu veranstalten. Und von diesem Moment an begann die Zeit schließlich, in ihrem stetigen, geistlosen Rhythmus, ihre Lehre zu verkünden.

3. Teil

15

Bereits bei Tagesanbruch war Valerie hellwach. Sie stieg sofort aus dem Bett, schlüpfte in Jeans und Arbeitshemd und verbrachte die nächsten beiden Stunden damit, ihr Apartment auf Hochglanz zu bringen. Der restliche Vormittag gehörte der Zusammenstellung und der Zubereitung ihres Festmahls. Da sie keinen Eßtisch besaß, wurden die Speisen als Büffet auf der Theke aufgebaut, die Wohnzimmer und Küche voneinander trennte. Und so sah ihr Menü aus: eine Sesam-Nuß-Mischung; eine eisgekühlte Suppe aus Mungobohnen, Alfalfasamen und einer Mischung von Kreuzblütlergemüsen (alles in einer Lösung aus Wasserstoffsuperoxyd mit Sauerstoff angereichert), Weizenkeimbrot mit eingebackenen Rosenblüten; Sojabohnenklöße; gedämpfte Maiskolben (ebenfalls mit Sauerstoff angereichert); und ein Kräuterkonzentrat namens Kalash, in dem zahlreiche exotische Ingredienzen enthalten waren wie Indischer Gallapfel, getrocknete Weidenkätzchen, Stachelbeeren, Nabelkraut, Cypergras, Büffelbutter, Schmetterlingsfrucht und Chinesischer Roseneibisch und viele andere und das die Farbe und die Konsistenz von erstarrtem Teer hatte; Gemüsesaftcocktails und Kamillentee als Getränke; und als Konzession an verschiedene ihrer Gäste ein Truthahn aus biologischer Geflügelhaltung und biologischer Kürbiskuchen (gesüßt mit einer Prise Rohrzucker), der im Backofen stand. Es war schließlich trotz allem Thanksgiving.

Gegen Mittag waren ihre Vorbereitungen mehr oder weniger abgeschlossen. Sie duschte und wählte als Kleidung für den Anlaß die Bauernbluse und den Rock, den sie zu ihrem ersten Besuch bei Brewster getragen hatte – ihre glückbringende Kombination. Sie platzte fast vor Aufregung, und um sich zu beruhigen, legte sie ein Tonband mit Gandharva-Veda Instrumentalmusik auf (Kassette und Abspielgerät waren ihr von Brewster großzügig zur Verfügung gestellt worden), streckte sich auf dem sauberen Teppich aus, ließ sich von den Melodien davontragen und gelangte wieder zu ihrem inneren Gleichgewicht. Es war dasselbe Band, das sie bei der Behandlung Rogers einsetzte, und zwar mit großem Erfolg. Allerdings erzeugte jetzt der Gedanke an ihn, an sein mysteriöses Verschwinden während der letzten beiden Tage, eine sorgenvolle Turbulenz im Meer der Ruhe, das sich in ihr ausbreitete. Aber sie verdrängte alles, legte es in die Hände des Kosmischen Geistes, und schon nach einer Stunde war sie erfrischt und wieder ruhig und gelassen wie eh und je.

Gegen drei Uhr kündigte sich die Ankunft ihrer ersten Gäste durch ein Klopfen an der Tür an. Sie öffnete, und vor ihr standen Brewster und Click. Sie waren dem Anlaß entsprechend gekleidet, Brewster in seinem üblichen schwarzen Anzug, Click in sportlicher Hose und Sportsakko, an dessen schuppenbestreutem Revers er nervös herumzupfte. Beide lächelten, Brewster seiner Rolle entsprechend sehr ernst. Click ein wenig verkniffen, aber es war immer noch ein Lächeln. Als Brewster seine Hand hinter dem Rücken hervorzog, hielt er darin eine Flasche, die die handelsübliche Form einer Whiskeyflasche hatte. »Wakassa«, sagte er, »der flüssige Extrakt der Chlorella. Ein hervorragender appetitanregender Cocktail vor dem Abendessen. Ich dachte, daß er Ihren Gästen vielleicht schmecken wird.«

Valerie gab einige aufgeregte Das-wär-doch-nicht-nötig-gewesen-Laute von sich. Sogar nach zwei Wochen erzeugte die Anwesenheit des großen Mannes bei ihr noch immer eine gewisse unterwürfige Ehrfurcht. Sie ließ sie eintreten, bot ihnen Plätze an. Ihr Wohnzimmer war mit einer Couch für zwei Personen und zwei Sesseln möbliert. Damit jeder der heute eingeladenen Gäste sitzen konnte, hatte sie drei Klappstühle aus dem Zentrum ausgeborgt und sie im Zimmer verteilt aufgestellt. Als habe er ein göttliches Anrecht darauf, nahm Brewster in einem der Sessel Platz. Click entschied sich für die Couch. Valerie blieb stehen und hielt verlegen die Geschenkflasche in der Hand. »Möchten Sie jetzt ein Glas Wakassa?« erkundigte sie sich und richtete die Frage wie selbstverständlich an Brewster.

»Ich schlage vor, wir warten, bis Ihre Partygäste vollzählig eingetroffen sind. Dann haben wir einen Begrüßungstrunk.«

»Ein paar Nüsse dann?«

»Das wäre schön.«

»Cleanth?«

Click zögerte, aber nur lange genug, um Brewster einen verstohlenen Blick zuzuwerfen. »Na klar, ich versuch' mal ein paar.«

Valerie ging zur Eßbar und füllte zwei Glasschälchen aus der Sesam-Nußschüssel und brachte sie herüber. Eines für jeden. Sie nahm gegenüber Brewster auf einem Klappstuhl Platz und erkundigte sich ein wenig besorgt. »Mr. LaRevere und seine Nichte... sie kommen doch?«

»Aber ja«, antwortete Click schnell und sagte es so, wie Eggs es ihm erklärt hatte, oder so gut er sich an Eggs' Worte erinnern konnte. »Ich habe Eg-Mr. LaRevere heute vormittag angerufen, und er sagte, er hätte noch einige geschäftliche Dinge zu erledigen, aber er käme auf jeden Fall her. Er müßte jeden Moment erscheinen.«

»Geschäfte? An einem Feiertag?«

»Ja. Nun, er hat immer ziemlich viel zu tun. Er hat all diese, äh, Beteiligungen, um die muß er sich kümmern.«

Brewster, der sich nicht die Schau stehlen lassen wollte, seufzte schwermütig. »Für einige Menschen gibt es nun mal keinen Feiertag.«

Als ob Click das nicht wüßte. Wollte er doch am Abend vorher nach Hause fahren, um unterwegs noch ein Bierchen zu schlucken, als Dr. Leichenbitter ihn daran erinnert, daß sie am nächsten Tag ihre Runden drehen. Truthahntag, und sie machen trotzdem ihre Runde. Als er nun Eggs erzählt, er müsse arbeiten, sagt Eggs, Ach, das ist überhaupt nicht schlimm, er und Cool Whip würden sich ein Taxi nehmen, er will sowieso nicht, daß Brewster sieht, wo sie hausen, das sei schlecht fürs Image. Was eigentlich gar nicht der Punkt ist. Er ist es doch nicht, der an diesem Morgen auf die Tour muß. Gut? Ja, klar. Kein Problem.

»Cleanth und ich mußten heute unsere Hausbesuche machen«, erklärte Brewster im nervlich angespannten Tonfall eines

Menschen, der sich einer ernsten und, in den Augen gewöhnlicher Sterblicher, einsamen Aufgabe verschrieben hat: »Das menschliche Leid kennt keine Feiertage.«

Valeries Stirn war in einem Ausdruck ernster Sorge gerunzelt. »Ich hoffe, all ihren Patienten geht es gut.«

»Den Umständen entsprechend, wenn man bedenkt, wie sie bisher gegen ihren Körper gesündigt haben. Allen außer einem. Hubert. Sie erinnern sich bestimmt an ihn.«

»Ist das der ältere Herr mit dem Herzleiden? Mr. Jessup?«

»Genau der. Ein armer, fehlgeleiteter Mensch, dieser Hubert. Ich habe Grund zu der Annahme, daß er wieder zu den giftigen Drogen zurückgekehrt ist, die ihm sein Arzt verschrieben hat.«

»Das wäre aber schlimm«, sagte Valerie.

»In seinem Fall tödlich«, bekräftigte Brewster mit einem Mund voller Nüsse. Einen Moment lang kaute er nachdenklich. Dann, als wolle er die melancholischen Gedanken an den todgeweihten Hubert verdrängen, sagte er: »Aber genug jetzt von der Arbeit. Jetzt ist die Zeit der Ruhe, der Erholung. Sagten Sie nicht, daß auch Ihr Bruder erscheinen werde?«

»Gegen vier Uhr hat er sich angesagt. Mit einem Freund. Und wahrscheinlich noch mit jemand anderem, von dem ich Ihnen schon mal erzählt habe.«

Brewster überlegte. »Der mit dem Alkoholproblem?«

»Ja.«

»Nun, ich bin sehr gespannt, sie alle kennenzulernen.«

Dreißig Minuten später wurde seine vielgeprüfte Geduld wenigstens teilweise durch das Erscheinen von Eggs und Dawnette belohnt. Genauso wie Brewster erschien Eggs mit einem Geschenk, das er hinter seinem Rücken versteckte, nämlich einem Dutzend langstieliger Rosen, die er hervorzog und der Gastgeberin mit einer theatralischen Geste und einer übertrieben formellen Verbeugung überreichte. »Ich hoffe, damit für einen Farbtupfer auf Ihrer Festtafel sorgen zu können«, sagte er. Heute war der Tag, an dem er das Feuer auf den medizinischen Schaumschläger eröffnen wollte. Es war seine erste richtige Attacke, und er brachte sich in Stimmung, schoß sich sozusagen ein.

»Sie sind wunderschön«, sagte Valerie strahlend vor Dankbarkeit.

Brewster hatte sich erhoben. Click desgleichen. Feiertagswünsche wurden ausgetauscht, Hände geschüttelt. Valerie brachte die Blumen in die Küche, schnitt die Stiele unten ab und arrangierte sie in einer Vase mit entmineralisiertem Wasser. Eggs und Dawnette setzten sich zu Click auf die Couch, wobei Dawnette zwischen ihnen eingequetscht wurde und dachte, wenn die eine Sandwichnummer machen wollen, dann sind sie schon ganz schön voran gekommen. Doch sie sagte nichts, behielt ein lächelndes Gesicht bei, wie Eggs es von ihr verlangt hatte. Es wurde sowieso verdammt viel gegrinst hier: Eggs in Richtung Brewster; Brewster still vor sich hin, als lache er über irgendeinen Witz, den nur er verstand; die unter Samenstau leidende Schweinebacke grinste wegen nichts Bestimmtem, es sei denn er freute sich darüber, wie ihre Hüfte und ihr Oberschenkel sich, völlig gegen ihren Willen, an ihn preßten; und Schneewittchen, die gerade wieder ins Wohnzimmer zurückkam, grinste ebenfalls und sagte direkt zu ihr: »Ich finde Ihre Halskette wunderschön.« Dawnette rang sich zu einem lakonischen Dankeschön durch. Bei den wenigen Gelegenheiten, bei denen sie im Zentrum miteinander gesprochen hatten, war diese Tussi ihr so übertrieben süß und freundlich vorgekommen, daß es ihr entweder angeboren war oder daß sie eine ganz einmalige Schau abzog. Wahrscheinlich war es angeboren. Und wahrscheinlich war sie genausowenig dicht im Kopf wie Brewster.

Neben den fast bis auf die Schulter herabhängenden tropfenförmigen Ohrringen aus Bergkristall vervollständigte die goldene (nun ja, auf jeden Fall vergoldete) Halskette, beides Geschenke von Velva, ihre Garderobe für diesen Anlaß: eine gekräuselte weiße Bluse, auf der Eggs bestanden hatte (allerdings mit wenig Nachdruck, denn seine Strategie stützte sich, soweit sie es beurteilen konnte, nicht mehr ausschließlich auf sie, was einen zu der Frage brachte, auf welcher Sprosse dieser wackligen Leiter man überhaupt stand), der Rest war eine einzige modische Demonstration des Begriffs aufreizend: ein Rock mit Schlitzen vorne und hinten, die einen großzügigen Blick auf jede Menge

Oberschenkel gestatteten, und dazu die hohen Pfennigabsätze, die alle möglichen fleischlichen Phantasien anregten. Hinzu kam die entsprechende Kriegsbemalung, das tiefrote Lippengloss und der aufdringlich lavendelfarbene Lidschatten sowie das gekonnt auf zerzaust frisierte und mit pinkfarbenen Strähnen durchsetzte blondierte Haar. Es war reinste Cool Whip, ohne Tarnung und zu allem bereit.

Selbst trug Eggs einen pastell- und pfirsichfarbenen Leinenanzug, leicht und teuer, aber ein wenig aus der Mode. Unter den herrschenden Umständen, das Betriebskapital war stark zusammengeschmolzen, war es das beste, was er zustande brachte. Er hatte sich mit Brewster unterhalten, hatte einige belanglose Aufmerksamkeiten ausgetauscht. Aber nun, um nicht allzu aufdringlich zu erscheinen, wandte er seine Aufmerksamkeit Valerie zu und machte ein paar freundliche Bemerkungen über ihre Wohnung.

»Es ist eigentlich nur das Nötigste vorhanden«, sagte Valerie. »Es ist wirklich nichts besonderes.«

»Sie haben aber wahre Wunder damit vollbracht«, sagte Eggs und meinte es durchaus ernst, denn er war schon immer ein Bewunderer aseptischer Sauberkeit gewesen.

»Ja, richtig gemütlich«, pflichtete Click ihm aus dem Bedürfnis heraus bei, überhaupt irgendwas zu sagen, denn er hatte seit ihrer Ankunft kaum ein Wort über die Lippen gebracht. Aber niemand schien ihm zuzuhören, daher knabberte er weiter wie ein Eichhörnchen von den Nüssen. Das war besser als nichts. Er hatte nichts anderes gegessen als zwei Crémerollen (vielleicht waren es auch drei gewesen) vor der Runde, und er hatte Hunger auf solide, normale Verpflegung, obgleich er davon ausging, daß er die hier auch nicht finden würde. Wahrscheinlich müßte er sich erst mal einen Doppelwhopper genehmigen, sobald sie diese Bude verlassen hatten. Fiswich wäre auch nicht schlecht. Außerdem spürte er, wie es ihm untenrum allmählich warm wurde, denn sein Hintern war praktisch mit Cools verschweißt, und ihr Oberschenkel scheuerte an seinem. Paß auf, sagte er sich, wenn du lange genug sitzenbleibst und intensiv genug daran denkst, an diesen Zuckerarsch und daran, wie diese Pythonbeine dich umschlingen und dir den Saft rauspressen, also wenn du das 'ne Weile durchhältst, dann explodiert der Kleine irgendwann ganz von alleine. Dafür brauchte er seinen Freund noch nicht mal anzufassen.

Die Unterhaltung stockte. Um sie wieder in Gang zu bringen, erzählte Eggs eine lange, verwickelte, raffiniert konstruierte Geschichte von einer geschäftlichen Transaktion, die ihn in jeder wachen Stunde während der vergangenen Wochen in Trab gehalten hatte. Zwischen den Zeilen war zu hören, mit welcher Masse von Arbeit er sich ständig herumschlagen mußte. Brewster, der sich gerade in dieser Hinsicht niemals übertreffen lassen konnte, reagierte mit einer ähnlichen Story aus seinem Erfahrungsbereich und machte dabei deutlich, wie mühsam es ihm wurde, seiner Berufung stets gerecht zu werden. Nachdem sie auf ihre mühevolle Arbeit aufmerksam gemacht hatten, lenkte Eggs das Gespräch auf das eher allgemeinere, breitere Thema der wirtschaftlichen Entwicklung, auf das explosionsartige Wachstum der Stadt und auf die mannigfachen Möglichkeiten, die dieses Wachstum mit sich brachte. Brewster stimmte ihm entschieden zu. Sie waren ein regelrechtes Gespann unternehmungslustiger Pioniere und erkundeten sorgfältig das Klima für ihre jeweiligen Unternehmungen.

Dawnette schlug die Beine übereinander und streckte sie wieder. Nur ihr eisiges Lächeln kaschierte ein Gähnen. Ohne dieses Lächeln hätte sie in ihrem Gesicht ein Loch so groß wie eine Höhle gehabt.

Click ließ seine Blicke zwischen Eggs und Brewster hin und her wandern, nickte weise, als verfolge er ihr Gespräch und als begriffe er ganz genau, wovon die Rede war. Dabei dachte er jedoch, daß die beiden klangen wie die Schauspieler in den Seifenopern im Fernsehen, die er sich nachmittags gelegentlich ansah.

Valerie lauschte ebenfalls oder zeigte zumindest die gespannte Aufmerksamkeit, die darauf schließen ließ. Aber erneut überkam sie diese Nervosität, diese zappelige Erregung, die sie schon früher im Verlauf des Tages verspürt hatte. Wie sie so dasaß auf einem Klappstuhl neben Cleanth und der auffällig hübschen (allerdings mißgelaunten und ganz sicher abweisenden) Nichte, kam sie sich provinziell und tolpatschig vor und wußte überhaupt nicht, was sie sagen sollte. Vielleicht war es ein Fehler gewesen, ein solches Treffen zu arrangieren nach all den Jahren der Einsamkeit. So viele Leute auf derart engem Raum. Sie wünschte sich, Tim und Bennie kämen endlich. Wo waren sie überhaupt? Und was war mit Roger? Wenn sie hier wären, würde die steife Unterhaltung sicherlich etwas aufgelockert. Wenn sie ein Telefon besäße, würde sie sie anrufen, sie bitten, sich zu beeilen und die Party zu retten. Aber sie hatte kein Telefon. Und niemand kam ihr zu Hilfe.

Nicht bis weit nach vier, als eine gewisse Unterstützung schließlich in Gestalt von Waverly und Bennie eintraf. Auch, und zu ihrem Entsetzen, in Gestalt von Electra, die aufgeregt an der Leine zerrte, die Bennie in der einen Hand hielt, eine Tüte voller Sachen zum Essen in der anderen. »Ich konnte doch den Köter während der Party nicht allein zu Hause lassen«, erklärte er.

»Aber Sie wissen doch, daß hier keine Hunde rein dürfen«, protestierte Valerie.

»Ach, für einen Nachmittag wird es schon gehen. Sollte jemand Ihnen Schwierigkeiten machen, dann schicken Sie ihn zu B. Epstein.« Er zog an der Leine, um den Hund zurückzuhalten, und reichte ihr die Tüte. »Ich hab' was zum Essen mitgebracht.«

Valerie warf einen mißtrauischen Blick hinein.

»Ein paar Fritos, Zwiebelsauce, Schweizerkäse, Leberpastete, etwas Aufschnitt, Zunge, ein Glas Gewürzgurken – was haben wir sonst noch, Timothy?«

»Keine Ahnung. Es war deine Idee.«

Valeries klagender Blick wanderte zu ihrem Bruder.

Waverly zuckte hilflos die Achseln. »Ich hab' versucht, ihn davon abzuhalten.«

Sie riß sich ein wenig zusammen und sagte: »Das ist sehr aufmerksam, Bennie. Aber es wäre wirklich nicht nötig gewesen.«

Bennie winkte ab. »Hey, nichts zu danken. So wurde es schon bei den Pilgervätern gemacht, wenn gefeiert wird, bringt jeder was mit.« Das war die Epsteinsche Interpretation der amerikanischen Geschichte.

»Nun ja, ich denke, irgendwem... wird es schon scnmecken.«

»Wenn nicht, dann esse ich es selbst. Ich bin hungrig wie ein...« Er suchte in seiner Phantasie nach einem passenden Vergleich und entschied sich für das harmlose »...Pferd. Keine Sorge, es wird schon nichts verkommen.«

Sie geleitete sie herein. Man machte sich gegenseitig bekannt, es kam zu weiterem, wenngleich etwas weniger heftigem Händeschütteln, diesmal in der Version einer vorsichtigen gegenseitigen Begrüßung von Fremden. Valerie brachte die Tüte in die Küche. Sie hatte keine Ahnung, was sie mit all diesem sterilisierten, entvitalisierten, chemisch verseuchten Fraß anfangen sollte. Ganz sicher wollte sie Bennies Gefühle nicht verletzen. Aber was würde Wyman denken? Ein schreckliches Dilemma. Schließlich arrangierte sie alles auf einer freien Ecke der Theke, so weit wie möglich außer Sicht. Das war das beste, was ihr einfiel.

Im Wohnzimmer nahm Bennie dem Hund das Halsband und die Leine ab und ließ sich, nachdem er sich nun von seiner doppelten Last befreit hatte, schwer in den unbesetzten Sessel fallen. Waverly nahm einen der Klappstühle. Der plötzlich befreite Hund stürzte sich sofort auf Dawnettes parfümierten Schoß. Sie wich ängstlich zurück.

»Hey, Electric«, sagte Bennie mit dem sanftesten Tadel in der Stimme, »benimm dich anständig.«

Eggs beugte sich hinüber und plazierte sich zwischen Dawnette und den schnüffelnden Hund. Er kraulte ihn hinter den Ohren und murmelte einige beruhigende Worte. Erstaunlicherweise hockte Electra sich augenblicklich hin, rieb sich mit offensichtlichem Wohlbehagen an seinem Bein. Ein neuer Freund. Zu Bennie sagte er: »Ein wunderschönes Exemplar. Gehört sie Ihnen?«

»Nein, sie ist Valeries Tier. Wir haben sie zur Zeit bei uns in Pension, weil hier keine Hunde gestattet sind. Ich fürchte, sie hat im Umgang mit faulen Stubenhockern wie Timothy und mir ihre Manieren verloren.«

»Ich habe Dobermanns schon immer bewundert«, sagte Eggs. »Eine sehr intelligente Rasse. Von ihrer brutalen Kraft ganz zu schweigen.«

»Sie scheinen sich ja mit Kötern bestens auszukennen.«

»Ich habe mal Weimeraner gezüchtet. Als ich noch um einiges jünger war. Das ist auch eine hervorragende Rasse.«

»Die außerordentliche sensorische Wahrnehmungsfähigkeit des Hundes«, warf Brewster geheimnisvoll ein und machte sich wieder zum Mittelpunkt der Unterhaltung »kann sehr aufschlußreich sein. Wir können davon eine Menge lernen.«

Eggs konnte dem nur zustimmen, und während der nächsten Minuten bildeten die mystischen Fähigkeiten von Tieren ein ergiebiges Gesprächsthema. Bennie war sich nicht ganz sicher, worüber, zum Teufel, sie sich unterhielten, aber er beteiligte sich trotzdem. Dawnette und Click hatten keine Meinung zum Thema. Ebensowenig Waverly, der zusah und zuhörte und sich insgeheim ein Urteil über die Versammlung zu bilden versuchte. Was er sah und hörte war nicht besonders ermunternd.

In der Küche legte Valerie letzte Hand an ihre Abendtafel. So sehr sie auch enttäuscht war von Rogers Nichterscheinen, sie konnte jedenfalls nicht länger warten. Mit akribischer Sorgfalt arrangierte sie Servierplatten, Suppenschüsseln, Teetassen, Saftkaraffen, Eßbestecke, Servietten und die Rosen von Mr. LaRevere auf der Theke. Als sie mit ihrem Werk zufrieden war, öffnete sie die Wakassaflasche, füllte mehrere Likörgläser, stellte sie auf ein Tablett und trug dieses ins Wohnzimmer. »Das Essen steht bereit«, verkündete sie. »Aber zuerst wollen wir miteinander anstoßen.«

Ein Glas nahrhaften Nektars für jeden. Es ergab sich natürlich, daß Brewster den angemessenen Trinkspruch formulierte. Er erhob sich aus seinem Sessel, reckte sich zu voller Abraham Lincoln-Größe und gab damit den andren ein Zeichen, ebenfalls aufzustehen und sich in der Mitte des Raums im Kreis aufzustellen. Er hob sein Glas. Sein faltiges Gesicht schien zu einem süßlichen Lächeln zu zerfließen. »Auf den Segen guter Gesundheit, geistiger Harmonie und –« mit einem flüchtigen Blick auf Eggs »– reichlichen Wohlstands für uns alle, und das nicht nur an diesem Tag feierlicher Danksagung, sondern auch an allen Tagen, die noch vor uns liegen.«

»Gut gesagt«, lobte Eggs.

Gläser stießen klirrend gegeneinander. Brewster leerte seines und genoß jeden Tropfen der erbsengrünen Flüssigkeit. Valerie folgte seinem Beispiel. Alle anderen tranken eher vorsichtig. Außer Click, der sein Glas in einem einzigen heldenhaften Zug leerte und dachte, es sei allemal besser, den Giftbecher schnell auszutrinken, und anschließend den Rülpser, der aus dem Magen durch die Speiseröhre in seine Kehle hochstieg, mühsam unterdrückte.

»Bitte sehr«, sagte Valerie und deutete auf die üppige Auswahl. »Bedienen Sie sich.«

Endlich war es soweit. Eine kleine Schlange bildete sich an der Küchentheke, Teller wurden gefüllt (einige mehr als andere). Electra, ermutigt durch zwei Wochen Epsteinscher Vormundschaft, strich durch den Raum, schlängelte sich durch den Wald von Beinen, hechelte erwartungsvoll und bettelte mit ausgehungerten Augen. Eine verärgerte Valerie scheuchte den Hund, der sich ihr bis zum Schluß widersetzte, ins Schlafzimmer und befahl ihr mit weitaus schärferem Tonfall als üblich, dort zu bleiben. Ihr war klar, daß schnellstens etwas gegen diesen spürbaren Verfall der Disziplin getan werden mußte. Aber nicht heute. Heute gab es genug anderes, das ihre ganze Aufmerksamkeit fesselte. Sie stand für einen kurzen Moment da, die Augen geschlossen, die Arme schlaff herabhängend, kontrolliert durchatmend; und sobald sie sich wieder gesammelt hatte, kehrte sie zu ihren Gästen zurück, eilte zwischen ihnen hin und her und sorgte dafür, daß ihre Bedürfnisse befriedigt wurden.

Waverly beobachtete sie, ihre geschmeidige Gestalt, so fein wie zarte Spitze und dennoch von solider Schönheit und Grazie, die sie von innen her erstrahlen ließ. Und auch die anderen beobachtete er, fragte sich dabei, wie es wohl gekommen war, daß sie ausgerechnet mit dieser Bande zu tun hatte, die in etwa die unheimlichste Kollektion von Spinnern und Gescheiterten und räuberischen Elementen darstellte, die er je außerhalb der Mauern Jacktowns gesehen hatte. Und sicherlich genauso gefährlich.

Ausgenommen vielleicht der, welcher als Cleanth vorgestellt worden war. Er war kleinwüchsig, glich einem wandelnden Fäßchen und war fett wie ein Kugelfisch. Im Augenblick saß er am einen Ende der Couch und beugte sich über einen Teller, den er mühsam auf einem dicken Knie balancierte. Offenbar lagen sein Geschmack und sein Appetit auf der gleichen Linie wie Bennies, denn der Teller quoll über von einer Auswahl von Epsteins Köstlichkeiten, und er vertilgte sie mit gieriger und intensiver Gründlichkeit. Er konzentrierte sich ausschließlich aufs Essen. Nein, der vielleicht nicht.

Aber ganz gewiß von dem Girl, das neben ihm auf der Couch saß und lustlos auf ihrem fast leeren Teller herumstocherte. Die Nichte mit dem reichlich unwahrscheinlichen Namen. Nichte. Klar. Grell geschminkter Nuttenmund, ebenso grell geschminkte verruchte Augen, die Haut so weiß wie Kreidestaub, das Gesicht umrahmt von einer Korona silbrig blonden Haars, den prächtigen Körper offen zur Schau stellend (ungeachtet der auf züchtig getrimmten Bluse), in ihrem Verhalten unzugänglich wie eine Eisscholle und genauso tödlich – der Prototyp einer Nichte. Seltsamerweise kam sie ihm irgendwie bekannt vor, aber woher, bekam Waverly nicht mehr ganz zusammen. Es war auch egal. Ganz sicher war sie die Schlaftablette von der besonders teuren, zu allen bizarren Spielchen bereiten Variante.

Es wurde schlimmer. Man brauchte sich nur Valeries Gönner und Mentor anzusehen, ihr Idol, den Wunderheiler, dessen Mahlzeit ausschließlich aus dem bizarren Angebot bestand, und dessen kleiner, scharf gezeichneter Mund, wenn er nicht gerade mit Kauen beschäftigt war, in einem fort redete, den reinsten Worttriathlon absolvierte und alle Luft im Raum zu verbrauchen schien. Mit einer theatralisch flüsternden Stimme, wie man sie einsetzt, wenn man ganz sicher auch noch bis in den letzten Winkel der jeweiligen Räumlichkeit gehört werden will, erklärte er einer wie gebannt lauschenden Val irgendwelche obskuren metaphysischen Eigenschaften der Zeit, des ewigen Jetzt, und strickte seine Erläuterungen dann geschickt, wenn auch nicht besonders unauffällig, zu einem Lobgesang seiner selbst und seiner hehren Lebensaufgabe um. Das Gesicht, hager und blutlos, schien zerfurcht von intensiver Hingabe an seine Arbeit. Die Knochen zeichneten sich über seinen eingefallenen Wangen scharf ab, seine tiefliegenden Vogelaugen blickten wie verhungert und nur noch andeutungsweise normal. Ein harmloser Fanatiker? Wohl kaum.

Aber noch schlimmer war der im pfirsichfarbenen Anzug, dieser Mr. Ignatius LaRevere (noch so ein unwahrscheinlicher Name), der das Couchende in Brewsters nächster Nähe besetzte und der offenbar auf jede Nuance des Gesprächs im Raum eingestimmt war und mit beiden Ohren genau zuhörte (denn außer dem Monolog des Wunderheilers war da noch Bennie, der ständig auf den Dicken und die Nutte einredete, sie mit Erzählungen von Riesendollarsummen unterhielt, die er gewonnen und verloren hatte, Abenteuer in der Welt der Wetten und des Spiels). Aber wenn Augen hier der Prüfstein waren, der Bewertungsmaßstab, dann waren seine ganz sicher und konkurrenzlos die bedrohlichsten. Sie waren eisblau und auf träge Art wachsam, berechnend und mit dem gleichen verzehrenden Feuer erfüllt wie Brewsters, allerdings einem Feuer völlig anderer Art und Heftigkeit. Es war der Unterschied zwischen Jacktown-Augen und denen, die man im Gerichtsmedizinischen Zentrum in Ypsilanti sehen konnte, der Deponie für die kriminellen Geisteskranken. Und als der Blick dieser Augen nun über Waverly hinwegglitt, wie es gerade wieder geschah, spielte ein totes Lächeln um den dünnen Strich von einem Mund, und ein Signal, ähnlich einem geheimen Code, schien zwischen ihnen hin und her zu gehen, so als erkenne jeder im anderen etwas von sich selbst, als wisse jeder über die dunkelsten Geheimnisse im Herzen seines Gegenübers genau Bescheid. Es war nur ein kurzes Aufflackern des Erkennens, mehr nicht, aber es reichte aus, um bei Waverly ein Frösteln zu erzeugen.

Während einer kurzen Unterbrechung von Brewsters Monolog entschuldigte Valerie sich und kam zu ihrem Bruder herüber. Sie erkundigte sich, ob ihm das Essen schmecke.

Unangenehme Frage. Es war ihre Party, ihr Tag. Wie reagierte man da? Man log. »Es ist sehr gut«, erwiderte Waverly. »Und zwar alles.«

»Hast du schon das Kalash probiert?«

Ein Klumpen von dem Zeug, dunkel wie Steinkohle, lag auf seinem Teller. »Noch nicht«, sagte er. »Aber ich tue es gleich.«

»Ich glaube, du wirst es mögen. Es wirkt wahre Wunder für das Immunsystem. Und es schmeckt außerdem köstlich.«

Eine doppelte Gefahr, die von diesem Kalash ausging. »Davon bin ich überzeugt«, sagte Waverly.

Ein sorgenvoller Ausdruck glitt über ihre Miene. »Tim, hast du Roger in letzter Zeit gesehen?«

»Seit ein paar Tagen nicht mehr.«

»Ich auch nicht. Er war natürlich eingeladen. Ich habe ihn aus dem Zentrum angerufen und eine Nachricht auf seinem Anrufbeantworter hinterlassen.«

»Vielleicht hält er sich außerhalb auf. Bei irgendeiner Tagung.«

»Das hätte er ganz gewiß erwähnt. Ich hoffe, daß ihm nichts zugestoßen ist.«

Waverly hatte gewisse Vorstellungen, was dem vermißten Pettibone zugestoßen sein könnte, aber er hatte wenig Lust, es ihr zu verraten. Statt dessen versuchte er, ihre Sorgen zu zerstreuen. »Ich würde mir wegen Roger keine Sorgen machen. Ich denke, daß er ganz gut selbst auf sich aufpassen kann.«

»Aber ich mache mir Sorgen. Er hat so gute Fortschritte bei der Bewältigung seines... Problems gemacht. Ich wünschte, er wäre heute hergekommen.«

Ein Blick durch den Raum offenbarte ein weitaus aktuelleres Problem: Brewster hielt demonstrativ sein leeres Likörglas hoch. Sie verschwand in der Küche und kehrte mit der Wakassaflasche zurück. Brewster wurde zuerst bedient, danach wurde das ganzheitliche, den Gaumen abtötende Getränk rundum angeboten. Alle lehnten dankend ab.

Was den Wunderheiler jedoch nicht im mindesten davon abhielt, sein Glas zu erheben und mit befehlsgewohnter Stimme zu verkünden: »Ich möchte einen weiteren Toast ausbringen. Diesmal auf unsere großzügige Gastgeberin, deren Bemühungen, dieses üppige Festmahl zu bereiten wie auch alles andere, was sie in Angriff nimmt, geradezu meisterlich und beispielhaft sind.«

Dieses übertriebene Kompliment zauberte ein seliges Leuchten auf Valeries Wangen. Ihr Gesicht erstrahlte in einem geradezu schwachsinnig unschuldigen Lächeln. Und in genau diesem

Moment erklang ein drängendes Pochen an der Tür, und der letzte Wunsch ihres Tages ging in Erfüllung.

Für Eggs wurde es zunehmend schwieriger, auf die vielen trüben Gegenströmungen zu achten, ob in Worte gefaßt oder nicht, die diesen beengten kleinen Raum durchzogen. Es war mehr, als er erwartet hatte. Mehr, als er in seinem sorgfältig geplanten Drehbuch berücksichtigt hatte. Zu seiner Rechten hielt Brewster, animiert von ein oder zwei entsprechenden Fragen, einen weitschweifigen Vortrag über das Quanten-Paradigma, die Grundlage seiner Heilkunst. Das immerhin war leicht zu bewältigen, das hatte Hand und Fuß, bewegte sich in eine bestimmte Richtung. Es war der Eröffnungszug in dem überarbeiteten und verfeinerten Spielplan.

Aber links von ihm, hinter Dawnette und Cleanth (sie in etwa genauso lebendig wie eine Crashtest-Puppe, er so zappelig wie ein kleines Kind, insgesamt ein Paar schwerfälliger Moderatoren, diese beiden) waren der zu spät erschienene Trinker und der fröhliche Jude in ein angeregtes Gespräch vertieft, das bruchstückhaft zu ihm herüberdrang (»...freut es Sie sicherlich, wenn Sie hören...«; »...sind Sie demnach sicher, daß er dabei ist...«; »...nach seiner Überzeugung die einzige Wahl...« »...ist von der ganzen Saison die Rede oder nur von den wichtigen Spielen...?« »...erwähnt wurde nur eins, aber ich vermute, für ihn gibt es kein...«) und in irgendeinem fernen Winkel seines Kopfes ein Alarmsignal ertönten ließ. Die Stimme des Betrunkenen war undeutlich, hatte einen bitteren Klang; der Jude redete leise, verhalten, betont beiläufig. Irgend etwas ging da drüben vor sich, vollkommen unerwartet, wurde von diesen beiden Clowns ausgeheckt. Etwas, das seine Aufmerksamkeit erregte. Er bemühte sich, mehr ihrer gedämpften Worte aufzuschnappen, aber es war nicht einfach, beiden Gesprächen zu folgen. Es gab zu viele Ablenkungen.

Da flatterte zum einen die leicht bescheuerte Gastgeberin herum, einen gepeinigten Ausdruck im Gesicht, seit ihr angesäuselter Gast hereingewankt war, die Wangen aufgedunsen, die Augen feucht und gerötet, mit rostroten Bartstoppeln im Gesicht und eingehüllt in eine Wolke des Schweißgestanks, der aus seinen lange nicht gewechselten Kleidern und von seiner ungewaschenen Person aufstieg. Zum anderen, und weitaus störender, war da ihr Bruder, der ihn schweigend und aufmerksam beobachtete. Und aus einem anderen Teil seines Lebens, der schon weit zurücklag, erkannte Eggs die seltsamen prägenden Eigenschaften in diesem Blick: isoliert, brütend, wachsam und dennoch von Dämonen gehetzt trotz der scheinbaren Gelassenheit und Selbstkontrolle. Er begriff sie sehr gut. Und ihm war instinktiv klar, wenn es einen Spieler im Raum gab, den man ernstnehmen mußte, dann war es dieser Mann.

»...Bewußtsein, Absicht, Funktion, Substanz«, brabbelte Brewster weiter. »Dies sind die vier Stufen des Quantum-Paradigmas.«

Dem Klang der Stimme nach eine abschließende Zusammenfassung. Jetzt war er dran. Da er nur halb zugehört hatte, parierte Eggs mit einer auf Zeitgewinn zielenden Bemerkung. »Eine interessante Theorie. Aber ich glaube nicht, daß ich Sinn und Zweck Ihrer Arbeit in vollem Umfang verstehe. Die tägliche Behandlung der Todkranken, meine ich.«

»Der angeblich Todkranken«, korrigierte Brewster ihn mit dem Anflug eines nachsichtigen Lächelns. »Es ist wirklich ganz einfach. Die Substanz, die wir als unseren Körper bezeichnen, ist lediglich der Ort, den die Erinnerung ihr Zuhause nennt. Das Ziel der homöopathischen Medizin besteht darin, die Erinnerung auf Zellebene zu wecken.«

Da dieses Staubkorn scheinbarer Tiefgründigkeit mit Vorbedacht unkommentiert im Raum umherschwebte, sah Eggs sich genötigt, die Rolle des interessierten Laien zu spielen. Man tat eben, was getan werden mußte. »Welche Erinnerung ist damit gemeint, wenn ich fragen darf?«

Brewster verbarg seine Freude über die Frage nicht, holte tief Luft und verkündete mit einer Stimme, so tief und gewichtig, als dränge sie vom Grund eines tiefen Brunnens herauf ans Tageslicht, seine Antwort. »Jeder Mensch trägt in sich einen Mikrokosmos des Universums. Die Abstände zwischen den unzähligen Milliarden Zellen des menschlichen Körpers sind auf Miniaturbasis vergleichbar mit den unendlichen Entfernungen des intergalaktischen Raums. Und jede dieser Zellen hat eine eigene Identität, hat Gedanken, Gefühle, Träume. Und eine Erinnerung. Eine Erinnerung an den Kosmischen Geist, der erschafft, einflößt, bindet, beherrscht und letztendlich den Schlüssel zu wiederhergestellter Harmonie und vollkommener Gesundheit besitzt. Die Suche nach dieser Erinnerung, das ist die Grundlage meiner Behandlungsmethode. Der Rest ist allenfalls Ornament.«

Eine kurze Auszeit wurde genommen, während die erhabenen Gedanken seinen Kopf umflatterten. Sein Lächeln vertiefte sich ein wenig, jedoch furchte ein kontrapunktisches Stirnrunzeln die beiden vertikalen Falten, symmetrisch wie Anführungszeichen, zwischen seinen Augen, als befänden sich die beiden Hälften seines Gesichts, die obere und die untere, in einem Widerstreit. Seine von dicken Adern überzogenen Hände suchten einander, verschränkten sich, und er schwang langsam vor und zurück wie eine uralte Glocke, die zum Trauergottesdienst ruft. »Wenn nur die Ressourcen verfügbar wären«, sagte er traurig, »ließen sich unendliche Qualen lindern, könnte man grenzenlos Gutes tun.«

Also kamen sie doch langsam zum Kern des Ganzen. Verrückt oder nicht, man mußte seine Taktik bewundern. »Mit Ressourcen«, sagte Eggs, »meinen Sie doch einen Ort, eine zentrale Einrichtung, eine...« Er zögerte einen Moment lang, mimte den Menschen, der nach einem treffenden Begriff sucht, der sich allmählich zum Wesentlichen vortastet (auch er hatte seine Tricks). Jetzt. Sprechen wir es aus! »Eine Klinik vielleicht?«

»Genau.«

»Etwas Größeres als das, was Sie zur Zeit betreiben?«

»Sehr viel größer«, sagte Brewster und schaukelte nicht mehr.

Eggs zupfte nachdenklich an seinem Kinn. Ganz der interessierte und vorsichtige Unternehmer. »Das würde natürlich ziemlich teuer werden«, sagte er. »Und würde Ihnen eine ungeheure Verantwortung aufbürden.«

»Der Mensch, der nach Größe strebt«, erklärte Brewster mit soviel Bescheidenheit wie möglich, wobei er fromm den Blick senkte, »muß sich über die allgemein anerkannten Grenzen des Möglichen hinwegsetzen.«

Von der anderen Seite des Raums tönte es heiser herüber: »Emerson!«

Brewsters Blick hob sich und fixierte den Betrunkenen. »Wie bitte?« fragte er, und seine Stimme war ganz eisige Distanziertheit.

»Dieser Ausspruch, den Sie geklaut haben«, sagte Pettibone. »Er stammt von Emerson. Oder vielleicht von Thoreau. Von einem der beiden. Es ist eigentlich egal von wem. Sie sind beide Zwillinge im Geiste. Marke Fliegengewicht. Und außerdem haben Sie einiges durcheinandergebracht. Wenn Sie schon klauen, dann wenigstens richtig.«

All das wurde mit aufgeblähten Backen hervorgebracht, denn er war der einzige, der noch immer aß und die Speisen mit der gedankenlosen Gier eines Verhungernden in sich hineinschaufelte. Brocken davon gingen unterwegs verloren, landeten auf seinem längst mit Flecken übersäten Hemd oder blieben zwischen den Zähnen kleben. Sein feuerrotes Haar flog wild hin und her und erinnerte an die tanzenden Flammen eines Ölfeuers. Die Sommersprossen schienen unter seiner Haut zu glühen.

Brewster bemühte sich um eine Haltung eisiger Würde. Ein Teil der Frömmigkeit war aus seinen Augen verschwunden. Er sammelte das wenige, das von seinem Lächeln noch übrig war, und sagte: »Ich glaube kaum, daß Sie in der Verfassung sind, meine Integrität in Frage zu stellen.«

Erwartungsvolle Stille senkte sich auf den Raum herab. Eggs lehnte sich auf der Couch zurück, unterdrückte ein Grinsen und beobachtete beide aufmerksam. Er war gespannt, wohin dieser schwelende Streit führen würde.

»Das also glauben Sie kaum, nicht wahr?« sagte Pettibone, zerkaute die restlichen Speisebrocken in seinem Mund und richtete sich herausfordernd auf. Seine Augenbrauen schoben sich streitlustig in die Höhe. Er lechzte nach Ärger. »Nun, dann will ich Ihnen mal erklären, was ich von Ihrem ganzen wiedergekäuten Wühltischmystizismus halte. Selbst besoffen – was ich, wie ich leider feststellen muß, sicherlich bin –, also selbst in diesem Zustand weiß ich, daß weitaus bedeutendere Denker als Sie sich mit diesem Thema ausführlich beschäftigt haben. Nehmen Sie sich lieber die Bücher dieser weisen Männer vor, alter Junge. Lesen Sie sie bei Tag, und denken Sie nachts darüber nach.«

»Und wer sollen diese ›weisen Denker‹ sein?« fragte Brewster mit einem spöttisch überheblichen Grinsen. »Außer Ihnen, natürlich.«

Pettibone schaute etwas ratlos drein. Er stellte seinen Teller auf den Fußboden und klopfte sich mit einer Hand gegen die Schläfe, als wolle er irgendeine verschüttete Erinnerung in seinem benebelten Kopf lockern. Ihm schien nichts einzufallen.

Valerie eilte zu ihm hinüber und hob den abgestellten Teller auf. Sie blieb abwartend stehen. »Möchten Sie noch etwas, Roger? Kalash vielleicht?«

Die Hand an seinem Kopf vollführte eine ablehnende Geste.

»Dann etwas Tee? Er würde die Welt für Sie in einem freundlicheren Licht erstrahlen lassen.«

»Welt!« brüllte Pettibone im triumphierenden Ton eines an Aphasie leidenden, der plötzlich die Fähigkeit der Sprache wiedergefunden hat. Er beugte sich auf seinem Stuhl vor und richtete drohend einen Finger auf Brewster. »Blake! William Blake! Auch so einer von diesen Spinnern, die ständig von einer Welt im Sandkorn faselten. Er hatte auch den Schlüssel zum Universum in eine versponnene okkulte Theorie eingewickelt. Zufälligerweise war er ebenfalls wahnsinnig.«

Brewsters finstere Miene verhärtete sich, aber er erwiderte ohne zu zögern und im herablassenden Tonfall des moralisch Überlegenen, der Gott oder irgendeine Institution ähnlicher Bedeutung sicher auf seiner Seite wußte: »Spotten Sie ruhig über diese Theorie. Nichtsdestotrotz sind die Erde, auf der Sie stehen, die Luft, die Sie atmen, der Kalk in Ihren Knochen, das Eisen in Ihrem Blut – all das sind lediglich Elemente in einer kosmischen Physiologie, die über Ihren begrenzten Verstand hinausgeht. Ob es Ihnen gefällt oder nicht, mein Freund, aber auch Sie sind ein Teil dieses kollektiven Bewußtseins. Eine winzige Sternschnuppe nur trotz Ihres ignoranten Spotts.«

»Damit wären wir mal wieder zu den Sternen zurückgekehrt.«

»Roger«, schaltete Valerie sich schnell ein, »Wyman will damit nur sagen –«

Sie war nicht schnell genug. »Oh, ich höre sehr wohl, was er sagt«, unterbrach Pettibone sie. Ein boshaftes Grinsen stahl sich in seine Augen. »Sterne. Der Sternenmann. Wußten Sie, Sir, daß Rinderblähungen, in Form von Methan, sich über die endlos weiten Sternenräume, von denen Sie so großartig reden, recht einfach aufspüren lassen? War Ihnen das bekannt? Mein Freund? Und das ganze hektische Getue des Menschen, alle die schlimmen Aktionen und Paradigmen und Philosophien, Ihre eigene inklusive, bleiben völlig unbemerkt. Demnach sind Kuhfürze wahrscheinlich das einzige Mittel, um unsere verderbliche Existenz in diesem Kosmos kundzutun, mit dem Sie offenbar auf sehr vertrautem Fuß stehen. Denken Sie darüber nach. Ein Rinderpups. Daraus kann man doch durchaus eine Lehre ableiten, oder?«

Ein nervöses Kichern erklang. Worüber, schien niemand genau zu wissen. Oder zugeben zu wollen.

Außer vielleicht Eggs, der sich köstlich amüsierte (obgleich seine kühle, gleichgültige Miene nichts von seinem Vergnügen verriet) und dachte, daß der Säufer ein bewundernswertes Geschick bewies, indem er Brewster auf diese Weise aufspießte, ihn über dem Feuer hin und her wendete, ihn richtig genußvoll gar brutzeln ließ. Ein gegrillter Betrüger. Nach all der warmen Luft, die er abließ, hatte der Wunderheiler es verdient. Rinderfürze, allerdings.

Brewster, der nicht zu den Kicherern gehörte, war eindeutig nicht erfreut. Seine Miene zeigte einen verkniffenen, angeekelten Ausdruck monumentalen Abscheus. Seine Augen blitzten. Und mit einer vor Verachtung triefenden Stimme sagte er zu niemandem im besonderen, vielleicht zu sich selbst oder seinem Kosmischen Führer und vielleicht auch nur zu den stummen Zeugen im Raum: »Was sollte ein versoffenes Subjekt auch jemals von meiner Arbeit verstehen.«

»Eine Sache verstehe ich sehr gut«, schoß Pettibone sofort zurück. »Sie unterscheiden sich in keiner Weise von all den anderen Hochstaplern und Schwindlern, die in dieser moralischen Sickergrube herumpaddeln. Oder sind gar besser als sie. Sie verteidigen die gleiche verkommene Ethik. Verbreiten die gleichen Lügen. Schröpfen die Sterbenden, verderben die Unschuldigen –«

Abruptes Verstummen. Totale Stille. Dreißig Sekunden oder länger. Für ihn eine enorme Schweigephase. Ein Ausdruck gepeinigten Leids schlich sich in sein vom Alkohol aufgeschwemmtes Gesicht, als sei eine unangenehme bittere Erinnerung, die von der heftigen Debatte kurzzeitig verschüttet gewesen war, wieder an die Oberfläche vorgedrungen. Und als er fortfuhr, geschah es mit jener schleppenden Zusammenhanglosigkeit eines Mannes, der sich in hilfloser Entrüstung verschlissen hatte. »Die Unschuldigen«, wiederholte er. »Ich weiß, was unschuldig bedeutet. Ein junger Mann. Sportler. Durch und durch anständig. Bis sich die Geier auf ihn stürzten. Seine schwache Stelle fanden. Ich kann Ihnen einiges davon erzählen.«

Eggs paßte jetzt auf, verfolgte genau, was gesagt wurde. Es roch nach Beichte. Nach echtem Geld. Was immer zwischen diesen beiden, dem Säufer und dem Juden (der in diesem Moment auch nicht allzu fröhlich aussah) beredet worden war, *das* war es, worum es letztendlich ging. Das verriet ihm sein überaus empfindlicher Instinkt für derartige Dinge.

Aber ehe es ausgesprochen wurde, schaltete sich eine andere Stimme ein, die des wortkargen Bruders, der warnte: »Einen Moment, Roger. Darüber sollten Sie lieber nicht reden. Nicht einmal mit Freunden.« Und nach einem vielsagenden Blick in Eggs' Richtung, fügte er hinzu: »Und diese Leute sind ganz gewiß nicht Ihre Freunde.«

»Das ist jetzt nicht mehr wichtig«, lallte Pettibone. »Es gehört genau hierher. Eine Geschichte mit einer Moral.«

Der Bruder schüttelte langsam den Kopf und erhob sich. »Ich brauche eine Zigarette«, verkündete er.

Und Eggs hörte, oder glaubte zu hören, wie er etwas murmelte, als er durch die Tür ging, etwas, das klang wie: »Ich will davon nichts wissen«, und er begriff, daß er durch Zufall, durch die gnädige Gabe des Zufalls, über etwas wirklich Entscheidendes gestolpert war oder stolpern sollte.

Ein fetter gelber Mond stanzte ein Loch so rund und symmetrisch wie ein Smiley-Button in den schwarzen Himmel. Gelegentlich trieb eine vereinzelte Wolke über seine Oberfläche. Dichter über der Erde lag ein grauer Smogschleier reglos über den Lichtern des Strip in der Nähe. Waverly zog an einer Zigarette und fügte dem schmutzigen Lichthof seinen winzigen Anteil hinzu und dachte dabei, daß Pettibone, ob besoffen oder nicht, trotz allem recht hatte. Vielleicht war es eine ganz eigene Art von Sündenpfuhl, diese Stadt der aalglatten Geschäftemacher und Schnorrer. Vielleicht wurde es Zeit, weiterzuziehen. Doch sogar hier draußen, am Ende des Außenkorridors, drang das dumpfe Gemurmel streitsüchtiger Stimmen zu ihm. Eine sensationelle Idee, dieses Weiterziehen. Wohin denn?

Er ging ein Stockwerk tiefer. Ein schwaches aufgebrachtes Echo verfolgte ihn. Noch ein Stockwerk, bis ins Parterre, und hinaus auf den verlassenen Parkplatz. Er schlenderte hinüber zum Müllcontainer und blieb dort, ungeachtet des säuerlichen Gestanks, der daraus aufstieg, stehen und betrachtete die Straße, die weitere Umgebung, vier schäbige Apartmenthäuser, so trist wie Zellenblöcke und etwa genauso einladend. Als er sie zwei Wochen vorher das erste Mal gesehen hatte, konnte er nur mit Mühe ein gequältes Stöhnen unterdrücken (es war ihm tatsächlich gelungen, aus Rücksicht auf seine Schwester, auf ihre kindliche Freude: »Ich hab' eine Bleibe gefunden, Tim, ganz leicht, ohne Schwierigkeiten«). Es war ein weiter Weg – in Meilen und Jahren – von der grünen, von Ulmen gesäumten, dem amerikanischen Traum gemäßen Straße, in der sie aufgewachsen waren. Ein weiter Weg von Grand Rapids, Michigan, bis hierher. Für sie beide. Und indem er sie nun betrachtete, die ganze häßliche Szenerie, deren Häßlichkeit noch nicht einmal durch die gnädige Dunkelheit der Nacht gemildert wurde, mußte er sich fragen, was aus ihr werden würde, und es drängte sich ihm gleichermaßen die Frage nach dem nicht eindeutig festlegbaren Ausmaß seiner brüderlichen Verantwortung auf.

Und so kam es, daß er, während diese beunruhigenden Gedanken durch seinen Kopf gingen, nicht gerade freundlich gestimmt war, als ein klappriger Pickup auf den Parkplatz rollte und zwei

Burschen mit Sechserpacks Bier unterm Arm heraussprangen. Als sie ihn entdeckten, tauschten sie zuerst untereinander einige geflüsterte Bemerkungen aus, dann folgte in einem barschen Befehlston die Frage: »Hat niemand Sie über die Hausordnung hier aufgeklärt?«

Mit übertriebener Bedächtigkeit und indem er sich Zeit ließ, schaute Waverly zuerst nach rechts, nach links, über die Schulter und dann wieder zu ihnen. »Reden Sie mit mir?« erkundigte er sich.

»Ich sehe sonst niemand auf dem Parkplatz. Oder du, Buck?«

»Nein, er ist der einzige Typ hier.«

Nachdem diese Frage geklärt war, sagte der andere, der Frager: »Nun? Wir warten.«

»Würden Sie die Frage noch mal wiederholen?« sagte Waverly.

Sie kamen auf ihn zu. Zwei große, massige Männer, stämmige Figuren, mit beachtlichen Bäuchen und jeder Menge Fleisch, das über ihre Gürtel quoll. Die Körper sahen aus, als seien sie mit der falschen Seite einer Schaufel geformt worden. Wie geschaffen für Streit und Schlägereien. Beide trugen mit Fettflekken übersäte Chamoishemden, Jeans, Motorradstiefel. Drahtige Haarbüschel wucherten unter Schirmmützen hervor, die der Mode entsprechend nach hinten gedreht waren. Derjenige namens Buck hatte ein Gesicht in der Form des Mondes am Himmel, allerdings ohne auch nur den Anflug eines Lächelns. Das Gesicht des Fragers war flach, gefurcht, und der Unterkiefer war aggressiv nach vorne geschoben. Auch er lachte nicht. »Die Frage betraf die Hausordnung«, sagte er. »Hier gelten nämlich gewisse Regeln.«

»Das ist tröstlich. Ohne Regeln keine Zivilisation.«

Für einen Moment musterte er Waverly mit einem verkniffenen, ein wenig unsicheren Blick. Es war ein langer Moment. Der schließlich mit einem wütenden Knurren abgebrochen wurde. »Diese Regeln besagen, Sie Schlaumeier, daß in den Apartments keine Hunde gehalten werden dürfen. Und wir haben Sie dabei beobachtet, wie Sie mit einem Köter herkamen. Hab' ich recht, Buck?«

»Absolut«, sagte Buck eifrig. »Oben im dritten. Bei der verrückten Schnalle in der Bude am Ende des Flurs.«

Waverly spürte, wie er sich innerlich anspannte. Hitze sammelte sich in seiner Magengrube, strahlte aus in seinen Oberkörper. Er räusperte sich und sagte friedlich: »Mal sehen, ob ich alles richtig verstanden habe. Sie verlangen von mir, daß ich den Hund aus der Wohnung der verrückten Schnalle hole. Richtig?«

»Nur halb. Sie haben nur die Hälfte mitgekriegt. Das mit dem Hund war richtig. Nur haben wir nicht darum gebeten.«

»Aber ich muß Sie etwas fragen.«

»Und das wäre?«

»Sind Sie die Eigentümer? Oder die Hausverwalter?«

»Wir wohnen hier.«

»Demnach also besorgte Bürger.«

»Ich hab' gesagt, wir wohnen hier, Arschloch. Haben Sie Scheiße in den Ohren?«

»Stört der Hund Sie?«

»Es geht nicht um's Stören. Sondern um was anderes, um Hygiene.«

»Um Ihre?« fragte Waverly, immer noch ruhig und überaus umgänglich. Dabei wußte er schon längst, daß es unsinnig war, was er da tat, schlimmer als dämlich, auf seine Art sogar ziemlich verrückt. Er beendete seinen Satz trotzdem: »Oder die des Hundes?«

Der Frager, der sich diesmal nicht aus der Fassung bringen ließ, sagte: »Wissen Sie, ich hatte schon gehofft, daß Sie so was Nettes sagen wie das. Was meinst du, Buck? Ist das nicht wirklich nett?«

»O ja. Wirklich nett.«

»Vielleicht sollten wir ihm mal zeigen, was nett ist, wie?«

Gleichzeitig, mit balletthafter Präzision, stellten sie ihre Sechserpacks auf den Erdboden, wichen zur Seite aus, Buck nach rechts, der namenlose Frager nach links, und rückten auf ihn zu. Waverly machte einen Schritt zurück, griff hoch und hinter sich und zerrte einen Abfallsack aus dem Müllcontainer. Indem er ihn am zugeknoteten Ende packte, holte er damit aus wie mit einem überdimensionalen Baseballschläger und erwischte die von links angreifende Gestalt voll im Gesicht und schleuderte sie zurück. Der Sack platzte auf. Dosen und Flaschen schepperten und klirrten über den Parkplatz und bildeten eine dissonante Harmonie mit dem wütenden Aufschrei. Waverly drehte nach rechts ab, den Bruchteil eines Augenblicks zu spät, um einer speerartigen Geraden auszuweichen, die ihn gegen die Stahlwandung des Müllcontainers warf und ihm die Luft aus den Lungen trieb. Buck stürzte sich auf ihn, schlug wild auf ihn ein, wobei die Schläge genauso oft danebengingen wie sie trafen, dabei jedoch jedesmal Wirkung zeigten. Der andere kam von hinten heran und legte Buck eine Hand auf die Schulter, um ihn zu bremsen. offenbar hatte er sich wieder erholt, da er nur noch wenig schwankte und gar nicht mehr brüllte. Statt dessen gab er wortlose Knurrlaute von sich, stellte sich breitbeinig hin, ballte eine mächtige Faust, zog sie zurück wie ein Bogenschütze, der auf die Scheibe zielt, und schlug gegen Waverlys Kinn.

Waverly, dessen Brust sich heftig hob und senkte und der immer noch mühsam nach Luft schnappte, sah den Schlag auf sich zukommen. Er riß den Kopf zur Seite. Nicht weit genug. Die Faust streifte ihn mit der Wucht eines Schmiedehammers am Ohr. Ein seismisches Dröhnen erfüllte seinen Schädel. Er sank auf die Knie, die erste Zwischenstation in einem blinden, fallschirmlosen Absturz. Noch weiter runter, und er würde in den Erdboden gestampft. Ein blinder Instinkt riet ihm, das Gleichgewicht zu bewahren, und er tat es, aber nur mit Mühe. Aus unendlicher Ferne, so weit weg wie die Sterne, von denen sie oben in der Wohnung kurz vorher noch gesprochen hatten, hörte er eine fordernde Stimme. »Gib mir mal eine von den Flaschen, Buck.« Er hörte das Klirren von Glas. Ein zwitterhaftes Lachen, teils Kichern, teils Quieken. Er spürte, wie seine hilflos herabhängenden Arme nach hinten gerissen und festgeklemmt wurden. Er sah die verschwommenen Umrisse eines Gesichts – bestreut mit Kaffeesatz, eine Orangenschale verzierte das Kinn, und ein Blutfaden sickerte aus dem Mund –, das sich ihm entgegenschob. Außerdem einen gezackten grünen Zylinder, der wie eine Kobra vor seinen Augen hin und her schwang. Deutlicher aufgrund der geringeren Entfernung hörte er nun die Worte: »Und jetzt kriegst du was ganz Tolles zu fressen, mein Junge. Schade um das gute Bier.« Und, zu seiner Verwunderung, auch noch ein paar andere Worte, die von irgendwo hinter dem erwartungsvoll grinsenden Gesicht herüberdrangen und mit einer kultivierten Stimme und ruhiger Gelassenheit gesprochen wurden: »Ich denke, Sie sollten ihn jetzt lieber in Ruhe lassen.«

Waverlys Augen flatterten. Allmählich konnte er wieder etwas erkennen. Er sah eine Gestalt, die ohne Eile aus dem Schatten des Treppenhauses heraustrat. Mr. Pfirsichanzug, an den Namen konnte er sich in diesem Moment nicht mehr erinnern, auf jeden Fall hatte er ziemlich seltsam geklungen. Sofort wurden seine Arme losgelassen, und eine Wand von Rüpeln schob sich zwischen ihn und den Pfirsichanzug.

»Gehören Sie zu ihm?«

Es war der Frager, der wieder das Wort ergriff, unermüdlich in dieser Hinsicht. Buck stand breitbeinig da und stemmte kampflustig die Hände in die Hüften.

»Das könnte man sagen.«

»Wollen Sie etwa auch ein Stück hiervon?«

»Nein. Ich empfehle Ihnen lediglich, ihn in Ruhe zu lassen.« Es wurde lässig gesagt, ein zwanglos geäußerter Vorschlag, aber unterstrichen durch einen spöttischen Unterton. Ein mutiger Bursche, dieser Pfirsichanzug.

»Das empfehlen Sie also, hmm. Sehen Sie das?« *Das* wurde durch den gezackten Flaschenrest identifiziert, der einen Kreis in der Luft beschrieb.

»Ich sehe es.«

»Wissen Sie, was das ist?«

»Das sieht nach einer abgebrochenen Bierflasche aus.«

»Falsch. Da irren Sie sich. Es ist eine Empfehlung. Und sie empfiehlt, daß Sie schnellstens Ihren Arsch von hier wegbewegen. Solange Ihre Haut noch intakt und vollständig ist.«

»Tatsächlich. Es scheint, als kämen wir mit unseren Empfehlungen ins Gedränge. Was meinen Sie denn, wie dieser Konflikt gelöst werden könnte?«

»Ach, da habe ich einen Idee. Buck, paß auf den Hundeficker auf.«

Waverly hatte sich hochgekämpft. Sein Kopf klärte sich etwas, aber nicht viel. Er fühlte sich noch immer an, als sei ein summender Fliegenschwarm darin eingesperrt. Das bin ich wohl, dachte er, der Hundeficker.

Wie als Bestätigung stieß der Frager mit der Flaschenhand in seine Richtung. Ein entscheidender Fehler. Buck machte Anstalten, sich umzudrehen, aber Waverly, der spürte, daß dies der günstigste Moment war, jetzt, und daß es keine zweite Gelegenheit geben würde, rammte Buck eine Schulter in die Kniekehlen und brachte ihn zu Fall. Gleichzeitig tauchte der Leinenanzug unter der erhobenen Flaschenhand weg, gelangte dicht an den Mann heran, packte dessen Arm am Handgelenk, knallte ihm die Handkante gegen die Kehle und bohrte ihm ein Knie in den Unterleib – sämtliche Aktionen wurden mit einer Art choreographischer Eleganz, in einem rhythmischen Fluß ausgeführt, nichts Auffälliges, keine überflüssige Bewegung. Die Flasche fiel zu Boden und zerschellte vollkommen. Desgleichen der Frager. Er brachte keine Frage mehr hervor, sondern nur ein dünnes, brüchiges Quieken.

Waverly wühlte sich unter Buck hervor, der, kurzfristig benommen, auf dem Rücken lag. Mr. Pfirsichanzug ging hin und hob einen Schuh und trat damit, wobei er mit dem Absatz eine leichte Drehbewegung ausführte, als wolle er ein besonders widerwärtiges Ungeziefer zerquetschen, auf Bucks Hals. Der arme Buck. Sein Gesäß und die Schultern schienen regelrecht vom Boden hochzuspringen, als dribbelte eine riesige unsichtbare Hand mit ihm wie mit einem Basketball. Seine Gliedmaßen zuckten. Was als Schrei begann, veränderte sich zu einer Serie trockener Krächzlaute.

»Ein sehr empfindlicher Teil der Anatomie, der Hals«, bemerkte der Pfirsichanzug. »Sehr leicht zu verletzen.«

Er ließ seinen Blick zwischen den beiden niedergestreckten Gegnern hin und her wandern. Beide würgten, beide krümmten sich. Er fuhr sich langsam mit einer Fingerspitze an der Oberlippe entlang, die nachdenkliche Geste eines Mannes, der auf einen Geistesblitz wartet. Irgend etwas schien ihm einzufallen. Er bückte sich neben Buck und hob eine Glasscherbe auf.

Waverly begriff, was als nächstes kommen würde. »Warten Sie«, sagte er. »Das ist nicht nötig.«

»Sie meinen, nicht? Dem kann ich nicht zustimmen. Was ist schon eine Schlägerei ohne ein Andenken?«

Er legte eine Hand auf Bucks Mund, bog seinen Kopf zurück und schnitt die Linien eines Kreuzes in seine Wange. Dann ging er hinüber zum anderen und tat dort das gliche. Zwei schrille Schreie stiegen auf in die Nacht, segelten durch die Luft und verhallten als herzzerreißendes jammerndes Stöhnen. Zu Waverly sagte der Pfirsichanzug: »Religiöser Symbolismus ist immer noch *en vogue*. Wer weiß? Vielleicht werden sie dadurch sogar bekehrt.«

Er half ihnen nacheinander auf die Beine, nun voller Sorge und Mitgefühl. Sie standen schwankend da, die Münder aufgerissen und mit der typischen Ausdruckslosigkeit von Schockopfern in den Augen, die Hände gegen die Wangen gepreßt. Blut sickerte zwischen den Fingern hervor.

Der Pfirsichanzug zeigte auf den Pick-up. »Könnt ihr fahren?«

Einer der beiden nickte.

»Ihr solltet lieber ins nächste Krankenhaus fahren. Ihr müßt die Schnitte behandeln lassen. Es könnte sein, daß sie genäht werden müssen.«

Gehorsam begaben sie sich zu ihrem Pick-up und bewegten sich mit schlurfenden Schritten schleppend vorwärts. Steifbeinig, offensichtlich unter Schmerzen, stiegen sie ein. Der Motor sprang an. Knirschend wurde ein Gang eingelegt. Der Pick-up machte einen Satz vorwärts, dann rollte er vom Parkplatz herunter und entfernte sich auf die Straße, wobei die Rücklichter wie zum Abschied blinkten.

Der hilfsbereite Retter glättete die Knitterfalten seines Anzugs, kam zu Waverly herüber, der mit dem Rücken am Müllcontainer lehnte und eine schmerzende Schläfe massierte. »Haben Sie sich irgendwas gebrochen?« fragte der Leinenanzug.

»Ich glaube nicht.«

»Das beruhigt mich, Mr. Waverly.«

»Mich auch. Es scheint so, als sei ich Ihnen etwas schuldig.«

Der Mann zuckte nur die Achseln.

»Ich muß leider gestehen, daß ich Ihren Namen vergessen habe.«

»Ignatius. Einige Leute nennen mich auch Eggs.«

»Eggs. Vielen Dank, Eggs.«

»Es war wirklich nichts besonderes. Im Grunde sind alle Schlägertypen Feiglinge.«

»Schon möglich. Aber einer dieser Feiglinge hatte einen Schlag wie eine Abrißbirne.«

»Trotzdem«, sagte Eggs mit einem verhaltenen Lachen, »als sie abzogen, schienen sie nicht annähernd so streitlustig zu sein wie bei ihrer Ankunft.«

Waverly ließ die Hand an seiner Schläfe sinken. Musterte sein Gegenüber mißtrauisch. »Sie haben gesehen, wie sie ankamen?«

»Das habe ich.«

»Dann haben Sie alles mitbekommen. Von Anfang an.«

»Richtig.«

»Gibt es irgendeinen besonderen Grund, weshalb Sie nicht schon früher eingegriffen haben?«

»Tatsache ist, daß ich neugierig war, wie Sie damit fertig werden.«

»Wissenschaftliches Interesse? Verhaltensforschung?«

»So was Ähnliches. Ich verstehe mich gern als Beobachter menschlichen Verhaltens.«

»Und zu welchen Schlüssen sind Sie gelangt?«

»Daß es von Ihnen sehr dumm war, sie auf diese Art und Weise zu provozieren.«

»Na ja, wir alle machen mal irgendwas Dummes im Leben.«

»Das stimmt. Glücklicherweise hat es diesmal ein gutes Ende genommen.«

»Dem kann ich nicht widersprechen«, sagte Waverly. »Und deshalb bin ich Ihnen doch etwas schuldig.«

»Na schön, das lasse ich mir gefallen.«

Waverly holte eine Zigarettenpackung aus seiner Hemdtasche und hielt sie dem anderen einladend hin. »Wollen Sie eine?«

Eggs schaute zur Treppe hinüber. Ein schneller Blick. »Jetzt nicht«, sagte er.

Waverly schüttelte ein Stäbchen aus der Packung, zündete es

an und inhalierte tief, oder zumindest so tief, wie seine schmerzende Lunge es gestattete. »Wissen Sie«, sagte er, »apropos Verhalten und Neugier, es gibt da etwas, das mich sehr interessiert.«

»Und was ist das?«

»Ihre Technik. Wo haben Sie die gelernt?«

»Technik?« fragte Eggs mit neutral gehaltener Miene.

»Bei dem Handgemenge.«

»Ach, das meinen Sie. Sehen Sie, in meiner Jugend habe ich mich lange mit Kampftechniken befaßt. Aber nicht sehr ernsthaft, fürchte ich. Ich war ein ziemlich desinteressierter Schüler.«

»Kampftechniken, Hunde – das klingt aber nach einer ziemlich aktiven Jugend.«

»Sie war ausgefüllt.«

»Und das Tätowieren? Haben Sie das auch in Ihrer Jugend gelernt?«

Ein träges Lächeln breitete sich in dem ansonsten ausdruckslosen Gesicht aus. Es war ein totes Lächeln, wie Waverly es schon vorher, oben, gesehen hatte. »Das habe ich woanders gelernt«, sagte Eggs ruhig.

»Woanders«, wiederholte Waverly, und er hätte vielleicht noch mehr gesagt, wäre der Sache auf den Grund gegangen, wenn auf der Treppe nicht das Geräusch von schweren Schritten erklungen wäre.

»Das sind wohl meine Begleiter«, sagte Eggs.

Er hatte recht. Einen kurzen Moment später tauchten drei Gestalten aus dem dunklen Treppenhaus auf, Brewster als erster, Click und Dawnette dicht hinter ihm, aber darum bemüht, sein Tempo zu halten. Brewster marschierte auf den Lincoln zu, der am anderen Ende des Parkplatzes stand. Er hatte die Augen, in denen es wütend funkelte, auf den Erdboden gerichtet und das kantige Kinn vorgeschoben. Erstaunlicherweise drang kein Wort über seine aufeinandergepreßten Lippen. Ganz eindeutig kein sehr glücklicher Wunderheiler.

»Drei blinde Mäuse«, sagte Eggs kichernd. Dann hob er einen Arm, winkte und rief: »Cleanth, hier drüben!«

Click fuhr herum und, als er ihn entdeckte, trottete auf den Müllcontainer zu. Brewster setzte seinen Weg fort. Dawnette stand da, klopfte mit einem Fuß auf den Asphalt und blickte mürrisch drein.

»Mein Gott, Egger«, stieß Cleanth atemlos hervor, wobei seine Nervosität sich durch das Flattern seiner Hände verriet, »wo warst du denn?«

»Frische Luft schnappen«, antwortete der nicht aus der Ruhe zu bringende Eggs mit einem verschwörerischen Grinsen in Waverlys Richtung.

»Er ist wirklich sauer.«

»Ist er das. Und weshalb?«

»*Weshalb?*« rief Click, begleitete die Frage mit einem Speichelregen und einem scharfen Zungenschnalzen. »Weil dieser Saufkopf da oben ihn angemacht hat. Er hat ihn einen Schwindler genannt, einen Betrüger. Hat ihm 'nen Stacheldraht-Einlauf gemacht. Deshalb. Du hast es doch selbst erlebt.«

»Ich nehme an, die Party ist zu Ende.«

»So kann man es auch nennen.«

Als wollte er ihn nicht von der Unterhaltung ausschließen, wandte Eggs sich an Waverly und sagte beiläufig: »Ein interessanter Bursche, Ihr Freund.«

»Er ist Professor«, sagte Waverly. Als sollte damit alles erklärt sein. Schöne Erklärung.

»Das hätte ich mir denken können. Wer so geschwätzig ist. Cleanth hat natürlich recht; er ist auch 'ne Art Schlägertyp. Von der verbalen Sorte.«

»Aber kein Feigling.« Weshalb verteidigte er ihn? Waverly hatte nicht die geringste Ahnung.

»Sagen Sie mal, ist er auch Spieler?«

Den Köder würde er ganz sicher nicht schlucken. Nicht bei diesem Psycho. Es war schon genug, wahrscheinlich sogar irreparabler Schaden angerichtet worden.

Es war Click, dessen Nervosität nun geradezu explodierte und der ihm eine Antwort ersparte. »Um Himmels willen, Eggs, komm endlich. Wir müssen von hier verschwinden. Ehe er endgültig hochgeht. Ich hab' ihn noch nie so sauer gesehen.«

»Ganz ruhig, Cleanth. Entspann dich. Fahr ruhig. Dawnette und ich können ein Taxi nehmen.«

»Das geht nicht. Er sagte, ich solle dich suchen und dir bestellen, du möchtest mitfahren. Ihr beide müßtet mal miteinander reden.«

Eggs seufzte. Er rückte den Knoten seiner Krawatte zurecht und sagte: »Na schön. Aber denk dran, daß wir ihn zuerst absetzen.«

»Wie du willst. Und jetzt komm.«

»Er zuerst, Cleanth.«

»Klar, in Ordnung. Aber laß uns endlich starten, okay?«

»Mr. Waverly«, sagte Eggs, »es war mir ein Vergnügen, Sie kennenzulernen. Meine herzlichsten Grüße an Ihre Schwester. Und sie soll unseren überstürzten Aufbruch entschuldigen.«

Seine Stimme, stellte Waverly fest, hatte eine Art, am Ende eines Satzes anzusteigen, so daß sogar formelle Empfehlungen und Komplimente leicht spöttisch klangen. Oder gar drohend? Wahrscheinlich eine Mischung aus beidem. »Ich werde es ihr bestellen«, versprach Waverly.

»Vielleicht sollten wir beide uns irgendwann noch einmal unterhalten.«

»Nichts dagegen. Über irgend etwas Spezielles?«

»Ach, wir werden sicherlich ein Gesprächsthema finden. Zwei Gladiatoren wie wir.«

Er entfernte sich mit lässigen Schritten, die zu dem aufgeregten Gehampel seines Helfers, der vor ihm hereilte, in krassem Kontrast standen. Und über die Schulter fügte er mit kühler Nonchalance hinzu: »Wir sollten damit nicht allzu lange warten.«

Waverly stieg die Treppe hinauf und schlurfte durch den offenen Außenflur. Dabei bewegte er sich nun mindestens ebenso steif und schwerfällig wie die beiden gründlich bestraften (was nicht sein Verdienst war) Kerle vorher. Nachdem er das Apartment betreten hatte, senkte er den Kopf und steuerte direkt auf die Küche zu, holte einen Eiswürfel aus dem Kühlschrank und strich damit über die malträtierte Gesichtshälfte. Im Wohnzimmer kniete Valerie neben der Couch und betreute den dort liegenden und immer noch schwadronierenden (obgleich ihm, dem Tonfall nach zu urteilen, allmählich die Luft ausging) Pettibone. Bennie stand an der Küchentheke und kratzte den Rest seiner Delikatessen zusammen. »Was, zum Teufel, ist denn mit dir passiert?« platzte er heraus, während er gerade versuchte, eine unanständig große Gewürzgurke in einem Stück zu bewältigen.

Waverly winkte heftig ab, um ihn zum Schweigen zu bringen. Als ob das irgend etwas geholfen hätte.

Bennie kam näher, um mehr erkennen zu können. »Heilige Pferdescheiße, Timothy. Was war los?«

»Nichts. Eine kleine Meinungsverschiedenheit. Es war nichts Weltbewegendes.«

»Meinungsverschiedenheit!« polterte Bennie mit lauter, dröhnender Stimme. »Dein Gesicht sieht aus, als hätte jemand darauf Tango getanzt.«

Waverly blickte zum Wohnzimmer und nickte, wie er hoffte, vielsagend. »Willst du nicht endlich still sein?«

Zu spät. Valerie, als sie sie hörte, erhob sich und eilte durch den Raum und um die Bar herum und blieb abrupt stehen, als sie den violetten Fleck im Gesicht ihres Bruders sah. »Tim, bist du verletzt? Was ist passiert?«

Waverly schnippte den Rest des Eiswürfels in die Spüle. Diese Fragerei wurde unangenehm. Lästig. Jeder interessierte sich für seinen Gesundheitszustand. »Es gab unten eine kleine Auseinandersetzung«, antwortete er. »Auf dem Parkplatz. Nichts Ernstes.«

»Eine Auseinandersetzung worüber?«

»Über Hunde.«

»Hunde? Ich verstehe nicht.«

»Es scheint als seien deine Nachbarn nicht besonders begeistert davon.«

»Hat dich etwa jemand wegen Electra so zugerichtet? Jemand von hier? Aus dem Haus?«

»Das ist schließlich kein Sanatorium, Val. Hier wohnen nicht gerade die friedlichsten Leute.«

»Wir sollten die Polizei rufen.«

»Das ist kein guter Gedanke«, sagte er.

Bennie pflichtete ihm schnell bei. »Timothy hat recht. Die Bullen haben sicher keine Zeit für eine harmlose Kabbelei.«

»Aber sehen Sie doch mal, was sie mit ihm gemacht haben.«

»Ich hab' einen Schlag abbekommen, mehr nicht«, sagte Waverly. »So etwas kommt schon mal vor. Belassen wir es dabei.«

Aus dem Wohnzimmer rief eine matte Stimme seinen Namen. Pettibone winkte ihn zu sich. Eine willkommene Abwechslung. »Mal sehen, was er will«, sagte er, und die drei traten neben die Couch.

»Waverly? Sind Sie das?«

»Ja, Roger. Ich bin's.«

»Demokrit.«

»Was meinen Sie, Roger?«

»Der Atomismus des Demokrit. Es ist mir gerade eingefallen. Das hätte ich ihm sagen sollen. Diesem beschränkten Schurken.«

»Das nächste Mal.«

»Die Welt ist voller Halunken, Waverly. *Vade retro, Satanas.* Kennen Sie das?«

»Geh hinweg, Satan.«

»Von mir. Weiche von mir.«

»Mein Gedächtnis ist ein wenig eingerostet.«

»Ist schon okay«, murmelte Pettibone, »es wird Ihnen schon wieder einfallen.« Seine Augen wurden starr, fielen zu. Sein Kopf sank zurück. Der winkende Arm knickte um wie ein gefällter Baum.

»Ich fürchte, er ist für den Rest der Nacht weggetreten«, sagte Valerie.

»Ich fürchte, da hast du recht. Vielleicht können wir ihn von hier wegschaffen. Was meinst du, Bennie?«

»Versuchen können wir es ja«, sagte Bennie zweifelnd.

»Nein. Laßt ihn liegen. Morgen früh braucht er bestimmt Hilfe.«

»Bist du sicher?« fragte Waverly.

»Ganz sicher.«

Sein Kopf dröhnte. Sein ganzer Körper schmerzte. Wenn er noch länger stehen müßte, dann würde er am Ende auch einen Pettibone hinlegen. »Wir machen uns auf den Weg«, sagte er. »Es war ein langer Tag.«

Sie betrachtete sein ramponiertes Gesicht. »Das ist ein

schrecklicher Bluterguß, Tim. Laß mich wenigstens etwas Aloe Vera-Lösung darauf tupfen.

»Wie wär's, wenn du mich mit der Aloe Vera verschontest?« schnauzte er sie an. So grob, wie es sich anhörte, hatte er gar nicht sein wollen.

Tränen traten in ihre Augen. Ihre Lippen bebten. »Ich wollte, daß heute alles richtig verläuft«, sagte sie mit verzweifelter, ratloser Stimme, als hätte nichts in ihrem bisherigen Leben sie auf dieses Desaster von einer Party vorbereitet. »Und alles ist schiefgegangen. Wirklich alles.«

Und als er sie so sah, seine Schwester, so unschuldig und erfüllt von gutem Willen, auf den niemand Wert legte, schien der Vorhang der Jahre erneut aufzuklaffen, und Waverly glaubte in ihrem Gesicht einen schwachen Endruck von der melancholischen Schönheit und Würde zu erkennen, an die er sich im Gesicht seiner Mutter erinnerte, dieser hageren, traurigen, unglücklichen Frau, die nach einem kurzen Fingerschnippen des Todes verschwand, als sie beide noch Kinder waren. Nichts war auch für sie richtig gelaufen, und ihm kam der Gedanke, daß vielleicht ein Teil ihres Pechs auch in ihren eigenen Genen steckte, ihr Blut vergiftete und in ihren Knochen lauerte. Er ging zu ihr, legte einen Arm um ihre zitternden Schultern, führte sie zu ihrem Stuhl und murmelte: »Es ist schon gut, Val. Alles ist in Ordnung.« Die üblichen leeren Worte, die man einfach so dahinspricht.

Sie trocknete ihre feuchten Augen. »Es tut mir leid, Tim.«

»Dir braucht nichts leidzutun.«

»Ich weine nie. Es ist nur alles so... traurig.«

Mehr noch als traurig, dachte er, sagte es aber nicht. Doch er wußte, und zwar mit der trägen, traurigen Gewißheit, die keiner blendenden Geistesblitze bedarf, die nicht von Donnerschlägen aus heiterem Himmel geweckt wird, daß seine Pflicht unendlich und grenzenlos war; und wenn es einen Weg gab, sie vor diesen raffgierigen Schurken zu bewahren, es einzig und allein seine Aufgabe war, ihn zu finden. Aber nicht in diesem Moment. Morgen wäre es noch früh genug. Morgen reichte völlig. Deshalb sagte er: »Ruf mich morgen an, wenn du mit Roger Hilfe brauchst.«

»Das tue ich ganz bestimmt.«

»Und verriegle heute nacht die Tür, Val. Leg auch die Kette vor.«

»Das tue ich.«

Er winkte Bennie zu. »Hol schon mal den Hund.«

Bennie ging ins Schlafzimmer und erschien wieder mit Electra an der Leine. »Sie brauchen nicht traurig zu sein«, sagte er zu Val. »Ihr Essen war wirklich sensationell.«

Sie brachte ein dankbares Lächeln zustande. »Vielen Dank, Bennie.«

»Hey, eigentlich sollten *wir* uns bedanken. Hab' ich recht, Timothy?«

»Aber immer«, sagte Waverly.

Bennie bestellte vom Seven Eleven an der Ecke aus per Telefon ein Taxi. Sie warteten unter einer Straßenlaterne am Bordstein. Drei streitlustige Schwarze tauchten aus dem Laden auf und kamen herausfordernd auf sie zu. Bennie ließ die Leine ein wenig locker, und die Schwarzen bekamen beim kehligen Knurren des Hundes große Augen und wechselten die Straßenseite. »Gar nicht schlecht, in dieser Gegend die gute alte Electric bei sich zu haben«, sagte Bennie. »Diese Straßenkämpfer wollen mit ihr nichts zu tun haben.«

Waverly nickte als Zeichen seiner Zustimmung. Auch diesmal hatte sein unfehlbarer Partner wieder recht.

»Du hättest sie mitnehmen sollen, als du heute abend deinen kleinen Spaziergang unternommen hast.«

»Ja, aber dazu ist es jetzt zu spät.«

»Willst du mir nicht endlich verraten, was wirklich los war?«

»Es war so, wie ich gesagt habe.«

»Nun komm schon damit raus, Timothy. Schließlich sprichst du mit Saul Epsteins Sohn.«

»Und wie stellt Saul Epsteins Sohn sich das Drehbuch vor?«

»Ich hab' gesehen, wie dieser Schläger dir nach draußen gefolgt ist. Für mich war er es, der dich verprügelt hat.«

»Dabei war er derjenige, der mich gerettet hat.«

»*Er* hat *dich* rausgehauen?«

»Hat er.«

Bennie musterte ihn mit einem skeptischen Blick. »Das raffe ich nicht, Timothy.«

»Ich weiß. Verrat mir doch mal, wie du ihn einschätzt?«

»Richtig gefährlich. Er erinnert mich an diese Typen in Jacktown aus Block Fünf. So gefährlich wie die.«

Waverly dachte an die eingeritzten Kreuze auf den Wangen der beiden glücklosen Schläger. »Vielleicht sogar noch schlimmer«, sagte er.

»Schlimmere Typen als die aus Block Fünf gibt es doch gar nicht.«

»Da bin ich mir nicht so sicher. Und wie steht es mit den anderen? Was hältst du von denen?«

»Ganz, ganz trübe. Dieser Gesundheitsguru kommt direkt aus der Klapsmühle. Und das kleine Schweinchen ist auch nicht weit davon entfernt, wenn man die Geräusche hört, die er so von sich gibt. Und die Schnalle dürfte eindeutig eine Matratze vom Strip sein. Kein Zweifel.«

»Dann könnte man den Verein also eine ziemlich schräge Truppe nennen, oder?«

»Schräg ist noch freundlich ausgedrückt. Verdreht paßt wohl eher.«

»Und wie wäre es mit tödlich?«

»Tödlich ist ein bißchen hart für diese Bande.«

»Auch für den im Pfirsichanzug? Der aus Block Fünf?«

»Bei dem stimmt's vielleicht.«

Waverly sah ihn ernst an. Einige Sekunden lang sagte er nichts, aber als er schließlich fortfuhr, hatte seine Stimme einen eindeutig vorwurfsvollen Klang. »Und jetzt wissen alle Bescheid.«

»Was sollen sie wissen?«

»Du redest hier gerade mit deinem Partner, Bennie, mit Martin Waverlys Sohn. Schon vergessen?«

»Spielst du auf Rogers Basketballspiel an?«

»Treffer.«

»Und genau da irrst du dich. Alles andere, nur kein Treffer.«

»Was soll das heißen?«

»Das heißt, daß Roger immer noch dichthält. Er will noch immer nicht damit rausrücken, welches Spiel gekauft ist. Oder wie viele.«

»Aber sie wissen, daß an mindestens einem gedreht wird. So weit hat er sich verplappert. Oder?«

»Ich fürchte, ja. Ich hab' versucht, ihm das Maul zu stopfen. Hab' getan, was ich konnte. Aber wie soll man mit einem Säufer reden?«

Waverly massierte sanft sein mitgenommenes Gesicht. Es half nichts. »Sie werden diese Sache nicht auf sich beruhen lassen, Bennie. Das weißt du auch.«

»Das ist mir nicht entgangen.«

»Und Val steckt mitten drin.«

»Als ob ich das nicht auch wüßte.«

»Wann ist das nächste Spiel?«

»Samstag abend. Gegen die LSU, drüben in Baton Rouge. Es wird im Fernsehen übertragen.«

»Samstag abend. Mein Gott. Die Uhr läuft schon.«

Bennie schüttelte traurig den Kopf. »Hey, ich hab's verstanden. Dann hätten wir lieber gleich heute etwas unternehmen sollen.«

»Oder wir wären besser zu Hause geblieben.«

16

»Das höhere Gut«, sagte Eggs mit einer salbungsvollen, ernsten und behutsamen Stimme. Ganz, ganz behutsam. »Zur Diskussion steht hier die fundamentale moralische Frage nach dem Zweck und den Mitteln.« Er zögerte, schüttelte langsam den Kopf, eine sparsame Geste, die den Eindruck eines Menschen erzeugen sollte, der auch unter eigenen Zweifeln litt. »Ich würde nicht behaupten, darauf die Antwort zu wissen«, fügte er bescheiden hinzu.

»Aber was Sie da vorschlagen«, sagte Brewster. »Ist das nicht… illegal?«

»Ich denke schon, im strengen Wortsinn. Gleichzeitig jedoch ist das Vergehen, wenn man es überhaupt als solches bezeichnen kann, im großen und ganzen ohne schlimme Folgen. Es gibt ganz sicher kein Opfer.«

»Ich denke, damit haben Sie recht. Niemand würde tatsächlich geschädigt.«

»Niemand.«

»Dennoch ist es eine Gesetzesübertretung.«

Eggs verschluckte einen ungeduldigen Seufzer. »In diesem speziellen Fall«, sagte er, »neige ich zu der Auffassung, daß die Übertretung derart geringfügig ist, daß, gemessen am höheren Gut, kaum mehr von Schuld gesprochen werden kann.«

Sie saßen einander an Brewsters massigem Schreibtisch gegenüber, zwei Denker, die sich mit dem Rätsel moralischer Kategorien herumschlugen. Dieses höhere Gut, auf das Eggs anspielte, war, natürlich, das absurde Hirngespinst von einer Klinik, der Ursprung einer Unterhaltung, die am Abend vorher begonnen hatte (und von Eggs klugerweise beendet worden war). Auf der Rückfahrt von der abgebrochenen Dinnerparty hatte Brewster, immer noch wütend über die Anspielungen des Betrunkenen, versucht, es zur Sprache zu bringen, eine Absichtserklärung hervorzulocken. Eggs war jedoch geschickt ausgewichen, hatte vorgeschlagen, daß sie in einer ruhigeren und angemesseneren Umgebung über die Angelegenheit weiterdiskutieren sollten. Mit kühlerem Kopf und allem. Morgen schon? In Ihrem Büro im Zentrum? Sagen wir, gegen Mittag?

Zähneknirschende Zustimmung.

Eine Hinhaltetaktik, ganz eindeutig, aber nicht ohne gewisse Vorteile. Sollte der Windbeutel eine Weile schmoren, in der Luft hängen. Und, was aus Eggs Sicht um vieles wichtiger war, es verschaffte ihm Zeit, sein bisher sicherlich kühnstes Projekt zu planen: die Verknüpfung zweier besonnener Coups zu einem einzigen Gesamtpaket, dessen Möglichkeiten selbst seine wildesten Phantasien überstiegen. Wenn es zeitlich und technisch mit chirurgischer Präzision umgesetzt werden konnte. Wenn.

Als er in die Wohnung zurückkam, zog er sich daher schon früh und ohne ein Wort der Erklärung für seine ungeschickten Mitstreiter (nun ohnehin nur noch absolut nutz- und wertlose Anhängsel) zurück. Aber er schlief nicht viel. Während der

Nacht sammelten sich die gezackten Fragmente einer kühnen Idee hinter seinen Augenlidern, und am Morgen hatten sie sich zu einem fertigen, ausgewogenen Plan zusammengefügt.

So kam es, daß er am Freitag mittag gegen halb eins mit dem Wunderheiler zusammensaß und sich sein ängstliches Gejammer anhörte. »Ich weiß nicht... all diese schlimmen, abstoßenden Leute... ich weiß einfach nicht...« So zog er seine scheinheilige kleine Schau ab. Ein widerlicher Anblick, ekelerregend. Geduld, ermahnte Eggs sich selbst, aber ungeachtet der Ermahnungen nahm seine Geduld rapide ab. Es gab noch andere dringende Angelegenheiten zu erledigen. Er hatte schließlich nicht den ganzen Tag Zeit. »Betrachten Sie es doch mal von der anderen Seite«, sagte er. »Die Klinik ist gerade jetzt für Sie in Reichweite gerückt. Sie haben es nicht mehr mit einem Datum in irgendeiner ungewissen Zukunft zu tun. Es kann jetzt schon soweit sein.«

»Das verstehe ich durchaus«, sagte Brewster, die Augen abgewandt und einen Anflug von Vorwurf in der Stimme. »Aber ich hatte angenommen, daß Sie in der Lage seien, das Unternehmen mit eher, nun, konventionellen Mitteln zu unterstützen.«

Eggs lehnte sich in seinem Sessel zurück, legte die Fingerspitzen gegeneinander. Die Pose des klugen, vorsichtigen Bankiers. »Sie müssen sich auch die Art meiner Investitionen vor Augen führen«, sagte er ruhig, aber mit einer Andeutung von Kälte. Dies war eine jener Herausforderungen, denen man sich direkt stellen mußte. »Ich habe Partner, gegenüber denen ich mich verantworten muß, Anteilseigner. Meine Mittel sind alles andere als flüssig. Sie sind zum Teil für viele Monate festgelegt. Teilweise sogar für Jahre, kein Wunder in diesen unsicheren Zeiten.«

»Jahre?«

»Jahre. Und womit wir es hier zu tun haben, Wyman, ist eine einmalige Gelegenheit, einen beträchtlichen Anteil der erforderlichen Beträge auf einen Schlag und sofort zusammenzubekommen.« Er löste die Hände voneinander und unterstrich das *sofort* mit einem Fingerschnippen, das durch den klaustrophobisch überladenen Raum hallte. Dann, indem er seiner Stimme einen weicheren Klang verlieh, fügte er hinzu: »Natürlich ist dazu ein gewisses Startkapital notwendig.«

»Dieses, hmm, Startkapital. An wieviel hatten Sie da gedacht?«

»Wieviel könnten Sie kurzfristig aufbringen?«

»Bis wann?«

»Na ja, sagen wir mal, während der nächsten vierundzwanzig Stunden.«

Brewster holte ein Hauptbuch aus einer Schublade, legte es auf den Tisch, schlug es auf und überflog die Zahlenkolonnen. Er blätterte das Buch schnell durch, bewegte die Lippen, während er stumm addierte. Schließlich verkündete er laut: »Etwa um die neunzigtausend Dollar. Vielleicht noch etwas mehr.«

»Wenn wir soviel einsetzen würden«, sagte Eggs und achtete darauf, alles im Plural zu halten und damit auf ihre gemeinsamen Interessen, ihre Partnerschaft hinzuweisen, »könnten wir die Summe über Nacht verdoppeln. Innerhalb eines Monats, sechs Wochen, kämen wir sogar auf das Zehnfache.«

»Eine *Million* Dollar?« stieß Brewster hervor. Es war gleichermaßen ein erstaunter Ausruf wie auch eine Frage. Ein fiebriges Leuchten trat in seine Augen. Seine Hände zogen sich zusammen und streckten sich schlangenartig. Habgierige Augen, verräterische Hände.

»Möglicherweise sogar noch mehr. Auf jeden Fall genug, um das Projekt in Angriff zu nehmen und abschließen zu können.«

»Eine Million Dollar«, wiederholte Brewster, diesmal verträumt.

»Aber nur, wenn wir gleich handeln. Eine Gelegenheit wie diese kommt vielleicht nie wieder.«

»Und wie genau gehen Sie in dieser Sache vor?«

»Wahrscheinlich ist Ihnen bekannt, daß Wetten auf die örtlichen Universitätsmannschaften in dieser Stadt streng verboten sind. Genaugenommen sogar im ganzen Staat.«

»Von Wetten und Glücksspiel habe ich keine Ahnung«, erklärte Brewster durchtrieben. »Dafür habe ich nie etwas übrig gehabt.«

»Nun, Sie können mir glauben, es verhält sich wirklich so. Das dürfte man auch als das größte Hindernis ansehen. Es gibt jedoch gewisse Leute, die uns behilflich sein können, die Wetten zu plazieren.«

»Aber damit ist doch ein enormes Risiko verbunden.«

»Alle günstigen Gelegenheiten bergen ein gewisses Risiko in sich. Normalerweise. Aber diese Gelegenheit scheint sich durch absolute Sicherheit auszuzeichnen.«

»Wie können Sie sich so sicher sein? Ich habe gestern abend nichts davon gehört, daß der besoffene Narr irgendwelche speziellen Spiele erwähnt hätte.«

Eggs reagierte darauf mit einem angedeuteten Lächeln. »Unter Umständen könnte er dazu überredet werden«, sagte er. »Er oder ein anderer.«

»Überredet? Wie denn?«

»Belasten Sie sich lieber nicht damit. Das ist allein meine Sache. Das ist es nämlich, was ich tue, wissen Sie? Überreden.«

Ein besorgter Ausdruck breitete sich auf Brewsters faltigem Gesicht aus. Sein Mund bewegte sich krampfhaft, als suche er nach Worten, die sich beharrlich weigerten, ausgesprochen zu werden. Dann, den Kopf gesenkt, die Augen vor der schrecklichen Wahrheit verschlossen, fragte er: »Was wird denn von mir erwartet?«

»Absolut gar nichts. Sie brauchen nur hierzubleiben und auf meinen Anruf zu warten.«

»Ich muß heute nachmittag meine Krankenbesuche machen.«

»Aber Sie können das Geld doch besorgen, oder?«

»Ja, natürlich.«

»Heute?«

»Es könnte bis morgen dauern.«

»Das ist kein Problem. Höchstwahrscheinlich werde ich mich sowieso erst morgen bei Ihnen melden. Frühestens heute abend.«

Stille entstand nun zwischen ihnen. Brewster massierte seine Schläfen, ein Schauspiel gequälter Gewissenserforschung, frommer Skrupel. Eggs verstand es. Er wartete ab. Und nach längerem und intensivem Nachdenken sagte Brewster: »Im großen Zusammenhang der Dinge ist, so nehme ich an, ein unehrlich geführter sportlicher Wettkampf am Ende bedeutungslos. Gemessen an all dem Positiven, das damit erreicht werden kann.«

»Dann ist es abgemacht?«

»Abgemacht.«

Sie standen gleichzeitig auf und schüttelten sich die Hände. Abgemacht.

Eggs überließ Brewster seinem schlechten Gewissen. Er schloß die Bürotür hinter sich, blieb stehen und sah sich prüfend um. Abgesehen von ein paar Besuchern, die durch die Korridore schlenderten, war das Zentrum leer. Click stand am Empfang und kaute geistesabwesend auf einem Zahnstocher herum. Eggs ging schnell zu ihm hinüber. »Die Frau, ist sie da?« fragte er.

»Welche Frau meinst du?«

»Diese Waverly-Tussi, Cleanth.«

»Ich hab' sie noch nicht gesehen.«

»Arbeitet sie heute nicht?«

»Soweit ich weiß, doch. Gewöhnlich macht sie jeden Tag den Laden auf.«

»Und wo ist sie jetzt?« wollte Eggs wissen, und ein leichtes zorniges Vibrieren lag in seiner Stimme.

Click zuckte die Achseln. »Ich hab' nicht die geringste Ahnung. Weshalb willst du sie denn sehen? Was geht hier vor, Egger?«

Eggs gab keine Antwort. Er überlegte einen Moment lang. »Na schön«, sagte er schließlich, »hol sie ans Telefon.«

»Geht nicht.«

»Was meinst du damit, geht nicht?«

»Sie hat kein Telefon.«

Eggs atmete flach ein, hielt die Luft an. Kein Telefon. Nicht da. Das war genau die Art von lächerlichem Hindernis, die er jetzt nicht brauchen konnte. Er atmete langsam aus. Jetzt nur nicht nervös werden. Denk in Ruhe nach.

Aber es ergab sich, daß nicht nachgedacht werden mußte. Durch das Fenster sah er den mit Rostflecken übersäten Impala vor dem Gebäude vorfahren und die fragliche Lady über den Parkplatz spurten. Eggs traf an der Tür mit ihr zusammen, setzte sein falsches Lächeln auf und sagte: »Valerie, hallo, was für ein glücklicher Zufall. Ich hatte gehofft, daß ich Sie heute noch sehe.«

Sie schenkte ihm ein nervöses knappes Lächeln. »Ich habe mich furchtbar verspätet.«

»Wyman hat sicherlich Verständnis dafür.«

»Das hoffe ich.«

»Ich wollte mich dafür entschuldigen, daß ich gestern abend aufgebrochen bin, ohne mich bei Ihnen zu bedanken. Ihr Essen war ganz vorzüglich.«

»Eigentlich müßte ich mich entschuldigen«, sagte sie wehmütig.

»Unsinn. Für das, was passiert ist, konnten Sie nichts.«

»Es war so furchtbar peinlich. Ich habe keine Erklärung dafür, daß Roger zu Wyman so gemein war. Er ist sonst nie so.«

»Aus ihm sprach der Alkohol und nicht sein wahres Ich«, sagte Eggs weise.

»Ich weiß. Er hatte schon so gute Fortschritte gemacht. Nachdem Sie gegangen waren, ist er auf der Stelle eingeschlafen.«

»Tatsächlich? Und wie geht es ihm heute?«

»Besser, glaub' ich. Er kam allmählich wieder zu sich, als ich mich auf den Weg zur Arbeit machte.«

»Und Ihr Bruder? Ich hoffe, er hat von der kleinen Meinungsverschiedenheit mit den Nachbarn nichts zurückbehalten, oder?«

»Sie wußten davon?«

»O ja. Ich war dabei. Ich konnte ihm sogar ein wenig behilflich sein.«

»Er hat einen schlimmen Bluterguß im Gesicht. Ansonsten schien er in Ordnung zu sein.«

»Das beruhigt mich aber.«

Valerie warf nervöse Blicke über seine Schulter. »Ja, nun, es war nett, mit Ihnen zu reden, Mr. LaRevere, aber ich muß jetzt wirklich an die Arbeit.«

Eggs stand in der Türöffnung, versperrte sie. »Natürlich«, sagte er, aber er rührte sich nicht. Noch nicht. »Übrigens, ist Ihr Bruder um diese Zeit zu Hause anzutreffen?«

»Gewöhnlich schon. Weshalb?«

»Nachdem dieses unangenehme Mißverständnis geklärt worden war, hatten wir ein sehr nettes Gespräch. Aber leider viel zu kurz. Es scheint, als hätten wir eine ganze Menge gemeinsam. Daher dachte ich, ich sollte ihn mal besuchen, wenn ich etwas mehr Zeit habe. Vielleicht könnten Sie mir seine Adresse geben.«

Und mit jenem offenen, vollkommenen Vertrauen in das universelle Gute im Menschen tat sie es. Sie nannte ihm sowohl die Adresse wie die nicht registrierte Telefonnummer. Und sie gingen hinein, und Click bestellte auf seine Anweisung hin ein Taxi. Und kurz darauf erschien eines. Und während der Wagen sich in den Verkehr einfädelte, der über die Spring Mountain Road rollte, dachte Eggs über Zufall, Bestimmung und Schicksal nach, und wie alle drei einer göttlichen Ordnung folgten, wenn sie für einen arbeiteten.

17

Während Eggs' Taxi in den Las Vegas Boulevard einbog und in nördlicher Richtung fuhr, war B. Epstein auf derselben Straße nach Süden unterwegs. Im Haus in der Garces Street untersuchte Waverly sein entstelltes Gesicht im Badezimmerspiegel. Während der Nacht schien der Bluterguß sich über die ganze linke Wange ausgebreitet zu haben und erstrahlte jetzt in einem leuchtenden Fuchsrot. Nicht gut. An den Spieltischen war alles, was Aufmerksamkeit erregte, nicht gut. Aber er würde diesen Makel wohl für einige Zeit mit sich herumtragen müssen, daran ließ sich nichts ändern. Daher ging er in die Küche, schenkte sich eine Tasse Kaffee ein, trug sie ins Wohnzimmer und machte es sich in einem Sessel bequem. Er zündete eine Zigarette an. Weicher Novembersonnenschein drang durch das Fenster herein. Er konnte den Hund im Vorgarten herumtrotten sehen.

Einige Zeit zuvor hatte Bennie den Kopf in sein Zimmer gesteckt und die reichlich überflüssige Frage gestellt: »Schläfst du, Timothy?«

Jetzt nicht mehr.

»Ich zisch' mal eben rüber zu Little C, um mir die Footballspiele für Sonntag anzusehen.«

Waverly war das recht.

»Electra ist draußen. Ich lasse sie eine Weile im Garten rumlaufen. Kannst du ab und zu mal nach ihr sehen?«

Waverly konnte.

»Bin gleich wieder zurück.«

Auch dagegen hatte er nichts.

Die Außentür fiel ins Schloß. An Schlaf war nicht mehr zu denken. Deshalb war er aufgestanden, hatte geduscht, sich (sehr vorsichtig) rasiert und angezogen und dann sein malträtiertes Ebenbild im Spiegel betrachtet. Und nun, als er dasaß und den bitteren Kaffee trank und rauchte und sich im Wohnraum umsah, in dem nach Vals Auszug wieder die altvertraute Unordnung herrschte, wurde ihm bewußt, daß dieser Tag das Morgen war, von dem am Abend vorher immer geredet worden war. Für die meisten Menschen, so dachte er verträumt, war Zeit etwas Lineares, eine Art Fortschreiten, ein Weitergehen; er empfand Zeit eher als etwas Kreisförmiges, eine endlose Schleife, die dort aufhörte, wo sie begonnen hatte. Müßige Gedanken, ohne Nutzen. Schwierigkeiten mußten bewältigt, Entscheidungen getroffen werden. Labyrinthe waren noch zu überwinden. Eigentlich sollte er seine Möglichkeiten abwägen (die, wie er längst wußte, nicht sehr zahlreich waren) und seine nächsten Schritte planen (wo die Auswahl noch geringer war).

Aber als er wieder zum Fenster hinaussah, entdeckte er einen Mann, der neben dem Hund kniete und das Tier hinter den Ohren kraulte. Der Mann trug eine Sommerhose und ein Sportsakko und darunter ein Hemd, das am Kragen offen war; heute kein Pfirsichanzug, aber das machte nichts, denn Waverly erkannte ihn trotzdem. Er ging zur Tür und öffnete sie.

»Mr. LaRevere.«

»Mr. Waverly.«

Eine unverbindliche namentliche Begrüßung, eher eine gegenseitige Demonstration, daß man sich noch aneinander erinnerte.

Eggs richtete sich auf und kam durch den Vorgarten, während Electra spielerisch nach seinen Füßen schnappte. Als er sich näherte, legte der Mann den Kopf leicht auf die Seite, und seine Miene verriet aufrichtige Besorgnis. »Das ist aber ein ganz schön großer Fleck, den Sie da im Gesicht haben.«

»Ich tröste mich damit, daß ich damit an Ausstrahlung gewinne.«

Eggs quittierte das mit einem schmalen Lächeln. »Es ist ziemlich unangenehm, nicht wahr?«

»Es schmerzt ein wenig.«

»Na ja, dafür dürften keine Narben zurückbleiben.«

»Das denke ich auch. Sind Sie deshalb vorbeigekommen, Mr. LaRevere? Um mir den Puls zu fühlen?«

»Nennen Sie mich ruhig Eggs.«

»Die Frage bleibt die gleiche, Eggs.«

»Eigentlich hatte ich gehofft, wir könnten uns unterhalten. Haben Sie einen Moment Zeit?«

»Klar.«

»Darf ich reinkommen?«

Waverly deutete einladend auf die Tür. Zu Electra sagte er bestimmt: »Du nicht«, und erhielt ein verzweifeltes Winseln als Antwort. Und zu Eggs: »Der Hund scheint Sie zu mögen.«

»Das trifft auf die meisten Tiere zu«, sagte Eggs, weniger um sich damit zu brüsten als vielmehr, um eine simple Tatsache festzustellen.

Sie gingen hinein. Waverly beobachtete, wie er sich in dem Raum umsah, Details aufnahm und sie katalogisierte. »Sie wollen sicher einen Kaffee«, sagte er und bot ihm einen Sessel an.

»Gegen einen Kaffee hätte ich nichts einzuwenden.«

Waverly holte den Kaffee. Ließ sich ihm gegenüber nieder. Wartete.

»Ich nehme an, hier ist Rauchen gestattet«, sagte Eggs und deutete auf einen der zahlreichen überladenen und geschwärzten Aschenbecher.

»So ist es.«

»Bei den vielen Fanatikern, die es heutzutage gibt, fühlt man sich ständig verpflichtet, um Erlaubnis zu fragen.«

Sie machten sich beide Zigaretten an. Eggs inhalierte tief und stieß dann eine zufriedene Rauchwolke aus. Er trank einen Schluck Kaffee. Schnalzte genußvoll mit der Zunge. Mit seinem dünnen, beständigen Lächeln und seinen zufriedenen Lauten erweckte er den Eindruck einer fast schläfrigen Friedfertigkeit.

»Zigaretten, Kaffee«, sagte Waverly. »Ich glaube nicht, daß Ihrem Freund Brewster das gefallen würde.«

Das Lächeln vertiefte sich ein wenig, nicht viel. »Er ist doch ein eingebildeter Narr, oder nicht?«

»Eingebildet, ja. Ob ein Narr, da bin ich mir nicht ganz sicher.«

Eggs hob eine Augenbraue. »Kein Narr? Wie würden Sie ihn denn dann beschreiben?«

»Gerissen, vielleicht. Oder listig wie ein Tier.«

»Das könnte sein«, sagte Eggs liebenswürdig wie immer, »trotzdem, jemand mit einem derart sturen Vertrauen in seine eigene beschränkte – man könnte sogar sagen wahnsinnige – Vision muß einfach zum Teil ein Narr sein, meinen Sie nicht?«

»Das dürfte doch auf uns alle zutreffen.«

Eggs kicherte leise. »Das könnte hinhauen«, gab er zu.

Allmählich ging Waverly dieses abtastende Geplänkel auf die Nerven. Um die Dinge weiterzutreiben, sagte er: »Sind Sie deshalb hergekommen? Um den Charakter von Wyman Brewster zu analysieren?«

»Nein. Na ja, nur am Rande.«

»Das nicht, meine Gesundheit nicht. Was dann?«

»Sie haben keine Ahnung?«

»Ich habe eine Vermutung, aber warum klären Sie mich nicht trotzdem auf?«

»Ich glaube gestern gehört zu haben, wie Sie sagten, Sie seien mir etwas schuldig.«

»So ähnlich habe ich mich ausgedrückt, ja.«

»Das wollte ich mir jetzt abholen. Übertragen gesprochen, natürlich.«

»Übertragen«, wiederholte Waverly. Ein langes Stück Asche hing an seiner Zigarette. Er drückte sie aus. »Vielleicht sollten Sie mal erklären, wie ich diese Schuld bezahlen kann. Buchstäblich.«

»Raten Sie mal.«

»Es geht um das Basketballspiel.«

»Schon getroffen. Sehr gut.«

»Und Sie wollen wissen, welche gekauft sind.«

»Das wäre eine große Hilfe.«

»Warum kommen Sie zu mir? Warum fragen Sie nicht Roger?«

»Leider muß ich gestehen, daß ich von ihm in etwa den gleichen Eindruck habe wie von Brewster. Noch so ein Narr. Wenn auch eher von der gefühlvollen Sorte. Sogar ein wenig hysterisch. Auf jeden Fall kam er mir nicht besonders vernünftig vor.«

»Mir aber schon.«

»O ja. Außerordentlich vernünftig.«

»Und Sie haben einfach angenommen, daß ich es weiß.«

Eggs stellte seine Tasse auf den Rauchtisch. Mit einer langsamen Drehbewegung drückte er seine Zigarette im Aschenbecher aus. Er lehnte sich in seinem Sessel zurück, vertiefte sein Lächeln, hob die Hände in einer entschuldigenden Geste und sagte: »Es kam mir nicht vor wie eine unbegründete Annahme.«

Waverly betrachtete ihn aufmerksam. Sah seinen Gesichtsausdruck, seine Gesten, die einstudiert wirkenden Reaktionen. Aber vorwiegend achtete er auf die Augen: schläfrig, undurchdringlich, total selbstzufrieden; und einige Anzeichen hatte er am Abend vorher bemerkt, oder er hatte zumindest angenommen, sie bemerkt zu haben, und sie waren wieder da. Und er sagte direkt, übergangslos und nicht als Frage: »Sie haben gesessen, nicht wahr?«

»Gesessen?«

»Sie waren im Knast.«

»Mit Knast meinen Sie Gefängnis?«

»Richtig. Gefängnis.«

»Tatsächlich war ich noch nie eingesperrt. Zumindest nicht in dem Sinn, wie es meistens verstanden wird.«

»In welchem Sinn denn?«

Eggs bewegte den Kopf langsam hin und her. Mit freundlicher, milder Stimme sagte er: »Wissen Sie, ich hatte fast erwartet, daß wir dazu kommen würden. Früher oder später.«

»Da sind wir also. Sagen Sie schon, in welchem Sinn?«

»Im medizinischen, könnte man sagen. Ich habe ein paar Jahre in einem Krankenhaus verbracht.«

»Ich dachte mir so etwas. Staatlich oder privat?«

»Leider Gottes war es eine staatliche Einrichtung.«

»Und wie sind Sie an die Eintrittskarte gekommen?«

»Die Eintrittskarte? Ich fürchte, ich verstehe nicht ganz.«

»Ich glaube, Sie verstehen sehr wohl.«

Lange Sekunden schwieg Eggs. Seine Augen waren beinahe geschlossen, als entstünde hinter ihnen ein Bild. Schließlich sagte er: »Sie sind alt genug, um sich an die Benzinknappheit zu erinnern. Anfang der siebziger Jahre.«

»Ich erinnere mich.«

»Erinnern Sie sich auch noch an die endlosen Schlangen an den Tankstellen?«

»Auch daran entsinne ich mich.«

»In so einer Schlange stand ich mal. Der Motor im Leerlauf, während ich geduldig wartete. Als ich endlich an die Reihe kam, streikte mein Wagen – es war ein Porsche, wie ich mich erinnere, ein schönes Fahrzeug. Wahrscheinlich war der Motor heißgelaufen. Eigentlich seltsam, wenn man sich überlegt, wie ein simples technisches Versagen ein Leben von Grund auf verändern kann. Wahrscheinlich ist es nur der Beweis dafür, daß in jedem kleinen Geheimnis eine größere Wahrheit verborgen ist.«

Diese Erkenntnis wurde in leicht amüsiertem Ton ausgesprochen mit einem fragenden Ausdruck am Ende. Die halbgeschlossenen Augen kamen nun ebenfalls hoch und fixierten Waverly, der nichts erwiderte, sondern abwartete. Eggs fuhr fort.

»Ein anderer Fahrer setzte sich vor mich. Ich machte ihn – ganz ruhig und gelassen, möchte ich betonen – darauf aufmerksam, daß er gegen allgemein akzeptierte Verhaltensregeln verstoße. Von einer allgemein üblichen Höflichkeit ganz zu schweigen. Aber er war einer von der unangenehmen Sorte, man kennt diese Typen ja: suchen dauernd Streit und finden ihn auch meistens. Er zeigte mir den Finger, beschimpfte mich. Fick dich doch ins Knie, sagte er, glaube ich, unter anderem. Auf jeden Fall war es ziemlich einfallslos. Das Wort Ficken ist ja bereits derart abgedroschen, daß es jede beleidigende Wirkung verloren hat, meinen Sie nicht?«

»Darüber habe ich noch nie länger nachgedacht.«

»Lassen Sie sich das ruhig mal durch den Kopf gehen. Sie werden mir sicherlich zustimmen.«

»Und was haben Sie getan?«

»An der Tankstelle?«

»Darüber reden wir doch gerade, wenn ich mich nicht irre.«

»Nun, ich hab' ihn natürlich überfahren.«

»Weil er sich in der Schlange vorgedrängt hat, haben Sie ihn totgefahren?«

Eggs schien über die Frage ehrlich verwundert zu sein. »Natürlich«, sagte er.

»Und wann war das?«

»Mal überlegen, ich glaube, im Herbst dreiundsiebzig. Etwa in der Zeit. Ich studierte damals. Philosophie. An der Universität von Chicago.«

»Ein Student mit Porsche?«

»Mein Vater ist Anlageberater. Man kann sagen, daß es der Familie gut geht.«

»Und wie lautete die Anklage? Mord?«

»Daran erinnere ich mich wirklich nicht mehr«, sagte Eggs mit einer wegwerfenden Handbewegung. »Es ist auch nicht so wichtig. Das Recht in Amerika ist käuflich. Ich wurde freigesprochen.«

»Vorübergehende Unzurechnungsfähigkeit, nicht wahr?«

»Sie zogen vor, es Wahnsinn zu nennen. Aber wir beide wissen Bescheid, oder? Sie und ich.«

»Warum sagen Sie das?«

Eggs strich sich mit dem Finger nachdenklich über den Nasenflügel. Wie all seine Gesten wirkte auch diese einstudiert, genau getimt. »Ich bitte Sie, Mr. Waverly. Wenn wir demnächst zusammenarbeiten, sollten wir gegenseitig völlig offen und ehrlich sein. Das ist nur fair.«

»Wie kommen Sie darauf, daß wir zusammenarbeiten werden?«

»Nennen Sie es eine Ahnung.«

»Und was wollen Sie wissen?«

»Nun, unter anderem bin ich daran interessiert zu erfahren, wie Sie, in Ihren Worten, zu Ihrer Eintrittskarte gekommen sind.«

»Genauso wie Sie«, erwiderte Waverly. »Durch Mord.«

»Tatsächlich? Und wer war das Opfer?«

»Der Anwalt meiner Frau. Es war eine sehr unschöne Scheidung.«

Eggs klatschte begeistert in die Hände. »Gut gemacht! Das ist ein Berufsstand, dem ein wenig Ausdünnung nicht schadet.«

»Aber ich hatte nicht soviel Glück wie Sie. Ich habe die meiste Zeit abgesessen.«

»Wissen Sie«, sagte Eggs, erneut der nachdenkliche Philosoph. »Ich habe mich schon immer gegen den Begriff Glück gewandt. Ich glaube nicht daran. Ich betrachte es lieber als Schicksal oder Vorbestimmung. Und nun, da ein gnädiges Schicksal uns am gleichen Scheideweg zusammengeführt hat, hoffe ich, daß es für uns einiges tun wird. Das, was Sie Glück nennen, meine ich.«

»Davon sind Sie überzeugt?«

»Ich sehe keinen Grund, weshalb nicht«, sagte Eggs. Er ließ seine Blicke durch das schäbige Zimmer wandern. »Ich vermute, das Glück behandelt Sie im Augenblick ein wenig stiefmütterlich. Es ist natürlich nur eine Vermutung, verstehen Sie.«

»Oh, ich verstehe.«

»Aber Sie sind im Besitz außerordentlich wertvoller Informationen. Und dank des leicht beeinflußbaren Wyman Brewster habe ich Zugang zu einem beachtlichen Geldbetrag. Wenn wir unsere Fähigkeiten zusammenlegen, könnten wir einen ansehnlichen Profit erwirtschaften.«

»Demnach wollen Sie von mir lediglich Informationen.«

»Genau, mehr nicht.«

Waverly überlegte einen Moment lang. Nicht, was er sagen wollte – das wußte er. Aber wie er es formulieren sollte. Er wollte, daß es richtig klang. Es war wichtig, daß es richtig klang. »Ich muß Ihnen etwas verraten«, begann er. Brach ab. Fing noch einmal an. »Nein, streichen Sie das, ich werde Ihnen nichts verraten. Ich sage Ihnen warum. Erstens, weil ich gar nicht über die Information verfüge, hinter der Sie her sind. Und zweitens, selbst wenn ich sie hätte, würden Sie sie niemals aus mir herausbekommen. Bis in alle Ewigkeit nicht.«

Eggs musterte ihn skeptisch. »Sie behaupten demnach, Sie wüßten nichts.«

»Richtig.«

»Das zu glauben fällt mir furchtbar schwer.«

»Dann geben Sie sich mit Punkt Zwei zufrieden: Selbst wenn ich etwas wüßte, würde ich es Ihnen nicht verraten.«

Nun schaute er wirklich verwirrt drein. »Warum das denn nicht?« wollte er wissen.

»Wahrscheinlich bin ich Roger ähnlicher, als Sie erwartet haben. So was wie ein Gefühlsmensch. Auch ein Narr, aber auf meine eigene Art und Weise.«

»Ich kann nicht glauben, was ich da höre.«

»Glauben Sie es ruhig.«

Eggs schüttelte den Kopf. Es war die traurige, betrübte Reaktion eines Mannes, der Zeuge einer Naturkatastrophe ist, aber aus sicherer Entfernung und daher zur Hilflosigkeit verdammt und nicht in der Lage einzugreifen. Sein Lächeln war längst verflogen. »Ich gestehe, daß ich von Ihnen enttäuscht bin, Mr. Waverly. Mehr noch, Sie tun mir leid. So wie einem ein Krüppel oder ein Mongoloide oder der Dorftrottel leidtut.«

»Mitleid ist der Verachtung sehr ähnlich«, sagte Waverly. »Kaum ein Unterschied zwischen beiden. Also steht es vielleicht unentschieden, Mr. LaRevere.«

Eggs öffnete den Mund, als wolle er etwas erwidern, schien es sich jedoch anders zu überlegen, erhob sich aus seinem Sessel, streckte sich und ging zur Tür. Aber er blieb mit der Hand am Türknauf stehen und schaute über die Schulter. »Übrigens«, sagte er, und das Lächeln kehrte wieder in seine Miene zurück, »interessiert es Sie gar nicht, wie ich Ihre Adresse gefunden habe?«

»Warum erzählen Sie es mir nicht?«

»Ihre Schwester. Ich hab heute morgen mit ihr gesprochen. Im Zentrum. Sie war sehr hilfsbereit.«

»Ich verstehe«, sagte Waverly kühl.

»Eine feine Frau, Ihre Schwester. Sie können glücklich sein, sie zu haben. Meine Familie hat mich nach meinem kleinen... Fehltritt enterbt. Aber es hat keine Rolle gespielt. Ich bin schon immer in der Lage gewesen, mich allein in der Welt zurechtzufinden.«

»Das kann ich mir gut vorstellen.«

»Nun, ich muß jetzt aufbrechen. Passen Sie von nun an gut auf sich auf.«

»Das werde ich tun«, sagte Waverly. »Besser denn je.«

18

Dort, wo Dawnette aufgewachsen war, in Bristol, Tennessee, gab es ein Sprichwort, das lautete: Ich hab' mir den Elefanten angesehen. Es bedeutete, daß man nicht nur im Zirkus war, sondern daß man danach auch ein wenig klüger, gerissener war und sich von niemandem mehr etwas vormachen ließ. Was in gewisser Weise genau das war, was sie Velva an diesem Nachmittag klarzumachen versuchte. Weil sie allmählich Angst bekam, und zwar schreckliche Angst, und mit jemandem reden mußte und Velva die einzige war, der sie wirklich trauen konnte. Sie hatte eine ziemlich klare Vorstellung von dem, was Eggs im Schilde führte, und wenn sie auch nur andeutungsweise richtig lag mit ihrer Vermutung, kämen für die gute Cool Whip Day nun mindestens fünf Meilen schlimmster Knüppeldamm, und zwar die Sackgassenversion. Sie kannte ihn. Sie hatte den Elefanten schon früher gesehen. Und das war auch mehr oder weniger das, was sie nun in ihrer verzweifelten Schilderung ausdrückte: »Er hat irgend etwas vor, Vel. Ich rieche es geradezu. Und ich bin an der Sache ganz sicher nicht beteiligt.«

»Warum machst du dich nicht einfach aus dem Staub?« fragte Velva dumpf. »Das kannst du doch so gut. Darin hast du in letzter Zeit ja jede Menge Erfahrung sammeln können.«

»Den läßt man nicht so einfach sitzen. Dieser Mistkerl hat sie nicht alle auf der Reihe. Er ist ziemlich daneben.«

»Hast du mehr als zwei Wochen gebraucht, um das zu erkennen?« fragte Velva spöttisch.

Dawnette gab darauf keine Antwort. Sie starrte auf den Fußboden und machte ein zerknirschtes Gesicht, so gut es ihr eben gelang.

»Ich rede mit dir, Cool.«

»Das höre ich.«

»Dann sieh mich gefälligst an!«

Gehorsam hob Dawnette die Augen.

»Was siehst du?«

»Ich sehe dich, Vel.«

»Siehst du dieses Gesicht?« fragte Vel und erhob die Stimme.

»Ich sehe es«, bestätigte Dawnette unterwürfig. Aber es war nicht leicht, direkt in dieses mißhandelte Gesicht zu blicken, in dem die Nase roh und zermanscht aussah und einer reifen Pflaume glich, auf die jemand getreten hatte. Sie tat es trotzdem. Sie begriff, was hier im Gange war. Velva wollte ein wenig schlechtes Gewissen sehen, wollte, daß sie vor ihr auf den Knien rutschte. Okay, dazu wäre sie bereit. Was immer nötig war, um aus dieser Sache herauszukommen, sie könnte es tun.

Velva richtete anklagend einen Finger auf sie. »Es sieht einzig und allein wegen dir so aus. Und auch wegen dir liegt die arme süße Kleine den ganzen Tag im Bett und ist total vollgedröhnt, damit sie die Schmerzen nicht spürt. Sie wird ihren Arm nie mehr so wie früher benutzen können.

Und bei wem müssen wir uns dafür bedanken?« fragte sie rhetorisch und ein wenig überflüssig, und ihre Stimme glich einem Trompetenstoß. Und ohne Pause beantwortete sie ihre eigene zornige Frage: »Du bist diejenige. Du und dein beschissener Freund. Und du hast die Dreistigkeit, hier zu sitzen und mir zu erklären, er sei völlig daneben. Gayleen und ich, wir haben am eigenen Leib erfahren, wie daneben er ist. Und das ziemlich schnell. Wir haben dazu keine zwei Wochen gebraucht.«

»Mein Gott, Vel, es tut mir leid«, sagte Dawnette, legte einen klagenden Unterton in ihre Stimme, ließ den Mund ein wenig zittern. »Ich kann dir gar nicht beschreiben, wie leid. Ich hatte keine Ahnung, daß so etwas passieren würde.«

Indem sie sich überwand und die deformierte Nase betrachtete und sich im Geiste Gayleens zersplitterten Arm vorstellte, wie der weiße Knochen am Ellbogen durch die Haut stach, und indem sie sich weiterhin vorstellte, daß all das auch ihr zustoßen könnte, schaffte Dawnette es tatsächlich, ein paar Tränen herauszuquetschen.

Tränen waren immer gut.

»Du kommst also wieder nach Hause zurückgeschlichen«, sagte Velva, blickte immer noch wütend, aber ihre Stimme klang schon weicher, versöhnlicher. »Erwartest wohl, daß Velva dich heraushölt, alles wieder in Ordnung bringt, nicht wahr?«

Das mit dem Zurückschleichen sah sie richtig. Wenn Eggs jemals erführe, wo sie im Augenblick war, wäre es für sie das Ende. Als er am Morgen weggegangen war, hatte er ihr befohlen, in der Wohnung zu bleiben und nirgendwo hinzugehen, möglicherweise brauche er sie später. Er sagte, er habe einiges zu erledigen. Ja, genau. Sie konnte sich sehr gut vorstellen, was. Wo sie sich auskannte, das war bei Männern, und während Eggs ein ganz besonderes Exemplar war, absolut einmalig, war er aber noch immer ein Mann. Er hatte genau den gleichen Ausdruck in den Augen, den sie immer haben, kaum daß die Nummer zu Ende ist. Es war dieser Blick, der über einen hinweggleitet, als sei man überhaupt nicht mehr vorhanden, während sie die Jeans zuknöpfen und schon zur Tür unterwegs sind.

Daher hatte sie eine Stunde lang gewartet, um zu sehen, ob es ein Test war oder so; und als er nicht zurückkam oder anrief, war sie rüber zur Flamingo gelaufen, hatte das erste Taxi angehalten und sich zu der Wohnung in der Decatur bringen lassen. Und da saß sie nun in dem schäbigen, düsteren Wohnzimmer, dessen Fenstervorhänge geschlossen waren, und kam sich vor wie in einem Grab, abgesehen von dem schalen Schnaps- und Zigarettengestank und Vels strengem Parfum. Sie saß ihr gegenüber, die massige, ramponierte Vel, und trug immer noch denselben sackartigen Hausmantel (von wegen Elefant) vom letzten Mal, den sie wahrscheinlich in den vergangenen zwei Wochen nicht gewechselt hatte. Und indem sie so freundlich wie möglich war und versuchte, Frieden zu schließen, sagte sie mit ihrer überzeugendsten Flatterstimme: »Ich hatte gehofft, daß du irgendeine Idee hast, Vel.«

»Okay«, sagte Velva, »mal sehen, ob ich es richtig verstanden habe. Er will irgendein Ding mit diesem komischen Brewster drehen, wobei er dich als Köder benutzt, aber der Trottel hat für so was nichts übrig, also läuft es nicht auf diese Art und Weise.

Dann hört er von – was war es noch? – irgendeinem Spiel, nicht wahr?«

»Basketball. Gestern abend, als dieser Säufer davon redete, er habe Wind davon bekommen, daß ein Match gekauft wurde, ging unserem Eggs beinahe einer ab. Ich hab' ihn beobachtet, und es war unmißverständlich.«

»Wer ist denn dieser Säufer?«

»Den hab' ich noch nie gesehen.«

»Und du denkst, er weiß, wovon er redet, obwohl er an der Flasche hängt?«

»Das weiß ich auch nicht genau. Eggs glaubt es jedenfalls. Er hat eine Nase dafür, wo Geld zu holen ist.«

»Demnach vermutest du, daß er die Absicht hat, gleich zwei Dinger auf einmal zu drehen.«

»Genauso kommt es mir vor.«

»Warum gleich beide? Er hat doch schon ein sicheres Eisen im Feuer, weshalb will er sich auch noch mit diesem Irren einlassen?«

»Wie ich dir schon erklärt habe, Vel«, sagte Dawnette erneut und unterdrückte den Seufzer in ihrer Stimme. Sie hatte das alles längst durchgehechelt, und es war nicht gerade so, daß sie den ganzen Tag für solche Diskussionen Zeit hatte. »Das Geld wird allmählich knapp. Weißt du, als wir neulich den Heini hinter dem Dunes ausnahmen, an dem Abend, als wir uns zufällig trafen, war die Beute nicht gerade reichlich. Er dürfte ziemlich klamm sein. Vielleicht sogar schon pleite. Und deshalb muß er bald aktiv werden.«

»Also glaubst du, er versucht diesen Brewster dazu zu kriegen, daß er sein Geld in eine Wette auf die gekauften Spiele steckt. Und wenn er gewinnt, hängt er dich ab und verschwindet durch die Hintertür. Sehe ich das richtig?«

»Dieses Abhängen, das macht mir Sorgen«, sagte Dawnette. Und ohne nachzudenken, fügte sie hinzu: »Ich hab' gesehen, zu was er fähig ist.« Ein großer Fehler. Kaum waren die Worte über ihre Lippen, wünschte sie, sie hätte nichts gesagt.

»*Du* hast gesehen!« brüllte Velva sie an. »Was weißt *du* denn schon?«

Dawnette machte sich in ihrem Sessel ganz klein und war von diesem Wutausbruch völlig eingeschüchtert. »So hab' ich es doch gar nicht gemeint, Vel.«

»Eine Scheiße weißt du. Ich und Gay, wir wissen Bescheid.«

»Hey, es tut mir leid.«

»Dann denk in Zukunft vorher nach, was du sagst.«

»Tut mir leid.«

Velva massierte vorsichtig das, was von ihrem Nasenrücken noch übrig war. Sie dachte einige Sekunden lang nach oder beruhigte sich oder beides. »Was ist mit seinem Laufburschen?« fragte sie, nun um einiges umgänglicher.

»Du meinst diesen fetten kleinen Wurm?«

»Ja, genau den.«

»Der hat im Kopf nicht mehr Gehirn als im Arsch. Der denkt nur ans Fressen und daran, wo er ihn reinstecken kann.«

»Aber die beiden haben doch früher schon mal zusammengearbeitet, oder?«

»Ja.«

»Und er ist mit ihm befreundet, richtig?«

»Na ja, so eng, wie man mit Eggs befreundet sein kann. Und verglichen damit, ist einem der Südpol näher als er.«

Velva überlegte eine Weile. Und schließlich sagte sie: »Okay, paß gut auf. Laß diesen Wurm einmal ran. Gib ihm, worauf er so scharf ist. Versuch rauszubekommen, welche Rolle er in der ganzen Sache spielt und was er darüber weiß. Eine Hand wäscht die andere. Und dann erzählst du mir, was du rausgekriegt hast.«

»Ach, mein Gott, Vel«, stöhnte Dawnette. »Das ist ja schrecklich. Einfach widerlich. Außerdem weiß er bestimmt nichts. Er ist viel zu blöde.«

»Das weißt du eben nicht genau. Und selbst wenn er nichts weiß, was macht das schon? Es geht ja nicht um deine Unschuld.«

»Angenommen, ich tu's, und ich sage damit nicht, daß ich es wirklich tue, aber nur mal angenommen. Und es kommt nichts dabei raus. Wovon ich überzeugt bin. Was dann?«

»Dann müssen wir uns eben was andres einfallen lassen.«

»Für dich ist das einfach«, jammerte Dawnette. »Ich bin es

schließlich, für den es allmählich eng wird. Das versuche ich doch die ganze Zeit, dir klarzumachen.«

»Daran hättest du denken sollen, ehe du dich darauf eingelassen hast. Und mich und Gay mit reingezogen hast. Und da es nun schon mal passiert ist, können wir uns vielleicht einen kleinen Bonus verschaffen. Eine Art Entschädigung. Wenn er einen Treffer landet, dann geht es für uns ums ganz große Geld; wenn nicht, dann ist da immer noch der Einsatz. So oder so bleibt ein ansehnlicher Batzen zum Teilen. Und außerdem werden wir uns richtig bei ihm revanchieren.«

»Ich will nur aus dieser Sache raus, Vel. Die Revanche steht auf einem anderen Blatt.«

»Nein«, sagte Velva grimmig, »das siehst du völlig falsch. Es ist einzig und allein die Revanche, worum es hier geht.«

Click hat nicht die geringste Ahnung, was plötzlich los ist, aber er hat nicht vor, dumme Fragen zu stellen. Wenn man ein Bombenblatt auf die Hand bekommt, dann interessiert nicht, wer es einem gegeben hat. Einem geschenkten Gaul sollte man nicht ins Maul schauen, sagt er immer.

Und was da bei ihm auftaucht – wann? – vor zehn Minuten? – einer Viertelstunde? – mehr sicher nicht, seit er im Zentrum Feierabend gemacht hat und nach Hause gekommen ist, sieht aus wie ein absolut spitzenmäßiges Rassepferd. Sie trägt diese Bluse, vorne zum Knöpfen und so dünn, daß man die Gefechtsköpfe deutlich sehen kann, und die gleichen hautengen Jeans mit der Zielscheibe hinten drauf. Und dazwischen, zwischen Bluse und Jeans, ist ein Streifen nackter weißer Haut mit einem kleinen Bauchnabel genau in der Mitte. Scheiße, er wäre schon selig, wenn er seinen kleinen Willy da reinstecken dürfte. Bei ihr wär' das schon fast so gut wie die eigentliche Lusthöhle.

Sie fragt, ob er ein Bier für sie hat, und es ist doch wohl klar, daß er eins hat, und selbst wenn er noch schnell eins brauen müßte. Für jeden eins.

Und sie plaziert diesen süßen Hintern auf seiner Couch und raucht eine Zigarette und trinkt ihr Bier und fragt: Na wie geht's denn so? und lacht sogar ein wenig bei der Frage.

Ganz gut, sagt Click.

Viel Arbeit?

Im Gegenteil, so gut wie keine.

Sie klopft auf das Polster neben sich und sagt: Warum setzt du dich nicht und machst es dir ein bißchen gemütlich?

Click setzt sich. *Gemütlich?* Was ist mit der los?

Hast du Eggs heute schon gesehen? fragt sie ihn, und er erzählt, daß Eggs im Laufe des Tages im Zentrum war, aber daß er ihn seitdem nicht mehr gesehen hat. Sie sagt, sie auch nicht, seit er an diesem Morgen weggefahren ist.

Auf diesem Weg kommt man nicht weiter, deshalb fragt Click sie, wie es ihr geht, und sie antwortet: Prima. Mehr nicht – prima. Als wenn sie keine Lust mehr hat, darüber zu reden. Die meiste Zeit beschimpft sie ihn. Wenn sie nur 'n bißchen freundlich ist wie jetzt, dann weiß er gar nicht, was er sagen soll.

Aber das braucht er gar nicht, denn sie fragt ihn gleich weiter, wie denn die Sache läuft.

Er zuckt die Achseln, sagt: Ganz okay, glaub' ich. Vielleicht etwas schleppend.

Siehst du, das denke ich auch schon die ganze Zeit, sagt sie. Zwei Wochen sind vorbei, und es ist noch immer nichts passiert.

Nun, sagt Click und macht einen auf nachdenklich (was gar nicht so einfach ist mit soviel zartem Fleisch in seiner Reichweite und bei dem Parfümduft, der so stark und süß ist, daß ihm ganz schummrig wird, als würde er jeden Moment explodieren oder in Ohnmacht fallen), Brewster ist eben kein normales Opfer. Eggs muß das ganz vorsichtig anpacken.

Aber allmählich muß unser Geld knapp werden, sagt sie.

Click nickt. Ja, sagt er, er hat erwähnt, daß nicht mehr soviel da ist (was überhaupt nicht stimmt, denn Eggs sagt ihm nie etwas außer, was er jeweils tun soll. Aber es klingt gut, als wenn er genau wüßte, was läuft).

Macht dir das keine Sorgen? fragt sie ihn.

Click macht ein abgebrühtes Gesicht und sagt: Nee, kein Grund zur Sorge. Wir haben alles im Griff.

Das hoffe ich, sagt sie, aber sie sieht trotzdem besorgt aus, und für zwei Minuten sagt keiner von ihnen etwas, sondern sie sitzen nur da und schlucken ihr Bier. Click fragt sich, wie er das Gespräch auf das gute alte Salami-Versteckspiel bringen kann, aber ihm fällt in dieser Richtung nichts ein.

Schließlich sagt sie ganz ernst: Darf ich dich mal was fragen, Click?

Frag nur.

Was hältst du von ihm?

Du meinst Eggs?

Ja, Eggs.

Was soll ich von ihm halten?

Meinst du, er ist aufrichtig zu uns?

Was Click wirklich denkt ist, daß sich bei ihm selbst jetzt allerdings gleich was aufrichtet. Aber was er sagt ist: Eggs? – natürlich ist er das – warum sollte er nicht?

Ist dir nicht aufgefallen, daß wir schon lange keine von den Strategiesitzungen mehr hatten?

Ja, ist schon 'n paar Tage her.

Und auch daß er nicht mehr über seinen großen Plan redet, Brewster auszunehmen. Hast du das schon gemerkt?

Das hat nichts zu bedeuten.

Bist du sicher?

Click ist sich nur sicher, daß er sich bei gar nichts sicher ist. Macht ihn völlig konfus, wo der Verstand in die eine Richtung unterwegs ist und der Schwanz in die andere. Daher spricht er es offen aus: Was willst du damit sagen? Behauptest du etwa, er will uns austricksen?

Ich sage gar nichts. Ich hab' dich nur nach deinem Eindruck gefragt.

Ach, ob Eggs uns übers Ohr hauen will? Das kann nicht sein.

Aber wenn doch?

Dann müssen wir was unternehmen, antwortet Click. Er wird jetzt selbst etwas unruhig und denkt, daß sie vielleicht auf was gekommen ist, das er übersehen hat.

Was zum Beispiel?

Keine Ahnung. Darüber muß ich erst mal nachdenken.

Vielleicht, daß wir ihn beide genau im Auge behalten?

Ja, das, zum Beispiel. Das läßt sich doch machen.

Daß wir aufpassen, ob er versucht, uns reinzulegen? Daß wir aufpassen, was er sagt? Daß wir sagen, wenn uns irgendwas auffällt?

Das auch.

Daß wir zusammenhalten?

Ja, richtig, absolut.

Ist es dann abgemacht? Daß wir uns beide den Rücken freihalten?

Aber klar, sagt Click, doch es kommt heiser und irgendwie gequetscht heraus, als hätte er einen dicken Frosch im Hals, weil er nicht an Eggs, sondern daran gedacht hat, daß sie beide jetzt zusammenhalten.

Dann, als könne sie seine verdammten Gedanken lesen, dreht sie sich um und blickt ihm direkt in die Augen und murmelt, weißt du, Click, manchmal kann es richtig Spaß machen, zusammenzuhalten.

Verdammte Muttergottes, denkt Click, wenn ich jetzt träume, dann kann ich nur hoffen, daß mich niemand aufweckt. Ganz cool (obwohl sein Kleiner da unten schon ganz hart ist und ihm ein Loch in die Hose bohrt), sagt er: Wie soll das denn aussehen, dieser Spaß?

Schon mal 'ne Arschnummer gemacht?

Du meinst richtig hinten rein? Na klar, hat doch jeder schon mal. (Was in seinem Fall gar nicht stimmte, aber man muß ja nicht alles verraten. Außerdem, egal welches Loch sie anbot, er stünde als erster in der Schlange.)

Aber wahrscheinlich noch nicht so, wie ich es mache. Soll ich es dir mal zeigen?

Sie fragt ihn tatsächlich, ob sie ihm zeigen soll, wie es geht? Scheißt der Papst im Wald? Ist der Bär katholisch? Oder umgekehrt, wie auch immer, im Moment kann er sowieso nicht mehr klar denken. Aber er sagt immerhin, supercool natürlich: Klar, das wär' nett.

Sie stellt also ihr Bier auf den Fußboden und steht von der Couch auf und hüpft rüber zum Fernseher und schaltet MTV ein, wo 'n paar halbnackte Niggergirls gerade den Dschungeltanz tanzen. Aber Click bekommt davon überhaupt nichts mit, er starrt nur auf diese schwingende Zielscheibe, die jetzt auf ihn zukommt, direkt vor seinem Gesicht hin und her kreist und sich im Rhythmus der Musik bewegt. Und dann kommt sie runter, langsam, ganz langsam, geht in die Knie, hockt sich hin, als wolle sie einen Neger abseilen, bis sie mit dem Hintern ganz sanft Big Daddy berührt, den alten Jungen reizt und neckt, daß er fast den Hosenstall sprengt. Click versucht, seine Hände um sie herum zu schieben und die Zuckerperlen zu massieren, aber sie schüttelt sie ab und sagt: Nein, nur zwei Berührungspunkte, so läuft dieses Spiel. Scheiße, das ist auch okay, die Zielscheibe reibt jetzt auf Daddy herum, und er hat ein ganz komisches Gefühl, so als zupfe sie mit den Muskeln von ihrem Arschloch an ihm herum, daß er sich vorkommt, als sauge ihn Treibsand hinunter (oder, in diesem Fall, hinauf, denn die Welt steht für ihn auf dem Kopf), wie eine von diesen zupackenden Muschis, von denen er schon mal gehört (die er aber noch nie selbst erlebt) hat, nur ist es diesmal die Hintertür; und als befänden sich keine Kleider zwischen ihnen, schiebt Mister Einauge sich tief in die Schokoladenpiste, und die Musik wird schneller und schneller und immer lauter – die Niggermädchen geben jetzt richtig Gas – und diese Arschmuskeln werden immer härter; und ehe Click es überhaupt merkt, flattert seine Zunge über die Zähne, hinten, vorne, über alle, und erzeugt die Geräusche, für die er berühmt ist und denen er seinen Namen verdankt; und dann verwandeln diese Geräusche sich in ein hektisches Winseln und weiter in einen langgezogenen schrillen Schrei, und er ruckt nach vorne und bäumt sich auf, und dann erschauert er und sinkt zurück, und es ist vorbei, endgültig, aus.

Während er nach Luft schnappt, nimmt sie ihr Bier hoch und trinkt den Rest aus. Als er endlich wieder auf die Erde zurückgekehrt ist, fragt sie ihn: Na, gefällt dir das?

Click ist einfach noch zu groggy, um etwas anderes zu tun als nur den Kopf schwerfällig auf und ab zu bewegen.

Denkst du an unsere Abmachung? Halten wir zusammen?

Na klar.

Also paß genau auf, wenn er heute mit dir redet. Und auch morgen. Egal wann. Was du hörst, das erzählst du mir sofort. Klar?

Aber sicher doch.

Du vergißt es nicht?

Ich vergesse es nicht, sagt Click. (Vergessen? – Scheiße – wenn sie von ihm verlangen würde, daß er fliegen soll, dann würde er sich ein Cape umhängen, vom nächsten Berg springen und für sie den Superman machen.)

Weil es von diesen Spielchen noch viel mehr gibt, Click. Wer weiß? Das nächste Mal darfst du es vielleicht mal von vorne versuchen. Unten *und* oben.

Beim letzten Wort fährt sie sich mit der Zunge über die Lippen, feuchtet sie an, bis sie glänzen. Dann dreht sie sich um, und das letzte, was Click sieht, ist die Zielscheibe, die durch die Tür hinausschwebt. Dabei denkt er stolz, ich habe einen Volltreffer gelandet, aber er ist noch immer nicht ganz sicher, daß er nicht geträumt hat (ungeachtet des feuchten Flecks auf seiner Hose). Das wär' nicht so schlimm. Wenn er jetzt im Schlaf sterben würde, fänden sie ihn am Morgen mit einem seligen Grinsen auf dem Gesicht.

Nachdem Eggs das Haus in der Garces verlassen hatte, ging er hinüber zum Strip und fuhr mit einem Taxi zu Valeries Wohnung. Er stieg die beiden Treppen hoch und ging durch den Außenflur zu ihrer Tür am Ende. Er versuchte sie aufzumachen. Sie war verschlossen. Er klopfte, wartete, klopfte erneut, nichts, schlug mit der Faust dagegen, noch immer nichts. Keine Reaktion.

Also schlenderte er zum Seven Eleven an der Ecke und sah am Münzfernsprecher im Telefonbuch unter P nach. Kein Eintrag auf Roger Pettibone. Er überlegte, ob er im Zentrum anrufen sollte, um die Nummer aus der entgegenkommenden Ms. Waverly herauszukitzeln. Aber das würde wohl auch nicht klappen; sehr wahrscheinlich hatte der Bruder (der trotz seiner rechtschaffenen Heuchelei sicherlich kein Narr war) sie mittlerweile erreicht und gewarnt. Richtig frustrierend. Bis ihm einfiel, daß er am Abend vorher gehört hatte, der Säufer sei Professor. Niemand hatte erwähnt wo, aber die UNLV war die logische Folgerung. Er begann zu wählen, um das nächste Taxi zu rufen, dachte dann an die schrumpfende Anzahl Geldscheine in seiner Brieftasche (Bündel konnte man es wirklich nicht mehr nennen) und entschied sich dagegen. Aus Wirtschaftlichkeitsgründen und so weiter. Außerdem würden die Bewegung und die frische Luft ihm guttun, ihm helfen, den Kopf klarzubekommen und seine Gedanken zu sortieren.

Er ging bis zur Maryland und weiter an der Flamingo vorbei und wanderte durch das Campustor. Das Gelände war ihm fremd, er war noch nie hier gewesen, keine Gelegenheit. Daher irrte er über einen leeren Parkplatz und vorbei an einer ungewöhnlich häßlichen Skulptur in der Form einer auf dem Kopf stehenden Taschenlampe (zweifellos das geschmacklose Symbol für den Geistesblitz) und eine grasbewachsene und mit Bäumen bestandene Allee hinunter. Die Gebäude, die sie säumten, waren von einem Architekten entworfen, der wohl an Legosteinen ausgebildet worden war und dessen Stil man, nach seinem bescheidenen Urteil, wohlwollend als zeitgenössisch-scheußlich bezeichnen konnte und der daher dieser Gemeinde in perfekter Weise gerecht wurde.

Die Allee war verlassen. Er versuchte sein Glück an den Türen einiger Gebäude. Sie waren verschlossen. Es schien, als ob jede Tür, der er sich heute näherte, und zwar im wörtlichen wie auch im übertragenen Sinn, für ihn verriegelt war. Und er wurde allmählich ärgerlich. Wo, zum Teufel, waren alle? Was ist los? Dann fiel es ihm ein: Thanksgiving, ein verdammter Feiertag. Niemand drängte heute zum Brunnen der Weisheit. Daher würde er den schwer faßbaren Trinker ganz sicher nicht hier antreffen. Was nun?

Abgesehen von dem widerlichen Waverly-Kaffee hatte er den ganzen Tag nichts gegessen oder getrunken. Er nahm an, daß er hungrig war. Ganz sicher müde nach all seinen Fußmärschen durch die Stadt. Vielleicht brauchte er eine Atempause, einen Imbiß. Einen Ort, um seine Füße auszuruhen, um nachzudenken. Es gab einige Bars gegenüber dem Campus an der Maryland, daher schlug er diese Richtung ein und betrat die erste, die er erreichte. Sie war zum Bersten voll mit lauten, abgerissen wirkenden jungen Leuten, zweifellos ein Wasserloch für die edleren gelehrten Geister der Universität. Er fand einen Platz an der Bar, bestellte einen Brandy und Wasser und bat um die Speisekarte. Beides wurde ihm unfreundlich unter die Nase geknallt. Für einen Schuppen wie diesen waren die Preise (vom Service ganz zu schweigen) ungeheuerlich, fast schon eine Frechheit. Aber er entdeckte einen Tisch mit kostenlosen Knabbereien an einer Wand, daher drängte er sich durch das Gewimmel, füllte einen Pappteller und kehrte damit zu seinem Platz zurück. Und während er zwischen den aufgeweichten Kartoffelchips und Mäusefallen-Käsewürfeln und verwelkten Selleriestangen und Fleischbällchen in einer fettigen roten Soße herumstocherte, blieb sein stetiger Abstieg seinem Bewußtsein nicht verborgen. Wieder zum Schnorren gezwungen, unterschied er sich nicht mehr vom heruntergekommensten, armseligsten Spitzbuben. Seine Stimmung, noch an diesem Morgen so aufgeräumt und heiter, schlug schnell ins Gegenteil um. Der Tag war nicht so produktiv und erfolgreich verlaufen, wie er es erwartet hatte. Er schob den Teller beiseite, leerte sein Brandygls und marschierte nach draußen.

Und so kam es, daß er, als er zum Apartmenthaus zurückkehrte (eine halbe Stunde oder ungefähr zwei Meilen Fußweg später) verständlicherweise nicht gerade in der besten Stimmung war. Er ging direkt zu Clicks Wohnung und trommelte gegen die Tür. Diese öffnete sich. Und gab den Blick auf den Bewohner frei, der dort stand, ein Bier in der Hand und mit einem blöden Grinsen auf seinem Idiotengesicht.

»Hey, Egger, wo warst du den ganzen Tag?«

»Hier und da.«

»Und was hast du getrieben?«

Eggs drängte sich an ihm vorbei und ließ sich auf die Couch fallen. »Ich habe an unserem Projekt gearbeitet, Cleanth«, sagte er ungehalten. »Was sonst?«

»Du siehst ziemlich fertig aus. Willst du ein Bier?«

»Nein.«

Click kam herüber und setzte sich neben ihn. »Und wie sieht es aus?« fragte er. »Das Projekt, meine ich?«

»Im Augenblick ziemlich trübe.«

»Ja? Hat Brewster denn noch nicht angebissen?«

»Brewster ist nicht das Problem.«

»Das begreife ich nicht. Wenn er es nicht ist, wer ist es dann?«

Eggs musterte ihn wütend. »Hast du gestern abend irgendwann mal zugehört?«

»Wem oder was?«

»Diesem Säufer. Seinem Gerede über Basketball.«

»Klar habe ich ihn gehört. Für mich klang es nach heißer Luft.«

»Das glaube ich nicht.«

»Na, ich weiß nicht«, sagte Click zweifelnd. »Der Bursche war ziemlich hinüber. Das könnte alles das Geschwätz eines Besoffenen gewesen sein.«

»Nein, da irrst du dich.«

»Wieso?«

»Ich denke an die anderen beiden, Cleanth. Der Bruder und der Jude. Sie sind zu clever, um nicht an der Sache mit dranzuhängen. Der Bruder auf jeden Fall. Das ist für mich hundertprozentig klar.«

»Und was macht dich so sicher?«

»Nenn es Instinkt.«

»Okay, angenommen, das stimmt«, sagte Click und unterstrich seine Hypothese mit einem kräftigen Zungenschnalzen. »Was hat das mit uns zu tun?«

»Ich denke, das ist doch wohl offensichtlich.«

»Für mich nicht.«

Eggs legte den Kopf in die Hand. Probleme mußten erkannt, Rätsel gelöst, Taktiken verfeinert werden, und die Zeit wurde knapp – was tat er eigentlich noch hier? »Na schön«, sagte er, »wir müssen sie davon überzeugen, daß sie ihre Beute mit uns teilen. Uns was von ihrem Reichtum abgeben. Ist das deutlich genug für dich?«

Clicks Augen verengten sich. Ein verwirrtes Blinzeln. »Ich muß dir sagen, Eggs, ich kapier's nicht. Selbst wenn wir das schaffen sollten, haben wir kein Geld mehr, um Einsätze zu plazieren. Und du hast doch noch nie im Wettgeschäft mitgemischt. Du bist einfach nicht heiß darauf, oder?«

»Natürlich nicht«, schnappte Eggs. »Wetten und Glücksspiele

sind etwas für Schwachsinnige. Es sei denn, es ist todsicher. Und genau damit haben wir es hier zu tun. Mit Sicherheit.«

»Heißt das, wir machen uns doch nicht an Brewster heran?«

»Verglichen damit bietet Brewster uns ein bescheidenes Taschengeld, lediglich Krümel vom dicken Kuchen. Aber wir brauchen ihn. Vorübergehend.«

Jetzt war Click völlig verwirrt. »Wofür?« fragte er.

»Um das Geld für den Einsatz zusammenzubekommen, Cleanth«, sagte Eggs mit einem entnervten Seufzer. Apropos Schwachsinnige.

»Und was hast du nun vor?«

»›Unordnung ist nichts anderes, als eine Ordnung, die wir nicht sehen können‹«, sagte Eggs nachdenklich. »Ich glaube, es war Bergson, der das gesagt hat.«

»Was zum Teufel, soll *das* denn heißen?«

»Für uns bedeutet es folgendes«, erklärte Eggs, nun viel sanfter und geduldiger, »daß Wahrscheinlichkeit nicht dasselbe wie Sicherheit ist. Das nächste Spiel findet morgen abend statt. Es könnte gekauft sein. Oder auch nicht. Und das ist unser Problem. Das müssen wir in Erfahrung bringen.« Seltsamerweise nahm in dem Nebel hinter seinen Augen ein vager Plan Gestalt an. Es war nicht viel, aber es war mehr, als er hatte, als er durch die Tür gekommen war. Demnach war dieser kindische Dialog am Ende doch nicht ganz nutzlos gewesen.

»Wie sollen wir das anstellen?« wollte Click wissen.

»Durch Überredung, Cleanth. Ich vertraue darauf, daß wir einen der drei entsprechend beeinflussen können.«

»Und welchen?«

»Denjenigen, der am ehesten nachgibt.«

»Wie bitte?«

»Zerbrich dir deswegen nicht den Kopf«, sagte Eggs. »Das ist nur ein kleines Problem.« Er stand auf, stellte sich auf die Zehenspitzen und streckte die Arme über den Kopf wie jemand, der aus tiefem Schlaf erwacht. »Laß uns jetzt lieber ins Bett gehen. Wir haben morgen einiges vor, und zwar schon in aller Frühe. Der morgige Tag, Cleanth, verspricht ziemlich lebhaft zu werden.«

19

Sobald die Tür hinter seinem Gast zugefallen war, rief Waverly im Zentrum an und fragte nach Valerie. »Sie ist nicht da«, wurde ihm mitgeteilt, und er mußte nachfragen, um zu erfahren, daß sie Brewster zu seinen Hausbesuchen begleitete. Auf eine weitere Frage erhielt er die vage Angabe, daß es »drei oder vier Stunden, schwer zu sagen«, dauere, bis sie wieder zurückkämen. Die männliche Stimme am anderen Ende klang, als gehörte sie dem großen Esser vom Vorabend, daher verzichtete er darauf, eine Nachricht zu hinterlassen. Er legte den Hörer auf und sah auf die Uhr. Kurz nach zwei. Vor ihm lag ein langer Nachmittag.

Für eine Weile marschierte er unruhig auf und ab und ging seine Sorgen durch. Die Gefahren waren durchaus real, aber vielleicht nicht akut, noch nicht, und im Augenblick gab es absolut nichts, was er tun konnte. Nichts als warten. Und im Warten hatte er eine Menge Übung. Er ließ sich in einen Sessel fallen und spielte, um die Zeit totzuschlagen, zwei Partien Schach im Kopf durch und teilte sich Zug für Zug, in zwei verschiedene Identitäten: Timothy Waverly auf der einen Seite des Phantombretts, ein anonymer, aber mindestens ebenso geschickter Gegner auf der anderen Seite. Es war eine Art kontrollierter Schizophrenie. Das Gefängnis hatte ihn gelehrt, wie man so etwas machte. Die Spiele dauerten lange und waren heiß umkämpft. Waverly verlor beide.

Gegen vier Uhr fiel ihm ein, daß er den Hund vergessen hatte. Er ging zur Tür und rief das Tier herein. Electra war müde und hungrig von dem ungewöhnlich langen Herumstreunen in der frischen Luft. Und verwirrt über die Abwesenheit ihres Freundes Bennie. Daher rief er sie in die Küche, füllte eine Schüssel aus der Kanne mit Vals entmineralisiertem Wasser und setzte ihr ein paar biologische Hundebiskuits vor. Dann brachte er sie in Bennies Zimmer, wo sie sich auf dem Bett zusammenrollte und sofort einschlief. Diese Aktion dauerte ungefähr zehn Minuten.

Gegen fünf versuchte er es mit einem weiteren Anruf im Zentrum. Und erfuhr von derselben Stimme (diesmal kurz angebunden, beinahe mürrisch), nein, noch nicht zurück. Daher wartete er weiter, häufte in einem Aschenbecher einen kleinen Berg Zigarettenkippen auf, beobachtete, wie das Haus auf der gegenüberliegenden Straße mit zunehmender herankriechender Dunkelheit sich allmählich schwarz färbte, und verfluchte innerlich den schlechten Scherz des Schicksals, der ihn (von allen Menschen – ausgerechnet ihn, den stümperhaften Verwalter seines eigenen Lebens) zum Beschützer seiner zerbrechlichen, verletzbaren Schwester machte.

Er wartete bis halb sieben. Dann griff er nach dem Telefonhörer und rief erneut an. Diesmal antwortete eine andere Stimme: freundlich, entgegenkommend, deutlich zwitschernd, weiblich. Aber nicht Vals. Er wiederholte seine Frage.

»Es tut mir leid, sie ist nicht da.«

Ob sie und Brewster von den Hausbesuchen zurückgekehrt seien?

»O ja. Mindestens schon vor einer Stunde.«

Ob er Brewster sprechen könne?

»Ich fürchte nein. Er ist gleich nach oben in seine Wohnung gegangen. Und sagte, er wolle auf keinen Fall gestört werden.«

Und Val?

»Sie ist nach Hause gefahren, kurz nachdem sie zurückkamen.«

Allein?

»Ich habe niemanden bei ihr gesehen. Sie hat sich in ihren komischen alten Wagen gesetzt und ist weggefahren. Gibt es irgendwelche Probleme?«

Nein, keine Probleme.

»Wenn Sie eine Nachricht hinterlassen wollen, sie ist wahrscheinlich morgen wieder hier.«

Keine Nachricht.

Er bedankte sich bei der freundlichen Stimme und legte auf. Okay, er mußte nachdenken und dann handeln. Aber für einen Moment stand er nur da, hatte keine Idee und war wie gebannt in einer eisigen Zone der Bedrohung und Gefahr. Okay, okay – nicht im Zentrum. Dann mußte sie wohl zu Hause sein. Wo sonst? Es gab sonst keinen Ort, wo sie hingehen konnte. Bis auf den, den er übersehen hatte, und nachdem er drei Ziffern des

Taxirufs eingetippt hatte, erschienen zwei gelbe Lichtfinger vor dem Fenster und erloschen plötzlich. Er spurtete zur Tür. Sie kam durch das schief in den Angeln hängende Gartentor und den Weg herauf. Allein. offenbar unversehrt, allerdings mit einem unglücklichen Ausdruck im Gesicht.

»Val! Bist du in Ordnung?«

»Ich glaube schon«, erwiderte sie.

Er verriegelte die Tür hinter ihr und legte die Sicherheitskette vor. Sie setzte sich. Waverly blieb stehen. »Was ist passiert?« fragte er. »Wo warst du?«

»Wir hatten heute während unserer Hausbesuche ein ganz schreckliches Erlebnis«, sagte sie in klagendem Tonfall.

Waverly winkte ungeduldig ab. »Erzähl mir erst mal, wo du warst.«

»Wie ich schon sagte. Auf unserer Runde.«

»Und danach?«

»Bin ich nach Hause gefahren um nachzusehen, wie es Roger geht.«

»War er da?«

»Nein.«

»Sonst jemand?«

»In der Wohnung?«

Waverly holte tief Luft. »Richtig«, sagte er. »In der Wohnung.«

»Nein.«

»Niemand? Hat niemand dir Schwierigkeiten gemacht?«

»Schwierigkeiten?«

»Dich bedroht.«

»Natürlich nicht. Weshalb?«

»Schon gut. Hat Roger eine Nachricht hinterlassen?«

»Nein, aber das ist für ihn nicht ungewöhnlich. Stimmt etwas nicht, Tim?«

»Ich rufe lieber mal bei ihm an. Hast du seine Nummer?«

Sie nannte sie ihm aus dem Gedächtnis.

Waverly wählte sie, wartete zehn Rufzeichen lang, erhielt keine Antwort, ließ es ein zweites Mal zehnmal klingeln und hatte auch diesmal keinen Erfolg. In der Pettibone-Villa war niemand zu Hause. Oder es ging niemand ans Telefon. Er legte seinen Hörer auf. Er konnte nichts tun. Welche Möglichkeiten hätte er auch gehabt? Er konnte sich nicht um jeden kümmern. Ein hilfloser Schutzbefohlener reichte ihm. Es gab schließlich gewisse Grenzen. Er ließ sich ihr gegenüber im Sessel nieder.

»Was ist los?« erkundigte sie sich erneut.

Er antwortete mit einer Gegenfrage. »Dieses schreckliche Erlebnis – was ist passiert?«

»Einer unserer Patienten, Mr. Jessup, ist heute dahingegangen.«

»Dahingegangen? Meinst du gestorben?«

»Ja. Er hatte ein schweres Herzleiden. Er war seit zwei Monaten in Wymans Obhut, und wir dachten, er mache gute Fortschritte. Aber er hat nebenbei noch diese Drogen genommen.«

»Mir Drogen meinst du doch Medizin, nicht wahr?«

»Ich meine Drogen«, sagte sie steif.

»Okay, dann eben Drogen. Erzähl weiter.«

»Als wir hinkamen, sah er furchtbar aus. Sehr blaß, beinahe aschfahl. Er zitterte und konnte kaum reden. Der arme Mann, wenn er sich doch nur an unsere Empfehlungen gehalten hätte...« Sie verstummte, und ihre Augen wurden trübe bei dem Gedanken, was alles hätte sein können.

»Und was habt ihr getan?« fragte Waverly.

»Wir haben ihm einen belebenden Kräuterextrat zusammengestellt, aber er konnte ihn nicht trinken. Es ging ihm zusehends schlechter. Er hatte Krämpfe. Daher injizierte Wyman ihm mit Ozon angereichertes Wasser und –«

»Was ist das?« unterbrach Waverly sie.

Mit einem Ton freimütiger, vollkommener Unschuld sagte sie: »Das ist eine Therapie, die wir manchmal anwenden. Damit wird der Sauerstoffgehalt des Blutes gesteigert. Wyman glaubt, daß dies besonders bei Herzpatienten hilfreich ist. Er ist überzeugt –«

Waverly unterbrach sie erneut. »Moment mal. Dieser Mann hat einen Herzanfall, und ihr beide spritzt ihm Voodoowasser in den Kreislauf?«

»Mit Ozon angereichertes Wasser!«

»Was war denn mit seiner Medizin? Mit diesen Drogen?«

»Er hat darum gebeten. Aber Wyman wußte, daß sie ihm nur schaden, daher hat er entschieden, sie ihm nicht zu verabreichen.«

»Du meinst, er hat sie ihm verweigert.«

»Es war eine Entscheidung, die jemand treffen mußte.«

»Um ihm also seine Leiden zu ersparen, hat dein Heilerfreund ihn statt dessen umgebracht. Eine tolle Entscheidung.«

»Das ist nicht wahr!« protestierte sie hitzig. »Es ist unfair von dir, so etwas zu sagen!«

»Frag mal den Toten, was fair oder unfair ist!«

Mittlerweile glitzerten Tränen in ihren Augen. Sie machte Anstalten, sich zu erheben, und murmelte: »Ich dachte, daß du es vielleicht verstehst. Offenbar habe ich mich geirrt.«

»Setz dich, Val.«

Es kam ziemlich grob über seine Lippen, mehr eine Drohung als ein Befehl. Sie sah ihn erschrocken an. Und setzte sich.

»So wie ich es sehe«, sagte er »könnte man Brewster für den Tod dieses Mannes verantwortlich machen. Und dich ebenfalls, weil du dabei warst. Aber das ist ein ganz anderes Problem. Ich nehme an, es ist eine kleine Erleichterung zu erfahren, daß dies das Ausmaß deines ›schrecklichen Erlebnisses‹ ist.«

Sie starrte ihn an. Und schüttelte den Kopf, langsam und traurig.

»Was ist?« fragte er.

»So wie jetzt bist du früher nie gewesen, Tim.«

»Und wie bin ich jetzt?«

»So... gefühllos. Unsensibel.«

»Na ja, ein Ferienaufenthalt in Jacktown bewirkt das nun mal.«

»Wie war es denn?«

»Meinst du das Zuchthaus?«

»Ja. Du hast nie darüber gesprochen.«

»Dies ist nicht der geeignete Augenblick, Val. Es gibt wichtigere Dinge zu klären. Dringendere.«

»Nein«, sagte sie ernst, »das war immer da. Wie eine tiefe Kluft lag es zwischen uns. Das weißt du. Und seitdem ich hier bin, hast du dieses Thema gemieden. Jetzt sollten wir endlich darüber sprechen.«

»Du willst wissen, wie es war? Nicht gerade wie der Aufenthalt in einem Kurhotel. Auf keinen Fall zu empfehlen. Reicht dir das als Erklärung?«

»Dieser Anwalt. Weshalb hast du ihn getötet?« Die Frage wurde im Tonfall echter Neugier gestellt und enthielt nicht die Spur eines Tadels.

»Wie soll ich das beantworten? Wenn ich es wüßte, würde ich es dir sagen.«

»Aber weshalb gerade ihn?«

Waverly erinnerte sich an seine spöttische Bemerkung von vorhin zum Thema Entscheidung. In einem Leben, das von falschen Entscheidungen bestimmt wurde, klang der Spott plötzlich irgendwie hohl. »Es hätte besser niemanden getroffen«, sagte er, »aber wenn es schon jemand hätte sein müssen, dann doch lieber –« Er zögerte. Nach all den Jahren blieb ihm der Name des Mannes, der die erste dieser katastrophalen Entscheidungen ausgelöst hatte, die erste von vielen, immer noch im Halse stecken. »Dein Ex-Mann«, schloß er. »Oder meine Ex-Frau.«

Sie nannte die Namen für ihn: »Arthur und Annetta. Was sie getan haben, war falsch und schlecht. Aber wir, du und ich, müssen verstehen, was geschehen ist. Verstehen heißt verzeihen, Tim.«

»Es gibt nichts zu verstehen. Es war lediglich so, daß jeder von uns den falschen Menschen geheiratet hat. Zwei Betrüger, die einander gesucht und gefunden haben. Auf unsere Kosten.«

»Aber niemand hat verdient dafür zu sterben.«

Wieder zögerte Waverly, und als er weiterredete, war es ihm unmöglich, die Bitterkeit aus seiner Stimme zu verdrängen. »Wir bekommen nur zurück, was uns zusteht. Und zwar jeder von uns. Das schließt auch den Anwalt der anderen Seite ein.«

»Sogar Dad? Es hat ihn umgebracht.«

»Du stellst mir Fragen, auf die ich keine Antworten weiß. Was erwartest du von mir? Reue? Schuldgefühle? Sind mir beide ausgegangen.«

»Ich möchte, daß du dir selbst vergibst. Damit du wieder sein kannst, was du tatsächlich bist. Nicht das, was du geworden bist.«

Für einen kurzen Moment ließen Waverlys Zensurmechanismen ihn im Stich, und bei einem Blick in seine verschüttete Erinnerung sah er einen langen, sich dahinwindenden Weg, eine Spur von Opfern, einige schuldlos, einige nicht, die er in in all den Jahren zurückgelassen hatte. »Nach einer solchen Tat«, sagte er, »wenn man jemand getötet hat, setzt man sich eine Maske auf. Zu Beginn sitzt sie ganz locker, rutscht hin und her. Sie paßt nicht. Aber im Laufe der Zeit wächst das Gesicht und füllt sie schließlich aus.«

»Er hat dich geliebt, Tim.«

Sie sprach wieder von ihrem Vater, von einem der Menschen, denen man keinen Vorwurf machen konnte. »Das denke ich auch«, sagte Waverly. »Die Wahrheit ist, daß ich versuche, nicht mehr an ihn zu denken.«

»Das solltest du aber. Denn er ist da, weißt du. In der Erde, am Himmel, in der Luft. Überall. Wenn du gelegentlich über ein freies Feld wanderst, kannst du seinen Herzschlag unter deinen Füßen spüren.«

»Hier gibt es keine Felder, Val.«

»Das macht nichts. Ich will dir mal etwas zeigen.« Sie wühlte in ihrer abgewetzten Handtasche herum, holte eine kleine Fotografie hervor und reichte sie ihm. Waverly starrte sie an: es war ein Farbfoto von seinem Vater in akademischer Tracht, betont aufrecht stehend, die Schultern zurückgeschoben, das Kinn vorgereckt, ernst, gebieterisch, so sicher wie Wyman Brewster in seinem Glauben an seine eigene Redlichkeit, aber mit einem Barett, das deutlich schief auf seinem Kopf saß, als wolle er den strengen Eindruck seiner Erscheinung mit einer mutigen kleinen Geste des Trotzes untergraben. Als ob der schiefe Sitz dieser lächerlichen Kopfbedeckung sagte: Ich erkenne die Absurdität des gesamten Geschehens, und ich akzeptiere sie, aber ich billige sie nicht.

»Du erinnerst dich, wie sehr er Graduierungsfeiern verabscheute, nicht wahr?« sagte sie.

»Ich weiß. Aber er ist immer hingegangen. Er hat geglaubt, er sei es seinen Studenten schuldig.«

»Das Foto wurde in dem Jahr aufgenommen, ehe alles... schiefging. Es war die letzte Feier, an der er teilnahm. Drei Jahre später war er tot. Aber wenn du genau hinhörst, Tim, dann kannst du immer noch seine Stimme im Wind vernehmen. Und das ist es, was ich dir zu erklären versuche.«

Waverly sagte nichts. Er betrachtete weiterhin das Bild. Im Hintergrund war ein kleiner Wald zu erkennen, der vorwiegend aus Ulmen bestand, dazwischen ein paar stattliche Tannen sowie zwei weiße Birken. Er erkannte den Ort nicht, obgleich er zweifellos schon selbst dort gewesen war. Und indem er es in der Hand hielt, dieses gerahmte und farbige Zwinkern der Zeit, wurde ihm die seltsame Alchimie einer Fotografie bewußt, die nur nach allgemeiner Übereinkunft als Abbild der Realität betrachtet wird; und der Taschenspielertrick, der den Menschen verschwinden und die Bäume stehen läßt. Ihm wurde klar daß ein Mann – jeder Mann, sein Vater, ja, auch er selbst – mehr ist als nur die Summe seiner Erfahrungen, er ist auch ein Produkt seiner Geographie, der Wälder und Straßen und Landschaften seiner Vergangenheit und der trägen Rhythmen und Ortsmuster, die seinen Charakter formen, bis er sich verhärtet wie Gips. Und in dieser Replika eines verstorbenen Vaters, dieser magischen Illusion, schien er eine verschwommene Spur seiner selbst und eine noch verschwommenere seines verlorenen Sohnes zu erkennen. Vielleicht hatte sie, Val, daher recht. Was wußte er schon von den übergreifenden, traurigen Pflichten der Liebe? Er wußte gar nichts. Nur daß in diesem Strudel der Erinnerung, in diesem Zurückstreben durch die giftigen Strömungen der Zeit, keine Überzeugung mehr zuverlässig war, kein Axiom absolut, keine Wahrheit wahr war. Alles, was gewiß war, war die Verpflichtung seinen Mann zu stehen, durchzuhalten, so wie die Erscheinungen der Bäume auf dem Foto, das er in der Hand hielt.

Und das er ihr nun zurückgab, wobei er sanft bemerkte: »Ich fürchte, wir müssen das Gespräch bei einer anderen Gelegenheit zu Ende führen. Ich muß jetzt los. Einige Dinge erledigen.«

»Ich glaube, wir sind vielleicht schon am Ende angelangt, Tim. Ich weiß, daß ich mich nach diesem kurzen Gespräch viel besser fühle. Und ich hoffe du auch.«

»Viel besser«, sagte Waverly und enthielt sich so gut er konnte jeglicher Ironie. Eine der vielen Lügen, die man von sich gibt, diesmal aus Liebe.

In dem Moment verlegenen Schweigens, das jeder Erforschung der geheimen Herzensregionen folgt, vermieden sie es, einander anzusehen und blickten vor sich hin. Schließlich, als sei ihr der Gedanke gerade erst gekommen, fragte sie: »Wo ist Electra?«

»Hinten, im Zimmer. Sie schläft.«

»Sie ist doch nicht krank?«

»Es geht ihr gut. Sie ist müde, mehr nicht. Sie ist fast den ganzen Tag im Garten herumgelaufen.«

»Ich hoffe, du fütterst sie anständig.«

»Es geht ihr gut, Val. Sieh sie dir an, wenn du willst.«

»Nein«, sagte sie und stand auf, »es verwirrt sie nur, wenn ich hier bin. Und ich muß jetzt wirklich gehen.«

Waverly kam schnell aus seinem Sessel hoch und baute sich zwischen ihr und der Tür auf. »Wohin willst du?«

»Ich habe einige Dinge zu erledigen«, sagte sie mit gezwungener Munterkeit. »Genau wie du.«

»Welche Dinge?«

»Wir haben einen Patienten mit Lungenkrebs«, sagte sie, und ihr Tonfall wurde ernst. »Ich glaube nicht, daß ihm noch viel Zeit bleibt, und er ist ganz allein. Ich werde ihm einige Zeit Gesellschaft leisten.«

»Ist eine Leiche pro Tag nicht genug?«

Sie wirkte wie vor den Kopf geschlagen, war zutiefst verletzt. »Es ist schrecklich, so etwas zu sagen, Tim. Ich hatte gehofft, du wärest jetzt etwas...«

»Was?«

»Mitfühlender.«

»Okay«, sagte er und schlug einen versöhnlicheren Ton an. »Tut mir leid, daß ich das gesagt habe. Entschuldige. Aber ich möchte nicht, daß du heute abend noch aus dem Haus gehst, Val. Bleib hier. Du kannst mein Zimmer nehmen.«

Jetzt musterte sie ihn fragend. »Warum sollte ich das tun?«

»Weil du in Gefahr schwebst.«

»Gefahr? In was für einer Gefahr?«

»Das weißt du nicht?«

»Sicherlich nicht wegen Mr. Jessups Tod? Daran trifft niemanden eine Schuld trotz allem, was du darüber denken magst.«

»Nein, das nicht«, sagte er. »Es liegt viel tiefer.«

»Ich verstehe nicht, wovon du redest, Tim.«

Sie tat es wirklich nicht. Zumindest das wurde ihm schmerzhaft klar. Aus ihrer Luftblase vollkommener Unschuld, totalen Vertrauens bemerkte sich nicht das Geringste von dem Unwetter, das sich um sie herum zusammenbraute. Um sie beide. Und er hatte weder die Zeit noch die Geduld, es zu erklären. Genausogut könnte er versuchen, einem Kind plausibel zu machen, daß böse Taten auch schon mal unbestraft blieben. »Dann tu es einfach, weil ich dich darum bitte«, sagte Waverly.

»Das kann ich nicht.«

»Du kannst es nicht? Weshalb?«

»Weil ich dem armen Mann versprochen habe, ihn heute noch zu besuchen. Ich weiß nicht, was dich so beunruhigt, Tim, aber ich werde ihn nicht enttäuschen. Er braucht mich.«

Waverly kannte seine Schwester, sah den entschlossenen Glanz in ihren Augen, das energisch vorgeschobene Kinn. Er kannte sie nur zu gut. Sein schwacher Protest, seine Bitten – völlig sinnlos. Reine Zeitverschwendung. Und allmählich drängte die Zeit. »Weiß sonst noch jemand, daß du heute dorthin zurückkehrst?« fragte er.

»Nein.«

»Brewster?«

»Nein.«

»Bist du sicher?«

»Natürlich bin ich sicher. Er ging schon zum Wagen, während ich noch mit dem Mann sprach. Weißt du, er hat wieder angefangen zu rauchen, und Wyman hat ihn praktisch aufgegeben.«

»Na schön. Du hast ein Versprechen gegeben. Tu es noch ein zweites Mal. Versprich mir, daß du auf schnellstem Weg wieder hierher zurückkommst, sobald du deinen Patienten besucht hast.«

»Nun, wir werden sehen.«

Waverly hob die Hände in einer verzweifelten Geste. »Das reicht mir nicht, Val. Du mußt schon tun, was ich von dir verlange. Du mußt mir in dieser Sache wirklich vertrauen.«

Sie gab eine vage und ausweichende Antwort, die sinngemäß auf ein neues »Wir werden sehen« hinauslief. Das war das beste, was er zu hören bekam. Er brachte sie hinaus zum Wagen. Und als er sie abfahren sah, als er den Ausdruck ihrer Miene sah, eigensinnig und friedlich zugleich, ihre lässige Lebewohl-Geste, und als der Impala stotternd in die Dunkelheit eintauchte und nur den scharfen Geruch der Auspuffgase in der Luft zurückließ – als er all das beobachtete, spürte er, wie eine zunehmende Kälte sich in ihm ausbreitete, und es war mehr als nur die Kälte der Nacht.

Er eilte zurück ins Haus und ging direkt zu dem Wäschekorb am Ende der engen Diele zwischen den Schlafzimmern und dem Bad. Er kniete sich hin und wühlte in dem Korb herum, warf seine und Bennies Schmutzwäsche über die Schulter. Ganz unten im Korb, eingewickelt in eine fleckige Shorts seines Partners – stummes Zeugnis ständig geplagter und gestörter Verdauungsorgane – befand sich ein Briefumschlag voller Geldscheine (wozu die B. Epstein-Theorie zum Thema Sicherheit lautete: »Falls irgendein Kerl auf der Suche nach Geld meine dreckige Wäsche durchwühlt, brauchte er es noch dringender als wir«).

Waverly zählte das Geld. Er kam auf knapp über zwölftausend. Keine unerschöpfliche Rücklage. Er nahm genau die Hälfte an sich, legte den Rest zurück (sehr behutsam; Bennies Theorie, entschied er, hatte einiges für sich). Er suchte das Bad auf und schrubbte seine Hände. Dann bestellte er ein Taxi und stellte sich ans Fenster, um zu warten.

Aus traurigen Erfahrungen wußte er, daß Geld allein nichts regelt, kein Problem löste. Aber er wußte auch, besser als die meisten Menschen, daß es Möglichkeiten eröffnete, Alternativen, einen Spielraum für Entscheidungen schuf. Die ihm im Augenblick allesamt verschlossen waren. Wenn er seine Energien noch ein einziges Mal sammeln, all sein Geschick und sein Können einsetzen könnte, sich konzentrierte und behutsam agierte – vielleicht, aber nur vielleicht, könnte er eine ansehnliche Menge der

Falten und Runzeln ausbügeln, die das Leben ihm in letzter Zeit zugefügt hatte, und wenigstens eine Andeutung von Ordnung wiederherstellen. Ein wenig Glück würde auch nicht schaden.

20

Wenn man den Reiseführern (die mit Worten wie *nackt* und *Sünde* und *Dschungel* und *unverhüllt* im Titel) glauben wollte, dann liefen die besonders raffinierten Black Jack-Partien in ganz bestimmten verschwiegenen Schuppen in der City ab. Spiele mit nur einem Kartenpack; verdoppeln bei zwei, drei oder vier Karten; teilen und noch einmal teilen von Paaren; automatischer Sieger, wenn man nach sechs Karten nicht hinüber war; passen und den halben Einsatz auf die ersten beiden legen, wenn es sein mußte – Regeln, die im Zählerhimmel aufgestellt wurden. Und freuten sie sich nicht, wenn sie all die armseligen, dämlichen Möchtegern-Zocker anrollen sahen? Allesamt von der Sorte, die ein Buch übers Reichwerden beim Black Jack gelesen hat; die nach der Arbeit bei der Post oder in der Raffinerie oder wer weiß wo nach Hause rauscht und zwei Stunden pro Abend treu und brav am Küchentisch übt, und das zwei Monate lang; die zuversichtlich ein kleines Grundkapital – mal einen Fünfer oder gar einen Zehner – auf ein Weihnachtskonto bei der First National trägt und ihr Können an einem Las Vegas-Abend im Elks Club testet; dann für eine Woche Urlaub herkommt, voller Selbstvertrauen (auch wenn die Nerven flattern) und den Kopf voller Träume. Eine Mission im Hinterkopf. Jetzt werden die Spielkasinos ausgeräumt und an die Wand genagelt. Nehmt euch in acht, Leute, jetzt geht es rund!

Während die Profis, geduldig wie Spinnen, hinter ihren Tischen stehen und ihr knappes, eisiges Lächeln aufgesetzt haben und warten. Willkommen im Netz.

Waverly vertraute nicht auf die Reiseführer. Er schenkte dem gedruckten Wort, den Gerüchten, den wohlüberlegten Meinungen, den weisen Ratschlägen, den cleveren Tips keinen Glauben. Nicht hier. Hier draußen sollten sogar die einfachen Zeichen, Signale, Wegweiser verwirren. Es war eine Architektur des Betrugs, der Irreführung. (Sie suchen das Klo? – Aber klar, Buddy, gleich da drüben hinter den Würfeltischen, Sie können es gar nicht verfehlen. Sie wollen eine Kleinigkeit essen? – Kein Problem, mein Freund, das Café befindet sich am Ende dieser Reihe Banditen. Viel Glück.) Alles war verdächtig, alles war Köder, zog einen immer tiefer in einer Welt des Lichts und der Schatten, der Winkelzüge und Zeitpläne, in eine Welt pathologischer Dunkelheit, eingerahmt von der verführerischen Zier grellen Neonlichts.

Nein, wenn er überhaupt an etwas glaubte, dann an die elegante Symmetrie der Zahlen, an ihre kalte Strenge, ihre stabile Präzision. Und neben dieser gewissermaßen grundlegenden Schönheit erschienen all die Worte und Zeichen und Symbole geradezu schäbig. Aufstieg nach Zahlen oder Untergang – beides gründete vollständig auf einer leidenschaftslosen Gleichung. Was mehr ist, als man vom größten Teil des Lebens behaupten kann.

Daher machte es kaum einen Unterschied, wo er spielte, ungeachtet der Reiseführer und irgendwelchen schlauen Insiderwissens. Und noch weniger, wenn man den Kurs in Betracht zog, den er einschlagen wollte, und der für einen Las Vegas-Piraten wie ihn (geben Sie's zu Mr. Waverly, das und nichts anderes sind Sie doch) etwa genauso selbstmörderisch war wie eine Runde Russisches Roulette.

Dementsprechend begann er am südlichen Ende des Strip, im Dunes, mit der Absicht, sich nach Norden die Straße hochzuarbeiten. Im Dunes erlebte er eine Enttäuschung. Es herrschte kaum Betrieb, die Kartengeber standen sich an leeren Tischen die Beine in den Bauch oder spielten gegen eindeutig als Gäste getarnte Anheizer, und die Saalchefs hatten nichts anderes zu tun, als umherzuschlendern und finster zu blicken. Viel zu gefährlich für das, was er vorhatte.

Daher ging er wieder hinaus, blieb für einen Moment an der Ecke stehen und dachte über seinen nächsten Schritt nach. Das ruhelose Freitagabendpublikum, eine wogende, drängende lemminghafte Masse, imposant in ihrer ziellosen Hektik, wanderte jeweils an den entgegengesetzten Enden der Straße, während das Barbary Coast schräg gegenüber lag. Caesar's war nicht so gut, Bally's war nicht viel besser. Zu viele wachsame Augenpaare. Er würde sicherlich aus beiden hinausgeworfen, und es bestand die Möglichkeit, daß sein Ruf ihm mit dem Tempo eines galoppierenden Buschfeuers vorauseilte. Wenn es um Zähler ging, dann tauschten selbst rivalisierende Kasinos ihre Erfahrungen und Informationen aus (zumindest war es ihm so oft genug erklärt worden und wer konnte das besser wissen als unser guter B. Epstein?). Gleichzeitig war er alles andere als scharf darauf, das B. C. aufzusuchen. Denn während er ganz sicher nicht abergläubisch war und keine Amulette oder Talismane mit sich herumtrug, hatte er die Tatsache nicht vergessen, daß dies genau der Ort war, wo er Pettibone zum erstenmal begegnet war und wo sein Glück begonnen hatte, ihn zu verlassen, und ihn unausweichlich in seine augenblickliche Situation und zu seinem verwegenen, wenn nicht tollkühnen Plan getrieben hatte. Falls man die Gewohnheit hatte, den Ursprung solcher Dinge zu suchen. Und für derart fruchtlose Nachforschungen hatte er im Augenblick einfach nicht die Zeit. Man konnte seine weiteren Schritte nicht aufgrund vager Annahmen oder zweifelhafter unheilvoller Vorzeichen planen. Daher schloß er sich beim nächsten Ampelgrün für Fußgänger dem Rudel Lemminge an, überquerte eine Straße, dann eine weitere und gelangte durch die Tür ins Barbary Coast Kasino.

Es war zum Bersten voll. Was ganz gut war. Nicht so gut war die leicht nach oben ruckende Augenbraue der Geldlady am Wechselschalter. Er hatte den violetten Fleck, den er wie ein Erkennungszeichen auf der Wange trug, beinahe vergessen. Indem er ein dümmliches, unschuldiges und unmotiviertes Grinsen aufsetzte, bat er sie, zwei Tausender in Chips umzutauschen: nur schwarze, bitte, ach ja, hundert vielleicht doch in grüne. Ohne sein Lächeln zu erwidern und kommentarlos zählte sie die Scheine und schob die Chips über die Theke. Neunzehn schwarze, vier grüne. Es sah nicht nach sehr viel aus.

Waverly verstaute die Chips in einer Tasche seines Sportsakkos, zupfte seine Krawatte zurecht und drängte sich durch die

Gästeschar und näherte sich wie zufällig einem Tisch. Alle Plätze waren besetzt, aber das war ganz in Ordnung, bald würde es sicher zu einem Wechsel kommen. Er baute sich hinter der dritten *base* auf, hielt sich weit genug zurück, um mit der Umgebung zu verschmelzen, aber immer noch nahe genug, um alle Karten im Blick zu haben. Er war nicht mehr als einer der zahlreichen ängstlichen Kiebitze. Er wartete auf das Mischen. Und dann leerte er seinen Kopf von allen ablenkenden Gedanken und begann mitzuzählen.

Er wartete zwei Schlitten lang. Bei keinem kam er mit dem Zählen über plus Vier hinaus, und vorwiegend bewegte der Wert sich im negativen Bereich. Einer der Spieler steckte seine Chips ein und stand auf. Während des nächsten Schlittens erreichte er beim Zählen eine Dreizehn im Plus. Zeit zuzuschlagen.

Waverly nahm auf dem freien Sessel Platz (zwei Plätze nach der ersten *base* und kaum eine Position, die er freiwillig gewählt hätte, aber bei dem, was er vorhatte, durfte er nicht wählerisch sein) und schob fünf schwarze Chips in seine Box. Der Bankhalter bedachte ihn mit einem ausdruckslosen Blick und teilte die Karten aus. Waverly bekam eine Vierzehn, der Bankhalter deckte eine Neun auf. Als er wieder an der Reihe war, verzichtete Waverly. Vier Spieler links von ihm nahmen weitere Karten und gingen baden. Der Geber deckte seine zweite Karte auf und hatte eine Fünf. Und legte am Ende noch ein Bild darauf.

Im Handumdrehen war Waverly fünfhundert hochgerutscht. Ein schneller Blick auf die Karten auf dem Tisch ergaben einen Wert von sechzehn. Er ließ die ursprünglichen fünf schwarzen Chips in seiner Box liegen. Viel besser konnte es nicht laufen.

Eine Feststellung, die von seiner nächsten Hand bestätigt wurde. As und Bild, ein natürlicher Black Jack. Waverly setzte seine überzeugendste leicht verwirrte Mein-Gott-habe-ich-ein-Glück-Miene auf. Der Geber gratulierte, aber nur knapp und ohne ehrliche Freude. Das machte nichts. Siebenhundertfünfzig in umtauschbaren Chips war freundlich genug. Aber der Wert war um ein paar Punkte gesunken, und die Hand danach war entsprechend unergiebig, sein As plus sieben gegen eine Achtzehn des Bankhalters.

Mitten im Austeilen des nächsten Blatts landete die rote Schneidekarte auf dem Filz und zeigte die letzte Hand im Schlitten an. Waverly bekam zwei Zehnen. Der Geber hatte ein As, warf einen Blick auf seine verdeckte Karte, dann sah er mit ausdruckslosen Augen zur ersten *base*. Ein Seufzer der Erleichterung ging um den Tisch. Diesmal hatte der Kartengeber keine Einundzwanzig. Was von dem Kartenpack noch übrig war, enthielt jede Menge Bilder und, nach Waverlys Berechnungen, außerdem drei Luschen. Er hatte den Bruchteil einer Sekunde Zeit, sich zu entscheiden.

Als er an die Reihe kam, legte er fünf weitere schwarze Chips auf die Box und sagte ruhig: »Teilen.«

»Lieber Gott im Himmel«, murmelte der Gast rechts von ihm, ein rundlicher Mann, der ein methodisches Allerweltsspiel bevorzugte und ständig verloren hatte.

Die dritte *base* stöhnte.

»*Teilen?*« fragte der Kartengeber. Ein Funke des Mißtrauens irrlichterte in seinen ansonsten völlig leeren und gleichgültigen Augen.

»Teilen«, wiederholte Waverly.

Die erste Karte war eines der Asse (das ein ungläubiges Aufstöhnen rund um den Tisch hervorrief), die zweite eine Acht. Und als der Croupier seine verdeckte Karte umdrehte, war es eine völlig machtlose Sechs.

Waverly sammelte seine Chips ein, ließ einen grünen als Trinkgeld zurück und ging direkt zur Kasse. Die Geldlady, es war dieselbe wie vorher, bemerkte. »Dafür haben Sie aber nicht lange gebraucht.«

Waverly reagierte mit seinem Bauernjungen-Grinsen. »Das sagt ihr Ladies immer. Nichts als Beschwerden.«

Ihre Blick tasteten ihn skeptisch ab. »Das kann ich mir vorstellen.«

Sie zahlte ihm seinen Gewinn aus. Zwei Riesen und Kleingeld. Nicht schlecht. Bei vier Blättern wirklich nicht übel. Soviel zu Omen und anderen ungünstigen Vorzeichen.

Dennoch sah er zu, daß er schnellstens von hier verschwand.

Was er praktizierte, wurde *shadow counting* genannt, und es war für einen Spieler in Vegas extrem riskant. Weil es schwer zu bekämpfen war, reagierten die Kasinos überaus empfindlich auf jeden, der sich dieser Technik bediente. Zutreffender ausgedrückt, wehrten sie sich mit drastischen Maßnahmen. Nicht daß es sehr viele gab, die diese Taktik halbwegs erfolgreich anwendeten. Es war auch nicht gerade eine der einfachsten Methoden. Zuerst einmal mußte man ein makelloser Zähler sein, was ohnehin schon schwierig genug war. Hinzu kam das Problem des Timings, das besonders schwierig war, es mußte absolut genau sein. Es kam vor, daß man sich an einem Tisch herumdrückte, den Kiebitz spielte und zählte und nicht einmal auf einen annähernd günstigen Wert kam. Dann war alles umsonst. Bei anderen Gelegenheiten, wenn die Zahlen endlich vielversprechend waren, konnte man sich schnell einen Platz sichern, seine Einsätze plazieren und trotzdem auf dem Bauch landen. Beim Kartenspiel gab es keine sicheren Garantien, trotz aller Überlegungen und Berechnungen, die man anstellte. Und man durfte außerdem nie zu lange an einem Tisch herumlungern. Wenn man erwischt wurde, konnte man sich auf eines ganz sicher verlassen, auf die ganz spezielle Las Vegas-Garantie, nämlich daß man von wandelnden Kleiderschränken zur Tür hinaus eskortiert wurde und sich nirgendwo mehr blicken lassen durfte. Aber wenn man ruhig und geschickt genug war und schnell reagierte und wenn die Götter auch nur ein kleines Lächeln zeigten, konnte man zuschlagen, ein paar Gewinne einsacken und das Weite suchen. Wie bei einem Panzerangriff. Ziel erfassen und vernichten. Zuschlagen und zurückziehen. Ein passender Vergleich. Denn es war ein richtiger Krieg, den man führte, und zwar gegen einen hartnäckigen Feind, der mit keiner Wimper zuckte, der niemals seine Deckung sinken ließ und der sich niemals geschlagen gab.

All das lernte Waverly sehr schnell. Es war ein Schnellkursus im *shadow counting*. Bis zu diesem Abend hatte er es noch nie riskiert. Es war nicht nötig gewesen. Aber kritische Zeiten verlangten kritische Maßnahme. Und während er über den Strip zog, ein Kasino nach dem anderen abklapperte, seine Technik verfeinerte, sich vor gegnerischem Feuer in Sicherheit brachte und bei jedem Zwischenstopp bescheidene Gewinne verzeichnen konnte, entwickelte sein Selbstvertrauen, das zu Beginn noch sehr brüchig gewesen war, sich zu einer gedämpften, maßvollen Überschwenglichkeit.

Er kam mit viertausend im Plus aus dem Flamingo Hilton. Im O'Shea lief es nicht ganz so gut, und es dauerte eine Weile, bis er sich auf einen Tisch eingestimmt hatte, aber auch dort schaffte er immerhin noch einen Tausender. Imperial Palace und Holiday erbrachten zusammen großzügige sechstausend. Das Sands ließ er aus. Zu heikel. Es hatte keinen Sinn, sein Glück überzustrapazieren. Das Frontier hingegen schien ihm genau richtig zu sein, daher überquerte er die Straße und ging hinein. Er hatte recht. Indem er es darauf ankommen ließ und sich an drei verschiedene Tische setzte (zwei mehr, als in jedem anderen Kasino vernünftig war), stand er anderthalb Stunden später wieder auf der Straße und hatte erstaunliche siebentausend mehr in der Tasche.

Überschwenglichkeit? – allmählich entwickelte sie sich zu einer regelrechten Begeisterung. Einige Sekunden lang stand er da und war wie verzaubert von den endlosen Meilen Neonröhren, die vor dem schwarzen Nachthimmel in ihrer Lichtfülle explodierten. Ein eisiger Wind wehte aus der Wüste und fegte durch die Straße. Dahinjagende Wolken schoben sich am Mond vorbei. Die rauhe Nachtluft stach in seiner vom Zigarettenrauch gepeinigten Lunge und verwandelte seinen Atem in einen geisterhaften weißen Nebel. Er sah auf die Uhr. Erstaunlich, es war schon halb zwei. Wenn man sich amüsierte, verging die Zeit wie im Fluge. Er wußte nicht genau, wieviel er gewonnen hatte, aber es mußten über zwanzigtausend sein. Vorsicht und Vernunft – von seinem zahlenmüden Kopf ganz zu schweigen – diktierten eine Pause. Aber er war jetzt in Fahrt und unter Dampf. Er war Mr. Unsichtbar, so schnell und schwer zu fassen wie der Wind, der durch seine Kleider drang und seine Knochen eisig werden ließ. Fangt mich, wenn ihr könnt. Und als würde er von irgendeiner vom Mond ausgehenden Gezeitenkraft angezogen, setzte er sich wieder in Bewegung. Zum Stardust, seiner nächsten Station.

Hier war der Betrieb etwas spärlicher, aber nicht so dürftig, daß man nicht im Vorbeigehen was mitnehmen konnte. Er kaufte seine Chips und schlenderte zwischen den Tischen hindurch, lässig, ohne Eile und entschied sich schließlich für den meistversprechenden. Der Geber war ein Junge mit einem ständigen überheblichen Grinsen, das wirkte, als habe er es vor dem Spiegel einstudiert, zwei Spieler: ein verwitterter, luftgetrockneter kleiner Mann mit tiefliegenden Augen und rasierklingendünn, besetzte die dritte *base*; und neben ihm eine rundliche ältere Dame, irgendeine vergnügungssüchtige Großmutter, die sich in eine hautenge Stretchhose gezwängt hatte. Ihr schlaffes Hundegesicht war dick mit Make-up zugekleistert, hinzu kam ein Lippenstift in der Farbe verbrannten Specks, umgeben von einer Aura orangegefärbten Haars. Sie hatten alle Anzeichen besessener Spieler, alle beide, menschliche Blips auf dem Radarschirm der Habgier, bei denen die Garantie für die Reinheit ihrer Seelen längst verfallen war. Als er sie betrachtete, war es für Waverly, als sehe er die mit tiefen Furchen durchzogene Straße seiner eigenen Zukunft hinunter. Es war ein Blick durch den Spion auf die immer schneller verstreichenden Jahre. Eine Vorschau auf die kommenden Attraktionen.

Aber jetzt war nicht der geeignete Zeitpunkt für solche düsteren Überlegungen, und so nahm er seine Position knapp einen Meter hinter und leicht rechts von der dritten *base* ein. Beim Mischen begann er mit dem Zählen. Dabei bewegte er sich während des ganzen Schlittens im neutralen Bereich, schaffte es nur bis in die kleinen positiven Werte, und das auch nur für kurze Zeit. Aber die ersten Blätter des nächsten Schlittens ergaben ein geradezu abnormes Mißverhältnis an niedrigen Karten, und der Zählwert stieg abrupt auf plus elf an. Jetzt oder nie.

Er setzte sich auf die erste *base* und begann mit seinen üblichen fünf schwarzen Chips. Karten zischten durch die Luft. Waverly bekam eine Sieben und eine Drei, eine Zehn. Vor dem Kartengeber lag ein As. Indem er seine verdeckt liegende Karte sorgfältig abschirmte, wie es in der Croupierschule gelehrt wurde, warf der überheblich grinsende junge Mann einen kurzen Blick darauf. Offenbar reichte es nicht. Waverly fügte fünf schwarze Chips seinem ursprünglichen Einsatz hinzu und sagte: »Eine Karte.« Drei Neunen waren gefallen, daher war es ein kalkuliertes Risiko. Und überdies hatte er es eilig. Der Kartengeber gab ein Schnüffelgeräusch von sich, und als er eine Dame auf die Zehn legte, zuckte seine Oberlippe. Er teilte den anderen beiden Spielern ihre Karten aus und drehte seine verdeckte um, eine müde Vier, und deckte sie mit einem Bild zu. Sehr hübsch, wenn man Fünfundzwanzig spielte.

Waverlys nächste beiden Blätter waren dürftig, Sechzehn und Vierzehn gegen jeweils Acht und Zehn. Aber der Zählwert riet ihm, nicht zu kaufen, was er tat, und beide Male hatte der Croupier weniger als Siebzehn und ging mit den Bildern unter, die noch reichlich im Schlitten verteilt waren. Drei Hände, zwei Riesen. Der reinste Hattrick, ein hübscher Treffer.

Der Geber sammelte die gefallenen Karten ein. Seine Oberlippe hatte sich etwas beruhigt, und der Blick, mit dem er Waverly musterte, war mißtrauisch und abschätzend. »Wie sind Sie denn an diese Laterne in Ihrem Gesicht gekommen?« fragte er beiläufig.

Oho. Waverly vermutete, daß er hier mit seiner Nummer des Trottels vom Lande nicht durchkäme, daher erwiderte er dunkel: »Ich bin gegen den sprichwörtlichen Türpfosten gelaufen.«

»Ist das wahr?«

»Und wie.«

Eine kurze Pause. Die Gesichter der beiden anderen am Tisch signalisierten Ungeduld über die kurze Unterbrechung, und es war schon das äußerste an Ausdruck, zu dem ihre Mienen fähig zu sein schienen.

Der Bankhalter beugte sich zu Waverly hinüber und sagte in einem drohenden Flüsterton: »Wissen Sie, Freund, Ihr Auge sollte Ihnen schon längst verraten haben, wie hier der Hase läuft. An Ihrer Stelle würde ich rübergehen und die Punkte auf den Würfeln zählen.«

»Das würden Sie tun?«

»Absolut. Noch besser wäre es, wenn Sie sofort einen kleinen Spaziergang machten. Ehe Sie noch gegen einen anderen von diesen Türpfosten knallen.«

Waverly sammelte seine Chips ein und erhob sich aus dem Sessel. Der Junge war gerissener, als er angenommen hatte. Entweder das, oder er selbst wurde unvorsichtig. »Danke für den Rat«, sagte er. »Sie sind ein mutiger Junge, egal was man sonst über Sie denkt.«

Und er entfernte sich, ließ kein Trinkgeld zurück. Er tauschte die Chips um und schlenderte zur Tür, ebenso lässig und locker, aber mit dem beunruhigenden Gefühl zahlreicher feindseliger Augen – hinter, über und neben ihm –, die ihn durchbohrten. Vielleicht war er doch nicht so unsichtbar.

Sobald er die Tür hinter sich hatte und sicher auf die Straße gelangt war, legte er einen Schritt zu. Er wußte nicht so recht, wo er hingehen sollte. Weg von hier. Ein Nerv in seinem Augenlid flatterte heftig. Der Vegas-Tic. Sein Gehirn war bis zum Rand vollgestopft mit den schimmernden Bildern von Spielkarten, Zahlen, Werten, Ergebnissen und mit einem oszillierenden Reigen von Spielern, Croupiers, Saalchefs, Sicherheitsleuten, jeder in die enorme Aufgabe des Kaufens und Verkaufens vertieft. Der libidinöse Walzer tierhafter Bedürfnisse. Ein psychotisches Varietétheater. Oder vielleicht war es auch nur das Pochen im Schädel, das sich immer einstellt, wenn man zu lange gezählt hat. Black Jack ernsthaft gespielt, war ein derart mit Spannung aufgeladenes Spiel, daß Poker, sein eigentliches Gewerbe, sich daneben beinahe lahm und farblos ausnahm.

Er kam zum nördlichen Ende des Frontier-Parkplatzes. Blieb dort stehen, die Schultern gegen die Kälte hochgezogen. Menschenscharen, von dem bitterkalten böigen Wind nicht im mindesten abgeschreckt, umwogten ihn. Automobile rollten vorbei. Wenn seine Berechnungen auch nur annähernd genau und auf dem laufenden waren (und dies war sicher nicht der Ort, um sie zu überprüfen und ihre Richtigkeit zu bestätigen), dürfte er bis jetzt zweiundzwanzigtausend eingenommen haben. Zählte man das Grundkapital hinzu, war er fast bei dreißig. Eigentlich sollte er jetzt aufhören, Feierabend machen. Aber direkt gegenüber stand das Desert Inn, und er hatte nicht vergessen, daß dort der Croupier mit dem verräterischen Tic arbeitete. Der vielleicht gerade in diesem Augenblick auch wieder Dienst hatte. Eine hübsche runde Zahl, dreißig. Warum nicht?

Er ging hinüber.

Anders als im Stardust herrschte hier im Kasino lebhafter Betrieb. Die Legionen Automatensüchtiger stöhnten und seufzten, Würfelfreaks brüllten herum, Roulettejunkies starrten mit glasigen Augen auf das hypnotisch rotierende Rad, als erwarteten sie dort eine Botschaft der himmlischen Heerscharen. Und über allem lag das stetige, unüberhörbare Geldfabriksummen.

Waverly besorgte sich seine Chips und spazierte gemütlich durch den Saal und hielt Ausschau nach dem menschenfreundlichen Croupier. Schließlich fand er ihn. Er arbeitete an einem großen Tisch mit fünftausend Höchsteinsatz, an dem noch zwei Plätze frei waren. Waverly suchte sich einen Platz hinter der dritten *base* und studierte das Gesicht des Kartengebers, während er auf das nächste Mischen wartete. Das gleiche Vorschnellen der Zunge, wenn die verdeckte Karte hoch war, das gleiche Zupfen an der Lippe, wenn nicht. Das muß wohl Ihr Glückstag sein, Mr. Waverly. Zumindest auf den Abend traf es zu.

Ein frischer Schlitten. Es wurde ernst. Er nahm seine letzten Energiereserven zum Zählen zusammen, konzentrierte sich auf die Kartenfolge und erlebte, wie die Werte zwischen minus und plus im Rhythmus der ausgeteilten Karten hin und her schwankten. Viel zu unberechenbar, um etwas zu riskieren. Er wartete einen weiteren Schlitten ab. Die gleiche Geschichte. Es war schon ärgerlich, so dicht vor dem Ziel zu stehen und derart makellose Bedingungen vorzufinden, um dann vom sturen Eigensinn des Zufalls aufgehalten zu werden. Es war schlimmer als ärgerlich – es machte einen wütend. Aber er konnte sich nicht mehr länger dort herumdrücken. Er mußte den Platz wechseln. Vielleicht einen konnte er noch riskieren.

Etwas zur Hälfte des nächsten Schlittens ergab seine Zählung einen Wert von plus sieben. Nicht gerade ein Wert, der sensationelle Erfolge verhieß, aber er hatte keine Lust mehr zu warten. Drei, vier schnelle Gewinne, und er würde von hier verschwinden. Er nahm in einem freien Sessel Platz und legte seine fünf schwarzen Chips auf die Box. Der Bankhalter musterte ihn mit einem seltsam eisigen Blick und teilte die Karten aus. Waverly bekam Fünfzehn gegen Neun des Gebers, hielt sich an die Empfehlungen des Zählwertes, lehnte eine weitere Karte ab und sah zu, wie der Geber mit seiner eigenen Sechzehn unterging. Die nächste Hand war noch besser: zwei Bilder folgten auf die mickrige Vier des Bankhalters. Waverly neigte dazu, sie zu teilen, aber der Zählwert war etwas gesunken, daher verzichtete er, lehnte sich zurück und verfolgte, wie der Kartengeber eine verdeckte Zehn umdrehte und sie mit einer Acht bestrafte. Zahlen konnten einen schon mal betrügen, aber nicht sehr oft.

Nun wurden die verräterischen Lippen des Gebers schmal. Er sah zu einem Saalchef hinüber, der sich in der Nähe aufhielt, einem runden Faß von einem Mann mit sorgfältig frisiertem kohlschwarzem Haar und urämisch gelber Gesichtsfarbe. Der Chef fing den Blick auf und kam herübergeschlendert. Es sah aus, als würde er von seinem üppigen Bauch und der langen Zigarre, die aus seinem Mund ragte, mitgezogen. Die beiden flüsterten miteinander, begleitet von einigen eisigen Blicken, die zum nicht unwesentlichen Teil Waverly galten. Der Geber nickte, wandte sich wieder an die Spieler und verkündete: »Es wird neu gemischt.«

Mischen bei halbem Schlitten? Drohende Blicke? Ganz sicher kein gutes Zeichen. Waverly schob seine Chips zusammen, ließ einen hoffentlich friedlich stimmenden Grünen zurück und zog sich zurück. Jetzt nichts wie zur Kasse und durch die Tür nach draußen, und dann ab nach Hause.

Soviel Glück hatte er nicht. Der Saalchef erwartete ihn am Ende der Tischreihe, trat ihm in den Weg und hatte die Arme kampflustig vor seiner zum Bauch abfallenden Brust verschränkt. Eine gedrungene, zornfunkelnde Straßensperre, die nach Zigarrenrauch und Knoblauch und wirkungslosen Tic Tacs roch. Er schob Waverly sein pißfarbenes Gesicht entgegen und erklärte ohne Einleitung und mit whisky-geschwängertem Knurren: »Myron sagt, Sie hätten an seinem Tisch eine Zählnummer abgezogen.«

»Myron?«

»Myron ist der Geber.«

Waverly reagierte mit einem entwaffnenden Grinsen. »Das gibt es doch nicht, daß jemand Myron heißt!«, sagte er und versuchte es mit einem scherzhaften Ton.

»Er schon.«

Auf die scherzhafte Tour funktionierte es schon mal nicht. Daher entschied er sich für einen verwirrten Blick und fragte: »Was meinen Sie mit ›Zählnummer‹?«

»Wie kommt es wohl, daß ich annehme, das wissen Sie längst?«

»Ich habe versucht, die Asse nachzuhalten, mehr nicht. So wie es einem in den Büchern empfohlen wird.«

Der Saalchef knurrte wütend. »Sie lesen also Bücher, oder?«

»Klar doch. Ich interessiere mich für das Spiel wie alle anderen Spieler im Saal.«

»Wohl ein großer Denker, was?«

»Nicht ganz so groß.«

»Wissen Sie, was ich annehme?«

»Ich wette, daß Sie es mir gleich verraten werden.«

»Ich denke, Sie sind nicht so wie jeder andere Spieler. Ich denke, Myron hat recht. Ich denke, Sie sind ein verdammter Zähler. Der uns auch noch für dumm verkaufen will.«

Waverly zuckte die Achseln. »Nun«, sagte er, »jeder hat das Recht auf seine Meinung. Wir leben schließlich in Amerika.«

»Nein, genau da irren Sie sich. Wir sind hier im D. I. Hier haben wir etwas gegen Zähler. Vor allem gegen solche wie Sie.«

»Was habe ich denn gewonnen? Tausend? Ich vermute, daß Ihr Laden auch morgen noch offen ist.«

»Sehen Sie, Sie benutzen schon wieder die falschen Worte. Sie sagen gewinnen, wir sagen stehlen. Sie haben die tausend nicht gewonnen, sondern geklaut.«

»Wissen Sie«, sagte Waverly, »sich mit Ihnen zu unterhalten, bildet einen richtig weiter. Semantik, Geographie – man erhält eine Menge Informationen. Aber wenn die Lektion vorbei ist, muß ich wirklich gehen.«

»Sie ist noch nicht vorbei.«

»Was wollen Sie denn? Ihr Geld zurück?«

»Nein, behalten Sie den Riesen ruhig«, sagte der Chef gnädig. Sein Mund verzog sich zu einem freudlosen Grinsen. Seine Augen, reinstes Gift, richteten sich auf einen Punkt über und dicht hinter Waverlys linker Schulter. »Ich möchte Sie nur mit einem anderen unserer Angestellten bekannt machen.«

Waverly wandte sich um und blickte hoch, weit hoch, in das kantige Gesicht eines riesigen Mannes, Frankenstein in einem dreiteiligen Anzug.

»Das ist Einar«, sagte der Saalchef. »Er kommt aus Schweden.«

Einar lächelte nicht.

»Ehrenwerte Leute, die Schweden«, sagte Waverly.

Der Chef, offenbar nicht an ethnischen Bewertungen interessiert, sagte: »Er begleitet Sie zur Kasse und vergewissert sich, daß Sie auch Ihren Tausender erhalten. Und dann zeigt er Ihnen, wo die Tür ist.«

»Das ist sehr aufmerksam. Aber ich kenne den Weg.«

»Das macht ihm nichts aus. Einar hilft Ihnen gerne. Nicht wahr, Einar?«

Einar bestätigte, daß es ihm ein Vergnügen sei.

»So«, sagte Waverly. »Sind wir jetzt fertig?«

»Hey, das ist richtig gut!« verkündete der Saalchef und klatschte in spöttischer Bewunderung in die Hände. »Endlich benutzen Sie die richtigen Worte. Fertig trifft genau den Punkt.«

»Na ja, ich lerne schnell.«

»Das ist gut so. Denn jetzt ist es für Sie zumindest in dieser Gegend gelaufen. Haben Sie verstanden, was ich meine?«

»Mehr oder weniger.«

»Für Sie hoffe ich, mehr. Anstatt weniger. Warum versuchen Sie es nicht mal in Laughlin. Es heißt, dort haben sie für Zähler etwas mehr übrig.«

»Ich werde drüber nachdenken.«

»Tun Sie das.«

»Ich glaube, ich gehe jetzt besser«, sagte Waverly. »Ich hatte schon immer was gegen lange Abschiedsszenen.«

Der Saalchef trat beiseite und winkte ihn mit einer Handbewegung, aber ohne Lebewohl, weiter. Waverly und der aufmerksame Einar gingen zur Kasse, dann zum Ausgang. Auch Einar sagte nicht auf Wiedersehen.

Es war kurz vor drei Uhr morgens, als Waverly das Haus betrat und seinen Partner antraf. Er hatte die Füße auf den Rauchtisch gelegt, hielt in einer Hand eine Flasche Bier und in der anderen ein Stück Gorgonzola. Von Val keine Spur.

»Hey, Timothy, wo warst du?«

»Ist Val hier gewesen?«

»Nein, aber sie hat angerufen. Sie bleibt bei irgendeinem Patienten über Nacht. Du sollst dir keine Sorgen machen.«

»Wann hat sie angerufen?«

»Ach, vor gut einer Stunde, würde ich sagen.«

»Hat sie erwähnt, wer dieser Patient ist? Wo er wohnt?«

»Nein, kein Wort. Weshalb?«

Es war einfach zu vermessen zu hoffen, daß irgend etwas mal ganz richtig lief. Waverly sank in einen Sessel. Ein quälender Kopfschmerz attackierte die äußersten Bereiche seines Schädels. Sein Magen, seit dem Vormittag völlig vernachlässigt, knurrte vorwurfsvoll. Seine Knochen fühlten sich wie versteinert an, sein Mund war mit einer Schicht Nikotin ausgekleidet. Sogar seine Hände zitterten, als er sich eine weitere Zigarette anzündete. Die Nachwirkungen einer durchzählten Nacht.

»Ist irgendwas nicht in Ordnung?« fragte Bennie leicht verwirrt.

»Ich bin mir nicht sicher«, erwiderte Waverly. »Wahrscheinlich ist es nichts.«

Doch während er sie aussprach, erkannte er die Worte als das, was sie waren: eine jener zahllosen Lügen, die man sich selbst erzählte, Ausdruck trügerischer Hoffnungen, eine jener gewohnheitsmäßigen Schwindeleien, die einem derart selbstverständlich geworden sind, daß sie alles in Frage stellten, was man jemals von Vertrauen, Berechenbarkeit und Zusammenhang gewußt hat. Eigentlich sollte er sich aufraffen und wieder losziehen und seine Schwester suchen. Statt dessen blieb er im Sessel sitzen, zu erschöpft, um einen Finger zu rühren. Sie hatte ihm erklärt, niemand wisse, wo sie sich am Abend und während der Nacht aufhalte. Er hatte keinen Grund, daran zu zweifeln. Und außerdem, wo sollte er mit seiner Suche beginnen? Vielleicht würde sich schon am Morgen alles aufklären.

Er merkte, daß Bennie mit ihm redete, aber er hatte nicht zugehört. »Wie bitte?«

»Ich habe gefragt, ob du ein Bier möchtest. Oder Käse.«

Waverly machte eine ablehnende Geste.

»Du mußt essen, mein Junge. Du siehst aus wie ein Stück Hundescheiße.«

»Nett von dir, daß es dir auffällt. Apropos Hund – wo ist Electra?«

»Im Zimmer. Sie schläft. Sie hat fast ein Pfund Käse verdrückt. Der einzige Köter mit einer Vorliebe für Gorgonzola, den ich je gesehen habe.« Mit vollem Mund fügte er hinzu: »Ich kann dir sagen, mögliche Siegerteams herauszusuchen, macht einen verdammt hungrig. Aber jetzt habe ich alle Wetten für Sonntag untergebracht. Was hast du denn so angestellt?«

»Ich habe mein Gewerbe betrieben.«

»Wie bitte?«

»Ich habe Karten gespielt, Bennie. Das gleiche wie immer.«

»Und wie ist es gelaufen?«

Anstelle einer Antwort holte Waverly eine Rolle Geldscheine aus seiner Sakkotasche und legte sie auf den Rauchtisch. »Sag du's mir«, sagte er.

Bennies Augen weiteten sich. Er stellte seine Füße und sein Bier auf den Fußboden, griff nach der Geldscheinrolle und begann mit jener hingebungsvollen Konzentration, wie nur Geld sie erzeugen kann, zu zählen. Nach der letzten knisternden Banknote schürzte er die Lippen zu einem leisen Pfiff, blickte hoch und sagte: »Allmächtiger. Das sind ja neunundzwanzig Riesen und 'n bißchen Taxigeld. Die große Kohle, Timothy! Mehr, als wir seit langer Zeit zur Verfügung hatten!«

»Sechs davon stammen aus dem Wäschekorb. Ich mußte unser Kapital anzapfen.«

»Scheiße, wenn du jedesmal soviel Schotter mitbringst, dann kannst du es jeden Abend in der Woche anzapfen. Wie hast du das geschafft? Du mußt ja die reinste Glückssträhne erwischt haben, oder?«

»Eine Strähne war es. Ob eine glückliche, da bin ich mir nicht so sicher.«

»Na ja, wie du es geschafft hast, ist jetzt nicht mehr so wichtig. Das ist wirklich kein Kleingeld, was da liegt. Das ist genug, um dich endlich von den Black Jack-Tischen wegzuholen. Endlich kannst du wieder beim Poker einsteigen. Wo du eigentlich auch hingehörst, mein Junge. Jetzt kannst du deine natürlichen Talente wieder einsetzen.«

»Ich fürchte, das wird nicht gehen.«

Bennie blinzelte ihn fragend an. »Was sagst du da? Weshalb nicht?«

»Zum einen, ich bin heute aufgeflogen.«

»Aufgeflogen!« rief er laut. »O Gott! Wo denn?«

»Im D. I. Wahrscheinlich auch im Stardust. Was so gut ist wie überall.«

»Hast du wieder die weiten Schwünge gemacht? Habe ich dich nicht gewarnt?«

»Noch schlimmer. Ich habe von draußen gezählt.«

»Eine Schatten-Nummer«, stöhnte Bennie entsetzt. »Das ist der reinste Selbstmord. Wo warst du mit deinem Kopf, Timothy?«

»Wer weiß? Vielleicht habe ich ihn ganz einfach in den Sand gesteckt. Der Punkt ist, daß ich in dieser Stadt erledigt bin. Die würden mich noch nicht mal in einer Münzwäscherei an den Geldschlitz ranlassen.«

Bennie schwieg für einen Moment. Seine Nasenflügel schienen zu zucken. Seine Stirn runzelte sich unter der Last hastig entworfener und zusammengeflickter Pläne. »Okay«, murmelte er, »okay.« Dann sah er Waverly an, und mit der unerschöpflichen Fähigkeit des unbezwingbaren Optimisten, Schaden zu begrenzen und sich neu zu orientieren, erklärte er: »Eine Schande, hier dürfte wohl Schluß sein. Aber wenn wir weiterziehen müssen, dann tun wir das eben. Ich denke, wir sollten es mal in Reno versuchen. Vielleicht auch in Laughlin.« Er deutete auf den ordentlichen Stapel Geldscheine auf dem Tisch und fügte mit einem bemühten Grinsen (das eher wie eine Grimasse ausfiel) hinzu: »Wenigstens hält uns niemand eine Kanone unter die Nase wie in Florida. Als wir praktisch mit nacktem Arsch und ohne Hose gerade noch die Socken mitnehmen konnten, ehe wir durch die Hintertür verdufteten. Diesmal haben wir die Taschen voll.«

»Nun, da ist noch was anderes, Bennie.«

»Und was?«

»Dafür ist das Geld nicht bestimmt.«

Das verkniffene Grimassen-Grinsen verflog allmählich. An seine Stelle trat ein zugleich ungeduldiger wie auch wachsamer Ausdruck. »Paß auf, Timothy«, sagte er, »Rätsel waren noch nie meine starke Seite. Erspar mir die Herumraterei, ja?«

Waverly drückte seine Zigarette aus. Früher oder später mußte es sowieso ausgesprochen werden. Dann konnte er es auch gleich tun. »Ich brauche das Geld, um Val von hier wegzubringen.«

»Von hier wohin?«

»Keine Ahnung. Zurück aufs Land. In eines der Dakotas. Wo sie in Sicherheit ist. Ich kaufe ihr einen Hundezwinger. Eine Kräuterfarm. Irgendwas.«

»Würdest du mir auch verraten, weshalb?«

»Nach dem, was du gestern abend erlebt hast, diese Bande von Strauchdieben in ihrer Wohnung, fragst du noch?«

»Erklär's mir trotzdem.«

Waverly seufzte. In seinem augenblicklichen erschöpften Zustand fiel ihm die sokratische Dialektik, die man ihm abverlangte, furchtbar schwer. »Weil sie sich in ernster Gefahr befindet«, sagte er. »Und wir auch. Desgleichen Pettibone. Erinnerst du dich noch an den Burschen mit dem Fünferblock-Stempel auf der Stirn? Er hat mich heute besucht.«

»Er war *hier*?«

»In dem Sessel, in dem ich gerade sitze.«

»Was wollte er?«

»Er will Informationen über die gekauften – oder nicht gekauften, was immer damit ist – Spiele. Und er ist überzeugt, daß wir genau Bescheid wissen.«

»Und? Wir tun es nicht. Zumindest du und ich nicht.«

»Nun komm schon, Bennie. Stell dich nicht dumm. Das kauft er uns niemals ab.«

Bennie zuckte die Achseln. »Was soll er denn machen? Ein Einzelgänger. Er hat schließlich keine Verbindungen nach irgendwohin.«

»Ob er nun allein ist oder nicht, er bedeutet auf jeden Fall Ärger. Und das ist das letzte, was wir brauchen können. Deshalb muß ich dafür sorgen, daß Val schnellstens von hier verschwindet. Du solltest das gleiche tun.«

»Ich glaube, da hast du eine ganze Menge Arbeit vor dir, mein Junge. Für mich sieht es so aus, als habe deine Schwester hier ein Zuhause gefunden und einen Swami gleich dazu.«

»Dann muß ich mir wohl etwas einfallen lassen.«

Bennie schwieg wieder. Keine gefurchte Stirn mehr und auch keine zuckenden Nasenflügel, obgleich er nachdenklich an seinem Kinn herumzupfte. Schließlich sagte er: »Okay, das Geld gehört dir. Du hast es ehrlich verdient. Aber ich lasse dich nicht so einfach ziehen, Timothy. Es läßt mich nicht gerade ruhig schlafen, wenn du irgendwelche Trips unternimmst. Der letzte, in Michigan, hat uns erst in diese beschissene Lage gebracht.«

Waverly wollte darauf etwas erwidern, aber Bennie bremste ihn mit einer warnenden Geste. »Laß mich erst mal zu Ende reden. Okay, du hast es dir überlegt und deine Entscheidung getroffen. Du willst dich um deine Familie kümmern, auch das ist in Ordnung. Dagegen kann niemand was sagen. Dann bring sie nach North Dakota. Dafür brauchst du höchstens eine Woche. Ich bleibe hier, bis du zurückkommst. Und dann überlegen wir, was wir als nächstes tun.«

So offen und fest wie möglich sah Waverly ihn an, betrachtete das schlaue, unverwüstliche Gesicht seines Partners und rief sich ihre gemeinsame Geschichte, den üppigen Fundus gemeinsamer Erfahrungen ins Gedächtnis. Jetzt kam der schwierige Teil. Es mußte sein. »Der Punkt ist«, sagte er, »daß ich nicht vorhabe, zurückzukommen.«

Bennie legte den Kopf leicht schief, als habe er irgendwelche Worte nicht richtig gehört oder sie mißverstanden. »Was redest du da? Du kommst nicht zurück? Wo willst du denn hin?«

»Keine Ahnung«, erwiderte Waverly wahrheitsgemäß.

»Und was willst du tun?«

»Darüber habe ich noch nicht nachgedacht.«

»Siehst du, das ist es nämlich. Du denkst nicht mehr vernünftig. Sei dir über eines im klaren, Timothy. Du bist ein Jacktown-Absolvent, genauso wie ich. In der normalen bürgerlichen Welt gibt es keinen Platz für Leute, wie wir es sind.«

»Es ist doch möglich, daß ich so einen Platz finde.«

»Und dann?« schnaubte Bennie. »Aushilfe im Supermarkt? Oder willst du Kräuter anbauen und Köter züchten wie deine Schwester?«

»Keine Ahnung, Bennie. Ich weiß es nicht.«

»Möchtest du erfahren, weshalb du es nicht weißt? Ich verrat's dir. Weil du nur über Karten Bescheid weißt, mein Junge. Darüber weißt du alles. Karten und Zahlen. Dafür bist du geschaffen. Da liegt dein Talent.«

»Talent, ja? Eher schon ein Fluch. Denk nur an heute nacht.«

Jetzt schüttelte Bennie langsam den Kopf. Eine ganze Reihe unterschiedlicher Ausdrücke huschte über sein Gesicht: Zweifel, Mißfallen, Zorn, Unglaube, Erschrecken. Nach einigen Sekunden des Schweigens sagte er: »Mal ganz ehrlich, Timothy – wann ist dir diese glorreiche Idee gekommen?«

Wann? Wie sollte man den Zeitpunkt genau bestimmen? Waverly hatte darauf keine Antwort parat. »Vielleicht habe ich einfach ein Blatt zuviel gespielt«, sagte er. Etwas Besseres fiel ihm nicht ein.

»Demnach löst du also die Partnerschaft auf? Einfach so? Nach all den Jahren?«

Waverly konnte den ernsten, offenen Vorwurf in den Augen seines Freundes nicht mehr ertragen. Er konnte nicht mehr darüber nachdenken, ihn nicht mehr analysieren, darüber diskutieren oder ihn erklären. Er sagte daher: »Sieh mal, ich brauche jetzt Schlaf. Ein paar Stunden wenigstens.«

»Ja, du solltest wirklich schlafen. Damit du wieder Vernunft annimmst. Wir können morgen früh weiterreden.«

»Dann wird es nicht anders sein«, sagte Waverly. Er stemmte sich aus dem Sessel hoch und ging durch die Diele.

»Du hast deinen Gewinn vergessen!« rief Bennie ihm nach.

Waverly kam zurück und ergriff den Geldstapel. »Deine Hälfte unseres Kapitals ist noch im Wäschekorb«, sagte er. »Ich habe nichts davon angerührt, weißt du.«

»Ich weiß.«

»Hör mal, Bennie, es tut mir leid.«

Bennie starrte auf den Fußboden. »Das weiß ich«, sagte er.

In seinem Zimmer legte Waverly das Geld neben die Uhr auf den Nachttisch. Die Uhr zeigte Viertel nach drei. Er stellte den Wecker auf acht Uhr. Für alle Fälle. Er schälte sich aus seinem Sakko, nahm die Krawatte ab, zog die Schuhe aus. Aber nicht mehr. Für alles andere war er zu erschöpft. Er fiel ins Bett. Und schlief sofort ein.

21

Der Schlaf B. Epsteins, normalerweise ruhig und friedlich, wurde von bruchstückhaften Träumen gestört. Einer hatte eine besonders laute Geräuschkulisse, die wie eine mißtönende Glocke klang, die ständig in seinem Kopf anschlug. Es dauerte eine Weile, bis er aus den Schattengefilden des Schlafs auftauchte, doch als es geschah, klang das Dröhnen, wenn auch etwas gedämpfter, immer noch in seinen Ohren. Er rollte sich von der Couch, seinem Notlager für diese Nacht, und schlurfte durch das Zimmer. Dabei murmelte er: »Ja, ja, ja, ja.« Er öffnete die Tür einen Spaltbreit und blickte in ein Gesicht, das vom grauen Lichtschein des heraufziehenden Tages verschleiert wurde. »Ja, wer ist da?«

»Bennie?«

»Roger? Sind Sie das?«

Seine Gedanken weiterführend, als befänden er und jeder andere Zuhörer sich auf der gleichen geistigen Wellenlänge, sagte Pettibone aufgeregt: »Ich glaube, ich bin endlich zu einer Entscheidung gelangt!«

»Das ist wirklich interessant, Roger. Meinen Sie nicht, Sie könnten sie noch wenigstens zwei Stunden lang für sich behalten?«

Mit einer Stimme, die einen hochdramatischen Klang hatte, erklärte Pettibone: »Nein. Ich muß sie jemandem mitteilen. Sofort!«

»Das heißt wohl, Sie wollen reinkommen, oder?«

»Ich wäre Ihnen zu tiefstem Dank verpflichtet.«

Bennie rieb sich die verquollenen Augen mit den Handflächen. Es kam alles wieder zurück, alles, was am Abend vorgefallen war, was gesagt worden war. Seine Handbewegung ließ sich als halbherzig einladendes Winken verstehen. »Okay. Aber Sie müssen leise sein. Timothy ist ziemlich groggy. Er hat eine anstrengende Nacht hinter sich.«

Pettibone kam herein und sank in einen Sessel. Bennie ging zum Fenster und stellte die Jalousien auf. Fahle Lichtnadeln stachen in das Zimmer. »Verdammt noch mal, wie spät ist es eigentlich?« fragte er und ließ sich wieder auf die Couch fallen.

»Sechs oder so.«

»Das ist ja noch mitten in der Nacht.«

»Entschuldigung. Aber es ist wichtig. Und dringend.«

Bennie musterte ihn zweifelnd. Die Kleidung sah aus, als sei sie zweimal durch den Trockner gejagt worden, die Haare bildeten ein fettiges Durcheinander, der Bart war zerzaust, und in den Augen lag ein irrer Glanz. Der erste Eindruck sagte ihm genug. Aber dann blickte er an seinen eigenen Kleidern hinab, die, nachdem er in ihnen geschlafen hatte, auch nicht viel besser aussahen. Fuhr sich mit einer Hand über die unrasierten Wangen. Und bekam einen Hauch seines eigenen nächtlichen Körpergeruchs in die Nase. Sie bildeten wirklich ein perfektes Paar. Und gerade jetzt standen fremde Wünsche und Bedürfnisse auf B. Epsteins Dringlichkeitsliste an absolut letzter Stelle. Er hatte genug eigene Probleme zu lösen. Daher sagte er vorwurfsvoll in der Hoffnung ihn abzuwimmeln: »Wo haben Sie sich denn rumgetrieben? Ich hab' Sie seit dem festlichen Gelage bei Val nicht mehr gesehen.«

»Sie waren dort?«

»Erinnern Sie sich nicht? Dann hat Ihnen aber wirklich nichts mehr wehgetan.«

»Es kommt darauf an, was Sie unter Schmerzen verstehen.«

»Schmerz ist Schmerz, Roger«, sagte Bennie achselzuckend. Er hatte keine Lust, sich um sechs Uhr früh in Haarspaltereien zu verlieren.

»Herumgefahren.«

»Häh?«

»Die Antwort auf Ihre ursprüngliche Frage. Wo ich seit vorgestern gewesen bin. Ich bin herumgefahren.«

»Spazierenfahren ist gut. Das beruhigt einen, bringt einen auf andere Gedanken. Und wo waren Sie?«

»Im Tal des Feuers.«

»Tatsächlich? Muß schön sein, dort oben. Ich selbst bin noch nie dort gewesen.«

»Der Ausdruck ›schön‹ wird dem kaum gerecht. Unheimlich paßt schon eher. Es ist wie eine Reise zum Mond. All die schroffen Felsen, die Sandsteinberge. Die unendliche Leere, Kahlheit. Die Stille. Es ist eine Lektion über die Erosionswirkung der Zeit.«

Für Bennie war es nicht unbedingt ein Vergnügen, sich einen solchen Quatsch anhören zu müssen, ehe er die Augen aufbekommen und den Kopf richtig aufgeschraubt hatte. Was sollte man da tun? »Ich müßte auch mal rauffahren«, sagte er geistesabwesend. »Irgendwann in den nächsten Tagen.«

»Alles ist da draußen völlig verlassen«, fuhr Pettibone in einem Ton tiefgründiger Ernsthaftigkeit fort. »Kein Gewirr von Objekten verstellt einem die Sicht. Man kann klar sehen. Klar denken. Und genau das habe ich getan. Bin von der Straße runtergefahren und habe den Tag und die Nacht dort verbracht. Habe gefastet und nachgedacht.«

Ja, und genau das ist das große Problem mit euch Collegejungs, dachte Bennie, mit verdammt jedem von eurer Sorte (seinen Partner eingeschlossen, falls er überhaupt noch einen Partner hatte): es wurde zuviel nachgedacht und zu wenig gehandelt. Totale Fehlanzeige in den Abteilungen Rabatte und Vergnügen. Wenn denen jemand eine Freikarte fürs Paradies schenkt, sehen sie zuerst nach, ob die Kanalisation in Ordnung ist und das Klärwerk arbeitet. Aber er sagte statt dessen: »Und was ist bei all dem Nachdenken rausgekommen?« Im Grunde interessierte es ihn nicht im mindesten, und er fragte sich, wann er angefangen hatte, den Psychiater zu spielen, und wie es kam, daß niemand ihn für all seine Bemühungen entlohnte.

»Ich werde meine Stellung an der Universität aufgeben. Und dann werde ich endgültig aus diesen öden Gefilden verschwinden.«

»Sie wollen Ihren Job an den Nagel hängen? Und weshalb?«

»Um das zu retten, was von meiner Seele noch übrig ist«, sagte Pettibone ernst.

Mein Gott, zuerst Timothy, und jetzt der auch noch. Jedermann schien plötzlich um seine Seele besorgt zu sein. Die ganze Welt drehte offenbar durch. Das mußte wohl am Wasser liegen. »Vielleicht sollten Sie über diese Rettung noch mal nachdenken«, sagte Bennie. »Wenn Sie hier weggehen, wo wollen Sie dann hin?« Ihm kam es so vor, als habe er das schon einmal durchgekaut.

»Zurück zu meinen Wurzeln.«

»Meinen Sie etwa Ihre Heimat? Thief undsoweiter?«

»Thief River Falls.«

»Ja, okay, von mir aus. Was wollen Sie denn da?«

»Von vorne anfangen. Wenn es noch nicht zu spät ist. Und wenn doch, nun, gibt es einen besseren Ort für das Ende einer Reise als den, wo man sie begonnen hat?«

Bisher hatte Bennie dieser Unterhaltung nur nebenher seine Aufmerksamkeit geschenkt. Die meisten seiner Erwiderungen und Bemerkungen entsprangen einem reinen Reflex, waren einfach Worte, die man so daherredete. Aber der Hauch eines Gedankens nahm irgendwo in seinem Kopf mehr und mehr Gestalt an. Nichts Komplexes, Vollständiges, kein Plan, sondern nur eine Idee, ganz vage nur und völlig ungeordnet. »Eine Frage, Roger«, sagte er vorsichtig, »Sie hängen doch nicht schon wieder an der Flasche?«

»Ganz sicher nicht«, versicherte Pettibone. »Ich habe soviel Schnaps getrunken, daß es für den Rest meines Lebens reicht. Ich mache Schluß damit. Von heute an. Genaugenommen schon seit gestern.«

»Na schön, aber Sie haben sicher nichts dagegen, daß ich mir einen genehmige. Ich brauche was zum Wachwerden, damit mein müder Schädel sich klärt.«

»Überhaupt nicht«, sagte Pettibone standhaft, aber mit einem winzigen Unterton von Unsicherheit in der Stimme.

Bennie tappte in die Küche und kam mit einer Flasche Johnnie Walker Red und zwei Wassergläsern zurück. Er stellte alles auf den Rauchtisch, füllte eines der Gläser und deutete mit einem beiläufigen Kopfnicken auf das andere. »Nur für den Fall, daß Sie es sich anders überlegen.«

Pettibone sagte nichts.

Bennie erhob sein Glas zu einem Toast. »Ich wünsche Ihnen für alle Zeiten die besten Karten, Rog.«

»Danke.«

Bennie trank einen tiefen, gluckernden Schluck. Schmatzte anschließend genießerisch und schnalzte mit der Zunge. Rülpste dann zufrieden. »So«, sagte er. »Wann geht's los?«

»Sofort. Also spätestens am Montag. Auf keinen Fall später. Jeder Tag, den ich länger hierbleibe, wird für mich unerträglicher.«

»Hey, übertreiben Sie mal nicht. Es ist ja nicht so, daß Timothy und ich in letzter Zeit auf Rosen gebettet waren.«

»Denken Sie dabei an das Glücksspiel?«

»Auch daran, ja. Das gehört dazu. Aber wir haben auch noch andere Probleme. Vor allem Timothy.«

»Timothy? Welche Probleme könnte der denn haben?«

Bennie schüttelte traurig den Kopf. »Es geht um seine Schwester. Er macht sich wegen ihr ernsthafte Sorgen.« Als verlangten seine traurigen Gedanken danach, nahm er einen weiteren appetitanregend lauten Schluck von seinem Whisky.

Pettibone krümmte sich in seinem Sessel, doch er wandte standhaft weiterhin den Blick von der Flasche und dem leeren Glas auf dem Tisch ab. »Warum macht er sich denn Sorgen wegen Valerie?« erkundigte er sich. »Sie machte auf mich einen sehr kompetenten, selbstsicheren Eindruck. Als käme sie sehr gut mit dem Leben zurecht.«

»*Warum?*« sprudelte Bennie hervor, der sich mehr und mehr für seine Rolle erwärmte, und jetzt mit theatralischen Gesten nachhalf. »Mein Gott, Roger, Sie waren doch auch bei ihr. Sie haben diese Bande von Gaunern selbst gesehen.«

»Ich erinnere mich nur an einen ignoranten Schwachkopf, der irgendwelchen Unfug über den Sinn und den Zweck des Universums faselte.«

»Ja, Sie beide haben sich wie Kampfhunde aufeinandergestürzt.«

»Wer war das?«

»Das ist Brewster. Sie wissen schon, der Kerl, für den sie arbeitet. Der angeblich jede Krankheit heilt, die einen erwischt.«

»Dann hat Timothy allerdings allen Grund, sich Sorgen zu machen. Der Mann ist ganz eindeutig ein Scharlatan.«

»Und wie er sich Sorgen macht. Aber das ist nur ein kleiner Teil der Probleme. Brewster ist eigentlich noch harmlos. Es sind die anderen Typen, die Timothy Angst machen.«

»Und wer sind diese anderen?«

»Erinnern Sie sich nicht an sie?«

»Ich muß leider gestehen, daß der größte Teil des Abends für mich wie hinter einem dichten Nebel liegt. Tatsächlich sogar fast die ganze vergangene Woche.«

»Nun ja, sie gehören zur schlimmsten Sorte. So ziemlich der schlimmsten, die ich je erlebt habe, und das will was heißen.«

»In welcher Hinsicht denn schlimm?«

»Im gefährlichsten Sinn. Die würden Ihnen für eine Handvoll Kleingeld in Ihrer Tasche den Schädel einschlagen. Ich sag' Ihnen eins, Rog, Val sollte sich auf keinen Fall mit diesem Gesocks abgeben. Am Ende verbrennt sie sich die Finger. Oder ihr stößt noch Schlimmeres zu.«

Bennie setzte das Glas an die Lippen und leerte es in einem Zug. Er schaute zu Pettibone hinüber, dessen Blick nun über den Tisch huschte, über das leere Glas, die Flasche. »Sind Sie ganz sicher, daß Sie keinen wollen?« fragte Bennie.

Pettibone schüttelte ablehnend den Kopf.

Bennie zuckte die Achseln und schenkte sich einen zweiten Drink ein.

Und mit einer dünnen, gepreßten Stimme, fast einem Flüstern, sagte Pettibone: »Einen vielleicht. Aber nur einen kleinen.«

»Ein kleiner kann sicher nicht schaden.

Auf der anderen Straßenseite und etwa einen halben Block entfernt parkte ein weißer Lincoln, der überhaupt nicht in diese Gegend paßte, in Fahrtrichtung des Hauses in der Garces am Bordstein. Er stand schon seit kurz nach fünf Uhr morgens dort. Click saß hinter dem Lenkrad, Eggs auf dem Beifahrersitz neben ihm. Es war kalt im Wagen, daher ließ Click in Abständen den Motor an und für einige Zeit laufen, damit die Heizung die eisige Kälte vertrieb. Es half jeweils nur vorübergehend, und die meiste Zeit saßen die beiden Männer in der Dunkelheit und froren. Keiner der beiden hatte viel zu sagen, vor allem Eggs nicht, der das Haus mit geradezu besessener Intensität beobachtete. Dabei rauchte er eine Zigarette nach der anderen, und wenn er nicht rauchte, kaute er auf seiner Unterlippe und ließ seine Fingerknöchel knacken. Er trug wieder seine Sonnenbrille, es war das erste Mal seit über zwei Wochen; und für Click war dies ein Zeichen, daß irgend etwas geschehen würde, und zwar sehr bald.

Das matte Licht des anbrechenden Tages erhellte die Straße. Verschiedene Objekte begannen sich aus den Schatten herauszuschälen. Ein Wagen bog um die Ecke und kam vor dem Haus schlingernd zum Stehen. Eine Gestalt stieg aus und lief zur Haustür. Eggs beugte sich vor und zischte: »Wer ist das, Cleanth? Kannst du etwas erkennen?«

Click kniff die Augen zusammen. »Es scheint irgendein Typ zu sein«, sagte er.

»Wer? Kannst du ihn erkennen?«

Click drückte sich beinahe die Nase an der Windschutzscheibe platt. »Schwer zu sagen. Könnte dieser Säufer sein, von vorgestern.«

»Bist du sicher?«

»Ja, er ist es.«

»Ich wußte es!« rief Eggs triumphierend aus. »Ich wußte, daß sie in dieser Sache unter einer Decke stecken. Das ist die Bestätigung.«

Die Gestalt verschwand hinter der Tür.

»Und was tun wir jetzt, Egger?«

»Warten. Ich prophezeie, daß bald etwas geschehen wird. Jeden Moment.« Aber seine Prohezeiung trat nicht ein. Eine halbe Stunde verstrich. Nichts geschah. Ab und zu warf Click seinem Partner einen prüfenden Seitenblick zu, aber obgleich er verwirrt war über das, was sie taten – beziehungsweise nicht taten –, hütete er sich, eine Frage zu stellen. Jedenfalls fühlte er, Click, sich selbst wie ein Stück Hundescheiße. Wer würde das nicht – um fünf Uhr aus dem Schlaf gerissen und mit leerem Magen, der ständig knurrte? Außerdem beschäftigte er sich noch immer mit etwas, das Cool Whip gestern zu ihm gesagt hatte, und wenn er sich nicht in Gedanken die süße, mit einer Zielscheibe versehene Hintertür vorstellte, wie sie seinen Freudenstab da unten bearbeitete (was er die meiste Zeit tat), fragte er sich, ob da vielleicht was dran war, doch dann dachte er, nein, nicht Eggs, unmöglich, sie beide kannten sich schon viel zu lange. Trotzdem verpestete das, was sie gesagt hatte, die Luft zwischen ihnen wie eine übelriechende Blähung. Der Gestank wollte einfach nicht weggehen. So kam es, daß Click ungewöhnlich schweigsam war, dabei aber seinen Partner genau beobachtete.

Eine weitere halbe Stunde verstrich. Es tat sich noch immer nichts. Der morgendliche Sonnenschein lag auf der Straße. Ein Schwarm Vögel landete auf einem Baugrundstück und suchte Würmer. Schließlich fragte Eggs, der das Haus keine Sekunde aus den Augen gelassen hatte: »Wie spät ist es?«

Click sah auf die Uhr. »Kurz nach sieben.«

Eggs' Gesicht schien sich kurz zu verfinstern, aber er erwiderte nichts darauf. Er saß da, zog die Schultern hoch, preßte die Lippen aufeinander und öffnete und schloß die Hände, als knete er einen unsichtbaren Teig.

»Also ich weiß nicht«, bemerkte Click. »Jetzt ist er schon über eine Stunde drin. Meinst du nicht, daß es vielleicht überhaupt nichts zu bedeuten haben könnte?«

»Geduld, Cleanth. Es dauert nicht mehr lange.«

Diesmal hatte er recht. Nach einer Viertelstunde ging die Haustür auf, und ihre Geduld wurde endlich belohnt.

Im Haus hatte während der vergangenen Stunde eine lange, wortreiche, vorwiegend von Pettibone beherrschte Unterhaltung stattgefunden. Angeheizt von drei schnellen Gläsern J. W. (vielleicht waren es auch vier, er hatte nicht mitgezählt), philosophierte er über seine Vergangenheit und über das, was ihm als Zukunft noch verbleiben mochte, pendelte zwischen beiden hin und her, der leuchtenden Verheißung der Jugend und ihrer Entwicklung im Laufe der Jahre, sprach davon, wie die Zeit einem alles nach und nach stahl und das Alter einen schließlich ruinierte. Es gab soviel dazu zu sagen, so viele Gedanken und Ideen, die geäußert werden mußten. Gelegentlich brach er jedoch mitten im Satz ab, manchmal sogar im Wort, wenn seine Denkmaschine sich festgefahren hatte, und starrte stumm in sein Glas.

Bennie war immer noch bei seinem zweiten, trank langsam, zeigte ein interessiertes Gesicht, verfolgte aber seinen eigenen Plan. Während einer der längeren Pausen brachte er die Sprache wieder aufs Glücksspiel, und zwar speziell auf seine Theorie über Sportwetten.

»Nehmen Sie nur mal das Footballspiel«, erklärte er, »das ist das ideale Spiel für den Wetter. Es geht dabei um Distanzen, um Yards, Fuß, manchmal sogar um Inches. Distanzen sind etwas Solides, Reales. Man kann sie sehen, sie messen. Deshalb hat man bei diesem Spiel sehr viel eher was in der Hand, wenn Sie mich fragen.«

Eine träge Wärme breitete sich in Pettibone aus, strahlte bis in seine Gliedmaßen, ließ sie schlaff werden. Er fühlte sich ausgeglichen, entspannt und großmütig gegenüber seinem erbärmlich leicht durchschaubaren Freund. »Eher als wobei?« fragte er in sicherer Kenntnis der Antwort, lange bevor sie gegeben wurde oder ehe auch nur die Frage gestellt wurde.

»Ach, sagen wir Eishockey. Dieses Spiel hab' ich eigentlich nie richtig verstanden. Oder so was wie Basketball. Ja, am Basketball kann ich besser erklären, was ich meine. Sehen Sie, das ist ein Spiel der Sekunden, sogar Bruchteile von Sekunden. Ein Paß kommt zu früh oder ein Korb zu spät, oder es gibt ein Foul zum falschen Zeitpunkt oder irgendein verrückter Wischer landet gerade noch mit der Schlußsirene im Korb – all das kann passieren, und schon war alles umsonst, und deine Wette ist im Eimer. Beim Basketball kann man wirklich ganz schön bluten.«

Der Geist Roger Pettibones, auf wunderbare Weise von dem betrunkenen Klumpen Fleisch befreit, der im Sessel lümmelte, stieg zur Decke hoch und verharrte dort, unbeweglich in der Luft schwebend. Dank einer totalen Übersicht schien er das gesamte erdgebundene herumwirbelnde Panorama menschlicher Existenz und menschlichen Handelns zu überblicken, und zwar alles, all die Stürme und Kämpfe und Bemühungen und Konflikte und sinnlosen mitleiderregenden Aktionen und vorbestimmten Entscheidungen und armseligen Fäuste, mit denen trotzig den amüsierten Göttern gedroht wird, all das schon vor langer Zeit geplant, vorbestimmt und besiegelt. Sein eigenes Schicksal eingeschlossen. Und während dieses wolkengleiche Wesen alles mit resigniert spöttischer Amüsiertheit betrachtete, sagte der Historiker, der noch unten saß: »Aber auch die Uhr ist eine Art Maß, nicht weniger trügerisch und nicht realer als jene Distanzen, in die man sein Vertrauen setzt.«

»Da haben Sie wahrscheinlich recht«, gab Bennie zu. »Trotzdem ist es ein unruhiges, nervöses Spiel, all dieses Getanze, Gespringe und Gerenne. Erst sind sie am einen Ende des Felds und schwupps, sind sie am andern Ende. Da kommt man allein vom Zuschauen ins Schwitzen. Ich hab' Spiele gesehen, da hat man geglaubt, sie sind gelaufen, erledigt und entschieden. Und was passiert? Man blinzelt kurz, und schon verschwindet das Geld, das man eingesetzt hat, in einem tiefen Loch. Vor allem jetzt, wo die Neger den Sport übernommen haben und ihr ganz eigenes Spiel machen. Jetzt kann man sich auf nichts mehr verlassen.«

»Neger?« fragte der Mann im Sessel. »So wie Lafayette?«

»Ja, er gibt ein gutes Beispiel ab, wenn man sieht, was er alles kann. Er kann sie beidhändig stopfen, die Wurfhand wechseln und rückwärts dunken, wobei er regelrecht durch die Luft segelt – der Junge ist kaum noch ein Mensch.«

Der schwebende Geist hörte den Mann fragen: »Weniger als ein Mensch? Oder mehr?«

Bennie schien die Frage zu verwirren. »Jetzt haben Sie mich erwischt, Rog. Weniger? – mehr? – anders als die Weißen, das ist alles. Ich hab' nichts gegen ihn, verstehen Sie?«

»Oh, ich verstehe.«

»Sehen Sie, wenn man einen Tiefschlag nach dem anderen einstecken muß, wie es mir und Timothy in der letzten Zeit passiert ist – die verlorenen Wetten und die ganzen anderen Probleme –, dann kann man irgendwann an nichts anderes mehr denken als daran, wie man sein Geld einsetzt. Mehr wollte ich damit gar nicht sagen.«

»Mit den ›anderen Problemen‹ meinen Sie Valerie, nicht wahr?«

»Na ja, das ist das ganz große Problem«, sagte Bennie düster. »Wenn wir genug Kohle hätten, könnten wir sie von hier wegbringen. Ehe diese Kerle sich an sie ranmachen und sich an ihr vergreifen.«

»Glauben Sie, daß sie in Gefahr schwebt?«

»Hören Sie, einer von dieser Bande – Sie waren zu besoffen und können sich bestimmt nicht an ihn erinnern – sah aus, als hätten sie ihn nur auf Probe aus dem Irrenhaus rausgelassen. Ein Typ, der einem einfach so zum Spaß das Licht ausbläst und als letzten Gruß aufs Grab pinkelt.«

»Aber Sie haben kein Geld, um sie zu retten.«

»Genau dort liegt das Problem. Timothy ist aufgeflogen und kann sich an keinem Spieltisch mehr blicken lassen, und ich selbst war auch nicht grade vom Glück gesegnet. Wenn's darum geht, Sieger rauszusuchen, bin ich wohl besser dran, wenn ich mich nur auf meine Nase verlasse. Wenn unser Blatt sich nicht bald wendet, wird's bald mit dem Essen knapp. Am schlimmsten ist aber, daß wir Val überhaupt nicht helfen können.«

Endlich kam der Mann im Sessel zur Sache. Sehr ruhig, sehr gelassen sagte er: »Und Sie möchten, daß ich Ihnen alles über die manipulierten Spiele erzähle, was ich weiß. Das ist es doch, nicht wahr?«

Tonlos und indem er seinen Blick abwendete, sagte Bennie. »Sie müssen tun, was Sie für richtig halten, Rog.«

»Ich weiß viel weniger, als Sie vielleicht annehmen. Aber Sie können es ja bei dem Spiel heute abend mal versuchen. Soweit ich gehört habe, sollen die Jungs von der UNLV es wohl nicht schaffen.«

Nun musterte Bennie ihn offen, beschwörend. »Ist das eine zuverlässige Information, Roger? Läuft es wirklich so? Wenn nicht, dann sind wir nämlich geputzt.«

»Sie können sich darauf verlassen«, versicherte der Mann im Sessel; und in diesem Moment sank der schwebende Geist von der Decke herab und verschmolz wieder mit diesem Fleischhaufen von einem Mann, und er kämpfte sich schwankend auf die

Füße, und Bennie erhob sich ebenfalls, und ein Hund kam ins Zimmer getrottet, die Augen groß, die Schnauze geöffnet, aus der die Zunge heraushing wie ein flacher zartlilafarbener Löffel.

»Sie erinnern sich doch an Electric«, sagte Bennie. »Vals Köter.«

»Natürlich erinnere ich mich«, sagte Pettibone. Der Hund leckte erwartungsvoll seine Hand. »Ein wunderschönes Tier. Vielleicht nehme ich es mit.«

»Wohin? Zu wem wollen Sie?«

»Zu Valerie.«

»Ich glaube nicht, daß Sie sie zu Hause antreffen werden. Sie hat die vergangene Nacht bei einem ihrer Patienten verbracht.«

»Ich werde trotzdem hinfahren. Sie hat mir einen Schlüssel gegeben. Ich warte auf sie. Wahrscheinlich sind der Hund und ich für sie eine kleine Hilfe.«

»Das ist ein guter Gedanke. Hören Sie, ich hab' eine andere Idee. Vielleicht können Sie mich mitnehmen und auf dem Strip absetzen.«

»Mit Vergnügen.«

»Ist ja super. Lassen Sie die Töle doch schon mal raus in den Garten für ihr Morgengeschäft. Ich bin gleich wieder da.«

Sobald die beiden durch die Tür verschwunden waren, schlich Bennie auf Zehenspitzen in Waverlys Zimmer zurück. Für einen Moment blieb er in der Türöffnung stehen, betrachtete die Gestalt seines Freundes auf dem Bett und dachte, ich tue das alles nur für dich, Partner. Dann huschte er zum Nachttisch, griff sich den Stapel Geldscheine und schaltete den Wecker ab. Draußen in der Diele tauchte er in den Wäschekorb ein und fischte den Rest ihrer Ersparnisse heraus. Er hatte keine Zeit, das Geld zu zählen, aber er wußte, daß es um die 35 Riesen sein mußten. Am Abend wären daraus 70 geworden, und all ihre Probleme hätten sich in Rauch aufgelöst.

Während Pettibone mit dem Mercury losfuhr, sagte Bennie zu ihm: »Wenn Sie wollen, kann ich auch für Sie eine Wette abschließen, Roger.«

»Nein«, schnappte Pettibone.

Bennie hob beschwichtigend eine Hand. »Es war nur so eine

Idee. Damit Sie Ihre geplante Reise nicht mit leeren Taschen antreten. Eine kleine Starthilfe für Ihr neues Leben.«

Pettibone wandte sich auf dem Las Vegas-Boulevard nach Süden. Ein kaum wahrnehmbares Flackern der vielseitigen und umfassenden Vorahnungen, die ihm im Haus gewährt worden waren, schien hinter seinen Augen lebendig zu werden, und er sagte, nun viel sanfter: »Es ist möglich, daß ich am Ende doch nicht so bald abreise.«

»Haben Sie es sich anders überlegt?«

»So könnte man es ausdrücken.«

Der Verkehr war um diese Uhrzeit noch sehr dünn. Hier und da drängten sich einige heruntergekommene Gestalten in Hauseingängen und schlurften durch die ansonsten völlig verlassenen Straßen. Electra, verwirrt über diesen frühen morgendlichen Ausflug, schob ihren Kopf über die Rückenlehne des Sitzes und winselte mitleiderregend. Sie kamen am Charleston Boulevard vorbei. An der nächsten Kreuzung zeigte Bennie in Richtung des Sahara Hotels und sagte: »Sie können mich da drüben rauslassen.« Pettibone lenkte den Wagen auf den Parkplatz.

Bennie hatte es eilig, aber doch nicht so sehr, als daß er sich nicht die Zeit genommen hätte, um sich aufrichtig zu bedanken. »Rog, alter Junge, ich und Timothy bedanken uns bei Ihnen. Dafür sind wir Ihnen eine ganze Menge schuldig.«

Pettibone lächelte ihn an. Es war ein melancholisches, alkoholseliges, verzeihendes Lächeln. »Bedanken Sie sich noch nicht«, sagte er. »Denken Sie daran, was Kipling sagt.«

»Ja, und was ist das?«

Er zitierte die Worte und veränderte sie etwas, damit sie zu diesem Anlaß paßten: »Die Sünden, die wir zu zweit begehen, müssen wir einzeln büßen.«

Keiner der beiden hatte den weißen Lincoln bemerkt, der ihnen mit einem Block Abstand gefolgt war und der nun mit laufendem Motor am anderen Ende des Parkplatzes stand. Als der Jude aus dem Wagen stieg und zielstrebig auf das Hotel zuging, sagte Click: »Sieht so aus, als trennten sie sich. An welchen halten wir uns?«

»Das ist eine schwierige Entscheidung«, sagte Eggs. Und sie mußte augenblicklich getroffen werden. Er war verwirrt wegen der Abwesenheit des Bruders. Er war das fehlende Teil in diesem Puzzle. Der Mercury setzte sich in Bewegung, entfernte sich zur Ausfahrt Paradise Road. »Wir folgen dem Wagen«, bestimmte Eggs.

»Ganz sicher?«

»Fahr schon, Cleanth.«

Sie fuhren etwa eine Meile weit nach Süden. In Sierra Vista bog der Mercury nach links ab, und Click sagte: »Er fährt so gut wie sicher zur Wohnung dieser Schnalle.«

»Das hatte ich fast erwartet.«

»Ich wüßte nicht, was uns das bringt.«

»Bleib nur an ihm dran, Cleanth. Um alles andere kümmere ich mich schon.«

Der Mercury bog auf den Parkplatz des Apartmentblocks ein. Der Säufer und der Hund stiegen aus. Sie gingen zum Haus. Der Mann schwankte leicht, und der Hund tänzelte verspielt neben ihm her.

Eggs und Click beobachteten das Paar von der gegenüberliegenden Straßenseite aus. »Sobald er im oberen Stockwerk auftaucht, kannst du reinfahren und parken«, sagte Eggs.

»Gehen wir ebenfalls rauf?«

»Was meinst du denn, weshalb wir hier sind?«

»Und was ist mit dem Hund?«

»Wegen des Hundes brauchst du dir keine Sorgen zu machen, Cleanth. Ich komme mit Tieren bestens zurecht.«

Click erzeugte sein aufgeregtes Zungenschnalzen. »Mein Gott, Eggs, ich weiß nicht. Wenn es irgendwelchen Streit gibt, dann reißt der Hund dich in Stücke.«

Eggs schenkte ihm einem Blick, der eine Mischung aus Mitleid und Verachtung war. Er griff in die Innentasche seines Sportsakkos und holte eine .25er Pistole und einen Schalldämpfer hervor und hielt beides demonstrativ hoch. »Das dürfte notfalls reichen. Falls es das geben sollte, was du Streit zu nennen beliebst.«

Clicks Unterkiefer klappte nach unten. Weitere Schnalzlaute.

Dann platzte er heraus: »Heilige Scheiße, Egger, ich hatte keine Ahnung, daß du ein Schießeisen bei dir hast.«

»Normalerweise habe ich auch keines bei mir.«

»Ich wußte ja noch nicht mal, daß du so ein Ding besitzt.

»Eine kleine Rückversicherung.«

Click gefiel das überhaupt nicht. Kein bißchen. Vor Jahren hatte er mal im Knast gesessen, wegen irgendeiner Pißsache. Er hatte zwar nur jeweils über Nacht in den Bau gemußt, vierzehn Monate lang, aber das hatte ihm gereicht. Nie wieder. »Du denkst doch nicht etwa daran, das Ding auch zu benutzen?« fragte er mit einem besorgten Kopfnicken in Richtung der Waffe.

»Ganz bestimmt nicht. Ich nehme an, daß du mittlerweile wissen dürftest, daß ich etwas mehr Phantasie habe.«

»Wenn nämlich irgendwas schiefgeht, und sie erwischen uns mit einem Schießeisen, dann sieht es für uns ziemlich böse aus.«

»Es wird schon nichts schiefgehen, Cleanth«, sagte Eggs und verstaute Pistole und Schalldämpfer wieder in der Sakkotasche. »Und jetzt fahr schon rüber. Es wird Zeit, daß wir mit dem Professor und der Lady mal ein freundschaftliches Gespräch führen.«

Vor Valeries Apartmenttür blieb Eggs stehen und arrangierte seine Gesichtszüge zu einem Lächeln. Sobald es überzeugend genug aussah, klopfte er an die Tür. Anfangs erfolgte keine Reaktion.

»Könnte doch sein, daß sie gerade eine Nummer schieben«, sagte Click. »Vielleicht sollten wir es später noch mal versuchen.«

Eggs beachtete ihn nicht, klopfte erneut, fester diesmal. Das Geräusch sich nähernder Schritte erklang. Eine Stimme, gedämpft und im Frageton sagte: »Ja?« Aber die Tür rührte sich nicht.

»Valerie?«

»Wer ist da?«

»Ignatius. Cleanth ist bei mir.«

Die Tür öffnete sich einen winzigen Spalt.

»Mr. Pettibone«, sagte der lächelnde Eggs. »Was für eine angenehme Überraschung. Guten Morgen.«

Pettibone musterte ihn mißtrauisch. »Kenne ich Sie?«

»Wir haben uns vorgestern kennengelernt. Und zwar hier, in dieser Wohnung.«

»Was wollen Sie?«

»Mit Valerie reden. Dürfen wir reinkommen?«

»Sie ist nicht da.«

»Nun, das ist auch nicht schlimm«, sagte Eggs, stieß die Tür vollends auf und trat über die Schwelle. »Wir nehmen auch mit Ihnen vorlieb.« Sein strahlendes, leeres Lächeln hatte kein bißchen nachgelassen. Es war zweifellos ein Morgen der guten Laune.

4. Teil

22

Waverlys erste Empfindungen, als er aus seinem traumlosen Schlaf auftauchte, waren warm und insgesamt angenehm, und sein erster bewußter Gedanke bestand aus der Frage, weshalb er sich so ausgeruht, so erholt, soviel besser als je zuvor fühlte. Ein Blick auf die Uhr auf dem Nachttisch verriet ihm weshalb. Sie zeigte halb vier, und an dem Lichtstreifen, der durch die Jalousie vor dem Fenster drang und auf sein Gesicht fiel, erkannte er plötzlich und mit Schrecken, daß es sich um den Nachmittag handeln mußte. Er fuhr hoch, sprang aus dem Bett und rannte durch das Haus, wobei er in jedem Zimmer nachsah. Das Haus war leer. Vollkommen still. Kein Bennie, kein Hund, niemand. Und, wie er feststellte, als er in sein eigenes Zimmer zurückkam, auch kein Geld. Der Stapel Banknoten, den er säuberlich neben die Uhr gelegt hatte, war verschwunden.

Für einen kurzen Moment war er verwirrt und fühlte sich fast benommen. Überhaupt nicht mehr so gut wie kurz vorher noch. Eine verwirrende Flut von Gedanken, Empfindungen, Vermutungen und Zweifeln stürmte auf ihn ein. Dann, indem er an seine Schwester dachte und an alles, was am Abend vorher passiert war, steigerte sein Schrecken sich zu einem Gefühl der Panik. Ganz sicher war es auch Angst. Wie immer die Verbindung zwischen Val und seinem abwesenden Partner und dem fehlenden Geld aussehen mochte – und es mußte eine Verbindung zwischen ihnen geben –, er hatte nicht die Zeit, um alles zu durchdenken und zu entwirren. Das Geld war die eine Sache, ihre Sicherheit eine ganz andere. Er zog Schuhe und Sakko an, machte im Bad lange genug halt, um sein vom Schlaf verquollenes Gesicht mit kaltem Wasser zu erfrischen, stürmte durch die Tür hinaus und rannte zwei Straßen weit bis zum Las Vegas Boulevard. An der Ecke winkte er den vorbeifahrenden Taxis zu. Mehrere jagten vorbei und ignorierten ihn. Er fluchte leise. Schließlich näherte sich eins, stoppte, und er nannte dem Fahrer die Adresse in Sierra Vista und fügte hinzu: »Hören Sie, ich hab's eilig. Für Sie ist ein anständiges Trinkgeld drin, wenn Sie mich schnell hinbringen.« Als ob das etwa nutzte. Die Straßen waren verstopft mit dem Nachmittagsverkehr, und die Ampeln schienen ständig auf Rot zu stehen. Jetzt fluchte er laut. Der kaugummikauende Fahrer sagte: »Ich tue schon mein Bestes, Freund.« Waverly erwiderte nichts darauf.

Und so war es kurz nach vier, als das Taxi von der Straße in den Apartmentkomplex abbog. Waverly entdeckte Pettibones Mercury, der neben einem ramponierten Pick-up parkte (demselben, wie er erkannte, der von den beiden Burschen vom Partyabend gelenkt wurde). Der Impala war nicht zu sehen. Vielleicht ein gutes Zeichen, vielleicht auch nicht. Unmöglich festzustellen.

Er bezahlte den Fahrer, stieg aus, eilte die Treppe hinauf, immer drei Stufen auf einmal nehmend, rannte den Außenkorridor hinunter und platzte durch die nicht abgeschlossene Tür in Vals Apartment, wobei er keuchend ihren Namen rief. Die Antwort war ein massives und bedrohliches Schweigen und, seltsamerweise, ein durchdringender, übler Gestank wie nach verbranntem Fleisch, der die Luft erfüllte. Er durchquerte das Wohnzimmer und umrundete die niedrige Küchentheke und gelangte in die enge Küche. Keine seiner Erfahrungen – nicht Jacktown, nicht Ypsi und auch nicht die brutalen, gewalttätigen Ereignisse der letzten Jahre hatten ihn auf das vorbereitet, was er nun sah: Pettibone lag auf dem Rücken auf dem Fußboden vor dem Elektroherd, auf dem eine Kochplatte rotglühend war; er hatte die Arme in einer flehenden Geste ausgebreitet; der Mund war weitgeöffnet wie in einem stummen Schrei; und die Haut auf seinem Gesicht und den Handflächen war roh und klebrig, an mehreren Stellen völlig weggebrannt, so daß Knochen freigelegt war, kalkweiß, der aus geschwärzten Blutblasen herausschimmerte. Sein Kopf war eingerahmt von einem Sumpf aus verkrustetem Blut. Ein letzter dünner Faden sickerte aus einem Spalt, der wie ein roter, zahnloser Hilfsmund unterhalb seines Kinns im Hals klaffte.

Waverly wandte sich ab und ging durch die Tür in Vals Schlafzimmer. Er bewegte sich jetzt behutsam, vorsichtig, tastend und wappnete sich gegen das, was er sicherlich vorfinden würde. Aber er irrte sich. Keine Val. Sie war nirgendwo zu sehen. Er kehrte in die Küche zurück, betrachtete einige Sekunden lang das auf groteske Weise entstellte Pettibonegesicht. Roger Pettibone, Dr. phil., Historiker, Moralist, Säufer. Freund, auf gewisse Art und Weise. Reglos und gründlich tot. Ein seltsam würgendes Gefühl, teils namenlose Trauer, aber auch genauso eine Art nackter und elementarer Wut ließ Waverlys Kehle eng werden. Ein einziger Gedanke ergriff Besitz von ihm.

Er holte langsam und tief Luft. Machte tiefe, konzentrierte Atemzüge. Er mußte diesen Gedanken bündeln, ihn erhalten, ihn unterteilen. Es bestand noch immer eine Möglichkeit, daß Val am Leben war. Eine geringe Chance. Besser als keine. Er mußte sie suchen, und dann, wenn noch Zeit blieb, würde er sich an die Fersen dessen heften, der für all das verantwortlich war. Dafür wäre Zeit vorhanden. Er würde sich diese Zeit nehmen.

Zuerst brauchte er einen fahrbaren Untersatz, um beweglich zu sein. Er bückte sich, durchsuchte Pettibones Taschen und fand die Schlüssel des Mercury. Jetzt eine Waffe. Wie als eine Antwort auf dieses dringende Bedürfnis erklang ein Kratzlaut an der Badezimmertür direkt hinter ihm. Er riß sie auf, und Electra, die Hundeleine hinter sich herschleifend, umrundete ihn und trottete hinüber zu Pettibone. In jener seltsamen Hundehaltung, das Hinterteil hochreckend, die Vorderläufe eingeknickt, beschnüffelte sie die leblosen Füße. Waverly hob die Leine auf und, indem er leicht daran zog, lockte sie weg. Dabei murmelte er: »Komm schon, Mädchen, hier können wir nichts mehr tun.«

Aber woanders mußte etwas getan werden. Und wenn er auch keine konventionelle Waffe hatte, mit der er es tun konnte, hatte er doch den Hund. Das und den einzigen, alles verdrängenden Gedanken, der sich nun verfestigt hatte und hinter seinen Augen kochte. Das waren Waffen genug.

Früher an diesem Tag, um genau 10:00 vormittags, hatten Eggs, Click und Dawnette sich zu einer weiteren Strategiekonferenz in

Clicks Wohnung in der Flamingo Road versammelt. Es war eine rasche, die letzte. Dawnette und Click saßen auf der Couch und tauschten ab und zu verstohlene Blicke aus, ihre nervös, ängstlich, seine zutiefst besorgt. Eggs stand, hatte ihnen den Rücken zugewandt, hielt einen Telefonhörer ans Ohr, während er mit den Fingern der anderen Hand gegen die Wand trommelte. Obgleich sein Gesicht ausdruckslos war, wurden seine Augen, hätte man sie hinter den dunklen Brillengläsern erkennen können, von einem seltsam manischen Glanz belebt. Nach dem dritten Klingeln drang eine gebieterische Stimme durch die Leitung: »Hier ist Wyman Brewster.«

»Hier spricht Ignatius, Wyman.«

»Ich habe schon auf Ihren Anruf gewartet«, sagte die Stimme, die nun leicht ungehalten klang.

»Ich freue mich, Ihnen mitteilen zu können, daß alles läuft wie am Schnürchen.«

»Am Schnürchen?«

»Unser Projekt, Wyman«, sagte Eggs seufzend. »Sie erinnern sich doch noch an unser gestriges Gespräch?«

»Natürlich.«

»Gut. Nun zu unserem Startkapital. Ich gehe davon aus, daß Sie es beschaffen konnten.«

»Das meiste.«

»Das meiste? Was genau heißt das?«

»Es dauert vielleicht noch ein paar Stunden, um alles bereitzustellen.«

Eggs war nicht gerade erfreut über das, was er da hörte. Er war viel zu weit gekommen, um sich von einem zaghaften Quacksalber, einem Amateur in solchen Dingen, aufhalten zu lassen. Nichtsdestoweniger sagte er ruhig: »Nicht allzuviele Stunden, hoffe ich. Die Zeit ist ein entscheidender Faktor.«

»Ich sollte alles bis drei Uhr zusammen haben.«

»Es darf nicht später werden, Wyman. Nicht wenn wir diese einmalige Gelegenheit nutzen wollen.«

»Das wird es nicht.«

»Hervorragend. Und mit welcher, hmm, Summe können wir rechnen?«

»Sie sollte sich auf einhundertdreitausend Dollar belaufen. Alles, was ich kurzfristig zusammenbringen konnte. Die Aktiva des Zentrums lassen sich, wie Ihre eigenen, nicht so ohne weiteres zu Bargeld machen.«

Eggs unterdrückte einen anerkennenden Pfiff. Hundert Riesen und Kleingeld. In dieser Hinsicht wenigstens entwickelten die Dinge sich besser, als er erwartet hatte. »Sie haben hervorragende Arbeit geleistet, Wyman«, sagte er. »Ganz hervorragend unter den gegebenen Umständen.«

»Und Sie sind sicher, daß alles klappt?«

»Sie können sich auf mich verlassen. Heute abend befinden wir uns im Besitz der ersten Rate für die neue Klinik.«

»Aber was tue ich denn nun?«

»Sie warten ab. Wir holen Sie irgendwann im Laufe des Nachmittags ab.«

»Wann genau?«

»Schwer zu sagen. Sehr wahrscheinlich gegen drei Uhr, also wenn das Geld bereitliegt, wie Sie gerade sagten. Möglicherweise auch früher. Auf jeden Fall«, fügte Eggs hinzu und erlaubte sich einen kaum wahrnehmbaren drohenden Unterton, »müssen Sie im Zentrum bleiben, bis wir dort sind. Haben Sie das verstanden, Wyman?«

In der Leitung blieb es still.

»Wyman?«

Die Stimme, ihre sonst übliche Aufgeblasenheit durch ein ängstliches Zittern erheblich gedämpft, erkundigte sich zaghaft und in einem matten Flüsterton: »Ich hoffe, es ist nichts, äh, Unschönes passiert.«

»O nein. Nichts, weshalb Sie sich Sorgen machen müßten. Alle waren überaus hilfsbereit.«

Sie beendeten das Gespräch und legten auf. Eggs begann leise zu kichern. Und dann brach er in lautes Gelächter aus. Er konnte nicht anders. Unschön. Nein, nichts Unschönes war passiert. Noch nicht.

»Würdest du uns vielleicht mitlachen lassen?« fragte Dawnette mürrisch.

Diese Bemerkung bewirkte, daß er sich zusammenriß und

ernst wurde. Zurück zum Geschäftlichen. Er wandte sich um und fixierte seine Partner mit einem langen, abwägenden Blick. Sie stellten in Gestalt ihrer Personen ein weiteres dieser Hindernisse dar, das man durchaus unschön nennen konnte und mit dem er sich würde befassen müssen, ehe der Tag zu Ende war. Eine kleinere Unannehmlichkeit. Alles zu seiner Zeit. Er sagte: »Es scheint, als habe unser Kämpfer für die Volksgesundheit das Geld zusammengebracht.«

»Ist das ein Witz?«

»Also«, sagte Eggs, wandte sich an Click und ignorierte sie völlig, »wir müssen jetzt dafür sorgen, daß wir die Wette plazieren. Das ist dein Spezialgebiet, Cleanth. Was schlägst du vor?«

»Um wieviel geht es?«

»Ganz schön, Cleanth. Hundert Riesen.«

»Mein Gott, das ist 'ne Menge Zeug. Ich kenne draußen gar keinen Buchmacher, der einen so großen Auftrag annehmen würde. Jedenfalls nicht so spät.«

»Und was ist hier in der Stadt?«

»Der einzige Typ, den ich kenne, der soviel Geld verteilen könnte, ist Zippy. Du erinnerst dich an ihn?«

»Nur schwach. Ein Zwerg? Mit Hut?«

»Das ist Zippy. Er hat die Beziehungen zu Geschäften, die unter der Theke ablaufen. Er könnte es für uns unterbringen.«

»Ruf ihn an.«

»Kann ich nicht.«

»Dieses ›kann ich nicht‹ will ich nicht mehr hören, Cleanth.«

»Ich kenn' seine Nummer nicht.«

»Dann schlag sie nach.«

»Siehst du, das ist es ja«, sagte Click kläglich, wobei seine Augen durch den Raum huschten und unfähig waren, dem abgedunkelten unbarmherzigen Blick standzuhalten. »Soweit ich weiß, kennt man ihn nur als Zippy. Wenn er 'nen Nachnamen hat, hab' ich den nie gehört.«

Während dieses kurzen Gesprächs war Dawnettes Blick aufmerksam zwischen den beiden hin und her gegangen. Jetzt ergriff sie das Wort: »Möchte mir nicht bald mal jemand verraten, was überhaupt los ist?«

»Halt die Klappe, Dawnette«, schnappte Eggs. Offenbar war es sein Los, ständig von Stümpern und Idioten und armseligen Feiglingen umgeben zu sein. Das war in keiner Weise, wie es sich für eine gerechte und methodisch geordnete Welt gehörte. Aber ein methodischer Mann gestaltet sein Schicksal selbst, setzt sich seine eigenen Grenze. Und Eggs LaRevere war nach seinem eigenen Dafürhalten auf jeden Fall eines, nämlich methodisch. Daher überlegte er einen Moment lang. Und schließlich, wie es immer geschah, kam ihm ein Gedanke. Sein Adreßbuch, im Laufe der Jahre sorgfältig geführt und stets aktualisiert, befand sich in einem der Koffer in der anderen Wohnung. Und vor einigen Jahren hatte er einige eigentlich unbedeutende Transaktionen mit diesem ominösen Zippy durchgeführt. Dessen Name und Telefonnummer vielleicht noch immer in dem Buch standen. Mit eisiger und scharfer Stimme sagte er: »Wartet hier. Alle beide. Ich bin gleich zurück.«

Die Tür fiel hinter ihm zu. Sofort wandte Dawnette sich an Click und wiederholte ihre Frage. »Okay, was ist los?«

Click winkte vage ab. »Frag lieber nicht.«

Dawnette überlegte, daß sie sich lieber aus einer anderen Richtung herantastete. Sie rutschte hinüber und neben ihn und fing seine abwinkende Hand aus der Luft und legte sie in ihren Schoß in gefährliche Nähe ihres Freudenzentrums. In gefährlichen Zeiten – und man brauchte keine Intelligenzbestie zu sein, um zu erkennen, daß genau diese Zeiten herrschten –, tat man, was getan werden mußte. »Was haben wir gestern gesagt, Click? Über das Zusammenhalten? Du kannst es mir ruhig erzählen.«

Clicks Augen blickten vom Fußboden zur Wand und hoch zur Decke und wieder zurück. Überallhin, nur nicht zu ihr.

»Click?« sagte sie lockend, drängend. »Nun red schon.«

»Er hat ihn kaltgemacht!« platzte Click gequält heraus.

»Kaltgemacht? Wen?«

»Den Säufer. Der sich auf der Party mit Brewster angelegt hatte. Bei dieser verrückten Valerie.«

»Dieser Mondsüchtigen, hat er es ihr auch besorgt?«

»Nee. Hätte er aber bestimmt getan, wenn sie auch dagewesen wäre. So wie er unter Dampf stand.«

»Warum hat er es getan?«

»Weshalb? Scheiße, wenn ich das wüßte. Er ist durchgedreht. War total Banane. Du hast ja selbst erlebt, wie das bei ihm abläuft.«

»Ja, das hab' ich gesehen«, sagte Dawnette reumütig. Besser als die meisten hatte sie es gesehen.

»Am schlimmsten war, *wie* er ihn um die Ecke gebracht hat. Er hat die Herdplatte eingeschaltet, bis sie glühte. Dann hat er ihm einen Knebel in den Mund gestopft und die Hände von dem armen Teufel auf die Platte gelegt, bis er damit rausgerückt ist.«

»Womit?«

»Was er über diese gekauften Spiele wußte. Danach hat Eggs sein Gesicht daraufgedrückt, auf die Platte, bis man das verbrannte Fleisch riechen konnte. Man hörte es sogar brutzeln. Und dann hat er ein Fleischmesser genommen, ihm den Hals aufgeschlitzt. Von einem Ohr zum andern.«

Clicks Zunge war aufgeregt durch die Mundhöhle getanzt. Hatte das Geständnis mit einem wahren Feuerwerk an Schnalzlauten untermalt. Dawnette betrachtete ihn aufmerksam. Seine Schweinebacken waren aschgrau, in den Äuglein flackerte das nackte Entsetzen, der absolute Schock. Der kleine Freßsack war richtig mitgenommen. Und sie fühlte sich auch nicht allzu wohl bei diesen Neuigkeiten.

Die Hand in ihrem Schoß zuckte heftig. Sie konzentrierte sich wieder auf ihn. Sie mußte schnell nachdenken. Eggs würde jeden Moment zurückkommen. Sie sagte: »Okay. Okay. Es ist passiert. Daran kann niemand etwas ändern. Aber er hat über die Spiele erfahren, was er wissen wollte, oder?«

»Was der Säufer ihm erzählt hat. Sehr viel war das auf jeden Fall nicht.«

»Und wieviel war es?«

»Vielleicht ist an dem Spiel heute abend was gedreht. Vielleicht auch nicht, soweit ich es mitbekommen habe.«

»Nicht? Was soll das denn heißen?«

»Der Säufer hat gesagt, er glaubt es. Er hat nie gesagt, daß er es genau weiß, soweit aus dem Geschrei was zu verstehen war, wenn Eggs ihm den Knebel rausgenommen hat.«

»Demnach geht es nur um dieses eine Spiel. Und das auch nur vielleicht.«

»Heute abend oder gar nicht. Zumindest sieht Eggs das so.«

»Und er hat hundert Riesen von Brewster besorgt?«

»Er *kriegt* sie erst noch. Du hast ihn doch grade am Telefon selbst gehört.«

Hundert Riesen. Dawnette hatte in ihrem ganzen Leben noch nie soviel Geld auf einmal gesehen. Sie hatte allerdings davon geträumt, oft genug sogar. Und da war es, im Begriff, direkt in ihre schweißfeuchten Hände zu fallen – *ihre* Hände –, und dieser Irre wollte es tatsächlich einfach das Klo runterspülen. Ganz zu schweigen von dem, was er sich nachher für den Trottel neben ihr und für sie selbst ausgedacht hatte. Sie hatte dieses leere bösartige Grinsen in seinem Gesicht gesehen, die Art und Weise, wie die Adern an seinem Hals deutlich hervortraten, wenn die Dinge nicht so liefen, wie er es sich wünschte. Nichts davon war ihr entgangen. Sie kannte Eggs. Daher sagte sie: »Okay, wir müssen jetzt folgendes tun, Click, du und ich, meine ich, nämlich –«

So vage er auch noch war, der Gedanke blieb doch unausgesprochen, denn Eggs kam durch die Tür herein, lächelnd, aber nicht unbedingt erfreut, denn die verräterischen Adern waren dick wie Gartenschläuche. Er war ganz offensichtlich alles andere als gut gelaunt. »Sein Name lautet Petrello«, verkündete er ohne weitere Einleitung. »Tony Petrello.«

»Ist das Zippys Name?« fragte Click. »Ich wußte gar nicht, daß er ein Itaker ist.«

»Seine ethnische Herkunft ist völlig unwichtig, Cleanth. Nun mach schon. Wir müssen ihn schnellstens aufstöbern.«

Click zögerte einen Moment. »Du kennst seinen Namen, warum rufst du nicht an?«

»Das habe ich schon getan. Eine Frau war dran, dämliche Schlampe. Sagte, er sei nicht da, und sie wisse nicht, wann er zurückkommt. Sie nannte jedoch eine Adresse in der Stadt, wo er vielleicht anzutreffen sei. Also los, nichts wie hin. Die Zeit wird allmählich knapp.«

»Was ist mit mir?« wollte Dawnette wissen. »Was soll ich tun?«

»Du wartest hier«, sagte Eggs, ohne sie weiter zu beachten. Er winkte Click ungeduldig zu sich.

Durch einen Denkprozeß, der ähnlich ablief wie Dawnettes, gelangte Click unabhängig, langsam, zu einer fast gleichartigen Schlußfolgerung. Er erhob sich, sah auf seine Füße hinunter und murmelte: »Hm, ich dachte gerade, Egger, vielleicht sollten wir einfach nur das Geld einsacken, weißt du. Hundert Riesen sind doch ein ganz hübscher Batzen. Wir könnten es Brewster abnehmen und dann von hier verschwinden. Ehe am Ende doch noch was schiefgeht.«

Eggs betrachtete ihn aufmerksam. »Weshalb sollten wir das tun, Cleanth? Wo wir doch schon so weit gekommen sind.«

»Ich denke nur an die Wette, mehr nicht. Dieser Schluckspecht klang mir nicht sehr überzeugend. Wegen heute abend, meine ich.«

Jetzt ließ Eggs den Blick zwischen ihnen, seinen beiden Partnern, hin und her wandern. Sein Gesicht verfinsterte sich etwas, aber das sarkastische Grinsen, ein seltsamer Kontrast, vertiefte sich ein wenig. »Nein, ich glaube, da irrst du dich. Ich bin überzeugt, wir können uns auf seine Voraussage verlassen. Eine heiße Herdplatte trägt entscheidend dazu bei, daß der Geist sich mit den wesentlichen Dingen befaßt. Wie du selbst gesehen hast. Und jetzt komm endlich.«

Auf dem Weg zur Tür und nach draußen sagte er betont beiläufig zu Dawnette: »Es gibt hier auch einen Herd. Na ja, jedenfalls eine Kochplatte. Und wir sind bald zurück. Du stellst also besser sicher, daß du dann noch hier bist.«

Das einzige, dessen Dawnette sich sicher war, war die Tatsache, daß sie jetzt den weisen Rat Velvas brauchte, und zwar noch eher als sofort. Sobald sie also sicher war – oder ziemlich sicher, denn ganz sicher war jetzt gar nichts mehr –, daß sie draußen waren, griff sie zum Telefon und berichtete alles, was sie während der vergangenen halben Stunde gehört und gesehen hatte.

Sobald die aufgeregte Schilderung beendet war, sagte Velva: »Jetzt beruhige dich erst mal. Ich will mal sehen, ob ich alles richtig verstanden habe.«

»Er bringt mich um, Velva, wenn du mir nicht hilfst.«

»Was habe ich gerade gesagt? Komm mal wieder auf den Teppich und warte ab, ich muß nachdenken.«

Dawnette sagte nichts, aber sie wimmerte leise in der entstehenden Stille. Das fiel ihr ganz leicht, denn sie machte sich vor Angst bald in die Hose.

»Okay«, sagte Velva nun, »sie sind jetzt losgefahren, um irgendeinen Typen zu suchen, der ihre Wette plaziert. Richtig?«

»Richtig, ja.«

»Und in der Sache stecken hundert Riesen drin?«

»Diese Summe haben sie genannt.«

»Aber du hast noch keinen Geldschein gesehen?«

»Nein.«

»Wann meinst du denn, daß es kommt?«

»Kann ich auch nicht genau sagen. Irgendwann heute nachmittag, wenn das Spiel heute abend stattfindet. Ich habe etwas von drei Uhr gehört.«

»Und dieser Brewster, er bringt das Geld rüber zu euch?«

»Es klang so. Schwer zu sagen.«

Erneut trat Stille ein. Dawnette wartete so lange, wie ihre angegriffenen Nerven es ihr gestatteten, dann fragte sie verzweifelt: »Was soll ich jetzt tun, Vel?«

»Darüber denke ich gerade nach.«

»Ich muß schnellstens weg von hier. Solange ich es noch schaffe.«

»O nein«, sagte Velva scharf. »Du bleibst dort.«

»Aber was ist denn mit diesem Toten? Eggs ist völlig hinüber, total ausgerastet. Du kannst es in seinem Gesicht sehen. Als machte es ihm einen Riesenspaß.«

»Ja, der Tote verleiht dem Ganzen eine neue Größenordnung«, gab Velva zu, jedoch in einem schleppenden Ton, der verriet, daß diese Tatsache sie im Grunde völlig kalt ließ.

Nun wurde Dawnette erst recht nervös. »Hilf mir, Vel. Bitte. Ich revanchiere mich bei dir. Ganz bestimmt.«

»Keine Angst, ich helf' dir schon. Du bist im Augenblick in dem Apartmentbau an der Flamingo? Ein Stück von Bally's entfernt?«

»Richtig.«

»Zwei Apartments?«

»Ja. Ich und Eggs in einem, der Fettwanst in dem anderen.«

»Okay, paß auf, was du tust. Warte, bis sie wieder zurück sind. Und zwar alle, auch der Typ mit dem Geld. Du mußt sicher sein, daß das Geld da ist. Dann rufst du mich an.«

»Wie, zum Teufel, soll ich das denn schaffen?« stöhnte Dawnette. »Wenn er mich dauernd im Auge hat?«

»Benutz diesen fetten Laufburschen, den du am Schwanz rumführst. Bring ihn dazu, irgendeine Ablenkungsnummer abzuziehen. Laß dir was einfallen. Wenn alles zusammenbricht, dann stehst du auf der Dringlichkeitsliste ganz unten.«

»Mein Gott, Val, das ist ja der reinste Selbstmord, was du da von mir verlangst.«

»Willst du nicht wenigstens mit ein paar von den hundert Riesen aus dieser Sache rauskommen?«

»Wenn ich tot bin, habe ich sowieso nichts davon.«

»Du wirst schon nicht sterben. Verlaß dich auf mich.«

Ja, sicher. Verlaß dich auf die gute alte Vel. Aber wen gibt es denn noch, an den du dich halten kannst? Die Antwort lautet niemand, es ist niemand mehr da. Und abhauen und Eggs sitzenlassen ist auch nicht drin, jedenfalls nicht jetzt. Dessen war sie sich absolut sicher. »Angenommen, ich schaff' es«, sagte Dawnette. »Den Anruf bei dir, meine ich. Was dann?«

»Wir wissen, daß sie auf das Ende des Spiels warten müssen. Sobald ich das Ergebnis kenne, komm' ich rüber. Hol' dich raus, schnapp' mir die Kohle und nehme mir deinen Freund auf ganz spezielle Art vor. So schlage ich drei Fliegen mit einer Klappe.«

Dawnette gab einen tiefen, verzweifelten Seufzer von sich. Dieser war echt, keine Schauspielerei. »Er wird mich umbringen. Ich weiß es genau.«

»Nein, das wird er nicht. Wenn jemand umgebracht wird, dann er. Er hat schon jetzt ein Erster-Klasse-Ticket für die nächste Wurmfarm in der Tasche. Du wirst sehen.«

Es war irgendwie seltsam, das gleiche Lenkrad anzufassen, das Roger noch vor kurzem in der Hand gehabt hatte, und den schäbigen Mercury unter einem grellen, fleckenlosen Wüstenhimmel in einer geschäftigen Wüstenstadt eine geschäftige Straße hinunterzulenken. Dennoch fühlte er sich auch bemerkenswert gesammelt, fast schon unbeteiligt, so wie er sich manchmal am Spieltisch fühlte, kurz bevor er ins Geschehen eingriff. Bereit, alles zu riskieren, ungeachtet des Ausgangs, es endlich hinter sich zu bringen.

Bis der Mercury zu stottern und zu rucken begann, um schließlich, an der nächsten Kreuzung, auszurollen und stehenzubleiben. Er trat mehrmals auf das Gaspedal, betätigte den Anlasser. Der Motor wollte nicht anspringen. Sein Blick fiel auf die Tankanzeige. Natürlich zeigte sie auf »Leer«. In einer plötzlichen Explosion aufgestauter, hilfloser Wut schlug Waverly mit den Fäusten auf das Lenkrad und fluchte: »Verdammt, verdammt, verdammt, verdammt!«

Erschrocken und aus dem hündischen Bedürfnis nach menschlicher Verständlichkeit und Ordnung legte Electra eine Pfote auf seine Schulter. Das war in etwa alles, was er an Mitleid erwarten konnte. Wagen rasten von hinten heran und vorbei und hupten wild. Eine silbergraue Lady zeigte ihm spöttisch den Finger. Durch die Windschutzscheibe sah er in nicht allzu weiter Entfernung Benzinzapfsäulen. »Du bleibst hier«, erklärte er dem beunruhigten Hund und redete mit ihm, als sei er ein Mensch oder als riefe er sich selbst zur Vernunft. »Keine Angst, ich komme gleich zurück.« Er sprintete los.

Es war eine jener rundum verglasten Kaufhaustankstellen, die im natürlichen wie künstlichen Licht aufreizend funkelten. Eine lange Kundenschlange drängte sich vor der Theke. Waverly schob sich daran vorbei, handelte sich damit einige böse Blicke und unterdrückte Flüche ein, stand schließlich vor dem Angestellten, der die Registrierkasse bediente und sagte atemlos: »Mein Wagen ist ohne Sprit liegengeblieben. Ein paar Straßen von hier. Können Sie mir helfen?«

»Vielleicht wollen Sie erst mal warten, bis Sie an der Reihe sind.«

»Das ist ein Notfall.«

Der Angestellte betrachtete ihn mit einer Mischung aus

Gleichgültigkeit und Spott, aber ohne eine Spur von Mitleid. »Ja, und wir sind hier in Vegas. Hier hat jeder irgendeinen Notfall.«

Waverly biß die Zähne aufeinander. Eine Woge des Zorns schlug über ihm zusammen. Aber dies war nicht der Ort oder der Zeitpunkt, um sich Luft zu machen. Auch nicht die Person. Wortlos wandte er sich ab und ging zum Ende der Schlange.

Schrittweise rückte sie vor. Schließlich stand er wieder vor dem Angestellten, der sich verbeugte und gedehnt fragte: »Also, was ist das Problem?«

»Ich brauche Sprit.«

»Dann sollten Sie sich 'ne Ölquelle kaufen«, sagte der Angestellte und kicherte über seinen tollen Witz.

Waverly fand das nicht komisch. »Hören Sie, leihen Sie mir einen Kanister oder nicht?«

»Leihen, nein. Vermieten, vielleicht.«

»Ich soll einen Benzinkanister *mieten*?«

»Erinnern Sie sich, was ich gesagt habe? Das ist Las Vegas.«

Er war ein stämmiger junger Mann, dieser Angestellte, loses Mundwerk, glattes Haar, die Augen voller unterschiedsloser Gehässigkeit. Ein ganz typischer Johnnie Vegas, begeistert, genau das zu sein, was er war.

Waverly holte seine Brieftasche hervor. Als er sie öffnete, enthielt sie einen gefährlich mageren Vorrat an Scheinen, zwei Hunderter, einen Fünfziger, einige Einer. »Wie hoch ist die Miete«, wollte er wissen.

»Sie kostet zehn. Plus die fünf Gallonen Sprit, die reingehen, natürlich.«

Waverly reichte ihm den Fünfziger.

Der Angestellte reagierte mit einem Lächeln reinen Spotts und holte einen Kanister unter der Theke hervor. Er tastete den Betrag ein, zählte das Wechselgeld ab und sagte: »Benutzen Sie Säule Acht. Wenn Sie den Kanister wieder herbringen, bekommen Sie Ihren Zehner zurück.«

»Das ist erfreulich.«

Zwanzig Minuten später kam Waverly mit dem leeren Kanister zurück. Diesmal gab es keine Schlange. Er stellte den Kanister auf die Theke und sagte: »Ich nehme für den Zehner Benzin.«

Der Angestellte betrachtete den Mercury, der draußen stand mit einem Kopfschütteln. »Kluge Entscheidung«, schnaubte er, »bei diesem Spritsäufer, den Sie fahren. Sie sollten mit dem Ding in der Oldtimer-Show auftreten, die sie immer drüben beim I. P. veranstalten.«

Ein Mann mit einer unstrittigen Meinung zu allem, was um ihn herum vorging. Waverly unterdrückte einen Impuls, darauf zu antworten. Er ging hinaus zum Wagen und steckte die Zapfpistole in die Tanköffnung. Dann stand er da und verfolgte die langsame Bewegung der Zahlen auf der Benzinuhr. Nervöser Schweiß sammelte sich auf seiner Stirn und rann ihm über Brust und Rücken. Electra kratzte aufgeregt am Fenster. Die Sonne sank am Himmel herab, erzeugte auf dem schartigen Gebirgsprofil am Horizont ein Feuerwerk der Farben. Es wurde Waverly bewußt, daß die Dunkelheit hereinbrach, und das schon bald. Auch daß er noch nie mit einem Wagen in dieser Gegend gewesen war und sie abgesehen vom Strip und der Innenstadt, Teile seines ziemlich begrenzten Universums, so gut wie gar nicht kannte. Er würde irgendwelche Orientierungshilfen brauchen. Und ob es ihm gefiel oder nicht, es gab nur eine einzige Stelle, wo er nachfragen konnte.

Der angezeigte Geldbetrag belief sich schließlich auf zehn Dollar. Er hängte das Zapfventil ein und kehrte in den Laden zurück.

Der Angestellte sah ihn hereinkommen und ließ den feuchten Zahnstocher aus einem zu einem abfälligen Grinsen verzogenen Mund heraushängen. »Was nun? Noch mehr Probleme?«

»Können Sie mir erklären, wie ich auf dem schnellsten Weg zur Spring Mountain Road gelange?«

»Nein, da kann ich Ihnen nicht helfen.«

»Kennen Sie die Spring Mountain nicht?«

»Sie steht bestimmt auf 'nem Stadtplan. Weshalb schauen Sie nicht nach?«

»Wo ist der Plan?«

Ein Funkeln stahl sich in die boshaften Augen. Das Grinsen wurde noch abfälliger. »Ich könnte Ihnen einen verkaufen«, ließ der Angestellte verlauten.

»Sie vermieten mir einen Benzinkanister, und jetzt wollen sie mir einen Stadtplan verkaufen?«

»So läuft das nun mal hier in –«

»Ja, ich weiß. Ich weiß, wo wir hier sind.«

»Damit haben Sie recht. Sie fangen schon an zu lernen.«

Sie erhob sich wieder, die Woge des Zorns in seinem Kopf. Als habe sie einen eigenen Willen. Um ihr zuvorzukommen sagte Waverly: »Das reicht, wo ist der Manager?«

»Sie sehen ihn gerade an.«

»Sie sind der Manager?«

»Ich bin Ihr Mann. Was wollen Sie wissen?«

Er konnte nicht mehr an sich halten. Er hatte es versucht. Jetzt kam der Wirbelsturm. Waverly reichte über die Theke, krallte eine Hand ins Hemd des Angestellten und drehte ihn, so daß er aus dem Laden sah.

»Verdammt, was fällt Ihnen ein –«

»Nichts sagen. Zuhören. Sehen Sie den Hund da draußen? Das ist ein Dobermann. Weiblich, von der gefährlichsten Sorte. Der macht Hackfleisch aus Ihnen, ehe Sie mit dem Finger schnippen.«

»Was wollen Sie von mir?«

»Sie sollen mir den verdammten Stadtplan geben, ehe ich den Hund rauslasse und auf Sie hetze. Glauben Sie mir, gegen das Tier haben Sie nicht die geringste Chance.«

Das Gesicht des Angestellten wurde käsig. Seine ganze Aufsässigkeit schien wie verflogen. Sein Blick pendelte zwischen dem Hund und den wilden Augen des Mannes hin und her, der ihn am Kragen hatte, und er entschied, klein beizugeben. »Im Regalständer«, sagte er mit vor Angst piepsiger Stimme, »hinter mir… lassen Sie mich los.«

Waverly ließ ihn los. »Holen Sie ihn her.«

Der Angestellte wich zurück, zog einen Plan aus dem Ständer und warf ihn auf die Theke.

Waverly faltete den Plan auseinander und deutete auf die Stelle, wo er sich gerade befand. Wo sonst als in der Paradiese Road. Sie hatten in dieser Stadt wirklich einen siebten Sinn für Namen. Richtig inspiriert. Er suchte den kürzesten Weg zur

Spring Mountain und prägte sich den Verlauf ein. Dann, indem er den sich feige duckenden Angestellten fixierte, verabschiedete er sich. »Vielen Dank für Ihre großzügige Hilfe. Man sollte Sie für die Wahl zum freundlichsten Geschäftsmann des Jahres vorschlagen.«

Auf dem Weg nach draußen glaubte er ein gedämpftes »Leck mich, du Arschloch!« zu hören.

Er lenkte den Mercury auf die Straße und jagte los. Und nach nur einer Viertelstunde fanden seine Augen in einem Gewirr von Reklametafeln im sinkenden Tageslicht diejenige, die auf das Große westliche Zentrum für Ganzheitstherapie und Bewußtseinsintensivierung hinwies.

Die Dinge waren an diesem Nachmittag für Eggs auch nicht viel glatter verlaufen, und er gab sich, ganz wie Waverly, Mühe, das Unwetter im Zaum zu halten, das in seinem Kopf heraufzog. Indem sie im El Cortez anfingen, hatten er und Click sich die Fremont bis zum anderen Ende mit der Union Plaza hoch gearbeitet. Mit äußerstem Mißerfolg. Jeder hatte Zippy gesehen, niemand wußte, wo er war.

Im Golden Nugget sagte eine Cocktailkellnerin: »Er war vor einer Weile hier. Habt ihr es schon mal im Coffeeshop versucht?« Da waren sie schon gewesen. Im Las Vegas Club meinte ein Kartengeber, er habe gerade erst mit Zippy gesprochen. »Es ist keine fünf Minuten her. Er hat gesagt, er will ins Binion's.« Also trabten sie zurück zum Horseshoe und erfuhren von einem Spieler, den Click kannte: »Zippy? Ja, der muß hier irgendwo sein. Ich glaub', er ist gerade Pinkeln.« In der Toilette trafen sie zwei Männer an. Einer veranstaltete einen Boxkampf mit seinem Ebenbild im Spiegel über einem Waschbecken, der andere erbrach sich in eine Toilettenschüssel. Keiner der beiden war Zippy.

Sie durchstöberten jeden Winkel in jedem Kasino, in jeder Bar und in jedem Coffeeshop an der Straße. Kein Zippy. Von der Fremont wechselten sie über zur Ogden, klapperten das California und das Lady Luck ab. Auch hier hatten sie kein Glück. Ähnlich einer geisterhaften Erscheinung schien er sich stets in Luft aufzulösen, sobald sie sich ihm näherten. Kaum glaubte man, ihn eingeholt zu haben, da verschwand er schon. Das reinste Phantom.

Schließlich sah Click sich zu der Bemerkung veranlaßt: »Weißt du, Eggs, wir scheinen heute kein Glück zu haben. Was meinst du?«

»Wir wissen, daß er sich hier irgendwo in der Nähe herumtreibt«, sagte Eggs ungehalten. »Wir werden ihn finden.«

»Aber wo sollen wir denn noch nachsehen?«

»Wir fangen einfach wieder von vorne an. Auf der Fremont. Noch haben wir etwas Zeit.«

Aber als sie aus dem Four Queens herauskamen, versteckte die Sonne sich bereits hinter dem Turm an der Union Plaza, und Eggs war sich nicht mehr ganz sicher, ob ihre Zeit tatsächlich ausreichte. »Soweit wäre es niemals gekommen«, sagte er voller Bitterkeit und zunehmend frustriert, »wenn du deinen Teil richtig erledigt hättest.«

»Du hast mir doch überhaupt nichts gesagt! Woher sollte ich denn wissen, daß alles so schnell gehen muß? Hättest du irgendeine Andeutung gemacht, hätte ich was anleiern können.«

Clicks Stimme erhob sich zu einem verletzten, sich verteidigenden Gewinsel, das von seinen typischen Schnalzlauten untermalt wurde. Und es stimmte natürlich, alles, was dieser armselige kleine Knilch sagte, aber daß es der Wahrheit entsprach, machte es nicht weniger ärgerlich. Eggs zupfte an seiner Unterlippe. Sammelte, beruhigte sich. Vorwürfe brachten sie nicht weiter. Das war sinnlos. »Ist schon gut«, sagte er daher. »Machen wir weiter.«

»Wir waren noch nicht bei Leroy's«, sagte Click. »Du weißt doch, wo die Sportwetten angenommen werden. Dort könnte er sein.«

»Ich hab' davon gehört. Wo liegt der Laden?«

»Drüben an der First. Eine Straße weiter und um die Ecke.«

Sie machten sich auf den Weg.

Und dort, lässig an eine Wand gelehnt, den Blick aufmerksam auf die Tafel mit den Wettquoten gerichtet, einen anachronistischen Panamahut – früher wahrscheinlich schneeweiß, doch nun eher rußfarben – auf dem länglichen Schädel, einen Zigarettenstummel im Mundwinkel, Notizblock in der Hand – dort stand ein bleicher, spindeldürrer Mann mit einem Gesicht, das mit seinen Pockennarben aussah wie eine Mondlandschaft, und mit den Augen einer kampferprobten alten Ratte. Zippy.

»Ich rede mit ihm«, sagte Eggs halblaut, während sie auf ihn zugingen. Und zu Zippy sagte er: »Es ist verdammt schwierig, an dich heranzukommen.« Dabei bemühte er sich um einen möglichst fröhlichen Tonfall.

Zippy löste seinen Blick von der Tafel und richtete ihn auf Eggs. Ein unwilliges, von Zigarettenrauch verschleiertes Blinzeln. »Kenne ich dich?«

Eggs hob die Hände in einer Geste des Erstaunens, der verletzten Gefühle. »Du erinnerst dich nicht? An Eggs? Oder an meinen Partner, Cleanth?«

Ein Funken der Erinnerung flackerte in den rötlichen Augen auf. »Ach ja. Eggs. Ist schon 'ne Weile her.«

»Das ist es.«

»Und wie geht's dir?«

»Gut.«

»Freut mich zu hören«, sagte Zippy. Sein Blick irrte wieder zur Tafel zurück.

»Eigentlich sogar besser als gut. Deshalb muß ich dich sprechen.«

»Ja? Und worüber?«

»Geschäfte.«

»Welche Geschäfte?«

»Es heißt, du hättest entsprechende Kontakte für Wetten auf die UNLV. Hier im Ort.«

»Wo hast du das gehört?«

»Es lag in der Luft.«

»Dann atmest du andere Luft als ich«, sagte Zippy und blähte die Nasenflügel auf, als versuchte er, eine Witterung aufzunehmen. »Das ist illegal, wie du sicher weißt.«

»Das ist bei Rot über die Straße Gehen auch. Aber wir tun es trotzdem, nicht wahr, Zippy? Wir beide.«

»Wenn du auf unsere Rebels wetten willst, weshalb rufst du

dann nicht 'nen Buchmacher in einem Nachbarstaat an? Da wimmelt es von ihnen. Erspart dir vielleicht 'ne Menge Ärger.«

»Ich will auf das Spiel heute abend wetten.«

»Heute? Das ist aber knapp.«

»Deshalb komme ich ja zu dir.«

Zippys Zigarette war mittlerweile fast nur noch Asche. Er nahm den winzigen Stummel aus dem Mund und trat ihn aus. »Angenommen, ich könnte da was machen«, sagte er vorsichtig, »nur angenommen. Um wieviel geht es denn?«

»Hundert Riesen.«

Zippy schüttelte langsam den Kopf. »Ich weiß nicht, ob ich so spät noch so viel unterbringen kann. Das Spiel fängt um sieben Uhr Ortszeit an.«

»Ich vertraue dir voll und ganz, Zippy.«

»Ich muß mich erst mit ein paar Leuten kurzschließen. Und auf wen willst du setzen?«

»Louisiana.«

Zippy machte ein säuerliches Gesicht. »Die Rebs sind aber vorne, mit sieben zu eins. Und das ist noch zu wenig, wie ich es sehe. Die Rebs machen sie fertig. Und du willst die Tigers?«

»Meine Wette.«

Zippy überlegte einige Sekunden. Aber nicht länger. »Möglich, daß ich dir helfen kann«, sagte er. »Aber vorher muß ich Geld sehen.«

»Du glaubst doch nicht etwa, daß ich soviel bei mir habe.«

»Trotzdem muß ich es sehen. Diese Leute, mit denen ich reden muß, verstehen keinen Spaß. Wenn du verlierst, dann müssen die Scheine auf dem Tisch liegen. Und zwar bis zum letzten Dollar. Ich bin nur der Mittelsmann, und ich habe keine Lust, mir die Finger zu verbrennen. Das verstehst du doch, oder?«

»Ich glaube, ich kann dir folgen.«

»Das ist gut, daß du mir folgen kannst. Denn das sind die Bedingungen.«

Nun mußte Eggs nachdenken. Er sah auf die Uhr. Dachte an den Zeitplan und daran, was noch alles erledigt werden mußte. Es wurde wirklich kompliziert. Schließlich sagte er: »Was ist der späteste Zeitpunkt, um die Wette zu plazieren?«

»Schwer zu sagen. Ich müßte vorher mal rumtelefonieren.«

»Halb sieben?«

»Das wäre wirklich das äußerste. Und das ist noch nicht mal sicher.«

»Aber es wäre möglich?«

Zippy zuckte die Achseln. »Ich kann es versuchen. Keine Garantie.«

»Na schön. Komm um halb sieben zu mir, und du siehst das Geld.«

»Und wo bist du?«

Eggs nannte ihm die Adresse.

»Okay«, sagte Zippy, »aber bei so einem heiklen Geschäft beträgt die Provision zwanzig Prozent.«

»Das ist nur fair«, erwiderte Eggs. Warum auch nicht? Er würde ihm in allem zustimmen. Nach heute abend hätte es ohnehin nicht mehr die geringste Bedeutung.

Zippy musterte ihn nun argwöhnisch. Lebenslange Erfahrung in windigen Geschäften lag in seinen Augen und prägte seine verwüsteten Gesichtszüge in der gleichen Weise, wie Farbe einen Stoff tränkt. »Weißt du, Eggs«, sagte er wachsam, »ich kann mich nicht erinnern, daß du jemals was mit Wetten zu tun hattest. Ist es möglich, daß du etwas weißt, was wir anderen nicht wissen?«

Eggs produzierte ein schiefes Grinsen. Aber das Grinsen sagte das eine, seine Worte etwas ganz anderes. »Frag lieber nicht.«

Und während der Fahrt zum Zentrum löste es sich etwas, dieses tote Lächeln, und ein fast verträumter Ausdruck legte sich auf sein Gesicht, als er an die Beute dachte, die ihm winkte. Obgleich es natürlich ärgerlich war, daß die Dinge sich nicht so entwickelt hatten, wie er es sich erhofft hatte – eine ganze Folge von Gewinnen die ganze Basketballsaison hindurch –, tröstete er sich nichtsdestotrotz mit der Erkenntnis, daß er sein Bestes getan hatte. Und zweihunderttausend wären doch auch eine hübsche Einnahme, ganz sicher genug, um ihm ein angenehmes Leben zu garantieren, bis er sein nächstes Unternehmen geplant und durchgeführt hätte. Wie das aussehen könnte, war noch nicht ganz klar. Möglicherweise eine Variante des Brewster-Schwindels. Sagen wir in Florida oder in Arizona, wo sich die wandelnden Toten auf die Füße traten. Eine reizvolle Idee, diese Heiler-Nummer. Er könnte es genausogut, wenn nicht sogar besser. Er kannte die richtigen Worte, konnte sie richtig benutzen. Seine Gedanken wanderten in die Zukunft, verführerische Visionen entfalteten sich in seinem Kopf.

Bis ihn eine verdrossene Stimme wieder in das Hier und Jetzt zurückholte. Irgendeine dämliche Cleanth-Frage. »Was wolltest du?« sagte er.

»Ich wollte wissen, was du, äh, mit Brewster vorhast, nachdem wir ihm den Kies abgenommen haben.«

»Ach, uns wird bestimmt etwas einfallen«, sagte Eggs geistesabwesend. »So wie heute morgen, falls du dich erinnerst.«

Wenn es möglich war, daß man sich zugleich unter Spannung und völlig ruhig und gelassen fühlte, unter Strom stand und zugleich im Frieden mit sich selbst war, dann war es das, was Eggs im Augenblick empfand. Das Zentrum lag vor ihnen. Das Heilen konnte beginnen.

»Ich habe Sie viel eher erwartet. Sie sprachen von drei Uhr.«

»Ja, sicher, aber wir wurden aufgehalten. Eine kleine Störung.«

»Eine Störung?«

»Nichts, weshalb Sie sich Sorgen machen müßten. Alles ist unter Kontrolle. Also, haben Sie nun das Geld, Wyman?«

Brewster deutete auf den Aktenkoffer, der auf seinem Schoß lag und den er krampfhaft umklammerte.

»Darf ich mal sehen?«

»Es ist alles da drin.«

»Sehen wir trotzdem mal nach«, sagte Eggs, nun nicht mehr ganz so respektvoll.

Brewster klappte den Koffer auf und erlaubte einen Blick auf Stapel gebündelter Banknoten.

Eggs beugte sich über den Sitz und inspizierte sie. Ein überaus belebender Anblick. Er sagte »Glänzend«, und dann zu Click, der zusammengekauert hinter dem Lenkrad saß, die Schultern hochgezogen, und mit den Fingern einen nervösen Wirbel auf dem Armaturenbrett trommelte. »Ich glaube, wir können jetzt losfahren, Cleanth.«

Click lenkte den Lincoln vom Parkplatz des Zentrums herunter und dann nach Osten zum Spring Mountain. Um den Samstagabendverkehr auf dem Strip zu meiden, fuhr er auf der Arville nach Süden und folgte ihr bis zur Flamingo, dann schlug er wieder die östliche Richtung ein. Sie fuhren schweigend. Jeder war zu sehr mit seinen eigenen verworrenen Gefühlen beschäftigt – bei Brewster war es eine seltsame Mischung aus Aversion und Erwartung, Glückseligkeit und Angst; bei Click die sprunghaft zunehmende Panik einer Laborratte, die sich hoffnungslos in einem verwirrenden Labyrinth verirrt hatte; und bei Eggs war es eine Art manischer, dennoch gründlich zurückgehaltener Heiterkeit –, um auf das Fahrzeug zu achten, das aus den länger werdenden Schatten auf dem Parkplatz auftauchte und hinter ihnen herfuhr, dabei einen sicheren Abstand wahrte, jedoch ständig in Sichtweite blieb.

Click stoppte vor seinem Apartmenthaus, und er und Eggs stiegen aus dem Wagen. Brewster rührte sich nicht. »Was sollen wir denn hier?« wollte er wissen.

»Hier treffen wir uns mit unserem Kontaktmann«, erklärte Eggs. »Er wird bald eintreffen.«

Brewster blieb trotzdem sitzen.

»Es ist völlig sicher, Wyman«, sagte Eggs in beruhigendem Ton. »Kommen Sie jetzt.«

Brewster klemmte den Aktenkoffer unter den Arm und kletterte ebenfalls aus dem Wagen. Er sah sich unsicher um. Ein zweifelnder Ausdruck machte sich auf seiner Miene breit.

»Gehen Sie schon rein«, sagte Eggs. »Dawnette erwartet uns bereits.«

»Kommen Sie auch?«

»Gleich.«

Brewster wandte sich um und ging auf die Haustür zu. Und im Flüsterton sagte Eggs zu Click: »In meiner Wohnung liegt eine Rolle Isolierband, in einer kleinen Tasche. Geh sie holen.«

»Wofür?«

»Hol sie nur.«

»Mein Gott, Eggs, du willst doch nicht etwa –«

»Hol das Klebeband, Cleanth.«

In der Wohnung ging Dawnette unruhig auf und ab. Sie rauchte eine Zigarette nach der anderen und war nur noch ein Nervenbündel. Aber als sie Brewster in der Türöffnung erblickte, Eggs dicht hinter ihm, und keinen Click, erstarrte sie, blieb stocksteif stehen, reglos und bewegungsunfähig wie ein Reh im grellen Licht der Scheinwerfer eines herandonnernden Zwanzigtonners.

»Wir scheinen dich erschreckt zu haben«, sagte Eggs unschuldig. »Stimmt etwas nicht?«

»Nein, nein... es ist nichts... es war nur schon so spät... ich hab' mir schon...«

»Sorgen gemacht?« beendete Eggs den Satz für sie.

»Ja. Sorgen.«

»Nun, wir sind wieder da, wie du siehst. Oh, vergessen wir unsere Manieren nicht. Sag Wyman guten Abend.«

Sie stotterte eine Begrüßung und erhielt ein knappes Nicken als Antwort.

Eggs bugsierte Brewster hinüber zur Couch. »Bitte, Wyman, setzen Sie sich doch.«

Brewster betrachtete den winzigen unaufgeräumten Raum mit einem Ausdruck unendlichen Mißfallens, aber er nahm dennoch Platz, saß kerzengrade da, wachsam, den Aktenkoffer auf dem Schoß. Er trug seinen üblichen schwarzen Anzug, eine dezente Seidenkrawatte und schwarze, auf Hochglanz polierte Schuhe. Ein Symbol friedhofsschwerer Düsternis. Nur mühsam konnte Eggs sein unberechenbares, hinterlistiges Grinsen unterdrücken. Die passende Garderobe, dachte er: dem Anlaß angemessen, könnte man sagen, aber das tat er natürlich nicht.

»Wo ist Click?« wollte Dawnette wissen.

»Warum fragst du?« entgegnete Eggs.

»Kein besonderer Grund. Es interessiert mich nur.«

»Meinst du, ihm sei etwas zugestoßen?«

»Nein.«

»Deine Besorgnis ist rührend, Dawnette. Aber auch diesmal ist sie überflüssig. Er wird gleich hier sein.«

Er ging zum Fenster. Draußen stand die Kugel des Mondes an einem sich allmählich verdunkelnden Himmel. Auf der anderen Straßenseite erhob sich die Baustelle, vollkommen verlassen, als schwarzer Schatten vor der Nacht. Es würde reichen. So brauchbar wie jeder andere Ort, aber ohne die für ihn typische Raffinesse. Denn während es absolut zwingend war, jetzt umsichtig und wohlüberlegt zu handeln und dieses letzte störende Hindernis zu überwinden, verspürte er dennoch das dringende Bedürfnis, eine geradezu leidenschaftliche Besessenheit, dem Ganzen sein unverwechselbares LaRevere-Siegel aufzudrücken, wie er es sogar am Morgen geschafft hatte. Es war sicherlich keine Verwegenheit. Eher entsprang dieser Impuls seinem Stolz auf perfektes handwerkliches Geschick. Auf Exaktheit. Ausgewogenheit. Schließlich auch künstlerische Vollendung.

Ein Zementlaster bog von der Flamingo Road ab und rumpelte die Straße hinunter, während seine rot-weiß gestreifte Mischtrommel langsam, hypnotisch rotierte. Er stoppte hinter einem hohen Sandhaufen am äußersten Ende der Baustelle. Wie in Trance sah Eggs ihn vorüberrollen, und seine Phantasie wurde angeregt. Wie eine göttliche Vision schien der Laster vor seinen Augen zu schweben. Es gibt einige Menschen, denen, so sehr sie sich auch bemühen und darum ringen, die launenhafte Gabe der Phantasie und Einbildungskraft für immer versagt, unerreichbar bleibt. Er war viele Dinge, Eggs LaRevere, aber er wußte genau, daß er eines ganz sicher nicht war, nämlich einer von diesen Menschen.

Waverly hatte ihn noch gerade rechtzeitig entdeckt, um von der Straße abzubiegen und in einem Schattenstreifen am entgegengesetzten Ende des Parkplatzes zu stoppen. Ein cremeweißer Lincoln, den er vor zwei Tagen vor Vals Haus gesehen hatte, parkte nun genau vor der Eingangstür des Zentrums. Brewster saß hinten, der kleine Fettsack – der Name war ihm entfallen – hinter dem Lenkrad, und im Sitz neben ihm der Mann, dessen Name für Waverlys Gedächtnis kein Problem darstellte: Mr. Nennen-Sie-mich-Eggs LaRevere. Der Mann, den er suchte. Das Zentrum war dunkel, verschlossen, und in einem Fenster hing ein Schild mit dem Hinweis SORRY, WE'RE CLOSED. Verschiedene Wagen standen auf dem Parkplatz. Vals Impala war nicht dabei. Er konnte nichts anderes tun als beobachten und warten.

Nach einigen Sekunden fuhr der Lincoln los, rollte auf die Straße. Waverly folgte ihm, hielt sich aber zurück und sorgte dafür, daß sich stets ein oder zwei Fahrzeuge zwischen ihnen befanden. Er hatte keine Ahnung, wohin sie fuhren. Es war gleichgültig. Irgendwann mußten sie sowieso anhalten.

Und das taten sie auch. Waverly fuhr an den zwei parallelen Blöcken schäbiger Apartments vorbei, die in der Flamingo Road standen, bog an der nächsten Ecke scharf nach rechts ab, brachte einen langen Block hinter sich und kam zur hinteren Zufahrt zu dem Komplex. Der Lincoln stand vor einem der Häuser und war etwa vierzig Meter weit entfernt, sicher nicht weiter. Er machte die Scheinwerfer aus und parkte.

Die beißende Kälte der Wüstennacht kroch in den Wagen. Sein Atem stand als weiße Dampfwolke in der Luft. Auch der des Hundes, denn Electra hechelte jetzt, knurrte, ahnte, daß irgend etwas bevorstand. Waverly beruhigte sie, streichelte den schlanken Schädel, der in der Dunkelheit rhythmisch hin und her pendelte. Aber er behielt seine Augen auf dem Lincoln und auf dem gelben Lichtschein hinter den zugezogenen Vorhängen der Apartmentfenster. Es dauerte nicht lang, bis eine Gestalt in seinem Gesichtsfeld auftauchte und in einem eiligen Watschelgang vorbeilief. Es konnte der Fettsack sein, aber genau feststellen ließ sich das nicht. Wer immer es war, ging direkt zum Apartment und durch die Tür. Wenig später schwang sie wieder auf und jetzt tauchten vier Leute auf, einer nach dem anderen, jeder für einen kurzen Moment eine Silhouette im rechteckigen Lichtrahmen. Die erste Person war eine Frau. Val? Er war sich nicht sicher. Dann der Watschler, gefolgt von einer hochgewachsenen, hageren Gestalt – das mußte Brewster sein –, deren Kopf aufgeregt zuckte; und die Nachhut bildete, unverwechselbar, Mr. Eggs LaRevere, der Brewster mit dem Ursprung der ganzen Aufregung, dem verlängerten Lauf einer Faustfeuerwaffe, den er ihm gegen den unteren Teil der Wirbelsäule preßte, vor sich hertrieb.

Die Waffe brachte eine ganz neue Dimension in dieses tödliche

Spiel. Vor allem, wenn die Frau Val war. Waverly wartete, bis sie hinter einem der Apartments verschwunden waren, dann drückte er die Tür auf, ergriff Electras Leine und schlich zwischen den beiden Bauten direkt seinem Wagen gegenüber hindurch. Langsam, vorsichtig suchte er sich seinen Weg über einen Grasstreifen und kam zu einer Straße, die eine riesengroße freie Fläche säumte, so leer und kahl wie eine Mondlandschaft. Die Vierergruppc hattc das Grundstück bereits fast zur Hälfte überwunden und marschierte zielstrebig weiter, umrundete die kleinen Sandhaufen und steuerte auf einen größeren Hügel in der hinteren Ecke des Baugrundstücks zu.

Electra zerrte an der Leine, hechelte heftiger und knurrte wieder. Sie zitterte in einem Zustand ratloser, aber intuitiver Erwartung. Waverly hielt das Tier zurück. »Noch nicht«, murmelte er. »Bald, aber noch nicht.« Er wartete, bis die Marschkolonne hinter dem Sandhügel verschwunden war. »Jetzt«, sagte er, und Hund und Mann sprinteten gleichzeitig los.

»Wann können wir mit dieser... Person rechnen?« hatte Brewster nach einem bühnenreifen Räuspern Eggs' Rücken angesprochen und die Frage in den unheilvoll stillen Raum gestellt.

Eggs wandte sich vom Fenster ab. Sein Gesicht war ausdruckslos. Hinter den undurchsichtigen Brillengläsern, die frappierend an ein Paar glänzender Stahlaugen erinnerten, betrachtete er den Heiler längere Zeit. »Oh, sehr bald«, sagte er. »In der Zwischenzeit würde ich Ihnen gerne etwas zeigen. Ich denke, Sie werden es faszinierend finde. Vor allem im Hinblick auf Ihr Gewerbe.«

Brewsters knochige Finger packten den Aktenkoffer fester. »Was soll das sein?« fragte er wachsam.

»Sobald Cleanth zurück ist, zeige ich es Ihnen.«

Dawnette bewegte sich jetzt in Richtung Tür. Eggs bemerkte die Bewegung aus dem Winkel eines seiner Stahlaugen. »Wo willst du denn hin?«

»Ich gehe mal kurz rüber in die andere Wohnung.«

»Weshalb?«

»Keine Zigaretten mehr.« Als Beweis hielt sie eine zerknüllte leere Packung hoch.

»Du kannst von mir eine haben«, sagte Eggs und schob sich zwischen sie und die Tür.

»Nicht meine Marke.«

»Eine Zigarette ist wie die andere, Dawnette. Genauso schädlich. Habe ich recht, Wyman?«

Ehe Brewster sich zu den Gefahren des Nikotins äußern konnte, kam Cleanth keuchend durch die Tür herein. Seine rundlichen Wangen waren hochrot, Sorge lag in seinen Schweinchenaugen. Eine Hand hielt er hinter den Rücken.

»Hast du es gefunden?« fragte Eggs.

»Ja.«

»Sehr gut«, sagte Eggs und deutete mit einem Finger auf Brewster. »Also, Wyman, dann lassen Sie uns mal diese interessante Sache ansehen, die ich gerade erwähnt habe.«

Indem er sich in die Brust warf und alles zusammenraffte, was von seiner erhabenen Würde noch übrig war, sagte Brewster: »Ich ziehe es vor, hierzubleiben, bis unser Geschäft abgewickelt ist.«

»Wir haben noch reichlich Zeit. Und ich möchte sehr, daß Sie sich diese Sache ansehen.«

»Ich aber nicht.«

»Es ist gleich auf der anderen Straßenseite«, sagte Eggs in einem schmeichelnden Ton. Er amüsierte sich jetzt sehr bei diesen Prälaminarien. Es war wie ein lüsternes, aufregendes Vorspiel. Aber er erkannte auch, trotz seiner betrügerischen Versicherung, daß die Zeit in der Tat allmählich knapp wurde.

Brewster blieb auf der Couch sitzen. »Nein«, sagte er fest, aber ein kaum wahrnehmbares Zittern in seiner Stimme strafte seine Entschlossenheit Lügen.

So etwas wie ein Lächeln huschte über Eggs' Gesicht. Er griff in die Innentasche seines Sakkos und holte die Pistole heraus. Als nächstes nahm er den Schalldämpfer aus einer anderen Tasche und befestigte ihn sorgfältig am Lauf. Und dann richtete er die Waffe auf Brewster. »Ich muß wirklich darauf bestehen, Wyman.«

Brewster schüttelte heftig den Kopf. Sonst blieb er still sitzen.

»Sie sollten sich über eines im klaren sein«, sagte Eggs, als wolle er lediglich an seine Vernunft appellieren, »eine Kugel in die Hand oder, noch schlimmer, ins Knie kann einen zur völligen Hilflosigkeit verdammen. Von den Schmerzen ganz zu schweigen.«

Brewster preßte die Lippen aufeinander und schloß die Augen und stöhnte leise, als wolle er alles verdrängen, was er hörte und sah. Als flüchte er sich in irgendeinen fernen und unerreichbaren Winkel seines eigenen Bewußtseins.

»Stehen Sie auf, Wyman.«

Brewster kam schwankend auf die Füße, umklammerte den Aktenkoffer, als sei er die letzte dünne Rettungsleine in einem sturmgepeitschten Ozean. Er sah hager, verwelkt und plötzlich sehr alt aus.

»Den Aktenkoffer können Sie stehenlassen. Er ist hier gut aufgehoben.«

Gehorsam stellte er ihn auf die Couch. Seine Augen waren jetzt wieder offen, blinzelten heftig, und das nackte Grauen sammelte sich darin. Er versuchte etwas zu sagen, aber die Worte schienen in seiner Kehle steckenzubleiben und kamen als abgehacktes trockenes Schluchzen heraus.

»Wyman Brewster, der Sprache nicht mehr mächtig. So was war noch nie da. Das Klebeband, Cleanth.«

»Muß das sein, Eggs?«

»Aber ganz gewiß. Der Erfolg unseres ganzen Unternehmens hängt davon ab. Das weißt du doch Cleanth.«

»Ja, aber vielleicht könnten wir nur –«

»Keine Diskussionen jetzt.«

Eines war Cleanth völlig klar, man widersprach niemals dem Mann, der die Kanone hatte. Vor allem dann nicht, wenn Eggs dieser Mann war. Er rollte einen langen Streifen Klebeband von der Rolle ab, ging auf Brewster zu und stellte sich selbst auf die Zehenspitzen. Um seinen Bemühungen entgegenzukommen, senkte der Heiler den Kopf, doch er fand noch genug Kraft in seiner Stimme, um zu wimmern: »Cleanth ... um Gottes willen ... bitte ...«

»Tut mir leid«, murmelte Click, »wirklich leid.« Und er klebte den Streifen quer über einen Mund, der feucht von Speichel war.

Glücklicherweise sorgte ihr Größenunterschied dafür, daß er nicht in diese flehenden Augen blicken mußte.

Dawnette drückte sich an die Wand. Eggs gab ihr ein Zeichen und sagte: »Komm doch zu uns herüber.«

»Mit dieser Sache habe ich nichts zu tun. Ich warte hier, bis ihr fertig seid.«

»Nein, das ist etwas, was du auf keinen Fall verpassen solltest.« Er beschrieb mit der Pistole eine winkende Geste, kaum wahrnehmbar, aber deutlich genug, so daß sie sich schnell von der Wand abstieß und steifbeinig zur Tür ging. Zu Click sagte er: »Ach ja, eines noch. Ich nehme die Wagenschlüssel.«

Click sah ihn verwirrt an. »Wieso das? Fahren ist doch mein Job.«

»Lediglich eine Vorsichtsmaßnahme«, sagte Eggs. »Ich erkläre es dir später.« Er hielt seine freie Hand auffordernd hin. Die Hand mit der Pistole zuckte leicht.

Click wühlte in seinen Taschen herum, hatte kein Glück. Er schüttelte hilflos den Kopf. »Ich muß sie im Wagen gelassen haben.«

»Bist du ganz sicher?«

»Sie müssen dort sein.

»Nun, das ist auch in Ordnung«, sagte Eggs leutselig. »Das reicht schon. Wir müssen uns jetzt beeilen. Wir dürfen den berühmten Zippy nicht verfehlen.«

Ebenso wichtig wie alles andere – nein, geben wir es zu, wichtiger als alles andere (philosophierte Eggs, während er sie im Gänsemarsch, seinen Trupp wandelnder Toter, über die Straße und auf die verlassene Baustelle führte, wobei er gelegentlich den Pistolenlauf gegen Brewsters Rücken stieß, um ihn in Gang zu halten und die Schwäche aus seinen Knien, die immer wieder nachzugeben drohten, zu vertreiben: der arme Wyman, der in ständiger Todesangst lebte, so wie er es vermutet hatte) wichtiger als die intellektuelle Herausforderung, einen Coup zu planen, wichtiger noch als das elektrisierende Gefühl bei seiner Ausführung, sogar wichtiger als die anschließende krönende Belohnung – wichtiger als all das war der verführerische Zauber des Rituals, der Zeremonie, der Worte. Und so erschien es irgendwie passend, daß der Mond sein silbernes Licht auf den steilen Sandhaufen goß, einem himmlischen Segen nicht unähnlich, während das Tuckern des Lastwagenmotors und das tiefe Rumpeln seiner rotierenden Mischtrommel einen angemessenen rhythmischen, atonalen Trauergesang beisteuerten.

Der Fahrer, als Silhouette eines kompakten, untersetzten Mannes erkennbar, stand auf dem stählernen Trittbrett des Führerhauses und wandte ihnen den Rücken zu. Er hielt irgendein nicht erkennbares Werkzeug in der Hand, zweifellos einen Schraubenzieher, denn er schien die Schrauben anzuziehen, die den Rückspiegel fixierten. Eggs schob Brewster zu Click und Dawnette hinüber. Mit seinen Augen und einer eindeutigen knappen Handbewegung befahl er ihnen, stehenzubleiben. Dann versteckte er die Pistole in einer Falte seines Sakkos und näherte sich dem Truckfahrer. »Haben Sie Probleme?« rief er. Er mußte seine Stimme erheben, damit er gehört wurde.

Der Fahrer hielt inne, blickte wütend auf ihn herab. »Der verdammte Spiegel ist locker.«

»Wie ist das denn passiert?«

»Das möchte ich verdammt noch mal auch wissen. Wahrscheinlich hat jemand dran rumgefummelt. Ich sollte schon vor einer Stunde Feierabend haben.«

»Eine Schande.«

Der Fahrer wandte sich wieder seiner Tätigkeit zu und interessierte sich nicht mehr für die nutzlose Unterhaltung.

»Wie heißen Sie?«

»Smitty«, rief er über die Schulter. »Wer will das wissen?«

Vorwiegend zu seinem eignen Vergnügen murmelte Eggs: »Nun, Smitty, ich fürchte, Sie haben gerade den Schwarzen Peter gezogen«, hob die Pistole, zielte, drückte ab und riß ihm die obere Hälfte des Kopfes weg; und der unglückselige Smitty drehte sich wie irr herum, ähnlich einer Marionette an plötzlich gekappten Schnüren, und stürzte mit dem Gesicht – oder was von dem Gesicht noch übrig war – zuerst in den Sand. Sein Schraubenzieher prallte klappernd auf das Trittbrett, während er abstürzte.

Soviel zu den harmloseren Hindernissen. Aber die Leiter, die zu dem Laufgang und dem abgesenkten Zementrohr über dem Führerhaus führte, die konnte ein schwerwiegendes Hindernis sein, das könnte heikel werden. Eggs erkannte, daß er Hilfe brauchen würde, wenngleich nur kurzfristig. Und indem er seine Aufmerksamkeit dem Trio zuwandte, das sich furchtsam an den Radkasten des Lasters drückte, sagte er: »Cleanth, reiß dich zusammen. Ich brauche dich jetzt.«

Dawnette hatte den Kopf in den Händen vergraben. Hinter dem Klebeband gab Brewster seltsame Laute von sich, die dem Summen einer wütenden Hornisse glichen. Click machte abgehackte, hechelnde Atemzüge. »Wofür?« fragte er.

Eggs deutete auf die Leiter. »Um ihn dort hinaufzuschaffen.«

»Du willst doch nicht –«

»Doch.«

»*Warum?*«

Dawnette hob ruckartig den Kopf und kreischte: »Er wird uns umbringen!«

Click zögerte.

»Hör nicht auf diese hysterische Schlampe«, sagte Eggs. »Wir sind Partner, du und ich. Wir sind aufeinander angewiesen.«

»Er braucht niemand. Er hat das Geld, den Wagen, er braucht uns nicht.«

Das war wieder Dawnette, furienhaft kreischend und den Lärm der ständig rotierenden Mischtrommel übertönend. Eggs funkelte sie wütend an, brachte aber, um Click zu beruhigen, ein dünnes Lächeln unter Kameraden zustande. »Partner, Cleanth. Erinnerst du dich?«

Dennoch zögerte Click.

»Cleanth?«

Click schüttelte langsam den Kopf, ablehnend.

»Du sagst nein?«

»Das ist doch nicht nötig, Eggs. Wenn du ihn loswerden willst, dann benutz dein Schießeisen.«

»*Du* willst *mir* erklären, wie ich meine Geschäfte abwickeln soll?« Es war Eggs unmöglich, den Ausdruck der Verblüffung in seiner Stimme zu unterdrücken.

»Ich sage, was du hier vorhast, ist der reine Schwachsinn.«

Eggs fixierte ihn. Das Lächeln in seinem Gesicht hatte sich verflüchtigt. Die geschwollenen Adern an seinem Hals pulsierten gefährlich. In dieser trügerische Welt konnte man sich am Ende auf niemand anderen verlassen als auf sich selbst. »Das ist überaus enttäuschend, Cleanth«, sagte er. »Aber wenn das deine Entscheidung ist, dann soll es so sein.«

Er machte zwei Schritte rückwärts und richtete die Pistole auf sie. Click verschränkte die Arme vor seiner Brust. Seine rundliche Gestalt zitterte unkontrolliert von Kopf bis Fuß wie ein Wackelpudding. Dawnette preßte die geballten Fäuste gegen die Augen und jammerte: »O Gott, o Gott, o Gott…«

»Es war von Anfang an ein Fehler, euer armseliges Komplott, mich zum Narren zu halten. Auf die Erde, ihr beide.«

Sie sanken auf die Knie.

»Ganz runter. Mit dem Gesicht zuerst.«

Sie legten sich flach auf den Sand. Brewster machte Anstalten, ihrem Beispiel zu folgen.

»Sie nicht«, bellte Eggs und stoppte ihn mitten in der Bewegung. Der gehorsame Heiler. Vielleicht würde das Ganze noch einfacher, als er gedacht hatte. Er kam herüber und stellte sich mit gespreizten Beinen über die beiden zitternden Gestalten. »Ich will, daß ihr in genau dieser Haltung liegenbleibt«, sagte er. »Sollten irgendwelche Fluchtideen durch eure Spatzenhirne gehen, dann denkt daran, daß ich in eurer Nähe bin. Über euch. Ich beobachte alles. Und ich habe eine ungewöhnlich ruhige Hand.« Und dann wandte er sich an Brewster, stieß ihn mit dem Pistolenlauf an und sagte: »Zeit aufzubrechen, Wyman.«

Brewster betrat das Trittbrett und stieg die Leiter hoch. Eggs folgte ihm. Er schaute hinunter auf seine beiden erdgebundenen Schützlinge. Keiner hatte sich gerührt. Es war bemerkenswert, dieser Gehorsam bei allen Dreien. Außergewöhnlich. Vielleicht begriff keiner der drei so richtig, was überhaupt im Gange war. Sie klammerten sich zweifellos an die trügerische Hoffnung, ihr armseliges Leben um eine weitere unendlich kurze Nanosekunde verlängern zu können. Möglicherweise rechneten sie auch mit Barmherzigkeit.

Aber bei Eggs war Barmherzigkeit immer etwas sehr Seltenes gewesen. Und nun standen er und Brewster nebeneinander auf der winzigen Plattform, blickten in einen Schacht so schwarz wie eine Höhle, dessen Schaufeln sich hypotisch, sinnverwirrend drehten. Es war, als schauten sie mitten ins pulsierende Herz des größten aller Geheimnisse. »Dort ist Ihr Kosmos, Wyman«, sagte Eggs ernst. »Alles, was jemals davon existierte.«

Er studierte das Gesicht des Heilers und suchte nach einer Reaktion auf seine düstere Feststellung. Eine einzigartige Reaktion. Der Kopf zog sich wie bei einer Schildkröte zusammen, schien im Hals und zwischen den Schultern zu verschwinden, während die Augen sich in gebanntem, qualvollem Staunen weiteten. Er schien endlich zu verstehen.

»Überrascht, nicht wahr? Sie haben doch sicher nicht angenommen, daß wir wegen der Aussicht hier heraufgekommen sind.«

Das seltsame Summen begann wieder hinter dem Klebeband.

»Sie müssen versuchen, das Ganze positiv zu sehen, Wyman. Betrachten Sie es doch einfach so: Heute ist der letzte Tag vom Rest Ihres Lebens.«

Brewsters Oberkörper begann zu schwanken, beschrieb eine langsam kreisende Bewegung, als imitiere er die Aktion der rotierenden Mischtrommel. Plötzlich riß er die Arme hoch und fuchtelte damit in der Luft herum wie jemand, der sich gegen einen Schwarm wütender Bienen wehrt, wie ein Besessener. Er vollführte einen verzweifelten Sprung zur Leiter. Eggs beschrieb mit der Pistole einen so weiten Bogen, wie der enge Raum auf der Plattform es ihm gestattete, und schmetterte sie in den Nacken des zurückweichenden Kopfs. Brewster brach über dem Schacht zusammen.

Nun kam der schwierige Teil. Dabei hätte er Hilfe brauchen können. Aber er hatte nicht diesen weiten Weg zurückgelegt, um sich mit etwas Langweiligem und Farblosem und Ordinärem zufriedenzugeben. Nicht Eggs LaRevere. Nicht bei seiner unbändigen Phantasie. Er wuchtete den schlaffen Körper hoch, drückte ihn über den Schacht und schob ihn mit einer letzten Kraftanstrengung mit dem Kopf voraus hinunter in den rotierenden, mahlenden Abgrund; und das letzte, was er sah, war ein Paar langer, spindeldürrer Beine, die sich zwischen den sich drehenden Flügeln verwirrten und schließlich im schwarzen Schlund der Mischtrommel verschwanden. Eggs hätte es natürlich lieber gesehen, wenn er noch bei Bewußtsein gewesen wäre, aber man konnte schließlich nicht alles haben.

Er warf einen Blick auf seine auf der Erde liegenden Partner. Immer noch reglos. Immer noch folgsam. Er sah auf die Uhr. Er hatte noch immer zweimal die Möglichkeit, es richtig hinzukriegen. Aber nur wenn er sich beeilte. Und so kam er die Leiter herunter: ein Mann ohne Nachsicht für zaghafte Klagen oder hysterische Bitten. Ein Mann in Eile.

Waverly kauerte hinter dem Dieselmotor am hinteren Ende des Lasters. Weniger als zehn Meter entfernt standen der Dicke und, auf der anderen Seite, die Frau (er konnte noch immer nicht sagen, wer sie war) im Mondschein und drängten sich an den Radkasten. Eggs zielte mit der Pistole auf sie. Eine weitere Gestalt lag reglos vor dem Trittbrett. Es war nicht Brewster. Waverly schaute zu der langen rotierenden Mischtrommel hoch. Er hatte keine Ahnung, was mit Brewster in der Zeitspanne geschehen war, die er gebraucht hatte, um das Baugrundstück zu überqueren, aber er konnte es sich vorstellen.

Das laute Rattern des Motors peinigte seine Ohren, aber es diente auch dazu, das wütende Knurren in Electras Kehle zu überdecken. Mit einiger Mühe hielt er sie an der Leine zurück. Zehn Meter waren ein ziemlich knapper Abstand, aber es war mehr, als er unbemerkt zu überwinden hoffen konnte. Im Wettlauf gegen eine Kugel wäre er ganz gewiß zweiter Sieger. Er und auch der Hund. Was er brauchte, war eine günstige Gelegenheit. Er beobachtete sie.

Eggs schien etwas zu rufen, was genau, war unmöglich zu verstehen, und er vollführte mit der freien Hand heftige Gesten in Richtung der Leiter. Als keiner der beiden sich rührte, kam er herüber und schlug die Frau mit dem Handrücken der freien Hand. Waverly erstarrte. Eggs war jetzt abgewendet, nur wenig zwar, aber immerhin weit genug, so daß die Pistole zum vorderen Ende des Lasters zeigte. Das war die ersehnte Gelegenheit, wie sie sich besser nicht ergeben würde.

Waverly löste die Hundeleine und zischte: »Faß ihn, Electra! – Faß ihn, Mädchen! – Schnapp ihn dir!« Und es war, als ob die plötzliche Freiheit und das scharfe Kommando zusammen bewirkten, daß in dem Hund irgendein wilder Raubtierinstinkt geweckt wurde; das Tier raste um die Maschine herum, ein knurrender, dahinjagender schwarzer Laserstrahl, der über den Sand flog. Und Waverly befand sich direkt dahinter.

Aber durch einen unglücklichen Zufall war Click es, der sie zuerst sah. Ein Schrecken, so ursprünglich wie die in Blut und Knochen eingeprägte Erinnerung, erfaßte ihn, und er startete zu einer verzweifelten Flucht, ließ die Beine fliegen und ruderte wild mit den Armen. Eggs, der die Ursache für diese Flucht für einen kurzen Moment falsch interpretierte, brachte die Pistole in Anschlag. Aber ehe er einen Schuß abfeuern konnte, fuhr ein schwarzer Strich von einem Hund an ihm vorbei, irrte sich ebenfalls in seiner Beute, stürzte sich auf den davonstolpernden Click und brachte ihn zu Fall. Mit dem sicheren Instinkt des geborenen Raubtiers für Gefahr, wirbelte Eggs herum, ergriff Dawnettes Arm und stieß sie auf das Trittbrett. Waverly war um vier Schritte langsamer als er. Vier Schritte zuviel. Er machte einen Hechtsprung, um sein Zielobjekt doch noch zu Fall zu bringen, aber Eggs vollzog eine elegante Drehung, graziös wie ein Stierkämpfer und hämmerte ihm den Pistolengriff auf den Hinterkopf. Ein blitzartiger Schmerz schoß durch ihn hindurch. Ein Donnerschlag dröhnte in seinem Schädel. Ein ganzes Potpourri von Schreien, Clicks unter ihnen am lautesten, hallten in seinen Ohren nach. Und in dem Bruchteil eines Moments, ehe die Dunkelheit sich hinter seinen Augen festsetzte, erkannte er zu spät, daß die Frau nicht Val war.

Seine erste Empfindung war der knirschende Geschmack von Sand in seinem Mund. Die nächste ein Fußtritt gegen seine Hüfte. Schließlich eine spöttisch besorgte Stimme von irgendwo hoch über ihm: »Können Sie stehen, Mr. Waverly?«

Er war sich nicht sicher. Er mußte es versuchen. Er rollte sich herum, schaffte es auf Hände und Knie. Legte eine Pause ein und machte einige schnelle Atemzüge. Kämpfte sich dann schwankend auf die Füße. Seine Beine fühlten sich butterweich an. Der Donner hallte noch immer in seinem Kopf nach. Und er blickte in die Mündung einer Pistole, die in Schützenhaltung auf ihn angelegt war, die Arme ausgestreckt, die Ellbogen durchgedrückt. Eggs machte einen Schritt zurück, lehnte sich gegen den Truck. Rechts neben ihm saß Dawnette auf dem Trittbrett und schwankte hin und her. Ein Blutfaden sickerte aus einem Mundwinkel. Sie wimmerte leise.

»Haben Sie ernsthaft angenommen, Sie könnten mich austricksen?« fragte Eggs. »Mit einem *Hund*?«

Waverly zuckte die Achseln. Und schenkte sich eine Antwort.

»Sehen Sie mal da drüben.«

Waverly schaute in die Richtung, die er mit einem Kopfnicken anzeigte. Electra und Click lagen nebeneinander ausgestreckt auf dem Erdboden, alle beide, in einer Haltung erschöpften Schlafs. Durch den Schlaf vereint.

»In Las Vegas«, sagte Eggs pedantisch, »dürfen Sie nicht den Fehler machen – den tödlichen Fehler – und die Landschaft falsch einschätzen. Und natürlich ihre Bewohner. Bildlich gesprochen, verstehen Sie?«

»Ich weiß, was Sie meinen.«

»Sie haben ja selbst gesagt, Hunde mögen mich.«

»Das habe ich.«

»Schade nur, daß sie beseitigt werden mußte. Ein schönes Tier.«

»Auch schade für Ihren Freund dort.«

»Ach, das war ein Akt der Nächstenliebe. Der arme Cleanth, er hatte furchtbare Schmerzen.«

»Und meine Schwester?« fragte Waverly voller Bitterkeit. »Was ist mit ihr? Gab es auch dort einen Akt der Nächstenliebe?« Die Worte, transportiert von der Woge einer machtlosen Wut, die in ihm tobte, kamen gegen seinen Willen heraus, gegen sein Gelübde, abgelegt in Jacktown, nichts mehr von sich preiszugeben. Niemals mehr.

»Ihre Schwester?« Für einen winzigen Moment schaute Eggs

verwirrt drein. Nur für einen Moment. »Natürlich. Das ist es, was Sie hat hierherkommen lassen.« Ein angedeutetes spöttisches Lächeln breitete sich auf seinem Gesicht aus. Das Mondlicht wurde von den metallischen Augenreplikas reflektiert. »Traurigerweise werden Sie es niemals erfahren, nicht wahr?« Er zielte mit der Pistole mitten auf Waverlys Brust. »Ich habe versucht, Sie zu einer vernünftigen Entscheidung zu überreden. Erinnern Sie sich?«

Waverly sammelte sich. »Ja«, sagte er. »Ich erinnere mich.«

Dawnettes Finger fanden den Schraubenzieher, und sie sprang von dem Trittbrett auf und rammte ihn tief in die weiche Region von Eggs' Rücken, dicht unterhalb des Halses. Sein Mund klappte auf, aber er schrie nicht. Statt dessen drang ein ungläubiges Knurren aus seinem weit offenen Mund. Seine Arme sanken herab. Wie durch ein Wunder hielt eine Hand immer noch die Waffe umklammert. Er hob sie hoch genug, um blind zu feuern, zuerst in die Richtung Waverlys, der zum Heck des Trucks rannte, dann auf Dawnette, die hinter dem Führerhaus in Dekkung ging. Er feuerte, bis die Trommel leer war. Dann trennte er sich von der nutzlosen Waffe, schleuderte sie weg. Er bot seine gesamte Willenskraft auf, griff mit einer Hand nach hinten, packte den Griff des Werkzeugs und biß die Zähne in Erwartung des Schmerzes zusammen. Dann zog er den Schraubenzieher heraus.

Für einen Moment schien die Welt unter ihm zu schwanken und wegzusacken. Er taumelte ein wenig, erschauerte krampfartig, aber er blieb auf den Beinen. Er war in Ordnung. Er würde es schaffen. Er war Eggs LaRevere. Vielleicht hatte seine Phantasie ihn diesmal betrogen. Vielleicht auch nicht. Noch war es nicht vorüber. Ungeachtet des Blutstroms, der an seinem Arm herabfloß und aus seinem Hemdsärmel tropfte, startete er zu einem taumelnden Lauf. Sie hatte einen Vorsprung vor ihm, aber nicht sehr viel. Und er wußte genau, wohin sie unterwegs war.

Sehr vorsichtig lugte Waverly um die Ecke des Motorgehäuses. Zwei tote Männer, ein toter Hund. Sonst war niemand zu sehen.

Genauso vorsichtig schlich er am Laster entlang. Der Revolver, der kurz vorher noch auf seine Brust gezielt hatte, lag neben einem Reifen im Sand. Er bückte sich und hob ihn auf. Leergeschossen. Er behielt ihn trotzdem. So hatte er wenigstens etwas in der Hand.

Er schob den Kopf um das vordere Ende des Führerhauses herum. Noch immer entdeckte er niemanden. Was nichts bewies. Er rannte hinüber zu dem steilen Abhang des hohen Sandbergs. In einiger Entfernung konnte er eine Gestalt sehen, die das Grundstück überquerte. Sie bewegte sich mit einer seltsamen hüpfenden Gangart und erinnerte an ein humpelndes Tier. Das mußte Eggs sein. Eine Startpistole wurde in Waverlys Kopf abgefeuert, und wie ein Sprinter nahm er die Verfolgung auf.

Aber bei den Apartments bremste er abrupt, warf sich auf den Erdboden und robbte durch das Gras an der Seitenfront des Baus entlang. Humpelnd oder nicht, verletzt oder nicht, dieser Eggs war noch immer ein raffinierter, gefährlicher Gegner. Wie er gerade festgestellt hatte. Er blickte nach links. Der Lincoln war verschwunden. Er schaute nach rechts. Ein Lieferwagen kam die Zufahrt zwischen den beiden Gebäudereihen herangerast. Eggs saß am Lenkrad. Der Wagen jagte direkt vor ihm vorbei. Und er hatte einen leeren Revolver in der Hand. Ein auffälliger Aufkleber an der hinteren Stoßstange forderte andere Verkehrsteilnehmer auf: HUP WENN DU AN GOTT GLAUBST.

Der Lieferwagen ließ die Zufahrt hinter sich und entfernte sich auf der Flamingo nach Westen. Waverly sprang auf, überquerte die Straße, warf sich in den Mercury, ließ die Waffe auf den Beifahrersitz fallen und startete in die gleiche Richtung.

Eggs wurde etwas langsamer. Er konnte es spüren. Ein brennendes Gefühl breitete sich auf seinen Schulterblättern aus. Schmerzwogen pulsierten durch seinen Arm. Die Finger seiner rechten Hand prickelten. Trotzdem setzte er seinen Weg fort.

Zuerst sah er in Clicks Wohnung nach. Er wußte, was ihn erwartete. Er tat es trotzdem. Keine Überraschung: Der Aktenkoffer war verschwunden, desgleichen der Wagen. Sie war in Panik – womit sie durchaus recht hatte –, und sie war dumm, aber doch nicht so dumm, als daß sie die Kohle übersehen hätte.

Als nächstes müßte er sich ein Fahrzeug beschaffen. Er sah die Zufahrt entlang. Am einen Ende war gerade eine Frau damit beschäftigt, Lebensmittel aus einem schrottreifen Kleinlaster auszuladen. Es war nicht gerade das Fahrzeug seiner Wahl. Es würde trotzdem ausreichen müssen.

Er näherte sich ihr. Eine stämmige, matronenhafte Frau mit rundem und unschuldigem Gesicht und einem beachtlichen Bauch. Sie hatte sich unter jeden Arm eine Einkaufstüte geklemmt. Als sie ihn auf sich zuhumpeln sah, rief sie: »Mein Gott! Was ist denn mit *Ihnen* passiert?«

»Ein kleiner Unfall«, sagte Eggs, oder er versuchte es zumindest, denn die Silben schienen sich auf seiner anschwellenden Zunge zu verwirren. Er streckte eine Hand aus, die prickelnde. »Die Schlüssel, bitte.«

»Was?«

»Ich brauche diesen Wagen. Geben Sie mir die Schlüssel.«

»Sehen Sie doch mal auf Ihre Hand. Sie ist voller Blut.«

Das stimmte. Er hatte es vorher gar nicht bemerkt. Er ballte die Hand zur Faust und rammte sie in ihre weiche Magengrube. Der Schlag war zwar nicht so kräftig, wie er es sich eigentlich gewünscht hätte, und er rief einen stechenden Schmerz hervor, der durch seinen Arm hinauf und bis in den Rücken ausstrahlte, aber er war immerhin so wuchtig, daß sie sich krümmte. Ihre Tüten fielen herunter. Sie gab würgende Laute von sich.

»Die Schlüssel«, verlangte Eggs.

Sie schaffte es, eine Hand zu heben und auf den Lieferwagen zu zeigen. »Stecken noch.«

Eggs kletterte in den Wagen und fuhr los. Und während er nun sein Hemd spürte, das feucht an seinem Rücken klebte, und ein seltsam schimmerndes Licht, das durch seine Brillengläser drang (der Mond? – Neonlicht? – der Gegenverkehr? – schwer zu sagen) und seine Sicht einschränkte, war es dennoch beruhigend, sich getestet (an einer schwerfälligen Frau, wenn man es genau betrachtete, aber es reichte als Test für das, was vor ihm lag, aus) und festgestellt zu haben, daß alles an ihm noch verhältnismäßig funktionsfähig, daß sein Geist noch immer wach und beweglich war. Mehr würde nicht nötig sein.

Zehn Minuten später entdeckte er den weißen Lincoln, der vor dem Apartment der Lesben stand. Sein Instinkt ließ ihn nie im Stich. Es gab bei diesem gescheiterten Coup noch immer einiges, was man retten konnte.

Er parkte den Lieferwagen. Holte den Schraubenzieher aus der Sakkotasche. Er hatte das Werkzeug nicht vergessen. Wie viele Öffnungen gab es in einem weiblichen Körper? Waren es sieben? Ohren, Nasenlöcher, Mund, die Anal- und die Vaginalöffnung. Sieben. Neun, wenn man die Augen mitzählte. Also reichlich.

Er stieg aus dem Wagen. Schwankte ein wenig. Pumpte in einem tiefen Atemzug die kalte Nachtluft in seine Lungen. Und dann, erfrischt, angetrieben von einem rechtschaffenen Wunsch nach Rache, stürmte er über den Gehweg und durch die unverschlossene Tür mit einem Tempo, das ihm enorm vorkam.

Aber bis auf einen dünnen Lichtstreifen auf dem Fußboden am Ende der Diele war das Apartment völlig dunkel. Es herrschte eine totale Stille. Wollten sie irgendwelche Spielchen veranstalten? Er würde sie mit einer ganz neuen Version des Versteckspiels bekannt machen. Einer tödlichen. Er schlich durch die Diele, den Arm ausgestreckt, die Behelfswaffe einsatzbereit. Die Hand, die sie umklammerte, zitterte leicht.

Das Grundprinzip dieses Spiels bestand darin, niemals seinen Rücken ungeschützt zu lassen. Dementsprechend versuchte er sein Glück an der ersten Tür auf der rechten Seite. Er drückte sie vorsichtig auf und blickte in einen Raum, der von vielen kleinen roten Glühbirnen matt erleuchtet wurde, und er sah gleichzeitig einen dunklen Schatten, der pfeifend durch die Luft auf ihn zuraste und ihn mit der Wucht eines kraftvoll geführten Baseballschlägers in Brusthöhe traf, ihn zurückschleuderte und seine Knie nachgeben ließ. Es pfiff wieder, diesmal in einem axtähnlichen Schlag auf seinen Nacken. Er sackte zu Boden. Und das letzte, was er sah, ehe er das Bewußtsein verlor, war ein zerquetschtes Gesicht, unbeschreiblich häßlich, das sich auf ihn zuschob und ihn angrinste. Und das letzte, was er hörte, war eine heisere, krächzende Stimme, die triumphierend verkündete: »Jetzt sind wir an der Reihe.«

Waverlys Herz klopfte heftig. Sein Mund fühlte sich an wie Pergament, seine Kehle zog sich zusammen. Wenn er hätte reden müssen, wäre ein wortloses, tonloses Knurren das einzige gewesen, was er zustandegebracht hätte.

Er hatte ihn verloren. Und konnte es nicht fassen. So nahe war er ihm gewesen, und nun war er spurlos verschwunden.

An der Decatur-Kreuzung hatte der Mercury erneut gestreikt, und als er ihn endlich wieder in Gang gebracht hatte, war der Lieferwagen nirgendwo zu sehen. Möglich, daß es seine Rücklichter waren, die eine halbe Meile weiter südlich in einer Einfahrt zu einem Apartmentkomplex verschwanden. Sie konnten es aber auch wieder nicht sein. In dieser Richtung lag nichts mehr von Bedeutung, gab es keine anderen Möglichkeiten. Er benutzte ebenfalls die Einfahrt. Er lenkte den verräterisch stotternden Mercury, der von aufgemauerten Bodenwellen durchgeschüttelt wurde, durch die engen Fahrwege eines umfangreichen Gebäudekomplexes. Die Gebäude glichen einander wie ein Ei dem anderen, und man kam sich vor wie in einem Spiegelsaal. Er überflog die langen Reihen geparkter Fahrzeuge auf beiden Seiten. Ohne genau zu wissen, was er eigentlich suchte. Der Lieferwagen war so schnell vorbeigerast, daß er keine deutliche Erinnerung an Fabrikat oder Farbe hatte. Er erinnerte sich nur an etwas Kastenförmiges, Rechteckiges. Und an die fromme Aufforderung, die auf der Stoßstange klebte.

Und die verriet ihn schließlich. Er kam zum Ende der Straße. Er hatte jedes Orientierungsgefühl verloren, wußte nicht mehr, wo er sich befand, wo er schon gewesen war. Nach rechts? Links? Kopf oder Zahl. Er wandte sich nach links. Und als er sich etwa in der Mitte des nächsten Blocks befand, entdeckte er zuerst den Lincoln. Dann einen Lieferwagen. Und dann die erlösende Botschaft auf der hinteren Stoßstange. Er setzte den Mercury daneben. Aber er hupte nicht.

Statt dessen blieb er für einen Moment still sitzen, beobachtete das dunkle Apartment und überlegte, auf welche Weise er vorgehen wollte. Was er nicht brauchte, war eine Wiederholung der Ereignisse auf der Baustelle. Dort hatte er Glück gehabt, das Glück des Dummen. Und das gab es nur selten zweimal.

Oder etwa doch? Die Tür sprang plötzlich auf, und drei Frauen kamen herausgestürmt. Er schnappte sich die Pistole, sprang aus dem Wagen, umrundete den Lieferwagen und versperrte ihnen den Weg.

Waverly erkannte die junge Frau, die Eggs ausgeschaltet und sehr wirkungsvoll, wenngleich eher zufällig, sein Leben gerettet hatte. Eine andere Frau, genauso jung, hatte einen Arm in Gips, der in einem grotesken Winkel vom Körper abstand. Beide sahen wie benommen aus. Beide drängten sich hinter einem imposanten Schlachtschiff von einer Frau, die viel älter war und ein hartes, entstelltes Gesicht hatte. In ihren Augen loderte die nackte Wut. »Wer, zum Teufel, sind Sie denn?« wollte sie wissen.

»Der Mann mit der Kanone«, sagte Waverly und fuchtelte demonstrativ mit der wirkungslosen kleinen Waffe herum.

»Was wollen Sie von uns?«

»Ich suche Eggs LaRevere.«

»Wollen Sie ihn erschießen?«

»Ist er da drin?« Auf eine Frage eine Gegenfrage.

»Ja, er ist da drin«, erwiderte sie spöttisch. »Was von ihm noch übrig ist.« Ihre Stimme war kehlig, rauh und hatte einen trotzigen Klang, der deutlich machte, daß sie nichts mehr zu verlieren hatte.

»Was genau heißt das?«

»Das, was es ausdrückt.«

»Lebt er noch?«

»Sehen Sie doch nach.«

»Oh, das tue ich auch. Aber ihr kommt mit. Ihr alle. Und jetzt dalli.«

Waverly deutete mit der Pistole auf die Tür. Eine der drei Frauen, es war die, die ihn mehr oder weniger gerettet hatte, sträubte sich. »Ich kann da nicht mehr reingehen, Vel«, stöhnte sie gequält. »Laß ihn doch das –«

»Halt die Klappe, Cool«, bellte das Schlachtschiff sie an. »Beweg deinen Arsch. Du auch, Gay.« Sie schob die beiden vor sich her.

»Erst das Licht anmachen«, befahl Waverly.

Sie legte einen Wandschalter neben der Wohnungstür um.

Waverly folgte ihr. Musterte aufmerksam die Räumlichkeiten. Niemand im Wohnzimmer. Die Diele war leer. Er bohrte der fetten Frau den Pistolenlauf in den Rücken. »Okay. Keine Spielchen mehr. Wo ist er?«

»Hören Sie, wenn Sie mit diesem Scheißkerl eine Rechnung zu begleichen haben, dann ist das Ihre Sache. Lassen Sie uns da raus.«

»Sie sollten mir lieber sagen, wo er ist.«

»Vielleicht haben wir Ihnen die Arbeit schon abgenommen«, sagte sie und schlug einen listigen, feilschenden Ton an.

Waverly seufzte. »Ich will wissen, wo er ist. So höflich, wie ich kann. Zwingen Sie mich nicht, noch mal zu fragen.«

Sie deutete mit einem Kopfnicken auf eine Tür im Gang.

»*Ladies first*«, sagte er.

»Hm, was haben Sie denn nachher vor, mit dem Schießeisen, meine ich?«

»Wir werden sehen.«

»Vielleicht können wir irgendwas aushandeln, hm?«

»Wir werden sehen«, sagte er wieder.

Im Gänsemarsch, die Frauen zuerst, wie die Pistole es verlangte, betraten sie den Raum.

Wenn Waverly vorher auf den Anblick Rogers nicht vorbereitet gewesen war, so war er nicht weniger perplex über das, was er nun sah. Die Gestalt Eggs LaReveres, auf den imposanten Stuhl gefesselt, tauchte im matten Licht auf. Er war all seiner Kleider beraubt. Sogar sein Markenzeichen, die Sonnenbrille, war verschwunden. Das Licht, das in den vier Ecken des Raums nach oben abgestrahlt wurde, erzeugte einen gespenstischen roten Schimmer über seinem Kopf, der gesenkt war, als bete er. Seine Brust hob und senkte sich. Unter den Fesseln führten seine Finger und seine Zehen ein verwirrendes Eigenleben. Blut quoll aus seinem Schoß, seinem Mittelpunkt, der ausgehöhlt und zerrissen und zerfetzt war wie die entblößten Innereien eines überfahrenen Getiers auf einer Landstraße. Ein glänzender Stahlring umschloß, was von seinem zerfleischten Geschlechtsorgan noch übrig war.

Waverly sah die drei Frauen an. »Haben Sie das getan?«

Zwei von ihnen, die jungen, starrten auf den Fußboden. Sagten keinen Ton. Die massige funkelte ihn wütend an. »Verdammt richtig«, erklärte sie mit einer Stimme voll stolzer Kampfbereitschaft. »Er hat es verdient.«

»Das denke ich auch.«

»Und was jetzt?«

»Jetzt können Sie sich auf den Fußboden legen. Mit dem Gesicht nach unten.«

Er erstickte ihre Proteste mit einer knappen Bewegung mit der Waffe.

»Welche von euch hat die Schlüssel für den Lincoln draußen?«

»Die habe ich.«

Es war die Frau, die ihn schon einmal gerettet hatte; und ihn, vielleicht, durch irgendeine skurrile Wendung des Schicksals, erneut rettete. »Her damit«, sagte er.

Sie griff in ihre Jeanstasche und schob die Schlüssel über den Fußboden.

Waverly bückte sich und hob sie auf. »In Ordnung«, sagte er zu ihr. »Ich weiß nicht, wer Sie sind oder was Sie mit dieser ganzen Sache zu tun haben. Interessiert mich auch gar nicht. Ich habe nur eine Frage, und wenn Sie am Leben bleiben wollen, dann sollte die Antwort lieber richtig ausfallen. Wo ist meine Schwester?«

»Ich weiß nicht«, jammerte sie. »Ehrlich. Wenn ich es wüßte, würde ich es Ihnen ganz bestimmt sagen.«

»Hat er sie getötet?«

»Weiß ich auch nicht. Nicht sicher. Ich glaube nicht. Der andere, Click, hat gesagt, sie war nicht in ihrer Wohnung, als sie den anderen Burschen abgemurkst haben. Ich war nicht dabei. Das ist alles, was ich weiß. Ich schwöre es. Sie müssen mir glauben.«

In ihrer Stimme schwang genügend nackte Angst mit, um den Worten den Beiklang der Wahrheit zu verleihen. Waverly der sich auf fast gar nichts mehr verließ, glaubte ihr. »Okay«, sagte er, »ein Augenzwinkern oder ein nervöses Zucken, und Sie sind tot. Das gilt für alle drei.«

Er ging zur Tür. Aber dann, aus einem Impuls heraus, den er

weder verstehen noch rechtfertigen konnte, kam er herüber und blieb vor dem Sessel stehen. Eggs schien die Nähe eines Menschen zu spüren. Er erzeugte einen seltsam gurgelnden Laut. Sehr langsam hob er den Kopf. Schatten tanzten über sein Gesicht. Seine Zähne waren in einem schrecklichen, verzerrten Grinsen entblößt. Es war das Grinsen eines Totenschädels. In seinen Augen funkelte Panik. Er richtete seinen Blick auf Waverly. Machte einen langen zitternden Atemzug. »Töten Sie mich«, sagte er.

Waverly hatte Mühe, seine Stimme wiederzufinden. Als er es schaffte, klang sie flach, ausdruckslos, ohne alle Wut, ohne Abscheu, Absicht, Bosheit, Tücke. Bar jeden Mitleids, jeden Bedauerns, jeden Kummers. Jedes Gefühl in ihr war erschöpft. »Nein.«

Er ging rückwärts durch die Tür. Gelangte in die Küche und wischte mit einem feuchten Handtuch seine Fingerabdrücke von der Waffe ab. Ließ sie dann auf der Küchentheke liegen. Ein Zeichen seiner Gutmütigkeit. Dann, immer noch das Handtuch in der Hand, ging er hinaus zum Mercury und säuberte hastig das Lenkrad, das Armaturenbrett, den Sitz, die Fenster, die Türgriffe, alles. Ein paar Sekunden später war er verschwunden.

23

Bennie ging im Wohnzimmer des Hauses in der Garces Street hin und her und nutzte den Teppich ab. Schwaden blauen Qualms stiegen von dem Torpedo einer Zigarre auf, die zwischen seinen Zähnen steckte. Schweiß glänzte auf seinem kahlen Schädel. »Du wirst nicht glauben, was ich dir jetzt erzähle«, begann er mit seiner Erzählung.

Waverly stand in der Türöffnung. Er hob eine Hand, um ihn zu bremsen. »Nicht jetzt. Es ist keine Zeit. Komm schon.«

Bennie unterbrach seine Wanderung. Musterte ihn mißtrauisch. »Häh? Wohin soll ich kommen?«

»Das erkläre ich dir im Wagen.«

»Du hast einen fahrbaren Untersatz?«

»Ja. Und jetzt komm endlich.«

»Was ist los, Timothy?«

Während der Fahrt zu Valeries Wohnung erzählte Waverly ihm, was passiert war. In allen Einzelheiten schilderte er ihm die Ereignisse der vergangenen vier Stunden (nur vier waren es, seit er aufgewacht war? – erstaunlich!), und zwar alles, woran er sich erinnern konnte – was er gesehen, gehört, gerochen und empfunden hatte –, als ob diese Flut der Details allem einen Sinn geben, eine Ordnung wiederherstellen, das Grauen im Zaum halten könnte.

Bennie betrachtete seinen Partner aufmerksam. Hörte zu. Und während der Bericht das furchtbare Geschehen lebendig werden ließ, zeigte sein Gesicht zunehmend jene konzentrierte Ernsthaftigkeit, wie man sie bei einem Neugeborenen beobachten kann, das eine fremde und feindliche Welt betrachtet. Und als der Bericht beendet war, fragte er: »Sie sind tot? Roger, der Hund, die anderen – alle tot?« Seine Stimme klang hohl, ungläubig.

»Alle tot«, bestätigte Waverly.

Bennie schüttelte traurig den Kopf. »Der arme alte Rog. Tot. Mein Gott, Timothy, was soll ich dazu sagen?«

»Sag nicht, daß es dir leid tut. Es war nicht deine Schuld.«

»Wessen denn?«

Waverly zuckte hilflos die Achseln. »Meine, nehme ich an. Es muß meine Schuld sein. Ich sah das Unheil an dem Tag heraufziehen, als Val hier auftauchte. Ich hab' zu lange gewartet.«

»Aber du nimmst an, daß es ihr gut geht?«

»Eben das weiß ich noch nicht. Und das müssen wir in Erfahrung bringen.«

»Wie kommt das mit dir und dem Unheil?« fragte Bennie, und in seiner Stimme lag ein Ausdruck ehrlicher Neugier. »Das klebt ja an dir wie Fliegenpapier.«

»Ich weiß nicht, woran das liegt. Oder was ich getan habe. Oder nicht getan habe. Ich muß mal darüber nachdenken. Aber zuerst müssen wir sie suchen.«

»Sobald wir sie gefunden haben, müssen wir hier die Kurve kratzen. Das weißt du.«

»Ich weiß.«

»Du kannst später noch drüber nachdenken.«

»Richtig. Später.«

Die Apartments tauchten vor ihnen auf. Bennie kauerte sich auf seinem Sitz zusammen, blickte angestrengt durch die Windschutzscheibe und hob den Arm. »Ist das nicht ihr Wagen?«

Waverly reckte den Hals. »Welcher? Wo?«

»Neben dem Pickup.«

Tatsächlich, da war er, der Impala, und parkte auf dem Platz, den Rogers Mercury kurz vorher besetzt hatte. Waverly fuhr auf den Parkplatz und stoppte daneben.

»Daß der Wagen hier ist bedeutet, daß es ihr ganz bestimmt gut geht«, sagte Bennie zuversichtlich.

Waverly konnte diese Zuversicht nicht teilen. Noch nicht. Zuviel war heute geschehen, als daß er seine Hoffnung auf irgend etwas gesetzt hätte. »Sehen wir einfach nach«, entschied er.

Sie saß da, krampfte die Hände um die Armlehnen des Sessels. Sie schwieg und starrte vor sich hin. Ihr Gesicht war von leerer, verwirrter Trauer gezeichnet. Ihre Augen waren glasig vom Schock, hatten sich völlig zurückgezogen, als ob sie sich in irgendwelche engen, verborgenen Korridore ihres Gehirns geflüchtet hätten. Zum Glück unverletzt. Dem äußeren Anschein nach völlig heil.

Waverly empfand eine unendliche Erleichterung. Er ließ sich vor ihr auf die Knie sinken. »Val?« fragte er sanft.

Sie gab keine Antwort.

Er nannte ihren Namen erneut, immer noch sanft, aber diesmal etwas drängender.

Ein Flackern des Erkennens belebte ihre ins Leere blickenden Augen. »Tim? Bist du das?«

»Ja. Ich bin jetzt da. Bennie ist bei mir.«

»Bennie?«

»Ja.«

»Seid ihr in Ordnung? Alle beide?«

Bennie, der sich etwas im Hintergrund hielt und in einer Zimmerecke wartete, antwortete für sie beide. »Uns geht es prima, Val.«

»Roger ist tot.«

»Ich weiß«, erwiderte Waverly.

»Jemand hat ihn ermordet.«

»Ich weiß.«

»*Warum?*«

»Paß mal auf, Val, hör gut zu. Es ist besser, du weißt nicht warum. Oder wer es war. Oder überhaupt irgend etwas. Außerdem ist dazu jetzt keine Zeit. Ich brauche deine Hilfe.«

»Hilfe? Wie?«

»Ich möchte, daß du jetzt aufstehst, ins Schlafzimmer gehst und einen Koffer packst. Dann wartest du dort auf uns. Komm nicht raus, ehe wir zurück sind. Kannst du das tun?«

»Ich denke ja.«

Er half ihr, sich zu erheben und führte sie durch den Raum und hinaus. Sie ging langsam, steifbeinig, wie eine Schlafwandlerin, die dem Ruf ihres phantastischen Traums folgt. Waverly überzeugte sich, daß die Tür hinter ihr fest geschlossen war. Sie brauchte von dem, was getan werden mußte, nichts mitzubekommen.

Bennie war in die Küche gegangen und stand nun da, starrte auf den Fußboden. Seine Augen waren weit aufgerissen, sein Mund klappte auf, und die Lippen zuckten. »O mein Gott«, stöhnte er. »Der arme Teufel. Sieh mal, was sie mit ihm gemacht haben. Mein Gott.«

»Was habe ich ihr gerade erklärt«, sagte Waverly rauh. »Dazu ist jetzt keine Zeit. Brich mir jetzt nicht zusammen, Bennie.«

»Wer bricht zusammen? Niemand bricht zusammen.«

»Na gut. Erst mal muß er von hier verschwinden. Und wir auch.«

»Wo soll er hin? Wo sollen wir ihn hinschaffen?«

Waverly antwortete nicht direkt darauf. Statt dessen ging er zur Wohnungstür, öffnete sie einen Spaltbreit und sah hinaus auf den Korridor. Leer. Soweit er ihn überblicken konnte, schien der Parkplatz ebenfalls leer zu sein. Die drei Fahrzeuge – Lincoln, Impala, Pickup – waren aus dieser Position zu sehen, aber nur vage als Umrisse in der Dunkelheit. Ihm kam ein Gedanke. Er kehrte in die Küche zurück und sagte: »Ich habe da eine Idee. Es könnte funktionieren.«

»Erzählst du sie mir, deine gute Idee?«

»Vertrau mir nur.«

Sie hockten sich rechts und links neben die Leiche. Das früher rote Gesicht des Mannes, der mal Roger Pettibone gewesen war, hatte sich eisblau verfärbt. Geronnenes Blut klebte auf dem aufgeschlitzten Hals wie ein grellrotes Halsband. Die Gliedmaßen wurden schon steif. Aber der größte Teil des verbrannten Geruchs hatte sich aufgelöst und war verschwunden. Das meiste jedenfalls.

Jeder der beiden ergriff einen Arm. Gleichzeitig und mit hohem Krafteinsatz hievten sie die Leiche hoch, hielten sie an beiden Seiten aufrecht und manövrierten sie an der Küchentheke vorbei und zur Tür.

»Was ist, wenn uns jemand draußen auf dem Gang begegnet?« fragte Bennie.

»Dort ist alles klar.«

»Ja, aber wenn nun doch jemand kommt?«

»Dann tun wir so, als wären wir betrunken.«

»Wie?«

»Keine Ahnung. Wir singen.«

»Was denn?«

»Irgendwas wird dir schon einfallen. Fertig?«

»So fertig wie möglich.«

Waverly stieß die Tür mit dem Fuß auf, und sie zwängten sich seitwärts hindurch. Der Korridor war noch immer leer. Sie schwankten bis an sein Ende und legten im Treppenhaus eine Pause ein, um zu Atem zu kommen. Bennie betrachtete die beiden Treppenabsätze, die nach unten führten, dann sah er Waverly an. »Verdammt, ich weiß nicht, Timothy«, sagte er skeptisch.

»Wir können es schaffen. Wir müssen.«

Unter dem Gewicht ihrer Last stöhnend stolperten sie die Treppen hinunter. Rogers nachschleifende Füße erzeugten auf jeder Stufe ein lautes Klappern. Als sie schließlich unten angekommen waren, sagte Bennie, dessen Brust sich heftig hob und senkte und dessen Stimme nicht mehr als ein keuchendes Pfeifen war: »Okay, bis hier haben wir ihn geschafft. Und jetzt wohin?«

Waverly, der genauso heftig keuchte wie sein Partner, deutete mit einem Kopfnicken in die Richtung des Pickup.

»Dahin? Dort willst du ihn abladen?«

»Ja.«

»Aber ich dachte, wir –«

»Nein. Dort. Keine Diskussionen.«

Sie schleppten die Leiche über den Parkplatz und lehnten sie gegen die Seitenwand des Pickups. Bennie stützte sie, während Waverly die Ladeklappe öffnete. Dann, indem sie zogen und schoben, wuchteten sie die Leiche auf die Ladefläche. Eine schmutzige Abdeckplane lag zusammengerollt in einer Ecke. Waverly kletterte auf die Ladefläche, faltete die Plane auseinander, drapierte sie über Roger und bedeckte ihn damit vollständig, von Kopf bis Fuß. Er sprang von der Ladefläche herunter und schloß die Klappe.

»Hast du dir gut überlegt, was du da tust?« fragte Bennie.

Waverly nickte beruhigend. Er hatte es sich überlegt. Sollten die beiden Kerle ein wenig Ärger bekommen. Sie könnten sich eine Erklärung einfallen lassen. Auf diese Weise gewannen sie selbst etwas mehr Zeit.

»Verdammt seltsame Art, ihn zurückzulassen.«

Waverly sah auf die Umrisse des verkrümmten Körpers unter der mit Schmierflecken übersäten Plane. Als Leichentuch machte sie nicht viel her. Das Beste, was er tun konnte. Er verspürte ein seltsames Brennen in den Augen. Weshalb, konnte er sich nicht erklären. Er hatte Pettibone – nun, wie lange? – zwei Wochen? – drei? – gekannt. Vielleicht war das der Grund: Komm für drei Wochen mit meinem Leben in Berührung, und das ist das Resultat. »Ruhe in Frieden, Roger«, war alles, was ihm in diesem Moment einfiel.

Zurück in der Wohnung ging er direkt ins Schlafzimmer, um nach Valerie zu sehen. Sie saß auf der Bettkante, den Koffer vor ihren Füßen, die Augen immer noch leer, das Gesicht ausdruckslos. »Hast du gepackt?« fragte er.

Sie bewegte den Kopf rauf und runter.

»Das ist gut. Bleib jetzt hier. Es dauert nur noch eine Minute.«

Er ging zur Tür, aber ehe er sie erreicht hatte, sagte sie seinen Namen mit tonloser und dünner Stimme. Es war kaum ein Flüstern.

»Ja?«

»Electra, sie ist auch tot, nicht wahr?«

Es war weniger eine Frage als vielmehr eine Bitte um Bestätigung. »Ich fürchte ja«, sagte Waverly. »Es tut mir leid.«

»Hat sie gelitten?«

Nicht so wie andere im Laufe des heutigen Tages, dachte er, aber er sagte: »Nein. Es ging sehr schnell.«

»Sagst du auch die Wahrheit?«

»Es ist die Wahrheit, Val.« Und das war es auch, jedenfalls soweit sich seine Auffassung mit jener vagen Definition von Wahrheit deckte.

Bennie wartete im Wohnzimmer auf ihn. Sie beide wußten, was noch getan werden mußte, und ohne ein Wort machten sie sich an die Arbeit. Waverly fand in einem kleinen Spind neben der Küche einen Aufnehmer, und er schrubbte den Linoleumboden, bis er von der klebrigen Schicht eingetrockneten Blutes völlig befreit war. Bennie wischte mit einem nassen Handtuch das Messer ab, das nachlässig in die Spüle geworfen worden war, sowie den Herd und die Schränke und alles andere, was ihm einfiel, alles im Apartment, was sie womöglich berührt hatten. Als er damit fertig war, kam er hinter der Küchentheke hervor und fragte: »Was nun?«

Waverly nahm ihm das Handtuch ab, fuhr damit über die Türklinke und legte den Aufnehmer wieder in den Spind. Dann wandte er sich um und fixierte ihn. »Wir müssen jetzt über Geld reden, Bennie.«

»Geld?«

»Das Geld von gestern abend. Geld, das ich gewonnen habe. Wo ist es?«

Ein Ausdruck höchsten Unbehagens verdüsterte B. Epsteins Miene. Die Augen zuckten in dem gequält dreinblickenden Gesicht hin und her. »Sieh mal, das war es, was ich dir die ganze Zeit sagen wollte. Als du zu Hause angekommen bist.«

»Erzähl es mir jetzt. Aber fasse dich kurz.«

»Nun, Tatsache ist, daß ich es auf das Spiel heute abend gesetzt habe, dann bin ich rüber ins Sahara, hab' nicht mal meine Zigarre angemacht, so nervös war ich, hab' einfach dort rumgehangen, und eine Stunde vor dem Anpfiff senden sie im Fernsehen eine ganz spezielle Durchsage. Der Typ, der sie vorlas, hat 'n Gesicht gemacht, als würde er 'nen dicken Haufen mitten ins Studio setzen. Und ich kann dir sagen, Timothy, als ich's gehört habe, hätte ich fast dasselbe getan.

»Schnell, Bennie.«

»Schnell. Okay, dann schnell. Er sagte, daß Lafayette den Mund über das gekaufte Spiel aufgemacht hat. Dieser verrückte Nigger bekommt plötzlich ein schlechtes Gewissen, in der letzten Minute, und rückt damit raus. Sagt, er sei der einzige, der in der Sache drinsteckt, und sie nehmen ihn in Schutzhaft, und das Spiel findet ohne ihn statt. Morgen folgt dann die große Untersuchung. Kannst du dir das vorstellen? Der Arsch hat sie alle auf's Kreuz gelegt! Ist das zu fassen?«

»Hast du alles gesetzt?«

»Ich bin groß eingestiegen«, sagte Bennie. Er überlegte, ob er Rogers Besuch am frühen Morgen erwähnen sollte, ließ es dann aber bleiben. Durch dieses Geständnis wäre nichts gewonnen. Es würde nichts ändern. »Blieb mir quasi nichts anderes übrig«, fügte er vage hinzu.

»Demnach sitzen wir mal wieder auf dem Trockenen.«

»Na komm schon, es ist doch nur Geld. Das können wir uns immer wieder holen.« Er hob die Hände in einer beschwichtigenden Geste. »Okay, sicher, ich hätte dir vorher sagen sollen, was ich vorhatte. Aber ich hab's gut gemeint. Ich wollte es ja mit dir teilen. Außerdem ist es noch gar nicht raus, ob wir geputzt sind. Die Wette gilt noch. Ich hab' mich erkundigt. Wie spät ist es jetzt? Acht? Wie es so schön heißt, noch ist das Spiel nicht gelaufen.«

»Das aber schon, denke ich.«

Bennie hatte dazu nichts zu sagen. Er betrachtete nur eingehend den feuchten Fußboden.

»Ist noch *irgend* etwas übrig?«

»Ein bißchen Kleingeld. Fünf oder sechs Scheine vielleicht.«

»Gib sie her.«

Bennie holte fünf Banknoten hervor und legte sie auf seine ausgestreckte Hand. Waverly starrte sie an. Fünf Scheine. Mit den beiden in seiner Brieftasche kam er auf siebenhundert Dollar. Die Endsumme eines achtunddreißigjährigen Lebens. Von wegen Leben: Abstrampeln. Auch darüber würde er später nachdenken. Im Augenblick sagte er nur: »Okay, hör zu, wie es weitergeht.«

Sie fuhren durch eine Reihe Nebenstraßen, die ihm völlig unbekannt waren, Bennie im Lincoln voraus, er und Val im Impala dahinter. Er hatte darauf bestanden, daß sie hinter dem Lenkrad saß. Die einfachen mechanischen Aktionen des Fahrens – den Wagen lenken, den Blinker betätigen, auf Verkehrsampeln achten, den Lincoln im Auge behalten – schienen sie zur Vernunft zu bringen, sie zu stabilisieren. Und nach ein paar Straßen fragte sie mit ruhiger Stimme: »Wohin fahren wir, Tim?«

»Du gehst nach Dakota zurück.«

»Und du? Wohin willst du?«

Wohin? Bis zu diesem Augenblick hatte er nicht den leisesten Gedanken daran verschwendet. Nun, durch ihre Frage, wurde er zurückgeworfen in jenes verwickelte Netz von Risiken und Gefahren und Möglichkeiten und wechselnden Realitäten und gescheiterten Träumen, das die dürftigen Konturen seines Lebens bildete. Er war den unbeugsamen Gesetzen von Ursache und Wirkung ausgeliefert. Diese Situation konnte er ihr nicht erklären, aber weil er irgend etwas antworten mußte, sagte er nur: »In eine andere Richtung.«

»Sehe ich dich jemals wieder?«

»Das kann ich dir nicht sagen.«

Sie schien den Unterton der Endgültigkeit in seiner Stimme zu akzeptieren. Und in seinen Worten. »Du willst mir nicht erzählen, was geschehen ist«, stellte sie fest.

»Es ist besser, wenn du es nicht weißt, Val. Aber etwas muß ich noch wissen.«

»Und was?«

»Wo du heute warst.«

»Weshalb?«

»Sag es mir einfach, okay?«

»Bei Mr. Fisher.«

»Fisher? Wer ist das?«

»Der Mann, von dem ich dir erzählt habe. Mit dem Lungenkrebs. Sein Zustand hatte sich während der Nacht verschlechtert. Ich konnte ihn nicht allein lassen.«

»Du warst den ganzen Tag bei ihm?«

»Den größten Teil. Dann fuhr ich ins Zentrum, um mir Wymans Instruktionen zu holen. Dort war geschlossen, deshalb fuhr ich nach Hause. Und dort fand ich dann Roger.«

»Hast du irgend jemand bei diesem Fisher gesehen?«

»Ich glaube nicht. Er lebt allein.«

»Aber er lebt noch?

»O ja. Er fühlte sich sogar etwas besser, als ich ihn verließ. Weshalb?«

»Kein besonderer Grund«, sagte Waverly, aber seine Nerven waren so straff gespannt wie Klaviersaiten, und sein Geist arbeitete auf Hochtouren. Wenn der Lungenkrebs nur noch einige Zeit länger durchhielt, dann könnte Val vielleicht eine Geschichte erzählen, die plausibel klang. Falls die Polizei sich jemals alles zusammenreimen konnte, und falls sie die Spuren bis zu ihr verfolgen sollte. Ein ganzes Bündel sehr unsicherer Wenns. Nichts, worauf man sich verlassen konnte.

»Was ist mit Wyman?« fragte Valerie ihn. »Ist er tot?«

»Das weiß ich nicht. Wirklich nicht. Aber ich muß gestehen, daß ich überrascht wäre, wenn er noch am Leben wäre.«

Wenn sie überrascht war, dann ließ sie es sich nicht anmerken. Sie fuhren einige Zeit weiter, ohne zu reden. Dann sagte sie mit einer betrübten Stimme: »Du hattest recht. Ich hätte niemals hierher kommen sollen.«

Waverly überlegte einen Moment lang, ehe er darauf reagierte. Er könnte ihr die Wahrheit sagen oder das, was er für die Wahrheit hielt. Das könnte er tun. Als eine Art Realitäts-Therapie. Aber welchen Sinn hätte es? Statt dessen lieferte er ihr eine weitere in jener endlosen Kette von Lügen, die ihm so mühelos über die Lippen kam. »Was passiert ist, Valerie, wäre sowieso passiert.

Es war unvermeidlich. Eine Kette unglücklicher Zufälle. Daß du hierher gekommen bist, hatte überhaupt nichts damit zu tun.«

»Ich wünschte, ich könnte das glauben.«

»Das kannst du. So verhält es sich nämlich.«

Der Lincoln wurde langsamer und rollte vor der nächsten Ecke am Bordstein aus. Ein kurzes Stück weiter vorn befand sich eine Auffahrt zum Expressway. »Dort kommst du auf den 15er«, sagte er. »Nach Norden bis nach Salt Lake. Du kennst doch den Weg?«

»Ich erinnere mich.«

Er wühlte in seiner Tasche und holte sieben zerknautschte Geldscheine heraus. »Da. Nimm das.«

»Ich brauche kein Geld, Tim. Ich habe etwas gespart.«

»Wieviel ist ›etwas‹?«

»Rund fünftausend Dollar. Etwas mehr vielleicht.«

»Soviel trägst du mit dir herum?«

»Ja.«

»Du hast das Geld in deiner Wohnung gehabt?«

»Weißt du, ich habe Banken nie richtig getraut.«

Waverly betrachtete sie staunend, diese seine Schwester, diese verletzliche Schiffbrüchige, die aus einer anderen Sphäre zu stammen schien. Er drückte ihr das Geld in die Hand. »Nimm es trotzdem«, sagte er. »Dann fühle ich mich besser.«

Sie griff geistesabwesend nach den Scheinen. »Du könntest mit mir kommen, Tim«, sagte sie.

»Ich fürchte nein. Jetzt nicht.«

»Du brauchst nicht so zu leben. Du könntest das sein, was du früher mal warst.«

»Es ist zu spät, Val. Ich bin schon zu verkorkst. Das Endprodukt dessen, was ich selbst aus mir gemacht habe.«

»Es tut mir weh, dieses Endprodukt zu sehen. Es tut Dad weh.«

»Er ist nicht mehr da, Val. Dad ist gestorben.«

Sie schüttelte heftig den Kopf. »Nein, du irrst dich. Er ist bei uns. Er ist da. Du brauchst nur auf ihn zu hören.«

»Das tue ich«, sagte er sanft. »Ich höre zu. Aber jetzt muß ich losfahren. Du auch.«

Tränen wollten ihr in die Augen steigen, aber sie drängte sie zurück. »Wirst du es schaffen?«

»Ich denke schon.«

Es schien, als müßte noch etwas gesagt werden, aber er wußte nicht genau, was es war, oder, hätte er es gewußt, wie es hätte gesagt werden können. Er stieg aus dem Wagen, winkte ihr zu, loszufahren. Und während er dem Impala nachsah, wie er die Auffahrt hochtuckerte und im Verkehrsstrom verschwand, wurde er von einem Gefühl hilfloser Einsamkeit überwältigt, das sogar für ihn zu verschwommen war, als daß er es hätte definieren können.

24

Wieder unterwegs. Wieder auf der Flucht. Die Lichter der lauten, grellen Stadt zerfaserten hinter ihnen, und die schwarze Wand der Nacht lag vor ihnen. Waverly drängte sich der Vergleich auf, daß ihr Leben sich nicht wesentlich von dem der Vögel unterschied: ziellose, hektische Flüge, nur von kürzesten Ruhepausen unterbrochen. »Wohin diesmal?« fragte er desinteressiert.

»Verdammt noch mal, woher soll ich das wissen? Allmählich werden die Städte knapp.«

Sie verfielen in Schweigen.

Bennie wußte sowieso nicht, was er sagen sollte. Aber nach einer Weile war er es, der sich als erster räusperte und vorsichtig das Wort ergriff. »Hm, was dagegen, wenn ich das Radio anmache?«

»Von mir aus.«

»Vielleicht hören wir das Ergebnis.«

»Könnte sein.«

Das Radio produzierte eine Folge von durchdringenden Knistergeräuschen, während er einen Nachrichtensender suchte. Schließlich fand er einen. Und nach der üblichen Litanei der alltäglichen Katastrophen wurden die Sportergebnisse genannt. Die Rebels hatten mit siebzehn Punkten Vorsprung gewonnen, ein gründlicher, überzeugender Beweis für die Kampfbereitschaft und Entschlossenheit der Mannschaft, sich nach dem Lafayette-Waters-Skandal zu rehabilitieren.

Bennie stöhnte bei dem Ergebnis. »O Gott, so 'ne Scheiße. Ich hatte schon damit gerechnet. Damit sind fünfunddreißig Riesen futsch.«

»Es ist doch nur Geld. Weißt du noch, wer das gesagt hat?«

»Ich glaub', das war ich.«

»Stimmt genau. Das warst du.«

Bennie schaltete das Radio aus. »Na ja, nun, keine Sorge«, sagte er und legte soviel unbeschwerte Zuversicht in seine Stimme wie möglich. »Wir überlegen uns was. Das klappt doch immer. Du und ich, wir beide, Waverly, leben seit Jacktown auf der Straße. Wer da nicht untergeht, geht nirgendwo unter. Du wirst sehen.«

Waverly musterte seinen Partner von der Seite. B. Epstein, der unermüdliche und unbesiegbare Träumer. Komm doch, flüsterte der derzeitige Traum verführerisch, folge mir, und ich gewähre euch eine andere Chance. Noch eine. Waverly wußte es besser. Für sie gab es kein Pardon mehr. Und keine weitere Chance.

Er irrte sich.

»Hast du nicht gesagt, daß dieser Panzer Brewster gehört?« fragte Bennie ihn.

»Ich glaube ja.«

»Das heißt, wir müssen ihn schnellstens loswerden.«

»Davon gehe ich aus.«

»Warum guckst du nicht mal vorn in das Fach. Mal sehen, was drin ist.«

Waverly öffnete das Handschuhfach und inspizierte seinen Inhalt im matten Lichtschein der Innenbeleuchtung. Betriebsanleitung, Versicherungskarte, Fahrzeugpapiere, zwei Pillenfläschchen. Ansonsten leer.

»Was ist das da?« fragte Bennie.

»Wo?«

»Dort auf dem Boden.« Er deutete mit einem Finger auf etwas, das unter Waverlys Sitz hervorragte.

Waverly griff nach unten und zog es nach vorn. »Ein Aktenkoffer«, sagte er.

»Mach doch mal auf.«

Waverly legte ihn sich auf den Schoß, öffnete die Schlösser und hob den Deckel hoch.

»Heilige Maria Muttergottes!« rief Bennie begeistert aus, lenkte mit einer Hand und strich mit der anderen über die Stapel gebündelter Banknoten. »Sieh dir doch mal all die tollen toten grünen Präsidenten an. Was meinst du, wo das herkommt?«

»Keine Ahnung.«

»Meinst du, es hat Brewster gehört?«

»Durchaus möglich.«

»Nun, er hat jetzt keine Verwendung mehr dafür. Zähl doch mal.«

Waverly stellte eine schnelle Überschlagsrechnung an. »Knapp über hunderttausend«, sagte er.

»Heiliger Strohsack! Hundert Riesen! Was hab' ich gesagt, Timothy? Hab' ich nicht immer gepredigt, daß wir ganz groß rauskommen werden?«

»Genau deine Worte.«

»Uns liegt die Welt zu Füßen, mein Junge.«

»Du sagst es.«

Eingesponnen in ihre eigenen persönlichen Träume fuhren sie weiter durch die Dunkelheit. Der Motor brummte. Wolken zogen am Antlitz des Mondes vorbei. Eine steife Brise strich über den Wüstenboden. Waverly hörte ihr zu, hörte all die alten Verheißungen, die von den Legionen von Stimmen verkündet wurden, die im Wind trieben. Er lauschte. Und obgleich er mit Gebeten nichts mehr zu schaffen hatte, betete er für den Geist seiner Schwester, deren unverwechselbare Stimme ebenfalls aus dem Gesang des Windes herauszuhören war, und für Roger und für seinen Vater und für das, was in seiner Erinnerung noch von seinem Sohn vorhanden war, und für all die zahllosen Geister, die lebenden und die toten, die schuldigen und die unschuldigen, all der Opfer, die vom Strudel erfaßt worden und im Schiffbruch seines Lebens untergegangen waren. Er betete für sie alle. Und für sich selbst.